闲愁

江南盛地的世态风物画

古运河畔，烟波水弄堂，好一派生活千百味

繁华市井，俗世老城厢，道不尽人间悲喜情

林子哥 著

作家出版社

纷纷扰扰的生活，
细细碎碎的琐事。
世间所有的闲愁，
皆是人心的观照。

——题记

1

惊蛰时节，老天爷一改往日乍暖还寒的脾气，初露一片盎然春意。人们正待甩掉冬眠的躯壳，蠢蠢欲动，积蓄发力，进入紧张忙碌的节奏之中。可这个春天，和煦的阳光，一点没能给人们带来奋发向上的力量。肆虐全球的新冠肺炎疫情，令人忧心忡忡，惶恐不安。正常的工作生活秩序被打乱，怀抱梦想前行的道路被阻挡，人们在审视生命价值和意义的同时，也在思考着后疫情时代的生活。

夏柳办好了出境的所有手续，只等着这个万家团圆的春节一过，就启程赴美继续学业。可疫情警报的不断升级，各地防控措施的收紧，她的计划赶不上变化。“宅”在家的日子里，她几乎进入崩溃的状态。虽说心里焦虑至极点，可自己清楚，这样的天灾，不仅仅影响了她的未来计划，也改变了比她更有力量的许多人的眼前境况。更何况她只是一名再普通不过的留学生。

想入非非、无所事事的生活，是令人苦恼的。

夏柳曾经梦寐以求想吃就吃、想睡就睡的日子，在重复着体验一段时间之后，生厌成无聊和烦躁。这大概就是人和动物的区别吧。这段时间里，她觉得整个世界停止了运转，富有动感的人流和车流，喧嚣和热闹，一下子像被凝固住了。这才发现，身边这样一个色彩斑斓的世界里，却无人抗御得住瞬间飞来的天灾人祸。真是天命难违啊！她只得自我疏解，调整心态，每天关注着即时发布的疫情信息。

夏柳是学社会学的，对基层群体的际遇有着专业视角的认知。留学期间，她曾随导师一同深入贫民窟做过课题调研，近距离接触底层人群的生活状态和心理反应。这样的体验，让她发现，无论处于什么样的阶层，都需要社工师的专业服务。当社会出现公共危机时，像她这样有专业背景的人，或许能体现应有的价值。

夏柳认为，与其无所事事熬日子，不如直面疫情做点有益的事。她向母亲打听为民众做点事情的可能性，母亲柳玉惠挑起眉头一口答应说：“当然可以了！”柳玉惠知道女儿不是疏懒成性之人，看着她整天六神无主、心绪不宁的样子，心中早有了焦虑。

夏柳坐在电视机前，沉默了半晌。此时，国内疫情趋缓，境外疫情趋恶。疫情的严重性和复杂性，已经像失控的车头那样横冲直撞了。她不再想着自己出国的行程了。客观上，也不容许她去想，想了也白生愁烦。她只是想排解烦闷，让自己的日子过得充实一些，不想在毫无意义的等待中耗费时光。她郑重征求母亲的意见，要向社区提出申请，请求参加志愿服务。母亲用眼神反复确认她的态度，直到夏柳连声几句：“我不是小孩儿，说话办事是认真的。”柳玉惠才说：“我来帮你牵线。”于是，拿起手机，跟社区负责人通话。

柳玉惠虽是全职太太，没有多少同事和朋友的社交圈，可跟社区干部混得倒是熟络，自然她出面打招呼办事，方便得多。更何况，参加志愿服务本就是好事，一般不会遭拒绝。果然，对方爽快地答应了。说是“求之不得、难能可贵”，具体事项待报到时再交代。

夏柳家住的社区是一个高档小区，高楼林立，环境优美，白领居多。此次疫情期间，虽说不是重点防疫地区，可因居住的外来流动人员多，且有不少属于外地返回的，所以居家防护隔离的任务抓得非常紧。

夏柳按照防护的一般要求，戴上口罩手套，穿上防护服，来到社区报到。

走出户外的那一天，天气阴沉，一缕缥缈的日光，在飘散的浮云里时隐时现，偶尔随风刮落稀疏的雨点。人间受难，天空恸哭，雨点似苍天流下的泪，天地几乎一样悲凉。在夏柳眼里，街面上穿梭往来的人流不见了，车水马龙的景象不见了，身边偶尔只是滑过救护车和高音喇叭的宣传车。小区只留有正门通道可以出行，但进出有人把守，测体温、查出入证明、登记名册，稀稀疏疏的人流，懒散地任其摆布。小区周边张挂的各式大大小小的红底白字标语，最有感召力的要数“疫情就是命令、防控就是责任”；最直白的算得上“面对疫情别添乱，在家也是作贡献”，“出门不戴口罩，于法于理不容”；最为诛心的是“发热生病不孝儿郎，传染爹娘丧尽天良”，不一而足。类似于“戴口罩、勤洗手，测体温、勤消毒，少聚集、勤通风”的宣传画，十步一张，有墙必贴，过道旁、电梯里无处不在。在这样的氛围里，全社会如临大敌，连接待夏柳的社区负责人都这样说，疫情就是敌情，防疫就是防敌，打仗时敌人来了，看得见摸得着，疫情来了，看不见摸不着；打仗靠大炮，防疫靠口罩，撂倒你一个人、一家人不算事，受害的可是跟你有接触的所有人、全社区的人、全城的人。

面对这样的情势，夏柳乍一见心里倒是咯噔了一阵，可看到人们充满热情地有序忙碌着，心里马上镇定下来。她走进社区服务中心，试图走进那些戴着口罩、穿着红马甲或防护衣的工作人员中，做个帮手，帮他们一把。这些工作人员和志愿者无法通过面部认人，只能从外衣上书写的名字或声音来判断。此时，他们正准备把采购来的一包包生食蔬果，装箱分送到各个居家隔离户中去。

戴着护目镜的人，一边指挥着分发装袋，一边招呼着慢慢靠近人群的夏柳，便叫住她，声音脆亮地问道："你是夏柳吗？"

夏柳马上点头说："嗯！我是夏柳。我能做点什么吗？"

"护目镜"说："欢迎你加入我们的三八志愿服务队！我们的任务是为居家隔离对象派发生活物品和清理搬运垃圾。"

"护目镜"走近夏柳身边，一边帮助她整理防护服，检查口罩和手套，一边告诉她防护和服务当中注意的事项。

夏柳隔着面罩虽然无法辨识她的面庞表情，可仅凭那股饱满、富有穿透力的花腔音，以及利索干练的比画动作，便判断她应该是一位充满活力的年轻负责人。更何况，护目镜里射出的眼神流光，头发盘结后颈露出的发际线，这种干净飘逸的英姿，有一种特别的亲和力，给人以依附感。自从到国外读书之后，她对集体的概念有些疏离了，很少有机会参与这样有感召力的行动。

夏柳的加入，为志愿服务抹上了一道特别的风景。这不是因于她特殊的家庭背景，而是她鹤立鸡群的形象和海外学子的身份。她得到了特别的欢迎和眷顾，"护目镜"不停地招呼她，让她站在最为安全的位置上，让她干最轻便简单的活，更多的时候是尾随着"护目镜"。她确实不懂得怎么干。按说夏柳的智商和情商，让她融入这样一个临时集体是没问题的，只是人们相互间无法沟通交流，只是用手比画，靠心领神会，还得做好自我防护，种种因素条件，由不得个人尽情发挥，一切听从统一调度。在这支队伍中，夏柳慢慢发现，他们中的大多数人并非小区居民，大多是自发请战来参与服务的，里面有大中学生、退役军人，有下派的机关工作人员和民警，年轻女性为主。“护目镜”是社区的年轻社工，是这支“散兵游勇”队伍里的负责人，年龄与夏柳相仿，大学毕业后从事社区工作。面对这支行动力强、敏捷度高、能量大的志愿者队伍，夏柳似乎看到了不一样的东西，从中汲取到某种能量，这种能量正在悄悄地影响和改变着她的某些想法和判断。

一天，两天，三天，一周……持续地忙碌，让她的身心有些疲倦，但丝毫没觉得工作的苦累。她饭量大增，睡眠踏实，精神饱满，活力四射，她真正体会到了什么是“乐此不疲”。

随着疫情的逐步缓解，人们工作生活开始恢复常态。此时，国外疫情大规模暴发起来，几乎所有的通商通航都戛然而止。对于出国求学的事，夏柳万念俱灰，彻底地死了心，反而纠结起读书的意义来。既然耽误了两个月的学业，也就不在乎休学半载一年，不在乎是否继续读下去。自高中毕业后赴美留学至今，她洗心革面，改造娇惯习气，独立自主料理学习和生活，以独闯天涯的勇气、脱皮掉肉的蛮劲，完成了常青藤大学本硕连读，取得了社会伦理学专业硕士学历，此后，她按照父母意愿，继续修学工商硕士学位，一来为今后谋生打下基础，二来可以承接父亲创下的家业。

一直以来，夏柳对经商毫无兴趣，父亲经营的开发公司虽赚得满盆满钵，似乎与她无所关联。她有时毫不顾忌父母的面子，直指家里的财富来得不正，不仅是资本家榨取的剩余价值，还有从农民工口袋里掠夺来的碎银。自嘲身上吃的、穿的、花的都有劳动人民的血汗。父亲只得回击“养了个白眼狼”。许多时候，两代人斗嘴归斗嘴，反感归反感，可毕竟是自己的亲生闺女，女儿做什么，他们都支持。夏柳从小懂得节俭，她从不缺钱，但从不乱花钱，她把父母打给她的钱节省起来，寄给西部贫困地区基金会。父母得知后，也在西部认领了几十个贫困家庭的孩子助学。不过，父母既然了解夏柳心思不往赚钱上想，也就不勉强她女承父业，但还是希望她珍惜这么优越的生活条件，为将来创造一个美好的前程。

当夏柳提出休学甚至是放弃读书时，父母二人哑然失声，好半天没有回过神来。这个决定也太突然了，没有任何征兆和思想准备。在父母眼里，夏柳从小乖巧听话，善良厚道，不是一个任性胡闹的孩子，就是在外读书期间，遇到事情也是跟父母有商有量，不会做些莽撞离谱的事情来。然而，眼下的女儿，似乎变得陌生了。

一场疫情的侵袭，只是让正常的工作生活出现短暂的阻隔，却给女儿带来匪夷所思的想法。看来女儿的身心有些脱离原来的轨迹。

夏柳看到父母的窘态，笑吟吟地说："我已经成人了，能让我有自己的想法好吗？从我牙牙学语开始，一直遵从你们的意愿认真地读书，一读十几年了，也算弥补了你们的缺憾了。现在老大不小了，总不能让你们养一辈子，我该要面对现实了。"

夏柳的父亲夏秋生和母亲柳玉惠是六十年代生人，在那个吃饭都犯愁的年代，父母并不指望孩子靠读书出人头地，更何况没有读书机会，许多心怀理想的人，因上不起学或者没有学上，人生命运被锁定在艰难度日的环境里。如今条件好了，读书的大门敞开了，父辈把读书上大学的遗憾寄托于子女身上，这是无可厚非的。而对于夏秋生来说，女儿夏柳的留学背景和常青藤学历，像似系在身上的名牌腰带，时不时地撩起上衣下襟，不经意地显露一下，让别人暗地里为他啧啧赞叹一下，也让自己的虚荣心得到暂时的满足。其实，这也倒是其次，对于夏秋生这样没有上过几年学的人来说，脑子里多少残留着"万般皆下品，唯有读书高"的遗风，天长日久，望女成凤的想法在心里慢慢地扎根了。在他的圈子里，他虽不算是公司做得最大的人，但他绝对算是最有钱的人之一，可再有钱总洗不净那"泥腿子"。他虽是常常出入于高堂华筵，却在人前总是低矮三分，典型的穿着西装戴草帽，短板明显得很，再怎么提高"人设"也不能脱了土气，权贵之相怎么也端不出来。他遵循女儿富养的原则，从小到大好生培育，期待她知书识礼，腹有诗书气自华，最好从事更为高贵受人尊重的职业。

父亲夏秋生问："那你有什么打算？"

夏柳说："我想去工作！"

母亲在旁插话说："那你能做什么呢？也没提前做找工作的准备？就在家休学吧，等到疫情过去了再继续读书去。咱家养得起。"

夏柳说："我可不想再坐享等吃了。我的青春已经在等待中消耗得差不多了，我必须走进社会，经风雨、见世面。"

母亲柳玉惠说："读书读得半途而废，不感到遗憾吗？"

夏柳说："读书为了工作，工作为了生活，难道人生不能有再高尚一点的追求吗？"

父亲夏秋生望着母女俩可能随时升级的唇枪舌剑，用安抚的口吻对夏柳说："那就到公司来吧！早晚反正要交给你，不如尽早地熟悉公司业务，在实践中学习。"

夏柳坚决地拒绝说："NO！NO！我对经商不感兴趣，也不适合在企业干。现在的休学，只是想积蓄更大的力量，今后干更有意义的事。"

父母对她的拒绝理由有点发蒙。如今社会很现实，衡量人成功的标志，几乎就是看能否赚到钱、赚大钱。有父辈的光环罩着，有现成的发展平台，有令人羡慕的家产继承，竟然说自己不感兴趣、不适合？姑娘不会是读书读傻了？这让父母百思不得其解。

父亲夏秋生尽管话听得刺耳，但总算明白了女儿的意思，不由得赞赏她说："我就说嘛，年轻人应该有远大志向嘛，'学而优则仕'，从政为官，为人民服务，是脸上最有光的。"

夏柳对着父亲苦笑道："老爸，你以为进机关当公务员，是那么容易的？再说，我是喝的洋墨水，会水土不服的。我能从基层服务做起，已是不错的了。"

母亲接过话茬问道："难不成当个社区社工？"

夏柳笑着回应母亲说："知我者，家母也。本姑娘虽无大才，但还算有志向。我的专业，适合社区岗位。"

母亲柳玉惠摇着头说："看来这么多年的书真是白读了。就你这娇生惯养的主儿，吃得了那苦，受得了那气？趁早打消这念头吧！"

夏柳马上安抚住母亲说："不是说，凡成大事者必作于细，九层之台起于累土吗？我想通过基层工作的体验，找到自己的定位，选择发展的方向，这也是导师对学生的要求。国家领导人、外国总统有不少是从最底层干起的，有了这样的经历，就会更懂得民心民意的。人们钱袋子鼓了之后，需要什么？需要的是精神文化心理建设，这就是我学到的知识。我想亲身体验一下。"

父亲夏秋生在旁听着这番理论，才算理出头绪来。可在社区工作，做父亲的心有不甘，漂洋过海那么多年，花了不少钱倒是其次，可付出那么多心血，苦读了那么多年书，回来就干一份婆婆妈妈的工作，岗位卑微，被人看不起，怕是自己脸上也没有光。

母亲权当女儿任性一把，私下跟丈夫商量，先遂了她的心愿，等她碰壁吃苦，到时回心转意再做打算。母亲对夏柳虽是呵护，但从不偏爱，她不希望女儿整天无所事事，时常提醒夏柳，年轻的时候图舒服，骨头松懒了，一世便不会有出息。

夏柳求助母亲，让她跟社区打个招呼，她要留在社区实习，最好给她正式岗位。她想，实习“打酱油”不会有收获的，接受任务分工，独当一面地干，才能得到锻炼和提升。母亲柳玉惠依了她，想通过熟悉的年轻书记，那个“护目镜”，看能否让女儿就在家门口社区干干试试。

不日，柳玉惠找到“护目镜”，说是办事，借助打听防疫形势，顺便提起女儿夏柳的心愿。经历志愿服务，“护目镜”对夏柳的素质能力有所了解，留学生，名校双硕士，年轻漂亮。在这个高档小区里，夏秋生名气响，人们自然会关注到他的家庭成员情况。“护目镜”说，这么优秀的人才，到咱最基层的地方来太屈才了。偶尔实习一下，她能做主，要是真来上班，倒求之不得，算学有所用，对社区发展有帮助，可社区层面说了不算。柳玉惠这才知道，社区岗位是上级编配的，那些年轻大学生是通过考试进入的，社区没有选人进人的权力。柳玉惠费了半天口舌，遭到了婉拒。

这事儿还得由父亲操刀。夏秋生商界浸润数十年，干的是给添政绩的工程，自然有许多别人无以能及的人脉。这些关系虽是给生意上带来丰厚回报，可从来没有利用它为亲属子女谋差。当然，生意做到了这份儿上，倒是别人找他办事多，轮到女儿找个可心的工作，也不是办不到。更何况，女儿也有“硬核”，不是抹不上墙的烂泥巴。

不过，夏柳没有过高的期望值，她把自己定位为社会工作师，她的舞台在一线社区。行外人士有所不知，真正的社工师可是为社会疗伤的工程师，这是一份在高度文明发达的国家和地区颇受尊重的职业。她想检验一下，所学的社会工作专业知识，能否给社会带来一点点改变，哪怕对自己带来改变。她央求父亲，让他出面通融一下，哪怕是实习。很快，夏柳的愿望达成了。不几天，她将开启她人生的第一份工作。

2

夏柳做出这样的决定，不得不告诉一个人。这个人既是志同道合的学友，又是若即若离的情侣。他们彼此之间互为“影子”，心有灵犀，不需要阳光照射，都能够窥视到对方的心思的那种。眼下他们天各一方，仍然保持着热络的联系。

夏柳在经过深思熟虑后，对这个同道人兼布道者，发出这样的视频通话：“灰猫，经过数月来的思想斗争，特别是这场突如其来的疫情之下，让我改变了原来的许多想法。深感继续深造的意义不大，决定弃学。我们可能暂时不能在一起了。不过，我会经常跟你联系的。在这个抉择面前，需要你的支持鼓舞。”

男友的网名叫灰猫，是夏柳常青藤大学的校友。夏柳大一报到的时候，碰巧灰猫路过，看到她蒙圈地辨识方向，便主动搭讪，几句洋泾浜腔英语露馅，一问还是长三角区域的老乡，便为她指点宿舍和教室的位置。之后在食堂里不期而遇，灰猫主动为她介绍了几款不错的中餐可以解馋。一来二去，便相互有了走动，夏柳算是“他乡遇故知”，再不为在异乡身感慌乱和不安了。

灰猫来自上海，十多岁随父母移民美国，算是华人二代，夏柳读大一的时候，他已读研，专修中西方文化比较。夏柳读研的时候，人家读博已小有成就，发表了许多社会文化研究方面的专著。灰猫本科和夏柳一样读的社工专业，灰猫学习上的建树，成了夏柳奋斗的目标和动力。更为重要的是，灰猫对公益事业的参与近乎狂热，从他的灰猫名字可见一斑，他是动物保护组织的负责人。灰猫几乎每周都要到附近社区参加服务，他手下网罗了近百名各种肤色的青年学生，成了他的追随者，同学们在扶贫济弱、环保宣传和动物保护等活动中，疏解了学习的压力。夏柳正是跟随灰猫参加这样的活动，才接触到了底层民间社会人们的生活状态的，也由此让她联想到社工专业的意义所在，也让自己所学专业与灰猫建立了某种关系。当然，经常的接触交流，语言文化的顺畅沟通，让彼此之间少不了碰撞出青年男女特有的情愫。即使两人天涯相隔，他们关注的话题仍然是一致的。

灰猫在视频中倾听着，既不显示惊讶，也不表示赞许，在评价一番中西方抗疫效果后，接着夏柳提出的想法回应道：“这种全球暴发的疫情，倒是给人们上了一课，或许这个教训会改变人们的思想观念、生活态度和发展方式。不仅仅是对你的改变，大家都一样。你是一个心智成熟的女孩，我想你选择干什么，一定是反复权衡过的。本来读书是为提升工作本领，其实工作实践本身也是学习。或许你会发现你对这个社会是有价值的。”

夏柳说：“本来父母希望我继承家业，可我天生不会理财，又对财富不感兴趣。加上生意场上的那种做派，让我有着令人生厌的感觉。那种整天泡在会场上、酒桌上，觥筹交错、迎来送往，很是看不惯。许多生意人聚在一起，要么谈钱，要么谈女人，戏谑打诨，粗俗不堪，没一点斯文，根本受不了。我决绝地向父母摊牌，干我自己喜欢的事情。这也算是摆脱了家庭的束缚，实现自我解放。”

灰猫说：“或许一代人有一代人的梦想。追求财富是无罪的。而有钱人的暴发户心态是丑陋的。马克思说过，人类源于动物界这一事实决定着人类永远也摆脱不了兽性。土豪与绅士之间是那一代人可能跨不过来的鸿沟。他们从贫困生活中走出来，因为自卑所以才对金钱获取充满乐趣，才会以财富多少炫耀自己的成功。”

夏柳说：“是的哇！博士一语中的。家父从小生活清贫，吃不饱饭，上不起学，好像落下了只有拼命赚钱的病根。而所赚取的每一分钱，都含着血和泪。小时候，我们特别心疼他。可这么多年下来了，该得到的都得到了，却有了资本家的心态，追逐财富甚至到了不择手段的程度。我骨子里有些瞧不起了。这也是我不想承继他事业的原因。”

灰猫说：“上一代是悲情的一代。既然人有动物属性，那就会有逐利的本能。当利润达到百分之十时，便有人蠢蠢欲动；当利润达到百分之五十的时候，有人敢于铤而走险；当利润达到百分之百的时候，他们敢于践踏人间一切法律；而当利润达到百分之三百时，甚至连上绞刑架都毫不畏惧。两个世纪前，马克思就有这样的判断。不过，无所顾忌追逐财富的时代快要过去了，市场经济迈向成熟，法治建设逐步健全，靠投机取巧、你争我夺，一夜暴富的机会和空间已然不在。”

夏柳笑吟吟地说：“言之有理！人们过上衣食无虞的生活之后，文化、精神和社会服务需求越来越多，社会建设恰恰需要具备专业知识和专业精神的人来做。我愿意从社区服务做起。马上就到社区岗位报到。”

灰猫说：“那得祝贺你！有勇气迈出这一步，真为你高兴。土豪到贵族并非难以逾越，关键是内心的修炼。‘人只有为自己同时代人的完善，为他们的幸福而工作，他才能达到自身的完善。’你是真正的马克思主义信仰者。希望你能成为民间的当代费孝通、中国的布尔迪厄（法国社会学家）。”

夏柳说：“那倒是高攀不上。‘路漫漫其修远兮，吾将上下而求索’，仅靠个人努力差矣。需要有更大的‘同人圈’。”

灰猫说：“只要有信仰执念，没有做不到的事。不是有句话，‘星星之火，可以燎原’，只要有火星了，不怕烧不着一堆柴。我一直遗憾羞涩的钱袋，我梦想着有了钱，就去打造一个没有阶级、人人平等的理想社会。我时常眼前闪现出这样的画面：四通八达的神奇城市一角，有一处窗明几净的宽敞厅堂，四周布满鲜花和葡萄，一侧点燃着烛火，中间摆着几张长桌，铺着洁白桌布，进餐的人们彬彬有礼，有序入座，男士一律靠墙一侧，方便的通道则留给了女士。老年人的餐桌上则摆满果盘，孩子们争相为老人挑选水果。饭菜端上来了，最好的饭菜先送到了老年人席上，其他人平均分餐一起享用。在这里，人们争相把家中的金银珠宝上缴，这些收缴的金银珠宝通常烧铸成卫浴洁具之类的，提供给公共场所和私人住宅使用。这样的做法，让人们坚守‘视金钱如粪土’信念，看到金银变成了粗糙的粪桶尿盆，就不会猜疑有人牟利，也不会勾起人的贪心……”

没等把话说完，夏柳笑着抢道：“你又陶醉在空想的社会主义里啦！是不是还要看一看乌托邦式的婚礼？青年男女在选择配偶时，双方必须赤身裸体，向世人展示健康状况和形体匹配度？小伙子和姑娘见面脱下衣服直到一丝不挂。这在乌托邦人看来不足为怪，他们认为买一匹小马驹，还要上下仔细检查，而对即将成为终身伴侣的妻子，只能看到脸和手，却认为这样显得愚蠢。可四五百年下来了，社会文明进步到了如此发达的地步，男女之间的情爱不再神秘，何需以此作为公平社会的象征呢？扯远了！”

灰猫争辩说：“人的道德情操和思想境界，如果受到本能私欲的干扰，是无法达到理想境地的。你要有思想准备，跟底层社会的人打交道，必须有谦卑之心。你有优越感，是好事也是坏事，改变别人首先从改变自己做起。”

夏柳说：“这个已经想到过。社区岗位是卑微的，地位低下，很难被人尊重。但我喜欢体验甚至享受这种卑微和谦卑的状态。相信我，既然选择了找苦吃，我会好好应对的。”

3

江南古城梁溪，自泰伯奔吴筑城，建立勾吴古国，开辟江南富庶之地以来，三千多年绵延不断，成就了人杰地灵、百业兴旺的盛景。不过，对现代人来说，历史上的繁华盛世已遥不可及，已然没有了炫耀的兴致。事实上，能够一眼望到前朝几百年甚至上千年印记的，寥寥无几。如果真要做到“满眼风光看故楼”，唯独能够寻觅的，只有穿城而过的古运河留存的清名桥遗迹了。作为现代人茶余饭后谈资的清名桥，不再是指一桥，而是指一地区，甚至指一区域文化。古代清名桥的名气太响，曾惊动朝廷皇室。从大明开始，几经周折于清明、清名、清宁与清民之间，自然怕是有影射之隐喻。那时的乡绅官僚，怕惹麻烦，便用石刻摩崖方式固定下来，由此息事宁人，恰也歪打正着，成了历史见证，永流千古。仔细想来，倒能品味出民风的厚敦和狡黠。

清名桥的知名度高，得益于借名聚财的那些招牌。当地什么吃的、穿的、用的都借此冠名，相生相克，生意做得风声水起。清名桥周边形成了两个部落里弄，一个是吉祥寓意的千岁坊，一个是底层群体的布衣巷。标志添福添寿的千岁坊里弄年数不长，因为清名桥兴，才兴了街坊。至于千岁坊的来历，有说是乾隆皇帝下江南路过此地，让其中一娘娘贵妃下榻此处，因此得名。也有说是这儿有户谈姓人家活得长寿，祖孙三辈加在一起有一千岁，千岁坊实至名归。数百年的沧桑变迁，千岁的行宫、谈家繁衍的世代院宅已无踪迹，却留下了祝福祈福的好地名。而布衣巷最早只是漕运船工的栖息地，扛码头卖苦力的人从搭草棚蜗居，到后来洗脚上岸，慢慢形成了一个外来族群聚居的巷弄，类似于改革开放初期的城乡接合部的农民工棚户区。由此，祖祖辈辈生生不息，烟火袅袅，经延不衰。如今的清名桥街区，已被打造成保留江南风貌的古街。以清名桥为地标，古运河南北走向穿城而过，左侧古朴遗风，小桥流水，青石踏板，粉墙黛瓦。右侧高楼林立，浪漫时尚，

運河古邑

好不气派。这种既保留古风，又不失繁华的景象，倒也充满气韵，给南来北往的人们平添了几分寻梦和追忆的乡愁。真正具有文化印迹的千岁坊和布衣巷，在城市改造建设中渐渐湮没，却没有了本来面貌，只成了社区的两个微不足道的巷道。不过，千岁坊的名字寄予了吉祥福报，久而久之，这里的人们习惯地称此地为千岁坊。

夏柳被推荐到千岁坊社区。所在的街道办事处能够欣然地接受她，倒不是因为她的来历，这儿实在是走马灯式地频繁缺位，正逢德高望重的社区书记苦苦哀求上级配足人员，上面领导做了顺水人情，把夏柳介绍进来。疫情最严重的阶段刚过，夏柳就被催着报到。

这天早晨，夏柳起了个大早。参加工作第一天，心情既欢愉又忐忑。她思忖着自己将面对什么样的领导？什么样的同事？什么样的服务对象？社区是个小社会，不如学校那样单纯，不比商界那样功利，可绝不是弥陀净土。母亲以她过来人的经验提醒她，从现在起要改掉娇骄脾气，谦虚谨慎，低调为人，特别是要改掉好为人师、据理力争的毛病，有话烂在肚子里，虚心请教，不耻下问。想着想着，她自己竟对着镜子笑了。这种笑，是觉得自己可笑。母亲的教诲——“为政不在多言”，敏于行、讷于言，多看多做少说，可天生的本性，哪里是靠“人设”就能改变的。不过，为体现自己的品位和气质，更体现自己的精神风貌，夏柳精心地梳妆了一番，这既是为自己打气，也是给别人留下美好印象。

夏柳驱车赶到千岁坊时，社区服务大厅已是一派热闹繁忙。她没有急于找社区书记报到，而是环顾四周，观察着纷乱的人群。千岁坊社区几经改造，办公环境条件不错，仅大厅布置就充满人文气息，最为醒目的“百姓的微笑，我们的追求”镂空美术大字，占据了办公区正面的整个壁面。此时，十几个中老年妇女似乎在分发东西。厅中央不大的地方，垒成小山状的塑料包，正被围拢上来的人争相领取。大厅里一排长长的瓷白台面，把里外人员分割开来，里面办公桌椅和电脑有序排列着，每个桌子上都堆码着厚厚的文档资料。对应的外侧，分别摆放着劳动保障、社会救助、司法综治等事务办理标牌。就在夏柳收回目光时，她发现办公区的人员正齐刷刷地盯着她上下打量，坐着的、站着的、背身的，一律转为行注目礼的姿势。这让她脸颊一下子红起来。是因为陌生，而引起注意？还是因为身着的行头，过于炫目？正当她有点无所适从的瞬间，旁边一个年纪稍长、腰背稍有点佝偻的老人走到她身边问道："请问你是哪个单位的？我们都在忙着呢。有什么事，可以问我。"夏柳猛地一诧异，随口便说："我叫夏柳，是来报到的。我找钟书记。""我就是！误会了。近期上级不时有人下来暗访督查呢，都被莫名其妙的什么督查整怕了，见到面生的，就以为是暗访的，就怕有个怠慢啥的……"

钟书记把夏柳领进楼上不大的办公室里，刚刚坐定，几个人嚷嚷着走进来，说是找他"评理"。钟书记赶紧起身把他们劝到过道里，说是"有话好好说，不是在帮你协调吗？"其中一人扯开嗓门叫道："侬家的情况伲是晓得的，怎么就不能让侬过好日子呢？"钟书记压低声音劝说："凡事都有个通理，我们也是按规矩办事的啊。你的情况，我们再协调协调……"边说边让其中的工作人员将他们先带到了楼下。

钟书记回转进了办公室，赶紧端起茶杯，猛喝了几口水。随后探着身子坐下来看了看夏柳，说道："你的情况，上面说了，领导打招呼下来，我们放心。不过，年轻人都心气高，干不长，留不住。年年招录，年年缺人。你是海龟，社区池塘小，怕是容不下。听说你愿意到社区工作，我们非常欢迎。不过，要做好吃苦受委屈的准备。刚才你也看到了，已经安排了就业岗位，低保停了，心里不爽，还要再来掰扯一下。每天就是这些婆婆妈妈的事儿。"夏柳一边听着，一边喜滋滋地点头。钟书记的一举一动让她马上质疑起干部形象来。眼前的书记，哪有什么"官样"啊？且不说装束与主席台上、调研路上那些西装革履、派头洋气的形象无法比拟，就是谈吐也与那些文雅不俗模样的差之甚远。

这是一个被岁月霜打风干的老人了。满脸的皱纹像柳树皮那样纵横交错，额头虽高阔却被白发遮盖着，唯独平展的下巴，还被蚕豆大小的黑痣占领着。能够看到的鲜活生机是那双滴溜转动的眼球。他的穿着显得老旧，涤麻布料的夹克衫，失去了应有的光泽，袖口和后领已经磨得泛白，从衣领和袖口处处可以窥视到里面一层层酱红鸡心领毛衣、灰色球衣和土色衬衫。完全是一副地下交通员的装扮。他或许是个不太讲究的人，或许就没必要讲究，因为整天跟普通居民打交道，怕生分。夏柳在这样一个普通大爷模样的领导面前，已经没有了酝酿时的拘束，甚至都不把他当作领导看待，自信而肯定地说："请书记放心，只要你肯留下我，我一定会好好干的。"夏柳后来问同事，才知道书记的确是大爷级的。已到退休年龄，街道领导多次挽留，这才继续坚守着岗位。钟书记名叫钟志国，曾是国企的车间主任，企业改制员工分流，他被安置到社区，已在书记岗位干了二十多年了。

钟书记简单介绍了社区情况，初步明确她代为负责司法综治工作，负责这项工作的同志正休产假。可以让负责社会救助的章阿姨带带她。夏柳不了解基层服务工作，对所谓的社区司法综治、社会救助并无概念。她感到新奇有趣，便欣喜地满口答应了。钟书记把夏柳领到楼下办事大厅里。此时，领取物品的人们已经散去，办公位置上的工作人员各就各位，各自忙着分内的事儿。

钟书记拍拍手掌，招呼大家把手头工作放一下，简单说两句。夏柳以为钟书记把她介绍给在座的同事，正准备举手示意，潜台词要说“初来乍到，多多关照”。不承想，他先是交代今天的任务，一口气说了两个重要会议、一个检查接待、两起物业纠纷处理，派工似的指名道姓安排参加的人员。同时强调相关纪律要求。夏柳站在身后，这才发现，钟书记其貌不扬，甚至土得掉渣，可交代任务、安排事务，还是有“领导范儿”的，语言简洁，思路缜密，语气坚定，有权威性和感召力。“再告诉大家一个好消息——上面很关心我们社区，专门增派了新同志，她叫夏柳，是个海外留学生，人家可是要文化有文化，要眼界有眼界的啦，大家一起团结互助，取长补短。小夏有什么不懂的，大家多帮帮。大家有什么高精尖要问的，小夏也不要谦虚。总之，多了一个人手，就是多了一分力量。”钟书记顺便把夏柳介绍给了大家，放开嗓门说了些相互勉励的话。接着，分别把几位社区工作人员姓名和分工，简要地给她介绍一遍。钟书记说完话，就朝外面奔去，大概是要赶一个会议去。

夏柳有点被晾晒的感觉，随后面带微笑地向大家鞠了个躬，算是从现在起彼此是同事了。那个叫刘采文的大学生村官立起身来，把对应司法综治牌子的办公桌收拾了一下，示意夏柳坐到这个位置上来。“囡囡，行啊！就你这样，能到咱们这儿上班来？也不怕把咱们吓着啊。”年龄稍长的章菊芬阿姨眼睛斜撇着，嘴唇上翘着，露出惊讶的神情，对着夏柳上下扫视着说。

“从头到脚，一身靓装，这是参加盛宴啊！到咱们这儿，就不怕遭抢啊！”

“咱们这儿，也没外宾接待，怕是英语用不着了？”

“这个国外的研究生学历，现在到了这儿，就是废纸一张了。”

“人家蜜罐里长大，甜吃多了，换换口味，来吃苦的。”

几个还没能叫出名字的同事，斜眼看着夏柳，摇头叹气地议论着。夏柳看看自己的行头，并不是特别的装扮，与平常出行在外没啥两样。她长相虽不出众，倒是高挑的身材，特别衬托出衣着招摇。不过，与别人穿着臃肿的羽绒外套相比，自己的羊绒外套和长裙，加之高跟鞋，是显得不合时宜。毕竟是初春乍暖还寒节气，穿着春秋衣裙虽显得精神，却落入了标新立异。至于议论的那些话里，她听得出来，一方面是为她可惜了，读了那么多年书，学历没用了，流利的英语也要荒了。另一方面有挖苦讥讽的意思，学历高有什么用，还不跟咱们一样，干婆婆妈妈的活儿。

夏柳有些不好意思，但还是露着笑说：“干啥都一样，只要干得开心就行哇！你们都是师父，以后还请多指教。”章阿姨回应说：“大家是一根藤上的葡萄籽，就不分你我三六九等了，遇事一起干吧。小刘是村官，是组织上培养的后备干部，小夏是海归，那是响当当的人才，前途无量，以后还得仰仗你们啦！”夏柳慢慢地从大家的议论中集中起注意力，在刘采文的协助下，算是弄清了需要移交和急办的事务。

大厅里断断续续地有居民进出咨询和办事。许多社区里的常客不时地观察着她这个新人，打听着她的情况。此时，大厅里一下子安静下来。有说有笑的环境里突然沉寂，让夏柳感到有一股杀气侵入。原来，门口正站立着一位七十来岁的大爷。大爷满脸横肉、神情冷峻，乍一看像是讨债的黑帮老大。夏柳看到同事们躲开眼神，低头忙碌着自己的事，一下子猜出大家有畏惧他的意思。只有章阿姨叫了声：“胡三大爷，胡监委，今天蛮早的啊！”胡三大爷没有回应，直接奔着夏柳的窗口来了。声色俱厉地问道：“新来的？啥情况？”夏柳愣了一下，接过话茬说：“是的！大爷，要办事吗？您请坐。”用标准的服务礼仪，示意他坐在柜台的对面座椅上。“那一定是有来头的啦？这个时候进新人，不合常理的，里面定有蹊跷？”胡三大爷带着盘查的口吻责问道。胡三大爷抓住同事感兴趣的事情提问，此时夏柳是不便回答的。“胡三，真把自己当成监委的啦？有事说事，大家都在忙着，不要影响工作。”章菊芬有些不耐烦地回敬他，算为夏柳解了围。

胡三是社区的孤寡老人。人们像不知道他的真名那样，不知道他的来历。胡三本名胡宗义，早年母子俩相依为命，在千岁坊落脚。他的背景非常隐晦，私下里有人说他父亲曾是国军中将，母亲是父亲的小妾，逃离大陆前，在此置业。千岁坊人善良，看到孤儿寡妇生活不易，历次运动没有拿他们做文章，这也得益于暗中有人保护。胡三天资聪慧，写一手的好文章，连投诉信都能用“之乎者也”表达得恰如其分，只是生性古怪孤僻，人缘差些，结果终身未娶未育，之后享受到了台属的关照，总算过上正常老人的生活，可他越来越玩世不恭，好管闲事，在社区里处处表现出权贵纨绔子弟的身份，颐指气使地授命他人。特别是那一年被社区表彰为“拾金不昧先进个人”之后，他更是视社区如“家”，经常为社区提出这样那样的意见建议，监督社区干部迟到早退和在岗在位情况，居民们开玩笑地说他是“编外监察员”。只要不是生病爬不起来，他总会雷打不动地到社区“报到”。顺便跟着工作人员混顿午餐。不时地扬言争取历史问题中的“诉求”。胡三这样的人物，倒是让社区干部对服务群众多了份敬畏。每当有新来的工作人员，他都会政审似的扒出祖宗三代的历史，而后像领导一样严肃认真地谆谆教导一番。胡三直盯盯地望着夏柳，“看模样有名门望族之气。一定是殷实富裕之家出来的娃儿。可惜了，这跟咱们不搭啊!”转而正告说，“在社区工作，直接跟咱们这些底层百姓打交道，要舍得为天地立心，为生民立命啊!”夏柳凛然地瞪着眼睛说：“大爷，这服务群众还分高低贵贱呀？我们都是普通劳动者啊!”胡三咬文嚼字地说：“普通劳动者也要穿衣吃饭的，就你这样，多高的报酬才养得起呢?”夏柳没好气地说：“椅子还没坐热呢。‘敬其事而后其食’。”胡三说：“有这个态度，说明是可塑之材。大爷今后就看你的表现了。”

胡三对着社区干部高高在上，一副领导架势，的确给不少初来乍到的年轻人唬出个“下马威”来。熟悉他的居民不愿跟他烦，社区干部也不愿得罪他，与他敬而远之的结果是——他找到了当领导的感觉。夏柳是见过世面的人，她父亲也是一脸冷酷凶相，可心肠时硬时软、时热时冷，看多了就习惯了。这种人其实是内心自卑而外表装出强大。夏柳应付胡三这样的老人，心里一点不犯怯，反倒觉得这样的人比胡搅蛮缠那种滚刀肉式的人好打交道。

夏柳的判断是准确的。胡三的确算得上外强中干，他以为别人都怕他，拿出一副蛮横冷酷的样子来，其实他也有怕的人。比如，社区里的王雷仁、刘二郎几个上下头疼的“知名人士”。只要有他们或是他们中的某个人出现，胡三都会躲得远远的。社区干部有时就拿他们两个人来吓唬他，让他回避出去，暂时讨个安静，好安心地做点本职工作。这样的方式，只是暂时杀杀他的威风，大家之所以对他比较忌惮，是生怕所有的努力，经他一搅，不是前功尽弃，就是招来非议和不满。欲加之罪，何患无辞？宁可息事宁人，也不跟这种人据理力争。

夏柳报到的第一天，忐忑地坐在位置上，心里想着加紧进入工作状态，可面对陌生的环境，熙熙攘攘的人群，眼睛不够使，耳朵不够用。各色人等，家长里短，倒是像现实版的“肥皂剧”。有的人在每集剧中都有角色，有的事剧中永远没有结尾。

下班回到家中，母亲问起她的感受。夏柳顽皮地反问，是报喜还是报忧？母亲说，两者都报。夏柳说：“工作环境不错，一个办事大厅比美国的县市市政大厅还大，事务不少，七八个人一直忙着没停。本以为领导是位高大帅气的小哥，你猜猜，结果是个扔在人堆里不显山露水的老头儿。老书记看似穿着邋遢，可威望高，有号召力。不过，他们好像对我不太欢迎，或是他们的欢迎不够真诚，让我感觉到走进了另一个世界似的。大概对社情和世故不太熟悉的缘故吧。”母亲说：“千岁坊不应该陌生的，小时候你也曾在那里生活过，不过这么多年下来，拆拆建建的，估计变化大得很。不知你姨娘是否还住在那里？”夏柳说：“哪会有什么印象？上班第一天，只坐在办公室里了，没有看到熟悉的地方。听同事私下议论，这儿的人难搞的。头一天就领教到了。一老头儿颐指气使地上来像审问似的，不明就里地把我教训一通。好在我的心理强大，没被镇住，他倒也没敢对我怎么着。”母亲说：“既然想干，就要有耐心，只是为了体验，那就趁早撤回，时间长了，露出狐狸尾巴来，你拍拍屁股走人不算事，你爸的面子就丢那儿了。”夏柳嗔怪母亲说晦气话，心里却是拧着，你越说我不行，我越是要坚持着。

上班的新鲜感，让夏柳不能入眠。躺在床上的她，脑子里过电影似的回放着一天的景象。她感到自己拿出了百倍的真诚，表现出对这份工作的热爱，好像领导和同事并不相信，人们对她并不友好，她反思自己是不是太过于自信自负？是不是什么地方表现得出格？自己可是真心到这儿来尝尝“苦滋味”的。第一印象很重要。难道自己的穿着打扮让人反感？好像看到章阿姨扫视自己时，带着厌恶的表情。她觉得自己并没有不搭的地方，可也觉得的确有点与众不同。看来，真要彻底地“入乡随俗”了。她想到同事们现场办公处理的一桩桩事来，感到跟自己在国外实习调研的情况大相径庭，工作人员成了万能的主儿，既要懂政策，还要懂法律，既能说，也要能写，宣传员、调解员、服务员、秘书样样来得，天文地理、鸡毛蒜皮啥都得应对。真是应了那句话，“有人的地方就有政治”。幸亏同事是女性为主，有耐心，有定力。她给自己鼓劲，不给自己退路，相信自己的专业背景会在社区平台上发挥作用。

夏柳得到家人的忠告，特别是同事眼神的提醒，决定改变一下穿着，走亲民路线。衣妆决定了职业取向。假如她现在进入的是白领职场，那份装扮平淡素雅，反而不能突出她的个性。假如出席某种盛筵招待，不整出个浓妆艳抹、袒胸露背来，反倒觉得是胡乱撞入的“灰姑娘”了。她翻遍自己的衣柜，竟没能找出合适的冬装，只得求助于母亲。柳玉惠虽到了发福的年纪，却特别地注意保养，身材维持在女儿的水平。母亲的中老年妇女衣着并不落伍，有的比年轻人还要艳丽，除了少有几件雍容华贵的貂皮獭兔材质之外，居家过日子的外套，倒是被夏柳看中。

夏柳决定骑共享单车出行。卡宴是不能在大庭广众之下显摆了，一旦有人发现，那就等于播下仇富的种子。许多同事和居民出行以电毛驴为主，即使私家车也以吉利、大众居多。骑着单车上下班，既能锻炼身体，又能环顾沿途的风景。本来她在国外时就有骑行健身的习惯。这个生于斯长于斯的城市，“日新月异”的变化绝不是夸张的修辞，单说那街面上的四季花卉，就是颠过来倒过去的花样翻新。她回来后，还没来得及欣赏。只有细细品嚼，才会真正爱上它。这些改变只是外在的变化，而真正需要改变的是看不见的方面。夏柳读研时主攻的社会伦理学，她清楚自己最需要改变的是如何与人相处。她最想要改变的是表达方式、语言风格。跟老师和同学唇枪舌剑的善辩风格要改，跟父母长辈娇滴滴的“耍宝”口气要改，跟朋友同学没大没小的嘻嘻哈哈要改，跟外人那种盛气凌人、据理力争的口气要改……总之，她决心学会说话，要学会说平民听得懂、能接受的话。夏柳对着梳妆镜，噘着小嘴，反复地对比着口型，拿出温和谦卑的表情，用洋泾浜普通话找寻极具亲和力的口吻。她虽是有些自我解嘲，但改变自己的态度是认真的。慢慢来吧！长城不是一年修起来的，铁轨不是一天铺出来的。态度决定出路。人生之路就是在这样的选择和改变中前行的。决不能用自己的喜好换来别人的不快。我乐意，也得让别人乐意。夏柳自己安慰着自己。

4

赶到办事大厅时，大家已经忙碌起来。打水的、拖地的、擦桌子的，有说有笑，其乐融融。夏柳看着，会心地笑了。内心想着，自己有点以小人之心度君子之腹，这帮同事看着都有自己的小九九，也好议长道短，可大家相互关心的团队精神，还是让人挺温暖的。夏柳客气地跟大家问了一声“早”。随后同事们或点点头，或报以微笑。

“囡囡啊！正式上班了？算是跟咱们打成一片了。”章菊芬朝她上下打量一番，笑着说，“还是这样好，利落朴素，没有距离感啦。你看人家村官小刘，人厚道老实，天然的亲近感。”

刘采文一边收拾柜面，一边看着章菊芬说：“章阿姨啊，‘人靠衣装马靠鞍’，物质决定意识，条件决定形象，我这不是没这条件讲究嘛。难不成，您女儿穿得要饭花子那样，您舒坦啊？”

“倒不是这意思！什么样的环境配什么样的形象。不过，咱虽是工薪阶层，也吃穿不愁，日子算是过得舒坦的。自己觉得好就是好。”章阿姨说。

看得出来，章阿姨快人快语，倒没坏心，某种角度上，是为年轻人考虑。试想啊，如果没有她直言不讳的提醒，夏柳可能不会意识到她在这个环境里的不伦不类，遇到胡三这样的人找点毛病就不难了。工作没有做多少，以讹传讹的逸闻扩散开，倒逼成非典型“网红”了，这是她生生地不想看到的。她需要低调、低调、再低调。

章阿姨跟夏柳说：“咱这些人见识浅、眼光俗，不要跟咱一般见识。大家其实蛮喜欢你的。大家是同事，不会有利害关系的，有事大家帮，目标只有一个，让咱千岁坊年年扛红旗。”

钟书记从门外进来，大声问：“伲那还晓得，昨晚听到什么了？就在草泥塘附近那块空地上。”

章菊芬说：“听说了，爆炸蛮响的哇，火光冲天了，不会跟咱碍事吧？”

其他同事都蒙在鼓里，面面相觑。刘采文问钟书记：“不会是人为破坏吧！要是爆炸案死了人，就麻烦了。”

“你们等着吧！今天啥事也别干了，应付应付这等污糟事吧。说是有居民投诉门窗玻璃被震碎了，有私家车被爆炸物砸成坑了……不知咱社区受不受影响?”

果然，没等上班时间到，几拨居民陆续地跑进大厅，整个大厅一下子炸锅似的，叽叽喳喳，悲悲戚戚，哀哀怨怨，嘻嘻哈哈，什么样的形态都有。

夏柳看着一群人围拢着谈论爆炸事件，并不像受害者那样惊恐，只是作为本市头条新闻那样热议。这帮人很会联想，有的说美军空袭叙利亚就是这个声音，爆炸声中可以嗅出战争的味道，世界不太平，战争是随时可以发生的。有人说定向爆破作业也是这样的声音，拆房子炸楼板常有的事。更有人坚定地认为，既有响声又有火光，不是火药炮弹的爆炸，刚刚有个化工厂出事，指不定是什么安全生产事故，怕是又有人倒霉了。这个人说的有人倒霉，是说领导被问责吃官司。这些人的丰富想象，不无道理。夏柳这才发现，许多事情，想象比真相更可怕。夏柳站在一旁，六神无主，想熟悉自己的业务，又静不下心来，想劝导不要妄议，又觉得有点多管闲事，只有东耳朵进西耳朵出，充耳不闻，可嘈杂的声音里，总带着新奇的内容，又无法让她聚精会神。

此时，钟书记走近她身边，说有件事让她参与一下，先熟悉熟悉情况。钟书记还没交代完，外面来了两个人找他，悄悄地说起爆炸的事，请他安排人对接一下，要调查有关的人和事。一群议论爆炸事件的居民，看到他们，纷纷聚拢上来，侧耳静听他们的对话。钟书记把夏柳招呼过来，相互做了介绍。两个人来自司法机关，没穿制服，看上去不是正式执行公务，像是顺路拔根葱似的。其中被尊称为科长的人姓安。钟书记说，安科长是管理服刑人员的，对咱社区很关心，咱们要积极配合好。安科长客气地说，准确地讲是为社区矫正对象管理服务的，这是一群刑责轻判没有收监的犯人，我们的工作要靠社区支持。钟书记看着夏柳听得糊涂，便继续解释说，这块的工作，有章阿姨和小刘带着你做，不复杂，只是要有责任心。对夏柳来说，这么专业的领域，交给她这个新来的，觉得有点当儿戏，万一干不好，出了娄子，她怕担不起责任。她想拒绝，可不懂怎么拒绝。此时，倒被一堆疑惑占满——怎么犯人可以在社区里服刑？这应该是什么样的罪行？这不是把社区当成监狱了吗？那居民群众成了啥呢？其实，这项工作不光她不了解，社区居民也没多少明白的，真的明白了不是好事，会有恐慌。

一群人本来向安科长打听爆炸情况的，看到安科长缄口不提这事，便各自描述起自己的感受来。有的惊恐万分地说着自己受吓的样子，有的手舞足蹈地比画着爆炸场景，有的眉飞色舞地讲着自己的庆幸，有的……安科长被纠缠着无法脱身，只得搪塞说爆炸正在调查中。

安科长在这个节骨眼上门调查服刑人员，是不是与爆炸事件有关？现在只能说是事件，换个说法是事故，不能断定为案件，因为爆炸的原因和实施者动机都在调查阶段。本来应该是社区工作人员带着安科长到服刑人家中的，因为夏柳初来乍到，情况不熟悉，工作还没交接清楚，无法尽地主之谊，只得安科长喧宾夺主领着她前往。

章菊芬赶紧拉了拉钟书记的袖口，意欲让他制止安科长上门。钟志国醒悟似的说："还是把小田叫过来吧，到他家里总归不好。"安科长想了想，说："那就叫他过来，了解一下近期活动情况，排除嫌疑就行。"

章阿姨主动替夏柳打了服刑人的电话。看得出，服刑人小田是急着放下手头的事情，赶到社区来的。他的外套甚至连纽扣都没扣正，头发蓬蓬松松的，腮帮子上留着黑灰点，甚至眼睑下挂着微粒眼屎。大概是因为行动急促，抑或因为紧张发虚，气息喘得不够匀称。尤其是看到安科长他们俩时，那副猥琐迷糊、垂头丧气的样子，一看就是服法认罪的犯人。

"你叫什么名字？"

"报告警官，罪人田致远。"

"你自己对改造表现满意吗？"

"报告警官，表现还不够好，我正加倍努力。多参加社区为我设计的劳动。"

"你把近期的活动情况报告一下。如实说明，我们对你的每句话都将做上笔录。"

安科长和民警把服刑人小田叫到旁边的调解室里，双方坐定后，便程式化地一问一答，不过气氛还算温和，不同于那种传唤式的讯问。夏柳坐在一旁，本来拿着笔记本，想跟着记录点什么，被他们制止。其实，自从小田出现，夏柳就有些心不在焉。她想，这么年轻，竟然成了罪犯，可稚嫩的神情，哪里看得出恶贯满盈？分明就是小孩在外跟人打架犯了错，在大人面前认错啊。多大的罪恶才够得上犯罪。夏柳满脸疑惑，可在威严的安科长和民警面前，她还是有点颤颤巍巍、小心翼翼。外人不了解，还当她与小田是同伙呢。

“昨晚草泥塘那儿发生爆炸，你知道吗？你要老实交代啊，否则后果想必也知道。”问话首先提到了爆炸事件。

“没、没、没出门的。我在家待着的。我姐做证。”小田惊慌地解释说。

“你叫你姐做证？一个没有民事行为能力的人出面做证？一个受别人监护的人出面做证？哄谁呢？”安科长严肃警觉地追问着，让小田无法申辩了。

“那我说，我是去了现场……不，是爆炸之后，跑去看热闹的。当时已经有好多人围观，警察都拉了警戒线了。”小田回答上半句的时候，夏柳一下子心情紧绷起来，咬着牙在心里骂道，一个人面兽心的东西，真是坏透顶了，罪有应得，活该。当小田发现自己口误，马上愣住，转口说完下半句的时候，夏柳悬着痛恨的心，终于放了下来，随着气氛由紧张转而舒缓，狠狠地作一深呼吸。不过，事情还没有完。

“你不能自证清白，你要准确提供在场的时间，以及相关的证人。你所说的每一句话，都将是呈堂笔供。”一旁民警再次提醒他。

小田只得含糊地说个大概，至于相关证人，当时围观的人太多，他也没有遇到熟悉的人，更何况黑夜阴沉，人是影影绰绰的。安科长和民警感到这样的审讯暂时不会有什么结果，只好反复交代他，现在是服刑阶段，不得离开社区，但愿你说自己与爆炸事件无关是真，万一有点瓜葛，还是主动交代，争取宽大处理。钟书记和夏柳目送他们离开之后，把小田留了下来。钟书记严肃问他：“昨晚你真的去了现场？就是没有搞破坏，那也是说不清楚啊！”小田说：“这种事你想想，我能干吗？何况也不是一个人能干的啊。钟书记，你放心，我是戴罪之人，我对天发誓，我的良心没有泯灭。”钟书记说：“我相信你，先把自己的生活安排好吧。”田致远走的时候，钟书记特意告诉他，这是新来的小夏，今后她负责对你的监管。他回头连看都没看一眼，只向她鞠了一躬，转过身就走了。夏柳潜意识地向后退缩了一下，没敢直视他。

钟书记摇摇头自言自语地说：“一个好青年，就这样毁了。”

夏柳望着田致远渐渐远去的背影，丝毫没放过他每一个细微的动作。她隐约看到他猛地扬起右臂，攥紧拳头向空中砸去，时不时地踹着脚，地上的树叶和碎石四处飞舞。

不难想象，此时的田致远正在以此方式表达对调查的抗拒情绪。一个人在什么样的情况下对着空气挥拳，对着地面乱踢，难道空气和路面是他抗争的对象吗？显然不是，他的行为没有给世间万物带来任何感觉，只是给自己带来痛苦。究竟是委屈、绝望，还是愤怒，只有他自己清楚。可在夏柳看来，田致远这种发泄，不外乎两种情况：一种情况是，爆炸事件的发生，跟他毫无关联，仅因为事后围观看热闹，就把他牵扯进去，显然对他不公平，他只是围观中的一分子，他感到无辜、冤枉，他无力申辩，陷入无助境地，只得挥舞拳头回击愤懑。另一种情况是，他参与了爆炸事件，但并不认为这样就会构成犯罪，更不会想到这么快地找到他，他心虚，他懊悔，只得拿路边的树叶和碎石发泄。从安科长讯问口气感觉到，爆炸属于人为事件，从推理逻辑上看，嫌疑对象会从有问题的人里排查。

田致远没有直接回到家中，他折转出了小区，东摇西晃地来到运河浜上。面前的古运河，虽打理得清澈，却没有生机，说是贯穿南北，其实是死水一潭。这些年，为了水清岸绿，政府不惜重金投入，分流截污，清淤调水，修筑堤岸，终于再现了一幅枕河人家的江南美景。从小在运河边长大的他，似乎前世与河神有缘，每当受到同学欺负，受到父母责难，只要心情不快，都会跑到这儿，蹲在亲水的古垂柳下，或大哭一场，或大声咆哮，这样的倾诉方式，虽是粗暴劣质，却总能换来心里的舒坦。然而，随着年龄的增长，他发现，人虽然变得成熟了，心却越发脆弱。这些年，倒霉的事，一个一个跟着他来，日子过得清苦倒是其次，毕竟他年轻有力气、有脑子、有生活的技能，可不如意的事情总是考验着他的忍耐力，他的人生总是笼罩着一片阴霾，这让他痛苦万分，甚至感到绝望。本以为耕读传家、根红苗正的自己，却因为自己的一念之差，吃上了官司，脸上从此刻上了“偷盗”二字，这个历史污点几乎让他到了无法做人的地步。多少次，他来到这个僻静的地方，望着河水发呆，实在绷不住了，就一猛子扎进去，自己以为能够一死了之，可从小习水性、善游泳的他，天然地凫飞雀跃起来。他也动过歪脖古垂柳树杈的念头，这是一个寻死上吊的好去处，然而这种死法似乎过于难堪，且需要一系列的装备准备。念想着怎么死法的过程，在脑子里不停地打着架，最后连死的勇气也泄了。

田致远的心情与清澈而静静的河水形成强烈的对比。他不是来欣赏美景的，不是来安放清静心灵的，他的心中有无限的痛苦和委屈需要发泄。此时，他怒火已经燃起，愤懑无法压制，想到摊上的窝囊事，更加悲愤交加，泣不成声，以泪洗面。他哭诉着，自己对“偷盗”行为，正在接受处罚，可为何所有的“坏事”都会跟自己沾边。哪儿报案丢了东西、酒后滋事，都会关心到他的头上，名曰了解情况，实则划定为嫌疑，发生的爆炸事件，竟然也找到他，世上哪里还有天理？“杀人不过头点地”，他虽说是服刑，也只是监外执行的，可连生活的权利和做人的尊严都被剥夺似的。还不如一枪崩了呢。这样的折磨真不如死了干净。

难怪田致远这么想。从小到大，本来生活尽是不如意，可成长的路上总是设置着一个又一个坎儿让他过。小学的时候，路上捡了一支铅笔，丢失的同学误认他偷的，结果被老师叫去训斥写检查，把父母叫到学校，老师的教训，父母的打骂，逼着他离家出走，后来因以弃学方式才被学校原谅。初中的时候，一个要好的同学暗恋一女生，让他递情书字条，结果被老师发现，搞得老师让他罚站了两天，女生家长也不依不饶找父母，像是被他强暴了要负责到底似的。总之，想到自己的那些冤枉事，就会流下一汪汪委屈的辛酸泪，他成了打不死的小强。特别是参加工作后，戴上了“偷盗”的帽子，入了刑，虽有千百种理由，那也被打入了“坏人”册簿。更何况，不论是非的社会舆论有时都让人无法申辩，“舌头底下压死人”。不过，田致远的刑罚，并没有形成“老鼠过街，人人喊打”之势，了解他的人甚至抱有同情，为他打抱不平。钟书记和章阿姨他们，总在伸手帮助他，称他为小田，说明大家还是把他当自己的孩子、同志和朋友的。可事实就是事实，法律就是法律。两个冰冷的东西结合在一起，就是冷冰冰的枷锁铁链。他真想死也不容易，沉重的家庭责任谁来担？父母节衣缩食把他抚养成人，在家中连续遭遇不幸的情况下，仍能供他读书上学，现在成人了，可以自食其力了，正是他承担这样的责任的时候，想逃避已然不能了。

“不好了！不好了！小田跑到河浜那儿去了，看样子，不会想不开吧？”章阿姨急切地叫着。钟书记带着夏柳直奔过去，看到田致远面对河面号啕大哭，泪流满面，不禁感伤起来。钟书记感叹地说：“好好的一个孩子，真要毁了。”夏柳说：“他犯了法，应该检点反思，这值得同情吗？”钟书记生气地朝夏柳瞪了一眼说：“知道啥？难道犯法就一定是坏人，难道坏人天生是坏人、永远是坏人吗？不懂事。”小夏被老钟劈头盖脸地数落了一通，算是领教了这位大爷书记的不客气了。她本想回嘴，申辩说警官可以调查每个人的嫌疑行为，更何况有罪的人。可看到钟书记的脸色，还是知趣地把话跟着唾液咽下去了。低声地回应一句：“我对情况还不了解。”

钟书记轻轻地上前几步，温和地喊道：“小田，干什么呢？‘没做亏心事，还怕鬼敲门’啊，回家去。还不嫌家里的事多是吧？”田致远侧头见是钟书记，马上抹了一把脸，擤了一下鼻涕，立起身来，仰天叹了一口气，走了上来，垂头奔着通往小区的街巷而去。

回来的路上，夏柳产生一个疑惑，想请教钟书记，算是随行在后消除冷场，便没话找话地主动搭讪道：“章阿姨劝您阻止安科长去田家，是为什么啊？”在夏柳的理解里，调查嫌疑人应该是突然袭击，让其毫无准备才是。假使田致远真是爆炸肇事者，这样调查，就会打草惊蛇。钟书记说：“章菊芬想得周全，也是让我们少干擦屁股的事。田家的情况很特殊。上次，也是他们到田家去，让小田的姐姐受了惊吓住了数十天院，社区干部轮流陪护，搞得精疲力竭。他们依法办事没错，可不顾及他人感受，致使后续麻烦很多。他们拍拍屁股走了，轮到咱们收拾烂摊子。今后你们年轻人学着点，咱们精力就这么多，尽好自己的分内之责就行，可别干那些别人生病我吃药的事儿。小田和他家的情况，你要多掌握，否则很被动，很烦人。”夏柳听着，有点似懂非懂，只是“嗯嗯”地应和了几声。脑子里多了几个问号需要一个一个地拉直——田家的情况有多复杂？田犯怎么能值得同情？社区能担得起执行的责任吗……想趁机多了解点情况。钟书记突然想起什么事儿来，接着他说要赶去参加一个紧急会议。

5

不一会儿，钟书记匆匆回到社区，马上召集大伙儿开会。

钟书记传达上级安全生产会议的信息量非常大，先是传达从省级领导到市区领导关于安全生产的批示和讲话，接着介绍和剖析接二连三发生事故的原因和危害。老钟像是亲临各抢险现场似的，对园区爆燃、道桥坍塌、餐饮店爆炸、仓库着火等事故现场的描述娓娓道来，特别是对草泥塘爆炸事故情况的介绍，更是显得心情沉重。

章阿姨看他拿着文件读着，不时还发挥一下，便插话打断他问：“这么说，是不是爆炸事件与田致远没关系啦？”钟书记看看章菊芬，没好气地说：

“怎么老不念小田的好呢？这不明摆着了，跟小田没关系，但不等于跟社区没关系啊。先听我传达完，再详细地告诉你们事件过程。”

钟书记接着读文件，再次强调道，这起爆炸事件，本不应该在咱们这地区发生的，但咱们有未及时发现和疏于管理的责任。在这节骨眼上出了问题，总归要有人负责的，市、区将成立调查组，查明原因，启动问责机制。“大家听懂了吧？爆炸事件定性为事故，不是破坏性的案件。爆炸的引发，有管理责任，要处分一批人的。”

夏柳听了半天，听懂了事故的来龙去脉，却不明白为什么问责。不过，想想这样的野蛮操作，倒也觉得后怕。正如老钟书记说的，有的人看到能换钱的东西，连原子弹都敢拆，胆大妄为，根本不计后果，如果没有政府的严控，恐怕无时无刻都会有伤人死人的事故发生。她从他的介绍中理解了他说的“明明知道可能发生的问题，一定会发生，只是早晚而已”的精辟定律，也知道了黑天鹅和灰犀牛的意思，显然草泥塘的爆炸事故，属于黑天鹅事件，完全出乎意料，不在掌握之中。

胡三一直坐在会议室外的报刊架旁翻看着报纸。人是埋头看报，眼睛随着会议室里波浪起伏的声音，眨巴翻转着。他履行着“义务监督员”的责任，像是在督查会风，其实他的耳朵丝毫没有闲着，关于爆炸事故的全程情况，全被他在第一时间收录了进去。他先是一惊，后又沉思，继而得知要处分老钟，心一下子提到嗓子眼儿。胡三本来想私下听点内幕就过去了，可急暴脾气没能控制住自己，他冲进会议室，说：“咋回事？老钟整天辛辛苦苦做事儿，到头来还要吃处分。这不行！咱们居民不答应。如果上面真要这样做，那就对不起了，我找些代表，咱们给你讨说法去。”

钟书记发现“半路杀出个程咬金”，哭笑不得地说：“胡老，你胡闹什么啊？这是在开会，是严肃的事情，你掺和啥！”刘采文马上把胡三劝离会场，胡三转身跟小刘说：“钟书记不容易，他是好人啊，他冤枉啊！你们要开导开导他。”

钟书记继续着他的工作部署，说：“不管怎样，在一天干好一天。上面部署了，要举一反三排查隐患，排查的内容马上要下发，主要是涉及电源、火源、气源等，挨家挨户‘拉网式’排查，排查对象涉及所有辖区内企业和商铺、公寓和民宅，凡使用罐式煤气瓶、电炉烤火烧饭的，一律列入造册整改。

这项工作责任分解到了社区，是当前压倒一切的重点任务。每天要报告工作进展，把摸排的几类项目数据、查封数据、整改数据，统计上报。”说到排查整改，大家再次议论起来。

夏柳有生以来第一次参加这样的工作会议。她听得专注入神，若有所思。社区会议气氛看上去严肃，实际上温和轻松，一点没有人民大会堂那种庄严肃穆，当然也不会有万人体育场球赛或演唱会那种热烈欢快。有经验的领导讲话或者部署任务时，很少拿官腔，参会人员喜欢通俗易懂、言简意赅的“干货”，最好穿插一些感兴趣的话题，可以增强感染力。钟书记基层经验丰富，知道大家的口味，所以传达上级会议精神时，省略了重大意义、重要性、必要性等大话套话，直奔主题告诉安全造成的影响和危害，部署任务简明扼要，告诉做什么、怎么做。责任分工一下，大家一目了然。当然，会议可以随便插话，不懂马上就问，当场做出解答。不过，令夏柳意外的是，看似平时任劳任怨、认真工作、默默坚守的同仁，也有怨言牢骚。基层承担着行政系统和执法系统的功能，无形中让他们承载着看不见的负担，“上面千条线、下面一根针”，到了最底层，咱这些人就是“针眼”，难怪有抵触情绪。不过，牢骚归牢骚，任务下来了，还是不敢马虎地去执行。

既然田致远与此事件无关，是不是应该告知他一下？夏柳提醒钟书记，事件已水落石出了，不能让嫌疑人永远处于嫌疑状态，免得陷入事件的恐惧中，无法自拔。钟书记告诉夏柳，说马上通知小田，不要多想了，爆炸事件的来龙去脉清楚，与他无关，让他放下包袱。

大概田致远知道了爆炸的原因。这事十有八九是胡三向他通报的。他与爆炸无关，这是毋庸置疑的，偏偏因为打上的“坏人”烙印，就跟踩到了狗屎一样，只要有臭味，就从他身上闻。他强烈地感受到，被怀疑的滋味真不好受。现在情况明朗了，总算吊在心口的石头落地了。

他轻松快捷地来到服务大厅，向钟书记鞠了一躬，叫了一声章阿姨，冲着夏柳和刘采文笑了笑。钟书记告诉他，爆炸原因已查明了，与你没关系，放心吧。田致远说，幸亏查出原因了，否则“跳到黄河也洗不清了”。他长长地舒了一口气，心里得到了轻松的释然。

钟书记提醒他，这事是过去了，可矫正期限没有结束呢，要有时刻被“提审”的心理准备。一天不发免刑通知或者期满解除通知，你就要好好夹着尾巴做人。“谢谢书记的提醒，谢谢婶婶和姐姐、妹妹的帮助，我一定好好改造，重新做人。”田致远想到自己的违法，给家庭和社会带来不好的影响，低下头来向在场的工作人员表达歉意。

夏柳调阅社区矫正对象情况时发现，拥有五千多名户籍人口的千岁坊社区，有违法犯罪案底的三十多人，这应该是犯罪率比较高的区域。她有所不知，历史上的千岁坊和布衣巷，是河道经流地区，水陆交通发达，南来北往的流民慢慢滞留聚居此地，大多数人生计无着、穷困潦倒，以致后代子女失教失管，缺少社会关爱，渐渐地沾染上不良习气。从转为社区帮教情况看，大多属于刑释解教对象，犯有打架斗殴、抢劫偷盗、嫖娼卖淫、吸毒贩毒、走私贩私等前科，刑期最长的有二十年，刑满释放后，由司法部门委托社区负责监管。另有两人是因病假释，移送到家中监外服刑。田致远是唯一一个被判有期徒刑一年、缓刑两年的年轻罪犯。之所以没有收监，而列入社区矫正管理，是基于他的违法犯罪情节轻微，未对社会构成危害，个人本质良好，家庭情况特殊，保留部分自由权，体现法与情的综合考量。夏柳没有查阅到田致远的犯罪卷宗。她知道，这些材料是公诉和法庭定罪的依据，不会转交到社区手中。不过，夏柳还是从同事那儿打听到了田致远的犯罪事实和经过。

田致远大专毕业后，进入一家小型民营企业，从事电子仪表检测工作。一段时间之后发现，老板常常以产品质量不合规，作业不按程序为由，克扣和拖欠员工工资。一次，小田因检测设备障碍导致一批仪表报废，结果被公司勒令除名。临行前，为讨回自己的最后一份工资，跟老板打了一架，之后被老板找人把他收拾了一通。含恨在心的小田，决意要报复，可他势单力薄，根本撼不动生活的不平，于一天深夜潜入公司里，拿走老板办公室里的笔记本电脑。结果，经公安侦破，田致远列为盗窃财物重要嫌疑人，受到审讯入刑。

小田对他的偷盗行为一直坚决否认，甚至在他的母亲和姐姐面前缄口不提犯罪刑罚的事。他认为，老板欠薪赖账，正好借机“碰瓷”倒打一耙、反讹一把。他知道，一旦贴上盗窃的标签，那就是人人避而远之、深恶痛绝的小偷，从此便没有了做人的尊严。可他总想不明白，他讨回的是自己的那一份权益，没有老板的无赖拒绝，绝不会有自己的一时冲动。他要是真起了歹心，应该撬开保险柜，卷走所有值钱的东西，而不是仅仅顺手牵一台电脑。他才二十几岁，自己的前程就这样暗淡下来，他万念俱灰，可心又有不甘。他是这个家庭唯一的依靠，他想躺平下去，都没有权利。

有意思的是，人们对小偷的深恶痛绝，根本没能体现在他身上，反而因犯罪而博得了人们的同情。有人为他打抱不平，可判罚是事实为依据，法律为准绳。田致远采取了非常隐蔽的手段，获得他人的财物，其行为就是违法。至于量刑轻重，自然是按数额或造成的损失而定，当然认罪态度也是参照。他可以不被追究，就是因为态度恶劣，有抗法和报复嫌疑，才被判处一年。然而，没有人把他的“态度恶劣”与克扣工资行为和遭到老板毒打联系起来，更不会有人想到他的抗争与产品报废有关，而产品报废不是他的主观故意，是与生产工具有关，生产工具是企业的，不是他个人的。他现在意识到，这个世界似乎是强者的天下，他今天的犯罪，完全是老板下的套。当初如拿起法律的武器维权，排除自己生产中的过失，或许就不至于吃上官司。当然，他年轻，初涉社会，脑子里并不会装那些复杂的事情。

田致远在社区矫正期间，虽是心里憋屈窝囊，可还是服从管教的。起初的时候，早请示晚汇报，后来社区工作人员烦了，就要求他，如需要离开社区，就主动报备。他需要工作，他要养活他的母亲和姐姐，所以多数时候不在社区里，也就睁一只眼闭一只眼地让他自由进出。这大概是与收监罪犯最根本的不同。他可以享受空气阳光和工作权利，可以享受有限的自由。

夏柳在几位老同事的传帮带下，初步完成了自己的身份转型。她从一个充满热情、放射着自信光芒的学生娃，渐渐蜕变成富有理性、善于观察思考的职场跟班。此时，她深切感受到社会系统多重因子的碰撞，体会到这份工作的责任和压力。本来跟钟书记、章阿姨以及胡三这样的人群打交道，已经体会到工作生活的不易，可又分配她做田致远这样的“坏人”的工作，面对一摊“非主流”事务，她需要的不仅是勇气，还要有足够的能量。

夏柳不是文弱书生，某种状态下，有男孩仗义执言的性情。面对工作，苦点累点不算什么，可面对特殊群体，那是需要强大心理支持的。每当想到他们现在或者之前的犯罪事实，内心的惧怕和逃避便闪现出来。这些“坏人”是不共戴天的，是为社会所不齿的，是人民群众所不容的，可现代法治环境下，他们走出高墙，可以同在一片蓝天下，与受法律保护的人民共存。至少她的生活圈里未曾所闻，而今他们成了她的工作对象。有时想来，匪夷所思，既可怕又担心。虽说现实未出现过对管理者的伤害，可这种潜藏了管理与被管理的冲突是与生俱来的。她想让钟书记调换工种，可初来乍到，开不了这口。工作没进入状态，就拈轻怕重、挑肥拣瘦，这哪里是被称为具有国际视野的年轻人的品质？想着退缩不干，可这份工作还是打招呼争取来的，本是内心热爱的工作，也是专业匹配度高的工作，怎么能放弃呢？再大的困难，也要顶过去，不能被人笑话。

摆在夏柳面前的当务之急，就是尽快了解所有矫正对象的现实表现。经历了一段时间的思想斗争后，她请求让老同志带着她家访。钟书记他们几个为安全隐患排查的事忙得焦头烂额，每天加班加点到深夜，哪里抽得出人来陪她。后来私下跟刘采文商量，没想到小刘爽快地答应了她。周末的一天，夏柳和刘采文约定来到田致远家。

6

千岁坊社区是处典型的混合型社区，紧贴市区的一段是商业开发的高档住宅楼，沿着布衣巷通道的是一片混搭杂乱的私家民房，往南延伸的则是四五幢多层并行的筒子楼。私宅地段已列入整体拆迁，突兀耸立的筒子楼显得特别沧桑，与一路之隔的高档小区显得特别不搭。

筒子楼是二十世纪七十年代末的居民建筑。田致远的家就在这筒子楼里。当时为解决知青返城住房问题，由政府和单位出资统一建造，每层楼面有七八家住户。能够分配到这样的一居室，算是幸运的。田致远的父母因为外祖父的原因，得到特别的照顾，才享受到了这样的安置。

夏柳对这片巷弄有着模糊印象。小时候经常到居住在这儿的姨娘家玩。她记得，她能在长长的过道里，一脚把毽子踢到姨娘家的橱柜里。后来，不知什么原因，她姨娘与妈妈闹得很凶，之后就彻底没有了来往。随着此地一轮又一轮的开发建设，儿时的印象已面目全非。唯独这样的筒子楼，存留在记忆里。

狭窄而幽暗的楼道里，已经没有了当年人头攒动、喧嚣起伏、饭菜飘香的热闹景象了。展现在眼前的是台阶上、墙面处的涂鸦喷绘，搬家公司电话、办证手机、十全大补等一应俱全。有条件的家庭搬迁到了新建小区里，剩下的是老弱病残，不少成了出租屋。楼道里沉寂得让人害怕。刘采文带着夏柳拾阶而上，敲开了二楼对着台阶的那扇门。

田致远蔫头耷脑地打开门，随后抬头惊讶地看着小刘和小夏，便把低垂的腰身直立起来，脸上显出几分羞怯。面对着两个美女妹妹，慌乱地说着：“怎么也不通知一声啊！家里乱得，还没收拾呢！”接着，急切地把堆放在门口的杂物顺了顺，把桌子和方凳用抹布擦了擦，面带微笑地示意她们进屋。刘采文不高兴地斥责他说：“年纪轻轻的男儿，这么窝窝囊囊过日子，将来谁肯嫁你啊！处罚归处罚，没罚你过邋里邋遢的生活。不能自暴自弃啊！后面的日子还长着呢！”

随后，小刘问了问他妈妈的情况，当问到姐姐的情况后，他们走进窄小的由阳台改造成的蜗居里。此时，一个脑袋歪斜、身材矮小，穿着花夹袄的女孩，坐在床沿边，正用掌心艰难地夹着勺子往嘴里送食。当她发现有陌生人进来时，身体像一个受虐的小动物似的瑟瑟发抖，眼睛里充满了惊恐，嗓子里发出尖尖脆脆的哽咽声。这样一个受着惊吓的状态，不由得让人怜爱起来。小刘上前向她打招呼说：“雪妮，你好啊！还认识我吗？”田致远的姐姐田雪妮冲刘采文点了点头。“这是我新来的同事，叫夏柳。夏天的夏，柳树的柳。我们一起来看看你。开心吧？”田雪妮艰难地摇了摇身子，一字一句地说：“很高兴看到你们！”夏柳用手招呼说：“认识你，很高兴！”田雪妮的外部特征，让夏柳一下子意识到，大家提到的田致远的特殊家庭，原来是有个完全丧失自理能力的脑瘫姐姐。小刘随手帮雪妮整了整床铺，叠了叠被褥，收拾归拢好窗台上的杂物，顺手拿梳子给她梳理着头发，不时地聊聊开心的笑话。刘采文的举动自然而亲切，这让夏柳很受触动。刘采文跟夏柳年龄差不多大，似乎人情世故比夏柳懂得多。本来走入田家时，心里还有点畏惧，当看到田致远青涩的神情，一下子让她无法把他跟坏人联系在一起。小夏的悲悯情绪似乎被带了出来。她主动接近雪妮，帮她端着盛有米粥汤的搪瓷碗，以便她能准确稳定地用勺子把米粥送到嘴里。雪妮冲着夏柳微笑着，不时地用眼瞟着她，眼神里充满着感激。

小刘向田致远说明来意，可从他表现的情绪看，他欲拒绝重提他的过去，特别是那段不堪回首的丑事，如同在揭旧伤口，他也不想谈及自己和家庭的不幸。每每提及这样的问题，触动的都是痛苦的感伤。他现在不需要别人同情，也不需要别人干扰他的生活，他想平平静静地熬时间，尽快把罪犯的帽子摘掉。其实，小田不是拒绝接受帮助，而是不想让别人看到他生活的本来面目。或许出于自尊和面子，或许是考虑自己的未来，毕竟，如他母亲所说，自己的痛苦自己担着，抬头做人才会有人瞧得起，将来还指望他成家立业，如果公开了这样的家庭困境，知道是个窝囊的人，那一辈子别想有人走进他的生活。“你们也看到我家这个情况了。母亲说，牛吃草鸡吃谷，各人享各人的福。过去比这更苦更难的日子，我都熬过来了，我现在有能力养这个家，可我失去了自由，连工作的权利都剥夺了。你们说，我的内心能受得了吗？我不会接受别人的施舍，我不会出卖仅剩的自尊。我倒霉，我认栽，我的生活我做主。”田致远激动地说道。

田致远内心的痛，他人无法理解。此时，夏柳感到，田致远虽是改造，其实根本没有改心。生活的无奈，加之对判决的不满，使他内心充满委屈和愤怒。矫正已经时间过半，他仍没有面对现实，正视自己的问题，只是法治的强制力，不得不让他服从这样的处罚。夏柳其实并不了解田致远，他之前的抗拒比现在要严重得多，因为得到一个叫梁平的朋友的开导，总算有了一点改变，不然他“破罐破摔”，也没人拿他有多少办法。梁平曾是他的工友，得知他犯了事后，给他讲了自己的经历，说他爷爷当年因为在已收割完的地里捡了一把麦穗，结果打成反革命，蹲了几年监狱，这还没完，连累到父亲，学习优异的父亲跟着倒霉，当兵考学的机会都没有，后来虽说帽子摘了，可机会再也不等人了。自己也有比他更委屈窝囊的事。说是刚进城打工的时候，不懂那么多城里的规矩，撒尿找不到厕所，顺便往路旁的树根下尿，结果被人抓住，带到派出所，说是破坏绿化，行为不文明。他承认不文明，确实是自己憋不住尿，说损害绿化他反驳了，他说他撒的是尿水，相当于给树木增肥灌溉，怎么是破坏呢？他说这一泡尿水，又不会带来洪涝，怎么会引起灾害？结果一泡尿要罚他五百，态度不好要拘役，他说没钱，让他们关他，他想关在里面会管饭，在外面一时还找不到工作，要饿肚子，他们看他动机不对，这才放了他。前不久，他又遇到倒霉的事。他过马路，遇到一台豪车要冲撞，随口骂了一句‘他妈的，不长眼’，结果三天后，被传唤到派出所，说是有污辱他人嫌疑，他想狡赖，可行车记录仪视频一清二楚，就这么一句口头禅，耽误了一天的生意，好在不是遇到什么大人物，不然不知自己什么下场。田致远听到朋友这么一开导，自己也就不再沉浸在自暴自弃中。

夏柳示意刘采文不要要求田致远做什么或是说什么。短暂的接触交流，已经让夏柳陷入深深的悲戚之中。这些底层生活中挣扎的微尘，他们害怕风雨的吹打，他们渴望安落在无人打扰的天地里。只有尽量不要打搅他们的生活，不触及他们的痛，才是对他们最大的安慰。夏柳甚至换位思考，假如她是田致远这样的情况，那该咋办？田致远与自己年龄相仿，也是刚刚步入社会，没想到碰壁遭到惩罚，似乎毁掉了个人前程。加之破落的家庭重负，压在他一个人身上，这又有多少年轻人能够承受？她内心责备田致远鲁莽导致犯罪的同时，又多了一丝的同情和欣赏。田致远拒绝提及过去，夏柳和刘采文没有责怪，她们把注意力集中到了田雪妮身上，开开心心地哄着田雪妮。田雪妮在纸上歪歪斜斜地写着，不时相互间会心地笑着。田雪妮的眼睛老是盯着小夏简洁的穿着，嘴里含混不清地冒着“妹妹真漂亮”五个字，乐得夏柳直夸姐姐眼光好。

临走前，田致远提出允许工作的请求，他说低保金不能维持正常生活，他要自己养家。他说他不会再犯错误的。刘采文自言自语地说，这个应该不是问题，总不能躺在家里算作处罚吧？事总得要做，饭总得要吃。接着果断地说，回去向上级汇报一下，再回复。

田致远需要工作，没有收入很难维系这个家庭的正常开支。脑瘫姐姐除了一般性药物维持，当时父亲健在、母亲健康时，总会给些特别的营养品。母亲长期住院康复，需要定期补充营养。没有收入来源，吃饭都成问题。他想收监在高墙里，还能管饭，给家里省一张嘴，现在却为生活犯愁了。

经过接触，夏柳对田致远的情况有了一些了解。她对他有个基本判断——田致远心地善良，为人刚正，本应该是个好青年，虽然一时冲动受挫，但鉴于家庭现实状况，他不会破罐破摔的。至于矫正管教，自由度可以相对宽松点，只要服刑期限的最后日子里不出问题，就算完全解放，对她来说就算完成任务。

田致远本有一个平淡而幸福的家庭。只是接二连三的变故，让年轻的他过早背上了沉重的负担。夏柳从资料上查阅发现，田致远十多岁时，父亲田德贵车祸重伤成植物人，肇事者逃逸，未能得到补偿，母亲薛玉蓉倾其所有，终未能抢救成功，从此精神失常，长年入住精神病院监护。田致远承担起残疾姐姐的抚养。初中毕业考入职业院校就读，靠社会助学和勤工俭学完成学业。全家的生活来源是低保金。

刘采文把田致远要求边改造边工作的诉求，向主管部门做了汇报，上级考虑认为，田致远受的是刑事处罚，采取的是监外社区矫正，基于对社会没有造成大的危害，对他的要求是自我管理为主。只要不离开社区，做到随叫随到，一般不会深究。刘采文琢磨这话的深意，理解为默许，是既不反对打工，也没明确支持打工。她把这个暧昧的要求传达给田致远，田致远很生气，说不走出社区到哪儿找工作？刘采文说他死脑筋，整个城区就是大社区，只要不失联，就相当于随叫随到。田致远这才觉得，有这样的默认，也算是恩典了。

一家人的生活要继续，他必须去工作去挣钱。可真的离家不归地在外打工，家里的生活就会乱成一锅粥。姐姐田雪妮的日常起居、一日三餐得有人管，母亲薛玉蓉住院期间，每周定时探视要有人去。这些事情偶尔找人代劳可以，日子长了，两人生疑，麻烦就大了。救急不救穷。何况他不愿接受别人的帮助。施舍对他来说，如同乞讨。他有时想着，反正背上了小偷的污名，一次是偷，终生为盗。假使成功地干它几票，给生活带来转机，也不枉真做一回贼了。可这种事，想归想，骨子里就没有那个基因，想着学坏却没有豪横的勇气。他四肢健全，自食其力没问题。打工对他而言要想个两全之策。

其实，田致远并没有老实到束手居家受刑的程度，只是场面上要得到监管方的同意。说是接受社区劳动改造，那也不能获取报酬，社区只是偶尔让他来露下脸，搞个活动打个下手罢了，真没啥他可以做的事务，只要不脱离管控视线，平时睁只眼闭只眼地由他去。小田心领神会，从来没停止靠自己养家糊口的努力，时常悄悄地出去帮着朋友跑外卖、送快递、装卸货、做代驾，晚出早归，不被人察觉。可这样的方式，总有偷偷摸摸的嫌疑，因此请求小夏和小刘向上反映，也是争取工作的权利，自己干得也踏实。他不希望事事“被嫌疑”，社会上出了什么事，都把他提拎出来，调查审问一通，如同外公当年到处陪着游街示众一样，让他心里难以承受。现在，他不需要心虚地去应承打零工了。他放下包袱，开始像正常人一样跑外卖、做代驾。

曾在一起工作的同事梁平，自小田吃上官司后，愤然辞职做起了外卖和快递。他十分同情小田的遭遇，看到他家的光景过得像筛子窟窿眼似的，时常给他点接济，后来案子判下来，看到他没有完全失去自由，可以做点挣钱养家的事情，便私下里帮衬他，找点临工让他干干。当田致远提出可以正常跑动时，梁平专门给他买了一辆电动自行车。以自己的名义跑外卖的第一天，田致远就在平台账户上得到了一百多元的收入。他算计着，如果路线跑熟了，每月就会有四五千元的进账。这将会是他人生中最大的一笔财富。这个时代本来就是催着命似的让你奔跑、让你实现梦想的，这么好的赚钱机会不是说有就有的，一定要不负韶华，努力再努力，让母亲和姐姐过上跟别人一样的生活。想着想着，他不由得自我陶醉起来，内心充满喜悦和对未来的美好憧憬。

田致远毕竟单纯，他以为只要卖苦力就能有钱赚，他把复杂多元的社会想简单了。事实并不是所想象的那样。在顺风顺水走街串巷几天之后，他感受到外卖快递看似跟互联网搭一台车，其实有时跟讨饭推销没啥区别。田致远自尊心强，低声下气的事，他做不出来。

一次，他没有把客户点的午餐外卖及时送达，结果客户以人已出门拒绝签收。当联系到接头地点时，客户说饭菜不是自己所订的口味，拒绝接收。小田耐心解释，颤声央求，客户就是不为所动。小田急了，强行把打包食品送到家门口，结果客户与他推搡起来，不仅以“差评”相威胁，还狠狠地抽了他一耳光，把食品扔到了垃圾筒里。田致远哪里受过这样的污辱，可等他反应过来的时候，此人已经猛地关上了门。他用脚踢门显然不解恨，可四处没有让他打砸的工具，他真想把门砸开，冲将进去，跟这样的人渣拼了。世事常常会因一念之差改变命运。田致远的愤恨因为没有作案工具，戛然而止。可内心的愤懑快速转化成无限的委屈，泪水像断了线的水珠止不住地奔涌出来。他不能哭出声来。他不能让这样的人看笑话。他的泪水不是因为耳光，而是因为“差评”。一百个“好评”刷不平一个“差评”，一旦有了“差评”，就意味着他的接送单量会下降，收入会减少甚至被克扣。一包被扔的饭菜，损失不言而喻，跑腿费是泡汤了，饭菜费用也得从自己的账户中扣除，加上耽误的时间成本，影响了自己出单量，损失自然是不小。此时已是下午三点，小田从气愤中回转过来，有了饥肠辘辘的感觉。他常常饥一顿、饱一顿，完全靠自己肠胃强烈的抽搐来提醒用餐。今天因为多抢几个单子，还没顾得上填一粒米，现在肚子已经抗议了。他望望被扔在垃圾筒里的饭菜，咂咂嘴唇，用手摩挲着肚皮，终于决定把它捞出来。小田坐到旁边的马路牙子上，手捧着已经冰凉的快餐盒饭，狼吞虎咽吃起来。心里想着，就这吃着盒饭的主儿，竟然也豪横，贱人充大爷，早晚得报应。

田致远的外卖快递工作，总是比梁平他们多了许多涉滩过坎的经历。他连自己都不相信，什么事情总像是考验着他，跟他过意不去。他送出去的果品快递，客户打开包裹后，发现里面腐烂，拒绝接收。按规则，双方认定拍照可以退回，偏偏因为小田在半路上将包裹不慎摔坏，外部变形，最后责任摊到了自己头上，成了莫名其妙的冤大头。“吃一堑，长一智”，田致远在受挫中不断地吸取教训，获得成长，学会了察言观色，讨好献媚，力求让客户看得自己舒服亲切。可就是受不得别人的冷眼和恶言。

有一次，田致远兴冲冲地把包裹准确地投送到客户家，当他敲门时，一只酒瓶从里面直冲而来，砸在他的前额上，顿时让他眼冒金星，手中的包裹掉到了地上。他站在门口呆了半天，竟然没人理会。原来，两口子只顾着相互间吵架扔东西，厮打成一团，根本顾不上门口站着的田致远。小田大声喝道：“别打了！出人命啦！”一只手扶着门框，一只手按住前额。男主人这才停住手，眼睛盯着门外，愣在那儿出神。紧接着，嘴里骂着：“败家娘们，让你淘宝买买买，让你倾家荡产网购，全给你扔到外面喂老猫。”说着，冲到门口欲抢快递包裹。女主人说时迟那时快，一把抓住男人阻推起来，绝对是力拔山兮气盖世，使男人趔趄地滑倒在地。连一旁的小田都看傻了。不过，小田却是忘了自己的痛，呆呆地发出一声傻笑。可这一傻笑，却让小田引来杀“声”之“祸”。女主人不顾男人是伤是残，是死是活，两臂叉着腰，河东狮吼似的咆哮道：“怎么啦？没吃过猪肉，就没见过猪跑啊！一看你这贼眉鼠眼的，就不是好人！滚一边去。”“怎么说话，怎么不是好人啦？我一送快递的，哪儿得罪你们啦！我被你们砸伤了，你们得赔偿。”田致远一听她说不是好人，心里很是不爽，加上受了伤，更是气急地反驳她。“看你长得跟贼似的，怎么算好人啊？赖着不走是吧？我要报警了。”田致远平时就听不得带“贼”字的戏言，今天被泼妇莫名其妙地恶语相加，让他既难过又愤怒，恨不得跨上前狂抽她几下。可她说要报警，他犹豫地退却了。他已经在历次挫败中学会理智忍让，懂得只有用自己的忍耐，才能换回失去的自由，才能改变自己的人生。他用手捂着前额伤口，哑巴吃黄连，自认倒霉，内含愤懑地离去。不过，他真担心这对冤家再闹下去，不定会打出个猪头狗脑来，走到小区门口时，他还是将这一家打架的情况告诉了保安，嘱咐门卫保安上门劝劝，不要真闹出人命来。

田致远短暂的快递小哥生涯，并没有给他带来应有的收入，他的生活并没有因为不停地奔波而得到明显改善。这个经历让他领略了人间百态，世事炎凉，人心险恶。

在他自暴自弃、心灰意冷的时候，梁平请他和几个朋友消夜吃烧烤。这大概是快递小哥们最为快乐的时光。他们可以轻松快活地开怀畅饮、谈天说地、引吭高歌、放松心情。田致远从他们的闲聊中才知道，大家的经历彼此彼此，只是他少了一份以苦为荣、以痛为乐的自我解嘲精神。梁平也有委屈，人家是一笑而过，权且成为调侃的佐料。梁平说他遇到一次最为恶心的外卖，他边喝着啤酒边调侃着，一客户深夜让送快递，跑腿价格不菲，条件是必须限时限刻送达，他迅速接下单子。他让大家猜是什么包裹？大家边吃边摇头不感兴趣地听他说，他说就是一火柴盒大的包裹。说大家应该知道是什么吧？大家仍是边吃边看着他摇头。深更半夜送一火柴盒大小的东西，大家说能是什么啊？看来都没有生活经验呗。他继续卖着关子，甚至有点失去说下去的兴趣。其间一人说，不会是避孕套吧？他放下酒杯，拍拍手说，还真有高人啊。回答正确！加十分。引得在场的年轻人一下子眼睛亮了起来。梁平接着说，大家猜猜，我送到那儿去的时候，会有什么情况发生？大家发挥起了丰富的想象。有的说，没找到地方。有的说，去晚了，不要了。有的问，不会是送到床头吧？……大家哄堂大笑，像是看着一场马戏团的表演。梁平接着说，当自己赶到的时候，先是小心翼翼地敲了敲门，夜深人静，不能响动太大，更不能惊着这男欢女爱的好事。门打开了，你们猜我看到了什么？大家摇头，希望他不要卖关子。他说，门打开了，男人赤身裸体地对视着我，说是用不着了，不过，钱照付。男人悠悠晃晃去取钱，我心跳加快地朝卧室里瞄了一眼，果然床上那洁白如玉的肌肤，在微光的折射下，特别地清亮……这可是罗马人体古典壁画的场景，太让人垂涎啊！大家纷纷端起酒杯跟他碰杯喝酒，让他把嘴堵住，说是不允许他引诱犯错误。

不管怎么说，梁平的确成了田致远的引路人，也成了这帮穷小哥儿的精神支撑。梁平的话，特别对他们的口味。梁平从快递外卖的经历里，感悟到许多人生哲理。在梁平眼里，快递小哥是二十四小时全天候、无死角的服务天使。为啥叫咱快递小哥？快递是咱爷们做的事业，小妹和大姐都不成，不说什么安全感，就这没有廉耻的尴尬事，恐怕就要吓倒一大片。男人之所以男人，他有自己的生理特质，始终保持站立向前的征服感，连撒尿都是立着的，包括所有的灵长类动物，哪个会做到这一点呢？只有咱们男人。所以男人就应该担当起应有的责任。梁平认为，客户就是上帝，上帝从来都是对的。男人在上帝面前要能伸能屈，有求必应。上帝让干什么就得干什么，他是咱们的衣食父母，只要没到顶礼膜拜，跪着示好的份儿上，抛点甜言蜜语、暧昧微笑，又不失尊严，何乐而不为呢！

梁平对着田致远说道，你说你送外卖，遇到拒收心中不爽，遇到冷言冷语听得有气，遇到热辣场面看得羞愧……这些算是什么事？有没有听说为送一杯奶茶，没电梯直接爬到三十层楼去的？有没有听说临死的人因为等一份快递而死不瞑目的事？有没有听说三番五次帮助客户进退货的？这些，我都经历过。给情敌送外卖，是什么滋味呢？那是一种刮骨断筋的刺痛。可又能怎样？即便带着仇恨，也要服务到家，有怨不打笑脸人。干戈可以化为玉帛，还有啥坎过不去呢。梁平的话，让田致远冰冷的心稍稍有了些融化。似乎自己的痛苦被别人抽去了一些，心情也比之前轻松了些。

……

又到了探视的时间，田致远匆匆赶到第七医院探视母亲的时候，母亲薛玉蓉正在窗口眺望着。第七医院是全市专门收治精神疾病患者的专科医院，位置很特别，地处绿荫植被覆盖的惠泉山坳里，幽静而雅致，只是离城中心较远。医院规定，家属探视每周只能一次。小田和母亲有固定的相见时间。每到这个时候，他会雷打不动地从二十公里外的家里赶过来。母亲也会在这个时候等待着儿子的到来。

近来，薛玉蓉的病情有了周期性的好转，大脑思维达到正常水平，脸上的笑容也变得温馨真诚。她迎着儿子进入病房，主动拿出毛巾帮他擦汗，倒上一杯白开水，示意他喝。田致远拎着一手袋苹果、牛奶和饼干等零食，小心翼翼地放在床头，轻声细语地叫了声“妈”，冲着母亲笑了笑。他的一举一动特别谨慎，他害怕某一动作的不妥，会影响并激怒母亲。

薛玉蓉露出母性慈祥的笑容，抚摸着儿子日渐粗糙的双手，说道：“远儿，是不是挣钱了？买这么多东西？”

小田应答道：“是的，这段时间挺忙的。收入又涨了。”

“妮儿还好吧？你要多照顾啊。她从小没爹没妈，可对咱家是有恩啊。没有她，就没有你。只得靠你分担了。”

田致远随声应了一下，这样的话题，他已听得耳朵生了几层老茧了。但还是安慰地说，姐姐的事，让她放心。小田内心甚至这样想着，姐姐虽是收养到咱家来，算是托胎押子让我来到这个世上，可世上的苦难几乎都压到自己头上来，还真不如不生我呢。“你从小懂事听话，这点随你爸。要是随了我，清高自傲、咬文嚼字，恐怕也会吃苦头的。你爸厚道老实，当年就看中他这点好，才冲破阻力跟他好的。可也没有享他几年福，就阴阳两隔了。”薛玉蓉跟小田闲聊起来，虽说是些陈芝麻烂谷子的事，不过母亲能够回忆美好的东西，他听得很欣慰。

当年出身书香之家的薛玉蓉踊跃报名上山下乡，发誓与资产阶级家庭决裂的生动故事，曾感召了她那一批人。她虽是弱不禁风、知书达礼，可面对声势浩大的运动，她反应敏锐而迅捷，那时的青年学生队伍里，大会的主席台上，几乎都能看到她慷慨激昂的演讲和正气凛然的身影。她是第一个站出来公开宣示与家庭决裂的理想青年。她跟名望显赫的父母和家族断绝关系，在当时成为爆炸性新闻。她随着一批知青下放到苏北沿海农场，在那里认识了救他一命的当地青年农民田德贵。那次，她为抢救一只迷失在滩涂里的羊羔，深陷到沼泽泥潭里，在她渐渐沉入海水命悬一线的时候，赶羊的田德贵路经此地，听到微弱的呼叫声，不顾一切地冲进去，把她一点一点拽起来。为此，她或是感恩还报，或是一见钟情，公开主动提出以身相许。这辈子就跟上这个人了。这一决定，在当时同样引起了地震式的反响。一批排着队追随的男知青后悔莫及，这样的英雄救美的好事，怎么就没赶上？一批女知青更是疯狂至极，声讨埋怨她轻率武断的决定。论长相，一个清秀俊美，一个黑粗矮壮；论文化，一个老三届高中生，不是因为家庭成分，早进了高等学校，一个是小学没毕业，大字识不了一箩子；论出身，一个金门绣户的大家闺秀，一个草屋泥墙里长大的庄户农人，门不当、户不对。这样的结合，能有共同语言吗？薛玉蓉自有一番道理，如果没有他，就没有现在的我，一命还一命呗。更何况对他不反感。她甚至自卑地感到，自己的家庭背景，没有人敢娶她。

薛玉蓉虽说跟人民群众打成一片，可骨子里的清心寡欲、孤影自怜，的确让人难以接近。她的举止，让人觉得生活在一千年前的宫廷里，奇奇怪怪的。她的谈吐，使人感到像是新闻联播，一股不食人间烟火气。上学、当兵和返城的机会，一次又一次，就是没有人推荐到她。后来，因为田德贵及家人的努力，才争取到一份人尽其才的村小学代课老师岗位。之后，父母亲落实政策，特批准她带夫回城工作生活。本来她内心无颜面对年迈的父母，当年为划清界限写过决裂书，她羞愧见到家人。后来在丈夫的劝说下，才勉强返城，一个安排在学校当老师，一个进了环卫所当保洁工人。日子过得虽说清苦，可丈夫像对待格格一样地宠着、供着，把娇贵的妻子调理得跟水葱儿似的，倒也显出自乐的幸福。再后来，清退民办老师，她成了学校里的校工。环卫单位改制，丈夫成了临时环卫工。再后来，丈夫夜间执行清扫任务时，被汽车撞成重伤，肇事车辆逃逸，抢救了很长时间，花去了亲戚朋友借来的钱，最后落得人财两空。母亲本来偏执的情绪，经此刺激后，落下病根，再也恢复不到从前的模样。

“可不能在外惹事。咱们这个家经不起折腾的……有事了，可找胡三大爷商量。他们都曾帮助过咱家，对咱家有恩。”薛玉蓉提醒着他说。

田致远听她提到胡三，先是一怔，微露出不快的神情。他知道，胡三虽是在父亲车祸中出力找过肇事者，可人毕竟没找到，好处没少得。更让小田厌恶的是，胡三胡言乱语说车祸是个阴谋，可又拿不出证据来，母亲成天臆想，悲痛加猜疑，结果生了病，他有不可推卸的责任。特别是真心向他讨教时，他又端起范儿来，高高在上，像个菩萨似的，哪里敢拜他啊。面对母亲这样的境况，他要做一个听话的孩子。他从来在母亲面前就是报喜不报忧。母亲薛玉蓉至今也不知道他儿子吃着官司，负罪在身。

田致远多希望再听到母亲常说的痴话——人生下来就是受罪的，吃尽人间苦难，是为了来生享福。如果说，人活得不容易，就怨恨天下的人，那只会招致天下人的不满。这话虽有无奈，却也富有哲理，无形中抚慰了一下脆弱的心灵。有时候回味起来，他心情就舒服许多。不过，今天母亲高兴，自然不会想着生活中的不如意，更不会想着自己正在经历的痛苦磨难。

7

夏柳进入工作状态后，跟海外灰猫联系的时间少了。有时一回到家里，感到全身疲乏，躺在床铺上什么也不想，只想安静地眯起眼，身心放松一下。

这个周末，灰猫一大早主动发来微信，关心地问候起她来，她这才想起，她的圈子里不能离开的人似乎被疏远了。

小夏打开视频，亲昵地打起了招呼。

“喵喵，一切可好?”

“夏娃，我就那样，三点一线，教室、食堂、宿舍。”

“有什么好消息？跟咱分享一下。”

“能有啥好消息？平平淡淡地真实生活着。不过，打算暑假回国内一趟。”

“不会是专门来看我吧?”

“你说呢？你现在咋样？想听听你的消息。”

“每天都有不一样的感受，既惊心动魄，又平淡琐碎。我的工作生活比电视连续剧还精彩耐看。”

“不妨一一道来。”

夏柳告诉他，她工作的社区不亚于美国的市镇，社区服务包罗万象。工作人员大多是专职的，不同于那边是兼职做的，组织构架从上到下，打通到了各个网格，所以工作挺忙的。同事们都挺强，几乎都是女同志，能文能武，虽然文化不高，也不专业，可做什么事都风风火火、得心应手。跟着他们干，觉得有意思。

灰猫插话说，国外组织构架属于小政府大社会，社区工作相对单一，主要是为特殊需求的人提供服务。基层服务比较适合女性。钱钟书不是说，男人有思想创造力，女人有社会活动力，女人是天生的政治动物，所以女人更适合从事社会事务。当然，女性温柔细腻耐心，从生理特征上也适合事务性工作。

夏柳不开心地制止他说，这话带有歧视性，好像女人就不能干大事。她发现自己这样回应有点不礼貌，便放缓口气说道，当前，这种服务性的工作，的确琐碎，都说是婆婆妈妈事，看来婆婆妈妈就应该做这些事。说完，连自己都笑了。

灰猫问她，适应不适应？刚说了平淡烦琐，想听听动人心魄的。

夏柳说，因为是新的环境、新的工作，每天都有新鲜感，有的好奇，有的也胆怯，毕竟人生地疏，适应还有个过程。总体感觉到，这些年，人们的生活水平提高得很快，衣食无忧了，可总觉得人的心态不是跟着变好了，而是变复杂了，人际关系没那么单纯了。处在生活底层的人，在鄙视富人不义的同时，又想着如何发财；富起来的人，总以为有钱就是爹，自负高贵，鄙视卑微。跟他们相处有障碍，甚至有点格格不入，水火不容。

灰猫告诉她，可能是自己的错觉，或是自己缺乏对底层社会的了解。他说，或许你的知识背景，你的家庭境况不太一样，看待他人的视角不一样。现在许多人是为了生存而工作，很少有人考虑活得有价值才工作。其实，每个人都是有价值的，这个价值不是用金钱收入衡量，而是用付出质量来评价。一个乞丐捐出仅有的一块硬币给特别需要的人，与一个富豪捐出上亿资产，价值相差无几。同样，一个乞丐需要施舍，与富豪需要赞美，他们的精神满足是差不多的。只不过，假如乞丐为得到施舍深深鞠一躬，富豪为得到赞美不停地烧钱，其价值观就有差别了。人与人关系的疏离，是价值观认同出了问题。这种情况不是一时可以改变的，西方用了几百年，咱们才几十年，允许有分歧，待到人的精神文化上了台阶，自然会有这种意识。咱要学会融入，到哪座山，砍哪处柴，到哪个庙，烧哪炷香。这叫什么？入乡随俗。

夏柳笑笑，潜台词是笑话灰猫的高谈阔论。她笑他说话，就像章阿姨他们笑话她说话那样，学生腔、学术味。可笑归笑，内心里还是佩服他看问题深邃。她回应说，贫富差距引发的心理失衡，倒不是普遍现象，只是自己过于敏感，自己太在乎别人的看法，假如自己多些包容，主动弥合这种人际关系，或许就不会看到敌视的目光了。

灰猫说，这个倒不难。近几年，西方国家经济持续低迷，贫富问题也很突出，社会阶层和种族之间明显出现裂痕，有的陷入动荡危机，有识之士呼吁，开展为流浪汉换衣理发、为失能人士洗脚、为逝者送葬等活动，通过微不足道的举手之劳，唤醒人的本能关爱，修复割裂的社会肌理。虽然参与的人不多，但毕竟开了好头。你可以从学会跟陌生人打招呼、给人一个拥抱开始。

夏柳附和说，这个主意不错。

夏柳接着提到了田致远。在她看来，田致远作为自己的工作对象，既是挑战也是锻炼，她在惋惜他失足的同时，又感慨自己工作的价值。她希望灰猫能够给予鼓励和肯定，可灰猫总是展现出较弱的情商，在她需要抚慰和赞誉的时候，却把话题转移到另一个频道上。

灰猫没等夏柳讨到廉价的赞美，却像教授似的发表起他的“真知灼见”。

“许多犯罪其实就是那么简单，本来自身是受害者，却因为一念之差把自己送到被告席上。你应该听说过这样的故事，梁启超晚年因患尿毒症在协和医院手术，那位美国医生没有把坏肾切掉，反而切掉了另一个好肾，因而加快了梁先生的死亡。医生出错没有主观故意，但造成的恶果却是严重的。现实有时候就是这样的阴差阳错。”

“田致远是不幸的，同时也是幸运的。法律没有无情地‘一棍子打死’，就是因于他是这个特殊家庭里唯一的希望，以此得到社会的宽容。法律就是法律，量刑是根据罪责而定的，不会因为你有这样那样的原因，而放弃当事者权利的追索，更不会因为你穷，而得到法律的同情。当然，假如是美国法庭来判小田，可能结果比这要好。美国的陪审员制度，某种程度上保护了弱势群体。法官可以比照律条，对号入座，但必须尊重陪审员的意见，当陪审员以多数票数提出免于刑责时，嫌疑人便是自由的。小田的确值得同情，在人们把名誉看得比生命还宝贵的氛围里，委屈和怨恨是可以理解的。孔子说‘贫而无怨难，富而无骄易’，他连起码的生活都难以为继，没有怨恨是很难的。家庭的不完美有时会带来心理上的缺陷，他背后有一个残缺的家庭需要他撑起，可他面临的选择又是何等狭窄，加上初涉社会遭到戏弄，更会激起强烈的自尊心，偏执顽固地做出错误的举动，是可以理解的。此时，接纳、尊重、同理心等社会工作原理，可以起到修复作用。”

夏柳笑着说：“三句话不离本行。可真正运用专业理念解决现实问题，还是有难度的。”

夏柳告诉灰猫，不在基层服务，无法了解社情，也无法感受到底层社会的状况，只有走进他们中间去，才会真正发现社会是有阶层的。这个阶层跟过去划分贫下中农的阶级成分不是一回事，没有政治色彩，更多地体现在社会结构和社会关系的复杂化上。贫富差距的出现，不能老是怪罪于利益分配问题，其实与个体自身条件有一定关系。田致远家庭残缺的现实，就决定了他需要付出常人几倍的努力才能达到。幸运的是，这个社会再分配系统有了，救助体系有了，因而他这样的家庭没有沦落到社会最边缘。

灰猫对夏柳的见解高度认同。灰猫虽然跟着父母移民多年，但对国内的发展一直关注着，对改革开放变革转型带来的利弊得失，有着客观理性的评价。在他看来，国家的崛起是时代的必然，不过，经济社会的变革，总是会带来阵痛的，一部分或成为利益既得者，一部分或成为损益者。整体看，财富通过求变创新一步步垫高，社会民生会得到均衡改善。

夏柳喜欢灰猫布道式的高谈阔论，她需要这样的心灵鸡汤，需要他的理论滋养。灰猫和夏柳在物质生活上同处在一个层级，父辈创造的物质条件，让他们远离了贫穷，甚至感受不到苦难的滋味。他们对现实社会的渴望是公平和正义，渴望每个人都有均等的发展机会。他们的痛苦是看到别人的不幸。他们甚至共同声讨过父辈的为富不仁，却没有感受到父辈为摆脱贫穷所做的巨大牺牲。他们胸怀理想，对自己的学术无比忠诚，专注陶醉于教科书。

现在，夏柳渐渐思考着，理想和现实之间距离有多远？包括情感问题。他叫夏柳为夏娃，可不知他是否把自己当亚当？

夏柳跟灰猫的视频聊天，似乎履行某种义务，公事公办。

8

草泥塘油罐野蛮操作爆炸事件发生后，全市上下掀起了又一轮最为严苛的排查整治。跟踪督查、铁腕问责的力度空前绝后，对排查整治的进度实行一天一通报，对暴露的问题，一竿子管到底。连在排查统计数据有误的问题上，都有人吃了处分。

千岁坊社区的部分老旧小区的住户，早在多年前就信访反映“通气”问题，一直以种种原因拖至今日。这次清理和取缔煤气瓶罐的通告一发出，就引起了社会和居民群众的强烈反弹。

刚到上班时间，社区办事大厅里已经围满了居民。大家七嘴八舌议论着如何解决开通管道天然气问题，扬言要集中到市区上访。钟书记熟悉他们的套路，知道他们上访也就是说说而已，他们平时非常体谅社区工作人员，知道上访会损害社区的声誉。再说，真是越级信访，完全可以直奔市区两级政府，根本不需要在社区里广而告之。不过，包括章阿姨这些社区老人，他们非常理解居民的诉求，这么多年对上呼吁，虽一拨一拨人来勘察调查，最后总是不了了之。现在要求安全排查整治，提出停用罐瓶液化气，不失为解决历史遗留问题的难得机会，给社区施压，争取支持和帮助，借助社区的努力，争取一个好的结果。不然，取缔罐装煤气的通告就是一张废纸。

章阿姨吩咐夏柳，说是信访工作归她管，让她先稳住他们。夏柳一脸的茫然，像是被人推到了动物园的栅栏里，她四面环顾，却又无人顾及。她下意识地做了个深呼吸，倒吸的不仅是凉气，更是无助的回应。她想，捅捅马蜂窝，让马蜂蜇几下倒事小，可捅出大娄子，一级一级地怪罪下来，那麻烦就大了。正当她迟疑不决的时候，她看到钟书记已经在居民中间，示意大家有话好商量，在胡三热心配合的咋咋呼呼中，这才平息了可以导致耳鸣的叽叽喳喳声。

夏柳主动走过去，试图帮钟书记做点什么。她用听觉捕捉着每个细微的信息，用眼睛观察着来访者的表情。在她扫视胡三的时候，看到了一个熟悉的面庞。她脱口叫了一声“姨娘”，可毕竟十多年没有了来往，姨娘并没有认出她来，也不会在这样的地方认识她的。她旋即红着脸回过身去，她怕对方不理会而尴尬。她装作若无其事的样子，听着钟书记提出的请求。

在钟书记的耐心劝导下，大家算是散场了。可关于安装管道天然气的烦恼才刚刚开始。

夏柳的姨娘柳玉清，仍住在这片老旧筒子楼里，这是她万万没想到的。当年柳玉清是工会干部，她第一批享受到了“单位制”下各自划地兴建的住房，也是夏柳外婆家第一个住进楼房里的人，夏柳母亲柳玉惠不仅羡慕，而且成为谈恋爱时炫耀的资本和筹码。时过境迁，人是物非。如今，原产权单位或破产或变更，导致小区建筑老化破损。“单位制”转入“社区制”之后，所在政府从财政收入中拿出钱来，几经改造整治，可毕竟是胚胎里的毛病，先天缺陷，此起彼伏的开肠破肚、刮骨疗伤，搞得不是断电、漏水，就是墙损、顶破，致使本来内部矛盾纷争不断的居民怨气冲天。不过，社区这些年没少使劲做工作，总算在通水、通电，排污、排水，保洁、补绿等公共市政事务上，做了一些改变。本以为，安装管道天然气问题，也是可以顺势而为的，没想到难度巨大。

夏柳记得，当年姨娘住的是二楼两居室的干部住房。那不仅是她的骄傲，简直就是整个家族的骄傲。在亲戚朋友眼里，那种优越感都写在脸上，只有拥有她这样条件和待遇的人，可以把说话的调门提高八度，走路可以甩着臂膀像螃蟹一样横行。那时，父母带着她来串门，刚刚懂事的她，已经感觉到父母在她面前的卑微。也许从这个时候起，父亲有了给妻儿好的生活的压力和动力，很快从被姨娘看不惯的穷小子摇身一变为工程队包工头，让全家从水电不通的单间平房，搬进了比姨娘家更为宽敞漂亮的高楼里。也因为此，姨娘和母亲慢慢疏远，以至因外婆的财产继承问题，彻底撕破了脸，扬言从此不再往来。当然，更深层次的裂痕，夏柳未必知道，父亲夏秋生给姨娘留下的奸猾恶毒印象，才是彻底断交的原因。

十多年过去了，夏柳还能一眼认出姨娘来，足以说明她心中是有这个姨娘的，也足以说明姨娘容颜未变、本性未改，特别能够引人注目。

这片老旧小区，从来没有让人省心过。同一片蓝天下，因为条块分割，各自为战，不同的单位，人分三六九等、高低贵贱，经常地互相鄙视，互不买账。为一条公共通道，可以装上铁栅栏，为一处污水外溢，可以动手械斗，就是没有人出面提出解决方案。按说，这几家建房单位，本是同根生，一奶同胞。最早的棉纺厂就像母鸡下蛋孵小鸡一样，生下了毛纺厂、手套厂、制袜厂，结果有的儿子水性好，在风浪中越摔打越健硕，而老子越发不中用，经斡旋调和，儿子吞并了老子，让老子颜面大失，从此埋下怨恨。之后，又是一轮股份改制，闹得彻底不和。那些单位制下的陈年旧账，衍生到职工家庭生活中，便呈现出鸡犬之声相闻、老死不相往来的景象。而后，尽管职工慢慢老去，单位在他们心目中渐渐淡去，可涉及社区整治改造美化环境的好事，总有不同的声音，尿不到一个壶里，甚至有人从中作梗，提出许多附加条件，搞得想做好事的人不敢做。现在渐渐地有人想明白了，面对周边现代化住宅小区拔地而起，附近的古运河畔风貌再现，管道系统遍布大街小巷，该是享受清洁能源的时候了。

经过钟书记对上争取，安装管道的事，很快有了结果。

那天，钟书记应了施工单位的要求，邀约几位居民代表商量，征求意见。柳玉清、胡三和王雷仁等曾经反对呼声较高的居民列入其中。沟通协商会议出人意料地顺利。过去想干点什么事，都得使尽八方诸侯能耐、疏通各路门神，才能有个眉目，这次却是出奇顺利。这是开年以来，社区干部脸上流露笑容最真诚的一天，也是效率最高的一天。

有柳玉清、胡三他们的表态，先期征求意见和调查摸底工作进展顺利。安装管道天然气的事，正式提上施工日程。

这是钟志国书记最为用心的一次工作推进。可以说全身心投入，细致缜密地安排。他没有退路，上级限定整改期限，居民难得达成一致，这么一拍即合的实事，一定要趁热打铁办好，省得夜长梦多，万一中间有了变卦，前功尽弃不说，那擦屁股的滋味更不好受。

他根据以往的经验教训，组织工作人员分片包干，再次登门入户征询意见，在安装确认书上签名备案。少数出租房户，甚至动用了公安的力量，查寻户主，一一联系告之。他甚至带着章阿姨和夏柳，每天守着施工单位。这样的老旧小区，什么样的事情都可能发生，挖沟、开墙、钻洞，都会在居民中产生计较。钟书记能想的都想到了。他的举止像游戏中的锤子敲打露头地鼠，躲在若干洞下的地鼠，随时都要伸出头来找点麻烦，他的任务就是准确地把露头的地鼠吓住或摁住。只要看到地鼠冒出来，锤子敲一个算一个，其他的只得耐心地等。

百密总有一疏。尽管费力劳神地应付了那么多问题和投诉，可有两件事，倒是出乎预料。这让钟志国非常难过，也让章阿姨恼怒，让夏柳羞愧。

那天，钟书记接到报告，说是王雷仁操着家伙要找柳玉清算账。这对老冤家已经多少年相安无事了，咋又会遇到啥纠纷呢？

钟志国带着夏柳赶到柳玉清家里的时候，王雷仁已经踹开大门，横横歪歪地躺在她家的地板上哀鸣。夏柳以为，他刚刚被五花大绑地遭到黑社会的猛烈搏击，一个无辜受害者的悲戚样子，袭击者已逃离现场，留下的是地面上摔得破碎的瓷片和玻璃碴。看得出一场狂轰滥炸式的战斗已接近尾声。

一个大老爷们跟一个独居老太这样较劲，看来事情非同小可。钟志国冷静地站在王雷仁的身旁，眼睛死死地盯着他，缓缓地说了一句：“戏演完了？”接着吩咐站在门外的夏柳说：“打110，让警察来带他走。”夏柳有些茫然，她不明白什么意思。

王雷仁听到要报警，马上立起来，跪在钟书记前，大呼：“冤枉啊！欺人太甚啊！狐狸精，害人精，这辈子不让我安生啊。你得给我讨回公道，挽回损失！”

钟书记粗鲁而严厉地训责道：“起来！有冤说冤，有屁就放。真是面汤里煮灯泡——说你混蛋还有一肚子邪火。跑到人家砸东西，这是私闯民宅，是犯罪。”

夏柳这才明白，这不是王雷仁的家，而是柳玉清家，准确地说是嫡亲姨娘的家。小时候曾经来过的地方。匆忙慌乱之中，她忽略了印象中的许多细节。

“我这是被逼出来的啊！你到我家看看，究竟谁害了谁？”王雷仁边辩解边站起来拉着钟书记往楼下走。

走进王雷仁家中，钟书记和夏柳几乎连转身都费劲，一居室里勉强隔出一块可以放置床铺的地方，灰暗的厨房旁摆着可以榨出油渍的四方桌，桌子堆满了酒瓶瓦罐，边角的地方全是纸盒垃圾。一个好端端的男人，人不呆脑不痴的，竟然家徒四壁、箪餐瓢饮、破败不堪，荒废了年华，让人既可怜又可恨。

王雷仁用手指着天花板，让钟书记和夏柳自己看。

天花板顺着缝隙在微微地渗水，水印已经浸湿了大半个屋顶，正顺着边墙脱落的墙皮往下延伸。不用说，这是楼上漏水引起的。

这难道是柳玉清不小心把水泼到地板上，渗到楼下的吗？钟书记脑子里首先闪出了这样一种可能。这一定不是有意为之。人家走路都绕他三尺远，唯恐避之不及，哪会没事找事惹上门来，跟他一样“戆”？

问题加紧弄清，不能让矛盾升级。钟书记提醒夏柳，一方面安排人员到楼上查明原因，一方面安抚王雷仁，并以私闯民宅违法警告他，稳控住他继续的过激行为。

王雷仁是社区谁也不敢惹的“戆头”。他跟柳玉清的过节，要追溯到当年的工厂里。柳玉清和王雷仁本是一个车间的师姐师弟，王雷仁曾对柳玉清示好求爱过，柳玉清对王雷仁也有好感，后来因为师傅对厂领导的不满，进而导致两个徒弟立场的对立。不久，柳玉清以其根红苗正和积极上进的表现，很快被选拔到厂宣传队，接着又提升为工会干部，至此两人关系疏远。很快，王雷仁蜕变成桀骜不驯的小混子，酗酒、打架样样沾边，派出所里挂上了号，直到被厂子开除。失去了工作的王雷仁，认为是柳玉清背后一次次出卖了他，他本来怀恨她对师傅的出卖，他怀疑她出卖自己上位。他被定为流氓罪，是他夜间邂逅冲动地抱了她一下，被她告发，被她送进大牢，一待就是五六年。尽管后来她为此而道歉忏悔，但他的人生从此改变了轨迹，一时的痛恨衍变成仇恨。出狱后的多年里，他暗地略施小计，破坏了她完美幸福的家庭，让她因此跟他一样孑然一身。彼此之间仍是明争暗斗，搞得邻里鸡犬不宁，社区里常常因为他们之间的鸡毛蒜皮，头疼不已。王雷仁成了公安局的常客，甚至过年过节时希望公安收留他，省得自己置办饭菜有花销。

光脚不怕穿鞋的。人发展到了无牵挂的程度，必是走向无耻。这些年，二人年龄越来越大，身体状况大不如前，楼上楼下，各自安好，老死不相往来，倒也没有闹出惊天动地的事来。特别是王雷仁，社区专门安排帮扶小组，志愿服务，让自己慢慢地找到了被尊重的感觉。可天长日久铸就的“戆头”脾气，就像被人踩到狗尾巴似的，一不小心就发飙咬人。幸亏当初两人未能成为眷属，否则，两个汽油桶式的性格，遇到火源，都会各自炸得粉身碎骨。

柳玉清从外面赶回来的时候，章阿姨正在帮她收拾残局。看到家里的样子，一下子傻愣在门口。当章阿姨告诉她说，王雷仁来找事了，说是你家害他家漏水了。柳玉清吃惊地按着胸口，坐到沙发上，骂道：“这个疯狗，就不能让我过安生日子。挨了那么多罪，就是不知道疼……”一边骂着，一边往门外跑，扬言要跟他以死相拼。章阿姨和同事急忙把她拦住，让她别生气激动。安慰她说，这事不能全怪王雷仁撒野，渗水的问题出在她这儿，一起帮她分析，地板怎么会有水的？

柳玉清发现，她家的东西被砸碎了不少。这么多年了，好不容易过上太平日子，没想到又闹上鬼了。难道真是自己家过错在先吗？她查看地面，并没有发现有积水的痕迹，扫视一遍，只发现厨房间比往常多了些水渍。她把目光盯在了头一天被钻过孔的墙体上，这是施工预留的天然气管道的通口，并没有什么特别之处。她甚至怀疑自家的水渍是别人家漏进来的。可是，这不足以让楼下王雷仁像狗一样地乱咬人啊。在柳玉清嘴里，王雷仁已不具备人的基本素质了，只要提及他，疯狗、畜生、流氓、挨枪子的谩骂出口成章。她一生中最后悔的就是遇到这样一个粗暴野蛮的同门师弟，幸亏年轻时头脑冷静，在经历痛苦折磨之后，拒绝了他的追求。可她看在同事一场，又曾经摩擦过爱的火花，没少以大姐和领导的身份教育帮助他，教训装了一脑子，就是没能消化得了，那么多坎坎坷坷，丝毫没有驯化住桀骜的野性，越发使他破罐破摔，完全变成了狼狗，看到谁不顺眼，就扑上来咬几口。

这些年，柳玉清和王雷仁楼上楼下的，没少起争执。柳玉清家里有点异常响动，也会迎来下面用铁锤敲天花板的脆响，楼梯里堆放点东西，会相互撑几天，阳台晾晒衣服，水渍往下滴，会吵得天翻地覆。有一次，楼上拖把渍水往下滴落在楼下的晾晒衣服上，结果王雷仁借着酗酒冲到楼上，不依不饶，一口咬定故意而为之，闹到社区，调解未果。结果只得民警出面，协商赔偿，最后以两件一模一样的新衣服为条件，才算平息。

柳玉清感到自己如天降横祸似的，她越想越生气，越想越感到莫大的委屈。她决定找社区钟书记理论。她不想直接跟他怒掙，自己觉得跟这个挨枪子的理论有辱斯文，到头来自取其辱。

章阿姨、刘采文和夏柳眼看着柳玉清一把眼泪一把鼻涕抹着来到社区，纷纷搀扶着进门，柳阿姨长、柳阿姨短地安慰着。柳阿姨得到了组织的关怀，越发伤心欲绝，她拼出全部的脑力和精力，捶胸顿足，哭爹喊娘。那泪水形成的痕迹如盐卤打造的天渠，无论她忸怩成什么样的姿势，从眼泉溢出的泪水在脸上虽经九曲十八弯，结果还是飞流直下，丝毫不改变运行轨迹。就一般人哭泣而言，流泪的时候，会情不自禁地用手掩住它，以至于不让自己的伤心转嫁到泪水头上，让泪水残酷地落地，狠心地摔成八瓣，这个时候，外界只会采取熔断机制，给予情感的救助，以此恢复平和理性状态。柳阿姨的眼泪，在黏稠鼻涕的呼应下，争取到了更多的同情和抚慰。可是，没等他们接应的时候，她拼尽全身力气声嘶力竭地吼叫两声，甚至连坐下的力气都用完了，便一头栽在了社区大门口。

躺在病床上的柳阿姨，渐渐恢复清醒意识，她慢慢地环顾四周，发现没有人，便摇摇头、抬动四肢，身体知觉没有出现变化，自己哀叹了一口气，眼泪不自觉地以每两三秒一颗的速度溢出眶外，像输液管中的药液，伴随着心跳频率，一滴一滴地渗入到盛斗里，在不断的哽咽抽泣声中，毫无保留地汇聚成委屈的水汽。此时的眼泪，只是换来片刻的同情哀叹，丝毫没有体现出应有的价值。

她的内心开始平静下来。岁月不饶人啊！假如回到三四十岁的年纪，哪会有人这样对待她。过去哪桩争勇斗狠的事，离开过她？而今连鸡毛蒜皮的小事，都没有资本较劲了。真不知是世事倒过来了，还是自己以前做错了？

夏柳提着一篮水果，踮着脚走进医院病房，来到柳玉清床前，看到她醒来了。叫道："姨娘，你醒了。刚才把我们都吓了一跳。"

柳玉清没有理她，把头转向了里侧。忽而呼哧呼哧地喘息，忽而哼哼唧唧地呻吟。一会儿，又转过头来，眼睛盯着夏柳。

夏柳说："姨娘，侬不认识啦？我是囡囡柳儿啊。"

柳阿姨慢慢地反应过来，说道："都这么大了？真不敢认了。听说侬在美国读书，怎么会在这儿呢？"

"前几年是在外读书的，刚刚回来。这就在社区里干了。"夏柳告诉说。

“好端端地出国上学，回来到社区工作，不是大材小用吗？可惜的。不要怪我当年对你爸妈有意见，眼光就是浅，孩子都不会教育培养。”柳阿姨拿出了领导式的口气，嗔怪起来。

“干啥都一样。是我自愿的。”夏柳申辩着。

柳阿姨不再说话了，只是唉声叹气。她想，社区就是小社会，家庭矛盾、邻里纠纷、民生诉求、利益关系等等，无时无刻不在上演着悲喜剧。她与王雷仁的矛盾隔阂，从年轻到年老，从厂内到厂外，几乎没有停顿。隔三岔五就需要社区干部帮助调和。王雷仁他光脚不怕穿鞋的，几进几出，人前人后的不知好歹。多少次争斗，都有劫后余生的感觉。没有社区干部的帮助，真难说能滋润地活到现在。

“姨娘，听侄女一句劝，您一大把岁数了，身体又不好，何必置气呢。万事想开点，活着才能有福享。现在生活这么好，啥也不缺，要啥有啥，还有啥不满足呢？过去的恩恩怨怨就让它一笔勾销吧，没有什么比活得开心更重要的。有句话说得好，‘度尽劫波兄弟在，相逢一笑泯恩仇’，冤家宜解不宜结，楼上楼下的，低头不见抬头见，为什么要跟不如你的人一般见识呢。你当过领导的，懂的道理比我们多，许多事体应该比我们看得透、想得通的。心态好，什么都好。”夏柳坐在柳阿姨的身边，慢条斯理地跟她聊着家常话，让她慢慢地意识到自己应该定位怎样的生活。

王雷仁得知柳玉清气出了病，似乎算是给他出了气，火气一下子也消了不少。他不想跟她较劲，并不等于放弃对受损权益的补偿，他把维权的方向聚焦到社区。社区干部是“老娘舅”，他相信钟书记会给他说法。

钟书记派出几拨人现场勘察，就是找不出原因。专业人员认为，除非“挖地三尺”。当然楼板厚度就三五寸，这只是形容。说是敲开地板或许可以查明真相。这一搞，损失可就大了。社区无法承受。更何况，需要主人柳玉清同意的。

最后，社区找管道施工单位查找问题。施工人员认为有两种可能：一是掘进施工时，震动引起地板开裂，因而遇水渗漏；二是墙体钻孔时，可能碰到了水管或是排水管，导致漏水，顺着墙面下渗。年久失修的老旧小区，老化风化使建筑越发脆弱，似乎成了纸糊的笼子，经不起一点外来侵扰，稍有不慎，就可能引起大患。

柳玉清所在楼栋的四楼居民反映，他的家里也有大片受潮现象。果然，经过施工人员细心勘察，发现四楼住户厨房水管有跑冒滴漏现象，水长期淤积，渗入到楼板内孔。从四楼依次往下渗漏，最后在一楼王雷仁家露出马脚。夏柳和刘采文两个年轻人真正顿悟出了“城门失火，殃及池鱼”的意味。王雷仁家中遭殃，怪罪柳玉清，可柳玉清怪罪谁呢？这种微妙的连带责任，说不清道不明，剪不断理还断，幸好没酿成房垮人亡。

问题搞清楚后，社区协调施工单位帮助王雷仁重新修整了墙体，把室内粉刷一新。王雷仁顺坡下驴，不再纠缠与柳阿姨的矛盾了。

9

一波刚平，一波又起。胡三报告，苏留根阻拦施工，说是女儿被摔了，纠缠着施工的要医药费误工费之类的，很快激起了大家的不满。人家施工，碍苏留根什么事？他苏留根住在布衣巷，施工的在老新村，不沾边的。老钟得到报告，指派章阿姨带着夏柳赶到现场。

老钟清楚，苏留根不好惹，但没有坏到根里去，他一直为拆迁安置的问题讨要说法，这些年搞得本人精疲力竭不说，连社区和征收拆迁单位都没了脾气。他那儿并没有纳入天然气管道改装计划，怎么会跳出来阻拦的呢？大家听到他的名字只是摇头，着急赶到时，看到苏留根躺倒在路边挖出的缺口处。

“这是闹的哪一出？有事好好说啊！”

章阿姨了解苏留根的秉性，劝他起来说事情。苏留根见是社区干部来了，便坐起来，要求社区为他做主。

章阿姨说：“既然让社区做主，咱们就到社区谈。在这儿闹不怕人家笑话吗？”

苏留根看看周围的人，似乎没有什么同情支持的，倒是看热闹取笑的，自己从鼻子里冒出“吭”字，灰溜溜地跟着章阿姨进了社区大厅里。

章阿姨问：“咋回事？咋着你了？”

苏留根说：“口渴了，能不能喝口水、坐下来？”

夏柳赶紧端来一杯热水，示意他坐在办公桌旁边一侧，自己拿着本子准备做记录。

苏留根说道："你们让人家施工挖沟，不能不让人走路吧？再说挖沟的地方总得有个提示吧？昨夜女儿苏美回家，就在刚才那地方绊一跟头，手臂磕肿了。找他们理论，竟然没人搭理，不管怎么说，人受伤了，没找他们送医院，可总得赔偿医药费吧？他们是集体单位，也不在乎仨瓜俩枣的，总不能这样不声不响地完了？"

章阿姨问："苏美现在人在哪儿？伤得怎么样？究竟是怎么伤着的？"

苏留根说："本来送医院的，可凑不齐医疗费，只得在家先敷敷药。就是不知道伤得有多重。她本人说是排管道的地方摔倒的。你们说，他们没责任吗？"

章阿姨说："不会吧？做父亲的着急，心情可以理解。可凡事都要考虑透。就刚才你闹的地方，那个小坑，你说别了蚂蚁腿我相信，说是能把人摔伤，有点夸张啦。你家小美又不是纸糊的。"

苏留根说："你不知道吗？都说吃饭怕噎、走路怕跌，小坑怎么就不会伤人？鸡蛋从三楼掉下来，还能砸死人呢。小美再机灵，也经不起这样的暗算啊。现在真担心伤情恶化。他们至少有点人道主义精神，帮助送医院检查一下吧。你们知道，她是我唯一的依靠了。"说着，嗓子眼里发出了哽咽声。

章阿姨说："现在叫人家承担责任，恐怕不现实，你得有证据啊！有的权益不是靠无理取闹争取到的。还是先救人要紧。"一边说着，一边让苏留根带着她们去看望苏美。

苏美跟夏柳是从小学到初中的同学。夏柳听到这个名字的时候，脑子里就联想到她所熟识的苏美。一晃十多年过去了，好像世事经历了沧海桑田似的，过去那个绰号"超级大姑"的爱美少女，可还安好？

苏留根的家在布衣巷一爿拆迁废墟旁。窄长的单间砖结构民居，因两侧连体的裙房被拆除，而显得像刀片一样扁平，进门处便是楼梯，直通搭建的二层小屋，这大概是苏美居住的闺房。苏美从小没有母亲，也避谈母亲，她眼里只有个顶天立地的父亲，有个眼睛快瞎的奶奶。有人说她母亲被人拐走了，有人说她母亲经不起苏家的苦日子，跟着有钱人跑了，各种说法归结一点，母亲抛弃了她和父亲。苏留根视苏美如掌上明珠，无处不是百依百顺，几乎到了要月亮绝不会摘星星的地步。她的闺房，就是父亲当年顶着奶奶、叔伯、姑婶等众多家人的强烈抗议，也顶着房子随时坍塌的危险，硬生生地掘出天窗，在房顶搭建起来的。

苏美仍住在上面？夏柳走到门口的时候，怀疑地抬头望望如同鸽子笼的独墅，心里有点打鼓。苏留根示意她们在门口等一下，自己进屋后稍稍地爬上楼梯。夏柳扫视着屋里屋外，没有看出一点有趣东西，过去她常到姨娘家来，总得到苏美家玩，两处距离不足百米。那时候，走进这个江南民居，倒是有些新奇，弄堂连着小巷，曲里拐弯，别有洞天。如今拆迁开发，显现着一番破败的模样。只有苏美家鹤立鸡群似的突兀在这儿，找不出一点美的感觉。

过了一会儿，苏留根下楼来，说是小美不能动，下来不方便，上面地方小，也不方便进去，她说谢谢了。她说假如伤情不好，会少不了麻烦社区的。请求章阿姨加紧找施工单位讨说法。时间越长，越对他们不利，误工补贴和营养费，一样不能少。事情不处理好，拆迁也再无法谈下去。苏留根使出一套连环补偿机制。这是个别拆迁户在争取更多利益时的套路。他们深谙政府主导推动的拆迁改造，常常把过去的不公正待遇和困难矛盾捆绑在一起，计入总账，让政府协调处理解决，这是唯一可以提出附加条件的机会。甚至子女上学、医疗费报销、企事业单位改制中的后遗症都列入其中，陈芝麻烂谷子，只要有凭有据的，几乎都搬上台面。苏留根曾提出给苏美安排事业岗位就同意拆迁签字的条件，这种要挟式的要求，在现行政策框架内，当然遭到拒绝。现在又冒出受伤赔偿条款，不知后面的戏怎么演下去呢。

章阿姨满脸失望地看着他，心里却有一股说不清的火苗直往上蹿。她对视着苏留根说："什么意思啊？人伤得怎样，总得先看看。不是你说有伤就有伤，受伤哪有藏着掖着找人负责的事儿？看你歪嘴和尚吹打的样子，就知道要冒一股邪气。你要是玩苦肉计，让别人买单，就别做梦了。"

夏柳请苏留根转告苏美，她说是她同学，有事可以找她。

苏美独受父亲苏留根的宠爱，虽顽固地居于碎砖瓦砾的拆迁工地里，可丝毫不影响她对外界美好生活的向往。得知同学夏柳在社区工作，她起初并不感兴趣，因于工地摔伤有求于社区，她觉得有接触的必要，犹豫再三后，便下定决心，主动见面并说明情况。

这一天，苏美经过精心打扮，人倒是显得精神，可满脸的脂粉，经阳光一照，像是黑板上的一层粉笔灰；睫毛像是用油漆刷过几遍，闪闪发亮，如果是贴的假睫毛，真担心随时掉落下来；嘴唇涂抹的红膏，甚似玫瑰一样地娇嫩鲜艳。为了体现出她的伤情，她将右臂肘部重重叠叠地贴上膏药，以丝巾当纱布，把胳膊垂吊在胸口。

苏美如风摆杨柳似的一步三摇走进服务大厅，所有工作人员如同听到了向前看的口令一样，整齐划一地注视着她。大家不是惊悚于她那妖气横生的脸和窈窕的腰身，而是她周身的浓香，如晨雾飘流席卷而来，不得不产生闻香而动的潜意识。只有夏柳埋头专注地在笔记本上记录着什么。

当苏美坐到夏柳窗口向里窥探时，便坚定地认准了这个老同学，她刻意地咳嗽了一声，这才把夏柳的目光吸引过来。夏柳差点不敢认苏美，两人面无表情地对视了一阵，便各自冲着对方笑了笑。夏柳喊道："老同学，越来越漂亮了。"苏美应声说："哪里比得上你，天生的美人坯子。"夏柳说："你才是美女啊！当年男生为你醉倒了。'超级大姑'不是白喊的。"苏美的绰号叫"超级大姑"，是因为名字里带着两个超级大国，超级大国成了"超级大姑"了，她不恼不怨，欣然以此为豪。据说名字是父亲苏留根取的，刚出生的时候，一看是女孩，就说叫苏美，让她像两个超级大国那样强大起来无人能敌，不能像他那样事事受人欺负。

夏柳带她到相对私密的会议室里坐着聊。两个人虽已成年，说笑间已然回到了懵懂痴玩的无性别少年时代。儿时两人家庭条件没有差别，父辈皆是产业工人，如今她们成了两个世界的人，一个入住高档社区、留学背景、衣食无虞，保持着"清水出芙蓉，天然去雕饰"的高贵气质；一个出入于市井之间，无业无求，靠胭脂打底争取回头率。那么多年未见，仍能保持着这种友情关系，实属难得。苏美没有自卑感，夏柳没有优越感，闲聊起来亲切自然，丝毫不做作。甚至夏柳羡慕她的成熟和端庄。夏柳刚刚走出学校，看到同龄女孩时，时常羡慕得赞叹一番。苏美熟谙风情，富有魅力，绝非是初涉社会的女孩所能具备的。至于端庄的感觉，虽显得有些夸张，但这种端着、装着，让脸上表情和肢体语言，都能展示出感染力来。在夏柳眼里，这就是阅历差距。

夏柳问："听说你摔伤了，怎么不去医院呢？至少体检出结果来，也好讨说法啊。"

苏美说："不瞒老同学，摔是摔了，就在那个倒霉的工地处。不过，也没老爸说的那么夸张。生气的是，这些人竟然连声'对不起'都不说。"

夏柳说："你爸那闹相也忒难看了。围观的人看笑话的。幸亏我们赶到现场，不然人家不闻不问，怎么下台阶啊。"

苏美说："你也知道，我爸是个老实巴交的人，一辈子被人欺负，心里憋着劲。有时犟劲上来了，怎么也劝不住。不过，想做泼皮无赖也做不像的。这些年，为拆迁补偿的事，没少被人撑。大家拆迁情况都一样，可有的人家补偿多，轮到咱家就不行，这不是明摆着欺负人吗。现在好了，做上'钉子户'，他们也不敢来管了。"

夏柳从闲聊中得知，苏美自离开学校后，找过几份工作，因为懒散导致工作出错，又因懈怠不能正常上班，先后遭到解聘和辞职。一次入职体验时，被检查为肝炎病毒携带者，转氨酶指数高于常人，这才发现自己的懒怠行为是有原因的。用工单位忌讳这种传染性疾病，苏美也不愿活在别人的歧视中，至此，她只得遵照医嘱服药休养。社区考虑到她家实际困难，为她办了低保和医保，就这样勉强维持着基本生活。可人一旦松散下来，就怎么也提不起气来，长期养病状态的苏美，则沦落成了自由散漫、游手好闲之人。社区工作人员几乎对这父女俩没啥好印象。需要帮助的时候，哭穷叫屈，一副可怜兮兮的样子。需要配合工作的时候，翻脸比翻书还快，变本加厉地附加条件。只图索取，不予回报。几拨跟她家结对挂钩的同志，最后都成冤家似的，避之不及。

夏柳关心地问："没有事情做，不怕跟社会脱节啊？多少干点力所能及的事儿。现在那点低保还不够你买化妆打粉底料呢？"

苏美说："也想做点事，只是没有合适的。你知道的，得这种病，讨人嫌的。再说，病好了，也不能吃苦受累。这大概就是命吧。"

夏柳说："上学的时候，不是挺上进的好学生吗，怎么现在好像一眼望到了世间万象，看破人生呢？"

苏美说："当年咱们都算好学生，可这个好学生在老师眼里是不一样的。你深得老师宠爱，而我只得老师同情。我不算真正的好学生，学习不专心，脑子里只装三分之一知识，另三分之一装怎么能吃饱，还有三分之一装未来想法，怎么赚钱养活自己，让这个家改天换地。可哪里想到，自己是小姐的身子丫鬟的命，连自食其力都难。”

夏柳同情地说：“你确实不容易，所以在我心目中，你是一个坚强的人。”

“我从小没妈，虽说父亲对我百依百顺，可他并没有让我变得坚强正直，而是越来越混蛋。”苏美接着话题，口气变得生硬起来，内心充满了愤恨。

“不提这些不开心的事了。咱们都到谈婚论嫁的年纪，未来得靠两个人扛。说说你的那位?”夏柳转移话题，谈起了个人婚恋情感问题。

“异性朋友倒是不少，算起来能摆两大桌。献媚讨好的多，货真价实的少，能帮撑起天来的没有。大多是玩家，比我还好吃懒做，仗着老子有几个臭钱花天酒地，根本不能过日子的。有时候想，及时行乐，今朝有酒今朝醉，走一步看一步吧。”苏美谈起情感问题，表情变得愉悦起来，既有炫耀，也有自嘲。

“你这不叫谈恋爱，那是酒肉朋友、狐朋狗友。真正的恋人之间，是相互有情感寄托的。千万不要指望男人养着你，还得靠自己。别人有，不如自己有。”夏柳说。

苏美接过话匣子，激动地说：“说起来轻巧，哪有那么容易的事情做啊。你我生活在两个不同的世界里，你一生下来就含着金汤匙，父母早已决定了你的未来。你衣食无忧，我连吃饭都得自己想法子。你开车上下班，我连坐公交的钱都算计着花。看着人家吃肉，说什么喜欢喝稀饭、吃土豆，怕长肉。尽说违心的话。你用几千元的化妆品，哪怕是假的，也感到骗得开心，我用低劣的擦脸油，只为有香气。别人得一百元钱高兴三天，而你肯花几百元买薯条，还说怎么这么一大堆?你哪知‘穷’字怎么写?一块钱掰成八瓣花，想着万一手上有一百元，不知怎么花出去。所以，我现在连勇敢示爱的权利都没有。只要有人给我好的生活，什么感情不感情无所谓。趁着现在年轻，有点资本在贫富选项中站队，我会毫不犹豫地扑向供我养我的那个人身上去。”

夏柳听她一番高论，一时不知道怎么接话，双手捧着杯子胡乱地转。她想，那个学生时代的纯真和理想，随着时间的流逝，已被生活的浪头打得七零八落。人的命运随着社会转型、家庭变故、个体差异，被动地选择了各自的活法。夏柳意识到，如果自己不在父母的庇护下，该是怎样的一个状态?如果现在仅靠社区工作的微薄收入，生活该怎么继续?苏美的现实生活，其实也是她将要面对的生活。她对家庭、对婚恋竟是茫然得有些麻木，不是生理问题，而是自己陶醉于理想设计之中。

“本来以为你说的是妄语呢。其实我跟你一样，也要面对未来实实在在的生活问题。你想着依附未来的丈夫改变境况，可我也不能靠父母啊。我到社区工作虽时间不长，可社区干得一点也不轻松，而收入待遇与付出完全不匹配。当然，我是怀着理想情怀来做这份工作的。真的靠这份职业，估计也养不起自己。我俩能不能合伙干点有意思的事？我国外的同学有不少渠道可以搞点海淘，咱们开个网店，既不需要投入，也不会劳累着。”夏柳提出这个想法的时候，其实基于两个考虑，一是自己有能力做可以赚钱的事，海外留学多年，积累了人脉资源和供货渠道，可以打通网上进出口贸易通道。二是可以帮助苏美从颓废的悬崖边解救出来，让她做点力所能及的事，增加收入来源，改善生活条件。从工作对象的角度看，她动员她来做事，无论怎么说，意义大于实惠。现在许多年轻人流行网上办公，开网店，上淘宝，她相信苏美能够接受这个建议。

“单纯开网店已经out了。早在一年前，朋友帮我搞直播，靠带货和打赏挣点零花钱。”苏美告诉说。夏柳惊奇地瞪着眼睛看着她，嘴巴微张着一动不动地悬在半空中。接着，用手推了推她说：“行啊！挺时尚的哇！快成网红啦。还是我落伍了。”苏美说：“这也不是什么正业，不能保证正常收入，随时有可能被淘汰的。”夏柳说：“互联网已经广泛运用到了工作生活中，家庭办公，网上赚钱，已是常态了。你有了直播平台，有了一定的粉丝群，就是不错的成绩了，今后可以不断拓展业务范围，翻新花样，不愁养不活自己。”苏美说：“达不到当网红的水平。文化底子薄，跟不上形势，主要自己做事没定力，已经养成了懒散毛病了，一点奋斗的动力都没有。过一天算二十四小时。你要是有兴趣，可以参与。网名‘超级大姑’，记住了，我日子过不下去了，别忘了打赏。”

苏美把学生时代的绰号“超级大姑”变成了网名，倒也挺有意思。夏柳这才意识到，许多网名的背后其实也是有故事的，这种网络文化现象，反映了时代的进步，反映了国民文化素质的整体提升。“超级大姑”原是超级大国的谐音，超级大国是当年美、苏的泛指，老同学苏美沾上这个光，一个“超级大姑”的江南女子便应运而生了。当然，网络上不少网名多有迎合媚俗口味的，谁标新立异、狂浪直白，似乎最容易吸引人。“超级大姑”网名，可以让人勾起联想。一个面容清癯的女孩子，经过化妆打扮，来点赤肩裸背、半露胸乳，展示点“粉胸半掩凝晴雪”风韵，那“超级”的感觉不言自明，大姑自然成了令人垂涎的性感女郎的化身。这种既大俗又大雅的范式装束，不暴成网红那真不是审美问题了，而是网友的眼睛都集体色盲了。

苏美对着夏柳笑着，让夏柳从“超级大姑”的联想中解脱出来，连声夸赞“超级大姑好”，表示要把这个名字玩出花样来，让“超级大姑冲出亚洲，走向世界”。苏美似乎忘记了本来找她的主事，起初准备好的一股脑牢骚怨言和赔偿方案，全被甩到了九霄云外。临别时，不忘提醒一句，有空一起喝茶。

夏柳本以为苏美上门来是找麻烦的，没想到聊到最后，没再提起争取伤害补偿。她摇头感叹着，或许是根本没把伤情当回事，或许这个同学本就是没头没脑的。不过，夏柳跟苏美短暂的见面闲聊，让她心情愉悦了一周。同事们看到她变得喜笑颜开，半开玩笑地说，超级大姑一定是给她送了忘忧草或是销魂丸。

10

夏柳忙完上面交办的事，忽然想起田致远家访的事。田致远矫正工作交给了她，她要定期巡访。她不敢马虎应付，况且对工作对象的现实表现要做跟踪记录，只有接触本人，才能如实填报签字。从工作角度有这样的要求。从田致远个人情况看，如果负案再犯错，其个人便是罪加一等，而作为管理者有失职渎职之过。理想主义色彩浓厚的夏柳，尽管业务在慢慢熟练，但追求完美呈现的愿望是强烈的。换了别人，也必须具备这最起码的责任心。

夏柳想，该跟他聊什么呢？说是看望他，显然太虚假了，本来两者是管理与被管理关系。说是上门家访，显得有些公事公办，不太被人接受。说是监管他，那更是生硬冷酷，不近人情，反而不利于开展工作。思来想去，连她自己都忐忑不自在了。

夏柳笑笑安慰自己，丑媳妇总得见公婆的。上次同事刘采文带着她认了认门，了解了一些基本情况，田致远虽是犯人，但不是那种人见人恨的坏人。不过，心理产生的畏惧也符合常理，毕竟面对的是犯人。想到单刀赴会，还是有些紧张，心跳得厉害起来。穆桂英挂帅，只得单挑了。她起身整理好服饰，顺便整理一下心情，咬紧牙关、面带难色地走出大厅。

田致远家大门是虚掩着的。夏柳礼貌地敲了几声，没有回应，便直接进去。这才知道，不预约田致远，一般很难见上一面的，他在为残缺家庭的生计奔波着，只有这样的忙碌，他才不会有犯罪感的痛苦，才不至于进一步沉沦堕落。她完全可以电话随访，百闻不如一见，感观比听觉来得更直接。登门家访是任务要求，隔空对话没有仪式感，更何况她可以在田家找到交流沟通的媒介，田雪妮可以让她找到更多的话题，不会把询问问到场面失控或是戗住。

田雪妮见到来了人，冲着门口笑了笑。她的笑真诚无邪，如天使般纯洁，这让夏柳一下子眼眶湿润起来。一个几乎全身无法活动的残疾女孩，以付出微笑来表达对这个世界的热爱，又以微笑表达满满的感恩。其实，她的微笑并不轻松，她像拧足了发条一样，使尽洪荒之力，把整个身心抽搐成一团，收紧的力量全部积蓄到面部表情上来。根本没有常人的一咧嘴便有的笑，更没有皮笑肉不笑。正如人们讨论一个亿万富翁与一个乞丐捐款一样，富翁捐出一个亿，看似大数字，值得人们称颂，而乞丐捐出他仅有的一块钱，同样令人尊敬，甚至更为感动。有时候廉价的东西，在一些人身上反而显得昂贵。

夏柳没有任何嫌弃地迎进去，照着上次刘采文的到访如法炮制，帮助她收拾床铺旁掉落的东西，亲切地问候说："妮姐，还认识我吗？我是夏柳，叫我囡囡。上次来看过你的。"田雪妮点点头，慢腾腾地说："认识的，你也是好人！谢谢你来看我。"她懂事地让夏柳坐，自己挪着身子，看着夏柳。

夏柳环顾屋里，桌椅板凳虽已破旧，却整齐有序，灶台上锅碗瓢勺，收拾得还算整洁干净。倒是厨房卫浴隔了一层薄板，壁板上补了一个略新板材，像是嘴里镶嵌着一颗大金牙，特别醒目，比第一次来时，看上去舒服了许多。倒像是专门为夏柳的到来收拾了一遍。看来，田致远闲暇时还是料理家务的。夏柳从内心里点头赞许了一番，那些准备好的潜台词，忽然间忘得无从收拾了。她一个劲儿地只顾给雪妮做点什么，逗着她开心，找着话题聊天。

快到下班时间，夏柳才意识到登门的目的主要是跟田致远见上一面。看来在家等着不是办法，还是电话联系一下。手机第一次打过去的时候，无人接听。等了几分钟后，再次打了一个长音等候电话，终于接通。田致远说他马上赶回来，让她等几分钟。夏柳听得出来对方局促呼吸的声音，让他别着急，她在家等他。

田致远满头大汗地推开家门，手上拎着盒饭和奶茶，热情友好地看着夏柳。夏柳迎面报以微笑，紧张不安的情绪一下子被和谐氛围冲淡了，继而成了友人似的不再拘谨。田致远从手袋里取出一杯奶茶递给夏柳，夏柳客气地拒绝说："不要客气，留着自己喝。"田致远说："专门带给你的一份。姐姐喜欢喝奶茶，每次有机会，都买回来带给她。"一边往夏柳手上推，一边给姐姐递过去。雪妮看着夏柳推托的样子，便吃力地说，这个好喝，喝吧。此时，夏柳的喉舌真有点干枯急于滋润的感觉，便羞涩地接过来。心里想着，田致远还挺心细的，如果不是戴罪在身，哪里看得出是问题青年，完全是个暖男。

田致远打开盒饭，催促姐姐准备吃饭。夏柳看着他在忙活，几次犹豫没打断。田致远说："姐姐只能给她吃两顿饭了，现在算是午饭和晚饭并一顿，节省时间。这样，把她料理好，晚上可安心地去打卡接单。现在跑顺了，效益不错的。"

夏柳听了，先是夸赞他能吃苦，很上进。接着直奔正题，了解思想改造情况。她告诉他说："我来家访是带着任务来的，一是看看雪妮目前生活情况，看有啥地方能帮上的。二是公事公办，了解一下你个人的表现。看着这个境况，还是挺欣慰的。现在还在矫正期，言行得谨慎些，只要再坚持一段时间，就彻底自由解放了，可以甩开包袱挣钱了。"

田致远一直要求自己多展现欢快的一面，他不想让外人看到他清贫苦难的样子。走进家里时，刻意保持着轻松微笑，好把欣喜之情传递给她，可夏柳一句话，还是勾起了他的愤怒和忧伤。他讶异的神情把夏柳吓了一跳，顶着面没好气地说："原来你们不是诚心地关心我们这个家啊？是不放心我？怕我给你们惹麻烦。担心你们自己的饭碗啊。放心吧！不会牵连到你们的。"

夏柳意识到自己说话口气有点欠妥，忙打招呼地赔笑说："大家都为你叫冤，谁也不能说一生不犯错。你那都是无良老板害的。"

"想起那老板，恨不能拿刀剁了他。他毁了我的理想，毁了我做人的尊严。"田致远想起自己的违法，就勾起对老板的愤怒，心里升起对无良老板的切齿之恨。

夏柳不知道如何纾解他心中的不平，手捧着奶茶想着接续他的话。她的老师提醒过她，沟通出现障碍时，就说个故事，这样既可以缓和气氛，缓解心情，又留足调整思路的时间差。每当紧张应对无语的时候，她总会采取这一招。读了那么多书，脑子里的段子和故事可以随口脱出。夏柳跟在忙碌收拾家务的田致远后面，不紧不慢地说："给你讲个故事吧。很好玩的故事。从前有一个和尚跟一个屠夫是好朋友，和尚每天早上要起来念经，而屠夫天天要起来杀猪。为了不耽误他们早上各自的工作，他们约定早上互相叫醒对方。多年以后，和尚与屠夫相继去世了，屠夫上天堂了，而和尚却下了地狱。人们为和尚抱不平，说和尚吃斋念佛普度众生保佑苍生，应该升入天堂。一定是阎王爷搞错了。为此，官司打到了地王府，结果才知道，这个判决是公正的。这是为什么呢？原来，他们的角色对调了，屠夫每天叫和尚起来念经，这是在做善事，相反，和尚天天叫屠夫起来干的是杀生……你认为你做的事情是对的，事实上却不一定是对的，罪责只能嫁祸到自己头上。"

田致远听着听着，一下子好像顿悟到什么，会心地冲她笑了笑。田雪妮放下手中的匙子，看着她娓娓道来说故事，似乎也听懂了什么。怯生生地说是有意思的故事。田雪妮虽是脑瘫，但还有思维功能，对许多事物有异乎寻常的思辨力。夏柳走过去说："妮姐都说笑了，是不是喜欢听故事？下次来，我一定给你讲好多好多故事听。等天气好了，推着车子让你出来晒太阳，白相相。"

田致远自言自语地说，事情出了，有怨气也没用了，只能自己认栽。

夏柳劝道："事情快过去了，一定要振作起来，这么重的家庭负担要靠你挑着的。"

"苦点累点算不着什么，就怕哪天掉到坑里，不知道自己怎么被水呛死的。世道真复杂，别人说经历风雨见彩虹的，而我风雨之后，仍然是狂风骤雨。"田致远苦涩地摇摇头，友好地向夏柳送来温馨的眼神，说："真感谢你这样的好心人的关心，让我们家度过最为困难的时期。如果没有你们的鼓励，我真的自暴自弃了。母亲和姐姐不怕政府不管。"边说边帮姐姐收拾完餐具，要匆匆地出门。

夏柳跟田雪妮打了下招呼，约定几天后再来看她。她报以微笑，或是感谢抑或是期待。

夏柳与田致远肩并肩地下了楼，走在了巷道里，形似一对情侣，这让田致远有点不好意思回避着，而夏柳却毫无陌生感地往上亲近着。对于夏柳来说，并肩同行是再自然不过的事。她想靠近他，也有更重要的问题要问。

这个家庭，像个谜一样困扰着她。她想弄明白，这些年来，这个家到底发生了什么？这是她最感兴趣的，也是她专业研究需要追溯本源要求的。

田致远没有兴趣谈及过去的事，也没有心思想着说些什么。此时，他特别享受有人陪伴在身边的感觉。更何况夏柳长得特别养眼，她在身旁，一分一秒都让他心跳加快。他更喜欢听她说话讲故事，说话的声音都带着甜味，讲的故事又是那么动听悦耳，令人感悟。他原来觉得母亲有才华，没想到她也有满腹诗书，他看到他母亲年轻时的影子。他从来没有单独跟一个女孩子几乎相拥地走过。此时，夜幕垂落、华灯初上，这样一个充满诱惑冲动的暗淡夜色，两个初识的青年男女的邂逅，少不了内心迸发的浪漫和爱慕。田致远虽不敢想，可他珍惜这样的情景，他想放慢脚步多听她说话，可是脚步不由自主地被推着前行，他现在要赶着去快递小哥的集中点接单。

他跟她说了声对不起，说是家里的好多事，他也说不清道不明，下次有空，带她见他妈，她们之间或许谈得来。

田致远约定探视母亲的时候，夏柳代表社区专门买了些小食品和水果一同前往。

薛玉蓉看到儿子带着女孩来看她，先是发愣，继而露出浅浅的笑。她热情地搬来方凳，示意坐下。田致远告诉母亲说，她叫夏柳，是社区派来看望你的。母亲失望地摆了摆手，蓦然收起脸上的笑，自言自语嘀咕了几句听不清的话。他看了看夏柳，自己反而露出窘态，害羞得脸色泛红起来。

夏柳见到薛玉蓉的刹那间，不是因为她突变的态度而讶异，而是被特别的气质所吸引。薛玉蓉虽奔着古稀之年去，头发灰白，眼角略显皱褶，可细瘦身材、深邃眉宇、净白皮肤，足以看得出当年俏丽恬静的美人坯子样儿。老人穿着简单朴素，却十分得体，无不透出内在的优雅贤淑。这哪里是饱经人世沧桑的老妪，哪里看得出是正在接受护理的病人，完全是一块不用打磨包浆、自然天成的温润璧玉。夏柳无意识地向她鞠了一躬，发自内心地叫了一声“阿姨!”

田致远对夏柳说：“你别往心里去，我妈喜欢别人来看她的。只是年龄大了，一时脑子转不过弯来，经常把人认错了。”

夏柳对着薛玉蓉走过去，慢条斯理地说：“老师，很高兴能认识你。你太迷人了，好像电影里的明星似的。”说着，便欢喜地坐到她身边。

薛玉蓉开始还恶声恶气地嘟哝着，听到眼前漂亮的女孩在夸她，听到她叫她一声“老师”，脸上立马露出了笑容。老师的称呼久违了。她喜欢人们这样叫，她毕竟当过老师，她喜欢教师这个职业，民办教师也是老师，一天为师，终生为师。她父母曾是京城高校的教授，祖上在梁溪城创办过学堂，父母后来下放回原籍，父亲担任学校校长。典型的书香世家。

“姑娘，不好意思啊。咱俩素昧平生，怠慢你了，让你见笑了。我本以为是雪妮站在面前，可近些年雪妮服用激素药物，身体明显变化，不太可能的。后以为儿子带着女友看我，可又不敢相信。你太像几年前的妮儿啦。”薛玉蓉抬起头来，仔细端详着夏柳，甚至用手抚摸她的面颊。夏柳没有拒绝和躲闪，只是小田上前拦住了母亲伸出的手。

“知道你好久没看到姐姐了，等你病情稳定了，带你出院，咱们一家人就能团圆了。那样可以天天在一起的。”田致远告诉母亲说。

“那我还是不回去的好。这儿清静，没有纷扰，如世外桃源。在家里尽是繁杂琐事侵扰，病会勾出来，那又添上麻烦。”母亲拒绝道。

夏柳看看薛玉蓉，用手轻轻地捋着散乱的几绺白发，心酸地吞咽着口水，不由自主地生发出感叹。潜意识里仿佛就前世有情、今世有缘，看似陌生，其实很亲切。不由得感慨，人在许多时候偶遇的东西，似乎是前世的注定，无法用语言表达出来。此时，她们就犹如遥不可及的两颗量子，在某种能量作用下，奇妙地纠缠在一起，相惺相惜，相依相守。

“孩子，一见到你就觉得特别亲切。一看就是知书识礼的娃儿。两个小酒窝，天生不愁吃不愁穿。你们生活在好时代，有福气的。”薛玉蓉热情地抓着夏柳的双手，边抚摩边夸赞着。

田致远听着母亲的痴话，再看看夏柳的反应，眼里放光似的差点把自己击倒。捺住好奇的心理，暗暗地对自己说“真是太像了”。那长睫毛下欲眠似醉、含笑带梦的大眼睛，那两个说话间露出的浅酒窝，无不是姐姐的附体。难怪母亲第一眼看到时，误把她当作姐姐雪妮相认呢。当他回过神来时，又安慰自己说“世间长得像的人太多了，像又能怎么样？各过各家的日子啊”。

田致远看她们聊得投机，不再夹在中间打扰，自己便去医务处办理交费手续去了。

夏柳自信热情的性格，给薛玉蓉带来满满的开心。夏柳似乎有更多的心得愿意跟这个长期封闭病房的薛玉蓉分享。聊到社会上有意思的故事，便一起会心地大笑，谈到古今中外趣事，彼此还相互提示，两人在识文断字上找到了共同的兴趣。夏柳凭第一印象便断定，这是一个满腹经纶的稀有老妪，只是人生经历的波折，让她在某个位置来了个急转弯，否则，她有着光彩夺目的一生。

夏柳聊到近期发生的一起交通事故，把薛玉蓉带入到了失去丈夫的沉痛回忆中。

11

那年初春，当人们正待脱去臃肿的冬衣，准备迎来春日暖阳的时候，横扫半个地球的冷空气，裹挟着雨雪降临到江南地区。凌晨四点多，丈夫田德贵按时到达分工的保洁路段，按往常，他可以在东方第一缕阳光照射到钟楼镜面上时，完成任务，还城市清洁美丽的面貌。阳光照射钟楼的情景，他太深刻了。从进城担任环卫工第一天起，钟楼给他留下了美好的印象。他发现，城市没有钟楼，就不叫城市。后来从妻子薛玉蓉那儿得到了验证。妻子说他观察事物敏锐。城市必须有钟楼，没有钟楼的城市，是没有生命的城市，钟声是生命的脉搏，生命是在时间的流逝中度过的。钟楼不仅见证着他的工作，而且见证着城市的变化。如今城市长大了，高楼林立，可最能让他温暖的是钟楼里时针所折射的光辉。每天这个时候，他少不了多抬头看上几眼，让眼神跟着时针对话。然而，今晨却是风雪交加，街道两旁的灌木枝条经过雨雪的疯狂摇撼，大片叶枝已被残卷成街面上零乱的一地垃圾了。伴随着簌簌抖落叶片的是阴冷刺骨的寒风，抽打在人身上，如蛇一样地往缝隙里钻，整个身体像被填充满冰水那样地让人打战。田德贵出门时没有料到天突然会这么冷，觉得比往常穿得少了，要保证身体的热度，只有拼命干活。尽管清扫的难度比往常加大，可干活的速度却是异常快，甚至忘记了时间。正当他准备完成最后一堆垃圾装运时，一辆汽车从身边奔驰而过，把他足足甩出五六米外，重重地摔在候车亭的石柱上。

当同事把他送到医院时，田德贵的心跳已很微弱，医护人员竭尽全力抢救着，在昏迷转成植物人两年后，终因伤情恶化离世。

“早上他出门的时候，我的心怦怦乱跳，总感到有什么不好的征兆。他平时工作穿着不讲究，这天却穿上了刚刚买的加厚夹克衫，偏偏雨雪天，却讲究着穿。人被撞那么远，除了面部有点血肉模糊之外，其他地方竟没什么外伤。医院说脑颅重击开裂，人即使活着也成植物人了，没想到最后还是拼不过命。我们一起生活了二十多年，日子虽清苦，但过得还算幸福。从来没拌过嘴，都是他依着我。他倒了，我的天就没了。昏迷不醒的那些年里，我却没能力尽到妻子的责任，连最起码的生活料理都是他同事帮忙的，我不是一个好妻子。他离开后，我至今还不适应一个人生活。这也是他害了我。什么事不让我操心，就不会操心了。想起这些年身心焦虑，有时那种悲伤却转化成了痛恨。我的动手能力还不如儿子。现在想从头再学，可年龄老了，学不像了，没法融入了。”薛玉蓉虽诗书世家出生，却是天性恶繁悦朴，崇节尚俭，不善劳作，自己不得不承认自己的缺陷。

夏柳问：“听说当时没有找到肇事车辆？为何不找公安介入呢？”

薛玉蓉说：“当时也有同事在场，只是顾着抢救老田，现场被风雪横扫得乱七八糟的，肇事车辆逃逸，没能留下可供公安侦破的证据。”

夏柳说：“假如肇事者受到惩罚，人身伤害得到补偿，你和小田的生活也会好一点啊。”

薛玉蓉说：“是的哇。当时只有悲伤，哪里还想那么多。不过，人死不能复生，硬去追讨补偿，咱也做不出。不能把自己的痛苦再转嫁到别人头上去。”紧接着，又说，“有人说可能是老田得罪了什么人，才制造了一场肇事阴谋。老田老实本分，不会跟人有怨有仇，怎么会有人这样残忍地加害于他呢？我不太相信这样的结论，也不想给公安增加无谓的麻烦。”

夏柳听着老人漫不经心的叙说，像是说跟自己无关的境遇。她那每一个音节，每一份表达，都有着世人不及的风情。不知是因病而起的超脱，还是血脉里修炼出的境界，经历那么多沧桑变故、命运乖谬，却听不到任何的哀怨和委屈。这足以让夏柳由衷地钦佩了。

薛玉蓉对生活没有抱怨，对自己的内心痛楚从不流露。夏柳从她的话语中能够感受到，她说唯一的愧疚是没能给父母尽孝送终。薛玉蓉因为年少时的一念差池，让信奉传统礼教的父母伤心欲绝，人称薛老先生的父亲，直到弥留之际也没跟她达成和解。她的任性和孤傲，切断了与薛氏家族的任何关系。

薛玉蓉是独生子女，父母人到中年才有了她，视她为掌上明珠。两个旧时代过来的知识分子，只会让她读书诵诗、懂礼修身，结果是四体不勤、五谷不分。当她走入学校、走进社会的时候，猛然发现现实跟想象竟是如此天差地别。她像是到达了另一个星球，不知道怎么面对。在因家庭历史问题遭到打击时，她屈服地掉转头来，与父母彻底地决裂。她的言行，保全了自己，却伤害了父母。她给了父母身心上重重的一击。她的决绝，像是在父母的胸口踩上一双肮脏的脚，且反复地在上面摁来摁去，这使得父母及薛氏家族羞愧难当。她的人生由此在那个时代昙花一现地出现了转机，可命运从此像吞了死苍蝇一样，越想越吐，一辈子交上了倒霉的狗屎运。当然，父女之间并非没有和解的可能，只是两代人清高自傲的性格，成了阻隔亲情的绊脚石。而薛玉蓉本身的生活境遇，羞于向父母传递，她希望得到父母的原谅，却又觉得无力为他们做些什么，态度上不够积极。丈夫田德贵在父女之间当过桥梁，私下尽了当女婿的责任，但并没有完全温暖到他们。母亲去世后，她本可以全家搬进老宅里去，一方面方便照顾年迈的薛老先生，一方面顺理成章地继承祖业，可倔强的父亲却总是找出各种理由推托。结果，父母留下的薛家老宅和祖上留下的薛家花园，在保护性开发中，成了公家的古建遗存，至于传说中的字画古瓷等家什，更是莫名其妙地丢得所剩无几。之所以有人把丈夫田德贵的死归为谋财害命，就是因于薛家的古董被人挪偷，而田德贵从中干预，导致被人暗算。

夏柳注意到薛玉蓉说到的一个细节，让她觉得同样是个谜。丈夫田德贵在她父亲捐献房产问题上有过许多次交流。那是一栋清末民初的西式花园庭院，田字回廊，足有二十多间屋舍，是祖公当洋人买办时置办的。之后父母把薛家花园无偿捐给政府，只留下其中的一处老式堂屋供一家人居住。外人称“薛家老宅”。薛玉蓉在这里度过无忧无虑的童年，之后掀起的一波又一波运动，让她意识到，曾经显赫的家世，带给她的不是荣耀，而是原罪，这才让她有了后来洗心革面的盲动。尽管历史已经翻开了篇章，可自我编织的灰暗世界，却始终让她对继承遗产毫无兴趣。四口之家挤住在八十年代建造的筒子楼居室里，倒也没觉得有什么不好。小区里这样的家庭多了去了，炊烟袅袅，菜香飘飘，欢歌笑语，嬉笑打闹，好一派人间烟火，市井生活，无不生机勃勃。丈夫告诉过她，她是薛家老宅唯一的合法继承人，只要跟父亲坐到一起，她就会一夜之间重新过上大小姐的生活。可当有人对薛家祖产的产权问题提出异议时，她却犹豫了。之后，官方以提升城市现代化水平为由，提出整体规划拆迁。这一消息，无疑给薛老先生和田德贵当头一棒。薛老先生虽没答应女儿继承，但对老宅和花园即将夷为平地是心存不满的，他想在老宅里度过一生。而田德贵想的是跟老人一起生活，老人离世，自然是他们继承，如果拆了，那相当于老宅变成泡影。正当田德贵四处奔波请求补偿和老人安置的时候，事情出现了转机，暂缓拆迁。据说，文物专家呼吁保留，说是这样的古建越来越少，越来越珍贵，提出保护性修复方案。至此，薛老先生在老宅终老的愿望得到了实现，而田德贵争取拆迁补偿和继承问题暂时落了空。

薛玉蓉对丈夫打的如意算盘总是不屑，规劝丈夫不应为身外之物劳神费劲。在薛玉蓉看来，父亲虽年老但无大恙，就是规划修复改造的声音震得地动山摇时，老人的独居生活一点也没受影响，只是女婿田德贵车祸不久，他才无疾而终。尽管去世来得突然，甚至令人遐想，可毕竟不是疾病缠身痛苦地离去。

当年薛家花园壁外所在的商业街已高楼耸立，面目全非，连“耕读传家久，诗书继世长”这样的砖刻门庭都消失殆尽，哪里还能寻觅到薛氏望族的踪迹。老皇历翻出好几本了，跟谁去争取继承权的问题?

薛玉蓉谈及往事，总会哀叹感慨一番——当下遭遇的一切，都是命运妥帖的安排，谁也不要抗命。抗命、违命那只能是自己找罪受，与其跟命运较劲，不如洒脱地随遇而安。每个人的人生都是自己的体验。

最让薛玉蓉骄傲的是，她有一个孝顺听话的儿子田致远。她视儿子是上天恩赐的宝贝，对儿子寄予了无限期望。她本以“静以修身，俭以养德，宁静致远”来教育培养儿子，希望儿子立身做人，志存高远。可儿子学业上怎么努力也不上进，此后便不再勉强他出人头地求取什么功名，只图活得本分自在，满足于做一个与人为善、自立自强的人。她满意儿子能够支撑这个残缺家庭的同时，对他照护好姐姐田雪妮也有更多期许。

在薛玉蓉看来，田雪妮虽是残疾，却也是薛田两家的血脉。田德贵和薛玉蓉结婚十多年，未有生育，原以为薛玉蓉可能是当年掉入滩涂冰冷海水里浸泡，失去生育能力。薛玉蓉哪里容得了自己的罪责，歇斯底里到了精神崩溃的边缘，大概从那时起，埋下精神抑郁的根子。田德贵花尽能够变卖的家产，带她四处求医问药。当他得知乡下人有抱养押子的说法后，便动起了收养婴儿的念头。果然，一天凌晨，他路过医院附近前往保洁地段时，听到路边的垃圾筒旁传来类似夜猫的叫声，可冥冥之中又像是婴儿的啼哭声。当他看到一只包裹时，本能地打开，露出婴儿的脑袋，他一把将包裹抱起，环顾四周，没有发现可疑迹象，思虑再三便把包裹小心翼翼地怀抱回家。打开一看，果然是一个女婴。他和薛玉蓉断定，是医院里产妇家属重男轻女遗弃的。就这样，女婴成为田家的一员，取名叫田雪妮，田家人靠着奶粉和米汤把她慢慢地养大，他们哪里知道，三五岁时，田雪妮仍不会说话走路，送到医院检查，这才发现这个抱回来的婴儿是天生残疾。不过，两口子为田雪妮忙忙碌碌多年后，薛玉蓉意外地怀上了田致远。难怪，薛玉蓉常常挂在嘴边的话：姐姐是她的福星。

此时，夏柳才恍然大悟过来，原来田雪妮是弃婴收养到田家来的。

12

夏柳打算看望姨娘柳玉清，了解出院后的休养情况，希望能在章阿姨的陪同下前往。征求意见时，她一口爽快地答应了。

一路上，章阿姨介绍了柳玉清的一些情况，特别提到了与王雷仁的恩恩怨怨。这些年轻时的陈芝麻烂谷子，孙子辈都会谈情说爱了，仍还记挂着，敢情他们记性好，谁也忘不掉谁。

章阿姨不知道柳玉清是夏柳的亲姨，谈及柳阿姨时也没有什么避讳的。在她看来，柳玉清在单位是做人思想工作的，会讲道理的，至少说通情达理。可好多小事，只要她参与，就会变得复杂。就别说当年阻止安装燃气管道和改厕这样的事了，什么枝叶影响采光、汽车停放占道、垃圾味道太浓、门店排烟扰民等，都是她挑头提出的。合理诉求以合适的表达方式，大家都容易接受，偏偏她总是指责性地，在她眼里我们这些工作人员整天不干事。跟邻居之间也是锱铢必较，不要说王雷仁这样性格的，其他人多有处不来，别人发火就是放爆竹，砰的一声就结束了，而她生气就像发射火箭弹，持续上升，不停打转。为门口一袋垃圾、楼道一块纸箱，都可以争吵三天，还得把官司打到社区来，非得争个你高我低。她要把政治正确强加于别人，不服就要一战到底。到头来自己的生活受到困扰，甚至身心健康受到摧残。

夏柳对姨娘的性格有些了解，她母亲都这样评价姐姐是“生命不息，斗争不止，自己眼睛没擦干净，责怪别人身上布满灰尘，最后成了孤家寡人”。从章阿姨如实的介绍中，夏柳感叹为人处事的艺术。特别是章阿姨身上的可贵之处值得学习。相处的过程中，她发现章阿姨是个内外有别的人，对同事说话直接、有一说一，第一次接触她时，她就领教过，完全是出于关心。而对群众却是幽默智慧、善解人意、充满趣味，没有一点管理者的架子。这或许与章阿姨普通工人出身有关，她一直被人领导着，深知被领导、被管理的感受，懂得换位思考。别人急时她不急，别人争时她不争，别人怒时她不怒，有时话就是说重了，叫人也讨厌不起来。这倒也不是她达到了什么境界，而是活得本真淡泊。夏柳完全接受这种处事方式，潜移默化地接受着她的影响。

柳玉清改变了往日对待社区干部的态度。或是看外甥女的面子，或是病重时得到关怀的回报，她热情地引入客厅，递过鞋套，示意坐下，洗出杯子泡茶。这让章阿姨受宠若惊。往常没少跟她打交道，只是公事公办地板着面孔交流而已。社区干部容不进她的法眼，人家二十多岁就是工会科级干部了，是社区职位最高的领导居民。企业的科级也是科级，退休的主席也是主席。社区干部算啥级别？骨子里就当丫头使唤。受到这样的礼遇，章阿姨自然对她的改变刮目相看。

章阿姨充满怜爱地问了些健康恢复的情况，夸赞她硬朗的身体和白里透红的气色，不像这个年龄的人，比她章菊芬还耐看，直夸得柳阿姨合不拢嘴，心里美滋滋的。可嘴上还是不停地骂着王雷仁这猪头、王八羔子，怎么不挨枪子呢？千年的冤家，自己过得不快活，不让别人舒坦。夏柳安慰说，为这么个事，动这么大火气，差点把命搭进去。这么大年龄，不能生气的，凡事想开点。

夏柳感到，这次引发的矛盾，尽管错在王雷仁身上，可姨娘因此要死觅活地拼命，其实是不值得的。既然知道王雷仁的德性，就不应该迎难而上折腾自己，跟一个生活都朝不保夕的人争强好胜，这不是自己跟自己过不去吗？她认为，姨娘的行事风格不仅是性格问题，而且是心理问题。王雷仁视她为眼中钉，就是她长期以来盛气凌人地对待他的结果。联系到姨娘的为人，夏柳发现，社会上有种人居高临下的说话方式，看似一语中的、入木三分、直截了当，其实却是最伤人、最尖刻的。人们常说，祸从口中出。许多时候尽管不是刻意为之，可伤害的后果却出现了，某种程度上，恰恰暴露了自己的人格缺陷和自己灰暗的精神世界。说话也是双刃剑，良言相劝三冬暖，恶语相加六月寒。说话讲究因人而异，把握分寸。人与人之间交流，自黑或幽默，自我调侃，其实会让人便于亲近，同时也放松自己。

一通寒暄之后，柳玉清亲热地问了问夏柳的工作情况，像长辈或老领导一样教导一番，并向章阿姨推荐了夏柳，请这个居委会主任多多关照外甥女。章阿姨这才恍然大悟，原来这个柳阿姨还是夏柳的亲姨！章阿姨责怪夏柳丫头鬼贼，这么亲的亲戚关系不透露一个字。夏柳说，你也没问，我也没轮得上说啊。大家一惊一乍地努努嘴笑着。让柳阿姨不知其中的意味。

柳阿姨说，妹妹柳玉惠从小生性懦弱，倒是听话、踏实，什么事都是我帮着罩着、扛着，才没被人欺负。章阿姨听她说话语气中，处处表现出自己的强势，心里想，这能不是柳玉清吗？夏柳依偎在她身旁，打着手势，劝她不要提这些事。可开弓没有回头箭了。接着一番又一番数落忘恩负义的话。最后倒是夸奖了夏柳外甥女不少。说从小聪慧好学，现在为了理想，放弃了优越的海外生活，回来做社工。虽说社工地位低、没前途，可总得有人做的，现在国家重视基层工作，需要他们这样的人才。章阿姨频频点头认可，自谦地表示，居委会主任哪是什么官？蚂蚁大的权力，就是领导啦？都是同事，相互帮助是应该的。“青出于蓝胜于蓝”，年轻人有活力、有能力，比老的干得会更好的。咱这些老人和社区居民还得仰仗他们年轻人为咱服务呢，有你柳主席带着头，千岁坊不会差的。章阿姨话中带话，夏柳感悟得出来。意思应该是，只要姨娘带头做表率，多关心社区的建设发展，多维护社区的和谐氛围，多考虑社区的共同利益，年轻人会干得更出色。章阿姨看上去随遇而安，实则笑里藏“刀”，这个刀不是工具更不是凶器，而是正向引导的办法和主意。

临别时，柳阿姨留下夏柳，说是咱娘儿俩还没好好聊聊呢，有话要说。

柳阿姨问："是不是跟那个田家小子处对象了？你工作怎么样，我不管。你的个人问题，我还是要管的。"

夏柳惊诧地问："这哪儿跟哪儿啊？是田致远吗？人家怎么啦？不是好好的，人家勤劳上进，孝顺善良。"

柳阿姨严肃地批评说："你被你妈惯得不像样了。田家啥情况，你不知道吗？咱们不攀高枝，也绝不屈嫁，总得门当户对吧。凭你这条件，找个高富帅没问题的。你得好好掂量掂量。到时姨娘帮你物色一个好人家。"

夏柳说："我跟田致远咋的啦？我现在一事无成，还没想好嫁人呢。"

柳阿姨追问："那你跟田致远走得那么近，不是谈情说爱是什么？你看田家一贫如洗，一个半家户，两个残疾失能人，即使你有万贯彩礼带来，这也是永远填不平的塘。听说，田致远手脚不干净，公检法有案底的，这么个有污点的年轻人，哪一点让你着了魔？他小子癞蛤蟆想吃天鹅肉，我再不帮你掌眼，你可真是往火坑里跳了。"

夏柳越听越生气。她母亲从来不干预她的个人问题，没想到多年交恶的姨娘倒替她操起心来，真不知这种捕风捉影的事从哪儿冒出来的，责问姨娘说："你这是从哪儿得来的消息？真是不可理喻。"

柳阿姨说："这个你别问，世上没有不透风的墙。自己做的自己心里清楚。"

夏柳无法争辩，可不弄清来龙去脉，只会把事情越描越黑。她说："我跟田致远是刚认识的，我只到过他家去，这不都是为了工作嘛。肯定是有人听见或是看见什么了，总得让我知道一下，以便于解释啊！"

柳阿姨说："一个小区的，还能不知道？哪家炖鸡汤，都能闻得出，哪家说过私密话，隔墙都能传三里，就这大庭广众之下的事，没有能瞒得过去的。当然，我是没看到，可胡三看到了，说是社区新来的海归留学生，居然登门到田家相亲了，两人眉来眼去、卿卿我我肩并肩地散步。我想，这不是咱家夏柳吗？怎么会跟田家小子发展得这么快？本来你不来找我，我也想去找你，问问啥子情况。千万不能感情用事，现在还来得及，一定要把燃起的火苗掐住啊。"一通无厘头的责怪，让夏柳长叹一口气。根本没有火苗的事，却被姨娘点燃的熊熊烈火烧遍全身。

夏柳反复强调，这种无中生有的事，不要瞎琢磨，他们之间只是工作关系。他和他们家是她的服务对象。这些人想象力真丰富。

柳阿姨说："人家胡三大爷可是关心你，说得有鼻有眼的。反正要把握住，咱是从年轻过来的，懂得日久生情的道理。"

这个胡三，真会胡咧咧。难怪同事们说，什么事到他那里，公的变母，美的变丑。看似关心他人，实则是随心所欲，以自己的意志来支配别人。夏柳心里恨这种人，临到了自己头上，经过姨娘的润色，倒也不觉得胡三比姨娘更加讨厌到哪里去。这些孤独的老年男女，爱管闲事，无事生非，拿着年轻人的私密生活当话题，不是无聊至极，就是好奇挑事。在夏柳的专业视角里，这同样是需要关注的老年人精神生活问题。

柳阿姨听了外甥女的反驳，总算放下心来。抱着同情的心理感叹道，田家小子其实蛮可怜的，父亲跟着母亲返城没过一天好日子，只是谋了个环卫工作，好心收养了一个弃婴，结果是个脑瘫儿。母亲是大户人家出身，什么事都不会做，倒是有一个优雅的皮囊，像没落的贵族似的，现在也是一身的病。可怜了这儿子。说着说着，自己动容得哀叹起来。

夏柳起身告辞时，提醒她不要操别人的心，好好安排自己的生活。鼓励她主动低下头来，跟姨父和儿子、儿媳修好关系。虽说离异，各顾各的，可毕竟夫妻儿女一场，临老了，相互依靠陪伴，也是好的。夏柳知道，姨娘争强好胜一辈子，落得个孤家寡人，责任不在他人。当年姨父对她那么好，宠着她，包容着她，她总是得不到满足似的，最后气得他离家出走。说是出走，其实就是远离絮絮叨叨的她，跑到杭州跟朋友做生意去了。这反而激怒了她，一纸离婚协议，便各奔东西，也倒逼着姨父成就了自己的事业。儿子本是判给她的，可儿子受不了她那般管束，也跑到父亲战壕里去了，儿子只是逢年过节问候一下。她也倔强，除了儿子娶妻生子，碍于面子出了场之外，平时也没有什么来往。就这次生气住院，也没有跟他们言语一声。夏柳希望她调整心态，换个环境，或许她还是一个可爱可敬的好妈妈、好奶奶呢。

几天后，章阿姨微露出不屑的表情，对着夏柳和刘采文说："你们俩工作上确实要上心，要往前台走，咱们这些老同志在后面撑腰。可别总想着谈恋爱搞对象啊。不过，男大当婚女大当嫁，要谈也要找个门当户对的，可不能牵着小山羊，随便让野狗拱。"

刘采文指着夏柳，居然发出了恶作剧的笑。那笑声轻巧而悠长，夏柳迷茫地托着下巴，并不知道其中深意，无意识地顺势点点头。

夏柳并不明白章阿姨说话的意思，事后刘采文核实她跟田致远的关系时，才让她如梦初醒。她骇然发现，作为社区新人，却不知不觉地成了这个舆论场的主角。如今都说网络信息技术的运用，让人无隐私可言，技术手段只是掌握在使用技术的人手中，即使是隐私，那也是客观真实记录。可人却不一样了，人的主观行为可以肆意改变判断。局外人的眼和嘴就跟自己的影子似的，形影相随，而影子可长可短，完全取决于阳光照射的角度，而人的眼和嘴却变得越来越尖，可以把一件平常的琐事放大到耸人听闻。

就是那个黄昏将至的傍晚，她从田致远家离开，仅在灰暗中曝光几分钟，如今传言已从一前一后，变成了肩并肩，进而发展到手挽手了。进度之快，传播之猛，超乎她想象。不是她姨娘柳玉清提起过，她真的蒙在鼓里。那些传播的人，不知出于什么目的，是祝福还是看笑话？她该怎样面对田致远？田致远是否知道这样的情况？她连向大家解释的机会都没有，更别提找谁理论一番背景缘由了。

后来的几天里，夏柳看到章阿姨和几个同事总有些不自在，倒像自己做了什么亏心事，无法面对这样的现实；又像是被人捅破了窗户纸，羞涩难为情，让她一想到工作对象田致远，就想到真跟他有着什么特殊的瓜葛。她对同事们的议论倒没有什么反感，她不屑于计较是非，本来人家只是善意的提醒，而她自己好像心里有鬼似的。

男女之间恋爱，是一件说不清道不明的事情。夏柳跟灰猫交往多年，她也没意识到，这是恋爱关系，还是同学校友关系，反正两人交流相处比较舒服，彼此有好感，可就是没有那种怦然心动、倾心爱慕的感觉。跟田致远交流，并不顺畅甚至有点排斥，可脑子里总闪现出他那股倔强坚忍的形象。人是个特别怪异的生灵，有的时候越是得不到的东西越想得到，越是刺激的事情越是愿意去冒险，越是看不透的人心，越是想去揭示出来。夏柳自从第一次认识田致远之后，就对他的工作生活状态产生了兴趣，两三次接触后，她对田致远所处的穷困境遇削弱了同情，多了好奇，甚至对这个同龄男子有了欣赏的感觉。青年男女之间产生欣赏，那是一种特别的情愫。难怪，她跟他前后左右同行时，她似乎是本能自然的追随，自己一笑一颦的流露，不能不被好事者捕捉到，只是产生的过度解读，让她一时不适应。她努力把田致远从脑子里删除，可即便没有那层想法，那也是工作对象必须要面对的啊！她只能埋头于案头上的业务，来掩饰因为田致远而坐立不安的窘态。

13

好在，社区里总是不缺新闻的。一拨拨上门办事居民之间的闲言碎语，总能截取到有挑逗注意力的事件。

刘采文从外面赶回来，气没喘匀，就悄悄地告诉夏柳一个秘密。她说：“苏美出事了。”

“苏美能出什么事啊？不是成天蜗居着养病吗？”夏柳说。

小刘说：“你可别小看你同学，看似病恹恹的，搞得像林黛玉似的弱不禁风，到了外面，精神头足着呢。听说是交了几个朋友，争风吃醋打群架，扎伤了两个。一早，警察到她家调查呢。”

小刘得到的情报应该可靠，近来她跟一个警察小伙正在热恋之中。小刘对苏美的了解，不仅是平常社区里遇到的那些事儿，还有许多不为人知的花边新闻。警察男友对她透露了。

苏美患有肝病，不能参加工作，没有收入，没有医保，只得靠政府救助，维持着基本生活和康复条件。这在社区已经成了众所周知的事情。这源于父亲苏留根的大肆渲染。本来邻里之间有嫌隙，人们懒得跟他打交道。他成了孤家寡人一个，如同一坨掉在地上的烂豆腐，谁也不当它是有什么价值的东西，又生怕沾在脚底弄脏了自己，只得绕开过去。加上肝炎的传染性，让人避之不及的同时又心生厌恶。

说起当年苏美生病，父亲苏留根的确没少伤心流泪，他甚至苦苦哀求，呼唤着救救他女儿，这才让人们动了恻隐之心。按理说，这么心疼女儿的父亲，应该倾其所有为女儿寻医问药，毕竟他还没到不名一文的地步。苏留根虽说是下岗失业，可他算是买断工龄，每月仍能领取到生活补贴，直到退休进入社保领取养老金为止。他平时省吃俭用，开销不大，熟悉他的人都说他有存款。可女儿生病时，他第一时间想到的是找公家。一个没娘的女娃，缺少母爱，郁郁寡欢，社区女同志多，母性使然，自发地义务承担帮助的使命，没有让一束正待绽放的花蕾，在盛开的刹那凋零。社区特事特办，在家庭共同收入未加甄别情况下，给他家办了低保和居民医保，解决了吃饭和看病两项基本需求。苏留根看似视女儿如命根子，可就舍不得拿出钱来为女儿看病，当然他根本不承认自己有存款，而且担心自己被传染，给自己打了预防疫苗。苏留根脆弱地上蹦下跳，生怕自己的女儿有个三长两短，一时表现得着实可怜。人家是男儿有泪不轻弹，他轻弹得好像是汗珠似的，一串一串往外涌，就这不能不博得同情。多少时候，社区的同事们没少了前呼后拥的陪护。

这么多年过去了，苏美虽没有振作起来，但长得算是舒展开了，出落得还算标致。加上涂唇抹眉、黄毛卷发，倒也有点刻意的精神。人的形象发生了变化，可生活状态涛声依旧，甚至有些不可逆转。

贫穷不能阻碍对美好生活的渴望，生病同样需要精神追求。苏美在艰难生活中挖掘了自身可以利用的资源。一个如花似玉、含苞待放的年龄，往那儿一摆，就是值得羡慕的艺术品。

苏美发现自带光芒，是在重病初愈心灰意冷时一个偶遇。

那天，夕阳西下，她慵懒无力地倚在街心公园长椅上，有人轻轻地触碰了她一下，她费劲地睁开惺忪睡眼，眼前仿佛呈现出梦境般的幻影。一个路过的小伙儿递上一个冰激凌，正在眼前晃动着。她惊慌失措，抖擞精神，接下这份冷饮，不知说什么好。心里想着，这是看着我可怜，还是因为爱慕？她心里萌生过爱恋的种子，可对爱没有勇气，她自卑地只想着有吃有穿就行了。从来不敢想有一天成为白雪公主，可以得到水晶鞋。这个高大帅气男孩的出现，让她怦然心动起来，唤起了她对爱的渴望。

后来这个男孩并没有成为她的男友，但却成了永远抹不去的记忆，甚至成了她择偶的参照标杆。至于这个男孩当时的动机，至今仍让她难解。两个萍水相逢的人，能温暖地给别人一份分享，应该是发出的爱慕信号。可这个信号，就像一道闪电似的，来得突然，消失得也突然。苏美首先从自身找原因，反思自己的问题，知道自己当时的态度显得木然冷淡，没有传递出起码的礼貌和尊重。可是对素昧平生的异性大献殷勤，未必是真动感情，女孩不拿出矜持的范儿，怎么会得到别人的持久欣赏呢？记得男孩递上冰激凌的时候，好像友好地说了几句——看到你孤零零地一个人坐了半天，是不是身体不适？需要不需要帮助？我怎么连一声谢谢都没说出来，甚至连摇头或点头都没有表示。是自己产生了错觉，还是我根本就不屑这样的怜悯。当回过神来，想着打个招呼时，

男孩却丧气地离去了，自己只能顶着晚霞，用脚踩住他的影子，企图把他挽留一会儿。

苏美把影子刻进了心里，如同肝炎一样，痛苦地折磨着自己。她慢慢尝试着寻求另一种生活。

第一次走进酒吧时，她蜷缩在射灯照不到的边角卡座里，像被人抛弃的流浪猫，无声无息地观望着。一拨又一拨花男绿女，交杯换盏，口吐雾圈，甚是浪漫。一浪又一浪激情四射的摇滚，让男女扭腰弄姿、相依相偎，好不自由奔放。这是一个充满诱惑的世界，也是一个让人尽情挥洒的天地。她怎么也没想到，仅与家相隔一条街，却是两个不同的世界，她眼里怎么没有发现这日新月异的变化呢？在这儿，烦恼、忧愁、痛苦、贫困，皆因一杯酒一首歌而消减。原来，“借酒消愁”是这么来的。酒吧或歌舞厅这种娱乐场所，人们可以集体性地把自己装扮得花枝招展、红光满面，向孤独和怨恨发出撕裂的吼声，让无奈的生活产生共鸣。

一个主事的领班主动递来一杯酒，问了些喜欢不喜欢之类的话。她没有及时表示喜欢还是不喜欢，但感到有人关心她了，心里挺满足的。她不是来喝酒的，更何况不能喝酒。医生有过医嘱，本身对酒也过敏。这一点承继了父亲的基因，体内缺少乙醛脱氢酶，一沾酒就脸红就酣醉。她在这种氛围里情绪似乎一下子得到疏解。

领班问她，愿不愿意到这儿来做服务员？只是倒倒酒，送送点心，如果有陪侍喝酒的，可以得到不菲的小费。工作相对自由轻松。苏美点头认可，她可以到这儿来消遣，顺便挣点零花钱。成天蜗居在鸡笼阁楼里，都快憋成傻子了，身上好像生起无数的跳蚤爬虫，挠得心里痒痒的，每到夜深人静时，只得发呆地仰望星空，想着太空的陨石划过的光亮会不会投射到窗口。在这儿打发夜晚的时光，是不错的选择。

她按照领班说的，开始当作工作来干。西方流行酒吧喝酒，可嫁接到了华夏大地，酒吧便不再只是喝酒的地方了。喝酒是饭店餐馆里的必备，而酒吧来到国人身边时，真的做了本土化改造。这儿的喝酒是消遣取乐，寻欢作乐。这儿个个像是发了情的公牛，红了眼的母狗，满口的淫言浪语。苏美终于遇到了第一天来的观感，这让她一时很是不适应。当有人借着醉意手挽着她的腰时，她狠狠地推开了他，继而手臂搭在她的脖子上时，她厌恶地躲开着。那人说，新来的吧，一点不懂规矩。在这儿男人是花钱找乐的，女孩是靠服务挣钱的，还想要小费吗？一把将她推出老远。

小费是没有了，连保底工钱也没有拿全。她这才发现，这个社会太现实了，那些跟她年龄差不多大的甚至比她还小的姑娘，刻意把自己打扮得袒胸露背、妖艳动人，就是为了勾住男人的钱袋，男人的嘴巴支在空中越长，眼球暴突得越大，说明离捕获得手越近。领班警告她，在这儿别装清纯了，每个人都是对手和猎物，相互需要，咱们女人有什么呢？除了年轻有资本，其他都是狗屁。真遇到心仪的包养着你，还愁吃喝享乐吗？

苏美倒是没有那种清纯，可也不会放荡不羁。她不能喝酒，可为了不扫客人的兴，必须强忍着下咽。后来那些姐妹给她一种既兴奋又解酒的药丸，虽是能增大酒量，过后肝肠剧烈蠕动，让她呕吐不止。后来才知道这种含有黄酮素的药物不是好东西。她不能用健康博取客人的垂涎。她想以她自己的方式，让客人亲近。她脸上流露出的淡淡忧伤，却不失是另一种妩媚，且让人产生怜香惜玉之感。她的忧郁一点不是装出来的，她的身心被肝炎病毒折磨得有心无力，她的生活艰难得只差乞讨，人的神情被摧残得少了活泼和朝气，她根本没有展露自信或自负的资本。这恰恰吸引了那些同样孤独苦恼、借酒消愁的年轻人。不长的时间里，她如众星捧月似的得到了男人的喜爱。她有了信心，人也精神了，钱也有了。在喜欢别人追捧尾随的同时，更喜欢别人的出台邀约。

每当夜深人静的时候，通往苏美家那昏暗的巷弄里，常有一簇年轻的身影在路灯下掠过，沿途留下的是一片嬉戏打闹、打情骂俏声。苏留根已养成了习惯，女儿不归，他不睡觉，心底里像是牵着的线扯住的风筝，自己依偎着残破的墙根静候着，生怕女儿永远地失去。女儿的放纵，让他又气又怕。男友一拨一拨往家带，如入无人之境，她的阁楼成了合欢嬉闹之所。他想教育她一番，可理论起来不是对手。这能是什么好人啊？就一干吃酒赌钱、问柳评花、无事生非的游侠纨绔而已。他心里骂着却发不出火来，只得自己生着闷气喝着闷酒，睁一只眼闭一只眼。奶奶更是看不下去，多次规劝无果后，眼不见为净，自己搬到另一个儿子那儿去了。这倒为苏美的自由放任留足了空间，那些护花使者可以更加肆无忌惮了。

这天，已是凌晨两点了，苏美还没有出现，更没有听到喧嚣声，苏留根的心像是被人捏了一把，猛地感觉到一阵剧痛，不会有事吧？突然，两个人影影绰绰地闪现到他的眼前，女儿被一个男的连拖带拽地推到拐角处，急切地耳语了几句，便往回跑去。只听到不远处一阵棍棒的敲击和吆喝声交织在一起，不一会儿冒出了哀号的求救声。

附近热心居民拨打110，受害人被及时送往医院抢救。受害人在抵抗对峙过程中，受到凶器袭击和踹打，致使脾脏破裂，幸好抢救及时，没有生命危险。警察侦破时，受害人直言自己是苏美的男朋友，一伙流氓企图强暴女友，被他制止阻拦后，惨遭毒手。警察找到苏美核查时，苏美坚称没有男友，自己路过时，看到两拨人在打群架。

苏美家旁拆迁工地上，碎石瓦砾成堆，脏乱不堪入目，典型的藏污纳垢之地。几起酗酒滋事的、殉情闹事的、家庭纠纷的打斗事件，都发生在这儿，似乎这儿成了你争我夺的角斗场。幸好没有出现人脑打成了狗脑那种死伤情况，否则这里可以定性为刑事案件的高发地。苏美那位自称的男友，为她“见义勇为”负伤，却得不到苏美的承认，这在警察看来里面必有蹊跷。如果是两派人打群架，那多人殴打一人的事实怎么解释？受害人没有提出追究，说明背后有隐情。事情虽未列为刑事犯罪案件，但证据链条一直没有停止收集。

苏美是事发核心人物，前后的来龙去脉她门儿清。

一段时间里，苏美似乎成了酒吧屋里当红花旦，她同时遇上了两拨挥金如土的纨绔子弟，有人冲着她消费，让她找到了自身的价值。两边的带头大哥有着相同的口味，喜欢苏美的多愁善感和艾怨忧郁，从为她献歌喝酒、蹦吧狂欢，到出入酒楼、消夜烤串，再到刷卡送物，为的是博她开心，为她消费。两个带头大哥有着各自的背景，台面上倒是温文尔雅，骨子里却侠肝义胆。为了苏美，他们可以两肋插刀，打抱不平。

苏留根本来对女儿的放纵又气又恼，可看到女儿面色日渐红润，人也活泛精神，穿着越来越干净讲究，常给家里带回些物品，感觉她总算自食其力了，心里也不再自寻不快了。毕竟女儿大了，女大不由娘，应该有自己的生活空间，不能总拴在自己的裤腰带上，更不可能供养她一辈子。他甚至想借女儿的势，在拆迁补偿上多争取获利。女儿在外面行走，总归认识的人比自己多，万一遇到权贵之人，随便打个招呼，就够他拼命努力一辈子了。这么想着，就跟苏美说了，果然，苏美找到了几个能够帮忙的人。

那天上班的时候，附近拆安办的负责人跑到社区来，说是他们办公地门口，被人撒泼了满地大粪，大门有被人砸坏的痕迹。负责人说，调取的探头视频显示，凌晨两点多，三四个醉醺醺的年轻小伙，像做贼似的从车上卸下几个污液垃圾桶，直泼到门口，自己的身上也都污秽不堪，两三分钟后，嘻嘻哈哈、你推我搡地离开。其中有一个人看得出，是经常往来于苏美家的。大家猜说，也只有苏留根会想出这样下作的做法，以此达到报复或增加谈判筹码的目的。拆安办原打算报案的，考虑到搞僵了，谈判的余地没了，就彻底被动了，便请求社区传话，算是留足情面，有什么想法和条件，可以继续谈，这种小儿科的动作不追究。

男友滥交过多，难免有争风吃醋的。有一次，一拨马仔直奔千岁坊，穿进布衣巷里弄苏美家旁迎驾，路上嬉皮笑脸逗着苏美开心，两只手没有闲着，顺便吃着她的豆腐，这一幕没能逃过另一拨前来恭候的人。咱大哥的女人，怎容他人染指。于是两拨人约架打了一场，双方交手打了平局，最后吃豆腐的马仔跪到另一拨带头大哥面前自罚，连用脑袋砸碎两只啤酒瓶，鲜血和着酒液溢了一地，才算了事。

苏美的身价就是在不断竞争中体现的。她得到了两个带头大哥的庇护，又有那些豢养的斗鸡走狗趋之若鹜的追随，越发觉得活出了价值。俗话说，邪乎到家必有鬼，有鬼必有人捣鬼。当警察在社区详细介绍苏美的工作生活情况时，包括钟志国和章阿姨在内的社区老人都吃了一惊。对于社区来说，她成了可能随时引发不安定因素的害群之马。本来好端端的一姑娘，被父亲助纣为虐得不成样子了。痛骂苏留根不是东西。

苏美以证人的身份，被带到派出所时，她还处于睡意蒙眬中。她昼伏夜出的工作和生活状态，完全让她紊乱了时光。她承认在酒吧，那是工作，也是生活，因为自己付出了劳动，获得了报酬，因为娱乐消遣，获得了精神愉悦。对于她来说，是一举两得。她对警察的讯问答非所问，牛头不对马嘴。一会儿说，是一帮打群架的人，无聊至极，话不投机，动了手。一会儿说，他们看到自己，挑逗取乐，自己是受害者。她劝警察，这些王八蛋、小瘪三弱肉强食，自相残杀，省得祸害平民百姓，让他们自生自灭，不值得小题大做，警察应该把精力用在为人民服务上。

警察并没因为苏美的说辞，而排除她有扰乱治安的嫌疑，便向她提出单位取保领人的要求。苏美没单位，社区只得充当保人。老钟想，这事只有夏柳合适，夏柳既分管综治工作，又是苏美的同学，于公于私两便。

夏柳赶到派出所的时候，苏美正在接受问话，她在半透明的玻璃墙外，隐约听到苏美在跟警察争辩。自己既不涉毒，也不卖淫，就算靠姿色吃饭，那也是付出时间和劳动的，这可比洗脚工、站街女光彩得多吧。即使说被打是为了我，只能说是他自己的一厢情愿。警察说，我们基本掌握了情况，只是找你核实一下，就是你不说，事实也是清楚的。虽说由头因你而起，但你也不要紧张，不会有你什么责任的。就像你是一件武器，武器本身没有问题，被他人利用了就是凶器。

夏柳透过一层玻璃墙壁，又着急又好笑。她苏美真行啊！接受着讯问，还能辩论几句。这个变化跨度有点太大了，夏柳一时转不过弯来，平时的沉默寡言，可以毫不做作地切换成嚣张浮滑的样子。环境真能造化人、改变人。为了维护自己的尊严或是保护自己的隐私，人会想方设法地包裹住自己。举止上，落落大方，不动声色，最好挺直胸脯，这样可以显得理直气壮。言语上，尽量言简意赅，措辞得当，即便撒谎，也要准备无数个谎言，以备一个又一个地叠加掩盖。如果撒谎释放的是善意真诚，那一定要有高兴和快乐的流露。可是，费尽心思企图掩盖，只是满足暂时的心理需要，在铁证如山的事实面前，谎言总是不攻自破的。不要说跟警察过招，就是包括测谎仪这样的科技装备，也会看出破绽的。有人说过，人在说谎的时候，眼睛和嘴巴总不是在一个节奏上。谎言再天衣无缝，说谎者再泰然无事，细微的表情早就透露出表达失真。

苏美看到夏柳时，先是一惊，接着笨拙地躲闪。苏美不希望她认识的人对她了解得太多。毕竟，进了派出所，总归不是什么好事，后面的故事，更是难于启齿。她并不知道，夏柳是公事公办，来领她回去的。她的故事，已在社区内部传开了，比她的实际情况更为玄幻。别看她貌不惊人、病病恹恹的，竟能招蜂引蝶、颠鸾倒凤，过着风花雪月的生活，遇上几个情敌了，不知怎么收场呢。当然，以夏柳和刘采文为代表的年轻人不这样认为，她们觉得苏美患病剥夺她某类工作的权利，但不应该剥夺她恋爱的权利，她需要爱，总不能整天待在破屋里郁郁寡欢吧。年轻人有几个备胎，也正常的，总归好中选优吧。难不成还让自己蒙着红盖头，坐着小毛驴，直接送到没见过面的男人床上去？

夏柳一把拉住苏美，说是来帮她的。苏美说："我有什么要帮的?"夏柳说："你的事大家都知道了，为你着急呢。"苏美说："笑话，我能有什么事啊?"夏柳说："别再嘴犟了，都到派出所来了，还说没事?"苏美不再吭气了，低着头，从口袋里掏出口红来，绕着嘴唇涂抹了一圈又一圈，掩住刚才尴尬的表情。夏柳说，咱们回去吧，我是来接你的。

出了派出所，两个人肩并肩走着，没有说话。当然，苏美不知道说什么好。她太需要排解和倾诉，可有谁能理解她呢？只有夏柳似乎有若干的问题要问，可又觉得，苏美此时的心情，她能问什么呢？夏柳只得跟她聊天气、聊环境、聊清名桥千岁坊的前世今生、聊俩人同学时的糗事。夏柳跟苏美聊了那么多话，没能得到苏美的回应，哪怕是微微的点头、微微的笑声。她等于在自言自语。不是苏美听不懂，而是她听得不解渴。夏柳付出的努力，如同向沙漠里灌水，没有一点印迹，再多的输入，也换不来一片绿洲。她不时沮丧地看看苏美，懊恼自己不能给苏美帮助。其实苏美内心里已经有了触动。

夏柳不高兴了，口气变得生硬起来："咱们是老同学，知道你的生活处境，你不容易，有什么委屈就冲着我吧。"

苏美终于有了反应，眼泪一下子溢出来，自己走到巷子旁的墙根下，号啕大哭起来。

夏柳同情苏美，苏美并不领情。苏美需要更好的生活，谁也不能给予。她们虽是同学，可已然不是同道之人了。夏柳的生活无忧无虑，苏美的人生斑驳陆离，家庭地位如云泥之别。夏柳认为人只要奋斗，就会有好的生活，可苏美连奋斗的力量都不具备，她认识的公子哥们出手阔绰，有几个是靠创业奋斗出来的，不都是靠拼爹吗？苏美忌妒夏柳同学有个生钱的爹，恨自己的爹没有出息。爹还指望着她改变生活的窘境呢。如今，苏美自进入社会以来，像是飞出笼子的金丝雀，看到了世界的另一面。人把自己困在笼子里，再怎么用力也只能在用力撞击挣脱中把自己搞得遍体鳞伤，只有摆脱内心的束缚时，才能找到各种各样的活法。经历了风吹浪打之后，苏美的身心变得健硕坚硬起来。她不需要活在别人的眼神里。她对别人的非议可以鄙视一笑。她具备了抵御各种复杂局面的能力。唯有面对夏柳同学，她才显露出内心的自卑痛苦。

14

夏柳把苏美领回家后，向老钟书记简要汇报了派出所涉及苏美的情况。

夏柳说，苏美积极配合，警察没有对她咋的，只是感觉到没有提供到有效的线索。

老钟说，虽对苏美有些看不惯，可毕竟身体有病，该照顾还得照顾，问题是她父亲好吃懒做，没做好样子。他跟夏柳说：“你是她的同学，经常关心问候一下，不要因为这点事，就想不开。”

夏柳笑笑说：“不会的，咱们多虑了。”

老钟说：“怎么不会？前不久一所学校里有个学生，老师批评他几句，还想不开呢。苏美的忧郁性格，还是多开导点。不过，咱们也不能包办到底。啥时候她搬家走了，啥时候咱这儿才清静。”老钟补充说道：“上面又部署了，这块地方要重新启动征收拆迁了，说是换了一支新的拆房队和开发公司。”

夏柳没有接过话茬。她被老钟提醒后，现在只关注苏美，她还真担心苏美那个不认可的男友会对她死缠烂打，让她难以脱身。两个带头大哥别再为她惹出什么麻烦来。

夏柳闷闷不乐地回到家，一屁股坐在皮制沙发上，手拿遥控器打开电视，嗲声嗲气地问妈妈晚上有什么好吃的。母亲柳玉惠已经把做好的饭菜端到了餐桌上，正等着在外劳作的爷儿俩归巢用餐呢。父亲夏秋生难得在家吃晚饭，大概是平时出入酒楼，山珍海味吃得腻了，想用家常饭粥改改口味。柳玉惠接到回家吃饭的电话，就像接到皇上翻牌入寝的告知似的，满心欢喜地充分准备，清淡素餐早已恭候着主子入席。

等候的间隙，母女俩难得坐在一起扯扯老空儿来。

夏柳问母亲是否记得布衣巷那个叫苏美的同学？柳玉惠摇头道：“你的同学，我怎么会认识？”夏柳说：“就住在姨娘家那条里弄头上的，她爹叫苏留根，从小没妈，那时你还让我向她学习怎么自立自强呢。”柳玉惠说：“想起来了，当年还说树留根、人留名呢，咋样了？”夏柳说：“不咋样，说来话长着呢。”柳玉惠问：“还住那地方吗？那时一家三代人挤在二三十平方米的平房里，反正对她父亲印象不好。”夏柳说：“是啊，还那样。女儿那么大了，还跟着屁颠屁颠地瞎操心，话说不到正点上。本来拆迁给他家安置了一套三居室，可他狮子大开口，非要两套不可，还要负责装修，说是给苏美一套做婚房的。这一僵都快十年了。搬走的人家兴兴旺旺地过日子，可他爷儿俩还守着灰暗的破屋，房子跟人一样都生出晦气了。苏美得了肝炎，没精打采的，工作找不到，靠泡吧度日，引来了一帮打群架的，差点把自己饶进去。”柳玉惠激动地说：“这不成了三陪小姐了吗？怎么这个样子。”夏柳说：“别说得这么难听呗，各人有各人的生活，就不兴人家消愁解闷吗？”柳玉惠说：“女孩子到那地方能好到哪儿去？这种娱乐场所就她能消费吗？都是有钱人玩的，除非傍大款。”夏柳说：“人家交了男朋友，有人买单。你们这代人想多了。”

柳玉惠心想，人与人之间总会有差别，每个人的命运自有安排，现在的年轻人赶上这么好的时代，只要肯吃苦愿奋斗，生活理应不会差的。就怕生性懒惰，好逸恶劳。现在社会上恰恰有这一类人，要么靠父母、要么靠政府，没有想着怎样去自食其力，改善自己的生活。久而久之，惰性越来越重，越来越依赖天上掉馅饼。一旦得不到满足，还要到处叫冤叫屈，好像他们的困窘生活是别人强加的。从小图舒服，一世没出息。在娱乐场所这种环境里浸淫，人的骨头只会变得越来越松软，精神只会变得越来越颓废。她告诉女儿夏柳说：“不要跟她走得太近了，你们不是一类人。你对她好，她不会领情，她对你好，说不定别有企图。更重要的是三观不一样。”柳玉惠表达的言外之意包括：这一类人得到帮助会觉得理所应当的，最可怕的是眼里看不得别人过得好，好像别人的好日子是他们恩赐似的。同时担心女儿被社会上的红尘女子带坏，女儿跟这种同学来往，也会让女儿掉份儿。

俩人正聊着，父亲夏秋生回来了。看她们聊得起劲，高兴地问遇到什么喜事了。她们说，这是母女俩的私房话。

夏柳看到父亲按时下班回来吃饭，有点吃惊，忙撒娇调侃道：“老爸，今天是什么日子啊？生日？结婚纪念日？竟惊动你大驾了。”

夏秋生蒙了圈，接着反应过来说：“你们以为我喜欢在外山吃海喝的？哪一顿饭不是难咽的药引子？哪一口酒不是蒙人的迷魂汤？哪有在家里喝粥吃咸菜舒坦？这些你不懂，最好你也不要懂，还是单纯点好。”

夏柳说：“老爸能放弃应酬，陪着咱们共进晚餐，不胜荣幸。”

夏秋生无心跟女儿斗嘴耍滑。女儿在社区工作两个多月了，他没顾得上关心一下她的情况，便冲着她问：“工作一段时间了，感觉怎么样？能不能坚持下去?”

夏柳说：“一言难尽，酸甜苦辣咸，啥滋味都有。不过，收获不小，这份工作值得拥有。”

夏秋生叹息地说：“白浪费了几年的读书时光。在社区，没文化的阿公阿婆也能做，像你读那么多书，有点杀鸡用牛刀，荒废了。”

夏柳知道，父亲这是抱怨她放弃继续深造的机会，放弃了在国外发展的机会，放弃了未来的美好前程。可她不这样认为，便说：“自己感觉知识不够用呢。基层工作千头万绪，繁杂琐碎，尽是婆婆妈妈的事，真把这份工作做好，还真需要我这样专业背景的‘人才’的。”她把“人才”二字语气加重，拉得很长，算是强调基层岗位对人才同样有需求，或者说是把自己当“人才”看。从学历和专业角度看，夏柳都具备“人才”的特质，只是现行社会的“人才观”，大多特指专家学者和工程技术人员。社会管理类人才的地位作用未能得到应有的重视和尊重，进而基层社区岗位谈不上“人才”的价值。其实，夏柳接受的海外教育，深知基层治理服务的重要性，西方许多政治家是从社区服务起步的。一个优秀的管理人才，首先是一个思想政治工作者，是一个谙熟社情民意的方案设计师。

夏秋生对女儿的培养教育基本采取放养式。多少年来，他对金钱的欲望越来越淡了。他跟其他成功人士一样认为，财富积累到一定程度，只是一个象征性数字。对他而言，他发现，有多少财富就要背多少孽债，再多的财富换不来别人的尊重，每一份财富的获得都如火中取栗，得像盗贼那样练就在开水中淘金币的能耐。几度走钢丝式的淘金，让他的精神近乎崩溃。可是，商人逐利的本性，又没能让他放弃财富的获得。以他的经历和人脉资源，他不再以压榨和剥削方式满足自己的钱包，只想小心翼翼地围绕当地发展需求，提供必要的商业服务，就能体现自身的价值。他已经乐于游走在商界与官场之间，虽说不能完全呼风唤雨，但成为一个受人尊敬的商人，对他来说已经是心满意足了。走到今天这一步，名利已经不重要了。他对女儿没有过高奢望，不希望她像自己一样拼命地工作、冒险地挣钱，不会强加个人意志，让她成为什么成功女孩，以满足自己的虚荣，不求大富大贵，只望轻松工作、快乐生活。他说：“既然你喜欢，就安心干呗。多接触基层社会，或许你能真正认识真实的国情和社情。”母亲柳玉惠在一旁表示认同，他们知道，现在的九〇后、〇〇后，生活在蜜罐中，哪里知道世道沧桑？让他们多接触底层社会，或许能够理解人生奋斗的不易，更能珍惜当下的美好生活。

夏秋生边吃边聊，似乎有更多的话题要跟夏柳分享。眼下他的公司顺风顺水，手上的项目越来越多，其中就有政府推动的棚户区改造项目。他告诉夏柳，区里要重新启动布衣巷拆迁改造工程，邀请他来接盘做下去。他本来打算拒绝的，考虑到她在那儿工作，就先应承下来了。这也算是为女儿将来的发展增加点权重。这个项目拖了十多年，承包方换了一茬又一茬，都没能做得彻底，一是阻力大，到目前还有百分之十的待征收对象；二是没有利润空间，完全是市政工程公益项目，算是为政府挑担子。

听说父亲要承揽布衣巷拆迁，夏柳连忙摇头说：“这是一块烫山芋，别人都攻不下来，你就能吗？刚才跟老妈提到了一户人家，都谈了十多年了，青丝变白发了，可人家是‘敌军围困万千重，我自岿然不动’。最好不要碰。”

父亲夏秋生说：“不仅是经济受损，社会负面影响也不小。本来规划的地块拆迁改造，可以融入清名桥古街景区中去，整个城市管网体系能形成闭环，文商旅一体发展的格局能完备起来，就因为个别人的不配合，搁置到现在。”

夏柳对父亲的高谈阔论，颇为不以为然。不过，父亲能把生意做到从政治的高度思考认识，的确让她有些刮目相看。一直以来，人家谈起包工头、施工老板的话题，她总是带有鄙夷的态度。她对父亲从事的工程建设不屑一顾，似乎挣得的每一分钱里，都有背井离乡农民工的血汗，相当于在砖头里挤出水分。她以为，包工头和煤老板一样，是暴发户，是土豪，再怎么穿得西装革履，身上的尘土和煤灰总是掸不掉的。然而，父亲自从参与了市政项目，特别是有机会跟官员接触之后，少有了跟农民工骂娘训话的怒气，说话有点像干部的样子，有时会以一二三排序方式，把需要表达的意思条理分明地说清楚。从指甲缝里抠泥垢，到说话咬文嚼字，那不是一般性的飞跃，作为有着留学经历的女儿来说，应该给予崇拜。

有关布衣巷动迁改造的话题，在社区里从来是不绝于耳。现在父亲要参与，夏柳的担心是有道理的。这么多年来，尽管百分之八十的住户积极配合，按时序完成搬迁征收，真正难动的少数住户或以回迁为补偿，或以古宅具有文物属性要求保留，或以补偿标准偏低为由，拒绝在征收拆迁中签字。即便是推动司法强拆，仍有抗法不配合的，甚至提着汽油桶以死相拼的。苏留根的邻居，一个七十多岁的老妪，因为拆迁补偿款被儿子冒领，结果自己想不开跳楼，抢救无效死亡，招来女儿们的强烈抵制。最后，以处理相关负责人和对主体单位罚款等措施，平息了事态。可拆迁的进展由此戛然而止。现场指挥的负责人受到撤职处分，负责项目工程的企业负责人被拘留，承接项目的企业受到罚款处理，直接导致相关责任主体不敢也不愿触碰这样的烂尾工程。没有人再愿意去做替罪羊。征收拆迁的博弈仍在继续着，拆迁户的价码越抬越高，安置房的价格也不停地往上飙，可想而知，每向前推进一米，就相当于用百元大钞向前铺就一米。可残垣断壁、碎砖瓦砾像个西裤上扯开的洞似的，又不能不修复或更新。毕竟是充满现代文明气息的城市，岂能让这种粗陋的现象长期存在？夏柳的想法既有现实的考虑，也有自身的考虑。她如今是千岁坊社区的一名工作人员，她有责任有义务维护社区居民利益，有责任维护社区和谐平安，一旦有人把父亲承接的拆迁项目与她联系起来，她的处境便会变得特别尴尬，等于不由自主地把她带入了是非纷争的利益博弈旋涡之中。

夏柳无法改变父亲的决定，毕竟父亲承接的是政府项目。她需要关心的是父亲怎么样能完成这个马拉松式的拆迁改造工程。这么多年搞不定的东西，他凭哪一条就能搞定。当然，夏秋生不会直接回答这么稚嫩的问题，只用官方表达的语言说，就看是否敢于担当了。责任担当是对行政机关干部的要求，而企业家的担当，充其量是以最好的方式赢得市场和经济效益，企业有着优良的信誉和形象。夏秋生讲担当的真正含义，大概是希望得到地方领导的重视支持。遇到这样的啃骨头项目，讲担当，就是企业在强力推动过程中出现失误或问题时，主管官员敢不敢协助纠偏或是承担责任，勇于为企业保驾护航。

一顿清淡的家中晚餐，夏柳以欢快团圆的心情开场，却以担忧沉重的心情收场。夏柳的心中开始郁积这样的结：改善城市环境和生活条件，本是一件得民心的好事实事，为什么有的人不予配合？是个人做出的牺牲大了？还是项目单位让利少了？为什么大多数人能够满意地搬迁安置到异地，有的却提出各种各样的附加诉求？私欲是否代表民意？公共利益和个人权益之间怎样求得最大公约数？有时候对事情的猜想和臆断，会让人变得焦躁不安的。此时的夏柳似乎感受到一场狂风骤雨正向她席卷而来，没有任何一点回避或躲开的余地，无法预测究竟是风卷着高空抛物先砸向自己，还是雷电暴雨从头往下倾泻，她必须接受随时遭受伤害的可能，只是能否巧用智慧让伤害减小到最低限度。

第二天一上班，夏柳心事重重地打卡报到后，径直前往重新启动的拆迁地块处。

夏柳自千岁坊社区上班以来，还没顾得上好好品味这个有着慈孝名称的地区。这儿的一砖一瓦、一草一木，对她来说，既熟悉又陌生。儿时或是少年时代，灰秃秃的巷弄两旁是起伏不定的褐色墙面，残存的穿堂过巷里弄，依稀保留着市井烟火，可与就近节节拔起的高楼商场相比，已然成了风烛残年的老人，满目的颓败和寥落，没有一丝生机。这么多年过去了，她跟着父母数度迁徙，大半个城区都留下了生活足迹，可千岁坊真如同名字一样，长生不老，旧貌不改，顽强地喘息着。其实，寿命的保持在于不断地新陈代谢、革故鼎新，而不是故步自封、顽固守旧。一个好的地名，承载着这片土地上的人们对美好生活的期许。

夏柳无法想象，被围挡在拆迁工地里的住户，面对周遭脏乱差环境是什么样的心情？面前的布衣巷远甚刘禹锡笔下的乌衣巷，虽没有“旧时王谢堂前燕，飞入寻常百姓家”的落寞感，倒是有着“朱雀桥边野草花，乌衣巷口夕阳斜”的荒凉破败样。工地上残垣断壁，伤痕累累，像是经历大地震之后的遗址，遍地的碎砖瓦砾变成荒芜草地，沟沟坎坎暗湿处生长起绿苔，不长草的地方便是长出的垃圾堆场。难怪，不少居民面对随风扑来的恶臭味，表现出强烈的义愤和不满。夏柳之前去过苏美家，就闻到过这样的倒胃味道。她以为这是苏美生病调制中药的怪味，未承想，大气中飘忽的气味，已经深入到这些静候着拆迁的人家了，并落户扎下根来，大有人不走味不除的态势。

而仅一墙之隔的清名桥古街，却呈现出另一番古朴优雅的风韵。

这是一处有着“江南绝版地，运河水弄堂”之称的历史文化街区。绵延千里的古运河唯一在此穿城而过，街巷依水而建，城市因水而设，至今保留着家家有临河阁楼，户户有汲水晓窗的面貌。遍地茶馆酒肆，满街客栈商铺，再现通商之埠的繁华。街面虽有些斑驳，却是岁月留痕，这种沧桑感恰到好处地融入着现代气息，让人觉得特别舒服自在。古街保留的建筑或高或低，或密或疏，房檐靠房檐，墙根挨墙根，大门透小门，显得灵动而自然。零星点缀的园林奇石、深宅大院，减少了壅塞感，给人留足了闲散的空间。石板铺就的地面，紧凑而流畅，每一块踏路砖板，似乎得到了生命的滋养，显得特别光润。特别有意思的是，枕河人家的民居水中生柱，驳岸架屋，错落有致，每三五户间有入河台阶，每数百米有拱桥飞架，至今保留着河埠系舟，水畔勒马，上岸有码头，出门能上船的遗迹。在这里，那一爿爿粉墙黛瓦，一湾湾河港水巷，如同浓缩的江南一隅的水墨画，让人流连忘返。便捷的交通，恬静的环境，吸引了南来北往的旅行者，人们在这里海阔天空，谈天说地，聊古论今，也可以在这里悠闲品茗、山吃海喝，或从容散淡，或激情澎湃，任由人选择适合的生活方式。好日子、坏情绪都可以在这儿流淌过去。

早晨的街面，淡烟疏雨，人少声息。夏柳徜徉其间，仿佛置身于墨色画卷里，周围的一切陈设，只是为她一个人准备的，映衬着她秀美端庄的神情来。她深深地呼吸着清新空气，享受着经过喧嚣洗礼后的恬静，周身显得特别轻松舒畅。美能让人愉悦，老街的美别有神韵，不是一句乡愁那么简单，这里有江南人特有的精神价值和集体人格。每一个生活在这片土地上的人有保留和呵护的义务和责任。美中不足的是，整个清名桥古运河文化街区的规划因征收改造受阻搁置多年，挖掘千岁坊和布衣巷文化地标的方案一直停留在图纸上。夏柳身在其中时，才感到征收改造、整体保护是何等必要。可苏留根这样的搬迁户，靠什么能拨动得了呢？如果满足他的漫天要价，势必对先期搬出的住户不公平，甚至可能出现回流倒补的情况。如果采取司法执行，可能导致矛盾激化，甚至出现过激行为以命抗争，产生社会负面影响，重蹈之前遇到的搁置，那政府公信力就会大打折扣。夏柳对父亲参与公共市政项目建设，有了更多的理解。她甚至心疼父亲，这样的啃骨头工程，对于上了年纪的他来说，是一场身心考验。前面的负责人问责倒下了，承建单位受到重罚，他接手这个烂尾工程，要随时做好被人骂的思想准备。夏柳听到不少对父亲的非议，什么唯利是图的暴发户，什么吃着人血馒头的包工头，什么官商勾结的黑心老板……父亲夏秋生不是听不到这样的骂名，只是表面上不会流露而已，至于心里是否泛起波澜，只有他自己清楚。

15

夏柳接到上面的电话，说是田致远那儿不能失控失管，他在外惹了麻烦，已经被人投诉了。电话是负责矫正工作的安科长打来的。

电话那头一惊一乍的，没听明白是犯了什么事，问着也不明说，只是说有麻烦。夏柳听后特别紧张。她想，田致远现在跑快递外卖，安分守己地讨生活，能再出什么事？跪拜菩萨已经有了九九八十一拜了，就差最后几下哆嗦，不再坚持住，不要说前功尽弃，恐怕会罪加一等了。她细数数田致远监外服刑只剩下两个月，只要平平淡淡地过去，他就彻底自由了，到时放手该干吗就干吗。可不能在这节骨眼上脱臼了。

夏柳想这事得向钟书记汇报，让他帮着拿个主意。可再一想，还是先弄清情况，不能急于把问题扩散出来，万一情况出入较大，到时她收不了场。这既是为自己考虑，也是为小田的面子考虑。可是，找田致远谈什么呢？问他是不是犯了什么事，又被人逮住了？这样的口气，他能接受吗？按理说，她是管理者，他是被管理者，不应该有任何顾忌，本来是严肃认真的询问，就不必考虑对方的感受。然而，两人接触以来，她从来没有说过硬话，也没有把他当成坏人，真让她拿出教训的口气，心底里有些发虚。只是，现在她最需要的是弄清什么问题？什么原因？万一事态严重，怎样补救？

没等夏柳把问话的内容梳理清楚，田致远已经找上门来。

田致远沮丧地说：“夏同志，我有事情跟你汇报。请求你的帮助。”

夏柳慌张地打量着他，不知所措。田致远像是刚刚睡醒似的，眼圈红红的，眼泡儿有些浮肿，头发支棱着，几绺乱丝遮着前额，面颊起了几块黄点，显出一层鸡皮疙瘩。虽说彼此已经熟识，可此时还是觉得有些拘束。

夏柳引导他坐下，装着什么也不知道的样子，安慰他说：“坐下来，慢慢说。”

田致远开门见山，说是他可能快递外卖做不成了，电动车被没收了。

夏柳挺了挺身子，算是一眼看到了结果。可到底是什么原因没收车子的，会不会有更严重的后果，她有许多问号要拉直。她问他：“究竟是怎么回事？

为什么会没收?”

田致远涨红的脸慢慢变白，似乎堵在心上的所有委屈一下子往外涌出，由前至后地叙说起经过来。

那天，他正常行驶在非机动车道上，不小心碰到了人，以为不会有什么事，本来剐剐蹭蹭是常有的事，偏偏那人告他是骑车撞人逃逸。结果，半路被警察拦下，说交通违法，且肇事逃逸。真是天大的冤枉！被碰到的是个中年妇女，根本就没有什么事，电动自行车能把人撞到什么份儿上，用脚趾头都能想得清楚，存心是想讹诈人。说是违章，街面上又没专门设置电动车行驶的通道，不走人行道，那往哪里走？真是把人往绝路上逼啊！

田致远用了两个重要的关键词，他强调是碰人，想尽量回避撞人，撞人可能会造成撞伤，而碰人不至于造成伤人，只会是温柔地碰擦一下。交通法规中的违法和违章的区别在于，违法的后果比违章要严重。他意识到，如果套上这样的违法行为，可能他监外服刑的帽子，会延期戴下去。这是他不能接受的。而违章的提法是老皇历了。

夏柳听着，感觉田致远可能受了冤枉，随着他叙说的节奏，默默地点头认可。她意识到，小田目前的情况，对于任何可能抓住的过错把柄都是敏感的。他的所有神经系统，像是长满了刺儿，稍有动静，就会闪动起来。夏柳认为，能对事物敏感，对法规充满敬畏，说明他有改过自新的决心。可既然被警察盯上，绝不是没收车子那么简单。

她问他，后面该怎么办？是继续干？还是停止这份工作？

田致远说：“警察找我，说是够得上拘留的，让我随时在家听候处理。让我找单位跟他们联系，我一个送外卖的，能有什么单位？就是说外卖单位，后面这活就没法做了。所以，才想到找社区、找你的。”他说话的时候，带点哽咽，眼睛里闪着泪光，一脸无辜的表情，试图摸到能够救他的稻草。夏柳无疑是根稻草，至于能不能救命，全在于她能否有力量托住他。她看不得男人哀愁的神情，更容不得别人受到冤屈，可她一个书生气十足的弱女子，虽有千般侠义肝胆，何以能争得别人的让步，除了咬文嚼字争辩，就只有用哭诉来换取同情了。对，女孩的眼泪更有价值，如果擅长据理力争，那会为小田争取到维护尊严的筹码。她抖了抖衣衫，正告田致远说：“既然你感到冤屈，那你能不能跟我一起去找警察当面说清楚，争取人家的理解和同情。”小田说：“警察到哪儿找啊？流动巡逻的，连工号都忘了记下，哪知名字啊？”夏柳一听，摇摇头，责怪他是个糊涂虫，被人抓住了，不问缘故，不知对象。一身制服，竟能把他吓得这样？可一想，她本身已经得到他犯事的信息，说明情况已经是明朗了。想了想，感觉还是找刚才打来电话的安科长比较合适，至少他对小田的违法行为比较了解。

她把电话打到安科长那儿，说明了田致远认错的态度不错，主动到社区来承认错误了，是否可以不追究了，社区可以担保他不出问题。那头的安科长说，这事他做不了主，公安那边留了案底，得找原来负责公诉的检察官，前面的情况他不清楚。她找到检察官的电话，把近期田致远的情况向他汇报一下，请他约定面谈的时间。检察官说他在外地执行任务，这项业务已经转交给司法部门了，他们只是协助，只要在执行期间不重新犯罪，一般他们就不介入的。检察官简单地问了问小田的表现，鼓励他振作起来，跌倒了再爬起来，他的家庭不允许他自暴自弃。客套了一番，没有提到小田近期被警察抓住的事。夏柳判断，检察机关可能不再负责此案了，不然，他会交代一下后面的事情处理方向的。她只好再次联系安科长。安科长负责社区矫正对象的管理，有关矫正人员执刑期间遇到的问题，由他接手处理解决。安科长说，他先了解一下情况，他被公安抓住的，结果要由公安出。可田致远如坐针毡，一刻也不想等，只希望夏柳尽快弄个水落石出，以便心安。于是，夏柳急切地在电话里说，她马上赶到机关当面向安科长汇报。安科长知道矫正工作得靠下面的人做，下面提出的请求，应当给予满足，便马上应允，说是正好面见一下，把人头认熟，把情况弄清。

夏柳带着田致远来到安科长的办公室，作了自我介绍，又把田致远的现实表现肯定了一番。

安科长年龄不大，长得倒挺老成，橘子皮似的国字脸，虽不平整，却是黄中透亮，轻轻一挤水分能冒出来，鼻子下塌，与肥厚的上唇遥相呼应，不是中间隔条黑色的胡须，两处相亲相爱融为一体了，说话时暴露的黄牙，会让人马上察看右手拇指间被烟熏到是否致残。倒是眼睛和眉毛增添了几分威严，乍一看不免会浑身战栗。眼睛眯出两条斜缝，放出的不是光，倒像是拒绝的手势，八字眉毛高高在上，像是张开的翅膀，两者的紧密配合，一下子有了不怒而威的神情。

安科长示意他们坐下，随手翻阅着田致远的案底资料，告诉夏柳说，按说不算什么大错，只是人一认真，什么事上纲上线，那就麻烦了。他说他手头上的对象，多数比这严重得多。眼下，公安提供情况，说是他管的人在外撞人逃逸，批评工作有疏漏。这就马上联系了。

夏柳提出疑问，小田骑车撞了人，没什么大碍，怎么能说肇事逃逸呢?

安科长说，不是骑电动车逃逸那么简单，这是导火索。警察把他扣留下来，一查，发现他负案在身，加上多次闯红灯，早就有许多不良记录。现在都进入人脸识别时代了，你的一举一动，难逃被捕捉。明知道自己现在的身份特殊，还肆无忌惮地横冲直撞，说明出事不是偶然的。没落到通缉的份儿，就算是手下留情了，也算是给他面子了。如果较起真来，他也是失责渎职的。他指着田致远说，这种事从性质上看是严重的，差点当流窜犯了，所以公安处置很迅速，马上发出内部通报，后来弄清是矫正对象，算是喘了一口气。矫正阶段就是要让你改造自己，不说洗心革面，也得重新做人，做个遇事冷静、能伸能屈，有敬畏感的人。

安科长耷拉着脸，宛若庙堂里泥塑的偶像，镇得田致远一直没说话。他不敢接话，没资格对话，准备好的解释理由，此时全被大脑放空。在他眼里，安科长是左右他命运的人，这些执法者完全有权力有各种理由法办他，恐惧使他惊惶，似乎所有的罪行都在等着他，抽屉里或是别在腰间的手铐随时将他咔嚓起来。而此时的夏柳，越发感到嗓子眼儿里像是卡了鱼刺似的，想大声咳嗽，却又咳不出来，全身被刺痛得发痒。本来准备好的哭诉委屈，在安科长的表情里荡然无存了。安科长看她是入职不久的女孩子，并没有摆出威严震慑的样子，可对她来说，辩论的口才，却在这儿没了市场。不需要争辩理论，就失去了在田致远面前表现出体恤的机会。

小田也知道撞人肇事不是小事，可电动自行车撞人能撞出什么样儿呢？人又不是面糊捏的，碰一下就能稀巴烂。自行车能以何等强度和速度把人撞得皮开肉绽甚至粉身碎骨？那个被碰的中年妇女体态丰腴，肥胖如熊，即便车子撞上，丰厚的脂肪也会保护性地把人弹回，更何况，她自己无视路人，横冲直撞，好像人行道只管为她开的。小田越想越气，懊悔遇上这样的人，让他倒霉没收了车，还要承担可能带来的医疗赔偿。车是他的衣食父母，是他维系全家生活的希望，没了车就没了生活来源，没了车就没了生活的方向。尽管电动自行车大大不比汽车的价值，对他来说，几千元的物件也是贵重的东西，是过去财主家中侍奉的奶羊，使唤着可以挤出奶来养家。现在可好，车子扣了，拿什么去赔偿医疗费呢？仔细想想，人家没有当场抓个现行，也许没有出现皮肉伤情，要么是有了伤情，没有及时反应过来，事后报警，要么是真的受了伤，要么是赖起皮来，只要找上门来，就是大事。现在不要说碰撞上了会摊上事儿，就是躲着让着也有盯着“碰瓷”的。人心不古啊！他幸亏不是开的私家车，不是宝马奔驰法拉利，不然这一碰，可是会捅破天的。当然，他不可能有轿车，也没奢望有轿车。要是能有轿车，他也不至于玩命地奔波跑外卖了，更不会有顺手牵羊跟盗窃犯罪挂上钩的事了。他玩命挣钱，都没有想到用钱来买车。他只想着，先把肚子填饱，让妈妈和姐姐过得不那么寒碜。幸好，当事人举报了，并没有追究赔偿，算是放了一马。不过，万一哪天有了毛病，追溯到病残的原因上来，那可要终身追责了。田致远越想越后怕，像是走进了万丈深渊里，抓不住依靠，摸不着边儿。

他不敢再想被撞时的情形了，只想着安科长提示的闯红灯带来的后果。他心里问自己，交通规则不是不懂，红灯停，绿灯行，遵守的啊。可有时裹挟在人群里、车流中，像是被一浪高过一浪的潮水把鲸鱼挤到了海岸线上，别人都在争分夺秒向前冲，快递小哥能甘于人后吗？冲闯红灯或是抢绿灯，不是主观而为之，完全是偶尔被动地跟着。那么多人向前冲，却没听说过被查扣，凭什么他闯红灯就叫不良记录，欺负人不带这样欺负的啊。

田致远印象中的两次闯红灯，是不构成危害他人安全情况下的赶时间。

有一次，已是夜深人静时分，整个城市似乎陷入昏睡中，马路上看不到行人，机动车道偶尔滑过数辆大小车子。有意思的是，路灯和信号灯似乎提不起精神，路灯在树叶的映衬下偷懒打着瞌睡，十字路口红绿灯没精打采地闪着，像摆设在那儿，只是眨巴着体现存在感。此时，只有田致远劲头十足、精神抖擞地行进在空旷的人行道上。他骑着电动车，弓着腰，蹬着腿，昂着头，飘逸潇洒地迎风向前。他记得自己心里特别欢畅，好像哼着小曲激励自己，神采飞扬地高歌猛进，又觉得眼前是一片辽阔草原，自己骑在高头大马上，奋力奔涌着。他记得，这一天，是他积分最多的一天，送达最后的一份快递，他将史无前例地创造日进斗金的纪录，他可以回去美美地睡一觉，最好做个美梦，想着多赚的那份钱能用在哪个最恰当的地方。他哪里会想到冲抢的红绿灯会把自己记录进去？如果说，记录进去了，他也认了，也只能认了，谁让自己忘乎所以呢？谁让自己目中无灯、眼里无光呢？既然享受了美梦般的快乐，就要付出痛苦的代价。

还有一次，是折返回来抢单子，抄小道，被一个路口的红绿灯拦住。快速的车子没等刹住，就冲出了斑马线。他发现右上方的探头闪烁了两下，似乎是聚光灯打射过来的，他感觉自己被人抓住了，先是一怔，接着低头认错。这份单子是一家公司的，货量多，但轻便，快递小哥都愿意跑。他不止一次地往返这个公司，似乎成了固定客户，他不能因为自己耽误发送，失了信用，更不希望因为自己的懈怠，被别人顶替。他土生土长的城里人，哪条路，哪条巷，都门儿清着，闭着眼都有活地图，他认真踏实地跑起来，外地打工的工友根本不是对手。好感是靠勤快和认真建立起来的。他只要混个脸熟，多献点殷勤，就少不了业务主动找他。只为多抢跑一份单子，会是那么巧，第一个红绿灯卡住了，第二个同样遇上了，每到一个路口，红灯像是跟他过意不去似的，有意卡着点儿就亮起来。既然有了第一次，第二次、第N次又有啥区别呢？可耽误几秒钟和一分钟是有差别的，收益是完全不一样的。这个时候，哪里想到什么前面的交通安全，所有的精力和体力全部用在了脚底和手心里，脑子里一片空白，无暇顾及左右。他哪里知道，天网恢恢，对于已经背负污点的人来说，一举一动可能都在监视之中。都人脸识别时代了，个人隐私都难以掩盖，别说留下案底的人，只要进入系统比对，相当于穿着透视装在T台上走秀呢。田致远更不知道，任何细微的错误都会像是针头戳在他的皮囊上，留下印记，虽比不上矫正的污点，可一堆针孔发炎，并不比污点来得轻。天网之下，想跳出如来掌心，没门。贴上了标签，就会有难擦的痕迹。

田致远本是以为夏柳帮忙可以领回查扣的车子的，可安科长一通虽冠冕堂皇但语重心长的话，把他这一要求堵了回去。他似乎更像是来认错的，是来接受帮教的，他对自己的错误有了新的认识，连申辩的勇气都消失殆尽。

连夏柳都说，安科长教育得对，批评得好，如果不能认识到这些不良记录是违法，那就等于矫正没有效果，只会离新的犯罪越走越近。只要不受处罚，这也算是安科长手下留情，算是教育有方、改过有效。

夏柳当着安科长的面，夸赞他的为人，感谢在关键时刻悬崖勒马挽救了田致远，又代为感谢他网开一面不予追究。神情虽严肃认真但又觉得可笑，语气和表情没在同一个频道上。夏柳也学会了当面奉承人的一套把戏，尽管演得极不自然，甚至漏洞百出，可也算进入了角色。安科长只顾埋头专注于把香烟屁股搓来搓去，并没有看一眼她的表情，也就不会看出她的“虚伪”来。不过，看得出，安科长听到这番夸奖，心里是蛮滋润的。

可田致远并不满意，嘴上怎么说都可以，但他要实在的。她心里惦记着夏柳提车子的事儿，可她就是没提。难道车子以没收兑现为处罚吗？可又不是一码事儿。他只得直接开炮了，对安科长说：“反正错误又犯了，都怪我学习不够，法制意识不强，可我总得吃饭啊，车子被查扣了，还不如把我也扣下，怎么着在局子里还有三顿饱饭呢？车子还是朋友的，求你们帮忙讨回来，行吗？”

夏柳安慰说：“就知道想着车子，人家安科长教育了半天，听进去了多少？好好改造，车子安科长会关心的。”

田致远哀求道：“求求安科长，帮我说说好话，只要证明我不是故意的，我就能取到车，车子在我手上是吃饭的饭碗，在他们那儿就是没处扔的垃圾。”

安科长犯难地说：“你家情况我们知道，可总不能拿‘惨’说事，法律面前人人平等。车子不是我们查扣的，你又说不出谁扣了车，那找谁要车呢？”接着说，“这样吧，我开个证明，说明你的情况，然后你去公安交巡警那儿问问。”当起笔准备写下情况时，又停了下来，说：“既然被查扣了，十有八九是讨不回来了。不过，建议你不要再跑快递了。这个阶段不合适乱跑，万一再有交通违法之类的不良记录，那谁也保不了你了。等羁期结束了，再跑也不迟。”

田致远失望地叹了口气，看着夏柳，满脸的无助。一辆电动自行车，竟然让他心里变得比失去一只胳臂还难过，看来他的确穷困到夏柳难以想象。

回来的路上，夏柳像姐姐似的安慰着他，说是帮他想办法。规劝他不要使歪脑筋去挣钱，生活的救命稻草有的是，干什么都能有饭吃。而田致远只顾沮丧懊恼地埋头走路，踩着地面映照的光亮，他的内心里茫然一片漆黑，自己止不住地一高一低地擦着地面荒凉地走着，唯一欣慰的是，夏柳像是黑暗里露出的微光，让他看到了方向，她轻言细语的开导，让他的心情不再往下沉。

夏柳从手包里掏出皮夹，又从皮夹里拿出一张卡，递给田致远说：“你先拿着花吧！密码一到六。”这是父母给她的零花钱，留学期间定期转账的钱都在卡上，自从回国参加工作后，她基本上不用零花钱了。田致远面对突如其来的关心，下意识地摆手拒绝，说：“我有手有脚，怎么好意思拿别人的钱。”她说："先过渡一下，要养几口人，总得花钱的。"他说："这算什么事儿，难不成成讨饭的了，再窝囊，也不会窝囊到养不活自己的。"她说："算是借的，总行了吧。"他说："借，总归要还的，这人情我还不起。"两个人你拉我扯、推推搡搡了一番，小田还是用手臂挡了回去。最后，她重新翻了翻钱包，找出了三五张百元大钞，严肃地告诉他，这是让你给田雪妮买吃的，必须拿着。田致远几次推让之后，只好摇着头不知所措地收着，他不想在大庭广众之下拉拉扯扯，路人驻足的目光像射灯一样过于刺眼。夏柳感觉一切都很自然平常，一个朋友有着暂时的困难，都会伸出援手的。可在田致远看来，这一举动异乎寻常，不是怜悯，倒有些怜爱。自从夏柳负责帮教以来，她虽是带有公事公办的谈吐和举止，在他这儿都是像家人般的关心呵护。她比他小，应该是妹妹级的，可心智却像姐姐或是母亲那样沉稳，她比他懂得人情世故，他却比她羞怯无知，每每接触中表现出的好意，他全然没有理会，甚至有时逆反抗拒。他们是什么关系？管理者与被管理者的关系。田致远甚至想到了另一层男女之间说不清道不明的关系。

田致远望着远去的夏柳的背影，心中生出无限感激，温暖的眼眶变得湿润起来。他或许是苦命人，可每当有难时，总有人会帮他一把，他没有理由沉沦下去。

他稍稍地平缓了一下心情，拿起手机，给朋友梁平打了个电话。开始说他请假不做了。可那头的梁平听出话里的味道，追问他为什么不做？他才说出了理由。梁平电话那头说，你有困难，哥们儿帮，男人要有男人的样儿。遇到一点事儿，就跟乌龟似的往回缩，老是这样，何时有出头之日啊。交通工具我来解决，快递公司配车，押金我来交，你就负责用就行了。田致远听到这话，转过身去，偷偷地抽泣起来。

16

夏柳本想自己悄悄地把田致远的事情处理了就好。她知道，田致远是个爱面子的人，他的问题知道的人越少越好，人多嘴杂。现代人的好奇心很强，没有话题都会制造话题，更何况田致远这样的争议青年，更是社区那些好事者绕不开的评头品足对象。事实上，夏柳憋了好半天，觉得田致远的事不向组织汇报不行，她没能帮上忙，自己感到这责任她一人没能力扛得住，只得稍稍地把情况反映给了钟书记。

老钟肯定了她的做法，表扬她独当一面开展工作的勇气和负责任的精神。至于下一步怎么帮助田致远，他一时想不出什么办法。可让他赋闲在家，偶尔吃的喝的能解决，时间长了，思想就会长毛。许多问题青年就是无事生非惹出的是非。有点事做，就不会动歪脑筋。此时，夏柳并不知道田致远找梁平，梁平帮他解决交通工具的问题，她仍在一味地请求钟书记能否支持他一辆电动自行车，让他重新跑起来。

钟书记认为，既然跑快递跑出了新问题，那就应该回避这份工作，免得重蹈覆辙。老钟老成持重地说："人不能走进同一条河流里。掉进去一次，再掉进去就会淹死。别再让他干这个了，万一再有事，咱们也就有责任了。"接着又说，"矫正期也不长了，让他再忍忍，过后再给他推荐个稳定工作。"

钟书记想着想着，突然转身对夏柳说："听说重启征收改造项目的是你父亲，能不能跟你父亲说一下，让小田在他公司里谋个差啊。这样，靠在家门口上下班，也方便照顾到家庭的，更重要的是减少犯错的概率。"

夏柳没想到老钟提出这个思路，看来老钟知道的事情不少，想问题的视野宽。夏柳没往自己身边想，甚至压根儿就没想到会帮助到他。她从来就不关心父亲的公司。父亲提醒过几次让她进来，她眉头不皱地拒绝了。她对翻地拆墙这样的开发公司不屑一顾。她越来越喜欢卑微谦逊地做点温暖他人的事了，她初步体会到了为求助者提供帮助的价值。现在老钟点名，让自己的父亲帮助田致远，这倒使她有些为难。

她没有求过父亲办什么事。虽说进社区工作，父亲暗中使了劲，可并不是她直接开口的。她要为田致远的工作问题，有求于父亲，总感到怪怪的。田致远与自己什么关系啊？总不能说是个困难对象吧，更不能说是犯过事的。那么多老弱病残的，需要帮助的人太多了，怎么偏偏就要帮他，难道真有什么特殊的关系？她了解父亲的秉性。父亲愿意做善事献爱心，他救急不救穷，只要钱能解决的，一般不是什么大问题，可在人事安排上，他是谨慎的。他有自己的一套歪理，但凡贫穷，皆缘于懒。懒惰的人，是不可能靠工作改变生活的，给再丰厚收入的工作，也只会干得一塌糊涂。因病致贫、因残致贫的，毕竟是小众，况且现在条件好了，社会福利有了保障，吃饭看病基本得到满足。可穷困是个无底洞，外靠输入是永远填不满的，扶贫必须扶志扶智。当然，田致远不是那种人，他愿意靠卖苦力生计，他不是为自己的生活打拼，他需要靠自己打拼，给姐姐和妈妈平淡的生活。解决了他的工作问题，就等于挽救了一个家庭，为社会减轻了一份负担。他不是找不到工作，只是鉴于目前的特殊身份，他不便公开去应聘竞岗。既然老钟同志把办法抛到自己这头，夏柳心里倒也希望真能帮上忙。她不能看着田致远再被踩住尾巴，她怜悯他所承受的一切，她甚至为他受的不公正对待鸣不平。

在家里，夏柳试探着找父亲夏秋生问了问征收改造项目的进展，问他那儿需要不需要增加力量，增添人手。夏秋生说，目前方案已经报批，工作人员已经进场，人手有些紧张。接着转身问："是不是你想回来给你爹分担些工作？"夏柳忙摆手说："不、不、不。这活我干不了。我现在干得挺有感觉的，舍不得放弃。"夏秋生说："那你什么意思？是不是想安插点人给我？跟你说，这人是缺多了，可想找干得顺手的不容易。"夏柳说："我看重一个人，蛮能吃苦的，苦活脏活不嫌弃，你可以试用一下。不过，工资不能给人家少了。"父亲乜着眼看着她，让她有些不好意思起来。夏秋生心中暗喜，以为女儿交了男朋友，可能谈着恋爱。这是他和柳玉惠最为关心也乐于看到的情况。夏秋生问："看来小伙子人不错啊。能被囡囡相中的人，肯定不差。"夏柳连忙拦住话说："想哪里去了？只是我的一个工作对象，家庭贫困，急于找到工作养家糊口。"夏秋生愣了愣说："那可不行，公司不是救助站，不养闲人的，不是随便什么人想进就进的。"夏柳说："人家是给你打工的，不是白吃饭的。人还没看到，就一口回绝了。你能不能改改这'专制家长式作风'？整天挂在嘴上，说怎么怎么关心我，可临到有点事，就想不到支持自己女儿一下？算了，就当我没说吧。"夏秋生看到女儿有些生气，后悔自己说话的口气。慌忙安慰说："行了行了，夏柳开心的事，当爹妈的一定要为她去做。可不是所有阿猫阿狗的事，都揽成自己的事的啊？凡事量力而行。公事要公办，私事要私办。有多大能力办多大事。"夏柳说："这不是因为你有能力帮助吗？更何况，这是钟书记交给我的任务。"夏秋生说："那你说说具体情况，我洗耳恭听。"

夏柳详细介绍了田致远的情况，说到家庭的遭遇，甚至有些动容。她的动容是发自内心的，丝毫没有做作。她说世上的人倒霉起来，走路跌跟头，喝凉水塞牙，放屁打脚后跟，带伞就天晴，田致远就是这样的人。善良的人像是困难有意考验似的，非得挫败锐气不可。她以为这样的介绍足以打动父亲，赢得同情和理解支持。可夏秋生起初听得还算耐心，听着听着却有些不耐烦，多次想打断她的滔滔不绝，可总算忍住，自言自语地把姓田的名字咀嚼了几遍。

夏柳有所不知，父亲夏秋生心里盘算着自己的心事。田致远的名字虽然陌生，可田德贵和薛玉蓉的名字像是镌刻在胸口似的，只要听到或者看到，两个人的形象便耸立在眼前。时间过去了近二十年，越是想要淡忘的事，越是无法摆脱掉，偏偏冷不丁地冒出来。

冤家路窄啊！出来混迟早是要还的！夏秋生越听越感到心口作痛，脸色越来越难看，灵魂像给蒸汽碌碡滚过，本来有的神气一下子被吸走了似的。夏柳看着父亲有些抽搐，便不再继续介绍下去，马上给父亲端来一杯茶水。夏秋生以身体突然不舒服为由，扶着墙进了自己的房间。

把自己关在房间里的夏秋生，大脑没有停止运转，以前的事情像放电影一样，历历在目。他总是想象着田德贵的车祸现场——血肉模糊，脑颅开裂，乳白脑汁和鲜红血液很快黏稠成一个特殊魂灵。他觉得田德贵就在他的身边，时常钻入他的体内，让他欲罢不能。他感到自己在遭受报应，任凭命运的摆弄。也许就是这样的折磨，他才有重生的感觉，才觉得自己一次又一次完成从畜生到人的生命的蜕变。他想，自己与田家前世无冤，后世无仇，田德贵和自己处境一样，皆是穷小子一枚。

那时，虽说薛家家道中落，可毕竟瘦死的骆驼比马大。薛家老宅列入保护性修复之后，田德贵以薛家女婿的身份在其间晃来晃去，无形中影响和阻碍他的私念，偶然的接触中，双方才发现，针对薛家老宅，各自打着自己的算盘，其后各自视对方为眼中钉肉中刺，导致后来结局发生了变故。他自己掘得了第一桶金，完成了原始积累，奔向了富裕的康庄大道。而田家却没有机会翻身，靠政府救济度日，这是万万没有想到的。虽说田家沦落到今天这个田地，不是自己直接造成的，可因略施的小伎俩，毁掉了他们那个还算完整的家。他心中时常愧疚自责。可社会很现实，弱肉强食，适者生存。真是山不转水转。如今儿子田致远出现了，而且是女儿引荐的。女儿对他的熟悉超过了对父亲的熟悉，这里面究竟付出了多少情感，只有她本人清楚。不然，怎么会这么执着地请求父亲帮助呢。女儿的善良纯真，让他心里感到安慰。一直以来，他想以大善遮盖大恶，他力求弥补许多原罪，可瑕不掩瑜，许多不可告人的罪恶，清算起来可以把田致远的小污点远远抛出一条街。每个人的历史终将会大白于天下的，只要有人捅破那层窗户纸，撕开那伪善的面具，将受到的不仅是道德的审判。

田致远的工作问题，帮还是不帮？对夏秋生来说，他一手缔造的房地产建设开发公司，虽不比万科、万达，但当年要是野心大些，不会比那些王者差到哪儿去。他白手起家，小富即安，知足常乐。他靠承包工程起步，至今不仅开发商业地产，而且还继续从事工程建设，包括后来加盟进来的建筑公司，手中最多时也养着三五千名农民工兄弟。在周边城市和外省都有他的工程人员。就冲这一点，他自诩为社会做的贡献不小。他带富了数以万计的外来务工人员，从来不克扣农民工工资，他甚至出让部分利润为农民工交社保、买保险。一个田致远的工作安排，根本不需要他操心，他手上白养了不少人，还会在乎养一个进来干活的人？他甚至认为他愧对田家，应该给予补偿，只是担心这样的做法，会招来对己不利的猜忌。他对田姓特别敏感，公司人事招聘时，只要有姓田的，他都会思虑一番，刨根问底地查遍祖宗三代。如今真有姓田的在里面，那不等于胸口搁着一把锥子，自己折磨着自己吗？这可不能拿着草棍儿戳老虎鼻孔去。万一露出千丝万缕的联系，自己一辈子的努力都将付之东流。千万不能引火烧身，让自己太平安逸地度过余生吧。这事虽是小事，却是他夏秋生的心事，不能依着女儿的请求。田致远必须离自己远远的，否则自己会折寿的。可怎么向夏柳解释呢？直接拒绝会伤了她的心，解释理由更会无端地生出诸多疑问。想来想去，最后还是想出了公事公办的办法，让人事经理去处理此事。

人事经理很快地联系夏柳，详细地询问了专业特长和健康状况，并提出面试的请求，遭到了夏柳的拒绝。夏柳本想暗中帮忙的，等有了眉目再跟小田商量，现在却放在台面上走程序，这会引起更大的误会。毕竟找工作的事，别人不能喧宾夺主，包办代替，须得自己决定。夏柳了解田致远的脾气，不想在工作问题上，让他感觉别人对他指手画脚。

人事经理几经回复，最后说目前有驻外岗位适合他，只是家庭肯定照顾不了了。夏柳说，这个肯定不行的。他的家庭情况特殊，必须能兼顾家庭和工作。后来，人事经理给了一个装满钱的信封，说是先预支几个月的工资，什么时候有合适的岗位，再让他来上班。

夏柳把信封交给田致远时，田致远正在家里给田雪妮做饭。田致远对这种说不清道不明的接济是不会接受的。他有手有脑，没有到乞讨施舍的那一步，不希望别人蔑视他的自尊心。夏柳本来想说是政府救助的，可想来想去，一次性两三万现金，这么大额的资金，没有任何由头可以争取的，单就受助人签字画押就要好几道程序。显然，小田不会相信。她告诉他，是一家爱心企业捐助的。田致远摇头说，不相信。他说，你的好意我领了，可这钱我不能要，收下了我心不安的。夏柳急了，当着田致远的面说："你装什么能啊？有本事你捧这些钱来给我看看。日子过成这个样儿了，有什么本钱自恃高贵？世上有你这样的人吗？把别人的爱心当成嗟来之食，这不是对捐助者侮辱吗？好好检讨自己。"说着，把信封甩在饭桌上，甩头就往外走。刚走几步，又折返回来，告诉他说，这段时间不能在外跑快递了，现在正在抓交通整治、文明创建，路上交警抓得严，一旦再被捉住，你的人生可真的没有光明了。

夏柳朝阳台望望坐在轮椅上的田雪妮，沉重地叹了一口气，说："一家人指望着你呢，不能瞎折腾了。"她走近雪妮，冲她打了声招呼，抱歉地说："刚才是我不好，不应该跟你弟致远发脾气，让你受惊了。"田雪妮冲她做了个鬼脸，摇摇头。田致远看到夏柳对姐姐流露出的亲人般的举动，心中深为感动。一声问候里带着名字，又让他跟她一下子拉近了距离。多少年了，没有人这样叫过他"致远"，父亲在世的时候，常常挂在嘴上，母亲身体好的时候，特别亲切地喊他"致远"。据说，致远这个名字是外公取的。外公虽跟父母没有来往，但对外孙寄予期望，当父亲田德贵上门报喜时，外公便如老夫子似的，端起紫砂壶品茗，口中诵读着，"夫君子之行：静以修身，俭以养德，非淡泊无以明志，非宁静无以致远。"对着田德贵说，孩儿就叫"致远"吧！一个人来到世上，总归要有志向的，理想的实现，要靠修身养德。人生经不起几回折腾的。田致远已经不在乎名字的内涵，但只要有人这样叫，他就感到特别亲切，心中火热似的温暖。夏柳这样称呼他，特别是把信封甩在桌子上的举动，只有最为亲近的家人和朋友才做得出。他后悔自己在她面前有点犯浑。自己怎么能把别人的好心当成驴肝肺呢，更何况夏柳这么真诚地待他们。就这样，人家夏柳大人大量，没有计较，如果仅仅是因为工作关系，其实她已经做得够多了，更何况还在千方百计地为他着想，付出了令人难以理解的情感。

田致远主动端来凳子，让她坐一会儿，从冰箱取出一盒牛奶送到她面前。

这一系列的举动，让夏柳眼睛直勾勾地看着他，连自己看着看着都噗噗地笑出声来。“情商还可以嘛！差点以为是个不通情理的朽木桩呢！”田致远站在一旁傻傻地笑着，田雪妮看着弟弟傻样儿，也手舞足蹈起来，似乎掩抑的秘密被她揭开了。

田致远垂首低声说：“我的朋友梁平帮我想到了办法，说是可以租用快递公司的专用车，证照手续齐全，应该不会再遇到麻烦的。”

夏柳说：“还是悠着点好，赚钱的路还长着，等过了这一阵子，你想咋折腾，没人给你上紧箍咒了。”

田致远说：“我也想着呢，可在家待不住，身体棒棒的，总得找点事做。换生不如守熟，虽说外卖快递是临时干干的，总算摸到头绪上手了，实在舍不得放弃。过了这一阵子，想办法找个稳定的、离家近的工作。”

夏柳没有再劝阻他，反倒认为他已经有了付诸实施的计划和条件。跟那种毫无准备的莽撞和固执相比，找不出任何可以让他改变主意的理由，这是值得尊重的地方。毕竟他是成年人，应该有自己的思想和决定，没人有理由去改变他。

17

转眼进入春夏之交，天气猛然暴热了几天。田致远的矫正期，就这样结束了。

临前的几天，安科长等人专门来社区了解情况，搞了一堆笔录，做了一堆材料，等着田致远签字。

每天奔波于大街小巷的田致远，倒是忘了自己的事。似乎时间对他来说，就是眼睛一眨的工夫。只有忙碌的时候，他才不会想着自己是个负罪之人。当安科长找他谈话时，他冒出的第一个念头，是不是又惹上麻烦了，给政府添乱了。可转念一想，自己遵纪守法、安分守己，再没有什么出格的毛病，心里便坦荡起来，甚至准备着自辩的台词。夏柳给了他足够的自信，他不再对谁都需要低头哈腰，一副认错的样子。当安科长调侃式地说，从今天开始，我们都可以称田致远为同志。他的心头一热，好像真的受到什么委屈或者冤假错案似的，有一种扑进组织怀抱的冲动。只是这种冲动有点做作。因为夏柳在场，他显得有了底气，表现得略显沉稳一些而已。就其心情来说，只能是如释重负，根本谈不上感恩戴德的激动。当落笔签完字的时候，安科长和他的同事还是再次提醒他，认真吸取教训，不要再犯那种低级错误。他表示自己不会了，吃一堑长一智，会做一个对社会有用的人。

吃上官司以来，田致远的人生发生了变化，感受到了人间冷暖。他可是以盗窃犯判的罪，当别人把他当盗贼看待的时候，他觉得每个人眼睛里都投射着鄙视的目光，自己成了鸡窝里的黄鼠狼，既搅得社区不得安宁，又搞得社区里人人自危，只要是哪天哪家丢了东西，就会有人联想到他田致远身上。他恨不得干脆破罐破摔，痛痛快快地做一把江洋大盗。踩上一堆狗屎跟跌进粪坑的结果，似乎没有什么差别，反正身子臭了，一样讨人嫌弃。可转念想想，他不配，更不能。他发现苍天还是给他留了一条照进光亮的缝隙，谅他寒窘可怜，且能对母亲和姐姐不离不弃，熟悉的邻居还是对他多了一些同情和宽容。社区里的钟书记、章阿姨和小刘、夏柳，是让他看见亮光的人。他们完全可以把自己当犯人，履行帮教责任，以严苛的态度和冷酷的表情训斥和惩罚，至少可以表现出厌恶和疏离。可他们没有，恰恰相反，他们站在了他的一边，为他申诉辩解，投入情感感化着，用温暖感染着。

痛苦绝望的煎熬总算过去了，他有无数表达的语言要倾诉。此时，他的泪水已经像断了线的珠子，从脸颊滑到地面。他深深地鞠了几躬，说了几声，谢谢政府！谢谢组织！接着对着钟书记和夏柳说，谢谢领导，谢谢你们的关心帮助，谢谢你们对我的饶恕，给你们添麻烦了。田致远心里清楚，尽管自己的污点是永远地抹不去了，能够回报社会的能力有限，但自己扛起家庭的重负，也算是减轻政府负担。他要让关心帮助他的人看到，他虽是问题青年，但还是有为上进的。他要以实际行动在污点周围构筑起让人赏心悦目的绿茵。

田致远算是刑罚完成了，身心获得了完全的自由，但不等于他就能凭一己之力，短时间内改善自己的家境和条件。社区的帮扶使命还需继续。

钟书记跟田致远商量，让他找一份稳定工作，踏踏实实地过日子。田致远自己也感到，跑外卖快递辛苦倒是其次，挣钱也还不错，只是饥一顿饱一顿，不能自我支配时间，很难照顾到家。如果有适合自己的岗位，宁肯收入少一些，只要就近就便，工作有节奏，他愿意从头再来。

钟书记把为田致远找工作的任务，交给了夏柳等人，让他们多方打听招聘岗位，提供给田致远选择。当然，用人单位与个人都是双向选择，田致远在人才市场上应聘未必有优势，遇到特别在意现实表现的，会进行内查外调，这对他来说，是最为不利的。遇到在乎学历和专业技术背景的，他依然没有优势。最好的方式，是通过熟人引荐介绍，干他适合的岗位工作，这算作是一种信任担保，也是一种托付帮助。

老钟点名让夏柳负责，自有他的考虑。依老钟的工作和生活阅历，他认为只有夏柳能帮上忙。这不仅是因为她分管负责帮教，有一帮到底的责任，更多是考虑她有社会资源，特别是父亲企业做得那么大，人脉关系那么广，安排几个岗位不在话下。更何况，她和小田之间所传递出的那种微妙关系，即便不是爱情、友情，可单身青年男女间的相互欣赏，也会让她关心和帮助到他的。此时，老钟并不知道她跟她父亲提及过小田工作的事，但被她父亲拒绝。即便如此，他仍相信，她会关心田致远的。

夏柳有些为难，因为父亲公司已经走了招聘流程，找到了不合适的理由。这也算是父亲给女儿利用了特权。夏柳不能理解，父亲这样做的原因，尽管理由站得住脚，可又不是什么国家机关，更不是什么保密单位，为什么对女儿可以承诺随时进来随时出去，对别人，特别是田致远这样的人，就来个公事公办呢？看来不是内外有别，就是另有隐情。

夏柳不会想到田家跟夏家的恩恩怨怨。她不知道上辈人之间的过往交集，她只认为是不是父亲担心她爱上了这个穷小子。其实她根本没从这方面想，谈不上有什么爱的冲动。她起初是出于工作目的，对这个同龄人只有同情和可怜，现在接触下来，要说有些好感是真的，因为她欣赏他那股窘迫处境下不认输的倔强劲。现在的九〇后、〇〇后，难得看到这样的气势和担当。她从蜜罐里长大，他在苦水里泡大，生活方式、教育背景、气质教养不一，怎么可能会产生爱的情愫呢？连她自己都感到好笑。心里暗自笑话父亲想多了。世上只有白雪公主嫁给王子的，哪有神女下嫁凡夫的？就是七仙女嫁给董永，也是因为向往人间生活，偷偷下凡正巧遇上的啊。她和他有着如此差距，人不可能走到一起。但有一点，她不否认，两个人的灵魂也不知在何时何地，不自觉中碰到了一个点上。

夏柳礼节性地征求了田致远下一步的打算。田致远说，自己先调整一下，暂时跟着梁平干，好不容易上手了，有点舍不得丢了。夏柳依了他，不想再多过问了。

突然有一天，夏柳接到田致远的微信，说是自己撞伤了。夏柳看到后，马上把电话打过去，询问详情。田致远只是草草地说脚踝骨受伤，敷着药膏，静养些日子。问他为什么不住院治疗，他说是已经从医院回来了。

当夏柳赶到他家看望时，他已经能踮着脚下地开门了。夏柳问是怎么回事？田致远说，那天夜里骑车不小心，没来得及躲闪一个水坑，猛一打方向，撞在路旁的拦桩上，人抛出去了，起初以为脚踝扭了，结果越肿越厉害，一检查，有点小骨折。真是人倒霉喝凉水塞牙。恐怕要一个月不能出去了。夏柳半心疼半挖苦地说："解放了，自由了，有点忘乎所以了吧？就一个小水坑，能把你掀倒，要是在大江大河里，还不一个浪头就翻船啊。塞翁失马，焉知非福？这点小祸也是给你提醒，退一步想，要是别人撞上你，要是撞个残疾，可就没这么舒坦了。提醒你稳当点，悠着点，赚钱机会有的是，慢慢来。可一上了路，就不认识自己了。"田致远一个劲儿地责怪自己太大意了，别人犯不上的毛病，总在自己身上犯，太缺乏安全意识，自己命该如此。接着又自我安慰道："这点小伤算不了什么，在外闯荡，哪有不磕磕碰碰的，经历多了，吃亏就自然少了。"

夏柳把田致远的情况，向钟书记做了汇报。老钟嗔怪地说："之前挺文雅沉稳的孩子，怎么会变得毛躁起来呢，不会是因为受过矫正处罚，改变了性情吧？那年他父亲车祸身亡、他母亲突发精神抑郁症，加上姐姐无人照看，那么大的打击面前，他都没有被摧垮，怎么现在会这样呢？真到社会上蛮闯，那这个家庭可真的没救了。多少人为自己的一时冲动和不理智付出一生，这个悲剧不能让它在田致远身上重演。我们要做好他的工作。"

夏柳问："这还怎么帮啊？现在他自由了，不便干预了，他说自己的事情自己扛，别人也不能代替他扛的。"

老钟说："肯定要帮的。你们年轻人好沟通，思想上帮，让他振作起来，工作上可以借助外力，不是说扶贫路上一个不能少、不能掉队吗？只要小田有工作，就有收入，这个家就会生活好起来。等他腿好了，劝劝他不要冒险这样拼命挣钱了，这样奔波不行，姐姐和妈妈都饱一天饥一天的，这能叫生活吗？须找个两全之策，让他既有收入，也能日常照顾到家。"接着又说，他已向人社部门领导汇报了，争取公益性岗位，让田致远来做。他让夏柳继续留心关注招聘的事，说是公益性岗位收入低，小田未必就愿意，还是找个匹配一点的，也算是人尽其才，才尽其用吧。

受到老钟的启发，夏柳想到了神通广大的姨娘柳玉清。她干过工会主席，算是亲属里在体制内外混迹得有头有脸的人物。关键是她乐于成人之美，尽管她说话刻薄，得理不让人，可愿意揽事，只要念她的好，嘴上多些美言，有求于她的事，十有八九能够成功。

夏柳上班的时候，柳玉清跟着夕阳红广场舞团队的大妈们，正结束晨练。她迎上去帮姨妈把手挽的外套披到身上，嘘寒问暖起来。

夏柳说："姨娘的舞蹈队越来越专业了。动作有板有眼、有模有样的啊。"

柳玉清说："那是啊！除了我跛脚，其他的都有专业基础呢。好久没练了，腿脚有点生疏。原定市里五一劳动节参加比赛的，现在只能延后。七一、八一、十一，还有好几场演出，大家排练得起劲呢。"

夏柳说："参加演出固然不错，好好展示老年人的风采形象，不过锻炼身体，愉悦心情，这个更重要。"夏柳认为，老年人根本不可能比专业文化团体有市场，参加表演不必有功利心，权且当成自娱自乐。

柳玉清说："咱们这些老人，荣誉感强着呢，只要是有比赛演出，个个劲头十足，一张奖状，就能兴奋半年。"接着，她问夏柳，近来工作可顺心，家里可好，自己今后怎么打算，夏柳一一做了回答。转念，她又悄悄地问："听说田家小子前一段又出事情啦？不会再吃官司吧？"

夏柳不高兴地说："姨妈鼻子真尖啊，一有味道就能闻出来。田致远之前是被人陷害栽赃，人有点磕磕碰碰也是常情，现在倒是有点事儿啦，脚踝扭伤，不能动了。"

柳玉清舒展了一口气说："原来是这样啊！千岁坊里传得玄呢，说他是小偷被抓，我还极力争辩，要是犯了盗窃罪那是要坐牢的啊，人经常在家里待着，说明没什么大事哇！都街坊邻居的，不念别人的好，总是脏水往过得差的人身上泼，这跟落井下石有啥区别呢？这个风气不好哇！这孩子怪可怜的，现在家里只能靠他撑着呢，可不能倒下了。"夏柳心想，姨娘知道的是老皇历了，这又听到啥消息，张冠李戴了。她虽知道事情的过程，可毕竟不是什么值得传扬的事情，也就不再做解释。

夏柳点头说：“姨娘说得对，人家有难的时候伸出援手帮一把，这是仁德向善，慈悲积德。姨娘说不定能帮着他。”

柳玉清听夏柳说自己能帮助人，眼皮抬起来，摇头说：“我这把年纪了，哪能帮得了别人，不给政府添乱就不错了。他们家一个瘫着、一个疯着，现在又一个瘸着，谁有本事帮啊？”

夏柳说：“小田瘸着是暂时的，家务还是能自理的。我说的帮，肯定你能。你人脉广，路子多，帮他就近就便找份工作不会是问题的。当年工会主席可不是白当的。”

柳玉清看着夏柳对田致远的事情这么上心，透过眼镜的边缘用余光上下扫射了一下，叹了口气说，这个可以试试，容我想想。

夏柳感到姨娘有戏，就说拜托她了，这是社区里交给她的任务。

两人分手没走多远，柳玉清叫住夏柳，招呼她过来。夏柳跑到姨娘跟前，姨娘跟她说，找工作不是问题，有个岗位，看他有没有兴趣。夏柳问什么工作？姨娘说：“前不久，我引荐为社区捐助防疫物资的药店，就需要人手，年前曾要招人的。我再问问，给你回话。”

夏柳想了想，知道有这回事儿。这是一家老字号的连锁药店。国有医药公司改制之后，原来的管理层入股，买下的药店名号和资产，如今顺应市场法则和百姓需求，在大街小巷布点开设了三四十家连锁，生意越做越大，其中在千岁坊社区外的古街上便有一个门面。大概姨娘跟药店老总是几十年前的同事交情，加上平日交往甚密，彼此以闺蜜姐妹相称，有点大事小情相互能帮衬着，新冠疫情暴发时，老总主动找到姨娘，说是为社区捐些消毒液和口罩，算是支持抗疫斗争。为此，钟书记专门组织了接受捐赠仪式，表达了对药店爱心善举的敬意，同时表扬姨娘柳玉清的热心，并给药店颁发了捐赠证书。橱窗的照片里，大幅张贴着这张捐赠合影，只是因为戴着口罩，几个人头只能识别出男女性别。因为这件事，社区工作人员改变了对柳玉清的印象，感到她并非搬弄是非之人，之前表现的与社区对着干的行为，既有社区工作者缺乏对民意尊重的问题，也有忽略她这一类人心理感受的问题。她与王雷仁的恩恩怨怨，并不代表她为人处事和思想作风上的问题，某种程度上体现她的仗义执言和公正无私。成也萧何，败也萧何；水能载舟，亦能覆舟。引导好了，就能为我所用，引导不好，可能只会坏事。钟书记反思自己没有看到柳阿姨的闪光点，没能在涉及居民利益问题上，给予她应有的尊重，没能展示出她的存在感，多次把她推到对立面去，造成了社区许多办实事项目受到阻挠。通过这次捐赠活动，他告诫大家，要善于调动居民参与社区事务的积极性，从中发现和培养一批热心社区工作的草根领袖，有了他们的支持，上级要求才能执行下去。夏柳记起同章阿姨看望开导姨娘时，章阿姨对她有过类似的评价，只是她没理解。

果然，姨娘来电话了，说是医药公司张总答应了，什么时候有空去面试。夏柳说，她来向领导汇报一下，还要征求田致远的意见。姨娘说，这事宜急不宜缓，趁热打铁，先答应了再说。夏柳知道姨娘是个急性子，要办的事情必须马上办成。夏柳问待遇的事，姨娘告诉她，人家是国有药店背景，各大医院都从他们那儿进货，待遇不会差的，基本工资之外，提成、绩效奖金名堂多着呢，具体地要看面试结果再谈。夏柳一听心里有了底，她顾不上向老钟汇报，就直接给田致远去了电话。

田致远看到是夏柳的电话，没有丝毫犹豫，拿起手机就高兴地说："夏主任好!"夏柳说："啥时候我成了主任啦？嘴倒是甜了。有个事儿跟你商量，大家都关心你，帮你找了一份工作，看看你有无兴趣，待遇不算高也不低，总体上感觉比你之前的好些。如果愿意，什么时候带你去面试谈谈。"

田致远说："谢谢领导关心。我跟家里人商量商量，再给你回话。脚踝骨折了，跑腿的活儿可能受影响了，过了这一阵子，一切会好起来的。"

夏柳说："加紧给回话，人家那边也不是专门给你留位置的，咱们不到这个级别。"

田致远似乎换了一个人，说话爽快了，做事利索了，善于跟别人分享了。近些年来，他没有把自己吃官司的事告诉母亲，母亲的病情也不容她受到刺激，所以一直自己背着，不敢流露一点风声。甚至他的远房亲戚也没有多少知道他犯的事。母亲薛玉蓉住进医院，如与世隔绝，只是每每儿子看望时，抚摸一下脸颊，愁肠寸断地诉说思儿之苦，根本不关心儿子的工作生活和情感。一个病人，特别是精神抑郁或是狂躁的时候，连自己的所作所为都难以掌控，怎么会留意别人的感受？现在母亲健康状况得到好转，特别是这一年里，他吃的苦、受的委屈，已没有了倾诉的必要，也不能把这些负能量的东西转嫁过去，但工作的变故，应该向母亲说明。当初在那家工厂上班的时候，母亲给他参谋过，教育他怎么好好工作、团结同事、尊重领导之类的老话套话。她一直以为在一个单位上班，不会往单位坑儿子的上面想。现在有人介绍了新工作，必须跟母亲说明跳槽的原因。他需要列举若干个理由或是提出数个方案来，应对清醒状态下的母亲。母亲是“十万个为什么”的活字典，说服不了母亲，就不能拗着她来，否则激恼起来，前面的治疗前功尽弃，自己又会回到几重折磨里去。

告诉母亲，是出于尊重，毕竟是自己唯一可以依靠的亲人，而告诉梁平，才是真正权衡利弊。梁平是田致远唯一信任的朋友，也是他在危难时候伸出援手帮助过他的人，他视梁平为知心铁杆，梁平在一定程度上成了他的人生导师。梁平处事稳重、为人仗义、心胸开阔，仅因为毕业以后同为工友，他们便结下情谊。田致远因为家境原因，不善交际，很少结交朋友，性格自卑孤僻，在多次迷茫的时候，是梁平不离不弃守护着他开导他，给他工作生活不少的帮助。田致远被老板诬告后，梁平为他说过情，遭到老板批评后，愤然辞职，另行谋生干快递。这些年，因为梁平的帮助和陪伴，让他走出了昏暗，看到了人生光明。此时，他完成了洗心革面，需要面对新的工作和生活，梁平的意见建议非常重要。

田致远给梁平通话的时候，梁平正忙着。梁平已经升任为快递公司片区主管，每天分发调拨任务非常重，一般要干到晚上八九点后才下班。他从四川农村老家来城里务工至今，凭着吃苦耐劳、踏实肯干和脑子活，打下了自己的一片江山，在城里购了房、娶了媳妇、生了娃。他曾鼓励失意的田致远，人厚道，天不欺。泥人也有土性子。男人只要拿出血性来，没有干不成的事。田致远也就因为他的鼓励，在矫正期间没有闲着，靠自己的劳动挣钱养家，积累了不少的社会阅历。

晚上九点的时候，梁平带着酒和菜来到田致远家，两人一边喝着一边聊着。田致远告诉他，自己的事儿翻篇了，司法干部找他签过字了，今后对自己的工作生活不会有影响，除非入党、参军、当干部，自己想想这一辈子挨不上，从来也没这奢望，只图安稳地过日子。

梁平开导他说：“现在有些事，往大里说，是犯罪，往小里说，是错误，可法官人家只看证据，不看原因。我之所以拿你当朋友，是因为你单纯、善良、简单，就不是顽劣调皮之人，本来这是人的优点，可摊到某件具体事儿上，就会吃亏。过去的事儿就过去吧，人生没有过不去的火焰山。”

田致远谈起了社区领导们帮助他找工作的事，请梁平帮助分析权衡。梁平说：“咱们年轻，只要肯吃苦，一份稳定的工作之外，业余时间可以做兼职，不信翻不了身的。”

梁平的一番话，点拨到了田致远的心头上，他激动地端起酒杯跟梁平的酒杯碰了一下，仰起脖子一饮而尽。

18

田致远一瘸一拐探视母亲的那天，薛玉蓉正在病房里专心看着书。望着母亲的背影，他看到了优雅、娴静、知性的母亲又回来了。

从母亲脸色神情看，身体初步恢复到了正常状态。他高兴地问了问母亲的感受，薛玉蓉说自己清醒得很，只是回忆起发病时癫狂状态，有种羞愧无耻的痛。她连番说着对不起儿子，让他丢人了。田致远开导母亲说，人在生病的时候，大脑都是失控的，做些出格的事，在所难免，谁愿意自己生病呢。母亲交代儿子，找医生聊聊，问问什么时候能够出院。田致远说，不着急，等病情完全稳定了再说。他是想让母亲彻底好转了再说，是不想让母亲看到残缺的家触物伤情，不想让母亲回忆痛苦。他回到正题，告诉母亲说，政府介绍了一份工作，他准备跳槽。他说，药店是国营改制企业，相当于全民单位，早九晚五，收入不错。他用母亲那个时代的语言告诉她，这是一个工作体面值得依赖的岗位。反复强调是社区向上推荐的，照顾我们这个家庭的，当然还要面试才能录用。

令田致远没有想到的是，母亲薛玉蓉竟然会心地说，只要儿子愿意做什么，母亲都会支持。说是现在时代变了，在哪儿都要凭本事吃饭，没有什么单位会养闲人的。不再提自己当年为了革命如何如何舍弃一切，感叹自己被命运捉弄了一生，希望儿子实际一些。她唯一愧对儿子的，是没有为他创造良好的教育环境，自己一肚子墨水把自己熏黑了，反而没能遗传给儿子，这样一个时代，没有文化，没有学历，就没有本钱找好工作。

田致远本想等腿脚灵便了再提应聘的事的，可得到母亲肯定后，他便有点等不及了，恨不能当天去面试。他马上给夏柳发去微信，说是约时间参加面试。夏柳说："你的腿瘸瘸扭扭地去，总归不太好看吧。"田致远说："有的企业专门设置残疾人就业岗位呢。这不是什么大毛病，一二十天就会好了。"夏柳说："那就等好了再说呗，该是你的位置，丢不了。"田致远说："夜长梦多啊！早点定下来，早心安。"夏柳说："那随后跟你联系。"

微信上简短聊了几句，夏柳便给姨娘打通电话，请传个话到医药公司那边去。

柳玉清姨娘回话，说是没联系上，等等再说，应该问题不大。

夏柳想，等等也好，现在腿脚有问题，会影响面试印象的。转念又想，什么事情都是赶巧不赶早，既然双方有了意愿，就应该加紧成全。不能等了，万一半路杀出程咬金来，煮熟的鸭子飞了，那让人多没面子。

她干脆放下手中的事务，径直找到姨娘，陪姨娘来到古街的药房门市。姨娘找到了负责门市的店长，先是自报家门，以老总闺蜜口吻，夸赞了一通老总的漂亮和为人，关心了一番门店的经营情况。店长是个年轻女性，人长得不算漂亮，算是看得顺眼的那种，白大褂外套包裹着，难以判断出身体的体型，圆盘状的脸庞妩媚端正，只是粉脂口红过早地掩饰住了鲜嫩，冷淡的笑容，如晨曦阴云里露出的霞光欲开欲合，反正一笑一颦颇显职业化。听说来人跟总经理是几十年的深交闺蜜，六十出头的年龄，对总经理个人和家庭如此了解，一顿狐疑之后，断定眼前这个阿姨是总经理老同事无疑，马上露出信任的眼神，热情地招呼让座倒茶，主动递上名片说："我是王娟，叫我小王好了，承蒙老总抬爱，让我负责千岁坊店，有什么需要我服务的尽管提出来。"柳姨娘跟着客套了一番，接着问起老总是否交代应聘进人的事。小王说："这儿一直人手紧张，向上反映过，没有回应，大概为节省成本，没有招人的计划。"陪在一旁的夏柳插话说："老总说了，要招人的，可能是你这儿不知道吧？之前跟你老总联系过，说是照顾所辖社区的就业困难居民的，所以来你这儿沟通一下面试的事。"小王说："这事我定不了，还得找总经理。"柳姨娘说："今天找你领导了，没联系上。"小王说："总经理出国看女儿去了，一时半会不定回得来。我倒希望你们催着，这儿缺人，有时忙不过来。要么再等等。"柳阿姨说："我这儿再联系，你也帮着联系，争取早点落实。一个小伙子，人不错的，绝对是个好帮手。像你这么大的店，没有爷们撑着，也够辛苦的。"柳玉清的确说到了小王店长心坎里。自药店开业以来，两三个年轻姑娘执掌着百十平方米的店面，倒休都不方便，已经影响人心稳定了。临走前，夏柳主动要了小王店长的微信，说了请予关心的好话。

三天之后，姨娘告诉夏柳，说让她带着田致远去店里面试，一切都已沟通好了，简单走走程序。

夏柳通知田致远，提醒他把自己收拾利索点，不可以窝窝囊囊地草率应付。夏柳带着田致远到药店的时候，小王店长正召集员工开晨会，看到夏柳领一个清秀的小伙子进来，便上下打量了一番，说了几句“吃过了吗”之类的闲话，便露出欢喜的神情说：“新员工入职先试用三个月的，待遇的事基本工资加奖金，等老总回来再定，应该不会差。”接着才提到正题说：“哪个学校毕业的，有无药师资格证？”夏柳和田致远一下子蒙住了，他们没想到站柜台需要资格证。夏柳看看他，他摇摇头。小王店长愣住了，说：“没资格证，没相关学历，没从业经历，这怎么能用呢？”夏柳被这么突然抛出的条件，弄得心思没处安放似的，脸色青一阵紫一阵，眼睛不知道往哪儿看。而田致远倒也坦然，垂手站在一旁，静听着他人的悄声议论。小王店长说：“药店不是普通服务行业，上千种药品，不要说像医生那样熟知用途疗效，可至少也能向消费者说明一二啊。”田致远冷静地说：“除了站柜台，总需要其他的服务吧。人不会一生下来什么都会吧，给我机会，不就有资格了吗？”小王店长说：“这事不是你说得这么轻巧，行有行规，店有店章，你的情况要跟老总汇报了再说。”田致远说：“我先在店里打零工，待遇不提，就算当学徒，好吗？”夏柳以为田致远会放弃，没想到他在乎这个岗位，这么坚持。这总算给她下了台阶。她客气地跟店长说：“你不是人手紧张要人吗？好不容易给你人，说不符合条件，那机会就不多了，请求你让他先试试，再说有个男的，帮着你看着门店，心里也踏实啊。我们再跟你老总打招呼，希望能破例照顾一下。”小王店长觉得说得有道理，便没再想拒绝，心想：“既然是老总推荐的人，自己何不来个顺水人情，同时自己多了帮手，这可是两全其美的事。”于是，便应承下来，再次嘱咐夏柳跟老总私下打个招呼。夏柳拍着胸脯，说不是问题。心想：“老总哪会管得那么细啊，只要你把人收下，后面遇到什么事情再说吧。”

夏柳的心总算落了地，田致远也显得轻松起来。

夏柳像是带着胜利的喜悦，凯旋回到社区自己的座位上。她对自己的努力感到欣慰，对田致远的表现，也特别地满意。

这是她参加工作几个月来最为得意的一天。本来矫正工作谈不上会出什么成绩，能够在改造阶段不出问题，就算完成任务。可帮教工作不是件容易的事，用章阿姨话说，跟牛鬼蛇神打交道，没有成熟心智和老辣手段，反被矫正过去。夏柳一进来就安排干这活儿，就是因为没人愿意干，之前的人干的时间不长，说是回去保胎了，其实就是因为惧怕，辞职不干了。老钟书记和章阿姨有时干得都发怵，她不知轻重地应诺下来，是因为她不了解这份工作的不易。说坦白点，包括两个老同志在内，没把她这个新人当回事。

田致远是块试验田，让她这个初生牛犊历练历练。看到田致远的改造回归，她发现自己的付出没有白费，她的专业价值得到了体现。她甚至坚信自己在帮教其他对象上，同样会有一定成效。

千岁坊社区经过几十年的风霜雪雨，那些斗殴、偷盗、抢劫、吸毒等刑释解教对象大多老去，对他们的帮教更多体现人文关怀，对于夏柳来说，这不算什么事儿。倒是像田致远这样的新生代违法者，如果帮教得当，可以成为有为青年，如果生硬管控，说不准会产生抗拒心理，可能真会走到社会对立面去。不过夏柳坚信，田致远承继薛家血脉，本性善良，素有教养，违法只因一念之差，属孺子可教的那一类。她对田致远的经历百感交集，似乎当成自己的经历，常常浮现在脑海里，挥之不去。

她跟刘采文谈论起田致远来，比谈论自己的学长灰猫还热情洋溢，常常有不吐不快之感。同龄人之间或许心思是相通的，她想传递对田致远又爱又恨的感受，是想让刘采文参谋一下这种感受的利弊。刘采文总是不怀好意地笑话她，痴情、情痴。此时，夏柳会托着腮帮说，怎么会呢？怎么可能啊？噘着小嘴，装着一副不开心的样子。

夏柳本想跟坐在对面的刘采文分享喜悦，抬头一看，刘采文手里摇着铅笔，正六神无主地冥想呢。夏柳颇带惆怅地打量着她，把茶杯敲得脆响，喝水的动静搞得很大，这才唤起了她的注意。

“本小主向刘助理汇报工作。听还是不听？”夏柳开腔道。

“不是汇报，是通报情况。领导是要汇报的，咱们彼此彼此。”刘采文看着她得意的样子，一改嬉闹的表情。

大概夏柳对通报和汇报两个词的概念未必清楚，或许她已经把刘采文当成领导了。社区的人都说她是村官，是挂职锻炼的，早晚是要当领导走人的。与其今后不便改口，不如先当领导尊重起来。可刘采文偏偏就怕别人这样说，这样叫着，让她压力越大。她现在虽然算是一只脚跨进体制里，可另一脚却总是迈不进来。每次公招考试，笔试都能顺利过关，可面试总是落选。她是九八五院系本科，学习能力没有问题，缺的就是阅历和经验。社区里干了一年多，虽说经历了一些事情，有了一些人生心得，自己也从青涩懵懂修炼到了能说会道，脸皮原来像鸡蛋内膜一样薄，只要有点涉及的事，就会透出泛红羞怯，现在可以落落大方地应付，这点变化与夏柳比起来，差距仍是不小。她认为自己的心路成长没夏柳快。

夏柳问："是先听好消息？还是先听坏消息？"

"不要卖关子了，本姑娘郁闷着呢。不过，有关于田致远的消息，愿意洗耳恭听。"刘采文情绪低落地应付着，却又不想扫了她的兴。

夏柳本来想调节气氛，找些话题爆燃兴奋点，谁知碰了一鼻子灰，弄得一脸的尴尬，又不想让别人看出，眼神倔强地瞪了一下。转身一想，刘采文必是遇到什么烦心事，不然不会这么缺少耐心，只怪自己自讨没趣不看心情去捧臭脚。于是，便草草地把田致远受伤和找到工作的消息，如竹筒倒豆子般一股脑倒了出来。刘采文并非全无兴趣，随着她说话的节奏，不时露出一惊一乍、忽喜忽忧的表情。刘采文感叹田致远得到了特别的眷顾，社区人的理解和帮助，没有让他自暴自弃，破罐破摔，尤其是夏柳加入之后，他似乎得到了亲人般的关怀，越发变得活力奔放，那种热恋感所焕发出的热情和动力全部展现出来。内心里对夏柳多了些钦佩。

刘采文带着醋意向夏柳讨好，求得她奉献点怜爱给自己。夏柳并不了解她的内心世界，眼下，小刘在爱情之路上遇到了困惑，正有些犯愁。

经好心人介绍，小刘认识了一姓丁的年轻警察，相处了几个月，不温不火，不淡不咸，燃不起激情，连一点暧昧举止言行都少有。见面约会似乎彼此履行公务一样，只知谈工作、谈朋友同事，很少谈及情感和未来。即便带着跟同学朋友聚会，也只是炫耀狂欢一番。刘采文感到远没有夏柳跟田致远，或是田致远跟夏柳所传递的那种情愫来得有趣味、有爱意。

夏柳曾穿过人群看到过丁警官，夸赞过刘采文有眼光。丁警官是时下标准帅哥形象，高挑身材，甲字面庞，浓眉翘鼻，挺拔身姿，一身正气范儿，外形就能猜出不是军人就是警察，与刘采文娇小纤细、文弱身姿形成鲜明对比。夏柳曾拿小刘开涮说过，跟着这样的帅哥一起，不想小鸟依人，挽在臂膀里也会醉人。夏柳羡慕地称他们是，天造一对，地设一双，看好他们的感情路线，乐见其修成正果。大概两人彼此忙于工作，相互间少了许多陪伴，因此，刘采文似乎觉得跟男友不是在恋爱，而是异性哥们儿而已。这一点，与夏柳和灰猫的关系有点相近。不由得感叹，九〇后的自己，究竟怎么啦？男方不主动，女方不羞怯，爱慕的火焰总是烧不旺，是生理还是心理出了状况？每当夏柳和章阿姨问他们关系发展到什么程度时，她总是弯绕连绵，含混不清地打断话题，让人觉得她特别没劲。

其实，刘采文本身也并不迫切去恋爱。她参加工作时间不长，社会经验和阅历需要积累，她对人生的目标有着更多期待。她甚至认为自己没有恋爱的资本。她来自外地，在梁溪城有了一份工作，但不能算落了根，这仅是人生迈出的第一步，她前面铺就了通往仕途的星光大道，美好的前途，还待她好好地奋斗。村官不算官，更不是铁饭碗，只是服务基层的工作者，地位待遇显然不同于体制内干部。只是村官的经历和身份，是考公务员的通行证。命运像是有意考验她的定力和韧劲似的，越是迫切越给她苦头，尝试了几次，总是以微弱分值告败。她心灰意冷，可又心有不甘。她是她那山村里唯一考进名校的女娃，品学兼优，毕业分配到南方城市工作，听说当了官，令全村人都羡慕不已。已经被乡亲们抬到官位神坛上的刘采文骑虎难下，不得不带着压力专注在学习上，惶恐地应对着各种各样的考试。这样的努力，不仅是全家人的面子，也承载了全家人的希望。父母兄弟姐妹举几代人之力供她读书，仅凭现在岗位收入，无力回报他们的哺养和培育，自己还面临着买房、结婚、生子等一系列问题。唯有真正成为干部，才能在乡亲们眼里称得上当官的，才能解决前途和生活上的一系列问题。

丁警官并不在乎刘采文什么官不官、收入不收入，他只看重两人相处中的愉悦。他是独生子，在郊区长大，家有拆迁的三套安置房，父母怕委屈了未来儿媳，愣是在高档小区里买下了三居室的婚房。万事俱备，只盼迎娶佳人归。而刘采文似乎并不买账，宁肯寄居在一间头的租住屋里，也不肯让自己屈身应诺住进婚房。这也正是丁家最为欣赏的地方。每当大家谈及楼盘市场时，她总不由得吟起“安得广厦千万间，大庇天下寒士俱欢颜！风雨不动安如山。呜呼！何时眼前突兀见此屋……”这个时候，夏柳便会附和，扬起列宁格式化的右臂，对着她朗诵起台词：“面包会有的，牛奶会有的，一切都会有的……真羡慕你啊，没有面包，却有着美好的爱情。”嘲讽她是“宁要郊外一张床，不要城里三套房”。刘采文何尝没有心动过，安居才能乐业啊！在城里工作，可能就是当一辈子房奴。难怪那些拆迁户拼出命来要维护自己的房产，哪怕就只有一张床大小的地方，也不能让自己吃亏。更为重要的是，她感到自己奋斗出来的，才算是自己的。这个年头，不论男女，经济基础决定家庭地位，要想在家庭甚至家族中有话语权，就得有经济实力。靠吃祖产老本，不是本事。她还考虑今后父母来南方有个落脚的地方，自己的窝，住得踏实，住得自信。

刘采文的不安全感，或许并不是来自身份和实力上的差距，更多的是丁警官优越感的压力。小丁长得一表人才自不必说，男孩出挑得英姿勃发是父母的基因好，也许命运把他编程得最为恰当，有着足够的雄性资本值得表现出风流倜傥，可有时潇洒自信地游弋于熙熙攘攘的人群中，太过于趾高气扬和目中无人，并不是件好事。刚开始的人生即是如此，今后的人生又当是何物呢？小丁的确优秀，可有时看似举止间露着优雅稳健，言语里却显出了稚嫩可爱，这让她有种特别不真实的感觉。

一个人处于这样的状态，真不敢相信，是刻意伪装还是职业习惯。她认为青年男女在恋爱阶段，最好感性率真一点，越是暴露出缺点，越是真性情。她总想看到小丁的全部，小丁偏要端出样子，把美好的一面做到精致。连两个人一起吃饭、散步，都相敬如宾。她虽是珍惜那种清纯的关系，可过分的客套又有些近乎生分，觉得这样的男女交往显得无趣和虚假……

丁警官所表现出的谨慎，其实是透露了好感。自从认识小刘之后，他就认为这就是自己要找的对象，单薄瘦弱的身材，白净皮肤，一笑带酒窝的，单纯不失聪慧。他不喜欢染发涂脂的女孩，那种过于做作。他也有三四个前任女友，终被他视为社会老油条而被气跑。可对刘采文，他确是花了许多心思。刘采文越是羞羞怯怯、腼腼腆腆，他越是疼怜，像是品鉴着稀世珍宝，不敢轻易触碰，只是朋友相聚时，借着酒性，悄悄地把手臂搭在她的肩膀上，以示告白：这是我的女人啦！刘采文转头过去淡淡一笑，也会把他惊醒，手忙脚乱地小心轻放下来。

夏柳总算摸到了刘采文的情感世界，不时地投去羡慕的眼神。与之相比，她的感情问题却是飘忽不定的。

19

灰猫回国看望夏柳的计划落空了。

他三次改签机票，抱定坚定不移的决心，也没能最终成行。

新冠病毒疫情肆虐全球，各国采取隔离措施，航空公司停止运营。别说灰猫计划了行程的，就是那些刻意躲避疫情的海外人士都是想走走不了。整个世界在此时特别听话，平日繁忙喧嚣的地方一下子“万籁此俱寂，但余钟磬音”，人与人之间的社交活动戛然而止。各国禁足令、居家令、口罩令的颁布施行，止住了人的出行，影响着人们正常工作生活。

灰猫封闭在远离城市的乡野里，每天第一件事，打开手机看看夏柳有无微信回复。

夏柳忙碌得很充实，几乎没有心情去照顾他的感受。而灰猫过着与世隔绝的生活，没有什么有意思的话题一起分享，自然调动不了夏柳发信的兴趣。

起初，灰猫是在学校里隔离着的，后来学校全面放假，整个校园人去楼空，自己的饮食起居变得麻烦起来，只得回到千里之外父母朋友在乡下的房子里去，平日做着功课，看看影视剧，无聊时回忆着两人相处的情形，期待着夏柳报告一些激发才智的消息。

很久没有认真联系的夏柳终于想到联系了。

这是因为受到了刘采文和丁警官甜蜜爱情的感染，更是因为父母的催促，让她觉得需要珍惜跟灰猫的情感。父母发动亲友实施了轮番上阵的相亲活动，让她有些精疲力竭。她是个听话孝顺的女孩，但个人问题又不愿顺从父母意志，几番相亲接触下来，那是认认真真走过场，却没有能让她心动的。她认为心动得景仰或是牵挂，这才是爱情。灰猫是个学识渊博令她欣赏的学长，可就是没有那种恋爱的感觉，更何况，目前彼此天各一方，觉得跟灰猫只会是没有结果的爱情。但毕竟是她人生中遇到的最为优秀的男生，她有点想他了。

夏柳发出的微信不到两分钟，就得到了反馈。此时是夜间十点钟，灰猫当地时间应该是早晨五六点钟。夏柳兴奋地问候了一下，灰猫打开视频，开心地打起招呼。

灰猫关心夏柳，说是消瘦了，人精神了。夏柳说，吃得香、睡得实。彼此问了问疫情形势。

灰猫关心起夏柳的工作生活情况，猜想她工作以来，一定会遇到许多不如意的人、不顺心的事，一定会吃不少苦、受不少委屈？夏柳谈笑风生地诉说着她的感受，说她喜欢目前的状态，甚至觉得有成就感。她说她赶上了这个百年未有之大变局的时代，让她接触到了有意思的人，有意思的事，让她丰富了自己的阅历。

夏柳认为，社会变革时代，对有能力的人来说，是超越自我最好的机会，对弱势群体来说，可能就是挑战。尽管人的生活水准都在提高，可提高的幅度因人而异，不能达到心理预期的，就容易心理失衡。有人抱怨社会不公，这既有系统制度需要完善的方面，某种程度上又与个人因素有关。不过，随着社会自我修复能力的提升，许多不稳定风险会得到有效弥补。

灰猫认为，进入后现代社会，个体的人在乎自我价值的实现，人的全面发展的机会越多，社会阶层分化越明显。机会公平不能保证最终的结果公平，否则就是平均主义了。其实，在传统社会里，人们就有“朝为田舍郎，暮登天子堂”的梦想，科举考试看似是社会流动和社会融合最好的制度，可真正最后成为状元、探花的能有几人，你不能说这不公平吧！历史上有无数“替天行道”者，打着“苟富贵，勿相忘”“耕者有其田”的幌子，靠暴力手段，让底层平民起兵造反一夜做王，对贵族门户血腥清洗以图财富分赃，最后真正成为王公贵族的又有几个？如今，现代文明推动着社会自我改良，社会等级观念、阶层壁垒、门阀禁区开始从人们的内心打破，人非生而不平等的思想发生着改变，靠自我奋斗改变命运，应该成为多数人的共识。

夏柳谈到，几个月的社区工作，她学到了书本上没有学到的知识。的确，人们都说，社会是个大课堂。真正能够增长才干的是实践。

灰猫继续鼓励说，领导人物皆是从基层社会成长起来的。奥巴马出生于底层社会一个多元文化交融的家庭，第一份工作是从社区服务做起的，有了这样的经历，他便深知美国现实社会真实状况，了解选民的所思所想，通过基层的历练，让他感受政治家所具备的能力和品格。一个社区其实是社会的缩影，窥一斑而知全豹，处一隅而观全局。社会领域是一个值得研究的大课题。真正伟大的社会学家或是从事社会研究的学者，几乎对社会最底层状况有着清醒的认识，对社会发展有着自己的独立判断。一个健康的社会机体，应该重视吸纳社会学背景的专业人士参与社会治理，社会政策的制定和完善，应该有基层社工师的呼声和建议。

夏柳对灰猫的独树己见颇为欣赏。她知道，他是在安慰她，所学的社会研究专业其实是有用武之地的，领导人物都关注思考社会问题，专业教育的人更应该懂得用专业的眼光，看待社会事物，解决社会问题。

其实，夏柳在实践中找到了驾轻就熟的感觉了。此时，她对他的说教，没有了以往所表现的反感，反而虚心地洗耳恭听。她从他的交流中，找到了情感传递的趣味。因为，他表达的是安慰和激励。她甚至有些感动。她谦卑地承认自己只是一颗草籽，不强求让自己长成参天大树。她料定眼下社会专业价值难以广泛得到认同，梦想在社会工作领域有所建树且不容易，充其量能实现专业服务的“助人自助”就算有成效了，很难像佛道法师达到某个“度人”境界，把宗教变成信仰。她的人生格言是：“与其成不了大材，不如做一块点缀的绿茵。”这只注定了她愿意平凡而清贫，她只想让自己快乐而有趣地工作着，随遇而安地生活着，不想让自己顽固地争取那些不可能得到的东西。她觉得父亲夏秋生和刘采文被名利绑架了，活得太不轻松。

在夏柳心里，刘采文之所以在乎名利，是因为她背负着整个家庭的期望，其实也不同于父亲的名利观。她勤奋努力的目的，某种程度上跟田致远的目的并无二致，只是希望自己的生活越来越好，在家人和朋友面前表现得更为体面而已。

她告诉灰猫说，同事刘采文是当地的女状元，她算是读书改变了命运，可迫于经济的压力，她对自己的期许很高，经常参加各种各样的考试，争取考入体制内的岗位，可每次都离成功差那么一点点，就像打篮球投篮似的，球只打在边筐上，越是想让它进，它越是不进，她多么希望一次性投篮命中，可命运总是那么不济，只得一次比一次更拼命地努力。同样情况，自己的工作对象田致远，本来这个家庭已经倒霉得不能再倒霉了，先是老板克扣工钱，他顺手牵羊偷拿东西，犯了盗窃罪，接着交通肇事逃逸被查处，后又自己开车被撞负伤，自己承受着精神和皮肉之苦不说，家里还得供养两个残疾人，没有比他更倒霉的人了。人们在怨恨他的同时，对他又是同情。这两个熟识的人的命运，让她对人生有了新的认知。这个社会总体是公平的，但有一个客观现实不得否认，社会的确存在马太效应，富贵的总添财富，苦命的终归命苦，人的得到不一定与付出产生必然的联系，机会均等不等于平台一样，平台一样不等于实力一样，实力一样不等于结果一样。许多时候，不等于你越努力就越能得到想要的，有时把劲使歪了，反而南辕北辙，适得其反。当然你不努力是万万不会有收获的。个体的差异，影响着发展的进程。有的人顺风顺水，干什么能成什么，有的人苍天不眷顾，怎么奋斗，都遇到磕磕绊绊，其中说明一个道理——干什么都讲究天时地利人和。这大概是刘采文和田致远目前所要面对的了。

灰猫认为，每个人都应该认清一个基本事实，没有差距，就没有竞争，没有竞争，社会就不会进步。应该看到，穷人跟富人之间的想法和做法是不一样的，穷人想着让自己的生活一天比一天好，不停地为生计奔波，某种程度上推进了社会进步。而富人有了原始积累，便会追求更大的财富，然后以此争取社会地位，获得社会尊重，体现自身价值，这也是社会进步的体现。富裕家庭子女，大多不会为生活犯愁，更多的抱有理想主义色彩。那些为共产主义奋斗的老一辈革命家中，大多家境优裕，放弃安逸舒适的生活，甚至变卖自己的家产，革自己家的命，来支持革命斗争，这种看似不可想象的做法，恰恰是追求社会平等的理想主义。而对于贫穷的人来说，他们参加革命的动机很简单，打土豪、分田地、得实惠。解决基本生活需求之后，理想才会升华到为人类社会服务这样的境界上来。所以说，对于刘采文和田致远来说，我们不必求全责备，他们有奋斗、有追求，倒是值得赞赏的。

夏柳说，自己时常提醒自己，做一个低调平淡的人，甚至想让自己隐姓埋名。她不希望自己生活在父亲的光环下。她甚至想用现代人的理念影响父亲，常常以马克思的格言激励自己，“人只有为自己同时代人的完善，为他们的幸福而工作，他才能达到自身的完善”。只是一个人的影响力小而已。

灰猫说，每一个时代都需要甘于寂寞的奉献者，快节奏的生活看似大家不想过，其实最容易过，而慢生活未必就能过得好。就像骑自行车似的，想快起来可以使劲蹬，想慢下来，不容易，靠的是平衡能力，靠的是心态。咱们这一代其实可以让自己慢下来，生活只有慢慢地品，才觉得有味道。现在有的人为什么有焦虑、抑郁、恐慌心理，其实就是人把为什么活着弄错位了，快餐嚼不出美味，功利换不来健康。咱们应该学会在奔跑的路上踩刹车。

夏柳感到俩人之间的聊天，限在自己的工作圈内，好像自己汇报思想似的，觉得枯燥无趣，于是提议说，不聊工作了，还是聊点别的吧。

灰猫停顿了一下，终于在视频中，浪漫地吐出几个爱心。夏柳会心地笑了，问他是什么意思？是人间大爱吗？灰猫反问道，难道这是在网上直播吗？这只是为视频前的人发出的爱意啊！

夏柳把话题切换到对未来的关心上。她问："还是说说你未来的打算吧？不会真的毕业之后，去非洲支教吧？国内也需要你这样的人来支教的啊。许多贫困山区儿童上学还是有问题的，最缺的就是师资。当然，让你这个博士去当小学老师，有点大材小用。不过，国内有许多施展才华的机会，许多海归人才看好国内的发展趋势，学成归来，有了不小的成就。对于你这样的人才，往大里说，报效祖国，往小里说，实现个人价值。"

夏柳诱导灰猫返回国内工作，也是出于私心，她清醒意识到，只有他真心诚意地来到身边，两人往婚恋方面的努力才具有可操作性。她目前并没有继续留学深造的打算，也不想长期留在国外发展，只有灰猫走近自己，才有可能真正到达爱情的彼岸。

灰猫说自己想回国，当面听听她的想法，可天不遂人愿，疫情封航。他说有去非洲的打算，那是因为那里有太多需要帮助的人，许多国家处于内乱状态，他想争取慈善募捐，帮助那些无家可归的人，他又想输送现代文明，实现男女平等、童叟无欺，他还想开设学校，让不能上学的儿童有接受教育的机会。他说，他的想法得到了国际基金会的肯定，一旦开赴非洲国家去，可能三五年。他甚至希望夏柳支持他，一起参与非洲儿童教育援助项目。

夏柳听了他的介绍，一下子失落起来，只是嘴上"噢"了几声。她本以为自己的魅力可以把他吸引到国内来，没想到他已经有了成熟的打算。灰猫的理想主义，令人无法理解。他真以为是白求恩，为了人类的幸福，不远万里，前往非洲，拯民于水火之中，这是何等的高尚！夏柳不觉在心里调侃起他来。的确，有不少接受高等教育的人，不知何来的勇气和自信，把自己扮演成救世主，非得干点惊天地、泣鬼神的事业来。他们可以牺牲家庭、牺牲爱情，甚至冒着生命危险去实现这样的理想。或许，正是有了这些心怀天下的人，这个世界才会不断地变化发展着。可与她夏柳有半毛钱关系吗?

灰猫接着说道:“这不为难你,只是建议你参加对人类事业有意义的工作,把我们的文化、信仰和科技带到需要的地方去,也不枉为一生了。知道你是独生女儿,出行会有阻力的。不过,我倒是希望得到你的理解支持。”

夏柳说:“作为比较要好的同门师兄,对你还是了解的,你所做的一切选择,我都是理解赞赏的,只是你要评估一下非洲的安全状况。不少国家贫穷落后且处在战乱状态,安全隐患很多,选择时机和国家是最为重要的。尽管你不是一时冲动,可生命安危不是你一个人的事,是你父母和全家人关心的事。假如你已经做好了充分的准备,那我只有祝福你了。”

夏柳没有提出两个人的感情路线发展问题,灰猫也没有表现出在意对方感受的任何印迹。

两人的通话,在轰轰烈烈的雷霆声中开启,却在悄无声息中结束。想必,两个人都留下了一定的遗憾。

20

搁置十余年的布衣巷征收清零工作,在各级领导的高度重视下,得以重新启动。

拆迁改造指挥部重新挂起了牌子。虽是庙没拆,换了方丈,但却呈现出新的气象。夏秋生带领的工程队,以崭新的面貌进驻到社区,一个废弃的调水泵房成了临时办公室,指挥部的牌子便绑在生了锈的门楣铁管上。

重启征收工作那一天,工地上专门布置一新。平整的场地周围,布满了改造地形图、规划效果图、征收进度表、包干联系图、工程进度时间表等,一方面向居民公示,另一方面体现决心,以挂图作战方式,自加压力倒排时间。

临时清理的广场上,坐满了参加此项目推进的机关和社区工作人员,以及夏秋生手下的工程队伍,尤以布衣巷乃至千岁坊的居民代表最为显眼。他们被邀坐在最聚光的中心位置。苏留根和刘二郎作为征收对象被邀其间。会场周围集聚了不少围观的群众。简易设置的主席台后,是依托残损的墙体做成的背景,外面用草绿毛布包裹,上面横挂着“布衣巷征收改造项目动员会”红字标语，两侧飘着的气球下面坠吊着的条幅上分别写着：“以民为本，文明征收，努力改善人居环境”“以情暖心，服务民生，切实保障群众利益。”主席台上，夏秋生坐在区政府荣区长和住建征收部门领导中间，街道领导和社区负责人作为东道主，主持并组织这场动员会，钟志国等要做表态发言，也在主席台上靠边的位子上坐定。

夏秋生作为参建方代表简要介绍了公司的实力和优势，表达了建设精品工程的意愿，对台上领导承诺：保质保量，文明拆迁，公平公正，以勇于担当的精神，按序时进度完成征收改造任务；对台下居民表态：有情操作，让利于民，以保障拆迁户合法利益为第一出发点，多管齐下，力求让拆迁户满意。夏秋生的发言，引起了围观群众一阵骚动。那里面有不少是多年之前拆迁搬出的居民，他们时刻关注着布衣巷征收改造进展，得知重启推进，便赶过来探个究竟。夏总提到让利于民，他们担心自己签早了，在补偿方面吃了亏。议论的焦点，赖着当钉子户，满足漫天要价得好处，那之前的补偿也要追加。不能一把尺子量到底，就不可能公平公正。要一碗水端平。

钟志国代表社区居民发言。他是居民投票选出的居委会主任，一方面要为居民反映诉求、表达民意，另一方面代表居民维护集体利益。他的表态发言，只是表明支持政府重新启动项目改造，尽快还原千岁坊整洁优美的生活环境。他表示，积极协助做好征收户的思想工作，协调相关单位维护拆迁施工工地生产安全。

最后，荣区长讲话，他对十多年来布衣巷陷入拆迁困境，给居民群众带来的不便，表达了歉意，对此次清点工作表明了信心和决心。他把这项任务定为大会战、攻坚战，要求上下一心，同舟共济，勇于担当，共克时艰……一套官方用语之后，又做了即兴发挥。反复强调，这种烂尾工程不能再烂下去了，否则对不起在座的居民朋友，谁愿意住在垃圾成堆的破墙碎砖里，看看周边改造好的环境，就这几步之遥，一边像上海外滩，一边像非洲难民窟，好像不是一个政府领导的。布衣巷是老祖宗留给我们的历史遗产，到我们手里却是烂尾工程，已经成为全市的笑话。市领导责令这个烂骨头再不能留给下任班子了，再难啃也得咽进去，否则无颜面对全市人民。规划方案都公示出来了，不足百亩的地方，有古建，有游园，有亭台楼阁，如果建起来了，大家就可以穿越到古代去了，学一回古人谦谦君子样儿，那多有趣啊！台下听到这儿，不少人乐

了，全场鼓起掌来。大家不时交头接耳，议论纷纷。唯有苏留根和刘二郎几个昂着头四处观察着。

荣区长个头不高，四方脸，眼大有神，额骨发亮，脑门像是雨水冲刷过的葫芦瓢，发际线退守到了脑壳中央，一副天生领导的派头，加上发出的声音浑厚脆响，字正腔圆，极有专业的演讲技巧，让人有一种倾听的欲望，当带着风趣幽默的口吻表达时，台下的人还真听得入神。本来以为履行公事似的正襟危坐着的人们，一下子有了亲近感。

苏留根和刘二郎本不想参加会议。他们知道，会议的目标指向，是他们几个仍在僵持的“钉子户”，不免在大庭广众之下被人指指戳戳，担心着自己连胡搅蛮缠的机会都没有，就会被唾沫淹没得找不到人形。后来，钟书记和章阿姨也算三顾茅庐，动之以情，晓之以理，推心置腹地告诉他们——新换了领导，新换了项目公司，谈判的余地会很大的，再说亲自到现场听听精神，总比别人传给你真实可靠。话说回来，这地方不会这样不了了之，咱总不能这样死扛着啊，或许态度积极点，政府会考虑到咱们的诉求。刘二郎最先被说服，他埋汰自己“死猪不怕开水烫”，就是万户所指，也要自己面对，反正走到了这一步了，回避不能解决问题，协商、沟通、谈判，这样的事少不了，听听会议又少不了肉，谈总比不谈好，不满足条件，照样抬不走我。苏留根是被刘二郎怂恿过来的，刘二郎诡计多端，为拆迁的事，早已算计在心，一家人分出几个户头，每个人都成了贫困户，靠领取低保金过活。面临拆迁，他找出无数理由，谈判始终谈不拢。他一直想找人联手共守，抱团结盟比孤军奋战强，要进一起进，要退一起退，可其他情况不一的待拆户，不愿与他为伍，只有苏留根可以被他统战过来。苏留根没有人缘，在布衣巷是孤家寡人一个。那些明事理的人，自然不愿与他打交道，遇到豪横的人，又嫌弃他怯弱，不带他玩。像刘二郎这样天不怕地不怕的人，即使跟他来往，他也会心惊胆战。这世道，对那些不善不恶的人，恰恰会产生厌恶和唾弃。刘二郎本来看不起苏留根的，没想到怨妇式的苏留根靠着软磨硬泡，竟能和他一样守到现在。如今又一轮征收启动，最后的一批住户将被一个个瓦解，溃不成军已成定势，不能眼看着落得个鸟兽散，苏留根可以拉拢争取过来，至少有个跟班显势威。

得知重启拆迁的时候，苏留根又惊又喜。一是这几年他度日如年，满以为对拆迁安置绝望之时，希望的曙光出现了。内心里他想着拆迁，只是想着房子换大点。二是死寂的拆迁工地，恢复了往日的马达轰鸣和人声鼎沸，让他感受到了生活的热闹。他不至于像孤魂野鬼似的，抛弃在荒郊野外。三是有人上门主动聊拆迁，他可以消除寂寞孤独，他与外面已经很少有交流了，本来眼拙口拙，眼下都觉得失聪失语了，找他谈拆迁，可以激活他僵硬的思维，还可以端起当家做主的姿态，体现布衣巷资深居民的尊严。令他没想到的是，刘二郎这个老死不相往来的街坊邻居，也主动跟他聊起拆迁，不论是善意还是恶意，登门造访关心他，让他觉得脸上有光。刘二郎提出现场看看热闹，他结结巴巴地应承下了。苏留根不想在众目睽睽之下被人数落，他知道自己占理的成分不足，刘二郎出面了，自然多了些勇气，也给了他面子。咱们是一根绳子上的蚂蚱，人家诚恳地对待咱，咱也不能不给面子。

会场上，并没有谁对他们多瞄几眼，他们多心了。

苏留根心想，嘻嘻哈哈的一片人，根本没人在意你，有点把自己太当回事了。而刘二郎根本就没当回事，他才不在乎别人怎么看他，面子哪能带来实惠？

台上领导们的讲话，他们可以当耳旁风。天气有些热了，这耳旁风可真凉爽，有些话儿，就是直穿耳鼓进到了身体内，挡也挡不住了，甜甜的、糯糯的、润润的，耳聪目明，沁人心脾。本来应付差事的，可听得还是挺愉悦的，毕竟涉及自己的利益啊。

苏留根仰着头从鼻孔里发出哼的声音，嘴里说道："大白天里说鬼话，说的比唱的好听！真是这样，我早搬出去住上新房了。真为我们着想，拿点真金白银出来给分分。"

刘二郎带着怪样看着苏留根，说："好饭不怕等，好酒不怕放。大领导放出话来，说明有戏了。就看你吃了会不会噎着。明面上，话好说，事不好办。"

苏留根说："当官的整天把为民办实事挂在嘴上，就是不给咱办点实事，一提特殊困难应特殊对待，就上纲上线，一视同仁，依法办事，公正公平。咱们这情况，咋就不能特殊照顾？一碗水咋不能抬高水平线呢？"

刘二郎说："为民办实事，并不代表为咱们办实事。为大多数人谋幸福，咱们并不代表大多数。难得现在政府有求于咱们，就得用好话语权，满足咱们的搬迁条件。"

两人一唱一和，默契配合。直到宣布启动仪式开始，震耳欲聋的烟花鞭炮声和马达轰鸣声响起，他们才从座位上站起，从中间过道处悄然离开。

临时布置的指挥部会议室里，荣区长和夏秋生一行，专门听取项目经理关于征收和改造的方案和规划。项目根据规划设计，按搬迁一片、清理一片，规划一处、建设一处的原则推进，管网铺设和地面土建同步进行，不再采取先清点、后建设的步骤，否则工程仍会拖得遥遥无期。

荣区长问夏秋生："这样有把握吗？能否保证规划的整体性？另一方面能否保证工程建设质量？"

夏总指着规划设计图说："既要保证工程期限，又要保证整体效果，只能这样做了。拆迁清点扫尾短时间内未必能够做到，但不能因为个别钉子户，而影响工期进度。这样至少保证工程处于施工建设中。"

荣区长说："假如不能清点交地，扫尾拆迁户不能按期搬迁，项目工程夹在里面，那不等于一块木料上总留着蛀眼吗？这个方案，你们要好好论证，前期多把精力用在拆迁扫尾上。现在是拆迁要用百分之八十的精力，施工用百分之二十的精力，清点完了，就是一张白纸，好画最新最美的画图。需要政府做什么，我们全力配合，街道和社区的负责人都在场。目的只有一个，尽快让这一片融入整个古运河文化街区里。"

夏秋生站在荣区长一旁，几次欲言又止。两个人坐在一起，形成鲜明的反差。荣区长富态面净，从容儒雅，说话掷地有声，委婉而不失干练。夏秋生形容干瘪，面粗皮糙，像吸食过大麻的瘾君子，又像非洲难民营里逃难的族长。很难想象这样的人养育的女儿能出落得水灵。他人虽瘦弱，貌不惊人，却显得精明奸猾，表情和谈吐里有股霸道淫威的味道。几十年的江湖历练，老总不是白得的，没有两把刷子，无法周旋于权力和财富之间。看得出，他对荣区长是敬重的，虽说他不情愿啃这块骨头，可荣区长想着他，也是一份荣幸。把古街区改造的活接了，就是吃点小亏，他也心安理得，毕竟自己也是在布衣巷边的城门泾浜长大，又在此地发迹，论情论理，都应该把事做好。跟荣区长这么多年的交情，稀的稠的都没挑过，现在企业做大了，更不能计较眼前得失。帮荣区长把活干好，也算是一种回报。他虽然对荣区长提出的疑问有点不满，毕竟领导是站在整体和全局上考虑问题的。对待领导，不可以争辩，只能够表态。

夏秋生说："政府支持配合是必须的，司法介入是必要的，可流程复杂，时间跨度长，耽搁不起。你们担心一张抹布上面既有饭又有渍，怕做成夹生饭，那我们也有办法。只是，如果我们放水，满足最后十多户的条件，那可能带来新的跷跷板现象，已经搬迁的上千户倒逼过来，到时候政府的压力就大了。依法拆迁没错，有情操作也没错，怎么掌握尺度，政府要帮助把好关。只要荣区长敢挑担子，我们放开手脚干没问题的，先攻下一两个重点堡垒，起到敲山震虎作用，后面的或许就好谈了。”

荣区长当着钟书记和街道领导的面说：“重新排摸一下情况，把每家每户搬迁的诉求条件梳理出来，在不突破现有政策前提下，一家一策。一定要做过细的思想工作，切实保障他们的利益不受损害，对那些漫天要价、无理争利的，也要严词拒绝，果断打消他们的幻想。实在顽固的，走司法流程，依法进行裁决。”荣区长感叹道：“行百里半九十啊！用了两年多时间，搬迁了上千户，而剩下的十多户已经耗了十余年时间了，你说这十年港珠澳大桥都通车了，登月计划都实现了，这都是世纪工程啊！再说，周边的房价从一万涨到了三万多，城市扩大了又一圈了。布衣巷的工地仍这样荒废着，这是何等地悲哀啊！秋生，只得拜托你了！老钟书记，你们也责无旁贷啊！大家一起努力，把这个任督二脉打通。”

窝在一角专心听着讨论的钟志国，听见荣区长提到了他，马上将自已掌握的情况做了汇报：“目前，社区居民对布衣巷的改造项目充满期待，觉得不能这样无限期地拖延下去了。根据前期摸排的情况，剩下的待搬迁户，口径有所松动。不过，家家有本难念的经。房子是老祖产，又破又小，老的死了，小的分产起矛盾了，兄弟姐妹多，补偿分配上，有的要平均，有的要按功劳大小分，谈不拢，只得僵持着。有的房主找不到，现居住的人无法履行签约，只得拖着。再有的是要价高的，如苏留根家、刘二郎家，不过，对抗也没有那么激烈了，只要适当地让点好处，估计是能谈下去的。苏留根是软皮糖，要是哄哄好，估计不会顽固下去。刘二郎借故家里人口多，打着分户的主意，前期吃喝在派出所里，拿着一沓复印的文件材料什么的，到处上访。他倒是不到社区来闹，说社区还是照顾他家的，什么低保救济之类的，能想的都想到他了，就是拆迁上不予配合。他找派出所死缠烂打，说是几户人家合住，一个户口本，现在分成了四家，什么夫妻的、丈母娘的、老母亲的、成年女儿的，还要考虑离异表妹的。现在又要拿着分户户口本，找产权登记机构重办房产。总共不足三十平方米的工棚房，如果房产分成四个本子，他就可以顺理成章得四套安置房。别说已搬迁的看着眼红闹事，连我们也眼红。”

听了钟书记连珠炮式的说话，荣区长手拿着铅笔，一上一下地敲打着设计图纸，夏总则是紧锁着眉头，陷入沉思。旁边一直没说话的街道办事处王主任，则开口道：“这还是看到了积极的一面，只要满足条件，估计能够签约，只怕咱们这次又轰轰烈烈搞起来，价码往上抬，再搞点幺蛾子来，可能工作会越来越难做了。”

夏秋生沉思片刻，说：“我再表个态，只要荣区长为我撑腰，这工作我亲自来做。我倒要看看，他们的胃口有多大？街道和社区到时把他们约请过来，一个一个谈也行，集体一起谈也行，谈总比不谈好。”

钟书记和王主任客气地说：“我们先来做做工作，再摸摸他们的底牌，到时再请你们出面谈。”

21

钟书记回到社区，简单地把重启征收拆迁的工作做了通报。

本来想动员全体工作人员挨家挨户排查摸底的，转念一想，这种撒胡椒面的办法不奏效，还是集中优势兵力，一个山头一个山头地攻克。

他自告奋勇亲自挂帅，抽调章阿姨和夏柳参加。老钟觉得这两个人用在征收清点上，再适合不过了。章阿姨德高望重，说话得体，群众威信高，对方即使拒绝沟通，也会委婉给面子的。夏柳的优势更明显了，年轻有亲和力不说，单就跟承接公司的沟通，就方便简单多了。老钟直爽地跟她摊底牌说，就因为你爸承接这个项目，所以派你最为合适。可夏柳满脸愁容作难了，樱桃小嘴噘得下唇能挂油瓶。她从来不过问父亲的事务，也没为工作上的事求过他，为田致远安排岗位那么信手拈来的事，最后还玩起太极来，没办成。更何况，他是承接政府工程的，更不会以权谋私了。她想拒绝，可说不出口。老钟看着她不高兴的表情，鼓励她说，不会让你为难的，有我挑头呢。依我的判断，你爸做事是个有谱的人，不然他不会接这个吃力不讨好的活儿。这么大的老板，随便说出名字，这些拆迁户都会配合的。我们先接触，后面你爸会亲自上阵。我和你爸都当着各级领导和社区居民表过态了，这等于当着众人的面立下军令状啊。现在没有退路的。

夏柳感到，她来社区工作时间不长，人生地疏，好不容易把田致远的事摆平了，本来想喘息一下，熟悉对上行政业务之类的，又被冒失地调动到另一个战场上去了，多少有点赶鸭子上架，勉为其难。可站在钟书记的角度想，选派她来做动员拆迁工作，又似乎顺理成章，至少自己跟父亲沟通比别人要方便得多。加上跟苏美是同学关系，说话轻重是可以理解的，走近苏留根要容易些。这个社会还是熟人社会，办事讲感情，遇事靠关系。或许能够帮上一些忙。想到这里，夏柳反而觉得万一帮不上忙或是帮了倒忙，心底倒是过意不去了。这也算是老钟书记对自己的信任吧，也是为同事们分担责任、排忧解难了。

钟书记带着章阿姨和夏柳正式进入角色。钟书记一边走一边介绍，偌大的废墟工地，几栋破败不堪的平房和歪斜的小楼民居耸立在杂草丛生的乱石堆里，彼此相隔没有一箭距离，从外观看，不像居住着人家。走进里面时，才发现东拉西扯的电线和晒衣绳，外面晾晒着或灰或花的衬衫、裤衩、胸罩、裙子，像海滩乱石堆处支架上晾晒的海带，渍水正从衣服上滴答滴答往下滴，地面坑洼不平处盛满的污水正顺着往低矮处渗去。就这样的水泥砖石地面，都被水渍浸泡出绿苔，如是泥土，足可以长活青藤和蔬菜。

钟书记指着这些房子感叹道："说是最后的十几户，其实也就五六栋房子，可里面住着'七十二家房客'啊。年轻精明的搬出去了，剩下的年老体衰的留守着，有的不在乎拆迁安置，把房子出租出借给外人，想联系户主都不容易。只要谈拆迁，个个都张着狮子大的口，一点诚意都没有。涉及子女多的人家，一个个跟乌眼鸡似的，哪像是一家子亲情骨肉，面对补偿分配，恨不得你吃了我，我吃了你，最好私自独吞。这一拖拖了十多年了，确实是最后难啃的骨头，其实下了决心，也不是搬不走。堡垒可以从内部攻起。"

章阿姨亲身经历过布衣巷起起落落的征收安置，幸运的是，她所包干的片区全部完成签约。对拆迁安置，她有不少心得。她说："其实绝大多数征收对象并不是不想搬出，通过拆迁，房子换大了，生活环境改善了，何乐而不为呢？问题在于，一些人有怕吃亏的思想，左邻右舍知根知底，瞻前顾后，相互攀比，总以为补偿安置有猫腻，谁家有后台谁家就占便宜，谁家老实听话谁家就被蒙混过去，骨子里有'不患贫而患不均'思想，所以你看我、我看你，咬着不肯松动。其实世上哪有绝对的公平公正？房子有大小之别、新旧之分，补偿怎么可能一样呢？再说安置的房子即便面积大小一样，可楼层不照样有差价吗？在对待这些征收户时，既要讲究公平，补偿安置要公开透明，政策要一以贯之，也要有情操作，真心诚意为他们着想，帮助他们解决好因征收可能带来的就业、就医和上学问题。有的不愿意搬迁的原因，就是担心看病、上学不方便呗。有的与工作人员素质有关，许多时候因为做工作简单粗暴，一言不和谈崩了，甚至动粗口，搞得心情不爽，最后赌着一口气，死扛着。”

走到苏留根家门口时，章阿姨喊了几声。苏留根提着扫帚从门里出来。他看样子正在收拾家务，可又像是没事找事地瞎忙乎。老钟他们几个进场的时候，夏柳看到苏留根在房前屋后溜达，转眼回到家中忙着扫地。夏柳判断，老苏料定他们会去他家，所以才回去把家里收拾一下。这个结论似乎成立，至少说明苏留根明白事理了，家里来客人，收拾干净，留下不懒惰的印象是必须的。假使他本来就是先四处张望了，自知没趣，回家清扫，也是情理之中的。最忌恨的是，看到他们来了，躲开他们，装腔作势地在家里忙乎。与其回避着，不如假装做出样子，至少表明能够聚在一块搭上话。苏留根没有辜负夏柳的猜想，他没有拒绝他们，反而露出了热诚的表情。

章阿姨没有直奔主题，而是嘘寒问暖。老钟环顾四周，顺手揭开门后灶台的锅盖，锅底露出还有温热的鸡毛菜豆腐汤，伸着鼻子闻了闻菜香味。夏柳擤着鼻子张望着，依旧的老样子，灰暗的堂屋直联房间，借助熏黑墙壁搭建的简易楼梯直通阁楼里。上面还是苏美居住的闺房。

钟书记问：“这房子不少年份了吧?”

苏留根说：“年数不长，六七十年了。父亲手上盖的。当时都是一砖一瓦捡回来，慢慢地垒起来的。”

钟书记说：“你们兄弟姐妹后来也没添上一砖一瓦啊!”老钟的潜台词是，这么多年下来了，怎么没有自己努力去改善一下呢。就靠吃父辈的老本了。如果不拆迁，是不是这房子永远住下去。

苏留根说：“本来以为单位分房的，可后来改制了，连工作都不保了，哪有本事自己弄房子啊。”

章阿姨说：“那一代人勤奋吃苦，子女多要管吃管住，真不容易。我们这代人能有父母们一半的精神，日子肯定过得不差。”

钟书记说："现在又要动迁了，就剩下你们几户了，你有什么考虑啊？情况都摆着，老街改造，不可能留着你这快趴窝的房子，拆迁了总会安置好的去处。现在市里调剂了新的安置房源，环境条件都不错。赶好市，要趁早的。"

苏留根说："我家情况，政府都清楚，只要照顾到我家的困难，我们配合征收。"

章阿姨说："老苏凭良心讲，社区对你家好不好？生病了给你们救助，过年过节给你们慰问，几个人不残不傻都吃着低保，还说照顾不照顾。上级核查你低保有问题，要倒追问责，咱钟书记把责担下来了。咱们也没跟你计较什么吧？人要将心比心，换位思考，不能老是要求别人为你做什么，也要理解别人的苦衷。"

苏留根低着头，不吭气。

钟书记问："你现在要拿出诚意出来谈才行，不能一张口把人吓跑。房子就这么大，人就这几口，自己可以掂量得出能安置多大的房子的。"

苏留根说："我没特别要求，别人拆迁能安置两套房，凭啥我就不能哩？我没关系，不会说骗，不能欺负老实人。"

章阿姨说："千岁坊前前后后拆迁了上千户，难道就靠关系才签约的吗？那些老弱病残的哪个不老实，不都痛痛快快地走了吗？你苏留根口口声声说老实，其实你最不老实，一肚子的如意算盘。还说人家多分了房子，你又不敢点名道姓来。谁多大面积、安置多大房源，都发在榜上呢，怎么不去看看呢？说白了，你是小肚鸡肠、心胸狭窄。"

钟书记说："你老苏总是说别人多拿了新房子，又不肯说出来。如果你真以为有人私下多得了补偿什么的，可以举报的。如果你有诚意谈，咱们可以把已搬迁的邻居们的协议合同案底全部让你看，不过，你要承诺，查不出问题来，就当场签约。"

……

苏留根面对两个人的轮番上阵，自己完全没有了辩驳的理由，何况人家完全戳穿了自己的心思。他内心虽有些触动，可根深蒂固的思维定式，让他一时难以接受这样的事实。这是人家反客为主，自己主场的优势竟发挥不出来，何曾想过去被约谈的时候，总是语无伦次，明明占几分理，理不屈却词穷。

在夏柳看来，这样的数落言辞，足以让正常思维的人羞愧汗颜。可从苏留根表情来看，似乎不是软化而是激发了暴怒。这些能够让冰雪融化、让大地涕泣、让山石渗汗的话语，怎么就撼不动他的心呢？夏柳重新审视苏留根，通过专业视角发现，老钟和章阿姨说的话，固然有道理也符合事实，可用在老苏身上只会产生逆反心理。老苏自卑怯弱，处处认为自己是受害者，当别人对他提出中肯意见时，只会引起强烈反弹，激起内心的抗拒。一个内心自卑和偏执的人，需要尊重和平等对待，以同理心看待他的遭遇和不幸，或许能够走进其心里。此时，苏留根非但抵触，说不定心里痛骂着——都是些骂人不带脏字、杀人不见血喷、打狗不用棍棒的东西，分明是欺负老实人。他甚至诅咒自己——为什么这么懦弱，不能攻击他们，让他们这样得理不饶人？这辈子窝囊，被人瞧不起，坐在家里也成了受气包，自己一定要不蒸馒头争口气。

夏柳看着场面有些尴尬，便转移注意力似的问："苏美不在家吗？我们是同学。"

苏留根看看她，说："我认识，是小夏呗。现在当上官了。看来有人没人就是不一样的。"在苏留根眼里，社区工作人员都是领导，都有来头，不是平头百姓能干得上的。手上都有不小的权力，签字盖章领物品，什么都得管着。

夏柳说："苏叔见笑了。就这还算官？为你们服务，能落上一句好，我们心里都乐开花啦。钟书记和章主任都为你好，背后帮你做了那么多工作，你连假装客套话都没有，别说他们心里委屈，我听了都鼻子发酸的。苏美也是要成家立业的人啦，你让她住在这快塌的瓦棚里，能找到中意的男朋友吗？老话说，'树挪死，人挪活'，换个新环境，日子过得亮堂些，别说苏美找男朋友，就是你找老伴，也是十拿九稳的啊！"

钟书记和章阿姨看着夏柳说话，句句合扣，不时点头，冲着苏留根笑起来。

章阿姨笑着说："这个老光棍，可能没人爱没人疼的，都变态了。不过，女儿的个人问题，不能因为自个儿的自私耽误了。"

钟书记说："咱们桥归桥、路归路，拆迁归拆迁，其他有什么困难和诉求，我们帮你争取。不可以利用拆迁，一揽子解决。拆迁政策不可能为你随意变通的，何况每一笔补偿和安置，还要审计和监察审查的。国家的每一分钱，不是像你腰包里的钱一样，想掏就能掏，想掏多少就有多少的。"

苏留根低头不语，钟书记他们沉默着，双方处于僵持状态。最后，还是章阿姨说了声，让老苏仔细考虑考虑，到时有什么想法或是想通了，给我们回个话。争取尽早挑选好房源。

苏留根应了一声说："容我再想想，再跟闺女商量商量。"

大家看到苏留根终于有了态度，相互间对视了一下，满意地点了点头。大家感觉这趟总算没有白跑，没有白磨嘴皮子，口中长长地舒了一口气。

苏美受朋友之邀，出外旅游数日，心情大好。回来的路上，看到多年冷清的布衣巷又热闹起来——铺天盖地的标语、随风猎猎的彩旗、三五成群的人堆、隆隆轰鸣的机声，再现如火如荼的施工场景。几日不见，布衣巷似乎又活了过来。她好奇地环顾着，情绪随着嘈杂的声音起伏着。

父亲苏留根似乎心情也有了异样。看到苏美回到家中，围着上下打量。这可是从来没有过的举动。苏美在父亲眼里，时有时无，高兴时只会问一下吃什么，不高兴时只会挂着愁眉苦脸。他呵护牵挂女儿的方式，是蹲守在西墙根下唉声叹气。从墙角可以直穿布衣巷的顶头，这是他窥视女儿最远的距离。

苏美小的时候，他可以抱抱惯惯，对她百依百顺，如今已是待嫁的年龄，最宠爱的方式，是买点她喜欢吃的，看着她把没滋没味的饭菜咽下去。苏美跟他没有什么交流，有时不开心了，会拐弯抹角地诅咒自己生错了地方，诅咒生不如死的人生。苏留根只能忍气吞声，自责没本事。这也许是苏留根咬住拆迁，为女儿改善生活的重要因素。他没本事给女儿幸福，拆迁可以安置补偿一下。争一下，女儿离理想中的幸福就近，松一下，离理想中的幸福就远。此时不争，更待何时！

苏留根主动拉起家常来，说："动迁又重新启动了，领导上门来问了。"

苏美问："那你怎么说的？"

"没谈到补偿，想跟你商量商量，再给回话。咱搬还是不搬？听你的。"

"为这拆迁，把人都得罪光了，人家还会帮咱们吗？"

"这不都是为了你吗？我能活几年，房子不都为你争的吗？不争，心里不舒服，不能眼看着他们欺人欺到家。"

"咱没本事，就服软，还落得个受人同情。现在听人怎么说——可怜之人，必有可恶之处。本来可怜咱的，现在厌恶咱了。"

"我不要人可怜，该我的，也不能少了我。"

这是苏留根跟苏美多年来说话最多的一次，父女俩为拆迁的事，有过争执，最后因为苏美病情问题，不再继续争执。苏美心领神会理解父亲的苦衷，都是为了她的将来，才不肯轻易松口，哪怕挤牙膏似的多一分是一分、多一尺是一尺，更何况只要顶住压力，获得的补偿就会是一间房或是十几万元。

为了这样的目标，苏留根曾以死相搏，抗争到底。他认为赤裸裸地为自己的一条命而活着，没什么意义。那等于自己跟牲口无两样区别。活着总得有个相伴的东西，即使用死换得了房子，就等于换来值得见证的价值。人活着能争的东西，不是廉价的一块门板，几块砖头，那是争得的面子。我苏留根活得窝囊没出息，至少死得有种。

苏美不再跟父亲争辩拆迁的事，她懒得烦这些身外之物。她想着自己有病在身，活一天算一天，只要有男人管她吃穿住，她愿意许身人家。她感到没有什么像模像样的人家会看上她，至少这个家庭条件、这个窝囊父亲，让她的婚恋打了不小的折扣。她认为没有人会把她娶回家当姑奶奶供着。她是个女人，除了有姿色、有脾气，最起码的生活能力都不具备，即使努力去做，健康状况也不能支撑着做的。她自暴自弃，对未来生活没有信心，对拆迁给她的好处，自然缺少关心了。

苏留根告诉苏美，说："你同学夏柳父亲负责拆迁安置，跟她打打招呼，说不定能满足我们的条件的。"

苏美没有理会。

22

章阿姨和夏柳找到刘二郎的时候，刘二郎漫不经心地接待了她们。

刘二郎的征收情况复杂，不仅是解决他本人提出的分户要求，而且要解决与兄弟姐妹的房产补偿分配。常说，打虎亲兄弟，上阵父子兵，而他跟兄弟姐妹是天生的死敌。老大刘大郎年少离世，跟他少了一份争执，可三四个姐妹跟他差不多的秉性，在对待父母赡养问题上，他们是各自撕咬，到了水火不容的地步。三郎天生小儿麻痹症，外号刘瘸子，从小不受待见，早些年靠蹬三轮开黑车接客拉货，积攒了一些钱，娶了外地寡妇，黑车黑市取缔后，享受政府残疾人补贴供养，分得了四五十平方米的廉租房，日子过得有滋有味的。涉及祖产拆迁，他知道争不过二郎，也不想跟他一般见识，所以在拆迁节骨眼上，人家不想蹚这浑水，不愿跟这混账兄弟为伍。那时，看到二郎兄弟趁着拆迁，露出了自私贪婪本性，变本加厉地虐待母亲，一气之下把母亲接到身边生活。姑姑为他打抱不平，他很大度地挥挥手，一副拂袖不带走云彩的样子。瘸子身残脑子灵，知道该是自己的不会少。眼前房子被占着，征收拆迁还得经过他和母亲的签字才算数。现在惹不起，可躲得起，最后绕不开自己。刘二郎胡作非为惯了，喜欢玩刀尖上顶鸡蛋的游戏铤而走险，他就是想过太平日子，外地媳妇贤惠听话，生活开支除了低保救助金、残疾人补贴，母亲退休金全部拿出来贴补他，他对生活很知足。刘二郎知道自己众叛亲离，可非常享受被孤立的感觉，这是他如意算盘的一部分。为了得到拆迁中的更多利益，他必须忍受众人的唾弃。大丈夫忍辱负重必成大事。他根本不在乎名声道义，他的一生在社会染缸中一无是处，为了拆迁受点骂，又能算得了什么呢？他处心积虑、包藏祸心的目的，远不止这些。拆迁，是唯一可以向政府摊牌，让自己翻盘的最好棋子。他现在已经获得了户口分户，就差房产证分户了，算是达到了心理预期，最好能把表妹的户口挂进来。表妹是单身，离异后无家可居，当表兄的收容无可厚非。更何况，在他吃官司的那些年里，只有岳母和表妹对他和家人没有嫌弃，接济帮助不小，他刘二郎也是知恩图报之人，唯一能够享受的资源是拆迁补偿，帮他们争取一份，算是情理之中。刘二郎反复向办事人员解释这样的理由，以此求得同情理解。可在知情人眼里，这只是刘二郎的算计而已，即便目的达成，那两户根本不会得到任何好处的。

刘二郎面对章阿姨和夏柳的到访，知其来意，便直截了当地说："知道你们上门来的意思。我这儿不着急，好多前面的问题都没解决好哩，没到谈拆迁签约的事上来呢。"

章阿姨说："这样总不是办法的，眼前形势摆在这儿，能赖到啥时候？陈年老账可以慢慢地算，安置到新地方不是算起来更方便吗？"

刘二郎说："熟地住惯了，搬到新地方会住得迷糊发昏的。"

章阿姨被这种聊天聊死了，双方沉寂了一会儿，夏柳说话了。

"我们只是想了解你最近的想法。现在情况明摆着，本来政府已经没有征收改造的信心了，前不久，国家提出了保护古运河战略，这才重新启动改造项目。咱清名桥段街区，是古运河文化风光带最有历史符号的地方，是重点保护的一部分，不要说个人，就是集体也无权占用的。这些年来，国家修建铁路和高速公路，哪里听说过拆迁不下去，项目停下来的事的？个人总归是服从国家的。”

章阿姨接过夏柳的话茬，说：“这种征收补偿，与商业开发不同，争取的空间余地非常小，不会有多少来去的。不过，只要你理解支持项目改造，会考虑你家情况特殊，为你多争取的。现在仍有机会维持原来的补偿政策，应该说对拆迁户是有利的，你再好好考虑考虑，不要老是这样僵着。你听当姐的一句劝，咱们都是平头百姓，有住有穿有钱花就行了，为了那点补偿，闹得伤肺伤肝，到头来，自己吃苦头。听说你高血压、糖尿病、脑血栓的啥毛病都有了，这还折腾着，有意思吗？啥时候看到胳膊拧过大腿的、小蚂蚁撼动乔木树的？人这辈子得知足。真是安置上新房了，你一家的日子不要过得太快活啊！”

刘二郎一听这样的情况，心里开始有点着急了。他从吃官司的几次经历看出，跟人和单位打得不可开交，可以通融，要是跟政府过不去，随意搬出法律条款来，都会让人敬畏。他之所以通过分户的方式取得更多补偿，就在于他对拆迁政策有研究，找出了可以变通的路径。按当地规定，拆迁是以户分房，不足四十八平方米的拆迁户，最小面积可分到四十八平方米，超过部分按面积大小货币补偿或安置新房。如果刘二郎家庭分成四户人家，意味着三四十平方米的拆迁可以换得四套四十八平方米以上的房产。

他支支吾吾地说：“我的分户问题还没解决呢。这是历史遗留问题，总该有个说法吧？”

章阿姨说：“户口迁出迁入，不代表房产可以迁入迁出的，自拆迁公告之日起，这条就终止了，就怕有人钻政策空子。你打的算盘，别人也在打。不过，如果情况特殊，理由充分，想必相关部门会考虑的。”

刘二郎说：“我要直接跟拆迁单位谈，二道贩子说话又不算数。”

章阿姨满意刘二郎这样的回应。便说道：“可以的，有什么想法说出来，谈了心里有底，大家都往中间靠，都做妥协了，才能把事办成。到时你可以主动找指挥部负责人谈，也可以帮你约定时间谈。”

章阿姨和夏柳两人离开刘二郎家，径直向指挥部走去。

夏秋生接待了章阿姨，章阿姨当着夏总的面，直夸夏柳是一好苗子，有文化，能力强，会沟通，有些地方表达得比领导都到位。她把布衣巷拆迁改造上升到国家战略，你说那是什么概念，谁敢违背对抗国家意志？吃豹子胆了。像刘二郎这样的人，受过法律惩处，他可以天不怕地不怕，给他套用国家法律，他就老实了。

夏秋生望着女儿夏柳说："是啊！清名桥是古运河的重要支点，千岁坊和布衣巷是古运河文化街区的组成部分，整体修复改造升级，本身就是保护和弘扬运河文化的。立意高了，就能得到社会的理解支持，还能争取到文物保护扶持资金的。十几年的书没白读。"接着问："咋让你参与征收拆迁了？"又说："那多跟章阿姨后面学着吧！社区里的人都是草根领袖，厉害着呢！"

夏柳说："还不是因为你？老子当指挥，女儿只能是棋子了。这是赶鸭子上架，乱点鸳鸯谱了。"

章阿姨看着夏柳跟父亲娇滴滴地撒娇，嗔怪地说道："这鸳鸯谱没点错啊！不是干得挺好吗？几天跑下来，我重新认识你了。你总给人带来惊喜，比当领导的强。"说着朝夏柳笑笑。

夏柳低着头，一个劲儿地说，惭愧！惭愧！提醒章阿姨说正事儿。

章阿姨把刘二郎提出要直接找领导面谈的想法，告诉夏总。

夏秋生说，这个没问题，重点对象他亲自接访。

那天，章阿姨约上苏留根和刘二郎来到指挥部会议室。虽称指挥部，废弃泵房的房子内部已是受潮发黑，表皮脱落，台阶损毁如同犬牙，天花板随时有坠落的危险。不过，指挥部倒是有点战时氛围。办公条件虽简陋，却布置得紧凑有序。人们熙熙攘攘穿梭其间，七嘴八舌你议我争，显得特别紧张热闹。

本来夏秋生想单独一个一个面谈的，这样的好处，一个人或一家人总会有周旋的余地，如果几个一起谈，可能会出现谈判意见互相提示、结果相互攀比的情况。不过，夏秋生知道这两人在拆迁问题上起着很坏的示范效应，不寄希望一两次就能谈成功，否则，也不会熬到现在。打蛇打七寸，擒贼先擒王。能从他们这儿打开缺口，后面的推进就会顺利得多。现在他们两人提出一起找负责人谈，一是心虚怕被诋毁，让他们难堪；二是相互联手，可以在谈判中相互撑腰壮胆。夏秋生想，两个既有共性问题，也有个性问题，先从共同关心的话题入手，在取得共识基础上，再个别情况个别分析解决。他不担心他们结党营私、狼狈为奸，真如一个衣胞里面爬出来的，也自有一套办法对付，就是国际纷争，也讲究先礼后兵，好歹乡里乡亲有情分，前世无冤后世无仇，只是借故多得点好处而已，没有解不开的铁锁链。

章阿姨带着苏刘二人，依次介绍着规划效果图、签约进度表、选房确认图、征收补偿公示栏等，告诉他们说，这些年来，左邻右舍乔迁新居后，主动把户口关系迁出了，踏踏实实地过着舒心的日子。她谈论的意思是，布衣巷的拆迁户，不仅对安置房是满意的，而且对新小区的公共服务是满意的，迁出户籍则是说明那里的各项福利保障是不错的。百分之九十五的居民表达对政府关心照顾的感谢呢。社区里的不少锦旗是老街坊们送的。

刘二郎不屑章阿姨的说教，他知道这是给他洗脑。他认定的目标，不会因为做几次工作就会改变。苏留根出于尊重，紧跟章阿姨之后，若有所思地听着讲解，他有搬迁的愿望，只是没能达到他的要求，此次谈判他想得到满意的答案。

夏秋生从另一拨人群中抽身接待了他们。他客气地让了座，让人递上了茶，随手拿着一沓材料翻阅着，先是聊起了家常。他知道，找他的人基本上是带着火捻子的，不能一上来冷落了他们，否则“跳脚”上颜色，就没有回旋余地了。

“说起来还是老街坊呢。小时候家在不远处，那时羡慕千岁坊的伙伴，人家孩子出来有模有样，虽说是没落的贵族后代，那也是书卷气十足的人家。几十年了，变化万千，都不敢认了。你们两家虽没深交，可父母辈的，都是响当当的工匠。咱们仨，年龄相差不大，小时候有过接触的，你们算出道早，是当兄的啦。”

苏留根和刘二郎点头直言：“有印象，有印象。”两人你一言我一语地说起当年夏家境况，夸赞说，你父母走得早，没过上一天好辰光，靠自己打拼，生意做得这么大，父母没享上福，真是可惜之类的。

夏秋生说，咱们言归正传吧！他对着手头材料，先是核对着各自家庭人口、住房产权人及实际面积等信息，得到点头认可后，他请苏刘二人先说说自己的想法。

刘二郎说：“夏总，情况你也清楚了，我家人口多，不就是因为都没房子，不得已才几家合一家，将就住在一起的？现在拆迁了，为啥不可以多分呢？”

苏留根说：“我家情况也是这样的，连同我母亲，算是三代人，参考别人，应该都单门立户的，可咱们没关系啊，就没给分开，拆迁按户头不按人头，那不是让咱明显地吃哑巴亏吗？你说，这口气谁咽得下去？”

刘二郎说：“政府说什么以民为本。像咱这真正困难的人家，也没享受到特别的照顾啊。现在拆咱房子，让咱顾全大局，咱深明大义了，不是逼得全家喝西北风吗？说是拆迁可以帮咱改善居住条件，可家里人口那么多，总不能一个房间里搭一张通铺，不分男女老少地睡一块吧？至少现在房子还能保证一人一张床的，布帘一拉有自己的空间。按分户算，分配四套房子不为过。”

苏留根说：“听说许多人家都分了两三套房，还拿了不少补偿费用，凭啥到咱这儿就不行呢？分明欺负人呗。”

刘二郎说：“现在拆迁价格不透明也不公平。周边地区房价飙升好几倍了，咱这地界儿寸土寸金，房子虽破旧了些，可祖辈留下的东西哪样不金贵？随便一拆，只给个白菜价，换谁能接受得了？换个大别墅，也不占便宜。”

苏留根附和着，连连说：“是的！是的！好像看房子破就不是房子，几十年不都靠它遮风挡雨了。这是咱们家的私产，没占到集体一分光，人家有单位分房，咱没让政府麻烦，靠自力更生，怎么不能就地把咱们的改造一下，让咱也享受点阳光雨露呢？”苏留根有刘二郎的怂恿，似乎表现得特别镇定，说话也显得条理分明，不再是之前的磕磕巴巴、语无伦次了。他的确有许多心里话要倒出来，当年单位建造了一批新房，本来他够条件的，依他说最后被人占了，为此跟厂里闹得天翻地覆。改制时，又被列为第一批买断工龄的人。他曾一度絮絮叨叨到处鸣不平，像祥林嫂似的，被人以为精神失常。结果发现，只要别人不理睬他，他还是理智的，只要女儿苏美不高兴，他会乖巧地哄她开心。他的确是一肚子怨气无处发泄，谁斜眼瞟他一下，他都会觉得别人有伤害他的企图，对他言语过激，他就感到别人欺负他。敏感、自卑让他越发固执和偏激。

坐在一旁的章阿姨像被电击似的卡住了表情，张着嘴，抽着口风。她想反驳他们的观点，看到夏秋生用手挡了下来，便止住话口，带着嘲讽冲他们笑了笑。

夏秋生看看他们俩，感到他们琢磨透彻的话，估计说得差不多了。便道：“你们的意思，我听懂了。不想拆迁的原因是，评估价格和安置大小与你们的预期差距大了，跟别人比，感到吃亏呗。再一个是房子金贵，舍不得搬迁呗。”

他接着说：“给你们算笔账。自规划征收改造以来，政府投入了数十亿在这不足百亩地界上。拆迁要补偿，安置要花钱，新建房子要花钱，这些钱不是天上掉下来的。政府不是印钞机，就是财政有钱也是纳税人的钱，是要保障全区百万人口的生产生活运转的。仅用在咱这一千多户征收拆迁上，就花去了几年的财政收入。告诉你们一个实底——就这十年来，你们钉子似的不动，每年银行还贷就上千万，这个窟窿要是摊在你们几家头上，谁还得起？这是经济账。其他的政治账、环境账、文化账就更不用说了。为古运河文化保护、为环保治污，布衣巷留下的烂尾巴，已经影响到了全市一盘棋了。就这样的状况，本来可以通过行政措施和司法手段的，政府还是本着人性化操作。付出这么大的代价，咱们还说不能以人为本，我看这已经太过于迁就了。谁家顶得起这么大的损失。我是做企业的，讲的就是效率和效益，根本承受不起这样的拖延。个人也是一样，换位思考一下，就会多一分理解。”

苏刘二人听着夏总的介绍，低头不语，只是心中暗自打着算盘，半天才说：“这账与咱们没有关系，你拆我的房，难不成拆迁费我来掏？假使这么算账，把利息还贷的那份，算给咱们，咱们不早就愉愉快快地搬出去了吗？”

夏秋生鄙视地看着他们笑笑说：“就你们聪明？绝大多数拆迁户都愉快地搬迁，难道里面就没有比你们聪明的人吗？指望着躺着做美梦、掉馅饼这样的好事，有生活过得好的吗？现在流行新词，幸福是奋斗出来的。就是给你们金山银山，那也经不起折腾的。你们说的补偿理由，不是完全没有道理，最基本依据是拆多大补多大，补偿两个方式——一是货币补偿，按周边同等价位收购，可以在就地买到同样大小的房子，这已经是属于旧房换新房了，只是一般情况下，难有这样巧合的房源。二是等额安置，因为考虑到咱这些家庭人多面积小，政府照顾性地放宽了条件，也算是为困难家庭解决住房问题。所以这才有了拆一补二或补三的情况，这里面只是配置的廉租房而已，是为低收入住房困难家庭提供的保障房，总体价位不会突破评估价的百分之十。不然，征收不能体现公平二字。”

接着，他又说道：“你们总是说，你的房子地段好、值钱。你们懂什么是地段好的房子吗？环境优美、鸟语花香，这才叫好地段、好房子。住在污水横流、邋邋遢遢的旮旯里，还说好？建议你们多找几个小区看看，那些搬迁户住的是什么环境？即使认可你说的这儿地段好，有没有想过是为什么好？是因为祖辈把房子建在这儿，预见将来好？错了。当年这儿是渔民船工和叫花讨饭蜗居的乱坟岗，城里人不沾边的地方。叫这布衣巷是耻辱。要说地段好地价高，是因为你们占用着公共资源，没有政府的投入，布衣巷一文不值。你们的思想还停留在上个世纪，时代在变，城市也在发展变化着，不变的是万里江河。谁看到过秦始皇的阿房宫？谁看到过真正的圆明园？就是那些属于文物的历史古迹，也是经历几起几落淘汰下来的。就咱这小户人家的房子，自当宝贝那样金贵，真是眼光肤浅。怎么能跟周边开发的房价比呢？咱们怎么不往前比呢？真以为祖宗留下的是千古不磨的物件？当年不就是一个棚子，那值多少钱？就是狗窝价。你现在把一砖一瓦一木当金砖金条来比，这些补偿或是安置房也足够比得上的。何况都成碎块杂片、朽糟烂木，怕是烧火也无功力了，还敢拿它出来说事。假如说，你的房子是历史文物，那价值还真连城，只不过，不会让你们这样坐拥着让其毁坏。说不定早让你们搬出了。这些年来，政府在这片区投入得已经不少了，本来属于私房，没有义务负责维修，至多负责地下管网疏通和外部环境整治，可又不能眼睁睁地看着房倒人亡吧？但这不能解决根本问题啊，只有征收拆迁，重新搬迁安置，整体规划改造才行的啊。就这样，你们不念政府的好，反而变本加厉为难，我都觉得脸红。真有金窝银窝比不上自己家的狗窝，不能不知好歹。”

夏秋生越说语速越快，口气变得不耐烦了，表情也拉严肃了。他真不知道，自己说了这么多，他们会不会有触动，看着俩人僵硬的表情，大概意识到属于油盐不进的疙瘩。他这才发现，古人说，谈笑有鸿儒，往来无白丁，是多么透彻。现实生活亦是如此，只能与同道论天下，不能与傻瓜道长短。有些话，只该说给懂的人听，才有价值。再诚恳的话语，感动不了装傻的人。

章阿姨心里清楚，这两人，已经形成的顽固的思维定式，不是靠一时工作就能接受现实的，不然，这十多年白挺了。

夏秋生不想这样的交流不了了之，忽然心生一计，跟他们说，有个办法，有望满足你们的条件。苏刘二人听到可以达到条件，眼睛一亮，问：“那怎么做呢？既不为难你，也不让我们吃亏。”夏秋生说：“你们告我，跟我或跟政府打官司。”

章阿姨一听，心里着急起来，夏秋生这不是自己设局找事吗？现在民告官的事情不少了，行政诉讼，烦得很。让他们告政府，他们很来劲的。现在，不是所做的事情都是合情合理合法的。万一得逞了，那可是鸡没逮着，沾了一身鸡毛。

苏留根看着刘二郎，先看看二郎的态度。刘二郎歪扭着上半身，转过脸去看看苏留根。苏留根像是得到了暗示，干枯起皱的老脸，被突如其来的喜讯滋润得发亮起来。他咧嘴一笑说：“好啊！这么多年，经济损失和精神损失挺大的，正想着到哪儿申冤呢。”

刘二郎不紧不慢地问：“那我们可以告什么呢？”刘二郎觉得如果有人出主意状告拆迁方，他说不定认为真的是好主意，可当事人主动提出告他们，这里面会不会有什么玄机？他比苏留根多了些心眼。

夏总告诉他说：“告什么都行啊！不是你们说别人拿了高补偿，可以指名道姓地状告补偿不公或者内外勾结吗？不是说我们程序不合规合法，状告违规违法吗？不是说我们中间有人徇私舞弊吗？可以状告侵占了你们的补偿的。你们还可以申诉不要拆……你们所有的不满都可以呈供法庭的。”

苏留根想了想，觉得夏总提到的这些，都是他们平日里的不满，既然他代行市政职责，告倒他，就可以为自己争取到利益，再不济也可以心情爽一把。

刘二郎认为，固然征收拆迁有千般错误缺点，可我们赖着不走，不是他们的错啊。即便找出千万条理由，可打官司是要有证据的，道听途说或捕风捉影的事，可不能拿到状纸上写的。再说，跟政府打官司，能打得赢吗？即使打赢了，能满足我们的补偿吗？

刘二郎对夏秋生说：“你让我们打官司，这个主意不错。不过，跟政府打官司，谁是赢家呢？谁还不知道，法院跟政府是什么关系吗？”刘二郎几进几出，一直没少接受法治教育，脑子里有法制意识。

夏秋生收敛起表情，话题一转，说：“既然你不想告我，那我告你们，行不行？到时候，你们做好辩状。如果我输了，按法院结论执行，如果我赢了，你们按原来的评估结果，把字签了。这样咱们互不得罪，从此井水不犯河水。”

刘二郎一下子蒙了。他没想到夏秋生会抛出这样的处理方法，这让他始料不及。他沮丧地看着苏留根，可苏留根声音皱巴巴地含在嘴里倒不出来。

夏秋生说：“你们再好好想想，如果想通了，可随时来找我。另外，也希望看到你们的转变，到时候，我们会认真地帮助你们把补偿一笔一笔地算出来，哪怕你认为一砖一瓦一分一厘，只要你们认为是合理的，都列清楚，决不贪占你一分。要是大家高兴了，搬家时，我自己送一份厚礼，算是老街坊的情义。要是僵着没说法，那只能是公事公办，依法裁定了。”

苏留根不知从哪里来的底气，突然间昂起了头颅，理直气壮似的，似乎真理被他牢牢地掌握着，一副天不怕地不怕的样子。章阿姨看了发笑，倒觉得他此时像个男人，男人样子出来了，反而变得可爱和可敬，最怕的是他那副哭闹的嘴脸。他掏出哭闹的利器，能够击倒一帮人。许多铁石男人都会为之让步。这是不是有所触动的好兆头，章阿姨心里琢磨着苏留根的反应。

刘二郎虽有点垂头丧气，但也流露出了一点生机。夏秋生没有把话说死，就意味着留有回旋余地，做出让步的可能性是存在的。只是这个让步究竟离他的预期有多远，不得而知。他对夏秋生说：“既然我们来找你，说明我们是有诚意的。你是可以直接出底牌的负责人，你应该给我们掏个底，我们再看情况。”

夏秋生说：“过去给你们的补偿应该是超出了预算的，你们现在的条件是无法突破的。我不能给你明确答复，经我手所付的每一笔补偿，都要经得起审计和检查的，但我能有的裁量权，都会兼顾到的。”接着说道：“老是扛着，不是解决问题的办法。弹簧绷得太紧，会断的。早签约比晚签约好，方方面面都会占先的。人的命运不在于算计，而在于坦然面对，只有舍得的人，才会因舍而得。”

章阿姨插话说：“夏总的话都说到这份儿上了，总应该放心吧？咱们不能光想着自己是不是吃亏，得想想国家和其他人有没有吃亏。总不能为自己的一己私利，多捞多占，损害大多数人的利益啊，这样会招来骂名的。为救助你们的困难生活，咱社区工作人员也没少挨批评，就算给咱们脸上不抹黑，也配合咱们一次吧。”

苏刘二人听到近乎哀求的口气，便一齐耷拉下脑袋，不再吭气了。几分钟后，两人拖着落寞的身影离开，夏章二人没有一丝挽留。谈判就在这凝固的空间里告一段落。

23

苏留根和刘二郎自与夏秋生谈话之后，两家显得格外宁静。这种宁静让人害怕，令人诧异，大有黑云压城城欲摧、山雨欲来风满楼的前兆。像他们的家中，不隔三岔五闹出点动静来，就不会想到这里还有住户人家，更何况在这种机器轰鸣、碎石横飞的环境里，没有了他们的参与，觉得施工场面不够热闹似的。他们需要体现存在感。

其实，他们正在酝酿各自的盘算。

苏留根连续多少夜辗转难眠，他的心绪像墙上的挂钟似的，一圈一圈地在圆周数字上踱步，跳不出外面的玻璃罩。他开始意识到，为这个赌注揭晓的时间不多了，自己已无多少退路，眼看坐拥的江山似乎朝不保夕了，心里越发着急得无处发泄。先是失眠，继而牙疼、便秘、心律不齐，整个身心像是遭受了剧烈的打击，可又丝毫找不出任何病灶来。夏秋生没有得罪自己啊，而且表现得和颜悦色啊，干吗会这样生气上火呢？他仔细琢磨夏总的话，不时地像录音带倒带似的，重复着回忆那些话的意思，从中找出伤害攻击自己的言辞，甚至连心怀恶意的态度似乎也没能挑出。难道自己的心病复燃，急火攻心了？本来拆迁补偿不遂自己的意，又有什么心虚胆怯的？自己没有错，别人做工作也没有错，为何自己连拉屎排尿这样的毛病都围攻过来呢？他有无数疑问需要解释，可就是找不到说服自己的答案。越是这样，越是多病并发，一连躺了一周，直到女儿苏美让他出来散散心，自己坐在运河码头旁的长椅上发了几回呆，身子骨才算舒松了一些。

刘二郎倒不像苏留根这样心怯。他盘算着夏秋生每句话的含义，意识到，夏秋生能够得到领导的信任，必有他的过人之处，这是自己所不能比肩的。他的目标很明确，他不会硬生生地把自己的后半生钉在这间破房子里，他想好的退路，实在分户问题不能解决补偿，他会把自己安置的那两套房子先签下来，撇清跟丈母娘和表妹，以及母亲和兄弟之间的关系，由着他们跟政府纠缠去。依他对夏秋生的了解，采取强硬的办法固然两败俱伤，采取循循善诱、柔中带刚的手法，或许得到他的理解关心。他俩算是从小一起光屁股长大，有过孩提时代的清纯关系，只是两家一东一西，少有来往而已，上学的时候，也没能在一个学校里，之后两个人走出了不同的人生之路。既然念及老街坊的情分，他就不会掺杂虚伪的样子来，让谈判多些生分，以至于费尽那么多口舌。不过，从刘二郎的见识和心机来看，夏秋生白手起家，如今大富大贵，仅靠勤劳致富是解释不通的。如今有钱有势的人，并非都靠勤劳和聪明。当然，聪明和本事并不全是正向褒义，歪脑筋也是聪明的一种，有本事不等于就用在做正事上。从眼神看出，姓夏的有魔性，并非善茬，虽看不出狂妄自负的态度，却有坚定果敢的神情。坚定果敢用在对付对手身上，就是心狠手辣。他刘二郎算得上自私和粗暴的人，可遇到狠毒的聪明人，他是甘拜下风的。能成大事的人，往往是既讲义气又有手段的人。敢把事情做绝的，才是能成大事的人。

夏秋生对他们的接触谈话，较为满意。他该表达的中心思想都和盘托出，并且表现出家人般的关怀，丝毫没有装模作样的生分感。他认为，这样的交流虽没达到谈判的目的，但效果不比谈判差。他甚至认为，如果他们对他在江湖上的地位有所了解，加之谈话体现的分量，几方面的因素综合叠加，更便于加快促成谈判签约的进度。

夏秋生参与市面上大大小小的拆迁改造项目不下百余项，这些临时组成的拆房队、复垦队不同于正规的工程队，啥手段管用就用啥。他虽说是睁一只眼闭一只眼，可没有他的担当撑腰，别人不会也不敢在刀尖上跳舞的，背后的指使默许是最起码的。遇到突发情况，他自然是两肋插刀，出面摆平，他的确不负众望，表现出了化腐朽为神奇、化干戈为玉帛的影响力。

章阿姨对夏秋生的能力极为赞赏。这是她这么多年来，对征收拆迁工作认识最为完整、深刻且说服力强的一次谈话。她在办公室里对着夏柳大夸其父是个人才，大夸人家说话有条有理，有张有度，严丝合缝。感叹现在的干部只会发号施令，不会做群众工作，比较出了自身的能力差距。坚信地表示，只要做通了苏留根和刘二郎的工作，其他人的工作就会迎刃而解。

夏柳在家里，把同事对父亲的评价，自豪地转达给了父亲。在她眼里，父亲没什么文化，但脑子活，做生意精明，没想到沟通能力和表达水平也不弱。她心里油然生起了崇拜，但仍然怀疑跟他们谈判的效果。

她问父亲："你讲了那么多道理和利益关系，他们就能听进去吗？过去这些大道理、小利害也没少讲啊。"

夏秋生说：“现在仍需要不停地灌输正确的观念，打消那些靠歪歪肠子闹出来的幻想。”接着又说，“做什么事，都要讲究统一思想的，认识一致了，工作就好做。思想不通，只能靠规则办事。规则不灵，就只有采取强力措施了。遇到这种脏痰迷了心、脂油蒙了窍的人，就要采取天雷劈脑子的硬招，决不能让歪门邪道有市场，否则再得民心的事，想做都难。布衣巷今天的局面，就是纵容出来的。先礼后兵吧！”

夏柳说：“现在是法治社会，讲究依法办事，法治的基础是尊重民意。剩下的这些钉子户，他们不能说没有理由。”

夏秋生说：“你这是受西方民主思想的影响。咱这些人懂啥民主啊？民意是多数人的意见，不是少数人的意见，应当是少数服从多数啊！承认民主，就不能承认少数人的特殊地位，满足少数人的特殊地位，就不能算民主，这样根本原则问题，没有调和余地。”

夏柳说：“民主本身没毛病，可不尊重法治的民主，那叫民主的暴政。强调个人权益保障，搞无政府主义、唯我主义，的确不利于经济社会健康发展。可他们也代表一种民意啊，不能被忽略。”

夏秋生说：“毕竟是极少数人，他们明知道征收改造是件好事，只是想着以一拆换百好。手里抓着主动权，就趁机提出附加条件，想解决许多一劳永逸的问题。这种想法本身没有错。目前凭他们自身能力，的确无法改善自己的生活条件，只是毫无底线地抬高价码，为难市政建设，这就有点敲诈之嫌了。现在总是想通过思想工作，解决群众利益问题，其实有些高估了群众的觉悟，真是动用了行政和法治手段，许多遗留问题早就解决了。什么时候看到过螳臂能挡车、蚍蜉能撼树的？”

夏柳说：“的确同情理解他们的处境。苏留根想为女儿争取一套房，已经青丝熬成白发了，原来圆润的身躯快风干成干瘪的老头了。真的可怜。老爸，能帮一下就帮一下吧。”

夏秋生说：“我也想让他们尽早签约啊。可担心的是，如果迁就他们的条件，就会引来新的不公平了。安置房的事，我帮不了，多些补偿，公司来贴。”

父亲有了活口，夏柳心里有了几分跟进做工作的把握。她想找苏美好好聊聊，让她再做做父亲苏留根的工作。夏柳认为，无论于公于私，必须找到突破口，各个击破，才能保证征收改造任务的顺利进行。她先把苏留根和苏美父女作为统战对象，以自己的担保，来赢得他们的信任。

一天，夏柳接到机关电话，说是有居民来区长办公室上访来了，要社区派人领回去。她将情况向钟书记做了报告。钟书记一听，马上放下手头的事务，带着夏柳直奔机关大院里。

此时，刘二郎披麻戴孝猥琐地坐在办公楼台阶处，手捧相框，录音机里放着哀乐，一副悲悲戚戚的样子。旁边坐着他媳妇，裹着白头巾，正大放悲声，号天动地，一会儿挥手招魂似的，哭喊着祖宗爹妈，一会儿寻死觅活找墙柱撞头。在旁的保安和工作人员，怎么劝慰也无济于事。

“刘二郎，你这是玩的哪一出？”钟志国喝令道。接着说：“你知道这是什么地方？你的问题很严重，这是党政机关办公场所，不是你办丧事的地方，更不是你无理取闹的地方，你是在妨碍公务。”

刘二郎抬头看看是钟书记，抖动了一下下巴，咂了一下肥厚的下唇，伸出靠着录音机的右手，用八爪鱼状的四指揿掉了声音。刘氏媳妇随着哀乐的中断，戛然停止了哭诉，抹了一下眼睛和鼻头，没有看到泪珠，倒是顺拖出鼻孔里的长串黏稠物来。夏柳把她搀扶起来，帮她掸了掸屁股下面的灰土，看看她没事人似的，鄙视地把她引到人群的外围。此时，刘二郎没说一句话，自己收拾了一下，便站起身来，朝大门外走去。

钟书记向在场的人群打了个招呼，说是见笑了，工作没做好，回去再把情况弄清楚，向区里报告。有个认识老钟的机关工作人员说，真莫名其妙，问啥啥不说，楼上楼下乱窜，不是看他们悲伤的样子，真要把他们控制起来，幸亏领导今天不在办公室，楼里放着哀乐，你说这成何体统，这事传出去，不成笑话吗？

刘二郎没等钟志国交代完，领着媳妇穿过了大街，身上的孝服一眨眼工夫已经脱掉。钟书记和夏柳赶紧跟上，告诉他们先去社区里，把情况讲清楚。回来的路上，夏柳问：“怎么没听说，他家死老人了？”老钟没好气地说：“死啥人了？遗像是他丈母娘，两年前就去世了，为这，郎舅俩闹得不可开交，差点动手打起来。真以为他们是孝子贤孙啊？不知廉耻的东西。”

刘二郎像没事人似的来到社区办公室里，自己不客气地从饮水机里倒了一杯水，像是接受款待一样端坐在椅子上，等候领导接见。

钟志国气喘喘地坐到对面，眼睛直直地看着这对男女，半晌才吱了一句：

“继续啊！好好把哭闹的水平拿出来啊!”

刘二郎支支吾吾地说：“我的事情，到现在没有说法。我不上访，能帮我解决吗?”

钟志国说：“你是申冤了？你有天大的冤屈，拿出来说说，给我们听听。那地方是打官司的地方吗？有冤申冤，你得递上诉状啊？有本事打官司找法院去。你们的困难是别人造成的吗？谁不是靠自己的双手劳动换来的好生活啊！而你们，政府供养着，大家帮着，就这还处处作对！谁欠你们了？不觉得丢人现眼吗？真是花钱吃药白糟心。”

刘二郎说：“我媳妇有病。”说着从裤兜里掏出残疾证。“我丈母娘本来身体好好的，就是因为拆迁的事和工地噪声，让她心烦意乱，气死了。她活着不管好歹有几千元退休金的，现在也没了。这损失谁来赔？我家分户的事，本来是派出所不作为留下的后遗症，现在我要拨乱反正，为什么就不行呢?”他讲了一堆理由，看似与拆迁没有关联，而在老钟和夏柳这儿听得出来，这大概是夏秋生的交谈刺激了他的缘故，所以才做出这样令人啼笑皆非的丢人现眼事来。

钟志国厉声喝道：“你老婆像有病吗？成天拿着本子说你老婆有精神病，是你诅咒她生病吧。即便是老婆生病，那也是丈夫负责治病，你尽责了吗？你把丈母娘的死都往拆迁上贴，你说你歪歪肠子歪得还有没有边儿啦？丈母娘是你赡养的吗？真是那样，我们应该树你为孝老爱亲标兵啊！那别人包括你舅子们都错怪你了？怎么听说拿着棍棒来要把你家荡平啊？听说好长时间没在家住啊。”刘氏媳妇听着老钟揭他们的老底，便脖项一扭，嘴鼻一撇地看着丈夫刘二郎，刘二郎不再言语，转头看着窗外。刘二郎老婆倒也看不出蛮悍泼妇样儿，更是显现不出精神失常的面目。不过，长期的同眠共枕，尤其是在刘二郎的熏陶之下，夫妻相里共同滋养出了毒辣的眼神。

钟志国说：“今天这事，丢人丢大发了。我替你们脸红。再怎么着的冤屈，也不该拿着死者当儿戏的。天地之间，死者为大。人在做，天在看，会遭报应的。你们以为这样，就能达到目的吗？你们不怕老太在阴曹地府咒你们吗？都黄昏岁数了，竟然人事不懂。真不知从哪儿冒出的邪性。跟你说白了吧，妨碍公务说大就大，说小就小。这事跟分户没关系，分户跟拆迁没关系，别指望再软磨硬泡三五年，给你多分一间房，死了这条心。”

夏柳第一次发现钟书记说这么硬气的话。他从来都是和善待人，不跟人计较的，今天遇到刘二郎胡闹，看来是触犯了他的原则底线，让他不得不动了肝火。别说老钟这种风轻云淡性格的人，连夏柳自己都觉得这事过于荒诞不经，比一口吐沫啐到脸上还让人气愤。

社区章阿姨、刘采文没见到那阵势，一听夏柳介绍，个个是又气又恨。怎么会遇到这样的主儿，真是奇葩中的一对并蒂奇葩。可仔细想想，刘二郎的肆意妄为，不是偶然的，是长期惯成的。现在社会上有种不好的现象，打架斗殴受了伤，公安有了处罚结论，要找政府评理；吃了官司，释放回归社会，要上访找政府赔偿或平反；生活困难，不自己赚钱，却找政府要工作或救济；拖欠物业费，被关停水电气，也得找政府要说法，如此等等。整个社会遇到惹是生非的人，唯恐避之不及，生怕灾祸降临自己头上，由此滋长了更多的“碰瓷”行为。连干部们都对这种人噤若寒蝉，说话小心翼翼，毫无气势和尊严，更谈不上勇于担当，果断处置了。久而久之，那些表现得厚颜无耻的人，总会有甜头可尝。刘二郎为媳妇办理残疾证，闹到残联，闹医院，闹到医院再找政府，最后扛着领导的鸡毛令箭，总算从医院开具了不在病目种类里的精神障碍证明，才从残联换得了残疾蓝本。目的就是想占低保金外的百分之二十的补助，想打残疾人保障金的主意。办理分户的事，更是周而复始，锲而不舍，虽没有完全达到目的，但算是解决了部分问题。本来看到警察有神经质的敬畏，毕竟前后十多年的管教，内心产生了天然的对立关系，可自从办理分户跟派出所打上交道之后，他越发觉得许多人民内部矛盾是好商量的，他甚至认为服务不满意，是可以投诉的。人民警察也怕投诉，不为他办事就是不为民办事，警察的饭碗掌握在他手上。几番信访和投诉，上级批示之后，照顾性地解决了部分分户问题。这种韧劲和耐性，让刘二郎尝到了甜头，也让他越发变得油嘴贫舌、不知廉耻了。

补偿安置可是实实在在的真金白银支付的。如果说仅仅作为特例个案，用钱解决就不算什么事，可拆迁这么敏感的事，眼睛都盯着，更何况摊在刘二郎这种人头上，真用钱打发，就算自己不得寸进尺，周围邻居也会不依不饶。社会最基本的公平遭到破坏，其后果可想而知。征收拆迁部门早已达成共识，坚持公开透明，决不乱开口子。

夏秋生以公司化运作征收改造项目，更讲求效益和速度。按照他的经验判断，在制造的轰轰烈烈的施工场面上，苏留根和刘二郎是有反应的。至于是积极的一面，还是对立的一面，他暂时得不出评估的结论。不过，只要有反应，他就能找到心理瓦解的路径。

24

六月江南，正值梅雨季节。天气阴晴无常，一日多变，天空低垂着像撑着幕布，骄阳时不时冒个头，给地面铺就一层波光。雨水从来不带准备地落下，像个淋浴喷头。这种景况，既有东边日出西边雨的诗情，又有前边日晒后边淋的无奈。人的情绪跟天气一样，时常焦躁烦闷，时常烈焰似火，闷热和濡湿伴随，心跟受潮发霉似的，变得晦涩难挨。

苏留根守着晦暗的居处，望望墙面坠下的水珠，闻着满屋的霉味，满脸的怅惘。这处在父亲手上一砖一瓦堆砌起来的瓦宅，早已结束了它应有的寿命，虽是没有停止过修缮，可仍不能改变它摇摇欲坠的现实。贫困之家，房舍经不起风雨的浸淫，大雨滂沱的时候，倒是履行着遮风挡雨的责任，可雨过天晴之后，屋内便开始滴灌式渗透，房顶、墙壁和床上在不经意间，描绘出了富有动感的画栋雕梁和琼楼玉栏。苏留根不是艺术家，他根本不会浪漫地自我解嘲，他只会唉声叹气。

如果仅是老屋被梅雨所破，仍不足以激发他对美好生活向往的话，真正让他慌乱和焦虑的是那夜以继日的马达声和人们的非议声。遇到眼下这样的情势，他还能继续挺下去吗？那挺下去的意义是什么呢？是守住这座残破的房子吗？这一辈子就这样过下去吗？夏秋生、钟志国、章阿姨这些人，这样费心饶舌地做工作，难道只是为了自己的饭碗吗？苏留根人生以来第一次进行了深度思考。他决定耐心地跟女儿苏美好好交谈一下去留问题。

女儿从来没有干预过他的决定。倒不是因为苏美对父亲尊重和孝顺，而是女儿习惯了他的固执，从来就是以冷漠回应固执。她不屑跟他争辩，即便征求意见他听进去了，执行的时候仍是我行我素。近一段时间来，苏留根决定放下固执，把拆迁事务交由苏美定夺。章阿姨、夏柳和征收负责人多次登门做工作，他再也不提什么条件，而是说，他不管了，找他女儿去。可苏美终日不着家，无法坐下来谈。这算是实情还是在推诿？工作人员无法拿定主意。人见不着，事谈不成，沟通交流乃至谈判的渠道未能打开。指挥部决定静观其变，以冷战方式做好应对准备。苏留根不怕来来往往的人上门找他，这样他就可以谈条件、提要求，最怕没人理他，他担心冷落之下必有动作，担心某一天醒来，屋顶被掀，灶台被扒。他听说指挥部那个“蒜头鼻子”敢来硬的，没人敢惹，他见到他有点发怵。

终于，苏美在一个黄昏火烧云的映照之下，拖着疲惫的身躯回到阴潮燠热的家中。她皱着眉头、擤着鼻孔，径直登上独处的阁楼里。脸上擦拭的胭脂底粉差点从紧张绷住的皮囊间脱落，多亏室内潮气的滋润，勉强维护住肌肤的黏合。可那腥土霉味直冲鼻孔和咽喉，丝毫想不出拒绝的办法。苏美躺在床上，脸上捂着毛巾，想好好休息一下，缓解多日来奔波带来的疲倦，可又闷又热又潮又霉的空气，让她无法实现最起码的歇息愿望。她欲打开门窗，痛快地敞亮透气，蚊蝇虫蚁倒也习惯共生，可一丝不挂地享受清凉的感觉无法实现。就她蜗居的空中闺阁，要么密不透风，要么四处漏光。她跟着父亲已经受穷得只剩下自己隐秘的身体了，这是最后一处必须毫无保留的私有财产，决不能春光乍泄，暴露在窥视者面前，哪怕是自己的父亲。她只能选择关门封窗，呼吸的质量只好打折扣。此时要是有个防毒面具或是呼吸机，该有多好啊。可裸露的身体不管接触到什么，都会引发某个部位的瘙痒，用手挠出的每一处印痕，又会生发成红斑水肿。本来出行在外带回的好心情，一下子又被愤怒的情绪所代替。她要向父亲示威，她要离家出走，彻底与这个家决裂。

苏留根知道女儿回来直奔自己的居室，本想责问女儿究竟干什么去了？终日不着家，来无影去无踪。对父亲最起码的报备都不肯，完全是目中无人，放荡不羁，根本不把为父的放在眼里。可这样的关心又有什么用呢？女大不由爹。自己连基本的生活都不能满足她，哪有什么权利呵斥她呢？

苏美把阁楼弄得碎响，楼下的苏留根知道是爆发的脾气，他真有些担心动作再大一点，或是摔踢得厉害一点，会把残破的楼板震塌。心里默默地祈祷着，我的小祖宗，谁又得罪你了，哪能拿地板撒气啊。真要是塌下来了，谁能给咱维修补偿啊？这不是自己给自己拆迁吗？如果是拿房子撒气，咱们就跟政府谈呗。谈判的权利交给你了，一切由你做主，只要他们做出让步，给咱台阶下，咱就认了呗。

苏美并不知道她的摔东西、踢床腿、跺地板的举动，能让楼下的父亲顿悟开窍。当父亲喊她下来吃晚饭，看到她慵懒而无怒色地坐在对面时，开始了他对她的拆迁嘱托。大体意思是，这次拆迁盯得紧、催得紧，赖不住了，咱们开的条件看来是不会答应了，自己跟他们搞僵了，谈不下去了，现在得由你出面。咱们的要求不高，在原来基础上，应该考虑我家的实际情况，当年占用厕所的地方，尽管跟胡三打了官司，现在拿出来说，也有再次补偿的道理。你出面，有好多先决条件，夏柳是你同学，几次接触下来，人挺善良，好说话，可以利用她，让她父亲夏秋生网开一面，只要你认为差不多，咱们就签字拿房去。

苏美瞪了苏留根一眼，半晌没有说话。她不想去为拆迁的事跟人理论，更何况她的建议父亲从未采纳过，她出面了又怕他反悔。她觉得这些年来已够丢人现眼了，她想远离这是非之地，去过自己清静的日子。

苏美知道父亲的秉性，她怕日后埋怨，无端乱作，本想拒绝。可父亲几乎是带着哀求的眼神看着她。她看着父亲的嘴巴悬在半空中，下巴似乎随时要掉落下来的样子，觉得又可气又好笑。这个笑倒是有着笑话般的笑。没想到，父亲坚持了十多年，终于要认屃了。早知今日，何必当初。如果住在当时补偿的安置房里，说不定自己的病早好了，说不定他的脾气也不会古怪了。人，此一时，彼一时，折腾的都是自己的内心。

苏美把目光收回来，望着盛在碗里的稀饭，说："这本不关我的事儿，我姑娘家早晚是嫁出去的女儿泼出去的水，没曾想从家里带走一草一木的。事已如此，你也别让我做主，也别打着我开的条件要求，我来约夏柳，咱们听听人家的劝，再做决定不迟。"

夏柳接到苏美电话，兴奋不已。一番寒暄过后，苏美说，她想带父亲来跟她聊聊拆迁的事。夏柳爽快答应了，说是她来安排一个茶餐厅，边吃边聊。

在夏柳看来，茶餐厅这样的地方，既可以用餐，又可以喝茶，适合小范围的聚聚聊聊，比在办公室里正襟危坐着好。茶和饭是国人沟通交流最好的媒介，经济实惠，老少咸宜，既能助人消解尴尬氛围，又能增进彼此信任理解。话说错了，可以用茶表达真诚，言辞过分了，可以用吃掩饰对他人的不敬。夏柳通知苏美到茶餐厅喝茶，表现了同学之间的友情和平等，苏美跟苏留根欣欣然接受了。

在清名桥畔的一处连锁咖啡馆里，夏柳选了一个沿河窗口的咖座坐下来。此时，离正午用餐还有一段时间，她先是预备了三份奶茶，静静地观赏窗下行走着的游船，阳光投射下的粼粼银光洒在她的脸上，仿佛自己成了西施，泛舟前行，奔吴救君，心情随着水波荡漾，十分享受眼前的满足和幸福。固执的苏留根、失联的苏美，终于能跟她坐在一起，就是聊聊家常，也是知足的。更何况，他们主动找她谈正事，这更是可遇不可求的。

苏美悄悄走到夏柳身边的时候，夏柳像受惊似的霍地一下站起来，上下打量着，主动热情地给苏美一个拥抱。亲昵地说："姑奶奶，这都失联了啊。我这整天忙得脚打后脑勺，指望着你来慰问慰问，几次上你家，人都跑得没影了。不会遇到中意的，过起了日子吧！"她拉着苏美坐在身旁，示意苏留根坐在对面。问他们喝什么茶？他们说，随便。夏柳就让服务员把预先订好的奶茶端进来。

苏美放下挎在肩上的香包，坐了下来，冲着夏柳露出了极不自然的微笑。夏柳阴沉着脸问："怎么啦？总是见你不开心样，咱们老同学，谁也不欠谁的，何苦脸上写着苦字呀？"苏美见她有些生气，挪了挪屁股，提了提精神，说："对，咱是老同学，聊点开心的。"一下子像换了人似的，旁若无人地拉扯起来。

苏美看了看父亲，像是有什么回避似的，轻轻地把脸贴到夏柳耳边，告诉他谈了个男朋友，很富有，只是年龄大了点。夏柳侧头瞪着眼看着她说，可以啊，应该为你高兴。苏美又悄悄地说，这只告诉你一人，还在犹豫中，暂时处于保密阶段。夏柳想了想，咬着她的耳朵说，只要有爱，只要对你好，不分贫富贵贱老少，二十八不照样能嫁八十二的吗？苏美翘着嘴推了夏柳一把说，不说了，要谈正事。

苏美用嘴示意父亲说说情况。苏留根捧着奶茶杯，咂了咂下唇黏着的白色奶液，用手指揩了揩滴在下颌胡须上的茶渍，急切地说："小夏，你也知道我家里的状况，小美身体不好，不能工作，常年服药，就指望着拆迁翻身呢。我们要求不高，只要达到给人家的条件，我们就走人。"

夏柳说："你们家的情况，别说我们知道，全区都晓得。可你说给人家的条件能走，你真的知道人家是什么条件吗？不能听到风声，就当要下雨。人家把你当枪使，自己还主动装子弹，光听别人挑拨。拆迁本来和困难救济没关系，当时核算的补偿均价超出所有你说的‘人家’，结果‘人家’以新的标准，拿到了相当不错的安置房。而你们却还在这儿过着闹心的日子，不被‘人家’笑话才怪呢。你这套房子，不能光考虑你们父女俩，你还有个老母亲，她是真正的产权人，她理所当然应有所得。当初把老太太哄好了，让她在补偿上向你们倾斜，是没问题的，可惜闹僵了。现在做通了老太太的工作，愿意给小美让出一间房，你们可以安置到大户型，这样一来，相当于小两套房了。就这样的意向，还要等上级批准才行。”接着，她看看苏美说：“奶奶还是舍不得你的，只是不好把安置房都写在你们名下。为了拆迁，把不少人得罪了，大家并没有计较，还都在想方设法变通着办。毕竟征收政策是硬杠杠，不是哪一级就能说了算的，更不是狮子开口想要就能要到的。不然，那么多好处咋能轮到咱普通老百姓哩。”

苏美说：“父亲就这么个人，不值得别人对他好。反正这日子我是一天也不想过了，从小窝在里面，得到啥了？只得了一身的病。”

苏留根对夏柳说的话，没有做出任何反应。大概这样的话，已在耳朵里灌成了铅块，安置、补偿、救济这样的字眼，正在耳朵里排着队往外跑呢，只是因为各自表达的语气、方式和场合不同，有的左耳朵进、右耳朵出，有的右耳朵进、左耳朵出，相互排挤推搡着，只有一小撮狡猾的字符溜进了脑子里。就这少有的言辞，并未能动摇他顽固的念头，最多引起心情微微的躁动。只是此时仍需要端出样子来，不能让外人看出有什么松动的破绽。

苏留根曾对拆迁指挥部摔过电话，满地打滚，泼过大粪，玩过阴招，可丝毫没有撼动他们对他的让步，如今已是无计可施，或许不想再这样硬顶下去，他觉得有点精疲力竭，不想再为此费心劳神了。他已经意识到，有些无法跨越的台阶，一辈子不可能跨越，看重一桩买卖，可叫人家赔本强买，显然有点不合情理。一切只是命运的安排，自己的无能只有自己承受。他想做最后的努力，最后的决定权交给女儿。

“有的事情就是想不通，征了我的房，却不能如我的愿，天底下哪有不让我争的理儿？你就是赶一条狗，也得让狗吠几下吧。规划的长亭建在我家的宅基上，我可享受不到，连个印记都没有留下，还不容许我换得点实惠的？国家修建的高铁和大桥，还以所在地命名站点和桥名呢，名字是有价值的。追溯祖上五代安扎在布衣巷，行船、打铁、磨豆腐，啥苦干啥，没有置办出多少家业，可也给了咱们后人遮风挡雨的一片屋。说是征收给补偿，可也看不出让人动心的力度。这不等于是光屁股地走人吗？反正我已经把人得罪了，条件也开了，要让咱痛痛快快地走，就要有个姿态。小夏，你还幼嫩着呢，刚入社会，不了解社会，这世道就是老实人吃亏，谁有后台谁有关系，谁就能轻松得到好处。拆迁里的潜规则多了去哩。”苏留根说道。

夏柳对视着苏留根说：“苏叔，你说的情况可能在社会上存在，但我保证在这儿不存在。我虽年轻，但凡事都得论个理字。搬迁的心情大家都是理解的，谁没有乡愁呢。可没有人能阻止改变进步发展的事实。据说，汽车最早出现在英国时，遭到了马车夫们极力阻挠。因为汽车不仅占用了他们的马路，而且抢走了他们的生意。那时，马车可是代步工具，出租马车能够养活马车夫一大家子人的，结果，没几年的工夫，马路上跑的几乎都是汽车了。马路至今还叫马路，只是看不到马在路上跑了。同样，布衣巷一代又一代人去房空，可布衣巷仍是有着历史感的布衣巷，咱们让出地方来，保留布衣巷，不正是给子孙后代留了念想吗。这是做行善积德的好事。现在不光政府拿钱出来建，社会上也有不少人捐助保留古韵风貌呢，其中就有当年布衣巷出走的后人，无偿捐出祖产，支持改造修缮。这些事情，你们应该也听说过。”

夏柳的话里暗藏剑锋，没有给苏留根留有逼进的空间，反而以有识之士的开明大度，反衬他的自私和计较。

苏留根望着苏美说：“小美，你也说说。有啥想法？你同学不是外人，说了不丢人。”

苏美呷了一口茶，冷冷地笑着，戏谑地说：“老祖宗留下的可不是金砖银瓦，值得让我记挂？没有这老屋，咱也不至于睡桥洞、住草棚。好像有了它，咱就多了许多不劳而获资本似的。咱没啥值得光宗耀祖的事儿，从小到大在布衣巷生活着，就没有人瞧得起咱们，没娘也就算了，有爹也未必就有幸福。杨白劳没本事，靠给地主做长工，到过年了，还想着给喜儿买根红头绳，让喜儿开心开心。可我，有啥？连喜儿都不如。不是政府，咱都怀疑世上的苏美，还有人记得她的名字？”说着说着，眼泪吧嗒一下流了出来，声音也跟着出岔了。“反正，我不想再邋里邋遢地待在这窝棚里了。”

苏留根本想发作反驳，看到女儿伤心地哭了，起身略站了一下，默然走开。

夏柳安慰她说：“你心苦，我知道。咱不能改变自己的出身，可以改变自己的。你爸现在也变得开明了，让你拿意见，你就把真实的想法说出来。拆迁的事，不聊了。谈点高兴的事。”接着，悄悄地靠近她问：“男朋友对你好吗？”苏美用手顶着鼻梁，从鼻孔里发出“嗯”的一声。“有没有到谈婚论嫁的程度？”她点点头，又摆摆手，说：“我不能确定要不要嫁给他。”她望着父亲的背影，说：“暂时保密，怕被人搅黄了。到时候会通知你的。还是谈正事吧，把他叫在一起，不容易。”

夏柳喊了一声“苏叔”，用手招呼他坐过来。

“你说的想法，大体听懂了。有的我可以表态，有的还需要报告指挥部去。不过，你放心，不会让你吃亏。我跟我爸谈了你家的情况，表示会帮助你们的。”夏柳说道。

苏留根受到苏美的刺激，露出了满脸的深仇大恨，没好气地说：“给我安置房，我连锅碗瓢勺都置办不起来，咋过日子呢？狗为争屎都打架，人哪就不该为自己的好日子争取呢？”接着，转向苏美，说：“既然我不该争，那你谈啊！你咋定，我都不问。我一把年纪，活一天算一天，争来的房产不都是你的吗？房子总比红头绳值钱吧！”

夏柳推推苏美，看看苏留根，说：“这不都是气话吗？谁有委屈放在心里都不舒服。那苏美，你说说你的条件，不带赌气的。”

苏美整理了一下心情，凝视着父亲苏留根，带着乞求的口气说：“咱们还是签了吧！只要有现成的房源，房间、厨卫、客厅配套，能够干净地生活，差不多吧！”

夏柳急切地说：“这个你就放心，三室一厅还是能够通融的。苏叔再给你找个后妈，生活都没问题。你带个男友回来，也很体面。只是现房还要调剂才行。签字不着急，房子看着满意了，再说。”

苏留根抹着自己前额不多的几绺头发，没有吭气，也没有着急。夏柳看得出，他似乎能够接受，但又有些犹豫。眼神转向苏美，苏美点了点头。

“苏叔，你放心，不会让你少了锅灶开不了火，之前答应你的附加补偿款，不会少的。你想买金碗银匙都足够的。”夏柳补充道。

苏留根紧绷的表情有了松动，他看看苏美，意思是让她表态做主，他不想问了。

苏美说：“我没有意见的。”

夏柳看气氛得到了缓和，便用手招呼服务生，服务生小跑过来，夏柳吩咐点餐。随后，四碟小菜，三份砂锅盖浇饭陆续摆了上来。

夏柳没有把苏留根的情况及时向社区报告，而是回家跟父亲夏秋生做了沟通。她虽是答应了提出的条件，可心里没有底。要看现房，可房源在哪儿？她只有求助于父亲。

夏秋生自接手布衣巷改造项目后，很少与夏柳交流征收中的心得，父女俩难得坐在一起，有着说不完的话题。

夏秋生说：“剩下的这些搬迁户，提出的条件说过分也不过分，要看拿什么来比。要说政府提供的安置房，无论是面积和环境，都远超出现在的，就是货币补偿，也足以在附近购买到新的大于现有面积的房子。可人心不足蛇吞象，仗着公家征收，就以为狮子开口能吃大肉，所以找出各种各样的由头，不予置理。当然，有的人家内部关系很复杂，本来搁置着没毛病，可面对拆迁，就跟捅了马蜂窝似的，嗡嗡地闹腾起来了。只要能沾点边的，都冒出来，想从中分杯羹。就跟八国联军打到北京似的，不挨边的小国都要索赔。苏留根闹腾了几年，其实他都不是产权继承人，政府只是考虑家庭贫困、住房困难，给予照顾。他不知足，的确是不应该的。”

夏柳随手拿起桌上的餐巾纸，对父亲说：“你看这只是普通的餐巾纸，放在餐桌上，就是揩嘴擦手用，如果放在卫生间，那就是擦屁股用。偏偏高明的商家把餐巾纸和卫生纸做了区分，一下子改变了人们的使用习惯。同样的道理，人放在什么地方，就体现什么品位，该有什么用场。苏留根一直生活在布衣巷小圈子里，他只看到眼前的一点东西，不会想到其他地方比这儿好，更不知道怎么去获得。幸亏苏美没跟在后边煽动。”

夏秋生认为女儿找到了他们的隐疾，直骂苏留根窝囊，自己不勤快，不想着往好里过，等着天上掉馅饼，改善生活来了机会，却把尾巴翘上天。要是真给他上纲上线，他啥也得不到，只能搬进四十几平方米的过渡房去。

夏柳说：“也许发展太快了，有些人一时反应不过来。他们觉得，计划体制下自己没得到实惠，包办的饭碗被打了，现在又要动着自己的奶酪，感到自己总是在吃亏，总是面临着挑战，自然会引起强烈反弹。”

父女俩边看电视边聊天，聊社会现象，聊人际关系，聊古街区，聊千岁坊和布衣巷。

夏柳虽说孩提时代在布衣巷有过短暂的生活，但对布衣巷的历史却知之甚少，直到父亲讲起布衣巷，这才弄清布衣巷在这个城市中的位置。

布衣巷在古运河文化街区规划中，等同于清名桥和千岁坊的地位，某种意义上更能体现古运河文化符号。布衣巷不远处的漕运码头，则是古运河街区的标志。当年码头的繁华气派，在江南一带算是上乘的。因为有了贵妃等级的娘娘落脚的加持，便有了这一带的兴盛。开阔的运河水面上如同集镇一样，商店、餐馆、工匠门市一应俱全，借助南来北往的官船，从事着相应的后勤服务。天长日久，带动起了这儿娱乐业发展，一时三教九流云集此地，赌场、烟馆、妓院等更是泛滥成灾。水上往来穿梭的人从事着不同的职业，有来回接送客人的舢板船主，有行船拉纤的纤夫，有玩杂耍的民间艺人，有做柴米油盐的生意人，有铁匠、木匠、银匠、糊纸匠，也有接生婆、洗衣工、乞丐，可谓芸芸众生聚居在这里讨生计。之后，布衣巷只是出过洋买办，人家发了财，也没回布衣巷。一个家族或是一个人的命运，有着运行的逻辑，穷可以变富，富可以变穷。所谓“贫富无定势”“朝廷无世臣，无百年之家”，就讲的这个理，贫富是可以易位的。

夏秋生说，清名桥、千岁坊和布衣巷的前世今生，三天三夜都说不完。正因为是个有故事的地方，才值得挖掘和保护。现在真有专家在收集研究此类的文献资料呢。这么多年花气力，倒不仅是为了传承故事，而是留下文脉遗迹，让后来人有个念想。文化是不能断代的，一旦切割断，就再难找回了。趁着现在还有痕迹，还有老人活着，还有人传承，加紧抢救保护。

在她向大家通报苏留根的工作做通时，大家以为是她父亲暗箱操作成功的，意思是没有父亲的支持，她不能啃下这块硬骨头。根本没人相信她把苏留根说得没了口齿，让苏美多了理解。连钟书记心里都是这样想的。

25

正当大家有些陶醉的时候，胡三跳了出来。他直接冲到社区书记办公室，责问老钟——是不是答应苏留根搬迁条件了？是不是拿厕所补偿做筹码了？严肃地批评说："做事不分是非曲直，过于放任迁就。有些事情，没搞明白，你们自作主张，随意许诺，这哪里像在为公家做事，那是在助纣为虐，我不同意，苏留根不能签。"

胡三批评社区工作人员，已习以为常，大多数人习惯了他的做派。他是受聘的义务监督员，不时地给社区服务提点意见建议，也算是帮大家提个醒。可干着干着，他真的认真起来了，意见变成了找碴儿，只要不遂他的意，那就是代表群众不满意。有时把钟书记搞得都下不了台。

胡三本来有绅士般的教养，不知从什么时候开始，脾气变得古怪起来，连苏留根这样的人都计较三分。他到底闹的哪一出啊？

胡三硬着腰杆，梗着脖子，气得眼睛直瞪瞪地瞅着老钟的时候，一旁的夏柳愣怔地看着他们，脸上露出惊世骇俗的表情。苏留根的事情，箭在弦上，只差临门一脚了，眼前是一副清一色好牌，怎么冒出胡大爷要"截和"呢？心想："咱这是在为国家做事的，可你是在添乱的。好不容易苏留根张开的门牙，可不能让他闭嘴。"夏柳的脸色，随着胡三的说话节奏，不时地改变着颜色，红晕从腮帮肿胀到耳根，直到一点点传递到肝脾，最后转成的满脸的怒气。心里只差骂出"为老不尊"了。

只有钟书记神闲气定地听胡三批评教育。这倒不是老钟同志年龄大了，淡泊宁静，反应迟钝，而是他早已清楚，苏留根拆迁会顺理成章地牵扯到胡三。他心里已经有了对付胡三的盘算。

果然，胡三说："厕所的产权人是本人，不是苏留根。那是企业改制时，分给我的生产资料，有凭据，有批文，不是因为我不管它、不用它，就可以当成别人的财产。我可以捐给公家，但决不允许苏留根占半毛田地。这不是两个人之间的恩恩怨怨问题，我虽看不惯这种人，但也不是不能原谅理解，只是这样放任，还有什么社会正义可言。"

胡三受旧时代母亲教育的影响，尽管对世事俗人多有看不惯，可论起理来，却挑不出毛病。

夏柳不知道苏留根和胡三之间这层关系，也没有听说苏家提出的公厕补偿问题。她给苏家父女二人没有特别的承诺，没有推翻此前双方的谈判结果，更何况没有留下任何可以利用的文字凭据。此时，她才开始听出头绪，模糊的轮廓变得清晰起来。

钟书记打着手势，让胡三坐下，不紧不慢地说：“先消消气。这个情况我们知道的，之前各类材料里都写得清楚着呢。”转而又说：“那你的意思，就是不让苏家走了，让他给你当一辈子邻居?”

“呸，看到他如麦芒刺眼，说到他如鱼骨卡喉，眼不见心不烦。”胡三气愤地说。

老钟说：“你老是有胸怀的人，怎么会跟姓苏的一般见识呢。他的腰再粗，也粗不过你那脚指头的。他都快要离开千岁坊社区了，给他留个念想呗。”

胡三说：“你以为这种人懂感恩吗？我半睁着眼地让他占了几十年，到头来，反倒成了他的领地了。竟然大言不惭地说，是他保住了这个公厕，还要我补偿他的维护费用。岂有此理!”

老钟说：“这本来也是历史问题。怎么可能改制把公厕都改成私人的呢?这不是笑话吗?”

胡三说：“历史旧账翻篇啦！当时，厂子都没人管了，哪还顾得上区区厕所，个个落荒而逃似的，能拿的东西，都搬光了，搬不掉的臭粪坑，谁想着日后还得宠呢。”

钟书记说：“苏留根的拆迁问题，并不是你想象的那样，补偿依据和标准很清楚，即使提出额外的补偿，也要拿出真凭实据来的。不过，就是提出公厕的补偿，也只是象征性的贴补，临时性的搭建，多多少少也会考虑的，这一点，你就不要与他计较了。”

此时，夏柳才初步明白了里面的来龙去脉，听着听着，不觉摇头笑了笑。苏留根张口要两套房的由头，原来就在于此。她担心胡三的“胡闹”，会给苏留根签字带来变数，听到钟书记的解释，她悬着的心总算落了下来。

胡三看着夏柳，说：“我倒不是跟他计较，多少年前，我就签字表态，把厕所产权划归公家，当时小夏姨娘柳玉清可是做见证的。”又看看老钟，说：“钟书记，这种人不值得同情，你们社区的人对他家这么好，没吃的给吃的，没钱看病筹款给看病，哪一样不是你们在帮？可他支持你们工作了吗？不是照样当‘钉子户’吗？这个，我可是要说公道话的。帮了他们，不领情，为他们受委屈，听不到一句温暖话，我都不平。”

钟书记说：“我们就是干这份工作的。有你的理解，我们就知足了。”

胡三当年企业改制的老皇历，夏柳的姨娘柳玉清知道内情。那是因为柳玉清作为工会主席时，抽调参加改制善后工作，跟胡三在单位内有过交集。

胡三本来是不入柳阿姨法眼的。虽说柳阿姨不以貌取人，但她结交的人非同事即权贵，一个胡同里的街坊，没有多少人来往。像胡三这样家庭成分复杂的人，她更是没有正眼瞧过。胡三也不是那种趋炎附势的人，自小生活在千岁坊高墙大院里，从没依附过谁，他虽是改造过的工人阶级，可对那种自诩阶级荣耀的人却嗤之以鼻。两人虽没发生过正面交锋，却在心底里暗暗较劲。随着社会发生变革，胡三的气势与日俱增，最明显的特征是，社会活动多了，嗓门变高了，腿脚跑勤了，在不大的小区里可以颐指气使，爱管闲事了。而柳玉清自退休之后，几乎找不到自己的角色，她不甘心过早地像其他退休大妈那样买菜带孙子。有人群的地方，就有斗争；有斗争的地方，就要有治理者。可是，当她试图施展自己领导者的才能时，又被楼下王雷仁的气焰打压下去。这位同门师兄，虽说人生因她而改变，可她有她的难处，在那个年代，像王雷仁这样的人生悲剧不计其数。几十年的恩恩怨怨，剪不断理还乱。许多无组织无单位的居民群众，对社区里的大事小情漠不关心，更谈不上什么认同感、归属感。柳阿姨正陷入落寞困扰的关键时刻，胡三出现在她的眼前。

有一次，社区召集居民代表开座谈会，主要是征集社区文化典故，胡三和柳玉清这些老居民被邀参加。这是两个人第一次同坐一张长条椅。千岁坊、布衣巷是历史街弄，请他们这些老人谈过去顺理成章。别看居民们平时热衷于显摆家族荣耀，可真让他们道出点货真价实的东西来，却都哑了口。冷场半晌后，胡三发言了。

“绿窗明月在，青史古人空。虽说千岁坊几经风云，可显赫的历史印记是抹平不了的。”胡三顿了顿，见大家都在安静地听他讲解，便提着气往下说道，“自汉高祖在此设立县郡以来，准确地说，隋炀帝拓浚京杭运河之后，咱这地方就开始兴盛。东晋时期，已经有了城市的模样，人们依河筑屋，靠水生存，这就有了现在所说的工商名城。运河在此穿城而过，形成了饮誉大江南北的米码头、布码头、丝码头和钱码头。脚下这块地方，当年就是漕运码头，三教九流云集，带动了这儿发展的。”

没等接着话题，柳玉清啧啧地阻止他说：“跑题了，跑题了，让你说文化典故的，没让你说码头。”

胡三说：“是有点扯远了。不过，不交代历史脉络，你们不容易理解历史文化。正因为有这样的底蕴，才显示出人杰地灵啊！典故离不开人物，咱这地方可是人才辈出的，近现代的大家都知道，钱钟书、王选、秦邦宪等不用说。再远一点大家未必都听说过。”胡三端起杯子，喝了喝水，接着说，“咱这地方出过一门六进士的，有做过‘九转三朝太保，两京五部尚书’的，有出过千岁娘娘的，薛家花园里走出过晚清的第一任外交部长。其中有个人物不得不提。”说着，指着一位徐姓居民说：“你们徐家的先人，徐寿。”徐姓居民好奇地看着他，听他说着。“晚清时期，西方列强侵略中国，徐寿从外国书籍中了解到蒸汽机原理，手工制作了船用蒸汽机，得到曾国藩的赏识。曾国藩以及他的儿子专门乘船试航。徐寿应该算是把西方科技带到生产和实践中来的第一人。中国第一台蒸汽机、第一艘轮船、第一艘军舰，都与他有关，后来办过传授科技知识的学堂，办过科技刊物，翻译过不少科技专著。他就曾在这不远的地方生活过。他们算得上民族工业的开拓者。”几个居民和媒体记者都频频点头。紧接着，又继续追溯着历史。胡三以他的“胡言”，如数家珍，娓娓道来。

柳阿姨听得有点发蒙，可似乎又被胡三口若悬河地带到了另一个世界。在她的认知和语境里，对历史文化甚至乡土民情没有概念，对新生事物反应迟钝，但并不排斥接受。她本来对他心生厌恶的，却不由自主地又有些欣赏。柳阿姨喜欢有才华的人，不管年少还是年长的，不管是发自内心还是有意卖弄的，只要在谈古论今上有独到见解的，她都是最佳的倾听者。她时常抱怨自己是被耽误的一代，脑子里空虚无物，勉强表现出的心高气傲，连她自己都认为不堪一击。她早听说胡三喜欢舞文弄墨、好为人师，不承想，肚子里真有货。胡三比她大几届，得到了学习深造的机会，更重要的是聪明好学，年逾七十的人了，记忆力这么好，心态年轻，崇尚时尚，思维敏捷。柳阿姨从心底里不得不承认，如不是生错了时代，胡三也算是人中龙凤了。

对胡三为人的真正了解，还是柳阿姨被邀参加夕阳红大妈广场舞蹈队之后。胡三是专业的技术保障兼后勤服务。胡三提供音响，负责调音，设备出了故障，由他一手维修。本来购买音响是自娱自乐的，他二胡、长笛、萨克斯，样样来得，音响是为自己伴奏用的。可社区那些大妈成立舞蹈队后，看中了他的音响，嘻嘻哈哈说是有偿征用，就这样连设备带人一并征到队伍里来。他乐见其成，人都给了，还有啥舍不得的呢。倒成了万花丛中一点绿。

后来有人调侃他，让他把裤腰带系紧了，别指望老牛吃嫩草。他倒也不生气，反而解嘲说，饱暖思淫欲，老牛吃嫩草，是因牙口儿不好。谁让自己天生有女人缘。他想自己黑得把别人的嘴彻底封住。

他的绯闻，在广场舞的大妈群里成为笑谈。一生未娶，外面有几个相好，够不上犯法。如今成一鳏夫，也只会跟半老徐娘的中老年妇女递个眼神、送个秋波、眉来眼去，不算什么事。大家甚至理解和默许。胡三能寻得单身大妈的欢心，说明他有魅力、有资本。连胡三自己都不得不承认，他骨子里有着文人自负的性格和特质。古时候，文化人斗鸡走马，豪饮高歌，携妓郊游，笑傲王侯，这才有了李白斗酒诗百篇，张旭三杯草圣传，社会舆论才有了“才子佳人，自应有此”的共识。他欣赏李白的“千金骏马换小妾，笑坐雕鞍歌落梅”，可他自叹不是李白。他向往父亲所处的时代，父亲养妾赐给他生命，让他感受到人生的价值，可惜那样的时代、那样的人一去不复返。

柳玉清起初看到大妈群里对他带有赞许的评论，非常不满。胡三貌不惊人、行不端重，何来魅力得到好感？哀叹世风日下，美丑不分，是非不清。谴责这种拈花惹草行为，是对妇女同胞的极不尊重，应当指责和批判。之后，胡三在广场舞队伍里大献殷勤、搭讪示好，像个美猴王似的上蹿下跳，赢得大妈们嗡嗡地围着飞舞，才有讨厌不反感的感觉。毕竟，他心甘情愿地为大家服务着。

别看胡三邪乎，其实他肚子里装着千岁坊社区里的一本本账呢。他把社区里的人分成了三六九等。别人家的家长里短，只要听出二三分，就能略猜出前因后果来。他阅人无数，能从别人的言谈举止判断出为人处事，从人的面目，能识得人心的善恶。一闭眼就能看穿人间风情。用他的话说，相由心生，都写在脸上。人世的荣枯，仕途的得失，是命运的安排。在他看来，有三种人相处要小心：一根筋的人，二杆子劲的人，三脚踹不出瘟屁来的人。对待事物固执己见，一条胡同走到黑，怎么可能沟通？火爆牛脾气，鞭炮一点就着，这种二杆子性格，怎么能交流？那个不温不火，毫无主见的，肩膀不硬，遇事绕着走，更是无法对付。他做人做事遵循自己的原则，社区多数居民有事，愿找他商量，让他出主意，有了问题，让他传话，请他出面解决。社区义务监督员的帽子，就这样把他扣定了。社区干部有时讨厌他的咋咋呼呼，可也看到了他为社区平息了不少爆燃事件。在社区干部看来，他虽刁钻刻薄，却有才情德行，算是守着底线做人的，值得尊重。

夏柳知道胡三心里装着千古经纶，决定登门拜访。她要看看真实生活中的胡大爷，讨教有关千岁坊的风俗民情，从中了解布衣巷里的是是非非。其中，有个真实意图是，摸摸他对公厕的态度，听听他对苏留根占用公厕补偿的建议。

得知社区年轻人要登门，起初他是拒绝的。他知道自己已经活得没有隐私了，不希望揭开更多的秘密。转念又觉得，自己没干多少坏事，没啥见不得人的时候。多让现在的年轻人了解他们老人的内心，了解真实的自己，未必不好。别总以为他跟男盗女娼、黑道青帮沾边，他也有谦谦君子的一面。他对社区有过格格不入的反应，曾以主观判断指手画脚、评头品足，给人出过馊主意，为难过年轻人，可毕竟没有像苏留根、刘二郎那样胡搅蛮缠，蛮不讲理，他只是以傲慢方式治理傲慢，不存在攻击人、蔑视人的行为。

夏柳和刘采文结伴，穿过布衣巷的横巷，来到联排公寓楼前，抬头看到了胡大爷正在窗口凝望。胡三家住三排三楼，当她们走到楼道里时，就听到他叫道“恭候光临，有失远迎”。此时，胡三伫立在门口，一身藏蓝色的西装，扎着领带，一副绅士状。夏柳冲他笑笑，说：“胡大爷，你这是……要出门吗?”胡三露出一脸窘态，说：“没有啊！等你们。”小刘开玩笑说：“胡爷爷穿得西装革履的，去相亲啊?”胡三这才发现，她俩以为他打扮一新是为了出门，不是为了迎客，马上解释说：“贵客登门，理应梳洗，这是最起码的尊重。”两人相视一笑，不知道怎么回应。进门之前，按照胡大爷的示意，将鞋底在踏板软垫上摩擦了几下，算是脚下没有灰尘杂物，便引到客厅里去。夏柳这才发现，胡三的房子，看似外形跟姨娘家的没有区别，可里面的户型结构却有不同，特别是面积超大，三四个房间，足有上百平方米。房子内饰虽已陈旧，可收拾得还算整齐，几样老式红木家具，衬托得室内大气典雅。其中一间做了书屋，柜子里、桌子上全是书本，不时飘出书香气味。

两人小心翼翼地往里走着，眼睛环顾着，不时地冒出“哇！啊!”的低呼。

小刘好奇地问：“胡爷，这么大的房子，就一个人住啊?”

胡三叹气道：“孤家寡人一个，讨小的们嫌了。不过，落得清静。”

夏柳问：“胡大爷，咋您会有这么大房子呢？我姨妈跟您住一个小区，说起来还是个领导，也就住二室一厅啊，已经满意得不行了。”

胡三说：“柳玉清当然满足了，她那房是公家分的，而我不是啊！”

小刘说：“这房子不就是当时公家建的吗？怎么您不是分配的呢？”

胡三说：“差矣！这房子说来话长呢！”

胡三告诉夏柳和刘采文，他应该算是最早的拆迁安置户。

这一说，就倒回七十年前。

胡三出生时，父亲扔下他和母亲，逃亡到台湾。胡三的童年并没有吃什么苦，缘于父亲留下了一笔财产，其中包括一幢小楼。这个小楼别墅，后被煤球厂占用，后来厂子破产倒闭，政府收购了，他拿着地契，争取到自己的名下。本来可以搬进深宅大院的，可又通知拆迁，后来就换得了这套房子。他说那房子可比苏留根和刘二郎家的房子金贵多了。内部是纯木质的，木楼梯、木地板、木隔断，当年工厂里那帮王八蛋砸地板、掀房顶，想必国军将领的小楼能够搜出金银珠宝，愣没有把房子破坏得不成样子。房子坚固耐用结实，精致细腻，连后来拆迁的人都使用巧劲，一根木头一根木头卸下来，一块砖头一块砖头铲出来。放在现在，人的眼光不一样了，肯定会作为古运河街区的一部分保护起来了。

胡三说：“听说你们都是大学生呢，还是海归，真不简单。你们这一代幸福啊！我虽不是旧时代走过来的，小时候却是跟着母亲接受的旧式教育，算是老朽了。平时多有得罪，海涵！”

夏柳说：“您是老先生了，应该多接受您的教导。您搞得这么正式，我们有些受宠若惊。”

胡三说：“客人登门，最起码的礼节。老祖宗的好东西还是不能丢了。”接着说，“你们看过《红楼梦》吗？有一回，贾赦和贾政带着宝玉等人去给北静郡王拜寿，到了府门，先要向王爷禀报，然后领着一道门一道门地进，一个个迎面的都要问个好，得到回话，才能跟人见面。人家受敬的人也讲礼数，北静郡王就是穿着礼服，候在殿门廊下，接受请安、受礼，然后说几句谦辞，最后赏坐聊天。古时候，人注重礼俗，就是写字、作画，都要衣冠整齐，安排妥当后，再研墨提笔的。许多东西，看似简单，却无比神圣，必须有仪式感。敬畏之心就是这么养成的。为啥说世风日下，人心不古呢？就是传统教养丢了。现代人越活越粗俗，当然，像我这老朽也被大染缸染了。不入乡随俗，就说你迂腐另类。人为啥不能活出情趣来呢？”

刘采文说：“胡爷爷懂的东西真多，不愧是满腹经纶的老先生。咱们能受到这样的礼遇真是荣幸。”

胡三说：“不要客气了，咱们言归正传吧！我知道，你们也都忙，无事不登三宝殿。不过，苏留根占茅厕的事现在还是免谈。”

夏柳听出老人记挂着公厕的事，知道在这兴致浓的时候，提苏留根有些扫兴，便对着刘采文笑笑，说：“没什么事。就是对你好奇，上门看看你的。你是老年服务对象，我们应该关心关心你的生活啊！大家都说你有才学，上门来就是向你请教的。”

胡三指着屋子里的陈设，扬着手潇洒地说：“我的生活就是这样，一人吃饱全家不饿。”

夏柳说：“您算是千岁坊老居民了，千岁坊的陈年旧事，肯定知道得不少了，不吝赐教!”

胡三说：“生于斯，长于斯。如今千岁坊，没哪家哪户哪个人比我待得长，我是最有资格代表千岁坊的。我见证了千岁坊和布衣巷的变迁。”接着，指着夏柳说，“你姨柳玉清，你爸夏秋生，你的对象田致远，什么样的情况，都略知一二的。”

夏柳睁大眼睛，吃惊地问：“我爸你也熟啊？他可不是千岁坊人。”

胡三不假思索地说：“是啊！这有什么大惊小怪的。曾经……”他猛然觉得当着夏柳的面，不适合提及她父亲的为人。他跟夏秋生没有多少交集，只是在帮助处理涉及田德贵车祸中，了解到他的处事风格，至今一些事情拿捏不准，仅凭自己的主观判断，万一带有成见地说起过去的事，势必招致不必要的麻烦。他感到自己快说漏了嘴，猛然间打了个激灵。愣了几秒后，便转换话题。结结巴巴地说：“苏留根这个人不地道，占用了我的地方，没跟他计较，他倒打一耙，还要补偿！这种人，说不出来的味道，说他恶，可又没有铁石心肠，说他善，可又会拿出横行霸道的腔调。说到底，是俗，是贱！你硬他就软，你软他就硬。拆迁涉及公厕补偿，不能依着他，否则我也不答应。”

本来老钟赋予她俩说服的任务，没想到，胡三自己把态度抢先亮明了。两个人到嘴的话，被堵在喉咙口，想咽进去已是不可能的了。

“您这么高的境界，都想把它无偿归还公用了，还在乎别人沾点蝇头小利吗?”小刘终于把要说的话，简洁地吐了出来。

胡三回应说：“马瘦毛长，人瘦嘴大。这是原则问题，是非问题。如果这种事都能沾到甜头，他还有什么不能伸手的？”

夏柳说：“现在就差签字画押了，谈判的细节尽量避开这一块。我们答应他了，并不算数的，主要是指挥部审核认定才行。你大人大量，如果仅因为这个，谈崩了，不知要付出多少精力和时间，才能弥补呢？时间也是成本啊！”

胡三说：“小夏姑娘，替你父亲说话了？好孩子，古有木兰代父从军、曹娥投水寻父，今有你等为父游说，精神可嘉。我知道夏总负责项目的征收改造，按说苏留根、刘二郎是不会过分的。真正的江湖，需要你爸这样的人来闯荡。”

夏柳说：“我爸是我爸，我是我。我只为社区服务，为胡大爷服务。”

胡三说：“看得出来，你不像你爸，你和你爸不是同一类人。”

夏柳听得出来，胡三对父亲夏秋生并没多少接触，却对他好像有较深的成见。从提到认识父亲又止，再说到父女不是同一类人，似乎暗含什么意思。难道父亲真是传说中那个唯利是图、心狠手辣的人吗？她顾不上细细琢磨胡三对父亲的评价，倒想听听胡三对田致远的印象。因为他提到，说是她的对象。

夏柳说：“听说你经常接济田致远家，小田他妈念你好呢。”

胡三说：“田家人真的可怜。过去也算大户殷实人家，有头有脸的。小田的外公薛老先生才算是豪门绅士。他当过我的老师，是学校的校长，我们这一带的同龄人基本上都是他的学生。我小时候的情况，你们也许听说过，母亲带着我，大门不出二门不迈，生怕被人发现我们的存在，会惹来杀身之祸。识字读书，只凭母亲言传身教。是薛先生看着我家的境况，又看我聪明好学，才把我招到学校去的，我也算是开悟得早，学习得轻松，先生一家人特别喜欢我，直到老先生过世之前，一直跟他有来往。他喜欢找我下下棋、品品茶，谈古论今，《红楼》《三国》《论语》无所不包。先生吃亏在不问政事，不入潮流，也许是文人的傲骨，慢慢地生计变得窘迫起来。不过，瘦死的骆驼比马大，跟普通人家比起来，人家的生活仍是囊有钱、仓有米的。小田父母返城后，几经周折，才搬进了千岁坊小区里，日子过得一般，有了田雪妮之后，家境开始往下滑。”他压低声音，继续说，“你们知道吗？那姑娘是捡来的。没想到是个脑瘫弃儿。你们想想，谁家要是摊上终年靠药罐生活的病人，那会是什么光景？这些年，不知咋了，不顺意的事情接二连三，像是哪儿的风水破了。父亲田德贵遭遇横祸之后，母亲薛玉蓉心理崩溃精神失常，好不容易小田长大得力，却不时地惹祸吃官司。这不，你们都在帮他们，我是知道的。田德贵的死，很是蹊跷，哪是什么交通肇事事件那么简单？当时请我帮助处理，好些谜团没能解开，成了我的心结，也许我想得多了，好多事情在我眼里，咋就那么深透呢？以后有时间，可细说，三天三夜都唠不完的。”夏柳听得入迷，想着看望田妈妈时，老人家交代儿子有事可以找胡大爷。连田致远都以为他妈说痴话。当时她听到的胡三是负面的胡三，是个老不正道的老人。未承想，他是个热心助人的人。

接着，胡三指着夏柳说：“小田其实人不错的，依我阅历，他绝不是贪小利而丢大义的人，不能因为一念之差否定了人的本质。小伙子一表人才，可惜了被家庭拖累，没有说上一门亲事。我看你们挺投缘的。”

夏柳被胡三问住了，不知说什么好。看来，在胡三眼里，夏柳走近田致远，不仅是工作关系，似乎有进一步发展的可能，两人之间似乎有着超出亲情血缘之外那种天然的联系。

大概是聊的时间有些长，抑或话题有些沉重，胡三略显倦意，一副意兴阑珊、索然无味的样子。

刘采文跟夏柳示意了一下，说时间不早了，有什么需要帮助的吩咐一下。胡三微微欠起身，说没有什么需要帮忙的，现在还能自理，真有一天不能动了，少不了麻烦的。

跟胡三交流之后，夏柳变得心事重重。年逾七旬的老人，心中装着千岁坊的人世百态，一眼望穿世事沧桑。通常刻薄的人，看事通透。胡三平时喜欢找碴，的确是他有许多看不过眼的事。当着年轻后生的面，他虽是表现得得体，可深藏的智慧、隐藏的机锋，还是让夏柳觉得是有心徒乱人意、避重就轻。父亲夏秋生，姨妈柳玉清，在他眼里已然不是生活中的真实存在。而田致远一家的遭遇似乎比想象中更加扑朔迷离。夏柳不想往深处想，可老人眼里露出的疑虑却挥之不去。她想问姨妈，可又不知从何处开口。她要问父亲，可又怕生出不必要的事端来，心里矛盾极了。她决定还是先关心关心田雪妮。自从为田致远安排妥当后，一直没空走访他们家。虽然有几次动了念头，可因为一时想不出理由，便退却回来。她也怕无端生起是非，可越是不想见田致远，心里越是放不下来。最好的理由，是探望田雪妮。她跟田雪妮之间，有天然的亲近感。

26

田致远去药店工作后，似乎生活走上了正轨。尽管工资收入不及跑快递、送外卖，可毕竟是份稳定的职业，既体面又干净，忙闲有度。

对他来说，这份家门口的工作，可以有更多的时间照看家，可以让姐姐田雪妮一日三餐，有暖饭热汤。母亲身体转好，他打算把母亲接回家中照护，这样既省却住院的费用，又可以让母亲天天看到自己，少了牵挂之苦。工作、生活有了规律，无形之中也是一笔福利，这让他里里外外干得起劲。更为重要的是，他有时间学习读书了。干一行，吆喝一行。销售药品和医疗器械，需要专业知识。公司经理和店长反复叮嘱，要求他加快学习掌握药理知识，不然不适合从事这项工作。这既是给他压力，也是动力。他何尝不想懂点医药常识呢？家里尽是病人，他意识到医术对他的重要性。从小他就有做医生和老师的梦想，只是家庭的变故，让他无心专注于学习，最后随便考了职校大专。现在有机会接触医药，内心里萌生了学医的愿望。朴素的现实理想，是为母亲和姐姐的打针吃药方便，是为端住这个饭碗，让自己更专业些。当然，帮教过自己的夏柳，也成了他学习上进的动力，既然心中仰慕人家，那也要有真才实学，至少通过勤奋学习，拉短跟她的差距。药店就是最好的课堂，店长和同事是最好的老师。工作上，他少不了请教她们几个。回到家中，空闲下来，他就会抱起砖头厚的医药教科书一字一句地研学。他想等他有条件了，准备报名到医学院当个旁听生。他还有着报考药剂师的打算。药剂师证书，可是从业的资格证，有了它，便可以在医药行业里滚打了。

药店里的人际关系相对简单。起初王娟店长板着面孔警觉地对着他，颐指气使地指挥着干些上搬下卸的杂活。店长大概知道他是犯过事的人，处处提防也是情理中的事。摊上小偷小摸之类的恶习，如同男女偷情一样，有一次就会有一百次。田致远心里没有装着官司的包袱，他似乎完全退去了那副看不见的枷锁，一切自在无畏随本心。王店长对他冷漠，还有一个原因，就是业务生疏，有点“恨铁不成钢”，说话语气重。好在她再刁蛮，小田也不往心里去，活儿干得再苦再累，他也乐此不疲。他像是换了一个人似的，待人和善，满脸挂着笑，根本不想愁苦的事，多大的委屈都是笑脸迎对。

后来，王娟店长觉得这样的人根本不像“坏人”，心里感到错怪了他，不时地鼓励他好好干，多学习，将来会有大用场。这种鼓励不亚于得到一笔不菲的奖金。更让他内心充满温暖的是，同事胖姐热情地帮他教他，他笨拙得无处下手，她耐心细致地手把手地教。

胖姐姓周，小田管她叫周姐，更多的时候叫她师傅。胖姐身材偏胖，天生的饮食过度综合征，个子不高，白白净净，可爱的婴儿肥，笑起来腮帮两个大酒窝，像是被子弹射出的孔。虽说胖姐有些胖，却是灵巧活泼得很。胖姐是天生的经营家，从客人进店，她就满脸堆笑迎候着，嘴里不停地问是不是哪里不舒服了，有什么需要帮助的，哪种药最适合你，哪种药最便宜……她还会站在病人的角度告诉你，应该到哪个医院去诊治，哪个医生专治你这样的病，让人听得不好意思空着手走。许多老客户进门便会喊胖姐，那个药吃完了，再开两个疗程的。胖姐会顺着叫声，颤动着水波腰肢，颠颠地跑过去，帮他选药刷卡。临了，还得提醒一下，凡药七分毒，药疗不如食疗，要配上好的饮食抵充。春夏秋冬时令，几乎都能说得清果蔬与药物相辅相克的道理来。田致远初听她这么介绍，还有些好笑。一个卖药的，却要说出药的不好来，这是存心做生意吗？可胖姐就是靠这份真诚打动顾客，撑出了药店半壁江山。

胖姐被同事和顾客这样地喊着叫着，却一点不生气。她并不认为这样的称呼有辱自己，反倒觉得亲切自然，像家里人那样亲近。她看上去无忧无虑、嘻嘻哈哈，天生的乐天派样儿，或是因为她从来不喜欢把痛苦和烦恼带给别人。田致远曾跟她聊起家境，才知道她比他还悲摧。胖姐出生于残疾家庭，她是因早产服用激素，而被催肥的。她的成长环境迫使她必须自立自强，很小的时候，她就挑起了家庭的重担。奶奶说她是上苍派来的天使，拯救周家来的。她没有像同伴那样，专心读书、尽情玩乐，她边上学边照顾父母，直到初中毕业那年，双亲去世，成了孤儿，她开始了一个人艰难地面对生活。

有人说，在地狱里生活一辈子的人，并不特别感到地狱的苦难，只有那些生活在天堂里的人，才会挑剔天堂的不完美。亲人离世后，胖姐似乎完成了人世托生的使命，重新开启自己的生活，学习、工作似乎不再是最为痛苦的事了。她学会了面对现实，自找快乐，哪怕生活中照进一缕微光，她都特别温暖和感动。她是一个特别知足、特别愿意分享的女孩。她面对生活的状态，带动和影响了田致远。既然自己无法选择命运，那就坦然地面对命运。胖姐告诉他，“笑对人生”就是为你我的命运造设的。虽说胖姐长小田两三岁，可待人处事、悟性技能却是小田远不及的。

田致远甘心跟着胖姐后面当学徒，跑前忙后，逢叫必到。顾客问询的时候，他会站立在她的身旁，听她介绍什么样的药物适合治什么病，不长的时间里，他对感冒、腹泻、头痛以及高血压、糖尿病等药物的药理也能跟顾客说上两句。田致远也有不尽如人意的地方，有时一紧张开错药单、拿错药，按理说这样的错误是不能发生的，可胖姐表现出特有的耐心，再大的问题都是主动扛着，虽说偶尔埋怨几句，好在小田总能虚心接受批评，欣然接受她的指教，脸上不停地露出歉意。

胖姐的言传身教，让田致远业务提高很快。经历的相似，又让他们在感情上有了相互依靠的意愿，许多时候他们的心似乎靠近了一下，彼此感受到对方的温热，可接近摩擦的时候，似乎又露出了羞怯。两个打工的同事，彼此有好感是正常的，可真正谈感情，显然不现实。至少田致远暂时没有这样的思想准备。他只想着拼命挣钱，先保证家人吃药看病，然后再想着自己的未来。胖姐坦言告诉他，可以帮助他姐姐和母亲拿到最为便宜的药物。药品里面的猫腻多了去了，许多药物昂贵，只是换了名字，其实就是新瓶装老酒。某种疾病医治，所需的药物药理大同小异。对付人类常见病的就是那么几种基本药物，没必要看着商标名字配新药。田致远对照了母亲所服的药品，果然发现，价格来去相差两三倍。这是他自药店上班后，得到的最大收获。

胖姐告诉他，之前一轮许多发了财的，是药商，是社会上说的医药代理。这些“药代”直接跟医院和医生打交道，吃回扣、拿返利，一年下来能有百八十万收入不成问题。现在实现医改了，药品采购透明了，暴利情况少了，但不是没有机会。过去我跟着人家后面跑过，长了不少见识，只是咱这矬胖形象有些寒碜，不如别人来得有好感，可还是学到了不少东西。所以，在药店当营业员还算比较得心应手。

田致远只是感受到看病难、看病贵，没有想到药品里面有这么多名堂。他越发喜欢这份工作。他想，达到胖姐这样的业务水平，工资收入翻番，如果业余时间，再打些零工，家里生活上台阶没问题，自己可以买车买房了。憧憬着未来，他浑身有使不完的劲。

那天，夏柳约刘采文一起来到田致远家。按理这只是既定的常规性家访，可夏柳却显得特别不自在。多少次她叩问自己，田家是社区重点帮扶对象，正常的工作关系，怎么会放不下来？难道自己对工作有愧疚？可她已经尽了力，且有了成效，人家的工作生活步入了正轨。难道情感倾注太过，让自己难以自拔？她的确是用心用情做的，刘采文和章阿姨也是这样做着的，她觉得并没有什么特别的情愫。这家人的遭遇太可怜了，有能力的人肯定都是愿意出手帮助的。可这种挂念却像在心里生了根似的，想拔出抽走可又不太容易。田致远和田雪妮的举止总是挥不去、抹不掉，像是田家姐弟心中有根无形的绳索牵扯着自己。特别是有人议论她和田致远在往男女朋友方向发展，她就有了羞见的感觉。本来两人之间有着自然的交流，却变得词不达意，语无伦次，表情和语句极不搭配。有时空闲下来，眼前就会出现姐弟俩的影子，脑子里越是想见，越是克制自己不见。想以时间冲淡对他们的印象。可是重点对象帮扶服务，让她无法甩开对他们的牵挂。她让刘采文陪着，也有掩盖自己内心骚动和惶恐的因素。同时，她想跟刘采文商量，街道残疾人工疗站可不可以招收田雪妮这样的人，这样可以减轻田致远的负担。

田家的门，始终是虚掩着。田致远之所以放心大胆地开着门，倒不是觉得家不是家，他家的确没有什么值得他人觊觎的东西。小偷真是潜入他们这样的人家，那也是自取其辱。他只是为了田雪妮的方便。有时候，楼道里的伯伯阿姨上下进出，能关心问候一下田雪妮，顺便帮她一把；外卖送餐可以不用敲门开门，直接把快餐放到桌子上；田雪妮自己有时候也可以挪动到门口，看看外面的世界。

夏柳和刘采文进门的时候，正巧田雪妮推着轮椅待在门后。两个人的出现，并没有让她吃惊，反而友好地望着她俩，像是等待约见的朋友。她俩围着轮椅，把田雪妮推到了阳台旁。

刘采文叫着田雪妮，田雪妮冲着她笑着。

夏柳叫着雪妮姐，田雪妮羞怯地低下头。

夏柳环顾四周，家虽是冷清，却收拾得整洁有序，再不是之前看到的碗筷盘碟、剩饭剩菜拉笼灯似的，从灶台拖到桌子、椅子和地上，狼藉遍地。再看看田雪妮，显得精神了，脸色变得红润，眼神看人也变得温和亲切了。大概是进入夏季，原来那些臃肿杂乱的东西，被清理贮藏起来，凌乱的床铺收拾得也平整干净。夏柳心里不禁有了一丝安慰，总算像一个家了，田致远从绝望中走出来了，开启了正常家庭的美好生活。

刘采文问："告诉我，你弟干什么去了？"

田雪妮吃力地说："他——上——班——去了。"

夏柳问："你想我们了吗？"

她说："想——的。"然后，含羞地嘻嘻一笑。

刘采文用手摸摸她的手，让她试试力量。"来，咱们做个游戏，掰手腕，行不行？"田雪妮伸出手来，轻轻地握着刘采文的手。刘采文喊着："使劲，看谁力量大！"田雪妮握着她的手，满脸憋得通红，也没有拿出多大力气来。刘采文向夏柳摇摇头，意思是说，手上没劲，可能到工疗站干不了什么。夏柳悄悄地说："不是可以端碗拿匙子吃饭吗，说明手臂是可以活动的。上次看到她拿笔练习写字，说明她脑子里是有记忆的，手指功能还是存在的。"她俩帮助找来笔和本子，引导田雪妮在本子上写字，果然，她能写字。只是拿着笔有些不稳，还是手部力量不足的原因。夏柳对刘采文说："工疗站本身就是劳动康复治疗，像她这样有基础的，进去先试试，里面有描绘室，拿着彩笔在画板上涂色，应该没有什么问题。"

刘采文说："那就试试呗！先问问田致远，同意不同意？"

夏柳拿起手机，给田致远打电话。

"我是夏柳，现在你家里。"

"噢！我在上班呢。有事吗？"田致远一听是夏柳，心情突然复杂起来。莫名其妙地突然登门来家里，会有什么事？可自己又不在家。真有事情，她应该直接来店里找我，不该当着雪妮的面，说那些有关于自己、关于家庭的事情的。像雪妮这样的脑瘫患者，脑子支配不了四肢，却仍能支配思维，大脑对外界事物特别敏感。除非有什么其他意思。田致远内心忐忑不安。

"我和小刘看看雪妮，想跟你商量事儿。"田致远在那头听着，夏柳接着说，"街道办了工疗站，不少残疾人在那儿一边干活，一边可以聊天，对四肢康复和脑子活动有帮助的。那里可以管两顿饭，早上把人送去，晚上接回来，跟上下班一样，这样可以减轻你的负担了。"

"好是好啊！不过，她能干什么啊？"田致远犹豫着说。姐姐在家里要么卧床要么坐轮椅，连半自理能力都不具备，哪里谈得上干活做事情？把她送到人家单位去，只会添乱，增加人家的负担。他对这样的建议没有多大信心，不过，夏和刘两个人能这样想着他，已经让他内心感激不尽了。他说："要么这样吧，等母亲回来了，再听听她的意思。谢谢你们。"

夏柳估摸着他母亲该出院了。当时她去探望的时候，医生说等一段时间可以回家的，田致远考虑到自己的情况没有定论，便把母亲留在医院里。而今，田致远正常工作了，家里的生活走上正轨了，把母亲接回来休养，完全没有问题。

"那你什么时候，接你母亲回来？"夏柳问。

"就这两天，我正好倒休。"小田说。

"要不要我们帮忙？"夏柳问。

"不用了，已经给你们添不少麻烦了。"小田说。

"你就不要客气了，出院东西多，这儿有现成的车子，直接拉回来方便。"夏柳说。

"不好意思的。实在不方便了，我再找你。"

"那好吧！到时候提前告知一声。"

田致远听得出来，夏柳要开车同他一起去接母亲，虽是应承下来，却没有往深处想。回过神儿后，心里的想法便更加奇妙了。这么一个好女孩，怎么会这般热情地待他和他的家人？难道仅仅是工作要求，抑或基于同情怜悯？这完全没有必要的啊！毕竟，自己有手有脚，靠自己的劳动，生活并没有窘迫到山穷水尽的地步。如果说是男女之间的好感，那差距忒大了。她家庭条件优越，开着豪车，享受着高品质生活，而自己还在贫困线上挣扎。这种好感，很难往男女朋友感情方向发展的。不过，社会生活中超越世俗的事情无处不在，网上有关富家女下嫁凤凰男，草根男迎娶白富美的故事也不少。古代也有，穷困无赖的刘邦，娶到县令的女儿吕雉，成就了他的帝王伟业；七仙女下凡，求嫁穷困潦倒的董永，过着"你耕田来我织布，你挑水来我浇园"的田园生活，世事皆有可能。可他哪有刘邦的王侯之相？他也不希望夏柳是心狠手辣的吕雉。当然，夏柳也不像是天上的七仙女。现实中的帅董永、好董永、富董永多了去啊！他越是这样想，越觉得自己下贱，甚至不知道怎么跟她相处，本来自然的接触反而变得陌生心慌了。人生可以有无数次翻盘的机会，污点却一生无法抹掉。田致远摇摇头，不可能，绝对不可能。

那天，夏柳主动打电话问田致远接他母亲的事，田致远才支支吾吾地说了时间。

27

夏柳开车把他母亲接到小区里的时候，围观了许多邻居，大家问候着薛玉蓉的康复情况，嘻嘻哈哈一番客套。接着便是带着异样的眼神看着夏柳和她的车子，个中不怀好意的目光，射得她的脊梁骨里透着寒气。田致远看着她窘迫的样子，有点过意不去。而薛玉蓉面带微笑地当着众人，夸赞夏柳心肠好、思想好，是难得的好姑娘。

夏柳靠近田致远，低声说："你妈回来了，可能还要适应一段时间。不能有或悲或喜的事情刺激着。每天要提醒服药。工疗站那儿，可以商量着办，也可以让你姐姐和母亲一起参加，这样有个相互照应。总比闷在家里好。"

田致远频频点头。夏柳都替他想到了，让他很感动。

母亲薛玉蓉精神状态还算稳定，头脑比较清醒，仍不失优雅气质，只是上了岁数的人，看起来总觉得缺少生机。她头发枯白凌乱，面色憔悴灰暗，眼睛有光无神，身体单薄无力，仿佛被什么东西把水分抽干了，瘪塌塌的感觉，走起路来毫无声响，说起话来轻言细语，似乎对这个世界没有了任何兴趣。当雪妮高兴地喊着"妈妈"的时候，她只是抬起头来，看了看她。

夏柳不曾体会到，田致远今后的生活负担，将变得更加沉重。

田家出现了暂时的安顿，田致远集中精力在药店工作。闲暇里他甚至觉得有些无聊。站柜台的工作，对于生性好动的男人来说，似乎有点残酷。慢慢地，他对这份稳定而缺乏挑战性的工作，味同嚼蜡，毫无意趣。可他不想放弃，他想干得饱和些，收获更大些。他想继续兼职做，白天药店上班，晚上跑快递送外卖。他把想法跟好友梁平商量后，小梁帮他权衡了一下，觉得不可取。外卖快递以白天为主，不值得放弃药店稳定的工作，专营外跑。小梁给他提供了几个兼职项目，代驾和网店。田致远学过驾驶，但没有驾驶经验，对各类车辆没到驾轻就熟的程度，不敢轻易上手。而网店，自己更没信心。现在流行网红带货，他自知不属于靓哥美女类型，且嘴笨话拙，不太适合。梁平告诉他，网店是无成本的移动柜台，假如你是专业的药剂师，网店对你大有用场。

胖姐对田致远的情绪变化大为不解。现在干得顺风顺水了，却显得消沉无趣了。她猜测田致远心里必是有事。看样子，不像家里遇上什么困难，也不像感情上有什么波折。胖姐知道，他没有女朋友，也没有谈恋爱的经验，不会出现婚恋困惑。他必是对这份工作有些厌倦了。男孩子活泼乱跳的，守在这三尺柜台前，实在为难了他。她问他，是不是不想干这份工作了？他说他喜欢干，只是没有刺激性。他想起了胖姐说过自己做“药代”，曾赚过大钱。问胖姐现在有没有机会做了。胖姐问他，什么意思？想做“药代”？那是一份很卑微的工作，求爷爷告奶奶的，要吃得了苦头，受得起白眼。智商和情商要超一流。

田致远一脸愁容地请求胖姐教教他。他说，自己微薄的收入，要养一家子病人，何时能有出头之日。他想在不影响上班的前提下，把闲暇时间用起来，兼职赚点外快。俗话说，马无夜草不肥，人无外财不发。他有的是力气，有的是时间。

胖姐告诉他，医药行业看似面广量大，其实是个供求不平衡的体系。一般药物多如牛毛，而好药贵且少。现在许多境外药品都想往国内市场挤，只要做了某一个药品的代理，就够你吃一辈子的。胖姐说，这只是说说而已，没有资源和渠道，哪里还会有营销的机会啊。且不说治疗肿瘤的进口药，就说日本的眼药水，那都是热销货。现在的消费者，崇洋媚外得很，同样的品种，进口货价钱高几倍，照样有人买，而且供不应求。你只要抓住顾客的心理，就会有赚不完的钱。

田致远对胖姐的分析，颇有同感，只是没有她探得深、看得远。他想，既然干上了药剂工作，何不从这上面深耕细作下去呢，商机是公平的，只是看谁抓得住、抓得准、做得实。他打开手机，上网查看药品销售的资讯，这才发现，网络平台无限广阔，难怪梁平说线上销售和供货成为一种时尚。他上学时学的电子信息专业，原以为这个专业只是个噱头，就业时也未能匹配找到工作，现在看来，掌握的专业原理，可以派上用场了。他在网上寻找着商机，他甚至翻墙看到了境外的药品市场情况。胖姐说的肿瘤药物和眼药水，在药店里没有销售。他时常听到顾客抱怨缺少这样的药物，如果自己能搞到这样的药物，既可以弥补药店供货的缺陷，又能满足顾客病人的需求，是一举三得的事。

经过一段时间的网上查询，他发现肿瘤药物程序复杂，成本较高，他不具备进货的能力和资本。进口眼药水，成本低，数量小，利润高。一个号称网上境外代购商家，跟他联系后，说是可以私下跟他做这样的交易。他告诉胖姐，胖姐说，你拿过来，有多少帮你销多少。

田致远没有多少本钱，也不太相信这个渠道的可靠性，只是试探性地在网上进行了小额交易。不几日，对方邮寄了一只小纸盒，打开一看，原产地，原包装，果然是市面上稀罕的眼药水。他兴奋地把这个消息告诉了胖姐，胖姐不相信这么快就能在网上成交。她责怪小田过于冒失，让他多看多问，不要上当受骗。现在网上的骗子多，就他的收入经不起两三下。小田告诉她，只是试了试，进了十几盒，先看看真假。说着，从裤兜里面掏出一盒子来。胖姐仔细看了看商标和包装，心中一惊，这正是时下市面上炒作的护眼药水，点了点头说，像是真的。接着告诉他，这事不能在上班时做，更不能在药店里销，咱们不能干吃里爬外的事。胖姐说，先把货交给她来处理，一旦出手了，再把钱转给他。田致远有些犹豫，倒不是对胖姐不放心，是担心东西销不出去，资金收不回来。胖姐问他多少钱可以卖？他不假思索地报了价。胖姐说，太低了，越是报价低，人家越怀疑货的真伪，她报了双倍的价，她听说黑市上就是这个价，如果有人要的量大，就当是批发价出手。田致远听到这个报价，吃了一惊。心想，难道真是假货吗？对方给的价格怎么会这么便宜？他真有了上当的感觉，多亏进货的量小，没花多少钱。他啧了一下嘴，犹疑不决地对胖姐说："咱们先不谈挣得多少，先看货有没有人要？"胖姐说："你先拿来给我，一周内看结果。"

田致远把货交给胖姐的时候，反复叮嘱她，要找可靠的人来做，不能光明正大地推销。他心里想着，万一被查到是假药，他又要倒霉了。胖姐看着他，说："不信任吗？那我不掺和，你自己干吧。"他慌忙地赶紧打招呼说："不是这个意思，只是心里不踏实。"此时的田致远真有点做贼心虚的感觉了。他刚解除监外刑罚，司法档案中已是铁证如山的小偷了，可面对这样的怀疑心理，却有些发毛。可见他不具备小偷的潜质。胖姐看他局促不安的样子，鄙视地笑了笑。心里想："堂堂男儿，有雄心没雄胆，还没真刀真枪地干，就认㞞，看来，不是干大事的人。”嘴上却说：“交给我吧，先试试。”

三天后，胖姐悄悄地交给他一个信封，封面上写着几行数字。田致远问是什么？胖姐说，回家再看吧。田致远手里攥着信封，心脏却怦怦乱跳，像是接着烧红的火钳，越是拿不稳越是要死死地抓牢，生怕伤着自己。他想如果是钱，那应该是卖出的货款，他们之间没有发生借贷关系。可这么快就能卖出去，他有点不相信。如果真的是钱，这些钱会不会有点脏。他又想，“不会是什么书信？如果有话要说，他们天天面对面，有的是机会。难道她有什么小秘密非得避开他人不可？”胡思乱想一通，实在有些忍不住，趁着没顾客的时候，打开信封，看到里面装着百元、拾元钱钞。田致远局促不安的情绪终于平和下来。他走到胖姐身边说，这么快就处理了？胖姐装作不开心的样子，嗯了一声，让他点点清楚，当初说的价，一分不少。田致远从信封里抽出几张百元大钞塞给胖姐，说：“我只要自己的本钱就行了，那些都是你的。”胖姐说不要，田致远硬是拉扯，胖姐只是躲闪。胖姐说：“既然有诚意，请客吃一顿就行了。”他说：“这没问题，正好还要讨教师傅呢。”

下班后，田致远约胖姐到对面的茶餐厅，找了拐角僻静的位置，相互谦让一番后，两人面对面坐下来。先是招呼服务员要两杯奶茶。田致远说：“想吃什么？尽管点。”胖姐说：“看我这样，能吃什么吗？随便吃点，只要清淡些就行。”

田致远看着胖姐，问：“这生意还能不能做下去？”

胖姐说：“能啊！只要胃口不大，会有下家的。”

田致远说：“自从货到手交给你后，心里直打鼓，真像是做贼了。”

胖姐问：“怎么啦？怀疑是假货？”

田致远点头应了一声，说：“是啊！怎么会差价那么大？”

胖姐安慰地说：“其实我也担心是假货，所以没敢用微信给你转账，怕留下过多痕迹。现在市面上的确假货不少，下家看到货后，一下子认定是真的。人家说，上家可能是挟货。”田致远问：“挟货是什么？”胖姐解释说，算是走私物品，也有通过海淘把货带入到国内的。这种药品在境外很便宜，属于家庭常备保健药，如在市面上，价格就不一样了。

田致远想到这位卖家所表现的态度，并非仅是挟货代购这么简单。他是从一个不起眼的网站链接进去的，对方让他先是试着销售，如果有销路，可以再继续。他不知道，人家寄来的一盒二十瓶，是没有任何加价的市面价格，胖姐售出的价格，也是下游客户没有返利的价格。胖姐按照市场报价如数交给了田致远。田致远心里细算，这是大家都在帮助他。市场是逐利的，生意人难免贪婪。要想把生意做下去，就要建立互惠互利的渠道。他请教胖姐下一步怎么办？胖姐分析说，“生意可以做，如果货源正常，可以薄利多销。我可以帮着你销。不过，该吃的回扣返利也要留足，人家医院和医生，偶尔帮一两次忙，是可以的，好处费或是人情开销总是要有的。”

田致远觉得，胖姐说的道理，他都懂。他不是那个没吃过猪肉也没见过猪跑的人。他认识梁平等几个朋友，都算得上有难同当、有福同享的。合伙做生意，不能吃独食，那不是朋友没得做的问题，是自己堵住财路的大问题。胖姐说，潜规则，按分成，边做边看。话不能说死，进口药品是受管控的，一般很难保证货源畅通。他们并不知道，销售国内没有批号的进口药品，如同销售假药。

田致远体会到，胖姐对他是真诚的，虽然有时候他的话，她爱搭不理，是因为他问的问题，过于幼稚。他很想套出买方渠道，可又不能直截了当地说，这是生意人的一大忌讳。主动打听买主，难不成想过河拆桥，踢开中间人？他只是好奇，这样的买家为何如此信任胖姐？

田致远注视着胖姐，胖姐有点不好意思地低下头，两腮顿然露出了红潮，像是快要熟透的西红柿。此时，胖姐的心里肯定不会是想着跟在田致远后面发财，她的注意力一定是转到了田致远本人身上了。她从来没有跟年轻小伙子面对面坐着，更没有哪个人这样崇拜地向她请教问题，她觉得小田善良纯朴得近乎呆傻可爱，更何况他的面容白净、五官端正、身材高挑匀称有魅力。她想，这样的帅哥，怎么会单身呢？就是家庭条件差些，可人家帅啊！人品好啊！她想着，要是经常这样地两人对坐，轻松地聊聊天、喝喝茶，是多么惬意的事啊。想到这些，不免面红耳热起来。

田致远这才发现，胖姐羞怯自怜、落落难合的样子非常中看，婴儿肥的圆脸，微露的唇齿，含笑的眼神，完全遮盖住了胖矮的缺陷。他看到她第一面的时候，觉得她有些丑，站在柜台前，有碍门市观瞻。接触下来后，他发现她在说和笑的时候，还是挺迷人的，特别是她营销的口才，让他更是刮目相看。有人说，丑人多读书，用内在的素养弥补外表的不足。其实，丑人会说会笑，更能增加自身的魅力。胖姐又说又笑的时候，田致远看着心里都甜滋滋的，跟着这样的同事并肩战斗，能学知识、长本领，更主要的是，坏心情也会没脾气，傻萌地乐和着。

田致远一番忙碌之后，又接到了第二笔货。这批货是按批发价格进入的，进入零售渠道，仍可以得到丰厚的利润。他请胖姐销售，胖姐说，可以帮你，但要让出零售折扣价，打点红包或者回扣用。田致远说，只要有人要，赚多赚少无所谓。三天后，胖姐把钱打到了手机里。田致远算了算，除了成本，毛利赚了三成。两次下来，挣了三百多元。

他准备继续进货。对方买家提醒他，这样小笔小笔的交易，运费成本高，运输风险大，希望他大批量地进。他觉得胖姐帮他出手快，销售应该没问题，也想多进点货。可仔细琢磨，自己兜里没多少本钱，想凑个万儿八千实在困难，更何况对方所说的一单开价十余万。再说，跟上家接触时间不长，心里没底，万一是诈骗的圈套，落得个竹篮子打水一场空，岂不是被人笑掉大牙，全家举债过日子，那将是什么样的窘境。他冷静地想了想，跟胖姐商量，胖姐说，蛤蟆走路拖，肚子不挨饿，田鸡跳一丈，嘴都管不上。不能大折腾，好日子慢慢过。老老实实做人做事，苍天不负老实人。最后决定，没有实力一口吃个胖子，还是一步一步来，雪球总会一天天慢慢滚大的。

田致远盘算着第三笔货进多进少的时候，母亲薛玉蓉关心起他来。薛玉蓉看他每天蹦上蹦下举止异常，忙得连吃饭都带着心思，问他遇到什么事了，他笑而不答。母亲急了问，不会瞒着妈干什么坏事吧？

他实话实说了。说是跟朋友正做着生意，赚了一点小钱，只是想再做大点，掂量着手上能拿多少钱出来进货呢。母亲这才松了口气，问要不要家里帮忙。田致远说，能帮什么忙啊，只是缺钱。

薛玉容嗯了一声，从儿子身边走开。田致远想，小打小闹的一次只挣百八十元，还不够工夫钱呢，如果能凑些钱，一次性地进上几大件，倒不枉忙活一番。他端坐在四方桌前，闭目合掌，冥思苦想，居然像个和尚打坐一般，多么希望眼前能飘下一张张百元大钞来。母亲悄悄走过来，看着儿子萌萌的样子，笑了。她坐到儿子身旁，手上握着一本黑皮外套笔记本，像是给儿子做功课辅导似的，对着儿子说："你缺多少钱？这个存折是你爸的抚恤金，你先拿着用吧。本来说是给雪妮应急用的。"田致远睁开眼睛，吃惊地望着母亲，说："不行，这钱我不能用。你还是把它放好，你和姐姐最困难的时候，都没舍得拿出来，现在更不行。”他把存折推了过去，薛玉蓉又把存折推给他，说：“做生意，钱生钱，这个钱就有价值了。只要用在正道上，妈妈会支持你的。”听着妈妈说得有道理，且心甘情愿地拿出来支持，他便不再推辞。

他接过存折，打开一看，数额不小，本金和多年的利息合计二十多万。真没有想到母亲保存得这么严实，而且夹在自己的皮本里。如今存折已经不是存款工具了，可家里唯一的存折还是崭新的。

这是他父亲用生命换来的存款，每一个数字里都含着全家的血和泪。看着看着，他突然想起了不幸的父亲带给全家的不幸和痛苦，眼泪控制不住地掉了下来。多少年来，他用稚嫩的肩膀挑起家庭的责任。母亲只会咬文断字，妇道人家必会的洗衣做饭一概不擅长，里里外外是由父亲操持的。父亲走后，母亲实在忍受不住，整个身心崩溃，落下精神障碍，彻底改变了家庭的境况。田致远记得，他既要上学又要跑医院，还要照顾瘫痪在家的姐姐，每天疲于应付这个残破的家。母亲的喜怒无常，让他无所适从。多少次他愁眉苦脸，以泪洗面。他无法面对老师和同学，无法接受背后对他的议论，他受挫的自尊心已经影响到学业，勉勉强强坚持下来才读完了大专。他本来以为找到工作，生活一定会好起来，可自从踏入社会的那一天起，就没少碰壁，竟然吃上官司，让他白纸一张的人生先涂上了黑点。污点虽小，却像在心肺上刺了一针，让他痛苦万分。每每想起，心中的愤懑难以平复，恨不能以命抵命，把那个黑心老板千刀万剐。他认为，这是一个认钱做大爷的时代，人为钱而奔波，人为钱而算计着。他因为太需要钱了，才干出了违法的事，谁让自己没本事赚钱呢。现在总算有了挣钱的机会，自己一定要抓住。这不仅是为让母亲和姐姐过上好日子的问题，也是为表现自己能力和价值的问题。这张存折，或许是开启他改变生活命运的通行证。

田致远想到这些，精神为之一振，内心默默祈祷着，父亲在天之灵，一定要助己成功。他跟母亲说：“这个钱不能一下子用的，只需要支取一两万先做起来，万一扩大进货量，再用不迟。”

薛玉蓉说：“这倒是的，家有存粮，心中不慌。”

母亲把存折交给他，由他支配。他小心翼翼从银行取出两万元，把本子还给了母亲。他内心确实不忍心动这笔钱。两万块拿出来当本钱，即使折了，也不伤筋动骨的。

田致远得到了这笔资金，心醉神迷地忙于进货出货，手头慢慢地宽裕起来，他和胖姐时常相互带着点心和奶茶与同事们共享。精明干练的店长以为两个大龄男女对上了眼，不时也冒出隐喻、开着玩笑，根本没有觉察出他们私下所进行的买卖。在药店里，田致远营造出温馨热情的气氛，加上胖姐的营销沟通能力，让药店销量逐月上升，自然令店长满意。两人交头接耳、窃窃私语，或是代班离岗等违反工作纪律的现象，店长是睁一只眼闭一只眼。

28

薛玉蓉康复出院回到家后，时常念叨着夏柳的名字，当着田致远直夸夏柳是个好姑娘，说人家有情有义，让他主动点。田致远心里也是这样想的。有时候想到以什么方式接近她时，又无奈地摇摇头。这不现实，条件差距忒大了，有点癞蛤蟆想吃天鹅肉。与其自讨没趣，不如顺其自然。上赶着往前贴的事情他做不出来。

他告诉母亲说："人家是社区干部，帮助我们，是她的任务。不要想得太多了。"

母亲说："以我的眼光看，人家女孩对你真的不错，超出一般的工作关系。老大不小了，有机会就要抓住。"

小田说："人家条件那么好，我的情况就这样，拿什么跟人家谈恋爱呀？现在女孩都挺实际的。可不想吭吭哧哧出丑。"

薛玉蓉无奈地看着儿子，自言自语抱怨耽误了孩子。接着跟儿子聊起自己的亲身经历。她说，爱情是不讲条件的，喜欢一个人，就应该勇敢地去追求，男孩子应当主动点。母亲和父亲走到一起，就是爱的力量。

当年，薛玉蓉和田德贵的爱情故事，曾轰动整个知青点，招致所有同事的强烈反对，别说门不当、户不对，就是生活方式、行为习惯都相差甚远。薛玉蓉冲破世俗樊篱，跟农村青年田德贵走到一起，并不仅仅是因为他救了她，以身相许报答他，更多是因为他的善良纯朴，值得她去爱。古人都做到"取士不问家世，婚姻不问阀阅"，何况进入了文明社会。两个人虽是艰辛地生活着，但并没觉得生活有多苦，每每想到过去的事，薛玉蓉自然流露出满意的笑容。

儿子反驳她说："日子过得那么清苦，还讲什么幸福呢？如果你选择另外的路，或许今天不会受这份罪了。我也至少不用这么拼命地忙碌。"

母亲抚摸着田致远的头说："傻儿子，没你父亲，怎么会有你呢？那个年代，人没有理想主义，就看不到未来，再苦再累并不觉得是问题，精神追求胜过劳其筋骨，苦中有乐，苦中找乐，是最好的精神胜利法。像自己这样的出身，在当时是立不住脚的，要向上进取，必须有根红苗正的背景，认识你父亲后，我才有了踏实坚定活下来的信念。是你父亲拯救了我，改造了我……"

薛玉蓉说着说着，又把自己带入到当年的场景中去了。田致远担心她勾出旧伤来，立马停止了交流，说自己现在就去找夏柳。

薛玉蓉总想把自己的经历当成普遍真理，不时地套用到工作生活中，以此教育影响儿子田致远。在她眼里，一个人的信念决定着自己的命运，尽管她的命运是由别人的信念决定的。即便如此，生活的信念仍是让自己活得体面的动力。人总是要有精神的，内心空洞比外表穷酸更可怕。人活一口气，佛求一缕烟，再大的皮囊也装不进一头牛，可再小的脑袋却能装进一个世界。人的精气神，可以战胜一切困难，泥塑的佛像能够引来万众香火。她放弃万贯家财的继承，不仅是因为父女之间的恩怨，更多是看穿世间万物的利害。当然，在生活陷入绝境时，她曾动摇过这样的信念，只是眼前本来拥有的东西，已化为乌有。她虽看淡生活的一切，却不能摆脱对爱恋的依赖，以致想到丈夫田德贵时，整个身心就像当年陷入沼泽地不能自拔一样，只会绝望地嘶喊咆哮。

田致远知道母亲活得痛苦，这种痛苦倒不是物质生活的落差，而是父亲给她的所有寄托。在父亲面前，她如得宠的贵妃一样，撒娇含嗔，耍小性子。父亲却是极好的脾气，不仅不生气，而且充当排泄情绪的橡皮人角色，任由她捶来打去，更是对她百依百顺、有求必应。他认为，母亲认为的幸福，是建立在父亲放弃尊严甘愿受虐受歧视基础上的，一旦这样的人失去了，如同整个世界天崩地裂。

田致远没有去找夏柳，他没有想出合适的理由找她。田致远有自知之明，他知道他跟她的差距，他多次试图撞进她的心里，却发现自己如同一个要饭的，闯入了豪华的宫殿里，上千只白炽灯光打在自己身上，把他身上的每一块斑点都照得清清楚楚。粗俗的举止，笨拙的口齿，穷酸的外表，空洞的内心……想到这些，那种自卑感开始折磨着自己，几乎让自己羞愧得恨不得钻进地缝里。即便是如此难堪的局面，可内心里仍渴望着得到夏柳温暖的慰藉，只是这种愿望却沦为了痛苦的单相思，无法自拔。

他的心思全部放在了推销代购护眼药水上。但他还是给她发了微信，说是可能母亲要到社区里找她。夏柳说，是不是遇到什么事？他回复说，没有，只是她要当面感谢你。同时提醒说，母亲说迂腐话，你不必在意。

要不要见夏柳一面？薛玉蓉心里是矛盾的。她要探听夏柳对儿子的态度，还要打听在同事中的现实表现，她在乎人的品行思想。更为重要的是这次住院时间最长，得到了许多人的帮助，她要当面向夏柳以及钟书记等好人表示感谢。可又觉得，自己是个病人，会不会遭人嫌弃。她虽不记得自己多次披头散发、疯疯癫癫的样子，可多少时候人们都是带着惶恐的目光躲开她，这让她意识到，自己可能给他人带来惊扰。她是个知恩图报的人，虽经历数度人生起落，甚至做出过与父母立场决裂的举动，可内心里却沿袭着读书传家之风，在待人接物上，总是谦卑和善，嘴上常挂着“对不起”，从来没有“瞧不起”，几乎迂腐得不食人间烟火。连同事和亲戚都笑话她是从内宫里放出来的侍女。毕竟自己大病初愈，应对复杂内心世界的能力有限，想到眼前的矛盾困惑，她仍有些焦躁不安，幸亏药物的作用，助力维系着冷静理智的头脑，情绪才从纠结中拔出来。自己只在小区文化广场的四方亭里坐着，看着与她年龄相当的大妈挥舞着丝巾，排练着舞蹈。

胡三西装革履地站立在舞蹈现场一侧，像个等着登台的男一号，可那个眼睛放光的样子，又像是观赏某个演员舞姿的特殊观众。其实他是随时帮着调换背景音乐，他在为一群大妈提供着音响保障服务。音乐结束的时候，胡三向薛玉蓉走过来，薛玉蓉向他点头示意，随后两人亲切地攀谈起来。胡三以师妹称呼薛玉蓉，聊了些身体康复的情况，谈起了社区里的变化。薛玉蓉对胡三一向深怀敬意，她觉得胡三在丈夫遭难后，给予无私帮助。只是心里疑惑，每每提到感谢，胡三总是躲躲闪闪，像是有意回避什么事似的。事情过去了这么多年，本来一句道谢就算画上句号，正因为心里有了狐疑，她看到他，总少不了念及此事，感谢一番。也正是这种心理，让她对死去的丈夫一直没能放下。

几个熟悉薛玉蓉的大妈，看到胡三跟她聊起天，也向她围拢过来。她站立起来，面带笑容地向大家打招呼，大家问长问短，夸赞她身材保持如初，越来越显年轻，天生的美人坯子。她只笑不答。此时，她心里清楚，别人的夸赞只是安慰，并不能改变自己的病态形象。长时间的自我封闭，也使得语言功能有所削弱，突然出现的人群，她无法找出合适的语言回敬人家。她是含羞而笑，且笑得真诚，并没有表露出傻笑的样子。

跳舞是体力活动。几个大妈脸颊已经渗出了汗，正拿着纸巾擦拭着，她示意大家坐着歇息。大妈们穿着花哨的短衫长裙，显得特别妩媚娇艳，反衬出了薛玉蓉的古朴寒碜。身着灰色衬衫的薛玉蓉，有种极不协调的感觉。有人提议，让她一起来跳舞。有人一惊一乍地跳出来说，薛玉蓉当年可是知青点的白毛女和李铁梅一号啊。我们跳的舞，怕是当伴舞都不够份儿的。有人说，一起玩呗，又不是真的登台表演。胡三说，跳舞有利健康，又愉悦心情，多好的活动啊，师妹就跟她们一起玩吧。大家叽叽喳喳又谈起了年轻时，参加宣传队、合唱团的感受来，让薛玉蓉一下子感觉回到了那个激情燃烧的年代。

薛玉蓉细长的身材和优雅的举止，与少年时接受过专业的舞蹈学习有关。从小学到中学，再到后来的知青点，唱歌跳舞让她抢尽风头。当年知青点组织舞剧《白毛女》会演，所在地区的歌舞团看中了她，政审的时候，歌舞团收到了举报信，列举了她家庭出身和生活作风等方面的问题，以致她的艺术才华被淹没在盐碱滩涂里。后来她推测到，写举报信的是一直向她大献殷勤的男同学，他为达到不让她离开身边的目的，才写信举报。男同学的自私，并没有赢得她的原谅，反而变成了仇人。因为最为亲近的人的出卖，让她彻底看透人性，也因此改变了她的择偶取向，更改变了她的人生轨迹。从此，她渐渐地淡出表演的舞台，许多有能力绽放的梦想由此湮灭，跟多数知青同事一起，过着日出而作、日落而息的农村生活。

现在跟她同时代的人，都已经拾起了当年的兴趣爱好，自由而快乐地生活，而她却成了旁观者。每当看到这些，她就有些黯然神伤，心灰意冷。看着大家乐滋滋的样子，加上大家欢迎她加入队伍里来，转念间，真有了一起蹦蹦跳跳的冲动。可想归想，做归做，大脑和身体似乎有些不匹配了，四肢摆弄，却由不得大脑支配，脑子里的东西，却又指挥不了四肢。毕竟长期的疾病状态，健康体力受到损耗，连喘气有时都不匀称，何谈全身运动，载歌载舞。

薛玉蓉整整一个上午坐在广场一旁看热闹，回家的时候，脸色有了被风吹日晒的光泽，看上去心情也不错。田致远下班回来，没等收拾着自己，她就一股脑地把在小区里所见所闻述说了一遍。她在意别人的夸奖，连声对儿子说，阿姨们说她还是那样年轻漂亮，脸庞好，身材好。儿子说，本来妈妈就是漂亮的，那还用别人夸吗？她告诉儿子，说是阿姨们也让她参加舞蹈队，可自己觉得浑身没力气。儿子以为外部环境刺激，勾起了旧伤，是在说疯话。哪有人愿意接纳精神病人参加活动呢？可看到母亲脸上流露了自然表情，觉得母亲当真了。便说，等身体慢慢恢复了，咱们主动报名去。薛玉蓉觉得儿子说的有道理，点点头，挺挺腰，自己给自己鼓励了一下。她打起精神，在家里来起了《红灯记》里李铁梅的唱腔，"听奶奶讲革命英勇悲壮，却原来我是风里生来雨里长。奶奶呀，十七年教养的恩深如海洋，今日起志高眼发亮，讨血债要血偿，前人的事业后人要承担，我这里举红灯光芒四放，红灯高举闪闪亮……"一旁的儿子惊住了，随后冲着她笑了笑。

从那之后，薛玉蓉雷打不动地每天上午坚持下楼，在小区里闲逛几圈，而后坐在广场的四方亭里，看着一群同龄大妈唱歌跳舞。渐渐地，她适应了交织杂乱的人影人声，目光里多了柔和的温情，人们从起始的回避，到现在主动亲近，让她倍感温暖。

一天，夏柳和刘采文走访路过广场，看到薛玉蓉静静地坐在亭子里，上前问候。薛玉蓉认出了夏柳，笑嘻嘻地站立起来，两手交叉贴在胸前，垂下头来一个一个地表示谢意。刘采文感到唐突，心想，的确是个怪人，看到人竟然行这种大礼，难怪人们说她疯痴。夏柳倒不感到意外，因为多次接触，觉得这种礼节，对她来说，已经融到骨子里了，不值得大惊小怪。薛玉蓉高兴地让座，夏柳扶着她坐在身旁。

薛玉蓉双手拉住夏柳的手抚摸着，两眼慈祥地从脸看到脚下，温和地说："谢谢你们，孩子。一直想当面感谢，只是怕不方便，才没去的。"

夏柳说："阿姨，不用谢的，这是我们应该做的，怕是没有做好，你多理解。"

薛玉蓉说："致远一直说你们帮了不少忙，他愣头青，做事不周全的，可心里念着你们的好。"

夏柳说："田致远真不错，肯吃苦，孝顺懂事，年纪轻轻的，就承担着这么重的家庭负担，不容易的。"接着，转向刘采文道，"哪像我们，还得靠父母呢。比起他来，我们倒是在啃老。”刘采文附和地点点头。

薛玉蓉听到她们夸赞田致远，一下子豁然开朗许多，脸上在笑，连心里都感染甜了。她觉得，儿子在女孩子面前赢得了好感，这是深入相处的第一步，后面的发展，就会有戏。她跟着把儿子从小怎么懂事、聪明、吃苦，当着夏柳的面，絮叨了一遍，以此验证她们的说法。

薛玉蓉端详着夏柳，恳切地说：“我家雪妮，常常念叨夏妹妹，我们一提起你的名字，她欢快地手舞足蹈，嘴里喊着你的好。”

夏柳笑嘻嘻地说：“我也感觉到的，好像前世有缘。有空我一定会去看她的。”

薛玉蓉把看到夏柳的情况，告诉了田致远，田致远并没有做出特别的反应。当母亲告诉他，女孩子对你印象很好，直夸你懂事孝顺，说明人家对你有意思。他回过神来，对母亲说：“人家是客气客气的，怎么能当真呢？路边行人都这样夸过我。”田致远说归说，可心里还是起了小小波澜。薛玉蓉说：“男大当婚，女大当嫁。这个年纪的女孩哪有随便说男孩好的？没有那个意思，不会夸人的。”此时，薛玉蓉特别清醒冷静，句句话说得在理到位，儿子田致远都觉得母亲如今真是在关心他的终身大事了。便自言自语地说：“夸人好，就等于人家想嫁我啊？就是她有情，我有意，那也不便挑明。”薛玉蓉急切地说：“俗话说‘男追女隔座山，女追男隔层纱’，男孩不主动，恋爱就谈不成。我可不能看着你打光棍的，还想抱孙子呢。”田致远看着母亲有些着急，担心她急出病来，马上附和说：“知道了，听你的。自己养好病，儿子才有谈婚成家的资本。”

田致远比此前更为忙碌了，兼职做上“药代”之后，几乎没有了闲暇时间。不过，处于骚动不安的年龄，异性之间任何细微的举动，都会在俊男靓女的内心里掀起狂风巨浪。他也不例外。尽管疲其体力，可仍精力充沛，每当夜深人静的时候，他的情思便涌上心头。他的工作生活中同时遇到两个女孩，一个是夏柳，一个是胖姐，似乎对自己都有好感，自己似乎对她们也有感觉。这种感觉很难说是爱情还是友情。田致远长这么大，的确没有遇到过对自己示好的女孩。在这样的青春岁月里，他毫不例外渴望爱情的快乐。他的生活圈很窄，除了母亲和姐姐给予过亲近之外，没有其他异性表现过好感，哪怕是怜爱、呵护，都没有感受过。胖姐是个热心人，在业务上毫无保留地传帮带，现在除了上班同事身份之外，在“药代”方面，又成了合作伙伴。胖姐虽长相一般，身材臃肿，但并不讨人反感，反而显得可爱。连她自己都解嘲称贵妃体，可怜自己没生在盛唐。就像时下流行细眼睛、小鼻子是帅一样，审美疲劳后，美和丑未必就会有界限。胖姐的朴实善良，正弥补了形象的缺陷，体现在心灵美上。跟她相处，没有心理负担，忘却一切烦恼，人会看淡世事万物。她热情主动，古道热肠，尤其是对他更是无微不至地关心，事事为他想得周全，连他自己都觉得不好意思。胖姐曾有几次含羞带涩地关心他的个人问题，他以条件不具备为由，避而不谈。田致远心里清楚，只要他捅破这层窗户纸，他们会走到一起的。他们俩命运相似，同病相怜，置家过日子，肯定没问题。可是，每当想到异性时，夏柳清丽悦目的容颜，总在第一时间迸发出来，好像生命里就应该有这个人存在似的。可回到现实，他却不敢承认了。父母之间的差异，尽管没有影响到恩爱半辈子，可那是时势捉弄、看破世情的产物。现在的社会太现实，即使愿意下嫁贫贱之家的女孩，也会被社会打上另类的烙印。况且，人家太优秀，自己太卑微，门不当户不对不说，三观都不在一个点上，相处起来会累。可是，心里却是放不下她，因为她的存在，他的心里有了微妙的变化。

29

端午节前，夏柳提着粽子礼盒，来到田家。这是薛玉蓉出院后，她第一次登门探望。作为社区干部，快过节了，送上礼品，表达对贫困家庭的关爱，顺理成章。她不想因为自己的工作引来闲言碎语，尤其要避开胡三和姨妈柳玉清的视线。

田雪妮见到夏柳来了，高兴得在轮椅上直蹦跶。夏柳用手轻轻梳理着她的长发，从口袋里掏出两包巧克力，放在她手上，让她自己把纸剥开。雪妮用两手盘转着，嘴里断断地说着巧克力，便用牙齿撕开了口子。这一幕，连在旁的薛玉蓉都感到吃惊。在她眼里，女儿是一个完全失能的废物，没想到，脑子里竟然记住了夏柳，懂得了基本的沟通语言。三十年了，她第一次看到女儿笑得那么可爱，那么亲热。她这才觉得在教育女儿问题上，自己是个失败的母亲。

夏柳说："过节了，社区募集了一批礼品，分发给部分家庭。顺便看看，家里还需要什么帮忙的。另外有一事，跟你们商量，上次跟田致远说过的，就是看看能不能让雪妮到街道工疗站那儿做事情。这是政府资助的项目，让失能人员在那儿边劳动边理疗，吃饭、托养问题可以解决了。阿姨如果有兴趣，可以一起参加的。早出晚归，工作生活有规律。人多热闹，省得在家寂寞难受。"

薛玉蓉先是表示感谢，接着指着田雪妮说："就这，到那儿去，哪里还能劳动啊，不添乱就不错了。你看这样子，除了吃喝拉撒有感觉外，啥也不知，权当是家里供着的佛，别无用场。"

夏柳说："像雪妮姐这样的情况，有的是。媒体上报道的这种人，有的能指挥乐队，有的能写书著作，有的能研究天文。上天关上一扇门，就会打开一扇窗。有特异功能的，只是要去挖掘。我们测试过雪妮姐，她能拿笔写字，说明手腕功能可以训练出来。倒不是靠她赚钱养家，主要是让她融入社会，不能这样在家孤独终了。"

薛玉蓉觉得夏柳说的有道理，连声表示谢谢，说是给他们想得太周到了，有些过意不去。说是等儿子回来再商量。

说曹操曹操到。田致远正巧推门进来，手里拎着两只大西瓜，正喘气地说口渴要喝水，抬头看着夏柳在场，惊奇地冲她笑了笑。面带羞涩地说："你在呢?"夏柳"嗯"了一声。薛玉蓉看着两个人似乎僵持在这儿，马上招呼儿子说："致远，马上烧饭，留小夏一起吃饭。"田致远回过神来说："这好办，点几份外卖，就可以吃了。"夏柳连声说："不要不要，一会儿就走了。"薛玉蓉说："姑娘家是嫌弃咱啦？再穷，不至于一顿饭管不起了，更何况，致远现在有收入的，请吃饭没问题的啊!"夏柳连忙解释，说是他们不可以在人家里吃饭的，他们还有其他安排。薛玉蓉说："我总觉得跟你投缘，见到你特别亲切，雪妮又特别喜欢你，吃顿饭耽误不了工夫的。"夏柳见不好推辞，只说可以再坐会儿，不要麻烦了。田致远看到母亲有点强按的意思，委婉地跟母亲说："人家是客人，不好强求的。家里着实也不太干净，等到了饭点，一起到外面餐馆吃点吧。"

夏柳端着严肃的面孔问田致远："怎么了？现在发财了，能请我下馆子啦?"

田致远立刻意识到，这是一句略带揶揄的调侃。这句玩笑话，有着亲切表示的意味。她的闯入，让他沉睡的爱恋之感，再一次被唤醒，像是干柴无意间点燃，内心的烈火熊熊地燃烧起来。刹那间，他感到浑身的血管膨胀起来，血流直往脸上涌，面颊红热，耳根发烫，眼睛好像蒙上了一层灰雾，近在咫尺的夏柳似乎变得模糊而遥不可及了。本来彼此之间是工作关系，两人交流还算自然顺畅，道出这层意思之后，心里倒是显得别扭了，那种想见面又怕见面，想说话可又怕说不好的念头不时出现。在这样的时候，话到嘴边，又得咽回去重新润色，生怕言语生硬不得体，而遭人嫌弃。这种想兜又怕兜不住、抓着又怕弄丢的感觉，让他压力山大。

夏柳看着他那尴尬失态的样子，不禁失声大笑起来。连田雪妮的目光都转移注视过来。

田致远手足无措地笑着说："不要笑话咱，混得再差，请客还是请得起的。工作稳定了，按月有进账，闲着再做点兼职，手头宽裕多了。只要你看得起。"

夏柳说："心意领了，正好要找你，谈正事。"接着，便把工疗站情况又说了一遍，让他们自己商量商量，也可以到现场参观后再定。田致远提到了一些实际困难，比如雪妮来回不方便，每天接送要花不少精力，母亲需要一个温和的环境静养，尽量避开喧嚣杂乱环境等。夏柳觉得他说的有道理，责怪自己只想着人送到那儿，有吃有喝有人管，没有考虑到不利的一面。田致远感到自己不应这么突兀地下结论，让夏柳难堪，马上调转话题，"不过，我带她们到现场看看，如果合适，她们愿意参加，可以让她们试试的。你处处想着我们家，政府也一直关心着我们家，感谢还来不及呢。"话说得结结巴巴，用手比画的手语，却有意地弥补着语言表达的不足。这倒使夏柳显得难为情了。

坐在一旁的薛玉蓉，安静地听着他们的对话，没有再表达自己的想法。不过，听着年轻人亲切地聊天，她内心是欣慰的。只要他们开心地对话，她愿做一个忠实的倾听者。即便他们不说话，她也能从眼睛里读出充满爱意的语言。多少年来，这个家里很少有这样温馨的气场，很少洋溢着欢快的笑声，今天她再一次感受到家的意义，心胸像是照进的阳光那样敞亮，她内心比儿子还要兴奋和甜蜜。她伴随着他们交谈的节奏，脸上露出浅浅的笑。直到夏柳打招呼欲离开她家时，她才从沉醉里自拔出来，手牵着手，把夏柳送到楼下。

第二天早晨，薛玉蓉轻松地散着步，表情愉悦，精神抖擞。这一异常没能逃过胡三的眼睛，大老远就加快小步节奏，主动过来搭讪。

胡三说："师妹，身体恢复得不错，像换了一个人似的。人逢喜事精神爽——不会是遇上什么好事了？”

薛玉蓉说：“能有什么好事呀？说起来不怕你笑话，尽操些儿女情长的事呗。”接着，贴近胡三耳边说：“小夏姑娘，来家里看咱了。觉得姑娘人不错，谁能娶上谁家有福。想到她，心里都美。”

“嘿！我们早就看到了，一直以为你儿子跟她有那个意思的，可问你小田，他不承认。”

“两人看上去，有那点意思。我总觉得小夏就是田家人似的。要是有个中间人撮合一下，说不定真有戏。”

“社区小夏，我熟悉，倒是可以帮这个忙的。”接着，胡三神神秘秘地问薛玉蓉，“你知道她是谁家的千金？往前追溯，还真跟你薛家有渊源呢。”

薛玉蓉问胡三：“谁家的？难道这是该有的姻缘？”

胡三说：“希望如此，不过，许多事情不好说。还记得有个叫夏秋生的人吗？夏柳是他的女儿，隔壁楼上的柳玉清是夏柳的姨妈。明白吗？”

薛玉蓉被胡三绕糊涂了，眨巴着眼睛出神。嘴里念叨着这两个人的名字，似乎并不陌生，只是一时想不出来。

胡三看她为难的样子，用手止住她，说：“不提这些上辈人了。只要姑娘人品好，就不计较其他的。孩子们的事情，应该孩子能做主的。问你儿子，他会知道的。”接着，埋怨起田致远，说：“这孩子，有点不诚实，只把胡大爷当外人了，妈妈住院不跟我说，自己吃官司了也不告诉我，虽说帮不上什么忙，出出主意总是可以的……”

薛玉蓉听到儿子吃官司的说法，马上止住胡三，让他说清楚。

胡三先是惊慌，接着说：“这事你不知道啊？我只是听说，不过，不是什么大事。现在不是好好的吗？”

此时，薛玉蓉面部愕然失色，呼吸局促，感到有些窒息。她从来没有想到，从小温顺听话的儿子会犯事儿，现在竟然吃上官司了。对她来说，这无异于干了让全家人名誉扫地的伤风败俗的事。她甚至想到，自己一生小心翼翼，洗心革面，与工农结合，为的是后人根红苗正，在起跑线上铺就金光大道，成为受社会尊重的人。如今儿子有了犯法行为，等于在一张可以画出最新最美图画的白纸上，不小心坠落一滴墨，让她处心积虑的思谋付之东流。她生活能力差强人意，可教书育人方面，却是严谨得力，生活再艰辛，礼数教养从不缺课。她不会想到，如此苦心养育的儿子，进入社会后，还是经不起各种诱惑，让她抱怨的世风日下没有逃过对儿子的浸淫。儿子自毁前程，竟然瞒着当妈的，这让薛玉蓉难以接受，惶恐、愤怒一并涌上心头，眼前突然一下子黑暗下来，身体慢慢地瘫软倒地。

田致远赶到现场的时候，120救护车已经到达，医护人员和夏柳、章阿姨等人，扶着担架正往车厢里推。田致远扑上去问，医护人员说，情况不明朗，先送医院检查吧。

夏柳陪着田致远守护在病人身旁，听着医生的吩咐跑前忙后。夏柳是第一次这么近地紧挨着生命垂危的患者，不免心中有些恐惧慌乱。薛玉蓉的脸色苍白如纸，额头和嘴唇像是涂了一层白垩，看不到一缕血色，不时从鼻孔和唇边流出糊状污秽液，说明人有生命体征，提醒医生要争分夺秒抢救。她故作镇定配合着田致远，两个人穿梭于医院里，气喘吁吁，汗流浃背，像是任由摆布的玩偶，一会儿要登记简历，一会儿要交钱，一会儿要化验，一会儿要进CT，一会儿……几番折腾之后，躺在担架上的薛玉蓉微微睁开双眼。此时，她脸上宁静淡然、优雅高贵，眼睛里却亮出两道冰冷的光来，一下子扫射着在场所有人。夏柳差一点惊呼起来。而薛玉蓉却冷静地问："我这是怎么啦？把我又弄到医院了？"田致远说："你不是晕倒了？正在抢救呢。"母亲用手撑起上半身，说："我这不是好好的吗？只是浑身没力气。不住院，咱们回家。"田致远看着母亲神志清醒，并没有什么大碍，便把主治医生叫来。医生看到薛玉蓉转眼间恢复成常态，便下结论说，老人身体虚弱，长期精神抑郁，惊吓引起的间歇性昏迷。夏柳提醒田致远问医生要不要住院。医生说，回家静养，不要有外部刺激。

薛玉蓉醒过来时，第一反应是被儿子强逼住院的。当大脑慢慢恢复记忆时，才觉得自己不是因为疯住院，而是晕倒在抢救，便放下心来。配合医生和儿子做了相关检查，主动提出回家休息。她似乎受到这样的惊吓，反而让神志脉络打通了。看到儿子忙得满头大汗，心疼得掉下了眼泪。

夏柳疑惑地问："怎么突然会这样？不是身体康复了吗？"田致远说："母亲看上去很坚强，其实内心很脆弱。父亲生前说，因为年轻时坠落在沼泽地里，从此落下了病根。遇到芝麻大的事，都会感伤。今天一定是遇到什么奇怪的事情了。不然不会这样的。她疯疯癫癫是有前兆的，不像是旧病复发。”

田致远征求医生意见后，又从上到下打量了母亲一番，确认母亲处于清醒的状态，问母亲感觉怎么样？薛玉蓉攥了攥手，眼睛眨了眨，头左右摇了摇，说没事了。感觉从梦里走出来了。儿子说：“你说没事就没事啦？我被你吓得都有事了。你还能记得今天干了什么吗？”母亲看着儿子，说记得的，不用考我。于是便一五一十地把早餐吃什么，几点出门散步，遇到了什么人，一股脑儿地说了一遍，口齿表达清清楚楚，没有一点生病的样子。

田致远一听说遇到了胡三，心想：“是不是这老不死的嚼舌头，一下子把母亲撂倒？”对着夏柳说：“又是胡三，白灌了一肚子墨水，竟给人伤口上撒盐。不当新闻发言人，真是屈才了。”夏柳劝着说：“不要妄猜别人的是非，不至于聊天能让阿姨惊倒吧？”

一场虚惊，让田致远发现母亲有了细微的变化。自从母亲生病以来，脸上无时无刻不保持着忧郁和恐惧的表情，一副孤独无助的样子，生活完全被阴影笼罩着，没有一点生机。有时候一连数天郁郁寡欢一言不发，有时不厌其烦喃喃自语，什么之乎者也、革命道理挂在嘴上，喋喋不休。连同雪妮都在这样的氛围里不敢言语，生怕惹出更大的麻烦来。这次晕倒抢救，除了医生推断身体虚弱，间歇昏迷外，一套医疗检查竟然没有发现身体有什么毛病。母亲似乎换了一个人似的，眼睛里流出的是温暖的光亮，眉宇间松弛地张开，连鼻孔喘气都变得均匀了，说话更有条理了，思维变得清晰了许多。很少为一点小事歇斯底里，也不再一人傻愣地发呆。整个人神清气爽起来，性格发生了明显的改变。她不再提被胡三惊吓昏倒的事，也不提夏柳这个人，也不再想弄清儿子吃官司的事。她开始关心全家的饮食起居，再次承担起女儿雪妮的一部分生活。

薛玉蓉虽说有了正常人的意识，不过依然脆弱，甚至是一种间歇性假象。儿子田致远不敢掉以轻心，对她提出了“三不忠告”：不要停止用药，不要为别人操心，不要和陌生人说话。每天按时三餐两休息。尽量养成好的生活习惯和规律。她对儿子的劝说，先是不屑，觉得儿子不应该把她当成病人。后来从儿子处得知自己病得不轻，全家几乎跟她胆战心惊地生活着，才觉得愧对儿子，事事依了儿子。毕竟也是快进古稀的老妪了，想蹦跶也没这个能力，一切只得交付给儿子。

胡三得知薛玉蓉被自己的一句话吓晕过去，当场懊悔莫及。他虽经历过无数惊心动魄的事情，可没有亲身经历一句责怪就能当场拿下的事。眼看着薛玉蓉像一个漏气的充气囊那样瘪了下去，胡三惊慌失措，不知如何是好。他不相信一句话会刺激到她，他以为她自身出了毛病。情急之下，赶紧喊人，才赢得了抢救的黄金时间。

人们埋怨胡三胡说八道，导致薛玉蓉病情复发。而胡三争辩说，自己没有问题，是他赶上这个点了，她在确当的时间、确当的地点，正好病灶暴发，而自己是确当遇到的人。田致远本来想找胡三算账，倒不是说让胡三赔偿医药费什么的，而是当面指责和辱骂他这老东西，尽是生事、挑事，不得善终。他还不知道，究竟母亲跟胡三聊了什么，要是知道胡三跟母亲提起自己受司法处罚，落得小偷之名，可能他会暴跳如雷，不分青红皂白地收拾胡三一顿。幸好母亲没有再提这事。现在看到母亲的状态，内心里倒有点感谢的意思，只是不好说出口。没有这次惊倒，就没有母亲突然的变化。母亲像是起死回生了。后来，胡三听说师妹经过简单抢救就好起来，才大大地舒展了一口气。好长时间，他都不敢直面薛玉蓉，走路尽量绕开她，没有多言。

胡三没有闲着，他跟柳玉清的话题越来越多。他们有了共同关心的话题——夏柳和她的同事、朋友。他神秘地告诉柳玉清，小夏往田家跑得勤了，好像俩人有那点意思了。他们家正找人帮着牵线搭桥呢。

柳玉清知道，这样的传言，已不是新闻了，她曾当面问过外甥女夏柳，明确表示说没这个意思。她不相信胡三的说法。

可胡三不想争辩，只是说，等生米煮成熟饭了，奉子成婚了，才相信呢？

柳玉清厌恶地看着胡三，心里却是不自在起来。她想，从小到大，看着成人，虽说后来不再联系，但她的秉性多少还是了解的。脑子里突然像电影快镜头一样，闪现出儿时的夏柳、妹妹柳玉惠，特别是妹婿夏秋生，还有田雪妮、薛玉蓉、田德贵等。

她要亲自问问夏柳。

那天，柳玉清专门打电话给夏柳，让她下班后到姨娘家来一趟，姨娘准备了几样好吃的。夏柳很久没有跟姨娘联系了，虽说一个在社区工作，一个在社区里生活，可平时各有自己的事情，更主要的是两代人之间交流有代沟，柳玉清以长者自居，夏柳有些敬畏，平白无故地也就不没话找话、没事找事了。在姨娘家吃饭，这还是初中时的记忆。到社区工作以来，跟姨娘有过几次见面的机会，却没有主动地请她到家里坐坐。姨娘定是有什么事情找我？夏柳心里这样想着。她正好也有心中的疑惑，请教姨娘。

夏柳到姨娘家的时候，姨娘已经做好了她最爱吃的酱排骨和四喜面筋。柳玉清得意地问夏柳。“这是你的最爱，也是我的拿手菜。看看还是不是原来的味道？”夏柳亲昵地说，“还是姨娘懂我，让我的味蕾得到一次享受。”

夏柳没把自己当外人，打着下手盛饭拿筷，把饭菜摆放妥当。她一边咂着嘴巴品尝着，一边夸赞姨娘厨艺一流。姨娘说：“但凡味道做得出彩，手艺是一个方面，更主要的是材质，地瓜土豆再怎么烧，也做不出山珍海味的感觉来。你看，酱排骨从色香味，哪样都挑不出毛病来，就是考究材质搭配，火候掌控上。而四喜面筋只是杂碎的烩菜，没有油盐酱醋，根本就吃不出味来，讲究的人看到品相外形也食之无味。好的食材，配上好的辅料，才做出上等菜肴来。好配上好，好上加好；差配上好，不可能算好。为什么婚姻家庭讲究门当户对，这跟做菜差不多。两个优秀的人在一起，会更优秀，会幸福美满。两个身份悬殊的人在一起，就跟四喜面筋一样，混混浊浊的，即便有味道，可有不纯洁的地方，会影响食欲的。”

夏柳听到姨娘从菜肴搭配上，分析出哲理来，连连点头肯定姨娘的说法。只是把菜肴用到了婚姻上，让她无法一筷一筷地夹菜，嘴巴一时咀嚼不出味道来。姨娘关心的终身大事，超出她的想象，自己的父母都没有这样急着让自己嫁出去，何来外戚见面就聊婚恋问题？是担心自己嫁不出去，还是担心自己不该嫁出去？她脑子想着远在海外的灰猫，这可是自己内心认定的正宗男友，虽然没有道破天机，可成或不成，他都在那儿等待着。谁操这份心都没有用场。无非又是跟田致远？上次，关于她和田致远的风言风语，已经做了解释，不会又是妖风作怪，另生异端。她装作没有听懂姨娘的意思，埋头就菜吃饭，吃得心安理得、理直气壮。

不过，夏柳的脑子跟着饭菜一起咀嚼着——嘴本来不光是用来吃喝的，还要用来说话的。从古至今虽有“食不语”之说，可人是语言动物，如果连猪拱食的声音都出不来，恐怕真不成人了。沉默地吃饭等于绝望地生活。餐桌往往是沟通交流、传播信息的最好平台，举杯交盏，勺匙相够，你推我就，再加上客套闲聊，一顿酒菜不只是满足了胃，其实更多地丰富了大脑。

柳玉清关心外甥，不是靠一顿饭就能体现的，单纯就菜吃饭显得无趣。试想一顿饭不言不语，是种什么感觉？不往鸿门宴、壮行酒上想才怪呢？指不定想到饭菜里会不会用了老鼠药、砒霜什么的呢。

柳玉清还是做到一嘴两用，关心起夏柳的工作情况来。她在单位当过领导，仍然保持着关心职工的口吻，“在社区工作还适应？”

夏柳说：“可以的。走入社会就得学会适应。”

柳玉清问：“你是怎么想的？虽说这个社会人不分高低贵贱，可工作讲究体面和尊荣。非得在社区工作？是你自己选的，还是爸妈指定的？像你这样的找什么工作不行啊？实在没啥适合的，也可以帮你爸干。”

夏柳说：“到社区服务，是我的初心，也是我的专业用武之地。今后我该干什么？还没想好。”

姨娘说：“读书读得好好的，就不读了，可惜了这么多年的学业了。干社区婆婆妈妈的事，读书有点浪费了。你是读书的料，应该有更大的出息。咱们外戚内眷的，还没有什么硕士博士等高学历的。”

夏柳说：“到社区工作，也是天缘机遇。不是这场新冠肺炎疫情，自己肯定坐在课堂里了。现在境外严重到无法想象的地步，上课不可能了。现在看来，我回来工作是对的，至少没有浪费这段时光，至少体会到这份工作的价值。”

姨娘问：“听说田致远现在缠着你了？你可要好好把握住自己。不说你们之间的差距，就说两家之间的恩怨，也不适合走在一起的。”

夏柳听到姨娘把两个人的关系，放在两个家庭及家庭背后的家族的层面上，有些不解。她想，现在的家长，把子女恋爱当成自己的事似的，总把两个人的幸福与否看成是家庭甚至家族的兴衰成败，本来两个人的事，演变成了一群人的事，简单的事情变得复杂了。难怪人的烦恼就是这样生成的。更何况，她跟田致远之间并不像他们想象的那样，如果说有点意思，那只是好感和敬重。至于两家非亲非故，何谈恩怨。这也有点小题大做了。

夏柳不明白其中的意思，是因为她不知道两家的过往。那根无形的线头两端牵起的关系，别说她不清楚，她父母和田家人未必就清楚。命运的机缘巧合有时就是那么莫名其妙。姨娘只是连猜带蒙影影绰绰知道大概。胡三看似作为第三方，只是运用逻辑推理，怀疑两家有过关联而已。薛玉蓉是否认可两家有过交集，没有明确，只是臆想小夏跟她家有缘，何况生病之后，超脱放下了。现在只有两个直接关系人田德贵和夏秋生，一个早已离开人世，一个会永远闭口不提，哪怕烂在肚子里、带到棺材里，像没有发生过似的，到此为止。

姨娘的中心议题是提醒夏柳不要和田致远交往，夏柳深知当长辈的苦心，可又不知道怎么回答这样的问题。本来正常的工作关系，经过交流沟通，演变成情侣关系，这样的情形，好像在影视剧中出现过。青年男女办公室暗恋，老板和秘书之间的暧昧，罪犯和警察之间的爱情，扶贫帮困中的脱贫发展到脱单……可现实社会生活中，这样的发生概率未免太小了。夏柳苦笑着，不想直接回答。

夏柳不禁联想到，现在不少电视栏目和媒体聘用的情感专家，其实本身就是没有婚恋经历或是婚姻失败者，为了收视率和关注度，大言不惭地大谈婚恋情感经验，把婚恋问题说得云山雾罩的，这是什么价值观导向？一个经历婚姻坎坷的人，能道出家庭幸福美满的真谛吗？可为啥又能赢得观众和听众的好感呢？真是鬼画符的世界。姨娘或许是事业的成功者，可她是家庭经营的失败者。她跟姨父的离婚，仅归结于性格不合、三观差距，显然是托词，家庭缺少宽容和理解，是导致分崩离析的重要因素。示强和埋怨是家庭生活的毒药。听母亲讲，当年姨娘倒追姨父，曾引起全厂轰动。姨父是大学毕业分配进厂的工程师，文质彬彬，言语不多，然而，但凡开口说话，定会引来笑声。本来很有幽默情趣的人，可自从跟姨娘结婚之后，像换了一个人。姨娘活泼开朗，表现力强，哪里容得下姨父发挥特长。姨父不在沉默中灭亡，却在沉默中爆发，临退休前几年，两个人终于分道扬镳。姨父主动出户之后，倒成了香饽饽，跟着朋友在杭州有了发展，带着儿孙一家享受着天伦之乐。姨娘少了颐指气使的对象，也就少了烦恼的心情，虽说是孤家寡人，却渐渐地学会了清静生活。

姨娘以她的工作阅历，倒是可以给夏柳传帮带，可以她的情感经验，却只会提供教训范例。婚姻的失败，只能是家庭不睦造成的，说得更贴切一点，是个人主观因素造成的。这是夏柳内心抵触姨娘的重要方面。

姨娘看她不接话，便继续说道："不是说小田不好，只是说你们之间不合适。家庭、教育、生活各方面差距都挺大的。当然，不排除日久生情的说法，男男女女接触时间长了，双方会有好感的，但不是说有了好感，就适合结婚成家。"

夏柳说："姨娘，你别瞎猜了，我还没想好恋爱成家呢！"

"人家背后都议论着呢。难道捕风捉影不成？"

"那都议论啥呢？想听听。"夏柳笑笑问。

"有说好的——有女嫁田家，是什么田家人福气，好人终归有好报的。肯定你的不为门第、不计前嫌、重情重义。有怀疑的——男女谈恋爱有谈崩的，结婚有离婚的，只凭两人融洽相处，就代表爱情，有些片面。也有可惜的——好水落到荒田里，明知是火坑，却往火里跳，贫贱夫妻百事哀，今后不会有好日子过的。"

"那你说，我是哪种呢？"

"我是保持怀疑态度，可怀疑既有肯定，也有否定的。哪怕有一丁点儿可能，我这心里也打鼓啊！"

"我就说点实话吧。起初接触到田家人，是怜悯同情，可慢慢地有了好感，甚至有了亲近感，不知不觉地把自己当成他们的一员。我多次提醒自己，不要感情用事，可我的心像无形的绳索牵住似的，又不得不想着他们。每当想到田雪妮时，好像看到小时候的影子。有一次梦见田雪妮生病，果然她生病了。这么心心相印？好像是上天注定的关系。可对田致远，说不上男女感情，倒像是妹妹对待哥哥的感觉。人家越是真诚对待，我越觉得亏欠人家。我总想摆脱这样的梦境，可找不出理由疏离。面对善良，薄情寡义的事，真做不出来。"

"我也是这么认为的，因为分内工作，你绕不开田家。你有知识、有能力，社区哪是盛得下你的地方？田家小窝也装不下你。"

夏柳问："这些闲言碎语是怎么冒出来的？我才来工作几个月啊，人生地不熟的，倒能带来是非？那一定是胡三在外面当喇叭了。"

姨娘说："小区巴掌大，谁家烧菜一闻味道就知道，哪儿有个屁都能猜定是谁放的。小区里的人，吃饱了没事干，就是咸吃萝卜淡操心。何况你这么出众，别人一看，鸡窝旁落下一只凤凰，能不关注么。后来胡三出言，说是夏秋生夏总的女儿，马上就聚光了。你在高光之下的一言一行，全被旁观者掌控着呢。闲聊中成了左邻右舍的谈资。但也不是出于恶意。总体上对你评价是正面的。"

夏柳问："胡三在社区里很活跃，很有意思。这人究竟怎么样？感觉他跟田家有什么渊源，只是看得清，也没人看得懂。这次薛阿姨被他一句话吓晕，又当没事人似的，撇干净了。”

姨娘说：“哪有什么渊源？胡三有时胡咧八诌，可骨子里脱不了尊贵，这一点有些像薛玉蓉。历史上两个家庭条件都优越，现在成了落魄的贵族，有点惺惺相惜而已。要说有点关系，那是当年小田外公在胡三家最危难的时候帮助过他。小田外公薛老先生倒是名门望族，祖上是晚清的外交家，家族在上海滩上开银行、办工厂、当买办，兴盛一时。他外公外婆因为出身成分问题，从京城遣返回到家乡，在政府的支持下，重新兴办祖上留下的学堂，老师、校长一肩挑，教书育人，培养了许多好后生，留下了好口碑。我和胡三，都在他办的学校里上的学。胡三母亲有文化，在薛老先生手下教过几年书，历次运动总有人把她揪出来，是薛老先生保护了他们，才保住了她和儿子胡三的出身声誉，这也许算是胡三当以报还的阴德了。田家包括薛家后来遇到了一些坎儿，好心人都帮过忙，胡三帮忙也不见外，也许就是因为胡三善于表现自己，让田家感觉分量是不是重了些？”

夏柳说：“对待胡三，小田和他母亲是两个截然不同的态度。小田不想理睬他，可母亲说他能给帮助。无非是出点主意之类的吧。”

姨娘说：“不能小看胡三，这老头肚子里的墨水不少，精鬼着呢，上下几千年的老皇历，记得门儿清。有几次跟我谈到小田父亲的死，说是跟我有关，跟你家有关，追问他时，他又搪塞过去。他胡诌有时没有底线，说谎不打草稿。”

夏柳说：“可能是老糊涂了，不制造点话题，显得自己不存在似的。”

姨娘说：“所以，胡三在背后怂恿小田，非你不娶呢，说什么世事轮回，因果必报。那是夏秋生的女儿，人家要才有才，要貌有貌，要钱有钱，论长相倒是般配，论报应也该成全。什么意思啊？所以，我觉得不是什么好事，才关心你，让你远离田家，远离胡三。”

夏柳说：“现在田家生活走上正轨了，田致远有了稳定工作，田妈也康复出院了，说不定情势会发生变化，日子会越来越好的。我的任务也算完成了，也没有过多的牵挂了。”

……

两个人这样聊着，也没有聊出什么结果来。直到夏柳收到母亲发来的微信，看看时间不早了，才起身离座，向姨娘告别。

30

苏留根家的拆迁进入实质性推进阶段时，他突然说，先暂缓一下，家里有事要处理。这让指挥部的人又一次倒吸一口凉气。难不成他又要反悔？

指挥部工作人员最怕这样的情况，每当进入正式签约时，总有人会以这样那样的理由推托延迟，有的确实有实际情况需要搁置，有的则是以拖着不办再次提出附加条件。有如新娘子上轿前，突然提出额外彩礼，新郎家只得妥协，不会因为一点礼金僵持着，真要是不给，新娘子不步入婚礼殿堂，婚宴上的宾朋全晾在场上，遇上脾气倔的新郎，说不定还真会散伙。对拆迁而言，有时就得以时间换空间，以忍耐对付无赖。可真是煮熟的鸭子要飞了，那也是让人心疼的，这不仅要算精力账、经济账，还得算政治账、社会效益账。

苏留根说暂时不签字，并不是拒绝签字。他还算给足面子，委婉地以有事为由，宽限几天。真是夜长梦多啊！工作人员抓狂撞墙的心都有。关键是苏留根是个信用度很低的人。他的反复无常是有代价的，每次的变卦，所获得的好处，比GDP增长率还高，只怕是永远没有尽头。

法制社会注重程序管理。契约，对于有信用的人，是合法保障，对于不讲信用的人，就是废纸一张。现代人只有一个姓名，以签名代替了名誉，却不能代替繁文缛节。而古人不仅有姓、有名，还有字、有号，名字可以写一长串，但处理事情很简单。一个县令带着一两个师爷，包揽了打官司、征粮纳税等诸多事务，能维系上千年的统治。姜太公钓鱼，只放一根线，鱼能自动上钩。现在人钓鱼，从竿到钩一套装具，鱼竿可以自动抛钩，食饵则是精心配制，可就是钓不出鱼来。究竟是人变得聪明？还是鱼变得狡猾？钓鱼是享受美食，还是享受乐趣？谁也说不明白。夏秋生找钟书记商量怎样处理苏留根和刘二郎拆迁问题时，彼此发着这样的感慨。

苏留根的配合，直接影响到刘二郎的态度。刘二郎探听到苏留根口气有松动后，很是着急，大庭广众之下，羞辱苏留根是出卖布衣巷的罪魁祸首，说是苏家败类、国民汉奸、内部叛徒，是得到两个铜钱，就当街脱裤子的婊子，是舅舅不疼姥姥不爱的野种……站到门口骂，顶着脑门呸。面对人身攻击，苏留根只能犯软骨病，他内心惧怕刘二郎，几乎哀求他放过自己。连社区干部都说，苏留根天不怕地不怕，就怕二郎吼和骂。刘二郎是想把苏留根捆在同一台战车上，不允许他“变节投降”。

刘二郎竭力阻挠苏留根签约的事，引起了指挥部的关注。夏秋生多次派人上门做工作，没有效果。二皮脸的货色，当面都是好人，说是邻里鸡毛蒜皮事，磕磕碰碰，常有的事，不该惊动领导。可私下里仍是唾沫横飞，脏字连篇，不堪入耳。后来社区请求派出所出面，以涉嫌污辱诽谤，由公安人员批评教育，宣讲法律，才有了消停的日子。

刘二郎是派出所挂了号的人物，虽说光脚不怕穿鞋子的，法纪对他还是有震慑作用的。吃过几次官司，他对法律懂得不少，尤其对违法犯罪的边界掌握得到位。违法不等于犯罪，犯罪肯定是违法，犯罪不一定入刑，入刑不一定惩罚。每年派出所里不少找他谈话讯问，他在公安的案底记录不输于简装的《四库全书》，涉及的人不少于《红楼梦》里的角色。

刘二郎口口声声说，这是刘家的衣胞之地，有他流过的血、吸过的气，拉过的屎和尿，有泪水、有精液、有身上的老垢、有新陈代谢的皮囊屑子，他跟这里的一草一木长在一起了，更何况刘家的精灵气已经渗透到每一块砖木里去。凭什么就不能提出自己的条件？在他眼里，用钱补偿是最为得当的，过了这村就没这店了。

苏留根当着刘二郎的面，表态说没有打算签字，拆迁的事他不管了。

可对着指挥部的承诺，他开始百般抵赖。

夏秋生和老钟书记找他谈话时，痛骂他真不是个东西，出尔反尔，说话不如放屁，放屁还有臭味。人哈口气可以吸进去吗？放出来的屁可以收回去吗？男子汉大丈夫，一言既出，驷马难追，说出去的话，就是泼出去的水，覆水难收。苏留根梗着脖子，不服气地瞪着他俩，没敢翻脸。他不敢得罪夏秋生，夏秋生做出的让步，已经达到了他的心理价位，一旦赌气崩了，对他来说，也是鸡飞蛋打。他不能给女儿交代了。

夏秋生放出狠话，说苏留根想反悔，就看他能不能在尾椎骨上长出尾巴来。

老钟附和着，这种人哪是什么男子汉啊？连做女人都不配，女人还讲节操呢，他们讲什么啊？只讲钱。这么多年了，好话说了几箩筐，好事办了几条街，没能撼得动他们的心。几个数字编成的乐谱，能悦耳迷人，感动得人泪流满面，怆然而泣，可三寸不烂之舌，加之诱人的条件，却不能感动苏留根、刘二郎。哪里是正常人、正常心态所具备的？即便是铁石心肠，也有被焐热的时候。可他们不行。

牢骚归牢骚，埋怨归埋怨。事情还得理智地对待，尽量不要因为计较时限把事情弄僵了。

苏留根说他女儿在外有点事情，等她回来，让她代表。他跟刘二郎说不签字，只是搪塞一下，避开骚扰。他不想食言，他知道自己的信誉人品已经沦为狗屁了，后面不想被人指指戳戳，还得给苏美留点在世面上风光的资本。

苏留根有这样的态度，已属不易。宽限几天，天塌不下来，万里长城不会倒。

夏秋生和老钟只好观望等待。

老钟把苏留根不签字的情况带到单位去的时候，一下子把夏柳气得饭都没吃进去。心里直骂这父女俩背信弃义，薄情寡义。她决定找同学苏美再聊一聊。约定的微信发过去后，苏美说，她正在台北，说是去探亲。她台湾有亲戚吗？这事来得蹊跷。苏美说，回家再跟她细谈。拆迁的事情扔到了九霄云外，不知又冒出什么样的事端来？弄得夏柳心里直发毛。

苏美是白额雁投的胎，哪个地方好，就往哪儿奔，哪个人对她好，她就靠着谁。家里的阁楼容不下她，布衣巷盛不下她。她在苏留根眼里，成了影子。这样的结局，作为父亲的苏留根反思过，可整天愁眉苦脸、捶胸顿足，换不来女儿想要的生活，女儿自然不会守着他一起啃老咸菜，看着苦瓜脸咽唾沫。

苏美老大不小了，已经掌握了基本的生存之道。在熟人圈里，她已无法改变人们对她病恹恹状态的认知，她是令人嫌弃的百无一用的人。可大千世界、人海茫茫，谁还在乎谁是不是健康，疾病又不是写在脸上，出门在外，靠脸蛋就饿不死，你越表现得光彩照人，越受生活的百般宠爱。人装可怜甚至真可怜，除了博得同情，不会给你带来任何改变。苏美在不长的时间里，悟出了活得好的道理。

夏柳跟她联系的时候，她简单地透露了自己的情况，说是交了一个朋友，是台商。苏美夸张地说，她人在台北，其实是在昆山。她蒙不住夏柳，疫情期间，别说两岸通航，就是省际之间往来，都不方便。夏柳戳穿了谎言，却赢得了欣慰。她感受到，此时苏美脸上露出幸福的神采，言语间有着甜蜜的味道，她一定陶醉在爱恋的蜜罐里。苏美总算称心如意了，她追求的公主般的幸福，这么快地得到了。她要祝福她的幸福、分享她的幸福。

苏美没有什么特别迷人的地方，成天价郁郁寡欢、愁眉不展，像是整个世界亏欠她的。可就是有人好这一口。

要说是邂逅的机缘，苏美并不为过。

去年秋天，苏美应朋友之约，赴普陀山旅游。她本不信奉神灵的，可在虔诚的善男信女感染下，她似乎感受到外力的作用，心境平静了许多。此时，她发现，人在陷入困顿的时候，最好的精神寄托，是向佛祖烧香，乞求保佑，在南无阿弥陀佛的默念中，得到洗礼。

与己相比，这帮百无聊赖的狐朋狗友，在佛门圣境，似乎没有得到佛性的感化，只要机会允许，就会露出人的本性来。

皎白的秋月下，纯净的海滩边，海浪在月色的映衬下，泛起一丝丝银光飘带。这样优美宜人的环境处，摆满小圆桌，支着烤肉摊，熙熙攘攘的游人正在此处撸串消夜。苏美和她的四个朋友围坐在一桌，点了烤串，要了啤酒，也想甩开臂膀狂野一番。周围的食客们，要么开怀畅饮、要么豪放抒怀、要么嬉笑狂浪，完全没有了谦谦君子样。苏美的朋友找不到渐入佳境的管道，只是毫无兴致地埋头干吃干喝。正当无聊无趣时，其中排行老三的朋友，提出一个问题，说是佛和菩萨是不是一回事？问题一抛出，大家像一下子被电流击中似的，手势和表情定格在某一个位置上。随后，老大发话了，说这是什么狗屁问题？我们来求神拜佛，是图菩萨保佑，难道佛和菩萨不是一家人啦？依我看，这跟回答你娘和你妈是不是同一个人一个理。老三申辩说，肯定不一样，不然，怎么会叫法不一样呢？老大说，管他一样不一样，咱们是俗人，没有必要讨论这个问题。老三说，这不是干喝酒无聊嘛，找个话题，咱们也开开心心地痛饮一场啊！大哥本来想在苏美面前表现自己的豪横，听到这样的提议，来了精神，说是轮流提问题，答不上来的，喝酒！谁答错的，买单！苏美除外。苏美没有喝酒，只是要了一杯饮料。大哥看着苏美成了旁观者，以为自己说错了话，便改口说——苏美出题，大家答题。苏美从局外人变成参与者，感到真正得到了尊重，脸上露出笑意，身子活泛起来，说，我出题，你们抢答，答不上来，就罚酒，一直答不上来的，罚买单。苏美受到老三的启发，提出第一个问题，大家听好了，观音和如来谁是菩萨谁是佛？沉寂几秒后，老三回答说，观音菩萨如来佛啊！其他三人齐声发出“唔”声，一扬脖子，主动干掉了杯中的啤酒。苏美接着问：寺庙寺庙，什么样叫寺什么样叫庙？苏美其实也不懂，是一位游客问随行住持的问题，被她在一旁听到了，便拿出来卖弄。老大让老三说，老三摇头指着另两个回答。那两个只顾油脂抹嘴地啃着八爪鱼串，根本无心回答问题，直到老大用串棒敲打了几下脑袋，才嬉皮笑脸地要求再说一遍，支支吾吾说，这问题太简单了，你们知道这八爪鱼叫什么吗？它也叫章鱼，只是叫法不一样。苏美说，不对，罚酒。老三小心翼翼地说，你的比方有一定道理，寺和庙可能是有大小之分。苏美接着说，不完全正确，其他几个再回答，不回答也要罚酒。老大说，应该是大的叫寺，小的叫庙。跟过去讨老婆似的，大的叫妻，小的叫妾，现在叫情人、小三同理吧。老大一出口，就被苏美用串棒敲打了一下，笑着骂他，嘴脏得不能出气，这么神圣的地方，不怕亵渎神灵遭报应。一阵起哄声中，老三说，看来我们自罚一杯，你公布答案，说的不对，我们一人亲一口。说着便看着老大。现在可是老大的女友，敢拿大哥的女人开涮，大家还是开心的。苏美把握十足地说，如果说得对，你们向前一百米，先到海里喝口水、洗个澡，再上来。老大说，谁能证明你说得对啊？其他几个说，咱百度不就有答案了吗？苏美说，寺和庙的确有大小之分，寺是官方办的，用来弘法的，庙是家族办的，供奉鬼神祖宗的。过去大户人家有家庙，皇族有太庙，就是这个说法。先罚酒，再洗海水澡。四个人乖巧地豪饮了一把。苏美说，再提一个简单的问题，谁抢答对了，其他人再喝两杯，跳海洗澡也免了，如果没人答，都通通下水去。普陀山供奉的是什么佛？灵山八十八米的大佛又是什么佛？问题一出来，大家面面相觑，嘴里念叨着，就是出不来词。苏美着急了，看来你们不是没文化，连基本常识都不懂。整天在大佛庇护下生活，却不知竖的什么佛。

此时，临桌有位食客，听到灵山大佛几个字，产生了兴趣，回过身来问他们：“你们是从无锡过来的吧？”

苏美他们以为在此遇上了同乡，可听口音，一口闽南腔，便问哪里人？食客起身礼貌地说，是台湾人，在大陆工作生活。问他是不是去过无锡，去过灵山？对方说，何止去过看过？说起来还有渊源呢。伲无锡结棍咯。台湾人会说自己的方言，一下子让大家兴奋起来，纷纷夸赞说，你一样厉害。厉害了！我的亲。台湾人自报家门说自己姓胡，叫胡宗翰。想到胡宗南就记住了胡宗翰。算半个老乡。

胡宗翰说："早在二十多年前，我就到过无锡寻亲，知道城里有个清名桥。古运河旁有个千岁坊、布衣巷。很有历史感的。"

苏美眼前一亮，此人竟然知道清名桥、千岁坊和布衣巷，说明对当地情况熟悉。不解地问道："你知道布衣巷，那知道它是什么走向？"

胡宗翰摇头说："不知道了，没有进去过。"

苏美说："我家就住布衣巷。"对方虽然答不上来，可一个同胞能知道这几个地名，已属难得，内心里倒有了敬重之感。

"那千岁坊自然是熟悉的了？"

苏美心里想，这不是废话吗，从小生活在这儿，闭着眼睛都能穿巷过弄不带差的。那里的油光发亮的脚踏石板，哪一块没有自己的痕迹。哪一根电杆没有自己擤过的鼻涕。想归想，真实情况其实她也没有赶上，千岁坊经历了几次大的变迁，已然面目全非，连上百年的老槐树都没能保护下来，往日巷陌里的深深庭院砖瓦木椽，早已沦为猪圈鸡舍的材料了。苏美虽有些夸大，但倒是儿时的记忆。便肯定地回答说，"这是当然的。你有兴趣探访，我可以当向导。"

"幸会！幸会！父亲的老家就在千岁坊。我正要准备探望亲戚呢。不过，之前来找过，跟父亲描述的地方差太多了。"

"早拆迁掉了。除了地名，其他找不到过去的痕迹了。"

"我能加你微信吗？留个电话，到了清名桥，联系你。"

苏美爽快地把微信和手机号码，告诉了台湾人。胡宗翰递上名片，给他们几位一一分发。苏美对着亮光看到名片上标着：瀚海国际电子科技有限公司总经理。不由得"哇"了一声。回头对照着本人，中等身材，谢顶脑袋，皮肤光洁，从长相判断年龄在五十岁上下，一副知识分子形象。

老大催促说，游戏还做不做了？

苏美这才回过神来，接着说："继续啊！回答不出来，你们都得跳海去。"

老三说："那不行的。不能你说不对就不对，得找中间人当裁判。"

"胡总见多识广，一看是高人，请他当裁判，还行？"苏美征求几个朋友的意见，于是就邀请胡宗翰参与进来。

胡宗翰看着几个年轻人闹着罚酒，便按照他们的吩咐，转身移位到苏美身边。“恭敬不如从命。咱听听看。”

苏美一一列举出她出的问题和他们的答案，请胡总裁定。

胡宗翰听到之后，讪讪地笑着说：“难为你们年轻人了，佛教文化高深莫测，能知道其中的玄妙，已经不容易了。你们了不起。提出这些问题的人，更了不起。”大家齐刷刷地注视着苏美，苏美咬着烤串，露出得意的表情。

胡宗翰看着他们期待的眼神，没有急于告诉答案是对还是错，而是把他对佛教文化的了解，以最为简洁明了的方式，作了注解。

他说，佛教来自古印度，创立者叫释迦牟尼，灵山大佛八十八米的铜像就是释迦牟尼佛像。佛是梵语，全称是佛陀，引入中国后，简略就称佛了。你看佛字怎么写的？单人旁，加偏旁弗。弗在这个字里有意思，最早文字演变的时候，是指两根弯曲的木棍，用绳索捆绑起来，意思是使物体变直。加上人字旁，就拟人化了。佛的意思就指向了人和神了。正直、善良、智慧、觉悟的人，都可以叫作佛。作恶的人，只要放下屠刀，也能立地成佛。现在许多寺庙出现的各种各样的佛，大多是根据经文记载而演化过来的。普陀山是观音菩萨为主，其实大大小小的庙殿里，有几十种佛呢。观音菩萨全称是南海观世音，原来是转轮圣王无净念的太子，因为他周游法界，度化众生有功，被如来佛起名为观世音，比释迦牟尼佛传入晚，大概到了三国时期，在寺庙里出现。关于观音菩萨是男是女，引起许多人的兴趣。后来考古发现，唐代以前属男相，后来塑造成女相，是因为观音是送子菩萨，慈祥悲悯形象容易被人接受，这才有了我们看到的女相观音菩萨。至于寺庙的区别，你们基本上说得差不多。寺过去是官方办的，庙大多是私家盖的。寺对生者有教化的功能，东南亚国家许多少数民族族群，包括云南傣族，至今还有男孩披着袈裟到寺里读书的习俗，只有成绩优异的人，最后才能留在寺里当和尚、住持和方丈的。而庙是祭拜先人和鬼神的地方，是为故去的人做法事的场所。只要有功德的人，都可以在庙里塑像祭拜。文庙是孔子的，太庙是皇家的，关公庙是关羽的，岳庙是岳飞的……除了庙，还有道观，大体都是敬奉神明的，土地神、水神、雷神、灶老爷等等，多了去了。这可以说是中华传统文化的一部分。可惜现在的年轻人了解这些宗教的不多了。普陀山和灵山供奉的佛是不一样的。当然，关于佛教文化三天三夜也说不完的。

苏美和老三听得入神，舌头有时舔一舔下唇，仿佛吸到嘴边的知识怕是掉落下去，用舌尖和牙齿合力托住，送进喉咙里，让它伴着烤串一起咽到肚子里等待着消化。只有老大耷拉着脑袋，看似入神，其实是观察审视着苏美，心里担心一个媚眼抛过去，刚刚孕育的感情，被满嘴播撒佛教的油腻男吞噬了。

胡总的解释刚进入换气阶段，几个人便啧啧地赞赏起来。他们本来是想打断的，对于洋洋洒洒的长论，他们不感兴趣，只是人家说得津津有味，出于礼貌，毕竟是了解家乡风情的台胞，硬是拿着君子不耻下问的耐心撑了下来。尤其是老大，脑子里的心思恐怕早就飞到了阿里山了。你高山族的姑娘美如花了，何必舍近求远卖弄学问向我的野芦花献殷勤呢，怕是远水解不了近渴？

苏美言归正传，说是答案听懂了吧？洗海澡就算了，每个人自罚三杯。胡总加入了他们的罚酒行列，说陪酒一个，他乡遇故知，情在酒杯里。

苏美说处罚跳海、洗海澡，只是对这帮使坏男孩的警令。这些男孩虽犯浑，还都有大丈夫的气概，只要苏美认真起来，他们不会对她食言的。其实苏美也未必就会这样要求，秋天的海风已是凉透气了，海水自不必说冷，海浪习性古怪，不是说什么地方什么人都可以玩的，一波接着一波砰砰甩在脸上，不抽死也会把魂灵吓跑，更何况茫茫漆黑一片，真要是泡在海里，万一出个状况，那可担当不起了。

没等食摊收场，四个人已醉意醺醺地东倒西歪在沙滩上，又是呕吐又是撒尿，整个场面不堪入目。苏美无奈地看着他们骂骂咧咧，你推我搡，不便插手，只得在近处观望着。胡总友好地跟苏美说了几句话，拥抱了一下，以示道别。

之后的日子里，胡宗翰主动联系苏美。胡总的公司在昆山，他热情地邀请苏美来阳澄湖玩，请她吃大闸蟹。苏美不是一个轻信别人的女孩，她对示好的男人保持着戒备之心，更何况朋友中的老大对她不错，她有意相处下去，尽管老大有一身的毛病，懒惰、爱玩、粗俗、十三点、无工作，靠啃父母过着光亮的生活，可人家对苏美没亏待过，几乎是有求必应。苏美知道自己的条件也只能跟这样的人恋爱结婚生子。俗话说，冬瓜配南瓜，西葫芦配黄瓜。两人半斤对八两，将就着。胡总的突然出现，让苏美感到，有才华、学识和财富的男人身上有一种特别的魅力。人家隔三岔五地微信问候，谦虚地向她探讨千岁坊、布衣巷、古运河水弄堂的历史文脉和人文风情，告诉她不为人知的千岁坊情缘，关心她工作生活情况，时常问寒问暖发上千元的红包，这让苏美觉得像身边的亲人似的。当她隐瞒老大赴昆山见面时，胡总专门约上公司的女孩陪伴

她，食宿游玩都安排得周到得体，丝毫没有趁机揩油的意思。人家来无锡出差，她第一次被邀出入高档酒店，享受贵宾级的早茶餐饮，受宠若惊似的心跳不止。人怎么会有这么大差距？自己可是典型的城市女孩，连吃根油条、喝杯豆浆都精打细算着，有人请她吃个烧烤或是街头茶餐，都有感恩戴德之感，哪有资格独享这份奢华的生活。此时的她心里骂道，有钱他妈的真好！没钱再横也是个屁。苏美生出的恨，倒不是冲着胡总，她对胡总一等一的满意。在苏美的人际交往中，示爱的男子不少，可从来没有这样彬彬有礼、实实惠惠献殷勤的。这让她大为动心。

真正让苏美对胡宗翰萌生爱意的，是追求她的老大的背叛。老大固然对苏美不错，可老大的心性是浮躁多变的，他经不起花红柳绿的诱惑，终于有人被他搭讪成了甩不掉的尾巴。苏美虽不计较他的花心，可他却始终不给她肯定的答复，自然让苏美产生不安全感。老大在朋友圈里口口声声自诩老大，真以为自己是大哥级大款似的，其实除了混吃混喝，别无一用。他是把青春用来寻欢作乐的，姑奶奶的青春经不起娱乐，谁能给自己幸福，就奔着谁去。起初只是赌气，后来越想越觉得这样的缠绵毫无结果，便渐渐地冷落起来。老大自知撩妹理亏，并没有做出挽回的努力，眼看形势不妙，便甘拜下风主动退出。正好成全胡宗翰与苏美之间无障碍地相处。

胡宗翰的忘情水浇灌了苏美的相思愁，苏美已然不在乎男人的年龄和长相了。一个成功男人对她越来越重要。他供吃供喝，使她开心快乐。她追随他往来于商务活动之中，游山玩水，饱览河山，俨然成了情侣，只是大众场合，没有手挽手的亲密举动而已。胡总赚足了面子，苏美得到了虚荣的满足。这样的交往，从最初的诱惑变成了双方的需要。苏美奔着结婚相处的时机日趋成熟，她正在酝酿人生的重大决定。

夏柳再一次见到苏美的时候，果然看到她像换了一个人，气质变了，谈吐变了，尾音里时不时地冒出台湾腔。穿衣打扮、涂脂擦粉恰到好处，没有一点做作的地方。夏柳感叹，什么样的环境，改变什么样的人啊！人的变化在于他的生活层次和接触的群体。

苏美跟夏柳介绍了胡宗翰的情况，让夏柳给些建议。

夏柳倒是希望她尽早找到自己的归宿，免得整天游荡江湖似的，对女孩的名誉终归不好，趁着年轻有点资本，说不定挑选空间大些。夏柳知道，台商在普通人眼里，就是有钱人、绅士的代名词。苏美能跟台商结为伉俪，那也算是天道酬勤，功夫不负有心人。她默默地为她祝福，让她珍惜。

夏柳发现，苏美天生就是花钱的脸。没有了钱，就没有了气质，就少了妩媚动人的好脸蛋，虽不匀称的身材就无法掩盖缺陷，突兀门面的虎牙便不会周正得可爱，难以闭合的眯眼不会活泼地闪光。金钱会在她的内心荡漾出春水般的波澜，她的魅力，需要靠钱来维系。

“那人家喜欢你啥呢？年轻？漂亮？”夏柳追问。

“那倒没好好想过。他倒没说过我年轻漂亮，只是说喜欢听我说话，听吴侬细语舒服，不是那种嗲嗲的、卖萌的，而是发自自然的。说我的声音配上我的神情，让人着迷。”苏美蹙了一下眉头，表现出自信的样子。

夏柳哈哈地笑起来，说：“就你这跟林黛玉似的，来点娇滴滴的声音，还不让男人都像贾宝玉啊！贾宝玉可是看上去清俊标致，其实属于外清内浊的人呀。小心点！”接着又问：“你了解人家吗？说不定是有妻室的老头？说不定是在阿里山乡下讨饭出来的呢？”

苏美被她逗笑了，说：“你这是羡慕忌妒恨，只要有人收留我，哪怕给非洲酋长当小老婆，也愿意。老头明确说过，台北的婚姻早就名存实亡了，只差办个证。”

夏柳安慰说：“钱是维系感情的基础，真是人家对你好，不妨多相处些日子，再提结婚的事呗。不能草草地把自己嫁给钱。钱花完了，婚姻不就完了吗？”

苏美辩驳说：“常言说，嫁汉娶妻，吃饭穿衣。我不像你，生来不愁吃不愁穿，从小妈不管爹不疼的，现在到了谈婚论嫁的年纪，一个个恨不得把我卖了，给他们换来好日子。我渴望爱情，更渴望过上好日子。难得遇上懂得关心我、给我幸福的人，金钱物质之外的东西都可以忽略。”

苏美谈到了她所关注的重点，便问：“那你们结婚以后，是在台湾生活，还是在昆山生活？那拆迁的房子还要吗？”

苏美说：“嫁鸡随鸡，嫁狗随狗呗。人家主动提出在无锡买房呢，我想这也是对我最大的保障了。那样，父亲的房子，不想跟他烦了。”

夏柳说：“你父亲口口声声说是拆迁为了你，到现在还僵在这儿呢，等你发话呀！”

苏美哀叹道：“又把我搅进去，可我真的能做主吗？父亲、奶奶，还有叔叔姑姑，都不待见我，却把这皮球踢到我身上，你说我怎么办？”

夏柳说：“其他人的感受，你不要管了，关键是你自己的态度。上次你父亲授权给你了，你也表态了，现在你面临着结婚，总不能把家务事带到婆家去吧？”

苏美一听，觉得夏柳在为自己的体面着想，她想既然政府认可她参与拆迁签约，何不从这儿做出切割，撇清与家庭的纷扰关系。

夏柳接着说：“结婚是两个人的事儿，自己总得为自己置办点彩礼，总不能两手空空等人家来娶吧？总不能把台商姑爷领到布衣巷老屋里迎亲吧？正好拆迁可以得到一笔补偿，分到的房子也能光鲜地迎接新姑爷上门啊。你好好跟你爸商量商量吧。”

苏美没把自己的结婚想得这么有仪式感，这是她奢望不起的。她本以为草草地生活在一起，被他供养着，就是开启了新的生活。可做女人的权利和尊严总得要的，自己除了家庭条件不及，其他并不输别人。眼前就有改变面貌的机会，风风光光地把自己嫁出去，完全是有条件的。现在不争取，更待何日。

夏柳悄悄地告诉苏美，回家第一件事，就是找父亲摊牌，说自己要结婚，要置办点嫁妆，要迎女婿上门，看他怎么个反应。

苏美应了，说是一定要好好谈谈，说是如果不依，就威胁说从此远走高飞，活不见人，死不见尸。说得咬牙切齿，让夏柳吃惊。

临分别的时候，苏美提醒夏柳，暂不告诉外人，她说她要给布衣巷那些看不起她的人一个惊喜。她说，准老公是布衣巷走出去的人，布衣巷的肥水没流外人田。说得夏柳眼珠直翻，慌忙地拦住她，想问个究竟。苏美很是兴奋，顾不上继续扯闲篇，只说，我还懵懂着呢，咱这社区有姓胡的吗？以后介绍让你认识，直接问他就是了。

苏美有一出没一出地带出这个神秘人物，且是未来老公，不禁心里打着疑问——这事靠谱不靠谱？转念又想，这是人家的私生活，谁也干预不得，况且已约定了结婚，未必不是真实的。可这个台商胡宗翰竟然说是布衣巷的人，那不会是1949年前跑出去的？那年纪跟苏美说的五十上下差距也忒大了吧。那会不会胡姓亲属类的？那胡姓只有胡三独一份的，胡大爷真名叫胡宗义，是响当当的台属，是宗字辈的，看来只有胡三跟他有瓜葛了。苏家跟胡三像仇人似的，两家联姻，可有好戏看了。

夏柳想到这儿，连自己都笑话自己，竟然也学会八卦了。

31

苏美正待扣响结婚的发令枪，朝着美好爱情的终点奔跑，无疑对夏柳是一个沉重的敲击。或是说，与其苏美向夏柳通报结婚的消息，不如说苏美向夏柳炫耀自己的爱情，一下子唤醒了夏柳沉睡在心底的爱的因子。

夏柳陷入失眠状态，脑子里搜索着过往中向她示爱的男人。

高中的时候，邻座的男生，曾塞给她字条，表露过喜欢自己，因为同学起哄，自己反馈了气愤的表情，这个情窦初开的季节，自己以决绝无情的态度，把爱的萌芽扼杀在摇篮之中。其实有一个爱打篮球的男生，曾让她心动。男生学习成绩中等，却是迷妹级的人物。每当他出现在球场上时，周边总有不少同学围观着呐喊，女生永远比男生多，女生永远比男生喊叫得狂。高大帅气的身影，优雅稳健的风度，极速奔跑的力量，丝毫不逊色于体育明星。而自己站在围观的队伍里，总是那么渺小，有时甚至羞怯地站在不被人注意的一角。自己多么希望他能注视自己一下，哪怕回眸一个眼神，可至今没有过这个答案，而自己却把他锁定在跳跃的姿势上，闲暇的时候，冷不丁地过电影似的回放着，如今仍会从贮存的记忆里复原。大学时期，倒是有几个男生向自己示好，可除了交流学习、参加公益活动之外，怎么也唤不起爱的热情，这倒成全了走得亲近的几个室友，自己却被男生们打入了冷宫。

认识灰猫之后，心底里倒是有过爱的萌动，可人家对谈恋爱浪费青春这种事特别敏感，只字不提一个爱字，就是最起码对学妹的那份怜爱似乎都表现得吝啬。只要有着共同的话题，那便会精神为之一振，口若悬河地争辩着。此后的若干年，灰猫虽有了变化，但对他人细腻的情感，反应仍是麻木的。跟一个理智的人谈恋爱，是一件非常痛苦的事。室友提醒过自己，不要跟灰猫交往，两个人这样相处是没有结果的。可自己偏偏也是理性状态的。起初并没有想到跟他谈一场轰轰烈烈的恋爱，哪怕是润物无声的恋爱都没奢望过，只是对他有点崇拜。如今，自己与灰猫相距甚远，可能自己孕育的情感，也在慢慢稀疏，自己倒没什么后悔的，因为自始至终感到没有结果。

眼前已经到了被催婚的年纪，苏美找到了归宿，自己总不能孑然一身下去吧。现在碰到了一个叫田致远的，人倒是长得不错，五官匀称、身材挺拔、清秀干净，做事干脆利落。只是教育背景和家庭条件相差悬殊。眼下，还没跟他奔着谈恋爱方向交往，就已经搞得沸沸扬扬的。真是个可怕的世俗社会。

夏柳跟要好的闺蜜朋友探讨过这种莫名的问题，只有刘采文告诉了她实情。她和田致远之间，不是教育背景和家庭因素的问题，而是小田有了污名的问题。家庭条件是可以改变的，教育是可以相互补充的，人一旦有了污点，就被世俗打入了另册。难道小田犯过错误，就不该有恋爱结婚成家的权利吗？如果不是先碰到灰猫这样有学识的男生，自己说不定还真愿意嫁给小田呢，至少两人在一起是赏心悦目的，后代基因是优秀的。

这个死灰猫，怎么就跟榆木疙瘩似的，人家工作忙顾不上联系，他倒不主动了。夏柳想到了灰猫的可爱，决定主动跟他联系视频。

“喵喵，报备打卡啊！”夏柳在微信里发出呼唤。

此时灰猫应该是凌晨二三点钟，夏柳没有了时差概念，连续发送了三个表情。

灰猫终于有了反应。可以想象灰猫一定是在沉睡中惊醒，眯着睡眼查看来信的。他看到是夏柳发来的信息，以为有什么急事，侧着身子，赶紧触摸着写了几个字，接着开通了视频通话功能。

“没什么急事？只以为你失联了，受到隔离呢？”夏柳感受到了灰猫的焦急，不紧不慢地解释说。

“谢谢你关心啊！这段时间接了导师一个课题，把自己关在图书馆里，现正在家补觉呢。”

一段时间没联系，夏柳以为灰猫渐渐冷落自己了，听他说是抢做课题，心中的疑虑就放了下来。疏远一个人是要有充分理由的，哪怕对这个人没有了感觉，也要找出合理的解释。夏柳此时想象不出他是在说谎，她不相信他说谎的技巧这么娴熟，坚定地认为灰猫是个诚实男生，更何况人的情感转移是要有条件的，疫情隔离状态下，他没有见异思迁的条件。“噢！疫情这么严重，还可以随便进出吗？当心感染啊。”

“基本不跟外围的人群接触。你还好吗?”灰猫关心地问。

过去夏柳听到这样的问候，是没有感觉的。在灰猫的话语体系里，问候似乎是口头禅，遇到陌生人同样会“哈罗”“猫儿宁”“OK”一样，没有什么亲近的意思。而此时夏柳内心里渴望的正是他的问候，一声问好，对她来说不是礼节性打招呼，而是对方发出的关怀和怜爱。这样的问候，让她内心有了点小激动。

她调皮地说，“一切安好！工作、学习、生活，一样不耽误。导师课题完成后，下一步有什么打算呢?”

“现在倒是想回国内工作了，往大处说是报效国家，往小处说那因为你了。可这个专业就业机会偏窄。”

“那不敢当。为了我，放弃拯救全人类的事业，罪过大了去了。”

“师妹，咱们能不能好好说话，我是认真的啊。”

夏柳这才感到，刚才跟灰猫的对话，有点太随意了。灰猫一直说学成之后，自愿申请援非，推动非洲国家文明发展。他想拉着夏柳一起做一件对人类有意义的事情。可夏柳想着做好眼前的事情。夏柳虽是想说让他回到自己身边来，国内发展的空间同样很大，社会基础研究的课题也很丰富，只是有点说不出口，所以她没有借坡下驴，只是反向地责问起他。没想到引起灰猫的强烈反应。既然对方在意自己，应该给爱一个机会。

夏柳说：“我当然欢迎你回来，祖国人民热诚地欢迎你。”

灰猫说：“没有你的陪伴，还真有些孤独。”

夏柳笑笑，给他抛出几个爱心表情。

夏柳说：“我的同学陆续结婚成家了，剩下的包括我在内，成了为数不多的少数派了。跟你好像说过的一个叫苏美的同学，也要结婚了。”

灰猫说：“你不是说，别人对她的桃色绯闻议论很多的吗，看来是找到真爱了?”

夏柳说：“什么真爱啊！突然袭击，找的一个台胞大叔。”

灰猫说：“只要相互有爱，不分种族、年龄。”

夏柳说：“你倒是思想开放的，反正我不太能接受。当她说男友有了三十多年工作经历时，就没回过神来。”

灰猫听了夏柳的介绍，知道她是一个传统女孩，便帮助她分析个中原因。

灰猫认为，传统社会婚姻是“父母之命、媒妁之言”，洞房花烛夜，有的男女双方才掀起红盖头来，才知道什么样的人跟自己同床共眠一辈子了。这种婚姻关系如同下赌注，赌对了幸福一生，赌错了则是毁灭一生。民国时期的大家里不少有逃婚的经历，像康有为、陈独秀、鲁迅、郭沫若、胡适等，要么是指腹为婚、要么是娃娃亲、要么是童养媳，自己根本没有选择的余地。进入文明开放社会，男女恋爱观发生了变化，过去凭直觉，靠的是一见钟情、以貌取人，现在反而变复杂了，先看颜值，双方赢得好感，接着是谈，谈恋爱重在谈，从交流交往中了解对方的知识、情趣、爱好、教养等，继而看能力、看财富、看家庭背景，比企业经营管理还复杂。婚姻是长线投资，不是短期行为，社会有不安全感，情感有不确定性，这导致人困惑的东西越来越多。其实，爱一个人很简单，只要直接表达出来就行了，即使遭到拒绝，至少争取了，也没遗憾。苏美是一个被动型的女孩，当别人向她示爱的时候，肯定让她感动，所以她向前走了一步。在她看来，被人求爱，是一份荣幸，是公主般的宠爱，哪管这个男人是什么地位和条件。

夏柳习惯了灰猫对许多话题的高谈阔论，这也是她欣赏的地方，尽管有的观点有出入，但能大胆地表达出来，足以说明他的学识。只是联想到他自己，她并没有觉得他在践行这样的观点，倒像是街头爱情演说家似的，让她怀疑他的知行合一能力。

转念一想，这个社会令人费解的事情太多了——吃饭算是再平常不过的事情，本来人以填饱肚子为目的，可偏偏被那些雅士搞出什么食谱，注重什么色香味来，还考虑什么营养搭配，连卡路里蛋白脂肪热量都计算得那么精准；写字画画自成为艺术观赏品之后，偏有人研究出里面的玄妙理论来，衍生出了一代又一代艺术家，鬼知道当年王羲之挥就《兰亭序》的时候，有没有琢磨其中的笔法、章法？现在有关于爱情、婚姻、家庭的研究学者多了去了，不乏婚姻失败者或是无婚姻经历者，他们都能洋洋洒洒坐而论道一番，给人建议。这些看似可笑的现象，倒也说明空想理论家的煞费苦心。灰猫这个根本没有恋爱经验的男生，都能道出其中一二，大概是人性的本真使然了。

夏柳露出窃喜的表情，心里笑话他“闷骚”，意识到他有了爱情启蒙。

灰猫接着说：“互联网的出现，改变了人们的社交方式，网恋成为一种时尚了。天南海北的男女，一旦进入到社交平台，便有了交流情感的通道，恋爱对象的选择空间就大了，这才是真正解决了‘天涯何处无芳草’的问题呢。”

夏柳追问道：“呵呵！那你在网上也可以找找芳草？”

灰猫说：“我只是说网恋是一种社会现象，但我并不认同。虚拟和现实是有差距的，情感交流不可能通过非接触方式实现，如果有的话，那只能算是精神恋爱了。目前社会对网恋贬褒不一，导致骗财骗色骗婚的现象不少，虚拟空间恋爱，好看的渣男，遇到痴情的人，结果可想而知了。”

夏柳说：“人有情感需求，在这样快节奏的生活状态下，网络给了倾诉的空间。网恋最大的好处，是缩短了空间地域局限，成就了许多异地恋。”

灰猫附和说：“有同感。”当时夏柳和他在一起的时候，因为学业交流冲淡了情感交流，并没有觉得相处有什么特别的地方，可当异地网络交流时，才发现自己太需要情感倾诉了。她这才感到，这种情感或许就是爱。

夏柳瞟着他的眼神，感觉出他脸上放射的光芒无处安放，游离的注意力里，她读出了来自大洋彼岸的款款深情。一种从未有过的情绪被激发出来，眼眶的底窝处控制不住地溢出泪来。灰猫捕捉住了这一细节，用英文深深地说了一声：“I LOVE YOU!”

夏柳回忆起这几年的相处，百感交集。过去一直以学哥学妹的关系，停留在交流学习上，彼此并没有往恋爱的道路上走，虽说脑子里想过当男女朋友，只是今后的发展去向不明朗，不敢轻言向对方表达爱意。之后，因为学业上的事情，经历了分分合合几个来回，没能安心地坐在一起畅想过未来。这次疫情的出现，本该继续学业的，又被阻断，两人相隔两地，一个忙于工作，一个忙于研究课题，偶尔只是通过微信和视频，聊聊天，扯扯闲，交流各自的工作生活。这种交流不受时间、空间限制，随时随地、随心所欲地表达所思所想。谁说网恋不好，网恋可以大声地说出“爱”。

夏柳坚定地说出：“I LOVE YOU!”

灰猫沉思了一会儿，似乎此时正在享受着这种爱的表达。他并没有考虑到，为这份爱，他将会做出多大牺牲，但他已经准备好，愿意为这份爱付出。他首先关心的是夏柳的工作是否顺利。

灰猫说：“问你点正事，参与矫正的那个小田情况怎么样了？苏家拆迁有进展吗？”

夏柳无奈地告诉说：“田致远已经解除了矫正，彻底恢复自由了。他母亲也康复出院了，一家人可以像正常家庭一样生活了。小田不容易，母亲有病，需要看护，随时防止神经质发作，姐姐是抱养的，又是脑瘫残疾，平时饮食起居都得靠人帮。小田接受刑罚的时候，几乎这个家是瘫痪的，不是社会上好心人和社工帮帮手，真不知会酿出什么样的事情来。奇怪的是，他母亲出院时间不长，在社区里跟邻居闲聊时，没想到一个意外的惊吓，竟然让她清醒过来，回归到正常思维状态中来。真有点像植物人唤醒的感觉。”

灰猫也是第一次听到这样的奇异现象，问夏柳是什么原因。夏柳说：“我也咨询过许多人，大概意思是说，像他母亲这样的情况，其实生命状态是有思维的，只是她生活在自己的情绪里，一旦受到外界刺激，可能会出现两种截然不同的结果，一是情绪越来越坏，二是情绪改道，恢复到原有正常状态。药物治疗，只是起到镇静作用，不大可能恢复原来的神经元机理，有时候物理治疗的效果反而更好。小田母亲并非家族遗传性精神疾病，她是在非常时期，心理承载负荷加重，精神处于崩溃状态之下，引发的抑郁狂躁并发疾病。人会在什么样的状态下，逼成这样？我无法想象。我在学习最为困难时，有过绝望的心理，那样情绪是无法表达的。大概每个人承受压力的能力不一样吧。”

灰猫说：“这倒是一个奇迹，有你的一份功劳。你是专业的社工师、社会理疗师。这也算是品尝到了泥土的芬芳啦。”

“说心里话，这家人还真让我牵肠挂肚啦。尽管是个残破不堪的家庭，可内心里一点也没有龌龊感，接触下来，感觉就像自己的亲人一样。过去看到一点污垢场面，就想吐，捏起鼻子跑得老远，可现在习惯了。只有尊重别人的生活，自己的内心才是干净的。”

“是的！对于这样的家庭，他没有能力选择更好的生活，能靠自己维持基本的吃住行，不给政府和社会增加负担，已经是值得尊敬的。对于贫困者，人们不仅有怜悯和同情，更要有善待尊重的姿态。懂得尊重别人就是尊重自己。要为你点个大大的赞!”

“我倒不认为自己有多崇高，只是这样的境界，不让人家仰视，而让人家舒服。小田初入社会，就经历了人生打击，说是他自己造成的，并不为过，但社会也值得反思。有的无良老板，以损害他人利益为能事，结果败者总是弱势的一方。法治社会里，不能“哪里有压迫，哪里就有反抗”，可对强势一方的制裁手段那样柔软，这大概也是社会犯罪始终存在的原因吧。一个人犯了错，受到的处罚是多方面的，肉体上的折磨、精神上的痛苦、心理上的煎熬、舆论上的压力，林林总总，不一而足。小田除了感官上的痛苦之外，心理屈辱痛苦更甚，可以想象，他活得不轻松。”接着，夏柳又说，“提起苏美家的拆迁，就很生气，本来已经谈妥了，结果变卦了，让我好没面子。要说苏家的确困难，可跟田致远的情况比，差得老了去了。他把解决贫困问题赌在拆迁上，靠拆迁换得钵满盆满，甘蔗哪有两头甜？人家就是要鱼和熊掌兼得。像他这样的人还不是一个两个，说到困难，能流下一盆眼泪，搞得像白毛女似的，恨似高山仇似海，好像整个社会都对不住他们。只要是能得到的好处，就尽情地卖惨，可以要无赖地黑自己，脸皮黑得发光，说话黑得吓人，黑祖宗十八代不是东西，黑自己是狗娘养的，吐槽大会绝对黑不出这样的精彩来……”

“贫贱难耐凄凉，富贵不能乐业。穷自然不是好事，可富也未必就是好事。人们追求个人利益最大化没有错，错就错在损害公共利益上。”

“的确如此。社会变革阶段，不少领域是摸着石头过河的，没有现成规则，敏锐的人，把握住了商机，还有不少人靠山吃山，浑水摸鱼，得到了好处。这些利益既得者，进入中产阶级层次，大多表现为支持改革发展。问题在于，那些想得好处的人，没抓住机会，结果牛没牵到，只摸到了牛桩，于是把不满转嫁到其他上面，一旦遇到可以交换的筹码，便变本加厉地漫天要价了。许多群体面临利益调整的时候，大多是这个心态。其实，这也是可以理解的，天下熙熙，皆为利来，天下攘攘，皆为利往。”

“这涉及社会治理能力问题，在提供公共产品和公共服务的同时，应当重视修复社会功能、弥合社会关系，让整个社会上下迁徙流通起来。一旦社会流通固化、社会阶层撕裂，社会犯罪问题就会增多。为什么仇富、仇官？本来人与人之间不存在恩怨关系，是因为心态失衡，欲望无止境。”

“是啊！现在有些人看到别人过着衣食无虞的生活，像是他们恩赐的，一脸的不爽。你开一部好车，第一反应这人配不配？车从哪里来？开车的是什么样子的人？如果是年轻人，尤其是女孩子，那一定会上下打量一番，打扮时尚的，会猜想你不是小三就是情人，打扮俗点的，又会认为是土豪千金。如果是男生，心里就忌恨自己咋没好爹，或是心里骂着败家子，或是诅咒人家狂飙出事情来，指不定还琢磨着哪个富婆包养着的。一肚子的男盗女娼。好像家庭条件好，有能力消费是一种罪过。”

灰猫听着夏柳的倾诉，不停地感叹着。

“我才真正体会到了社区工作的不易。社区干部说是干部，无职级，无地位，其实就是服务员。他不同于职业服务员，有专业的语言、程式化的交流方式、训练出来的微笑。别以为服务员对你微笑是对你有好感，那是因为他要在你身上建立买卖关系。可社区干部就不一样了，微笑是真诚的，说话是委婉的，既能受得了委屈，也能担得起责任，人家不在乎你有没有学历和专业，只在乎你能不能办实事。打个比方吧，像我这样的人，在社区里就像候车亭，来来往往的人，不在乎你的作用和价值，似乎你给他遮风挡雨是应该的，没有你或是你起不到应有作用，那必然会招来不满。”夏柳第一次对着外人诉说工作的苦衷。

“艰难困苦，玉汝于成。这大概是理想和现实的差距吧。真想跟你一样，到基层社会里实践一下。只有亲身经历了，才知道许多东西的可贵。”

两个人一唱一和，聊得投入，几乎忘记了时间。

32

夏柳把苏美的情况和苏留根的态度，向钟书记做了汇报，请求指挥部继续跟进做工作。快刀斩乱麻，不留丝毫迟疑的时间和空间。同时，盯紧刘二郎的动态，一方面不得让他接近苏留根，以动摇苏的决心，另一方面以高压的姿态，动摇他固有的想法，倒逼他配合签约。

掌握刘二郎的动态，可不是一件容易的事。刘虽说是无业人员，却并没闲着。一家人靠领低保过日子，显然不会生活得这么滋润，上下老小几口子人，穿衣吃饭并不像苏留根那样将就，冬袄夏褂一样也不缺少，花式款式一点不落后于时尚，一日三餐一顿也不少，荤素搭配甚是讲究，房里房外虽是破旧，却收拾得体面利落。至少说明，这家人并不懒惰。刘二郎虽有些犯浑，玩点惊恐的花样，可平时还算得上衣冠楚楚、风流倜傥之辈。胡三一直说，刘二郎虽没正经工作，可收入没少得。社区干部找他核实情况，不是他避而不见，而是根本见不到他的人。不过，只要涉及他家的事情，换句话说，只要有个风吹草动，他就会神不知鬼不觉地出现，连与他无关的拆迁对象后面，都有他的影子，可见他对他关心的事丝毫不曾怠慢过。

指挥部领导要求社区关注刘二郎的行踪，钟志国把任务交给了章阿姨和夏柳，说是按照包干方案落实人头。章阿姨虽在啃硬骨头上有办法，可跟刘二郎这样的人打交道，她心里多少有点犯怵，关键是人家游走于社会，昼行夜卧，见不到人。夏柳接受这个任务，也算是骑虎难下，她开不了拒绝的口，更何况老钟说，是配合她父亲开展工作的。此时，她被绑在了两部战车上，身不由己，只得硬着头皮上。不过，有章阿姨带着，她倒没有表现出抵触情绪。

章阿姨决定到刘二郎家去看看，夏柳向章阿姨建议，说最好多带点人，没有阵势，人家不会买账的。夏柳看着章阿姨向刘采文努了努嘴，章阿姨让刘采文放下手头工作，拉着她说咱们一起并肩战斗去。

三人以为贸然造访，说不定能堵住刘二郎，可踏进刘二郎家时，一片沉寂。章阿姨喊了两声刘二郎的名字，二郎老婆才从里间探出头来，冷不丁地跟她们对视一番。章阿姨问刘二郎在不在家。他老婆憋了半会儿，终于冒出一咕噜话来——二郎死鬼，不知被哪只狐狸精勾走了，还要找你们要人呢。大家知道，他老婆有“精神病”，不敢得罪，也不再追问下去。

虽说刘家房产的产权在已故几十年的父亲名下，征收拆迁的受益人也不仅是刘二郎，还有母亲、三郎和姐妹几个，由此，补偿分配是极为复杂的。真正的难度还在二郎这边。刘二郎作为实际居住人，对拆迁有着绝对的发言权。这不能不说是给征收拆迁出了一道无法解决的难题。

再难的事，也要破解。现在要千方百计跟刘二郎见面。

三个人想出一个类似“引蛇出洞”的主意，跟他老婆说，苏留根家同意征收签约了，对补偿条件挺满意，就剩下你家了。二郎老婆自从“被精神病”后，神志真的有点恍惚了，口齿也不再那么流利，但对于社区里的大事小事，她掌握得门儿清。这么多年来，经过刘二郎的折腾，她已学会了变色龙式的应对，天长日久，丰富的表情和伶俐的口才便有些退化了，呈现一副大智若愚的尼姑模样。他们以为她真会像想象的那样给刘二郎通风报信，可三五天过去了，竟然没有反应。他们开始相信二郎老婆真的神经了。

他们接着做苏留根的工作，当问及苏留根签约材料准备得怎么样时，苏留根说，刘二郎警告他别签字。难道二郎老婆真的送达鸡毛信了？抑或二郎跟苏留根一直保持着单线联系？三个人越搞越糊涂。可就是见不到二郎的面。

难道就没有人知道刘二郎的下落吗？

夏柳说，你们不是说胡三是社区里的万事通吗？问问胡三，说不定能知道刘二郎的去处。

夏柳的提醒，让章阿姨和刘采文一下子有了信心。找到胡三时，胡三有些卖关子。胡三和刘二郎之间没有来往，两人不是一路人，且年龄上有代沟。可胡三察言观色自有一套，看人看事总能梳理出逻辑关系来。刘二郎这么一个社区重量级的人物，自然少不了他的“关注”。胡三不太肯定的口气说，下塘桥有个香火店，好像跟他有关系，不妨从那儿摸一摸。

下塘桥是古运河对岸的一座过街石桥，离千岁坊三五百步，往桥北径直走不远，便是元代建造的古刹南禅寺。寺庙划为景区后，香火烛台冥品生意受到影响，除了寺内有专营的香火店，周边基本上成了商业街区。这个淹没在门街店铺中的香火店，并不被人注意，可却在此存活了不少年份，也只有信众佛徒光顾而已。

下塘桥就在眼皮不远处，连章阿姨这样的社区老人竟然都不明所以，还是要探个究竟为好，万一真是二郎开店，正好可以逮个正着。

夏柳和刘采文忐忑地跟着章阿姨，前往下塘桥。

下塘桥街面一溜的黄麻石板，沿街门店大多销售工艺品，门店招牌清一色霓虹灯箱，唯有香火店前挂着黄绸嵌边的条幡，显出独特的古朴和沧桑。店门脸不大，靠墙一字排开的货架上，摆放上各种各样的香炉烛台，码放着大大小小的香烛，另一侧则堆放着黄草纸、锡箔和印制的冥币，通往里间处则摆满了纸马、纸人、纸屋等，店内空间几乎被杂乱东西挤得没有了空隙。

章阿姨伸头进去，没有瞧见人，再往里走了两步，才看到纸糊的祭品堆里坐着两个人，其中的一个是刘二郎。此时的刘二郎，着淡蓝色长袍，一副居士打扮。章阿姨见到他，倒是吓了一跳，而刘二郎却一点没有意外之感，反而优雅而绅士地向另一位男士介绍说，这是我们社区的章主任。好像有个约定似的。这与他们心目中的刘二郎判若两人。他简单地收拾出空当，拖出一条长凳，礼貌地请章阿姨和夏柳、刘采文坐下。商谈中的男士见来了客人，便主动提出有事离开，给他们留下了谈话的空间。

章阿姨抱歉地说，真不知道刘二郎自谋职业，是社区关心不够。

刘二郎说，这是朋友开的店，自己只是帮忙照看。

夏柳说，刘叔这身打扮，真像在修行。

二郎说，真能修行倒没痛苦了，哪怕半路出家，人生也苦短些。俗事缠身，脱不了人间烟火。要是能养家糊口，也算是这个修行应得的果了。

章阿姨问，这个市口有生意吗？看这里面摆了这么多东西，应该有市场吧？

二郎告诉大家说，单纯靠门店做生意，是挣不到钱的。不过，倒是方便了周边居民，特别是老年人，逢年过节、初一十五，先人祭拜总是少不了这些家伙；还有那些去南禅寺烧香拜佛的善男信女，在这儿请点祭品和香烛，留下点香火钱混生活。

刘采文扫视着店内，看到贴有周易风水学和算命相面的纸板掩在门楣上方，便兴奋地问他："你还会算命？"

刘二郎说："那是师父的。不过，自己跟着学了些皮毛。要不要我给你掐个八字？"

刘采文觉得刘二郎并没有别人说的那么凶恶，在他的地盘里跟他交流，感到还是和善的。便开心地伸出左手掌，让他目测。

刘二郎边看边说："信则有，不信则无。相面算命，只对诚心的人管用，对奸猾的人不灵。"接着，他用手指轻轻展开采文的手心，一副大师口吻，说："按表相来看，你从小聪明伶俐，只因家中重男轻女，不受待见，曾过继给亲戚家抚养。不过，你的命中有金，吃穿不愁。未来爱情线和事业线顺畅，不久的将来，会有'洞房花烛夜，金榜题名时'二喜……"

刘采文虽表情上没有什么变化，可心里有些乐开了花，连声说道："借你吉言！借你吉言！"

夏柳和章阿姨心里提醒刘采文别当真，可眼神里却是发出的鄙视之光。她们权当玩游戏似的观察着，只是想笑，不敢笑出声来，想骂，又不能骂出口。一个月后，刘采文果然收到了公招考试录取通知，当她把消息告诉她们时，她们蒙了一阵，只能以纯属巧合来自圆其说，但对采文来说，她坚信刘二郎不是江湖术士忽悠人，没有几把刷子，真不敢随便地挂这个牌子。这是后话。她感叹，社区里不得小视，藏龙卧虎，处处有高人，高手在民间啊！

找到刘二郎，自然要谈拆迁问题。章阿姨宣传了相关的征收政策，夏柳做了具体的解释。二郎倒没有像之前那样，不安分地抗拒，而是耐心地倾听着。一段沉静之后，他慢慢悠悠地念起了苦经，强调了家里人口多，困难多，肯定公家为民办实事，希望以民为本的理念在他这儿得到体现云云。相互交流比较顺利，并没有平时接触中的那种抗争心态。章阿姨答应把他的情况向上级反映，同时希望他往中间走一走，只要合情合理合规，帮他一同争取更多的补偿。刘二郎知道夏柳的背景，当着众人直夸她长得有气质、有修养，说跟夏秋生从小一起玩泥巴长大，小时候就有发财的天赋，埋怨自己走岔了路，不然不会计较拆迁补偿等。夏柳表扬刘二郎是个通情达理的人，家境虽困难，能想方设法谋生，实属不易，社会上应该多给这样的人机会。说得刘二郎直摆手。刘采文认为刘二郎是个聪明人，连易经八卦都能说出所以然来，说明不是等闲之辈，利用好了，能为我所用，利用不好，极具破坏力。刘采文是纵观刘二郎历史，以及亲身感受的表现，得出这样的结论的。刘二郎的确如此，不然，不会坚挺着破败不堪的房子，漫天要价。一定是哪个环节触痛了他的神经，让他变本加厉。

刘二郎开香火店的消息在社区不胫而走，一时成为社区里的热议人物。刘二郎在外面却是一副和善的面孔，倒是超出了大家的想象。

后来，大家从各方汇集的信息发现，刘二郎在外谋生早已不是秘密，更让章阿姨和夏柳大跌眼镜的是，刘二郎还兼职做法事和尚。

一个民政局负责救助的人就透露了他“助人为乐”的情况。

那天，刘二郎领来一位女士，到民政局申请救济，说是人家死了丈夫，一人带着上初中的儿子不易，按政策规定，可以申领救助金和助学补助。刘二郎是民政局的老主顾，逢年过节或是手头紧巴，都会跳过社区和街道两个层级，直接找机关要救助，三来二去，他对救助条件规定掌握得比专业人员还精准。他知道找民政能要到困难救济，找残联能得到残疾补助，找人社能拿到困难职工救济，找妇联能争取到妇儿资金，找工会都不会空着手回。他介绍这个顾女士来办救济，还特别附带提出丧葬补助和助学补助，看来是做好功课的。虽然这些补助针对的是特定困难人群，可刘二郎为表现出助人为乐的精神，非得片面套用规定标准，要求工作人员办理，最后只得局领导出面耐心做工作，才平缓激动的情绪。局领导问刘二郎，非亲非故的，又不是同一个街区的，只凭口据怎么能证明她符合条件？刘二郎虽是蛮横，但遇到求人办事的事，会不再争辩。局领导要求顾女士向所在社区反映困难情况，同时表态如情况属实，会上门加快办理的。之后，社区反映的情况是，顾女士死了丈夫不假，那是工伤事故，所在单位履行了赔偿责任，家庭收入中等偏上，存款超过百万，不符合救助条件。同时，弄清了刘二郎热心帮助的理由。社区干部从顾女士的婆婆处得知，刘二郎是个花和尚，讨好儿媳妇是没安好心。此前，婆媳为这糗事，闹到了社区，是社区干部出面调解，才解开了疙瘩。原来，顾女士为体面地给丈夫送葬，专门请来几个和尚按传统方式做法事，其中刘二郎也是队伍中的一员。按照婆婆的说法，当时做法事就看他眼神游离，心不在焉，不时地向悲痛中的儿媳妇抛媚眼，一看就不是正经和尚。情景不难还原——顾女士一身披麻戴孝，跪在灵堂前磕头作揖，刘二郎身着法衣，手执佛珠，口诵阿弥陀佛，看似一本正经，为死者超度安魂，实则口是心非，目光垂落在女主人身上，显然眼神是不够用了。后来果然两个人联系起来了。婆婆向社区告发刘二郎勾引儿媳妇，可社区并不知道刘二郎底细来历，只得劝慰。婆婆说她不是不通情理，只是儿子尸骨未寒，媳妇就移情别恋，心理上接受不了。更担心影响到孙子的身心健康，怕孙子失去父亲之后，再失去母亲。顾女士倒没往这方面想，她沉浸在失夫的痛苦中，哪里会长出感情来，更别说对一个和尚产生兴趣。可刘二郎的殷勤帮助，她又不好拒绝，毕竟人家是为她着想，只得附和着跟着跑上跑下。这一跑，不要紧，经常打交道的民政局，便知道这个特殊的低保对象，还有比别人特别的本事。

夏柳和刘采文综合各方信息来源，形成了刘二郎行为证据链，包括老婆骂他被狐狸精勾走、香火店买卖、穿居士长袍等，认为他插足别人家庭的事是成立的，兼营法器、冥品和法事是成立的。当然，她们推断，并不是追究他的违法犯罪事实，这不是她们的权限，只是她们好奇。她俩感到，刘二郎的“两面人”做得地道，丝毫看不出破绽。他披上袈裟的时候，真像佛门下界的道人，言谈举止处处体现出仁慈和参悟。可没穿袈裟时，却是另一副模样，人的本性彻底地暴露出来，面目比十八罗汉还显狰狞。熟悉他的人，印象停留在蛮不讲理、偷奸耍滑、心狠手辣、精于算计上。刘二郎一定有自己的法号，否则就是遁入佛门，也会玷污了寺院名号。只有法号跟刘二郎名字做出分别，他在人间和佛界的角色，才能准确地切换。两个年轻人聊起刘二郎时，甚至有些钦佩起他的演技来。

刘二郎的香火店，就这样被侦破了，从业的面纱被轻松地揭开了。他心里一度很恼火，可仔细想来，就这巴掌大的古街区，山不转水转，总归跳不出如来佛的掌心。有些事，纸是包不住火的。与其遮遮掩掩，不如光明磊落地坦诚对待。门店是合法经营，法事是社会需求兼而为之，没有触及法律问题。可有一点，他没往深处想，社区不关心他的从业情况，只关心他的下落。本来以为自己开香火店可以避开熟人，可社区工作人员发现后，香火店似乎成了地下工作者的接头地点，成了跟他交流接触的平台。这让他心里很不舒坦。香火店虽不是神圣殿堂，可面对祭品和佛器等之类的东西，言谈举止太俗太恶，未免过分。他既然跟佛事有缘，就不想把刻毒的一面显露出来，最起码敬畏鬼神的心还是要有的。在社会上，怎么撒泼打诨都可以。在他这儿，就必须有佛门净地的规矩，更何况做生意图吉利。基于这样的想法，刘二郎反而觉得应该笑脸迎客才是。

章阿姨带着夏柳再次登门的时候，刘二郎面无表情地接待了她们。她俩抓住他担心扰乱生意和道行规矩的心理，反客为主地问长问短，从他口中套了不少实话。

刘二郎告诉她们说，他算命打卦这一套，是在吃官司的时候学的。一个不起眼的服刑老头，因为诈骗罪被判劳改。老头有点跛脚残疾，大概是先天小儿麻痹症。老头在苏北当地颇有名气，外号刘大仙。民间神人大多通八卦、懂医术，刘大仙也不例外。可再万事皆通，也有失手的时候。他入刑就是因为给一疑难杂症的富婆看病，收了高昂的医药费，结果把人治死，吃了官司。就这样的人，上门求医问药的仍是挤破门槛。不过，要说拿手的，可能是算命打卦，这一行当自有玄机，出了偏差也不会落得谋财害命之罪。就是入刑期间，也少不了有人托门子请他指点，私下里官员老板探监向他求签的不在少数。在监室里，大家更是尊他为长老，跟着他吃香喝辣，同甘共苦。他深不可测，不愠不怒的神情，就令人肃然起敬。那看破红尘、与世无争的心态，更是影响了身边的人。监室似乎是免检的文明单位。让人叫绝的是，只要有人出个生辰八字，他就能断出人的前世今生来，似乎人的命运掌握在他的手中，不得不让人信服。当然，这些他认为的雕虫小技，只是无聊时博大家一乐，而对于刘二郎来说，却是值得学习的绝技。刘二郎以本家同姓晚生的身份，提出拜师学艺，不时地师傅长大爷短地喊着，逗刘大仙开心。刘大仙把同囚室的人当成有缘人，加上刘二郎这位本家后生求艺真诚心切，也就遂了他的愿，随便教了他几招常识。结果，试验了一下，竟然灵验了。刘二郎以为得到真传似的，卖弄着掐指算命，时间长了，得了个外号，叫刘二仙。

之后，出狱后的刘二郎，专程拜访过出狱后的老头刘大仙，老头深知他骨子里有邪性，担心他利用老祖宗的周易八卦，行坑蒙拐骗之事，祸害社会，败坏他的名声。刘大仙受了几年刑罚，脑子里装了许多法纪律条，他不希望因为他的原因，受到法律惩罚。他提醒他说，算命打卦不是正途，万一失手那就是骗局。老头看他态度真诚，规劝他不要走他的老路，便给他指点了一条“光明大道”，给他介绍了一位佛门高僧，引他做个不入佛门的披袈居士，至少吃喝不愁。刘二郎到寺庙工作不久，发现自己有佛缘，便跟着众僧后面诵起经来。

俗话说，外来的和尚好念经。连二郎自己都不敢相信，他这个外来者，且是初入门道不削发的、年龄大的小和尚，倒为当地寺庙烧旺了香火。越是香客虔诚，越是法事仪式，他越是认真对待，勉励自己绝不能当歪嘴和尚。他慢慢悟出了行内的职业素养，该戒律自律的时候，必须绷紧思想上的弦。于是，深得众僧的信赖。

可毕竟二郎没有脱了凡胎，日子长了，寺庙里清规戒律，让他有些寂寞难耐。他那野得撒欢的心，有如被人牵着的风筝，慢慢地收归回来。自打成家之后，他在外打拼，聚少离多，心里很少装着妻儿老小。他在狱中的时间，比跟家人团聚的时间还长。吃一堑长一智，佛门里修行的是弃恶从善，监狱里承受了刑责处罚，一柔一刚，一软一硬，总算收住了狂躁蛮横的心性，该尽为人子、为人夫、为人父的责任了。本来他就是不入佛门的居士，说得官方点，他属于不脱产的信众，七情六欲、人间烟火不受限制，可以来去自由。他靠赚得的钱，在下塘桥开了香火店。可到了家里，就是回到了世俗社会，柴米油盐、生老病死、三教九流、你争我斗、纷纷扰扰，恶俗的一面不经意间又被唤醒过来。刘二郎的慧根没有建立起来，思想基础不牢固，口中念佛，心想万端，哪里经得住这个社会的诱惑。

刘二郎说，师傅教他众善奉行、诸恶莫做，可他要生存下去，就要面对外来的挑战。他本来起誓“放下屠刀、立地成佛”的，面对现实，只好抛掉佛性，又拿起“屠刀”了。

在章阿姨眼里，这也难为了刘二郎。虽说“人之初，性本善”，世上没有天生的坏人，可在大染缸里浸淫了半辈子的他，哪会因为刑罚过和念了几天佛经，就一下子超脱得与世无争啊。不过，刘二郎还是有了变化，他不再那样冒冒失失、横冲直撞了，而是变得精于心机、巧于周旋了。他的一举一动似乎在善恶曲直问题上用着心思。现如今，干坏事的人，求得心安，就会烧香拜佛，乞求菩萨保佑。干歪门邪道的事，也要有智慧，做坏人，也要有本领，坏人作恶到精妙不被发现，那就是成功人士了。刘二郎并没有坏得有多极致，他不走寻常路，找到了自己求生的饭碗，既没有危害社会，也没祸害他人，人做得无可辩白。只是对于拆迁谈判这样的事，却让许多人伤透脑筋，况且章阿姨和夏柳这样的无名之辈，哪里是他的对手？

章阿姨、夏柳和刘采文后来的几次登门，变成了刘二郎主导的谈话。刘二郎从开始的戒备疑虑，到后来的友好相待，从大谈生死阴阳，到感叹生活烦恼，细微之处，体现了他态度的变化。就是只字不提拆迁问题。好几次，他们一起大谈城市的发展、环境的改善、生活的变化，快要接近谈到征地拆迁问题，都被他敏感地绕过去。他想，拆迁这样的事，跟她们谈是没有满意结果的，她们做不了主。既然接招无果，还不如回避绕开。他说，这个世界上，从来没有见过一个物种为另一物种的幸福而甘愿死去的。世上所有的物种，既无所谓善，也无所谓恶，只是人类多了些争强好胜的欲望。说完了，他会双手合十，善哉善哉一番。就这样的言行，谁还忍心跟他理论甚至争辩呢。

夏柳把刘二郎的情况告诉父亲，父亲瞪着眼睛感到惊奇。夏秋生对刘二郎的印象还是十多岁前的小学阶段。那时的刘二郎聪明但调皮，争强好胜，凌弱欺小，后来因为打架逃课差点被学校开除。据说当时身为校长的薛老先生专门登门家访，看到他家穷困到连衣服都不分男女轮流换着穿的时候，没忍心除名，还拿出自家的旧衣被褥接济他们。那时，薛老先生是专政对象，刘二郎知恩图报，伸张正义，暗地里还修理过几个批斗校长的老师学生。只是因为开除的问题，薛老先生受到牵连，被变本加厉地批斗，无奈之下，他主动弃学，成了布衣巷最为年轻的“老大”。如今，刘二郎结识佛缘，变得看破红尘的样子，倒是稀奇。只怕是清规戒律对他毫无意义。

夏柳向父亲诉苦，这个硬骨头估计没人啃得动，她埋怨父亲向政府的承诺有点不切实际，万一不能按时完成征拆任务，后期项目计划全部泡汤。

夏秋生说，这么难攻的工程项目，不是哪个人、哪个单位就能做的。车到山前必有路。刘二郎的房产资料都是一堆问题，他口口声声要什么一户一房，他能拿出有力的证据，公家也不是不讲道理的。

不多日，刘二郎收到法院传票。内容是涉嫌侵占房产和户口造假，要求在法定日期内提供举证材料，并做好出庭诉讼。

多少年来，刘二郎自以为改邪归正、奉公守法了，没想到平地起惊雷，坐在家里官司找上门。他越发觉得，这事有些蹊跷，要说办理分户手续是动过手脚的，但不至于承担法律责任，可住了半辈子的房子，却还不算自己的，兹事体大。他想到法庭，周身就渗出汗珠，这哪是什么天堂、人间、地狱所能形容的？法律、道德，肉体、灵魂，人被拷问得体无完肤，连巴掌大的遮羞布都被揭开，让人无处遁形。多少次，冷峻威严的场景历历在目，他被传唤到被告席上，面对法庭经文似的案卷，他只会有呼必应，他不在乎判决结果，只是受不了这种等待，老实交代，认罪服法，对他或许是最好的解脱。现在竟然又摊上事了。他知道房产上的事，是民事诉讼，成了被告，虽不光彩，可比之前所涉的案子好听得多。他想，应诉是争取自己的权利，放弃应诉，可能会对自己不利。

刘二郎首先想弄清楚的是，谁列举罪责让他成为被告的？他想到了夏秋生曾说过的。可是夏秋生说让他告他的。他曾绞尽脑汁找碴儿，没找到有说服力的违法违纪的事儿来，只上演了一出机关大院哭丈母娘的戏，且没有达到预期效果。以他对夏秋生的了解，夏从小算是懂事听话的孩子，虽有人说他阴险狠毒，这是为人品德问题，并没有违法把柄，况且是那些得罪过的人泼脏水栽赃他。他不会因为拆迁争取补偿问题，牵扯上个人的恩恩怨怨，更何况他们之间无冤无仇，心里还指望着他高抬贵手，满足自己的心愿呢。

夏秋生没有这么想，他已经找刘二郎谈过补偿条件了，该认的乡情、发小情都认了，可并没有撼动他的欲望。他强大的律师团队出面了，只能通过公诉，倒逼他坐到谈判桌上来了。

刘二郎做着应诉的准备，依他那么多年接受的法治教育，他对自己应诉胜算有着一定的把握。他想通过应诉，在道义上赢得主动，赢得同情，挽回拆迁问题上对他带来的不利影响。他请求法律援助，司法部门帮他找了志愿服务的律师。他把相关材料和证据提供给律师，直到律师一一过目，才发现了问题。

原来，刘家并非自建房屋，即便是自建的，从法律上讲，没有取得房产证，仍属于违章建筑。法律只认红印章、带编号的本子或纸头。一份带有红戳子的文本是普遍公认的有说服力的契约，不然怎么会有“我妈是我妈”的证明呢？哪怕是村居委会的印章，似乎都有着绝对的权威。刘二郎提供的材料里，找不出这样的本子或者纸头，能够作为有价值的举证材料，则是一本几十年前曾经用过的承租房屋交费本，上面记录着每月缴纳的水电费。从历史沿革分析，房子虽几经改造，但它却属于房管部门认定的公产承租房。至于分户造假的问题，律师表示有信心打赢，因为公安作为行政机关已经认定的，不会推翻已成事实的结论。但律师也表示，没有绝对赢的把握。律师举例说，婚姻关系中，如果一方隐瞒身体疾病事实，民政部门可以宣布法律婚姻无效，撤销收回双方结婚证。不排除户籍管理机关也会有这样的规定。

律师在双方取证沟通中，的确发现了房产证方面的问题。从调阅的原始档案看，刘二郎事实居住的房屋，真正的产权人是薛氏家族的。从理论上讲，薛氏家族后人无数，田致远的母亲薛玉蓉是其中产权继承人之一，薛玉蓉并不知情，其他成员更不能说清楚，仅为这处房产把薛家后人拖进来，势必又是无解的结。解放初期，薛家的房产多了去了，身为校长的薛玉蓉之父，信奉家有房产千间，不如家里书斋一间，房产交公的交公，送人的送人。刘二郎奶奶曾是薛家的保姆，近水楼台，得到了布衣巷门店的馈赠，刘家在里面繁衍子孙，获得了永久居住权。可面对征收拆迁，麻烦来了。当然，这样的历史遗留问题，不是个案。当年政府要求他们办理手续的时候，他们并没意识到它的重要性，更不会想到后来遇到这样的发展。

期待中的刘二郎惶惶不安，可等到的判断，却让他非常失望。他甚至不想应诉，败诉不如不出庭。律师告诉他，他是弱势的一方，就是输给法律，也会赢得道义。

刘二郎再一次站到了被告席上。这一次，他不是垂头丧气，而是理直气壮。出庭时气宇轩昂，对证时慷慨激昂，好像真理掌握在他手上似的。原被告双方唇枪舌剑没能争出结果，法官伤透脑筋地查阅律条，找不到恰当的判词，构成非法侵占住宅罪不太成立。最后，法官劝说双方调解。

33

刘二郎房屋产权存疑问题，没能得到法庭的支持，这让夏秋生的推进计划出现新的变数。

难怪乎，十几年前启动的布衣巷改造更新项目，迟迟不见成效，一茬一茬的工作队员撤了换，换了撤，没能撼动少数人固守旧宅的心，里面竟深藏玄机。夏秋生进入了一个剪不断、理还乱的连环套里，本来以为寻找法律上的瑕疵，可以起到震慑作用。理来理去，问题找到了，却不能按自己的思路解决。

他的公司长年雇请的律师，东奔西走调阅原始资料，寻找有利的证据，好不容易找到这样的突破口，却简单地以调解了结。甚至连一点软化的效果都没体现。他心里越想越气愤。

对簿公堂的判决，是不带任何感情色彩的。刘二郎维护自己的利益，他永远不会说自己错。夏秋生为了公家的项目，这样做，也没有错。法律对待这种“公说公有理、婆说婆有理”的陈年旧账，也没有什么裁定的依据，类似此种民事纠纷，也只得劝和调解。

夏秋生只得自我安慰，即使跟刘二郎官司打赢，未必就能逼迫他让步。光脚不怕穿鞋的。他甚至扪心自问，跟刘二郎是发小，无冤无仇，冲他的脾气，把他逼急了，可什么阴暗的事都干得出来，自己不愁吃不愁花，为公家这点事，万一被他暗算了，不说身家性命问题，就是随便翻出点腌臜事来，也会身败名裂的。可现在出路在哪儿呢？进不得，又退不得，连喘气的空间都不给啊！

最大的问题在于，如今拔出萝卜带出泥来了。刘二郎家事实居住的房屋产权人不是姓刘的，牵出的第三方薛氏后人要不要沟通情况，让其出面，意味着第三方有申索补偿的权利，这笔补偿依据从哪儿来？

布衣巷的征收改造，让夏秋生陷入深深的烦恼中。刘二郎里牵出了薛氏家族，薛氏家族不仅仅是薛玉蓉，苏留根里牵扯着胡三，承租房的后遗症、公厕的后遗症……问题层出不穷，不知从何处下手。

薛玉蓉对祖上的家产没有概念，她也不感兴趣，至今没有人提及，她也不追问。她经历的陈年旧事太多了，时光倒退一百年，她可是大户人家的千金小姐，凡人俗事哪里用得着她操心。更何况她都把父母给“革”了，还在乎物质上的享受吗？如今日子过得紧巴巴，那也只能认命了，她不怨天尤人，这个时代，即便资本家大小姐也是要操心劳力的，哪里还有坐在金山银山上享福的？可她再超脱，每天也要面对柴米油盐和看病吃药。

她只得鼓励儿子，天上不会掉下馅饼的。儿子鼓励自己，天上能掉下馅饼，只是馅饼不会掉到咱家。田致远相信天道酬勤，他拼命地干活挣钱养家，会让生活宽裕起来。现在真有馅饼要掉下来了，不知他们有没有运气去接。

其实，这个天上的馅饼能不能掉在她的头上，关键是刘二郎和夏秋生的博弈。如今，他们之间把官司打得惊天动地，真正的申索人却不知情，甚至蒙在鼓里。法庭上对证时，这张底牌已经亮了出来，双方都心知肚明，法官和旁听者大多明白了里面的来龙去脉。

对刘二郎来说，这个突如其来的情况，让他心虚发慌，他甚至担心三代人居住的房子一夜之间易主。可左思右想，公家认准的他是谈判人，他是实际居住人，再有天大的差池，也不会强令赶走他们。现在出牌权在他手上，他不想别人再从中分一杯羹，本来分户的目的就是想争取多些补偿的，一旦捅出房产的前世今生，那他所有的算计将会前功尽弃。到时候，不是他要不要配合拆迁的问题，而是他如何配合拆迁的问题。他把这个产权人的秘密烂在肚子里，不想在这个节骨眼上节外生枝。

可夏秋生不是这样考虑的。他担心再介入第三方，拆迁补偿成本就会增大，他甚至担心往常的许多潜规则操作将彻底大白于天下。他并不想从刘家的拆迁中分出一部分给第三方，他知道，再从刘二郎那儿减少补偿，那如同与虎谋皮，很不现实。到了这样的节骨眼上，刘二郎更要寸土必争，恨不能一块砖头当成金砖算。让刘二郎让出一片瓦来，就等于是他夏秋生深入虎穴，虎口讨食了。

这几十年，经历了重大社会变革，房产物权的保护意识有了增强。可现实社会中，历史遗留问题仍处在完善和消化阶段。夏秋生在历年参与的拆迁安置中，碰到过不少情况，有的名义上是公房，却属于私人产权；有的居住人和产权人没有亲缘关系，连馈赠的凭据都没有；有的是宅地和房屋不是同一产权人，至于那些产证和实际结构面积不符的更是不计其数。像刘二郎居住的房屋，记录在原始档案的产权是个人，却被认定为公房承租的情况也不在少数。夏秋生在处理这类如产权人放弃权益或无证无主房屋等问题上，基本上自有一套办法。这也就是他担心第三方出现后，可能会导致多米诺骨牌效应。这是他最为担心的结果。

这么多年来，夏秋生看似风光潇洒，其实他的内心复杂无比。在盘根错节的产权房屋征收的背后，他用尽了几乎滴水不漏的心思，获得了超过常人想象的收益。他在赢得了人生的第一桶金后，欲望一度膨胀到了肆无忌惮的地步，直到跟柳玉清的关系搞僵，被柳玉清辱骂他是掘祖坟、遭报应的话后，他才开始变得收敛些。

大姨子柳玉清得知他通过欲盖弥彰、瞒天过海的手法，取得了不少意外之财后，心里焦虑，就怕妹夫在贪得无厌心理驱使下，走上犯罪的不归之路。她倒不是为了正义而拯救妹夫，而是舍不得妹妹柳玉惠。可她的善意提醒，并没有得到积极回应，反而弄成了仇人。本来，柳玉清看不上夏秋生，当年她正红的时候，穷小子却发疯似的追求妹妹柳玉惠，只是发迹以后，妹妹过上了好的生活，她才不再心生讨厌。至于夏秋生怎么靠拆迁发财，干了哪些不法勾当，柳玉清并不知情，说不出所以然来，只是道听途说。可她认定，世上没有不透风的墙。人在做，天在看。好事不出门，坏事传千里。不是不报，时辰未到。大姨子由此留下的心结，一直没能解开。

夏秋生的底细，尽在胡三的掌握之中。而胡三当年作为既得利益者，又不敢把夏的手段公示于众。当年柳氏姐妹来往频繁，胡三只是透出一点风声给了柳玉清，让她转话给妹妹柳玉惠，通过柳玉惠吹吹枕边风，提醒夏秋生做事不能太狠毒，做生意要从长计议，不能靠类似杀人越货的方式当土豪。柳玉清想弄明白个中原因，可胡三支支吾吾，不肯说出具体情况。柳玉清在胡三的话语里做了大量的润色，虽说得罪了妹妹和妹夫，但倒也警醒了他们刹车。这些年，夏秋生差不多到了吃斋念佛的程度，想方设法为自己赎罪。所以，后来他赚了钱并不贪钱，慈善捐款方面，都会出现他的身影或名字。

眼前，夏秋生再一次经历人性的拷问：刘二郎的房子要不要告诉第三方？补偿要不要考虑第三方？第三方提出追讨超出可承受程度怎么办？可第三方不是别人，偏偏是薛家。他心里有本账，他所经历的事情里，总跟薛家能够勾连到一起。当年他就是从薛家祖产里起底，人生得到了翻盘的机会。这是一个极不光彩的过程，甚至是犯罪。可那是为了生存下去，立住脚跟啊！每一个发达的人，谁没有原罪呢？人的灵魂因为恶劣命运的影响可能转入恶毒，人心可能因为贫苦压迫而变得扭曲。然而，每个人身上都带有原始的正义光芒，只要善的火焰不灭，人性总会是光明的。现在，夏秋生不再想利欲熏心地追求财富了，他不想变成财富的奴隶和罪人。更何况，刘二郎又是发小，薛家对己有恩。薛家后人就薛玉蓉，而薛玉蓉之子田致远是个好后生，是女儿一直想帮的人。既然是公家推进的项目，那就应该把好事做好，自己做个顺水人情。

然而，夏秋生虽是这么想，按照自己权限范围，操作并不困难，但后果并不是自己所能掌控的。如果考虑第三方的利益，那不仅是薛玉蓉，还有许多不知名、更不知去向的薛氏后人，那不仅是刘二郎一处的房产，可能会牵扯出许多已不存在的房产，这样没完没了地牵扯下去，等于重翻老皇历，把薛老先生生前接济穷人的事实推倒重来，这岂不是荒唐事？对夏秋生个人而言，势必会把这么多年处心积虑的潜规则公开出来，也就是把自己的罪恶昭然若揭于天下，这等于把自己往死里推。

事关名誉和生死的问题，不是小事。假如以个人的毁誉换来自己的心安，换来家人的平安，倒也无大碍。可世间万事总是千丝万缕地联系着。人是有尊严的，宁可站着死，不可跪着生。他夏秋生一直以来是靠搏命打天下的，假如因为自己的心慈手软，而把自己置于死地，太不值得了。

夏秋生处于极度的矛盾斗争中。他终于忍不住向女儿夏柳求援。

夏秋生让夏柳探听刘二郎和苏留根的下一步态度。

刘二郎经过法庭调解，思想上会不会有所触动？夏秋生感到尽管诉讼判为调解，也不失是个好办法，至少让刘二郎对待拆迁是认真的。

苏留根经过了几轮谈判，特别是苏美的介入，会不会尽快落笔签约？

他需要知道进展情况。这两户人家的事情不解决，项目推动的进度无法跟上去，他本人就会多一块心病。

父亲带着高度的信任跟女儿交代工作，这让夏柳有受宠若惊之感。此前，她怎么干，父亲也没有肯定鼓励过，更没有积极支持过。现在，他改变态度，让她主动了解这些人的情况。这种变化，让夏柳甚至有些被利用的感觉。可看到父亲忧郁寡欢、心事重重的样子，知道父亲遇到了困难，作为女儿应尽其所能地帮助。这也是她本职工作的一部分。

夏柳通过自己的渠道，继续跟苏美沟通。苏美正忙着自己的婚事，不知进展如何？快过去一个月了，一下子又失联了，家里的拆迁事情，又不管了。这个老同学，不会玩两面派，只怕是交代的事情当耳旁风，一阵狂虐过去之后，不会关注结果。她父亲苏留根属于软皮糖的，捏得不紧就滑溜出去。夏柳感到对这种不推不走的碾子人，必须步步紧跟，一环套着一环地钉。

夏柳联系上了苏美。苏美说，她正忙着，在上海采购礼品，准备婚宴呢。夏柳问她，你家拆迁的事，究竟怎么说？苏美说，她跟她爸说了，没问题。可以找找她爸。

夏柳失望地挂断电话，以她对苏美的了解，苏美没有说谎，只是这种虎头蛇尾做事的方式，不足取，万一在感情问题上，也是这种风格，怕是少不了吃亏的。看来，她想抓着苏美办事并不牢靠，还是主动找她的父亲苏留根了。

那天，苏留根捧着新泡清茶的塑料杯，站在施工围挡的大门口，向里张望着挖掘机挥臂作业。看到夏柳和章阿姨向他走来，便笑吟吟地打着招呼。

这是夏柳第一次看到他的笑脸。她见到他无数次，几乎一次比一次沮丧。本来长得有点皮糙的瓜囊苦相，加之变相的阴沉，每次显露得悲悲戚戚，既让人生怜，又让人可恶。

“不错啊，泡上茶叶享受起来了。”章阿姨说。

“女儿送的，说是台湾人带的高山茶。”

“苏美交男朋友啦，还是台湾人。”夏柳说。

“呵呵！有人娶就不错了，管他是台湾的还是非洲的。”

“那应该祝贺你啊！终于做上老丈人了。老丈人要有老丈人的样子，今天这个样子有点像。上下收拾得干干净净，端着茶，赏着景，畅想着未来生活。不错！”章阿姨对着苏留根一身的行头夸奖了一番，说得苏留根直了直身子，好像自己真成老丈人了，还是一个有钱台胞的老丈人。不知心里有多美着呢。

“你们这是找我吗？”苏留根问。

“我们是看看，你家现在没什么困难吧？”夏柳连忙把话接过来，卖起关子，没急着把球抛出去，吊吊他的胃口，想让他主动提出问题来。她们太了解他的为人了。

“我家的事怎么说呢？我都答应了，不能这样把我丢在半空中不管了。”苏留根说。

“你不是同意签约了吗？怎么手续没办啊？”夏柳学得聪明起来，惊讶地装着不知道的样子问他。接着说，“还以为你签过字了呢。那在哪个环节出了问题？”

“指挥部找过我，大体核算了一遍。我知道，你说话算数了，他们认可了，感到比之前有了增加。可还有一块，你们没帮我争取啊！公厕那儿，虽不能算我的产权，但过去装修改造，我也是花了大钱的啊，怎么能不给补偿呢？”

夏柳和章阿姨听着笑了起来。

“你占用公家厕所，这么多年，就是收你房租，那你也得交上不少的一笔啊！怎么想着讨改造扩建费了。照这么说，你家门口抹块沙浆补个坑，也得补偿了？”章阿姨尖刻地对他说。

“当年我是花了五六百块把它弄成的，那时的工资只几十块呢。”苏留根争辩着。

“那跟指挥部说过这个情况吗？你能接受的心理价位大概多少？”夏柳想着先稳住他，不能让他久拖不决。

“我跟他们说了，他们不理我。还是你说话管用。我相信你们。二郎找了我几次，说我谈亏了，会后悔的。我知道他的用意，可我既然答应了你们，也不食言了。只是不想留下遗憾。”

“这样吧，你把你认为还没给你算清楚的，再梳理一遍，不要一会儿冒出一个由头，那样会让人怀疑你的诚意的。”夏柳提醒着他，不希望他拖泥带水、滴滴拉拉的。

“我要求不高了，两万块总是应该的吧。物价涨了那么多倍。其他的，也没有要求。”

“你也不要一开就是万字头的价钱，公家的钱也不是大风刮过来的。你让一下，折个数字，我来跟他们沟通。这也算是给你台阶下了。”夏柳对他开出的价钱，有点吃惊。

“这块补偿合情合理，我也不是乱开口的。那么，看在你小夏面子上，一万元总得考虑吧，不然，再搁搁，反正我这样住着习惯了。”

“那你等一下，我只能为你再求求人，试试看!”

夏柳拿起手机，直接拨通父亲的电话，离得远远地，把苏留根家的最后要求复述了一遍。夏柳话里的意思是，手下人不会做事，就这么一笔占比细微的小钱，都不舍得让出，耽误的工期这个大账怎么不会算呢。父亲夏秋生的意思是，这也许是缓兵之计，不然他开口就必须满足，那会成无底洞的。既然如此，他爽快地答应，就是再补他一万，也不是事儿。

夏柳听了父亲的口气，心里有了数，便跟他说：“苏叔，看在苏美同学的情分上，我找老爸了，他来协调满足你。你现在就准备好户口本、房产证，去指挥部签字。我希望看到苏美的婚房在搬进的新房里，而不是在这窝窝囊囊的破棚里。也得给咱大陆人争点脸啊!”

苏留根听听觉得有道理。现在女儿苏美嫁人，为父的此时不给她撑面子，又待何时？争来的家产，早晚是她的，何不在关键时候让她感受到这份颜面呢？他向夏柳表态说：“我马上准备去。”说着，便径直往家里走去，脚步的节奏比往常欢快。

夏秋生虽是嘴上答应了，可怎么支出这多出的一万元，心里犯起嘀咕来。但凡财务支出的，总得有个出处依据。苏留根的补偿，已经让所有条件依据都撑得足够宽泛，再撑下去，就会像气球那样炸破了。这一万元，如果作为公厕的维修改造补偿，似乎说得过去，但也是一个笑话。公厕本姓公，咋会装到了个人的腰包里。即便公厕归属为个人，可这个人也不是苏留根，应当是胡三。让胡三让出补偿给苏留根，显然不成立，胡、苏之间的关系似乎是猫鼠关系或者狐兔关系，一对生物链上的天敌。虽没有什么深仇大恨，却是鸡犬之声相闻，老死不相往来，互不待见。如果以改造公厕名义提出补偿，胡三知道后不知会闹出什么状况来。就这么一笔数额不大的钱，也让夏秋生盘算着如何处理，他恨不得自己掏腰包把这个事办结，可苏留根此时把本分和情分分得清楚着呢，他不想作为人情债似的背负身上，该怎样就怎样。后来，夏秋生通过财务逐级打报告，说是本人写出书面补偿事由，找左邻右舍签字盖章，算是有了证明人了，这事也能将就着操作。苏留根答应写申请，但拒绝找人签字。他担心邻居不会替他签字，他自己也觉得没脸找他们签字。他的邻里关系几乎都得罪光了，剩下的刘二郎，也只是为了一个共同的目标，把他拉在一起，此时刘二郎如果发觉他准备搬迁了，必定会感到自己被出卖，哪里会替他签字呢。刘二郎不知道倒也罢了，一旦知道他变卦签了字，不知会用什么手法对付他呢！

夏秋生思来想去，还是下了决心。不能再为这笔钱，让煮熟的鸭子飞了。必须趁热打铁先完成签约，而后再作补救。他自己做主先出这笔钱。

苏留根终于在所有手续上落下了字迹。

34

后面的工作，夏秋生决定还是让夏柳继续完成。他让她找胡三聊聊，探探他在公厕问题上的态度。

胡三说，公厕无偿捐给国家了，他没打算在这个问题上发一笔财。可问题是，胡三只是口头表态，不好作数的。他不把产权手续注销或者过户签名，他仍是法定的受益人。一旦征用了，没有手续，他一反悔，必会成为打不起的官司。夏秋生遇到类似的事不少，涉及物权权益的事，不是小事，现在人的维权意识强，处理起来很棘手。

夏柳找胡三的时候，胡三正在游园广场上遛弯儿。夏柳主动打招呼道："胡大爷，几日不见，身体硬朗了，人也精神多了。"

胡三回头道："是小夏姑娘啊！嘴真甜。听你说话，就是让人舒坦。"接着问："最近可忙啊？没看到你，还以为你离职走人了？"

"那你盼着我离开啊？这儿是社会大学，你们都是我的教授，我一时还舍不得走呢。"夏柳接着又问："我装着一肚子问题想请教你呢，不知你肯不肯教我？"

"哪里话，我卖弄的那点学问，早过时了。不过，你想了解什么？可以知无不言的。"胡三说。

"听说当年企业改制，竟然给你分了厕所，这事听起来蹊跷，怎么会公厕都分给你了？"

"说来话长！追溯三五十年，布衣巷和千岁坊外的南门头，曾是一片群窑砖场地，后来公家征收一处开办煤球厂，顺便把我家的房子征用成了厂子的办公室。计划经济时代，煤球厂是国营单位，吃香得很。我因为出身问题，成为黑五类，大学毕业没人要，后来薛老先生出面说情，说是我家的房子既然征用了，那人也该一起征用；说是黑五类的孩子，反正黑到家了，跟煤球打交道，正好黑在一起，不会给社会添麻烦。厂长是薛老先生的学生，念及师生情谊，把我收下当临时工。毕竟咱是大学生，当时厂里工人以文盲居多，斗大的字不识几个，厂子里办个墙报、排个节目，给领导写个文章什么的，样样都干，结果大伙信任我，转为了正式工。真正觉得离不开我的，是印象最深的两件事：第一件是帮人接生。听来好笑吧。可对我来说，是严肃的问题。厂里的女书记，是个南下干部，做事特认真，待人也特苛刻，自己要求也严。那年冬天，挺着大肚子来上班，结果孩子要生。你看她平时不苟言笑，绷着表情的人，在生命攸关的危险时刻，求生的本能体现了出来。整个办公区里，就听她叽里呱啦、乱喊乱叫，那些女同志围着她直打转，没有一个有主意。当时大家想着送到医院去，可她本人制止说，已经临盆了，来不及了。就有人喊，谁懂接生。那些女的，虽生过孩子，可没干过接生的活儿，半天没人反应。突然间，我坚定地说，我！大家回头看着我，说胡三别胡闹。男人家凑哪门子热闹啊。我说，人命关天，我看看。当时大家以为我安的什么坏心思，其实，我听她撕心裂肺的喊叫，就有种特别的勇气想帮她解脱痛苦。书记躺在地上，示意着让我进来。我摸了摸胎动，看到棉裤已浸出的鲜血，马上叫人打来一盆热水，找出一把剪刀。结果，一个鲜活的男婴出世了。要问我那时咋会有这么大胆儿去给书记接生，本能意识是不能见死不救。我在大学期间下乡支农，跟着老师后面学了一点兽医知识，给小牛崽接生、给生猪结扎，后来村里有妇女生孩子，老师帮着接过生，我也协助过老师，老师说人跟动物其实没啥区别，我这才鼓起勇气的。这不，两条人命都保住了。书记本来对我一直有戒备之心的，把我列入可能会破坏生产的黑名单里。自从帮助她之后，她对全厂职工不再矜持了，像换了一个人似的，性格也开朗多了，经常半开玩笑地说我是见义勇为之举。有几个使坏的人还死乞白赖地问我，饱了眼福、触摸到玉体是什么滋味。我毫不客气地骂他们不是人养的。谁不是娘生的呢？面对自己媳妇或者母亲，谁会做个伪善的君子，不救人呢？第二件是文字救人。那时搞内斗，有人告发厂长贪污，厂长受到隔离审查，上级要求书记组织工人写揭发检举材料，尽管平时书记厂长之间有点工作矛盾，但书记不想做墙倒众人推的事，书记把皮球踢给了我。我对厂长没有意见，可书记又不能得罪，让我代表全厂声讨厂长，一下子为难了我。上级工作组让我划清界限，否则比厂长的罪名还严重，因为，平时就我跟厂长和书记走得近，不写上几条，肯定交不了差。我搜肠刮肚，洋洋洒洒写了十多页。其中的罪名有：他让工人在好煤里掺和矸石，以次充好，专供了市里领导；他向农村倒卖煤票，换来三麻袋大米，私自给职工发福利；他每天大量服用药物，把公家的医疗资源据为己有云云。结果，上级调查下来，情况属实，开始我也冒出冷汗，我成了出卖同志的叛徒，这事闹起来，我一辈子没法做人了。这一帮整人的人，以为批斗厂长的事得逞了，个个暗暗窃喜。后来，上级反复推敲这些罪状，发现没有一条成立，甚至是表扬领导，说写这个举报材料的人有水平，把坏人写成了好人，我的心里这才算得到了安慰。不一定有多少人懂得这个常识：优质煤不宜直接生火，必须掺杂一定比例的矸石，这样才能保持火力持久。至于倒卖煤票的事，那是上级号召支援农村要求的，人家送来大米是表示答谢的，食堂里就数那个月伙食好。厂长身患多重疾病，常年吃药，那是为了不耽误工作，本身就是值得学习的地方。后来厂长、书记以及全厂的人对我都另眼相看了。”

夏柳听得发笑，凝神半晌，还是忍不住插话，切入主题，问：“那煤球厂跟公厕又是啥关系？公厕跟你又是啥关系？”

“后来城市普遍用上了煤气，接着又是管道天然气，煤球厂就这样倒闭了。至于公厕变成私人的，纯粹是歪打正着。试想想，当时企业破产职工分流，不少人是拿着钱走人的，那时分得两三万，可是大数字的，诱人得很。最后，钱分光了，我和几个人没分到，就剩下点破铜烂铁，又没人要，厂长犯愁了，问我要啥？我说我其他也不会做，你给我几间门面房，做点小买卖养自己吧。厂长一口答应了，就在图上把厕所划给我了。当时，我心里打着要回自己家房子的算盘，那可是父亲留下的别墅小楼，当年说是征用，其实是充公，看着厂长没那个意思，想想给我和母亲分得当时算不错的房子住，已感到是照顾了，就没再争取，只是接收下了沿街的门面，用在之后的出租上，维持家庭生计。可厕所划给我了，也没想到自己会有什么用场，成天人来人往地内急奔进去，看着也犯呕。就一直搁置着。”

“原来可以这样啊！过去的处事方法有些简单了。后来，苏留根家占了公厕，你应该是同意了的吧？”

“还要同意啊？连招呼都不打一声。占用了，能咋办？当初看他们家住房确实紧，没去计较罢了。听说，他要搬迁走人，还在厕所补偿问题上打主意，什么人啊?”

“那你体现一下姿态，不要计较呗。”

“反正交给公家处理了，懒得管。依过去的脾气，这种人不会让他得好处的。”

“你几次提到薛老先生，看来是你生命中的贵人了?”她继续问道。

“何止是我的贵人，布衣巷、千岁坊的人家几乎都有他的学生。薛家是名门望族，民国初期发达得很，家族里有下南洋的、有做买办的、有当师爷的，唯独薛老先生，也就是小田的外公，留洋读书，回来后在京城大学里当教授，不知咋的，之后回到家乡，散尽万贯家财，资助学校，教书育人，教化文明，算是桃李满园了。本该好人有好报，福荫子孙，可惜老先生只图留有自己的一世英名，却没能给后代一份财富。你看看，薛玉蓉的日子过得多清苦啊！自己从年轻时吃苦吃亏不说，丈夫死于非命，抱养的女儿又是一生的累赘，现在负担落在了儿子一人头上，看样子翻身有点难。不过，田致远也是不错的小伙子。我还真以为你们俩有那个意思的。”胡三注视着夏柳，不紧不慢地说着。

夏柳不好意思地直摇头。

“女儿抱养回来的那年，薛玉蓉带着田德贵返城，生活勉强能够维持。大概生养的人家知道她有残疾，把她遗弃了，被做环卫清扫的田德贵捡了回来。到了第二年，田致远出生了。”

“听田致远说，他父亲的车祸事故有不少疑点?只是找不到证据。你听过这事吗?”

胡三听她提起田德贵有被人害死的疑问，不禁一惊。慌忙解释说：“这事是有些蹊跷，可谁也没看到现场。那天凌晨天下着雨，田德贵清扫路边，被肇事车辆撞飞，送到医院里处于昏迷状态，薛玉蓉和田致远只知道伤心地哭泣，不知道怎么处理，我看望时，田德贵间隙地清醒了一下，耳朵靠他嘴边听他支吾了几句话，后来再也没有了知觉，成了植物人，直到后来断气。”

夏柳急切地问：“跟你说了什么?他们家知道吗?”

胡三吞吞吐吐地说：“也不是很清楚，大概是说有人害他，为抢他的房产。这可不是随便乱说的事。万一是有意制造凶杀案，那就会有人吃官司的。后来，我告诉薛玉蓉。她不相信。她说他们没有仇人，也没得罪过人。小田知道后，倒是问我几次。我看他血气方刚的，怕他弄出事儿来，只是委婉地告诉他父亲临终时说的话，有搪塞他的意思，这反而招来他的不满。当初，我也吃不准他父亲说的意思，我传话让薛玉蓉对证一下，她倒也想起丈夫提过父亲有意让他们继承家产的事，当时只是闲聊，谁也没有往心里去。薛老先生跟女儿成见很深，可能他对女儿是彻底失望了，只是偶尔跟女婿有点简单交流。都是‘运动’搞的，几乎断绝父女关系。好在女婿田德贵老实善良，私下里帮老先生家扛个煤气瓶或者买个粮油果蔬什么了，赢得了好感。奇怪的是，老先生在女婿车祸后不久无疾而终，诸多疑问无法对证。这不能不让我疑神疑鬼。依我推测，老先生的房子说是捐献给了公家，就这样稀里糊涂地拆迁了，这跟田德贵说的情况有出入。为这事，我找过你父亲。”

“找我爸？他怎么会有关系呢?”夏柳紧张地问。

“你父亲夏秋生负责拆迁的，当时不叫拆迁叫征收修复，比拆迁改造推倒重来好听呗。”胡三接着说，“找他的时候，他也感到意外。他说他并不认识田德贵，征收与老人去世也没有联系，只是在一个时间段里出现，纯属巧合。他准备了一笔钱，让我转交给薛玉蓉，说算是薛老先生学生的一点心意，表示对亲属的慰问。同时，给我一份红包，算作跑腿费。这一笔钱，在当时不是一个小数字。听说看病花得差不多了。”

夏柳听得有点云山雾罩的，她理不清这事跟父亲的关系。不过，胡三能真诚地告诉她这些，她心里倒也有些欣慰。

心中有了杂乱的疑云，总会让人坐立不安。夏柳搞得像丢了魂似的，神情恍惚地想着无头心事，让母亲柳玉惠几次惊醒。她想问母亲，又怕母亲不知实情，更怕母亲不说实话。母亲做着全职太太，操持家务，属于两耳不闻窗外事的主妇，从来没有埋怨和委屈。她也听到丈夫在外的风言风语，甚至姐姐柳玉清指责她把丈夫拱手让出去，骂她是没用的聋子瞎子时，她也不恼不怒。她对丈夫生意上的事，更是不闻不问。丈夫在家很少提及公司的状况，只是有时心情烦躁和郁闷的时候，当着她的面发发牢骚，排解心中的怨气。她对现实生活特别知足，因为她的超脱，家庭总是体现着和睦恩爱，家也成了夏秋生温馨的避风港。她装聋作哑，只为维系这个家，让夏柳在原生家庭中快乐成长。夏柳并不知道母亲的心有多苦，母亲尽力维护着父亲高大正直的形象。

夏柳还是忍不住地问起了母亲。她问母亲，父亲是个什么样的人？母亲看着女儿没头没脑地冒出这个问话来，眼睛直直地看着她，接着上前捋了捋她额前的头发反问道："那你说他是什么人？难不成不是你父亲？"

夏柳说："过去么，我不关心老爸的事业。自从进入古街区改造以来，老爸似乎陷进了旋涡里，千岁坊、布衣巷的过去好像都与他有关？他有那么大能耐吗？当初，我劝他不要参与这个项目，好多人都让我劝，说这个浑水谁也搅不得，最后只会惹一身臊。"

柳玉惠说："俗话说：'谁人背后没人议，谁人背后不议人。'嘴长在人家身上，上下颌一动，别人能封得住吗？"

夏柳说："有人传言，说是咱家占了薛家的财产才发家的。"

母亲说："这可不能乱说的。这么多年你爸可是没日没夜地拼，公司的发展，哪是天上掉馅饼那么容易？这种话传在我耳朵里已有不少年了，得要有真凭实据。说咱不是的，那是妒忌。"

夏柳说："老爸为什么给人家一笔钱呢？难怪人家不会这么想的。"

柳玉惠问是什么钱，夏柳把胡三所说的当时给田家和他本人的两笔钱，如实说了出来。夏柳想，也许这笔钱给人以丰富的联想空间了。

柳玉惠说："这人心不足蛇吞象，本来出于同情，给他们一笔钱，可竟然惹出了麻烦，把你爸推到了风口浪尖上。为这事，连公安都来调查过。真是好人不能做。"她并不知道，夏秋生给胡三的那笔钱，不是同时给的，是后来胡三再次找上门来时给的。胡三向他道出田德贵死因疑点时，他以为胡三想敲诈，他想息事宁人，给胡三一个信封。这也正成了主动找胡三用钱塞住他嘴的证据。事情的真实原因究竟怎样，只有夏秋生心知肚明。

夏柳说："我爸这人眼界窄，经不得别人怂恿。就跟拉磨的驴子似的，不用鞭子抽，只要有一串胡萝卜挂在眼前唇下，以为朝前一步，萝卜就能到嘴，于是一步接着一步转圈，嘴愈要咬，步子就愈快，不知不觉地就替人把活干了。"

柳玉惠说："不小心，得罪人了呗。"

世事变迁，夏秋生早把胡三这个人抛到了九霄云外。不过，薛家和田家的事，一直像是隐秘在某个角落的疙瘩，他既不想告之于人，也不想被人拾起重提。当夏柳和柳玉惠提及这两个姓氏时，他总会感到自己的呼吸有些急促。他甚至想跟她们发火，每当火源快溢出脑门时，他又竭力地把它浇灭。夏秋生是个能伸能屈的人，在情绪管理上自有一套办法，他具有与其他暴富的人的不同心理素质，不张扬膨胀，始终表现出低调内敛风格。夏柳都觉得父亲是个多疑复杂的人，但她理解他，为了事业顺畅，他要跟各种各样的人打交道，必须做一个多棱镜里的人，他有自己的生存法则。父亲的生意圈里不乏三教九流、黑道青帮、妖魔鬼怪、贩私走卒、男盗女娼、吃喝嫖赌之流。不然，在这样一个激烈竞争的社会里，父亲这个无名小卒，没文化、没背景、没资源，能开创一片天地，的确为难了他。这也是她不愿承继父业的重要原因。夏柳看得出来，父亲有些生气，她和母亲集体性失语，随时准备接受他的呵斥，或许这通无名火发泄之后，他会好受一些。母女俩仍然认为这是强加给他的委屈和栽赃。

夏秋生的火没能发泄出来，只是魔怔似的叹息起来。许多时候，人做了错事或坏事，想洗白自己，只会越洗越脏，洗到失去原有的本色。一个谎言，虽用多个谎言掩盖，多个谎言却需要无数个谎言叠加，最后如同一块石头在水面上激起的波浪，一浪盖过一浪，无法停息，让人的内心变得越发恐慌。夏秋生知道，有的事情是不能争辩的，越是争辩，越会露出尾巴来。他从来不主动跟家里人谈论生意上的事，也是出于对家人的保护，他不想让她们为自己担惊受怕。谁也不能保证谁屁股干净。这也是时下流行的“自作孽、不可活，不作死、不会死”的缘故吧。

夏秋生压抑住自己的情绪，慌乱地从口袋里掏出一支烟，平喘着气走到阳台边。他哆嗦地点上火，深吸一口烟，眼睛全神贯注地望着远方的万家灯火。

此时，他什么也没有看见。

深夜时分，喧嚣的城市总算静谧下来，唯有不远处的霓虹彩灯闪烁地向他投射来，像是黑暗的世界里冒出的一只大眼睛，正在狠劲地盯着他。此时，他突然觉得无数人已经看穿了他的心思，试图让他自我坦白，争取理解和原谅。他感觉自己胸膛起伏、四肢发抖，呼吸失匀。往日的噩梦再次重现。

35

那个风高月黑的夜晚，一个少年书生背着书包，垂头丧气地蹒跚在千岁坊巷中。此时，他饥肠辘辘，周身乏力，全没了回家的勇气。家对他来说，也许只是遮风挡雨的地方，可屋檐下的生活给他留下了复杂的阴影。他的童年有过美好生活，可自从母亲中风瘫痪，长年卧床不起开始，父亲沾染上了酗酒的毛病，不是破口大骂，就是摔盆砸碗，日子越过越不像个家。他理解父亲的心情，生活的不如意，只得借酒浇愁，父亲的颓废和母亲的隐忍，在他幼小的心灵里滋生出痛苦和恐惧。本来衣食不愁的家庭，如今沦落到了等米下锅的地步。面对即将倾覆的家，面对繁华热闹的市街，他脑子里思考着一个念头——我要工作，自己养活自己。

经过一番激烈思想斗争后，他向父母和盘托出辍学打工的打算。父亲问他能干什么？谁愿意接受毛孩子打工？母亲劝他好好读书，家里再难，也不能靠着他的接济。他说，马上初中毕业了，自己成绩不冒尖，读书未必有前途，这个家是养不起他这个闲人的。与其半途而废，不如趁早决断。看看人家摆地摊，都能成万元户，自己觉得不比别人差。早点到社会上历练，未必就比读书的差。他有决心拯救这个家，至少不让父母看着自己是个负担。父母无奈地摇头叹气，他们连自己的生活都无法料理，又有何资格对儿子的人生指手画脚呢？只得依了儿子，随他而去。

夏秋生初中毕业那年走上社会。起初，他用省下的零花钱从农贸市场批发香蕉，摆在家门口卖。后来，逐渐扩大到苹果、雪梨、红枣之类的。夏秋生似乎是个天生的生意人，他卖啥，啥赚钱。人不足扁担高，可称起货品来，利利索索，算起账来，头头是道。走过路过的人，看着不忍心，都会买上一串水果，一半心生可怜着他。几个月下来，家中的日子有了生机，父亲不再无事贪杯，靠踏着板车拉货接零活外，偶尔替儿子贩运进货。母亲病入膏肓卧病在床，虽拖累着儿子，但也没允许负债治病。他在家门口做生意，最大的方便是为母亲喂饭喝药，临终的那些时日，算是尽了为儿的孝心。

随着生意越做越顺，他的胃口也越来越大。他先是跟人合伙到原产地进货，结果被骗。接着又是货运遇阻，整车的香蕉全部烂掉。之后，几单生意越做越糟糕，本来攒的一点资本，赔得血本无归不说，还欠下一屁股债。涉世未深，因自己的幼稚和单纯，短短一段时间，彻底让他体会到了社会的复杂和人心的叵测。

这是夏秋生十五六岁时的经历。他有过快速的成功，也有过断崖式的失败，这种过山车式的成败，对于一般人来说都无法接受，可对他来说，算是人生经验的积累。初生牛犊不怕虎！因为年轻，经得起摔打，跌倒了还能爬起来。这种生意上的失败，与家庭贫苦绝望相比，算不得什么。这样的失败和打击，让他的心智快速成熟起来。他要重整旗鼓，继续下去。可在此时，两件事情让他的计划彻底中止。一是母亲突然病危，抢救无效，一阵善后忙碌，错过了买卖最佳时机。二是街道清理无证摊贩，取缔门前摆摊设点，他是重点对象。为此，他带着父亲到街道和社区理论，可没有人敢答应网开一面。最后街道考虑到他家的实际情况，同时考虑到解决待业青年出路问题，更多地看在他人小鬼机灵的分儿上，决定让他到街道干勤杂工，算是有个收入保障。父亲听说安排在街道就业，一口答应家门口的摊位不摆了，让儿子安安心心上班。后来夏秋生每次谈到父亲时，只念及父亲在这个事情上是值得肯定的，这是父亲在他人生路上为他做出的最正确的决定。不管收入高低，体体面面有份像样的工作，总比朝不保夕的生意稳定些，至少不再提心吊胆地跟客户玩心机。

夏秋生报到的第一周，是在办事处里端茶倒水扫卫生。直到第二周时，鬼使神差地被人领到房管所当学徒。师傅告诉他，年纪轻轻在机关里干侍候人的活儿，掉价。人家说，技不压身，跟着我学手艺，到哪儿也饿不着，正好缺个帮手。看你有几分机灵劲，不愁以后没出息。师傅像是一眼看穿了二三十年后的夏秋生，信任、期望、鼓励，让夏秋生稚嫩的臂膀承接着无限可能。师傅是他人生遇到的第一个贵人。

街道房管所当学徒，不是单一学某样手艺，他的任务简单而繁杂，哪儿路灯不亮了，哪家水管爆裂了，哪家马桶不通了，他便跟着师傅背着工具包，走街串巷，入户维修。空闲下来的时候，负责上门抄抄水表，收收电费之类的。他对这份工作谈不上满意，只觉得适合。师傅手艺精、人缘好，街坊邻居个个夸赞。人是个需要赞美的动物，只要受到夸赞，便有了无穷的力量。师傅和他就是在不断激励和赞美中，把巷弄里再苦再累再脏的活计承接下来。师傅对他谈不上言传身教，师傅甚至都不承认他们是师徒关系，权当他是单位派给自己的助手。夏秋生虽是年轻，许多为人事理还是懂点的。既然有了一份工作，总得好好地对待，师傅客气说只是同事关系，那也别以为自己脱了裤子就能下河游泳，一招一式还得靠师傅带。夏秋生谦卑地说自己脑子笨，反应慢，学得不好的地方，请师傅包涵。偏偏师傅就喜欢这样的实诚孩子，带着夏秋生跑出人生最顺当的起跑线。

夏秋生跟着师傅的两三年里，分享了师傅的荣耀，也摸清了师傅的江湖。

师傅的做事勤勉的风格和为人圆滑的特质，潜移默化地影响到了他的“三观”，为他成就自己的江湖奠定了基础。师傅毫不吝啬对他的美言，当着街道干部的面，直夸他是好苗子。街道处于大发展时期，正需充实年轻力量，他有幸列为后备人才培养，于是有了告别钳子、斧头、改锥、线管等工具的机会。

那年，街道承接了市区部署的老旧里弄改造项目任务，街道负责人首先想到了夏秋生。夏秋生熟悉房产管理、了解管网布局、懂得规划测算，业务上不差于他师傅。关键是他年轻脑子活，肯吃苦有闯劲。特别重要的是，他群众基础好。改造拆迁是个肥差，各路打招呼的关系户都瞄着这块肥肉，想着分杯羹，街道领导不愿得罪人，只得找一个群众公认值得信任的人来干。夏秋生虽然在街道下属单位干的时间不长，甚至跟领导接触的机会不多，可每次露脸总会留下好的印象，至少没有人挑出毛病来，所以集体研究人选时，他以绝对优势票数获得通过。至于失掉的两张选票，理由是太年轻，担心驾驭不住局面，撑不住场。私底下，有人打听他的来路，了解他的人解释说，他最大的关系是居委会主任。居委会主任念他家庭困难，从小可怜，把他介绍到街道当了勤杂工。当夏秋生听说街道要重用他的时候，一连兴奋了三天三夜，走起路来，脚底飘着，脸上露出得宠的表情。可当领导找他谈话时，他却如一瓢凉水浇在头上，冷飕飕的让门牙打战，不知道怎么应对。他满脸茫然，他想推托——这哪是自己能做的事情啊？可领导再三鼓励说，这样的工程不是一两个人可以干的，之所以看中你，就是因为你年轻有冲劲。大家都一样，没有真正参与过项目建设，从现在开始，不懂就学，不会就问。目前上级已经有了大的规划方案，你的任务是，尽快细化推进计划，摸清核实涉及扩建征收的家庭、住房面积和补偿预算，以便有序推进开工建设。

夏秋生被任命的岗位是千岁坊巷拓宽改造项目办公室征收组组长。这是一个临时设立的非编制无级别的职位，只是整个改造项目某个环节的牵头人而已。但对夏秋生来说，既是组织的信任，也是自己历练的平台。年纪轻轻的，当上了小头头，虽说压力很大，可心里还是美滋滋的，此时，夏秋生的虚荣心得到了满足。

成了组长之后，手下无兵无卒，只是光杆司令，连商量工作的人都没有，凡事必躬亲。夏秋生找师傅，想从师傅锦囊里掏点主意，可师傅一头雾水，蒙头蒙脑地说自己只会摆弄扳手钳子，哪会什么规划预算呀？师傅让他去请教主事的部门，不按上级的意图做事，那是点灯熬油白费蜡。师傅的确是大老粗，可师傅的点拨切中要害。马被套上栓，只得顺着来。他是征收组长，上面有办公室、指挥部，平行关系的还有其他工作组。当务之急是要吃透规划意图、了解推进进度、沟通上下联系。

夏秋生保持着极大的热情，跟街道办事处上上下下的人递笑脸、打招呼、求指教、讨问题，很快混得人来熟，连门卫大爷见面都主动通报，这事归谁管，谁在哪个门，那事要找谁，今日谁不在……他的虚心请教，不耻下问，赢得了协作部门的好感，许多从未接触过的计划方案等之类的文案，经过他人的修改润色，初步成型。更为重要的是，他悟到了知识的价值，在工作繁忙紧张的情况下，购买了大量的专业书籍，挤出时间坚持学习。

当然，夏秋生这个组长并不是坐在办公室里的组长，前期的计划文案，要求他必须摸清征收底数和测算支付成本，以他对房管情况的了解，掌握第一手资料，还得深入到第一线去。他的首要任务是，如攻城略地一般，挨家挨户跑着做工作，为拓宽改造做好征地拆迁准备。

通往千岁坊五百米的巷道拓宽改造工程，涉及沿街店面和民房三四百户，其中就有夏秋生家。那个年代，人们并没有市场经济等价交换意识，人们对拆迁补偿没有过高的要求，只要公家调整分配住房，个人可以无条件地服从。至于商铺店面，都是集体性质的，一纸通知就能解决问题。夏秋生动员父亲第一个签约支持拓宽改造，第一锤砸倒了他家的门庭，他和父亲愉快地搬进了安置的四十平方米的筒子楼里。那时分配住房大多按人头多少均摊面积，他和父亲只两个人，他没觉得原来宽敞的房子换成了四十平方米的房子有什么不妥。他给街道领导留下了觉悟高的印象。

完成了签约交房后，他才真正进入征收组长的角色。他要招兵买马组成拆房队。起初，夏秋生请三朋四友找来了闲散人员参与拆搬，几天下来，这支临时拼凑的队伍就稀里哗啦散了架，这帮人连工钱都不要了，就当了逃兵。剩下的两个是外来务工人员，愿意留下来跟着干，但提出的要求是不要工钱，只要旧货材料。夏秋生受到启发，让这两个外来务工人员去招募他们的同乡，按计件核算工钱，拆扒的旧物可以折算工钱。他由此发现，拆迁里的名堂不少，难怪有人说是肥差。关键是怎么运作。他没有想到从中图得什么油水，只是希望能够把交代的任务按时完成好。他把组建拆房队的想法和预算，毫无保留地向街道领导做了汇报，得到领导的信任和支持。结果拆房任务安全顺利地提前完成，关键是大大节省了拆迁成本。此时，他并没有意识到，这种信任的可贵和价值。单纯和简单有时会有回报的。他以机敏的工作努力经受住了考验，为自己日后发展壮大做了有益的铺垫。

夏秋生自己不再记得何时何事诱发他私欲膨胀的。潜意识里，他经历过多次身处绝境的遭遇，却也没有想到铤而走险干损人利己的事情来。如今，田德贵的死、薛老先生的死，让他心里难安倒是实情。

那年，千岁坊巷沿街地区规划建设商业综合体。根据上级意图，夏秋生委托相关建筑设计机构，完成了初步建设方案。正当准备组织大规模动迁时，一起信访事件中止了方案的实施。

不几日，一批古建保护专家组来到千岁坊实地考察。他们一边感叹旧式民居的败落，一边欣慰包括薛家老宅等建筑留下轮廓，联名拟定了保护性修复的报告，引起上级的高度重视。

本来夏秋生信心满满地想大干一场，却因专家的干预，规划建设落空了。他怎么也想不通，千岁坊巷里的民居大多残垣断壁、岌岌可危，窄小的空间已经无法容纳生生不息的住民，与百步之遥的商业街区形成了鲜明反差。他从这里搬出后，住在干净的筒子楼里，心情和气质一下子爽朗了许多，他父亲的精神也因此比过去饱满了许多，寿命多延长了好几年。不止夏秋生有这种感受，街道领导和同事们都扼腕，因为专家的谏言，他们失去了一次推动经济发展的机会，失去了一次改造提升环境的机会，也失去了改善居民生活条件的机会。千岁坊民居杂而散乱，至今相关生活配套设施无法进入，除了照明之外，几乎生活在刀耕火种的状态。至于夏秋生的内心里是怎么想的，只有他自己清楚。他比谁都失落、沮丧。他或许面临着组建队伍的解散，或许面临着失业，或许从此失去发财的机会。他甚至后悔自己之前的诚实，本该可以心安理得地获取的回报，都如数交还给集体。他真正体会到了“机不可失，时不再来”的内在要义。也许今后真的没有这种机会了。

他一下子成了闲人。街道领导也不再像之前那样，每天召集他过来问进度、问困难、问下一步打算，甚至那些满怀激情甩开膀子大干的领导都变得郁郁寡欢，无事可干。这项庞大的建设工程，从酝酿、准备到实施，历经数任领导，倾注了许多人的心血，临到开工之时却戛然而止。可想而知，这种心情是难以言表的，注意力没能切换到其他工作上来，显然是正常的。

备受冷落的夏秋生，独自徜徉在千岁坊数条窄长的弄巷里，感慨万千。这儿有过欢乐的童年，小伙伴一起捉迷藏、踢毽子，你追我逐，打打闹闹，好不开心。这儿留下过悲伤的泪水，懵懂年代，少不更事，淘气贪玩，家贫催人烦，家如魔窟似的让他惧怕，只得孤独无助地徘徊在青板石上打发时光。这么多年了，千岁坊巷如风烛残年的老人，巷道锈迹斑斑、墙体瓦砾松松塌塌，特别是每逢黄梅天到来的时候，家家户户几乎存在着漏雨泛水的情况。他跟师傅做房管维护时，这儿的报修数量是最多的。这么一个摇摇欲坠的民居群落，却成了古建保护区，真有点不得其解。是保护破烂瓦砾重要，还是改善生活条件重要？这儿的不少居民希望能像他家那样，哪怕是在东郊菜地里分配上一个小套的安居房，都很知足。

不过，夏秋生自己也承认，整个片区要说有其保护价值的，也只有薛家老宅独一份。童年时候，他就听老人说，薛宅很大，里面有花园、假山、长廊、厢楼，后来园子被夷为平地，改建成被服厂，祠堂改成了学校，只留下了坐北朝南三开间的前后两进平房，供薛老先生夫妇二人居住生活。夏秋生没有迈进过薛宅一步，倒不是因为宅深幽沉，而是因为这种建筑太过神秘，神秘得让人心生敬畏。每次走在巷弄里时，他都会不经意间留意一下这象鼻斗拱马头墙状的民居。他本来打算踏进大门里，面对面地认识一下众人尊敬的薛老先生，跟老人畅叙该地段未来美好景象的，没想到计划落空，见面的机会泡汤了。这个念头一直持续了一年多时间。

一天，街道领导通知他开会，会议的主题是参与民居修复保护工作。本来规划的大拆大建，一下子调转枪口，变为保护修复。这让参加会议的人感到惊奇。夏秋生懂维修，可面对这样的建筑，咋个保留？咋个修复？他听得迷茫不解。按他的认识水平理解，保护的前提是保留，保留残旧建筑，并不能让原住民居住条件改善，保护则涉及怎么保护？资金从哪里来？开发建设可以引来社会资本，保护修复没有人愿意做赔本的买卖。况且，保护修复，须从根子上解决问题，沙山上是支撑不起耐久建筑的。整个千岁坊地区皆面临着地下管网和配套设施的建设问题，这是一个复杂的看不见的系统工程，甚至比推倒重来要复杂得多。

夏秋生被赋予了新的任务，从此前的征收组长改为修复组组长。他的工作不再轰轰烈烈、波澜壮阔，工地甚至没有了鼎沸的嘈杂声和机器的轰鸣声。继而变成了用绣花功夫精雕细琢的工匠。他需要以足够的耐心、细心甚至圆滑的技巧，赢得住户的理解支持，组织好施工建设。

夏秋生重新调整思路上门做工作。之前是动员搬迁，现在是原样翻新。之前是测算拆迁补偿，现在是核实维修成本。他要为原本期待拆迁的居民做好安抚工作，也要鼓励和争取那些不愿动迁的少数派的支持和配合。说服解释工作并不轻松，那些期盼着搬入新居的居民拉着脸没好气地讥讽、谩骂和阻挠，个别本不想搬迁的却又跳出来指责出尔反尔。他们不相信有人能贴钱修缮老房子，更不相信这样破败斑驳的老宅能改造出脱胎换骨的样子。夏秋生本来带着怨气和抵触做工作的，经这么多街坊一通牢骚，他也跟着牢骚起来。想着这活儿干得窝囊受气，比讨饭都丢人，便向领导表达了退缩之意。

领导可没那么软的耳根。基层工作有时就跟打仗一样，军令如山，让你进攻就得往上冲，让你撤退就得往下撤，哪能婆婆妈妈容得着商量的。如今箭在弦上，哪有想干就干，不想干就不干的事理。

领导带着他挨家挨户跑，虽说拆迁的呼声仍很强烈，可领导的解释更具说服力。潜移默化间，他弄清了什么叫领导力，什么才算有效的思想工作。

他跟着领导踏进薛家老宅的时候，薛老先生抱病出门迎候，让他一下子感受到了礼遇尊崇。他是带着惶恐不安的心情登门拜访薛老先生的，他对薛老先生的印象，仍停留在人们议论的形象里，穿着长褂，拄着拐杖，戴着茶杯口大的老花眼镜，虽慈眉善目却又难以亲近的乡间绅士。

初一见面，夏秋生固有的印象发生了颠覆性改变。薛老先生虽是热情，却毫无表情，主人和老宅一样，垂暮老矣，没有生机。他仔细端详着眼前的老人，内心生出怜悯和不安。老先生已入耄耋之年，满额黑斑，两颊浮肿，缺牙少齿，四肢枯槁，腿脚不便，说话带着咳嗽，声音有些凄厉，而表达却又镇静，眼神很坚毅。在这样的长者面前，他才发现自己是何等渺小而不值得一提。

他们向薛老先生说明来意，一是请教挖掘坊巷的历史传统，二是征求薛家老宅处置建议。薛老先生拄着拐杖，踽踽地走进书房，从书柜里取得一摞手抄稿件，交给领导说，这是他多年前有关千岁坊巷历史传说和薛家花园手绘图样。有关老城的文化传统，或许从这里面可以找到。老人似乎早已预见或者处

心积虑，不然怎么会备有这样的材料？老人说，这是他交给公家最后有价值的一份财富，如能采纳，他便能含笑九泉了。

眼前的薛家老宅，不再显现昔日的辉煌和壮阔，已然是普通江南民居。临街的围墙里，三四米深的天井，正屋坐北朝南，面阔三间，前后两进，青砖黛瓦、粉墙漆柱，木框铁棂窗户，洋式木门，整幢建筑呈现亦中亦西的近代风格，给人以朴素淡雅、幽静厚重的感觉。从老人提供的手绘看，这幢老宅只是前庭的一部分，如果复原到原来的模样，照壁、门厅、正厅、砖雕门楼、内宅厢楼等那些损毁了的建筑，如同大观园。加之花园、戏台、池塘、花厅、回廊等，绝对是一处江南园林胜境。夏秋生这才发现，老人发出的悲怆之声，是何等动人心魄。喝令停止开发，抢救性修复保护，又是何等英明果断。千岁坊地区是老城厢的代表，是一处值得保存的稀有富矿，是镌刻在历史长河里不能切断的符号，是不会说话、不会呼吸却包含精神的历史文脉。千岁坊街巷民居拆了，就等于江南市井死了，千岁娘娘的历史和薛家望族的故事，从此截断。夏秋生深感有让它复活的历史责任感。

从初次拜访薛老先生开始，夏秋生成了老先生家的常客。这在别人眼里也是不可思议的事。晚年的薛老先生，大门不出二门不迈，行为越发高傲孤僻，大有万人不入法眼的架势，可夏秋生不知使了什么法术，让老先生入魔似的变了一个人。为了街巷的修复改造，夏秋生需要补课的地方太多了，老先生自然是活教材、活地图，他要虚心请教。老先生也乐于接待，视这位后生为座上客、忘年交，只要健康状况允许，他都热情真诚地细说着千岁坊往事。甚至一段时间不登门，还特别地想念。夏秋生这才发现，老先生长期的独居生活，让性格和精神受到了抑郁，逢人便有了强烈的倾诉欲。尽管夏秋生也感到老人表达语无伦次、翻来覆去，可出于对老人的敬重和怜悯，他还是抽着时间，耐着性子，陪着喝喝茶、聊聊天，以排解老先生的寂寞。这也算是兼顾老先生的日间照料。由此赢得了比家人还亲近的亲切感。这种命中注定的相遇，开启了夏秋生人生的新境界，也让他陷入利益诱惑的旋涡里。

令夏秋生不解的是，垂暮之年的薛老先生，虽不再会劝学出世，谈古论今，回忆往事时，也不再逻辑清晰，甚至是断章取义，颠三倒四，已然不再有了博学睿智、圣贤忠恕之士风范，甚至感受到日薄西山气息奄奄的哀鸣，可每每提及亲人时，却总是切齿含恨、唉声叹气。他和女儿至今没能达成和解，既有自己的因素，也有女儿的因素。相较于薛玉蓉理想主义的气质，谦和超脱的薛老先生并非不予包容，只是老伴带着对女儿的记恨离开人世，让他无法从情感上修复。大概这对老人被女儿的幼稚祸害痛绝到根底，让自我痛苦一直在心头萦绕。如今女儿的理想主义完全被现实击碎，大半人生跌落在泥土咸水中。经历岁月洗礼后的父女俩，品位气质天差地别，一个是养尊处优的王公，一个是粗茶淡饭的村妇，二者之间无法沟通融入。特别是两人固执地互不妥协让步，越发冲淡了父女之间的亲情。似乎她就没有过父母和家庭，只有过火热的知青生活。人也许只能这样，穷日子里享受着穷幸福。

老先生看似与女儿格格不入，可对女婿田德贵默默地照顾起居，还是深怀感激的。田德贵的温和老实成了缓和父女关系的磨合剂。田德贵念及老丈人在他进城最为困难的时候，私下为他争取到了一居室的过渡房，给了他和薛玉蓉容身之处。只是父女俩处于冷战僵持状态，他夹在中间难做好女婿，也自知没有能力做好女婿，一直把报答之心搁在心里。直到岳母去世，他偷偷地接触岳父，勇敢地为岳父分担些家务，才让自己得以安慰，让岳父渐渐地冰释消融起来。

夏秋生是在观赏老先生捧出的一堆卷轴字画时，眼神对撞上田德贵的。此时，他不认识田德贵，更不知道这个人是老先生的女婿。薛老先生没有介绍过女婿，田德贵也没有自报家门说是女婿。田德贵在门外天井一侧窥视着他的时候，他只是警觉地注视了他一下。他问老先生这人是谁？老先生支吾地说是女婿。听到老先生身边有亲属，他身上突然感到了深宵旷野的畏怯。他怎么会有亲人呢？他不是举目无亲吗？他所得到的老先生的信息是，老人跟女儿早已断绝父女关系，他的亲属散布在港台和欧美，且从未来往过。眼前冒出的女婿，怎么也不跟书香门第匹配，倒是有点像他聘过的扒房敲墙的农民工兄弟。

乡间的成长经历，让田德贵显得与众不同。外表虽是穿着得干净整洁，可总脱不了那种土气。人们很难理解他和薛玉蓉的爱慕结合，一个土得掉渣，一个洋得高洁，难道真有“鲜花插在牛粪上”的爱情？后来人们只能以物极必反、矫枉过正、过犹不及，来为自己的不解找台阶。更为奇怪的是，那么多飞短流长，竟没能撼动他们之间看似脆弱凑合的婚姻。田德贵天生带着泥土进城，自不必抵触，关键是做事的轴劲，让他人有些受不了。他的“轴”，不仅在工作上认真较劲，而且在人与人之间相处上，也是一根筋。他在环卫岗位上干了那么多年，不事经营人脉，只会食己之力，苦活累活一坨一坨地干，饱尝了那么多愁苦劳顿，也没干出个组长或者主任类的职务来。跟他相处过的人虽承认他的热情，也不无讥讽地批评他的执拗，最后找出了原因——平日里屈就于妻子，任由她作威作福，他只得像气压过猛的气球似的，哪儿有眼，气往哪儿冒了。

夏秋生跟着老先生后边学了不少东西，长了不少见识。他惊讶地发现，除了老先生日渐衰老的躯体不值钱外，家里随便使用的物件，几乎都是宝贝。孤独老人守着的家，居然没遭过盗贼，甚至惦记过的人都没出现过。难道在那个年代，竟然没人识得，权当是平常的家用器物或是装饰品？

说者无意，听者有心。老先生不管出于什么心情或意图，介绍着字画和瓷器时，夏秋生可是心旌荡漾、激动不已的。老先生从没认真地谈论过继承问题，也没有表达过捐献意愿，难道只是在夏秋生这个八竿子打不着关系的年轻人眼前炫耀卖弄？老先生的这一举动，无形中撕开了欲望的黑洞，让刚刚得到古董启蒙的年轻人垂涎欲滴。

时光荏苒，冬去春来。转眼薛老先生日趋衰老，时常神志不清，更多的时候是卧床不起，随时有可能撒手离开。可有关于他的遗产处置，始终没有交代或立遗嘱。这既让夏秋生心焦，又让他期待。此时，夏秋生结婚生女，上有老下有小，日子并没有因为成家立业得到明显改善，相反为了工作的便利，他用在吃喝玩乐方面的开支多了起来。捉襟见肘的收入和大手大脚的开销，让他萌生了搞钱的坏念头。

俗话说，马无夜草不肥，人无外财不富。在他看来，他的这份工作再奋斗、再吃苦，也不会改变多少，收入虽年年涨，却是固定的死工资。他手下承揽拆迁修复的包工头，如今个个都赚涨了腰包。他在给他们发钞票的时候，手数得发抖、眼看得发绿，有时候真想狠下心来抽出份子。只要从他们那儿刮一层皮，他的日子都是上上等。他们也想拉他入伙，嘴巴一松，腰包就鼓，裤带一松，女人就来。可身边的警钟一直拉着，耳边的木鱼一直敲着，让他步步惊心，没敢越雷池一步。他是看着身边熟悉的拆迁办主任、会计、出纳前仆后继地被“请喝茶”再没回来的。他也因为交友不慎参与吃喝嫖赌被举报，差点被揪住尾巴的。多亏自己的坦诚，才没被清理出队伍。可入了这一行，难保自己清白。他自己都认为，哪怕看上去手脚是干净的，灵魂保不准是肮脏的。接触和看到的那些东西，哪一样对心理不具冲击力啊！他有些理解旧时代那些淘金者以命相搏夺金沙的心理，如今面对唾手可得的许多财富，不图搏命，或许略施小计就能成功，可他始终没有想到好的计策来，自然也不敢轻举妄动。

夏秋生的确挖空了心思，琢磨着既能在事业上有所建树，又能让自己得到实惠的路径。他在权衡各方利害之后，发现薛老先生是个值得挖掘的富矿。与工程项目上的钱物打主意比，个人财物的获取更具迷惑性、隐蔽性、可操作性。老先生守着半城财富，却鲜为人知。夏秋生曾多次启发老先生把家传宝物捐献给公家，可老先生不肯表态。有时流露的想法，也不足以让夏秋生踏实。他的言外之意是，谁对他好，为他养老送终，他就送给谁。那谁又是“谁”呢？他觉得他没有尽到常年端茶倒水的义务，不够条件。居委会的干部对他不错，日间照料专门指派人负责，但那是公事公办，不能成为那个“谁”。那只会是田德贵了？女婿这个憨样儿，在老丈人眼里好像也不算那根葱，老人的高贵学养，哪里看得上土鳖似的田德贵？他哪里配得到这些家产？即便留给他一只元青花瓷瓶，怕是只当个插花的花瓶使了。留给他一张存折就够养一辈子家了。夏秋生心里都有点不服。

老先生如摇摇欲坠的古树，随时有可能被风吹倒。夏秋生必须抓住最后的机会，争取到老先生的许诺或是家人田德贵的默认。可田德贵总是像防贼一样防着跟老人接触的人，其中包括夏秋生。夏秋生是跑得最勤的人，是看上去跟老人最为亲近的人。多少次，夏秋生跟老先生“欣赏”玩物的时候，田德贵都会露出犀利的眼神。田德贵的鼻子长得像火箭，双孔朝下像一对喷火口，随时等待点火发射。更多的时候，鼻尖伺机卧伏升蹿的同时，它的另一个功能丝毫没有闲着，它正嗅觉灵敏地窥视捕捉着夏秋生。夏秋生不会相信田德贵会有那么复杂的思想，但面子上则表现得冠冕堂皇、轻松自如，不让其看出一丝破绽。

每当田德贵带着不友好的眼神看待夏秋生时，夏秋生总会转移注意力，或是若有所思地跟老人谈天说地，或是起身环顾墙挂的卷轴。中堂两侧墙壁上的四条装裱的水墨画，让他的身心找到归宿，他可以目不斜视地“欣赏”，也可以心不在焉地驻足。

这是一组意境开阔、苍劲浑朴、意趣生动的山水图，从色质上看已有年代，从落款上看似乎不是市面上熟识的画家名字。老先生也说不出这组水墨梅竹的出处，也不清楚江南布衣姓甚名谁。或许这样的东西，只是薛家的装饰，根本不能当为家传。可在夏秋生看来，这么有沧桑感的东西，如果是挂在自己家的，即使是画师画的也可能当成印刷品，可挂在薛家，连老先生自己都说不清出处，不免会大有来头。每次扫视过目，似乎都能看出不一样的感觉来，像是每道笔墨经岁月的沉淀后成了金丝，深深地嵌进了他的大脑里。为此，他请教专家，专门做了功课。当得知江南布衣是清末民初画师吴观岱时，他连自己都佩服起自己的眼光来。真是不枉跟着老先生的交往，否则哪会有识得别人所不识的火眼金睛啊！吴观岱可是近代书画界较有影响的“江南四吴”之一，早年入选清宫，临摹历代名人手笔，为光绪皇帝绘制课本故事，帝制推翻后回乡以书画谋生，晚年自谦名号为江南布衣，后人多以“江南老画师”称之。吴观岱是典型的工书善画大师，不仅以画山水、人物、花卉见长，而且在书法和鉴赏真伪上有所精研。只因老画师惜墨如金，不肯轻易下笔，民间存世留下的不多。薛宅张挂吴观岱大作，想必是薛吴两家深有交情，吴观岱以画赐福，保留到今天。夏秋生推算着，即使算不上吴观岱精品之作，可经过了一个世纪的作品，总归是稀有之物。

欲望和贪婪总是把人逼得心狠手辣。弥留之际的薛老先生已然不能表达自己的意志和倾向了，夏秋生想把最后的努力寄托在女婿田德贵身上。在他们之间的接触中，他发现，田德贵是个老实得近乎木讷的人，不多言不多语，也不愿跟人交流，看样子头脑简单、见识短浅。跟他打交道不算难。何况他夏秋生代表着集体，是公事公办。田德贵是亲属，充其量算是委托人或代理人。关于薛老先生的财产处置，田德贵的话语权有限，想必他也不会算计出什么名堂来。当他向田德贵说明修复保护薛宅，薛家的东西一概原物留存的时候，田德贵不干了。

“老头子还没断气呢，就惦念起他的财物啦？想打劫啊？”田德贵没好气地质问他。

“这不是跟你商量吗？你算是薛家的亲属，这是征求你的意见啊！”

“你们还知道薛家后人没死光啊！有你们这样商量的口气吗？”

“老先生一生大义慷慨，几乎倾其所有为国为民，捐出最后的遗产遗物，不能不是他的心愿。你也看出，老先生在世的时日不多了，趁着老人家还有生命征兆，把他的财产做一下清点，列出清单，让老人家过目一下，听听他的处置态度，也算是给你们亲属交代的明白账。”

“啥意思？难道老人过辈了，这些家产就会飞走吗？你们少扛着公家名义，在他身上打主意。私人财产受法律保护的。只要我在这儿一天，屋里的东西一样也不能出去。”

“咱们不能对老人家的东西这样不负责吧？如果你不干，那我们来干。”

夏秋生觉得跟田德贵这种人沟通商量有困难，便不再指望他能为财产保护做些什么，自己带着人房前屋后丈量了一番，对明面上的字画、瓷器、玉石、红木家具粗略作了统计。还有他曾欣赏过的珍藏在老人壁橱里的宝物，只能默记在心里。统计列出的清单，他希望得到田德贵的认可，最好能签好字。他想把这套手续做得合规完美，以便经得起亲属日后的追问。可田德贵拿着清单，竟然装进自己的口袋里，没了下文。

田德贵的倔和刚，并没有让事情向自己希望的方向发展，只是引起夏秋生和手下人对他的不解和反感。可面对这样一个典型的不会沟通聊天的人，聊不出态度和结果来，后续工作还怎么开展？公家还在积极地规划投入薛家花园的修复和重建呢，仅亲属需要的起码的配合都这么难，显然后面的工作困难重重。夏秋生本来揣摩着自己的心思，遇到这样的情况，也只得把工作摆在优先位置了。

找个跟他走得近的中间人，从中说和说和，看看怎么样？可以通过律师咨询看看，能否找到合适的路径？夏秋生的领导启发他，让他通过其他人或者司法途径打开缺口。夏秋生反复掂量，觉得以法律手段介入个人和家庭事务中去，等于彻底地把老先生的家底摊在阳光下暴晒了，不要说他的如意算盘失算，就是田德贵也由不得自己了。这个方案显然不是两全其美的方案。找熟人开导开导田德贵，让其配合公家摸清薛家底数，这条路还是能走得通的，至少可以让田德贵放心，薛家的财产处置，他是可以发表意见的。夏秋生托人七拐八弯找到他走得亲近的苏北同乡做中间人，邀上几个知己，自己做东在聚丰园摆了一桌。酒过三巡之后，才切入正题，谈起了薛老先生的后事问题。一帮酒友，随着夏秋生的介绍，时而附和称道，时而慨然感叹。他们从叱咤乡里、德高望重的薛老先生临终情景，看到了悲喜人生，转眼间个个成了语言大师发着感慨。

田德贵坐在酒席上，像没事人似的，只知夹菜喝酒，除了频频端杯仰脖畅饮之外，似乎插不上话题，倒是哑巴赴宴——只有自己的席坐，没有说话的份儿。任凭他们海阔天空地神侃。只有夏秋生注意着他的表情变化。田德贵算是赏了面子，没有流露一丝带着戒备的神色，但凡向他敬酒，他都来者不拒，酒桌气氛热烈融洽。

夏秋生抓住机会，向田德贵表明了观点。保护和修复具有文物价值的古宅，对个人和社会都是一举多得的好事情，这也是为古宅后人留下念想，记住乡愁，咱们没理由不支持不配合。他希望田德贵不要误解他的意图，对工作不到位的地方请予理解。

田德贵并没有因为夏秋生柔和的态度而改变他说话的风格，他借着酒劲梗着脑袋强调，老人家生前使用和保存的东西，属于个人财物，应该属于亲属所有……

夏秋生没等他话说完，就接过话茬说，老人家的唯一亲属是女儿薛玉蓉。人所共知，他们之间早已断绝父女关系，这是不争的事实，更何况女儿并没有尽到赡养父亲的责任。真正承担老先生照料的是居委会，是集体安排。在老人无遗嘱明确继承对象情况下，集体或国家有权接管个人财产，即使有继承人，那些被确定为文物古建的，里面的东西也会一并征集下来，许多地方的名人故居，后人还主动捐献宝物呢。

田德贵听到这话，脾气在酒力的催化下越发暴躁起来，他端起酒杯往桌上一放，气愤地说，这跟打劫有啥区别？孝悌忠信礼义廉，无耻。断绝父女关系又没有白纸黑字协议，凭什么就没有继承权了，动辄就把老爷子的东西当成公家的，是哪个规定的？既然这样，还找我谈、请我喝，有必要吗？别以为你们的心思我看不懂，玩这种瞒天过海的把戏来糊弄我，没门！

这群酒友，看到宾客之间言辞偏激起来，纷纷端酒过来劝解。此时，田德贵似乎彻底恼火了，可夏秋生还是平心静气地安抚住他，劝他不要着急生气，事情本来是要慢慢沟通的，这又不是鸿门宴，万里长城不是一天修起来的，千岁坊的人也没谁活千岁，一番前后不搭的话，试图把控住酒宴场面，可田德贵的牛脾气上来了，几头大象好像也拽不住似的，满嘴胡话，指着夏秋生连国骂都出口了。这些酒友哪里见到过夏领导受过这样的窝囊气，纷纷指责田德贵不识好歹，差点动起手来。夏秋生保持着足够的耐心，赶忙制止，才避免了事态的恶化。

一顿酒席，就这样不欢而散。

自入职以来，夏秋生从未有过这样受辱的时候，在与他人相处沟通中，他尽量保持着友善态度，展示自己亲和的一面，基本上没有人让他过不去。他的上级分管领导那么对他严格要求，那些同事被骂着绕开走，可对他除了不苟言笑，都没有说过粗话。倒不是因为他处处表现优秀，他也有工作出错的地方，只是他态度谦虚诚恳，领导不忍批评动粗。薛老先生那么一个不食烟火之人，后生没有哪个敢跟他打交道，女儿女婿都不敢亲近，却跟他一见如故，喜欢上了他。他自信自己的魅力，人都喜欢嘴甜勤快的，人与人相处要表现出诚意，许多时候善恶写在脸上，“相由心生”自有道理。夏秋生一直认为自己是个好人，现在这个好人的地位受到了挑战。男人可以输理，却不能输面子，他的自尊心受到了史无前例的重创。

可面对这样一个油盐不进、无法沟通的人，又不能这样不了了之。夏秋生必须迈过田德贵这个坎。可田德贵似乎成了他尾随的影子，甩都甩不掉。只要他出现在薛宅，田德贵就会在某处监视着他，跟敌后侦察员似的，丝毫觉察不出生硬的举止。夏秋生的教养和气量，不足以支撑他采用柔和的方式继续下去。既然好言相劝都难说服，只能换一种思路尝试解决。多年的工作实践中，他得到了这样的启示，宁可把事情办砸了，也不能让事情无果而终。强硬手段获得的结果，也是结果，结果没有好坏之分。

经过了一段时间寝食难安的思索，夏秋生叫来视为知己的马前卒，和盘托出心中的苦恼。这个朋友当时就对酒宴上田德贵的表现很是愤怒，给他发出过“不要敬酒不吃吃罚酒”的警告，如今听了夏秋生的一番倾诉之后，气愤地说，既然他是摆不上台面的狗肉，那就一不做二不休，找人给他做了。夏秋生委婉地制止说，那不行，人命的事，咱不能干。朋友露出凶黠的眼神说，天知地知，你知我知，只要肯出钱，提脑袋来的事，都有人敢做。夏秋生知道这个朋友认识些看场子、替人讨债、帮人打架的人，可他不想把事情弄大。他告诉朋友说，只是想办法拖住他，不要让他在眼前晃荡，或是让他消失一些日子，给自己自由的时间。绝不能下硬手，置人于死地。朋友说，那甭管了，一切跟你没关系。

之后的情形，已是夏秋生无法操控的了。田德贵的死，他不承认有自己的责任，法律也无法确认追诉他的责任，当他相信世上万物有因果报应后，他的灵魂已经被冤魂纠缠着不能自拔了。他无数次痛骂这个两肋插刀的朋友，可朋友否认是他的人撞死的。从警方勘查现场公开的报道看，凌晨雨后路面湿滑，肇事汽车撞翻环卫垃圾三轮车，导致环卫工人抛甩到路崖边，脑部撞在石柱栏杆上。肇事车辆逃逸，无法取证，失去抢救生命的黄金时间。

夏秋生不止一次在没人的时候到达现场，试图还原车祸事故过程。

本来已经淡去的历史痕迹，可随着时间的推移，怎么越发觉得，自己是罪魁祸首了？连女儿夏柳都在猜疑父亲的行为。那个幽寂阴森的巷道，那些簌簌作声的树丛，像埋在他心根上的东西，怎么挖也挖不尽，怎么清也清不净。人到了这份儿上，想救赎自己都没资格了，只能铁石心肠一样地狠下心来了。

36

田致远空闲的时候，总要跟母亲薛玉蓉海阔天空地聊一阵儿，目的是帮助她修复正常思维系统，排解孤独郁闷情绪。他会把在外面所见所闻告诉母亲，或是网上有趣的信息转述给母亲，有时母亲也会主动地问工作上的事情。

薛玉蓉总会以当年自己的积极表现要求儿子，让儿子做一个又红又专、努力上进的好青年。她甚至鼓励儿子到艰苦的地方去，到祖国最需要的地方去建功立业。田致远总会笑吟吟地告诉她，他干的工作就是最艰苦、最需要的工作，是组织安排的。他必须把卖药当成悬壶济世、救死扶伤的崇高职业，必须把这份工作的得来归功于社区、街道各级组织，唯有这样表达，薛玉蓉才会欣慰地夸奖儿子几下。

当然，薛玉蓉对当年幼稚的思想已经懂得反思了，她开始承认自己是人生的失败者，意识到自己与父母的对立甚至仇视，超出了人伦道德规范，时常表露出沉重的负罪感。她不再以革自己命的方式，表明自己的积极进步，换来别人的尊重赞赏。她能跟儿子田致远谈论薛氏家族的耕读传家传统，谈论父亲为人师表、以身示范的治学做人的处世之道。这些过去在她看来迂腐、落后、封建的观念，如今也津津乐道地提起。一段时间以来，家庭氛围和谐热烈，充满温馨的氛围，连田雪妮的情绪都被调动起来，这个家摆脱了多少年来阴霾灰暗的状态。

这种和谐气氛的营造，得益于田致远对闲聊话题的把握。他很少触及父亲的过去，很少触及姐姐雪妮的身世，这些都是令人忧伤的往事，是容易勾起母亲情绪急转弯的刺痛点。这个夏柳，怎么会如此好奇别人的家事呢？这么一个疑点重重的疙瘩，却被夏柳的一问，重新萌发起来，田致远现在想躲也躲不及了。

多少年前，田致远发誓要找出凶手，至少要弄清真相，可生活恢复到平静状态后，便不想揭这个疮疤了。现在夏柳给他打开了炼狱的炉盖，熊熊的火焰喷薄而出，灼烧着身心油脂嗞嗞作响，欲罢不能。作为儿子，他有责任弄清父亲车祸的真相，厘清肇事现场的种种疑点，给九泉之下的父亲一个交代。田致远虽是年轻，已经历过不少的人生挫败，心智历练得超出同龄人的坚忍，可对外人谈论父亲问题或父母关系时，他却是表现出拼命捍卫的意志。这么多年过去了，他不愿提及家庭问题，正是因为父母之间特殊背景下产生的特殊爱情，成为人们茶余饭后的谈资，让他心理受到隐形伤害。其实，他是真正的亲历者，他对父母的了解有切肤之感，他不容许任何人以任何意图来亵渎父母纯真的婚姻关系。可听到的议论多了，他就越想深入地了解父母的过去，只是自己的叛逆，加上母亲身体有恙，不便因烦心琐事受刺激，才断了这个心念。现在母亲身体得到了恢复，心里悬着疑问，已经到了不吐不快的地步，不妨试探性地问问过去的事。母亲薛玉蓉是绕不开的主角。

这天，薛玉蓉的精神状态不错，看到儿子回家，笑嘻嘻地移步向前。田致远将带回的小菜放在桌子上，从锅里盛满稀饭，算是对付的一顿晚饭。母亲见到小菜里有油爆熏鱼，用手指掐了一点肉，放入口中，再将手指放到唇边吮了吮，连说："正宗的三凤桥货色。"

田致远说："喜欢吗？喜欢就常买给你吃。"

"小时候，油爆熏鱼、盘龙脆鳝可是最爱吃的，三凤桥、王兴记、老陆稿荐老字号的都拿它做头牌，几乎轮着尝过遍，还就旁边的三凤桥肉庄的味道粘到嘴上了。"

"小时候的滋味还记得啊？神了！"

"人老了，眼前的事可能丢三落四，可远处的事反而记得清楚着呢。当年你出生的时候，可不及我的童年，就只能做碗糖芋头，五分钱的卤水兔头都舍不得买的。"

"你是薛家大小姐，谁人能跟你比，想上天摘月亮，没人给你摘星星，想下五洋捉鳖，不会拿鱼虾糊弄你的。可时代拐了个大弯，风水轮流转，好日子总不能让你一个人过吧，现在吃萝卜咸菜也是应该的。你洗心革面成了普通劳动者，成了低保对象，也合情合理。”

田致远带着挖苦的口气，嘲笑母亲的童年，母亲薛玉蓉没有生气，倒觉得有点得意。便说：“那不都是享的老祖宗的福嘛，能享多大福，就得承受多大罪。轮上那个年代，咱们只能代为受罪呗。这就是命。”

“听说老妈当年漂亮、干练、有才华，要不是踊跃奔赴农村，那现在也会是响当当的人物了？”

大概上了年岁的人都会怀旧，母亲受到夸赞，竟然扬起眉头聊起过去的出彩人生来。

“那个年代，劳动虽然辛苦，可娱乐却让人享受。在乡下，村村都有演出队，队队都有故事会，人人会跳忠字舞。当时上面下达指标，说‘每天要有一个新剧本’‘县里要出一个郭沫若’‘公社要有一个鲁迅式的作家’，于是我就拼命地写啊画啊排练啊，最后真有节目参加了全县的会演。那时演出条件很差，锣鼓乐器是自带，道具全是自己动手，照明用的气炉灯很显眼，可以把整个村庄照得通亮。那才是一段激情燃烧的岁月呢。”

“谁也不会记住你们这些历史了，包括薛氏家族的荣耀，现在你只能拿出来回忆，不能当饭吃了。”

“此一时，彼一时。人狠不如命狠。凡事得一分为二地想，当年不是表现积极，就会面临全家遭殃，不是识时务地跳出旋涡，下放当农民，恐怕就没有我的今天，也就不会有你这个命根子。”

“假如遇不到父亲，你的生活会不会比现在更好？”田致远把谈话朝父亲身上引，希望能从母亲口中得到对父亲的客观评价。

“你父亲是老实人，也是我的救命恩人。当年我陷入盐碱沼泽地里时，是他赶过来抢救的。后来才知道，自从到他们生产队里插队时，他就一直背后默默地盯着我，那时饭是吃不饱的，下田干活半截就肚子饿了，他悄悄地塞只煮鸡蛋，我不像别人那样偷懒，能把整活扛下来，靠这个表现被评为积极分子，被选到学校里当代课老师。那天误入沼泽地里，像是被鬼神牵着走的，自己连喊叫的力气都没有了，他不知从哪儿飞来似的，把我救了。当时，就意识到，这一生就是田家的人了。”

"一个城市大小姐，一个乡下老农民，在一起生活还习惯呀?"

"那个时候，没有啥习惯不习惯，恩爱不恩爱的。嫁汉嫁汉，穿衣吃饭。不像现在夫妻动不动就讲感情、情趣什么的。从插队那天起，我就不再有自己的梦想了，能有自己的自由空间，就挺知足的。不过，没有思想的人，会慢慢堕落的，脑子不灵便了，手脚也就懒得动了。所以我只会耙地，不会做饭烧菜。"

"那是父亲对你太宠了，让你啥都不要干。"

"那倒不至于。我又不能当作请回家的佛供着，柴米油盐虽说不操心，其他家务总要做的。那时学校里有些忙，精力都花在学生身上了。两口子过日子，没有不磕磕碰碰的。饭菜味道可口不可口，总还是挑剔的。乡下生活有许多不讲究，鸡飞狗跳，拉屎撒尿，没有一处是清静干净的。像你爸睡觉不洗脸、不洗脚、满嘴烟臭味，就让人受不了。好在他对我的啰唆不嫌烦。别看他平时脾气耿直，可我怎么骂，他都不发火，两人吵不起架来。就是改不掉邋遢的臭毛病。"

"回城之后，应当可以改掉乡下的坏习惯吧?"

"其实回城之后的日子，还没在乡下过得顺心。大概是自己落伍了，有些不适应。生活清苦倒是其次，有个栖居之地，有个工作岗位，其实应该知足的。可面对复杂的人际关系，便有些看不懂、看不惯了，冷不丁地得罪了人，还感觉是为别人好。在乡下当民办教师，学生对我特别好，业余时间棋琴书画跟着学，挺有成就感的；到城里来，没人看得上了，不是看在你外公打下基业的面子，恐怕连校工的位子都不保。至于你爸，更窝囊了，开始人家还器重他，听说他在乡下开过拖拉机，就让他开清扫车，让他干片长，可不知得罪了哪路门神，最后撸到街巷里做包干清洁工。这也就罢了，老话说，工作只有分工不同，都是为人民服务的。可他常常消极怠工。这是我最看不惯的。"薛玉蓉说到这儿，心情沉重起来。"那天早晨，按照往常早该起床做好了早饭，都不耽误出工，可他赖着不起，提醒他上班，他非得说天下雨、人作怪，逼他起床了，早饭也顾不上做，冒雨赶到点上了，不知怎么的，就出事了。好像有什么征兆似的。外面人说，是我害了他。也许我不催促他，事故就不会发生。想起那天来，我死的心都有。世上没有后悔药啊。你爸不在了，我们全家的生活都乱了，这等于我自己害自己了。"

“那起事故，到现在也没下定论？是不是有人为制造的情况？”

“时间长了，印象不太深了。当时他的同事和邻居朋友帮忙抢救料理，你胡三大爷跟警察说是有人故意制造的车祸，他说你爸能说话的时候嘴里冒出来的，公安现场勘查说是有疑点，可问了几次，却又答不上来有什么怀疑痕迹，疑案摆了这么多年，就成了悬案了。我总在想，你爸进城这么多年，就是上下班，工区和家庭两点一线，没听说跟外面的人胡混，怎么会得罪到人？跟顶头上司有矛盾，那也是他工作上拈轻怕重，领导不满意，可也不至于会动杀机的。更何况人家善后跑前跑后，帮了很大的忙的。要说为你外公的遗产继承的事，我表过态放弃的，支持捐献给公家，怎么会有矛盾呢？反正外面众说纷纭。”

“咱们这日子过得这么清苦，为什么要放弃继承权呢？”

“老话说得好，大厦千间，夜眠七尺；珍馐百味，不过一饱。当年祖父置下了那么大的基业，不还是毁于一旦吗？人死的死，逃的逃，活下来也散落在异地海外，谁还带走一砖一瓦呢。做人要知止不殆，知足常乐。”看到母亲有些激动，田致远沉默下来，不再说话了。他感觉到，母亲聊的话题，仍脱不了脑子里的那点陈芝麻烂谷子，好在比发病时表达得更有逻辑而已。不过，这次闲聊，他有不小的收获了。有关细节，他想找些知情的人打听。

胡三是薛玉蓉认为最为信得过的人，他曾在她全家最为艰难的时候，主动帮助过，特别是在田德贵善后处理上出了不少点子，跑过不少腿。是胡三第一时间如实告知警方，父亲是被人故意下的毒手。胡三炫耀说，是田德贵灵光一现的时刻，被他捕捉到了他说出的话。作为胡三本人来说，虽是尽举手之劳，成乐善好施之事，但在别人眼里，危难时刻能站出来相助，也属是难能可贵的。胡三常说，滴水之恩，涌泉相报。胡三自诩跟薛玉蓉同门，深得薛玉蓉父亲薛老先生的抬爱，也因于薛老先生的呵护和资助，他成为当时为数不多的有出息的大学生，人生一路走来，顺风顺水，丰衣足食，令人羡慕。他的能力无以回报薛老先生，薛老先生的品格和境界他无法企及，可作为薛老先生后人的薛玉蓉，却不一样了，田家与胡三的生活差距，已不仅仅是生活环境和条件上的差距，胡三可以天天喝酒吃肉，田家可能会等米下锅，因为薛玉蓉嫁给了乡下人，丈夫田德贵一下子拉低了品位。放在旧时代，薛胡两家可以称“府”的，府上有小侍，出门有轿子，三餐有珍馐，举止斯文得很。时下虽都达不到这个高度，要说活得体面，还数胡三。薛玉蓉是彻彻底底地没有一丝雅致的资本。在薛玉蓉看来，已经没落到底层的她，此时胡三对她还念感恩之情，算是重燃起了自信的火苗。

田致远对胡三有些排斥，尽管胡三胡大爷对他示好，侄子长侄子短地问候着，可他总是冷淡地应付了事。在他看来，胡三是个嘴甜心恶、居心叵测的人，从他懂事那时候起，胡三在他心里就是插足他家庭、破坏他父母关系的人。胡三对他家越是表现得殷勤，他越是痛恨，母亲越是说他可信，他越是厌恶。他甚至一度觉得母亲要背叛父亲，跟随胡三而去。父亲出事后，胡三在田德贵善后处理上虽说出过力、出过主意，可办的事情虎头蛇尾，临了支吾着不提结果，撂挑子不管到底。那时，胡三说可以申请公家赔偿，可以办理人身伤害保险，可以作为因公殉职享受抚恤待遇，可以跟单位打官司等等，说得一套一套的。似乎一起交通肇事事故现场，不亚于卫国戍边杀敌立功的战场。本来简单单纯的一家人，被他这么一鼓噪，哪有心思料理后事，完全被牵着鼻子借机“维权”，失去亲人的伤心欲绝转化成了追究责任、争取补偿。胡三倒是跑了不少部门，找了不少单位，结果没有一件能够办成。之后，又放出各种传闻出来，衍生出许多事故疑点，搅得母亲心神不宁，气绝生病了好几场。本来是个办事不靠谱，满嘴跑火车的胡言派，母亲还信任他，让儿子有事找他。好像胡三成了他家唯一可以信任的人似的。田致远认为他就是个老滑头，是非人儿，上头一脸笑，脚下使绊子。

田致远对邻居柳玉清虽没有什么接触交流，但对她的为人有所耳闻。她是夏柳的姨娘，夏柳还把姨娘介绍给他认识过。柳阿姨跟母亲年纪相当，却比母亲干练利索，始终保持着一股正义向上的精气神。他本想找机会，让夏柳带他到家中见见柳阿姨。既然脑子里装着这门心思，那就说做就做。他拿起手机向夏柳发去微信，夏柳迅即有了回复。

在柳阿姨家，田致远倒没有什么拘谨，大概是因为夏柳在场，氛围显得温馨而热情。柳玉清可以说是看着田致远长大的，她本来对小伙子印象蛮好，五官端正，眉目清秀，一表人才的模样，人见人喜欢，连逛街的美女都愿意搭讪，属于小鲜肉级的帅哥。得知田致远犯事吃官司，她非常吃惊，还跟别人争辩过，为他喊冤叫屈过，直到有人有凭有据地说是手脚不干净，她才相信这个事实。侄女夏柳到社区工作后，跟小田走得越来越近，起初以为在处朋友，她特别焦虑，生怕侄女踏进火坑里，后来得知是工作关系，是管理和被管理关系，她才算放下心来。世上没听说监狱里警察爱上犯人的事。然而，当发现两人并排行走时，她心里又多出感慨来，论长相和仪态，两人倒像是天生一对、地造一双，多么般配啊！假如小田没有污点，她倒是想把他们撮合在一起。家庭条件差，生活负担重，对夏柳来说，是瞬间可以改变的。

夏柳为防姨娘做过度解读，登门前专门打了预防针，明确告诉她，田致远有事请教，是他家的私事，跟她没有任何关联，不要想歪了。这才让柳玉清彻底不把他们往那层关系上想。

田致远说："咱家搬进千岁坊以来，没少得到邻居们的接济帮助，后来知道阿姨在里面起了引导作用的。一直没有能力回报这份情意，只得上门感谢了。"

柳玉清说："孩子你见外了。门挨门，窗对窗，隔墙听到呼噜响的几家人，互相帮助是应该的。再说，谁家没个作难的时候。你家的确不容易。特别是你妈妈，当年红透半个城的美人啊，没想到却是苦命人。真是自古红颜多薄命。"

田致远问："我爸当年出事，阿姨还记得吗？"

柳玉清说："起初大家都不知道。你爸单位和公安的人上门报信，听到你母亲呼天喊地的号哭，才知道的。你爸人送到医院抢救时，还有知觉的，只是脑颅开裂，失血过多，抢救了很长时间，后来成了植物人。当时你妈吓得六神无主，只知道哭，她也的确不知怎么处理。我们几个女的，负责安慰她。家里遇上这么大的事儿，不知怎么处理，也没办法处理，只得全盘交给警察安排。有人说，你父亲临终前有短暂的清醒，说是回光返照，牙缝里挤了几个字，算是临终遗言。后来听胡三说，他离得最近，听他说是有人害他的，后来他又不承认。"

田致远问："当时在场的有哪些人呢？"

柳玉清说："那在急诊病床抢救，闲人进不去的。邻居当中，有胡三、我，还有王雷仁。王雷仁这王八蛋，倒是真的出了不少力，一会儿帮推人，一会儿帮运急救器材，看到他是忙得满头大汗的。"她提到王雷仁总是带上骂字，以此表达对他的怨恨，甚至在肯定他的助人为乐时，也流露出这种恨铁不成钢式的嘲骂。

田致远说："父亲进城这些年，没听说过得罪什么人的，咋会有人加害于他呢？这里面究竟发生了什么，为啥胡三大爷又不肯说呢？"

柳玉清说："大家以为胡三胡诌。人都那样了，咋还能说话呢？大家猜想要么真的是有冤情，才硬拼出一口气说出真相的。不过，胡三提供的线索，引起警方的警觉，警方没敢把这起事故当成一般的交通肇事，而是作为刑事案件对待的，可惜那天凌晨风大雨大，现场没有留下任何有价值的证据。要是放在现在，到处都是探头视频，调阅后台录像，有点蛛丝马迹也逃不出去。你父亲那么大块头，遭撞后体外也没有什么伤痕，撑了那么长时间还是没能活过来。人啊，其实很脆弱。"

田致远说："父亲出事前的几个月，为外公的赡养问题和遗产继承的事，跟母亲争执过。这是我见到父母之间唯一的一次吵架。母亲对父亲料理外公家务没有意见，只是对父亲贪图外公的家产，极为不满。我也对母亲的这种想法很不理解。她还在追求她的人类大同理想社会，不吃嗟来之食，不沾身外之物。以为不继承父母财产，就是对父母最好的赎罪。生活过得这么清苦，却把苦难当成修炼呢。这不荒唐滑稽吗？"

柳玉清说："如果说为了遗产继承，背后有人在捣鬼，不是不可能的。可听说，薛宅经过改造翻新，已经归公了。平时看你母亲挺和善的，从来没听说跟人红过脸。也因为这种性格，人家可以随便摆弄了，当年连正式老师的身份都被挤掉，只当了个看门的校工，我就觉得她太好说话。这放在谁头上，还不闹得天翻地覆的。这世道，有时候老实人就是吃亏。要说起学校的前身，那可是薛家兴办的，她薛玉蓉才是真正的主人，真正的校董。只可惜，世事弄人，时代变了。可再怎么着，也应该不看僧面看佛面。那样的话，退休医保养老金也会有保障，日子不会过得这么拮据的了。"

田致远说："当时父亲跟我说过，外公的房子交由公家整体翻新恢复原样，不指望能继承下来，可有人觊觎屋里的家当，本来我们也不懂，后来听人说，许多东西是古董，很值钱，父亲留过神，可外公在世，谁也不敢动他的东西。等父亲出事后，外公也去世了。谁能说得清里面究竟有什么名堂。现在找公家，也拿不出一纸的凭据来。母亲也许做得对，人心不足，欲海难填。该是别人的，不要巧取豪夺，该是自己的，不要以为理所应当。施人慎勿念，受施慎勿忘。天生就该是受苦受穷的命。"

柳玉清说："听说薛老先生老宅里宝贝不少，我们谁也没见过。现在修复后的薛家花园，那些陈设是仿品，那真东西哪儿去了呢？不会被文物部门收走了？"

田致远说："小时候跟父亲去过几次外公家，的确摆的、挂的都是些旧货，父亲就知道家具是红木的值钱。十岁生日那天，外公送我一本线装老书，叫什么《天工开物》，说是让我珍藏着，长大了说不定用得上。或许这是薛家的唯一遗产了。"

柳玉清安慰道："过去的事，不提了。提了，也是一肚子疑惑，又不能解决问题。古人说，穷不过五服，富不过三代。皇家紫禁城不照样回归人民了吗？再大的家业，也传承不了几代人。你还年轻，放眼未来吧。"

田致远辩解说："倒不是想把什么争取回来，只是因为父亲的死，被人越说越蹊跷，心里犯嘀咕，才向你求解的。"

夏柳在一旁默默地听着，她也只能好奇地当个旁听者，轮不上她插上一句话。作为置身事外的旁观者，汲取多维度的讯息，对她也有必要。人们对父亲夏秋生的种种传言，搅得她心中七上八下的，想起来惶惶地不得安生。提及薛家花园的修复改造，夏秋生是个绕不过去的当事人，提到田德贵之死，夏秋生似乎难辞其咎，可偏偏就是没人站出来痛痛快快地仗义执言。这种幕后非议的险恶用心，无疑是把高悬的利剑，随时会置人于死地。可世间许多悬疑的事情，有哪样得不到验证。显然，在夏柳看来，这绝非是空穴来风，人们的臆测猜疑，并非充满对白手起家者的羡慕忌妒恨，其中的隐情一定是被人看清或识破，只是因为某种情境，暂时摆不上台面而已。夏家和薛家、田家之间到底存在着什么关联？究竟多少人知道谜底？胡三和柳玉清所谓的知情也是支离破碎的。田致远显然不知晓，从他的表现和态度看，他没有怀疑过夏秋生，因为他对夏柳很信任，他知道夏柳是夏秋生唯一的女儿，他如果知道夏秋生跟他家有任何瓜葛，哪怕有一点点怀疑，都会表现在对待夏柳身上的。显然，他一点都没有，她感觉到他根本没有想到他们之间会有什么瓜葛。

现在，夏柳需要通过了解更多的情况，从中梳理出两家之间是否发生过关联，哪怕是一些零散的信息，只要排出逻辑序列来，就会离原始真相前进一步。从她的内心来说，她不希望父亲在别人眼里是自私的、狠毒的，当然她也不企望别人对父亲是友善的、关爱的，在商业社会中，无私高大的完人是没有的。父亲在他积累财富的道路上，少不了巧取豪夺、尔虞我诈，不指望社会给予什么美誉，但她还是不希望父亲的事业与不择手段地攫取财富联系在一起。夏柳虽作为旁听者，此时她比两个交谈者的心情还紧张复杂，大脑思维比平时还丰富缜密，自然也就没有心思从中插话多问几个为什么了。

其实，两人的对答，并没有多少实质性、震撼性、爆料性的价值，纯粹是些家长里短的闲聊，而这种闲聊缺乏任何的感情色彩，即使有打动人的泪点情节，对田致远来说还是有点苍白。经历过诸多坎坷的田致远，已不再是脆弱少年，他对许多触动心灵的事物敏感度低了，他的表达方式像是记者采访。一问一答的对话，直白简单，直抒胸臆。连在一旁倾听的夏柳都觉得无趣。

37

这年夏天来得有些悲情，本来以为疫情过后，会迎得一阵火热的骄阳，给予大地万物充盈的阳气，但似乎老天觉得炎炎烈日过于蒸晒，抑或是对疫情中的亡灵哀思，天气总是伴着阴霾和淫溦，沥沥啦啦地刷点湿润来，如人的身心上长了毛似的，没有一处觉得是舒坦的。

根据天气预报，这个夏天将是五十年来雨量最大的一季，华南、西南已经出现了严重的洪涝灾害，长江流域水位高于往年同期水平，沿江、沿湖、沿河地区防汛形势紧迫，全国各地已经动员组织力量枕戈待旦。

千岁坊社区属于低洼地区，黄梅季节已经进行过排涝清淤，现在又因周边施工原因，出现了排涝不畅的状况。社区工作人员按照上级精神，纷纷做好防汛抗灾的准备工作。

“老天咋总是跟人过不去似的，刚刚抵住了疫情，还没来得及好好地呼吸纯净的空气，又将降来一波灾害。真不能让人喘口气。”章阿姨站在服务中心门口，望着像被捅破的天，感叹着。

夏柳附和道：“人越不舒服，天越让人不爽。天气预报说，雨水要比往年多，天咋被捅成筛子了，还得寸进尺止不住地往下漏。人像被蜘蛛网缠住似的，越是扒拉越被粘着，整个身心特不自在！”

夏柳和章阿姨两人分在一个网格区，她们趁着雨小的时候，准备出发查看灾情。

通往布衣巷的巷道已经完全被水淹没，乍一看成了水渠，一边是小区隔离栏，一边是施工临时构建的遮拦墙。水中除了漂浮的垃圾之外，还有老鼠之类的小动物在游弋。在这些生灵看来，它们面对的是滔滔江河，它们栖身的家园成了一片汪洋，它们流离失所，生活无着。它们不会想到人类在拯救自己的同时，也在拯救它们。夏柳撑着雨伞，试图蹚过积水的时候，想到平时深恶痛绝的老鼠、蟑螂，此时正在水深火热之中拼命挣扎，不禁生起怜悯之心来。她感叹，生命在自然面前，渺小而脆弱。同样的风雨，人经历的只是受灾，而小动物却是浩劫，人会怨声载道，可小动物却无可奈何。同样是生命，显然会产生不同的处境。她想起一个狼狗在雪崩中营救主人的故事，想起地震前蚂蚁搬家、蛇群出洞的现象，感受到大自然神奇的力量。本来只是义务性的巡察，此时夏柳变得急促起来。

夏柳要试探一下巷道的积水深度，没等章阿姨劝她绕行，她便执拗地往里走。刚下脚的时候，她一步一踮地往前迈着，可还是不小心地一脚踏进了低洼区，精心穿上的粉红雨靴一下子被积水吞没，泥水嗖嗖地窜进脚趾间，像是出炉的铁水无孔不入地渗进缝隙中，让她打了一个激灵，瞬间惊呼了一声。章阿姨责怪她说："这下可好了，想漂亮也漂亮不起来了。一不做二不休，还是脱掉靴子蹚水舒服些。"夏柳看着已经被浸透的靴子，自言自语地说："就这样吧，哪舍得扔掉。"索性放开步子，毫无顾忌地蹚起了水，满心欢喜地顽皮起来，享受着孩提时代打水仗、玩泼水、踩水花的感觉。

街巷里的雨水，随着飘散的微风，不停地打转，像个醉汉似的，趺趺歪歪，直往人身上扑。不一会儿，本来打着伞的夏柳已被雨水打湿透。

不远处，三五个披着橘黄色雨衣的抢修人员正在埋头挥镐挖坑，大概此处正是主排水管道，他们试图扒开口子让积水流出。夏柳和章阿姨径直走过去，希望他们能帮着住宅小区里打通水路。

章阿姨向他们通报说，小区路口有个管道正在向外泛水，再不止住，可能倒灌到地下车库，请求他们用水泵抽水，确保雨水不回流到小区里。

夏柳附和着解释说，那是最要紧的，不然车库里车辆被泡就会报废了。请师傅帮帮忙。

起初抢修人员似乎没听见，直到夏柳再三请求，才有一个负责的人转过头来，没好气地叫起来：“话说得轻巧，你们老是想着自己，现在旁边的运河水位已经高于小区地面了，你们真当我们是东海龙王能吸水啊！不能总是想着自己呀，好好想想为啥这样淹的？你们来看看，下水井口全是垃圾，清都清不出，吸都吸不走。管道成了垃圾筒了，什么素质？”

抢修人员一通数落，让章阿姨着急地辩白起来，“养兵千日、用兵一时，这个时候就该是你们出力的时候啊！还有什么怨言呢？”负责人看着章阿姨和夏柳说：“我们三天三夜没合眼啦。领导骂，你们怨，还能给我们活路呀！”章阿姨申辩着，“平日防范做得不细呗，否则也不会临时抱佛脚。”“你的意思是让我们平时多流汗，战时少流血呗。真以为我们平日不干活啦？我们这叫戏剧台词说的，越是艰险越向前。刮风下雨的时候，别人往家里跑，我们则往外面跑。我们天生就这苦命。”

夏柳连声说抱歉，算是理解了他们的苦处，可一句“什么素质”让她还是有些不开心。是针对她的，还是针对倾倒者的？眼前只有她和章阿姨，连骂都被自己统一代表了，心中既抱怨又生气。人说，冰冻三尺，非一日之寒。的确有人图省事，把碎石乱砖、破损杂物等垃圾随手扔进附近的排污管道，以为这样可以随着水流冲刷掉，殊不知，日积月累堵住了口子，连正常的污水都不能排出。美德不是一天养成的，毛病不是一天惯坏的。这个行为习惯不仅是个人素质，也有管理教育问题。此时，她被人家批评了“没素质”，怎样表明自己有素质呢？眼前唯一可以做到的，是以实际行动证明自己不是没素质的人。她扔掉雨伞，冲到人堆旁，拿起一把铁锹，走到漂浮物堆积的地方，用锹铲，用脚划，用手扒，可一堆垃圾就是不听使唤，牢牢地钉在水面上。夏柳真以实际行动证明自己的素质，她不是袖手旁观看热闹的，也不是指手画脚使唤人的。可这样的粗活脏活，哪是靠赌气就能做好的？仅仅拨拉几下漂浮物，她就已经气喘吁吁、摇摆不定地停了下来，站在那儿直愣神。

几个工人停下手中的活儿，直起腰来，傻傻地看着她。此时，夏柳已全身淋透，污水打在身上，也不觉得脏了身子，透明的连衣裙露出了肉色，像水幕里站着的裸体模特儿，自己竟浑然不觉。章阿姨以为他们看着夏柳干活的样子有些好笑，可再看看夏柳，内衣“三点式”彻底地暴露出来，知道他们没安好心。他们的眼睛贼贼地勾着夏柳的身体，垂涎的口水都快流了出来。夏柳看着他们说，都看我干啥？我要是男人，这活早应该干好了。其中的两人带着坏笑喊着，随便看看呗！章阿姨指着他们说，瞧你们这点出息，好像没见过女孩似的，饱眼福了啊！那个负责人叉着腰说，这可是你们不对啊，本来老老实实地干活没想法，你们往这儿一站，还不让他们神魂震悚，烦乱欲狂呀！夏柳低头看看自己，这才发现白连衣裙已经湿得粘在皮肉上，从胸到腿完全透露出来，原来他们是在看自己笑话呢。她露出一脸的羞愤，挥着铁锹指着他们想骂上几句，可张开的嘴巴，就是找不到贴切的措辞。几个工人看着说笑，嘴上嘀咕着过着瘾，负责人骂着说，看够了没有，就知道看西洋景，人家奖励你们看景，不能再给磨洋工了。夏柳清晰地听到，“没有打过卤水的豆浆，怎么能叫豆腐？没有生过孩子的女子怎么能叫女人？”他们从她的身体发出的信号，臆想着她不是已婚妇女，而是未婚青年。其中还专门冲着一年轻小伙，笑话他不懂，等娶了媳妇，就知道了。果然，嘴上没闲着，手上似乎有了劲，作业的动作比之前的有幅度了。夏柳脸色通红了一阵，害羞地用手遮拦着，恨不能用手臂把自己包裹起来。她费了好大工夫才把衣服从身体上剥离开来。

章阿姨本来以为夏柳受了羞辱，想帮着她痛痛快快地骂几下，可工人在此施工是无心观看的，并不能算得上偷窥，更何况也不应该为这小事，把工人惹毛了，当务之急是尽快疏通管道。章阿姨不想批评工人，还有一层重要的含义，那就是浸淋中的夏柳，实在太美了！假如右手托上一只瓦罐，那便是一幅美少女沐浴油画。章阿姨甚至有些羡慕，她比工人还要贪婪，她围着夏柳扫视一圈，看似保护夏柳，实则是在四维式地欣赏，嘴里不住地发着“啧啧”声。

夏柳彻底地生气了。她感到自己在光天化日之下，遭到了集体强暴，连痛哭和反抗的能力都没有，更让她气恼的是，她倍加尊敬的章阿姨，都倒戈到那一边去，成了别人的同伙。回来的路上，她不再理睬章阿姨，章阿姨跟在后面左打招呼、右赔不是，直到把自己的雨衣脱给她披上，才慢慢地消了气。夏柳凄切地说，本来看了就算了，关键还坏笑，好像我在放荡自己呢。章阿姨开玩笑说，谁让你长这么漂亮的身材，美不都是给人看的吗，又没露点，别大惊小怪的。现在可以包严实点，别让熟人看到，没人会动歪脑筋的。

回到办公室，夏柳赶紧钻进更衣间，换上干净的工作服。此时，章阿姨神神秘秘地说给大家传达一个新鲜信息，让大家不要外传。她止不住地把刚才一幕情景，稍加润色地给同事们说笑着，听得女同事前俯后仰，男同事异想天开。夏柳听出是章阿姨在说自己，又气又急，后悔自己没给章阿姨交代管住嘴，严正地说："章主任同志，你是领导，你应该保护群众，群众在外受到了欺负，你竟然还当笑话传。这有失领导风范。我强烈建议你封口。"

刘采文听着鼓掌起哄，一脸的幸灾乐祸，看到夏柳出来，扯着嗓子踮着脚拥过去抱她。夏柳已经急得眼圈红了，眼眶湿润得快聚成泪珠，稍一用力，就会挤了出来。刘采文赶紧把脸埋到她的胸前，嘴里念叨着："美人啊，本来就是一道风景，耐看。我要是长得你这么漂亮高挑，一定会自豪得晕过去。"刘采文这是安慰夏柳，其实也有嫉妒的成分。她长得也不差，只是个儿比夏柳矮了一截。她一直自卑，这种自卑不仅因于自己来自农村，缺了城里人那种天然的气质，而是因为她对自己的期待太高，自己把目标定得高，连自己都高攀不起自己。她看上去跟夏柳乐颠颠的，可跟其他同事却是毕恭毕敬，一副唯命是从的小跟班。她自己说得多么开放似的，其实她是最为传统保守的。同事们从来没有跟她开过男女之间的玩笑，没有看到她穿过连衣裙，穿过艳丽性感的衣服。不是她买不起，也不是她不想买，现在正和小警察热恋着，本应该注重仪表，可她怎么打扮都觉得做作别扭。虽说小警哥不在乎她打扮化妆，可她知道，人家说"清水出芙蓉，天然去雕饰"，那是客气，不是赞美。哪个女孩天生不爱美呢？可她好像对搽脂抹粉过敏似的。她曾看到一年轻女孩，脸上粉脂像水泥路面，在阳光照射下，看到脱落的尘埃，嘴唇口红鲜艳如血，抹出了边境，像张着血盆大口的猩猩，特别瘆人。她不止一次当笑话说给警哥听，这让警哥对她的三观有了非常赞赏的判断。

当然，采文本身是个省吃俭用的女孩，她深知自己不可能达到夏柳的生活品质，也不愿超越自己能力追求这样的品质。她还要在经济上履行父母养老、兄弟结婚成家的义务。她是全家人的希望。

幸好，她进编笔试和面试都已通过，正待政审和体检走程序，只差一纸通过。身份的改变，事关工作的稳定，带来收入的变化，这对外地进城就业的刘采文来说非常重要。刘采文能跟夏柳那么亲热地姐妹相称，拿她说笑，足以说明她心理发生着变化。这种高兴愉悦，放在平时，体现在自己努力没有白费，同事的关心没有失望，赔个笑脸温情，理所应当。而放在此时，就有点小人得志了。自己的地位快跟夏柳平起平坐甚至盖过一头，自己可以拿别人开玩笑了。刘采文的确想到了夏柳和同事们的感受，马上拍拍夏柳的后背，连声说："好姐姐，对不起啊！让你受委屈了。大家不是恶意的，只是觉得你还是个涉世未深的小女孩。”章阿姨解释说：“这又不是什么丑事，只是感觉你小夏见过世面的人，还这么羞怯。怪都怪那帮工人一肚子坏水。咱小夏什么人，是天鹅肉，哪是癞蛤蟆想吃到的。”

听了这份解释，夏柳心里总算舒坦了些。思忖着自己的态度，似乎觉得反应过度。本来只是突兀地冒出来的事儿，过去也就过去了，不值得当成羞愤的心思。人家还有专门的行为艺术呢，那些车模、胸模、身体彩绘等人体艺术表演，有过之而无不及，大庭广众之下，也没有像她这样丢了份儿似的，反而很自信地展现出来，自己顶着风雨不顾一切地抢险，即使裸露出身子，那也不是现丑。情急之下，谁把身体的部位看得重要？看来自己真是胸襟不宽、思想保守，也许自己本身内心龌龊，才会有这样的念头，不然怎么会这么想呢？夏柳这样想着，自己也就解脱出来。

自从夏柳春光乍泄后，她像是换了一个人，不是变得坏了、开放了，而是变得豁达了、开朗了、放开了、老成了。

雨在不停地下着，随时可能引发更大的灾害。上级要求基层单位二十四小时值守，确保一旦遇到险情，随叫随到。老钟书记本来是让几个男的担负夜间值班的，可街道和区上把男同志抽调组成抢险突击队去了。当他征求几个女同志意见时，有两个说家里上有老下有小，夜间驻守值班有难度，最后找到夏柳和刘采文，说是你们虽是单身，没有家庭拖累，可让你们值夜班着实有点于心不忍，想着你们还靠别人保护，现在要值守保护别人，这实在是没有办法的办法，只得请她们多担待点，配合他老钟一下。

夏柳知道老钟的难处，本来想自告奋勇站出来请战的，可一想千岁坊怎么也轮不上她出来逞能，便缩了回去，只得听候吩咐。老钟书记本是先试探着的，他担心她们拒绝，所以委婉地编出这么动情的理由，没想到的是，两个年轻女孩态度坚决，毫不含糊地接受下任务，这让老钟内心很是温暖。

按往常雨季情况，社区里只会出现几处排水不畅，存有积水的问题。可这个夏雨连绵不断，除了出现内涝，还有多处墙体脱落的情况，住宅楼外侧墙面马赛克砖经浸泡，哗哗地往下掉，人倒是没有砸到，停放的私家轿车有几辆砸出了坑，遭到投诉。还有拆迁施工地段，低洼处基本成了汪洋，苏留根和刘二郎家门口自筑了过膝的沙袋堤坝，也没有抵挡住墙体渗进的水，全家人挽着裤腿，跋涉在浸水的家中，望水兴叹，只得动手用脸盆向外舀水。实在无奈时，便打电话向社区求援，请求调用电水泵抽水。社区人员听到这种情况，既好气又好笑，只是面对受了灾这样的事，不好数落，更不能袖手旁观，幸灾乐祸，可私下里恨不得让风雨来得更猛烈一些，让他们知难而退，把拆迁协议签下来，趁早搬出千岁坊。

值班是坚守岗位的例证。平时爱岗敬业喊喊算了，像值班这样的关键任务就是考验。值班室如战士的阵地，人在阵地在，誓与阵地共存亡，擅离职守离开值班岗位，性质如同逃兵。钟书记的预防针是打给她俩的，其实也是借着话指责不愿值班的。

千岁坊社区没有值班室，也没有门卫协警，不只因为用房紧张，也是觉得没有必要。刘采文把会议室简单地收拾了一下，权当值班室了。她比前面几个值班的用心，专门打印了一张“防汛救灾值班室”标牌，张贴在会议室的门上，以此显示值班室的存在，无论上面检查也好，或是居民为防汛事宜找人也好，总算有个认领的地点。更为重要的是，未来若干天的夜晚，这儿将是她和夏柳生活的地方，写上牌子，也算是“闲人免进”的提醒。

夏日的雨夜，倒是有些凉意，也正是这份湿润的凉意，使得蚊虫更加肆无忌惮地猖狂起来。刘采文见蚊香都不管用，便又买来了灭虫气雾剂。夏柳赶来的时候，她正准备双管齐下消灭害人虫，却被她大声地喝止。

夏柳说：“你是让它死，还是让我们不活。这东西有毒。”

刘采文问：“那怎么办？总不能这样喂蚊子吧?”

刘采文指着臂膀和大腿给夏柳看，都生了几个红包了，痒得受不了了。

夏柳说，那我给你刮骨疗伤吧。反正不能喷药。嘴上说着，自己的手掌便“啪啦啪啦”地在身上乱拍一气。怎么这么多蚊子啊！把电风扇开到最大，不信狂风吹不死它。

果然，在强大的气流面前，蚊子放缓了疯狂的节奏。可电风扇的风力实在太大，连人的眼睛都睁不开。

刘采文趴在桌上，注视着夏柳被风卷起的秀发，念叨着，“八月秋高风怒号，卷我屋上三重茅。茅飞渡江洒江郊，高者挂罥长林梢，下者飘转沉塘坳。”

夏柳说，别风雅了，咱们这不是茅屋，我的头发不是茅草，这风不能再吹了，脑袋都快胀裂了，这样下去没病也会弄出病来。与其被吹得头昏脑涨，不如让蚊虫吃饱了安心。接着又说，偌大的活人总不能白白让蚊子欺负吧。咱们开展打蚊比赛，看谁拍死得多，谁输谁明早请客，穆桂英的四全点心。

刘采文开心地叫着：“一言为定。开始！”

两个人嘻嘻闹闹地东奔西窜，连蚊子都吓得东躲西藏。

血债要用血来还。夏柳稳住腿脚、憋足着劲儿，嘴里念念有词，眼睛恶狠狠地盯着自己腿根正在嗜血的蚊子，手掌瞄准着猛一巴掌，果然打中。只是她顾不上手心和腿部沾上的鲜血，哇哇叫地喊疼。

刘采文道：“对敌人决不能心慈手软，自己的痛换来了敌人的命，值了！”

夏柳说：“不能善良点吗？”

刘采文说：“难道捉活的吗？谁捉到活的，谁赢。”

两个人从一致对外消灭蚊子，到相互打嘴仗。直到看不到蚊子，也没能分出输赢来。

夏柳和刘采文两人一阵嘻嘻哈哈，以为可以打发时间的，可时钟却是越走越慢，你越是盯着它，它越是不着急，跟人似的也要打瞌睡。熬到下半夜，她们明显感到了身心疲惫，一个哈欠接着一个哈欠，你来我往，此起彼伏，身上爬满瞌睡虫，眼睛连火柴棍都撑不起来了。怎么办？就这样趴在桌子上睡。可这哪算是睡觉，充其量只是打盹儿，盹儿打得一惊一乍、断断续续，偶尔解决了眼困脑眠问题，其他部位根本没能闲得下来，根本找不到床上睡觉的踏实感。好在第一夜的兴奋，`让她们撑到了黎明。

夏柳说：“天快亮了，你免费的早餐，我不吃了。趁着困劲，我回去补觉去了。”

刘采文没有应声，大概身子如棉花糖似的松垮着，怕是说话的气息也会让身心崩溃掉。

当天，上级又通报今夜有强雷暴雨，要求加强值班防汛，随时接受汛情查问。老钟说自己带班，要夏柳和刘采文在职在位。

夏柳把老钟的要求，向刘采文进行了传达。她提出一个幼稚的问题，如今通信发达了，环境条件变好了，“一刀切”地要求值班坐班有无意义？刘采文听听直摇头，说是规定，反正上面怎么要求，下面怎么执行，永远不会犯错误。她说她离办公地最近，只有三四百米，可能出了情况，从宿舍出发，也比从值班室出发要快，如果不是从值班室出发，那一定认定你不在岗位，擅离职守。没有人会为你量身定制一套规定的，哪怕这儿永远不会有灾情，那值班是必须的。这就是基层。

得知今夜有强雷暴雨，夏柳专门请示街道防汛指挥部需要做啥准备，一下子问住了接电话的人，对方知道她是新来时间不长的，不了解工作流程，便搪塞了一句，你们看着办吧！刘采文倒是做了准备，她专门买来了面包和瓜子，说是半夜肚子会饿，要用夜宵、瓜子来打发时间。

午夜时分，天空果然电闪雷鸣，紧接着，一阵暴雨倾盆而下，不到半个时辰，服务中心门口的小广场上已是一片汪洋。此时，急促的电话声打了进来，夏柳接过电话，听得出，是上面查岗的，顺便询问了一下灾情。夏柳并不知实情，只是敷衍了事地应付说，没有接到情况，应该没什么问题。对方说，情况可不是听来或转来的，要实地察看得来。没有调查可没有发言权啊！现在好几个地方已经出现内涝倒灌情况了，你们要加紧排查，不能待在值班室不动窝，守着电话等情况，那样会被动的。夏柳一听，不是一般值班员的口气，好像是街道或区里的领导，也不敢多问，应承了一声“是”，便撂下电话。她问刘采文怎么办，刘采文说，不是钟书记也在值班吗？他是带班领导，要请示他。夏柳不知道带班领导是什么意思，刘采文解释说，值班是双岗制，有值班员，有值班干部，咱们是值班员。夏柳好奇地说，就这几个毛人，除了老钟算领导，其他不就是兵吗？真搞得跟大机关似的。刘采文说，有了情况，值班员不能处置的，要报告领导的。

钟书记听到报告，马上抖擞起精神，带着她们俩冒着暴雨，赶往坊巷易发水涝的地方去。此时，小区内除了路灯眨巴着亮光，几乎看不到有灯火的人家，看不到灯火，至少说明居民已安然入睡，没有险情。可是整个巷道路面却是灌满了水，如果没有路边的标牌和路灯，真以为是一条小河。老钟带着她们只能在高处远远地眺望一下，不敢贸然蹚水。草草巡视一番，说还是等到天亮再说，漆黑一团地察看水情，可不能生出意外来。

夏柳和刘采文跟在老钟的身后，屏着呼吸，亦步亦趋地跟着脚印。此时，雨水和缓了不少，大概刚才过于猛烈，间隙喘上一口气。刘采文开玩笑说，老天算是给咱们面子，咱们一出马，雨就开始停了。夏柳应和地说，老天也不愿把事做得太绝，得饶人处且饶人。老钟听到她们在后面叽叽咕咕，责备她们不要乱说话，老天有眼。刘采文说，雨脚如麻未断绝，长夜沾湿何由彻。看看天上乱云飞舞，一时不会好起来的，准备白天迎战吧。

第二天一早，值班电话又急促地响起，刘采文拿起电话，正要接受询问，一听声音不对，这是自己特别熟悉的声音。她突然警觉起来，先是问明哪里？再则问清有何公干？直到确认声音的真伪，才放开嗓门儿，“你搞什么鬼啊？吓死我了。这是公用电话，不是你能随便拨进的。”对方慌忙解释：“这是关心你们啊！怕你们寂寞害怕啊！让你们打起精神头的提醒。”刘采文问：“深夜的电话也是你打的吗？”对方嗯了一声说：“本来想问候一下你们的，听到接听的人很认真，就随口说了一句，没有调查就没有发言权。怎么？当真了？”刘采文气恼地说：“你这玩笑开得太大了，我们跟着书记真的冒雨巡查了。我还在想，哪有这样不通情理的领导，黑天摸地的要求查灾情，怎么查？查鬼啊！真把我们害苦了。”对方忙打招呼说：“对不起啦！这不是不放心呗，早知你们这样脆弱，就陪你们值班了。不过，你们也不用脑子想想，你们小小弱女子，深夜冒雨勘查，真能发现问题吗？给你赔礼道歉。”

夏柳怎么也不会想到，刘采文的男友警哥会恶作剧。一个挺拔威武的小伙子，在女朋友身处困难的时候，不是出手帮助，而是背地里使坏，也太出人意料了。夏柳一旁听得气愤，又碍于刘采文已经急出猴性来，也就没有火上添柴，只在旁边嘀咕着可恶讨厌。不过心里觉得，这警哥让人敬畏的一面之外，还有惊喜的幽默，跟着这种人相处，其实会轻松无压的。此时，她倒羡慕起刘采文来。她劝刘采文，算了算了，人家心中装着你，怕你无聊，如果电话是你接的，他可能就是一阵甜言蜜语了，哪知是我插一杠子，把情况搞复杂了。我也得向你赔礼道歉。不过，这个恶作剧要不要告诉老钟，他可是认认真真地当回事的。刘采文想了想说，到此为止吧，不然咱们自己也给卖了。值班巡查没有错，至少可以在值班簿上理直气壮地写上的。假查岗只是起到了督促作用。

夏柳猜想，要是老钟知道查岗电话是假的，是私人占用的电话，将做何感想？可早上老钟像是没事人似的，早已忘记了深夜巡查的事儿，本来说是趁着天明全社区拉网式地巡查一遍的，现在他正忙着布置灾后清淤和整治环境的事。花甲年纪之人，大半夜没有合过眼，白天又在继续着新的工作，夏柳和刘采文心生钦佩，又有些过意不去。

38

夏柳再次见到苏美的时候，苏美正忙着筹办婚礼。

夏柳是在一个偶然的时间、偶然的地点，偶然碰到苏美的。说是偶然，皆是不经意间的意外。

那天周末，父母约她一起参加朋友的聚餐，她极不情愿地表示拒绝。对于生意场朋友宴请聚会，她一直很反感。生意上的伙伴成了酒肉朋友，交往功利，交流俗套，让她无法融入。那种场合，她觉得自己只是多余的人，有时感觉自己不是人而是父母呵护的宠物，或是能呼吸的电灯泡，这种自讨没趣的痛苦，让她欲罢不能。

面对父母的再三提醒，她不便直接拒绝，须找一个拒绝的理由，心里罗列了几件要紧的事。说加班，可加班也要吃饭的，参加聚餐不影响加班，显然到单位去加班不具有说服力。说约了闺蜜喝茶，可走得近的闺蜜都已成家，人家哪会扯出闲空陪她溜达，万一被父母刨根问底对不上号，那就太难堪了。左思右想，最后还是编出一个理由，是同事约了陪她看婚服。刘采文有了男友，到了谈婚论嫁的阶段，找她逛逛街，顺便解决午餐问题不算个事，那也比坐在宴席上自在多了。她和刘采文很投缘，于是打电话给刘采文，可刘采文埋怨她怎么不早说，她答应男友去准婆婆家吃饭，说吃完饭后，陪她找个地方坐坐喝茶。夏柳应了一下，失望地挂掉电话。她只是想躲过饭点，其他时间自由打发，父母不会再干预的。

夏柳只好自己做了安排。她趁着父母不注意，便开车奔往CBD去，一头扎进购物广场。

人一旦闲来无趣，打发时光的最好方式是漫不经心地逛街。夏柳好久没这样悠然自得地逛街了，她对商品没有购买欲，这不是说她不是一个物质主义者，而是说明她确实什么也不缺。家里吃的用的，她没操过心，也不需要她操心。眼前琳琅满目的商品，对她没有一点诱惑力，甚至一点好奇心都没有。她徜徉在商柜之间，像不得志的模特儿正在试步，神情忧郁，步履松弛，目光散乱。

“夏柳，夏柳！”不远处，忽然听到有人喊着自己的名字，她回过神来，专注地往声音传来的地方望去。

夏柳看到女装柜台区有人向她招手。她一下子没认出来。直至走到跟前不远处，才看出是苏美。

初秋季节，天气转凉，人们都在忙着更新秋装，眼前的苏美正赶着潮流。她身着一件宽大裙袍，胸前裸露着脖颈挂珠，包裹的丝巾头兜压到了眼眉，上下一身黑。难怪夏柳一眼不能认出。夏柳看着她，上下打量着，嘴里“咦、咦”几声。“这身装束，活脱脱像修道院跑出来的修女，不怕招摇呀！”

“反正不管我咋样，你都不会赞美两句的。”苏美翘着嘴巴卖萌地埋怨道。

“干吗！说你出落得花枝招展，肯定不应景。不过，衣着素了点，倒真显出高贵气质来了。符合你现在的身份。”

“忘了介绍了。这是胡先生，陪我采买结婚用品的。”苏美指着正在一侧埋头观看橱柜饰品的秃顶矮个男人介绍道。

秃顶先生转过身来，没等看清人，就用手摇了摇示意一下，算是打了招呼。

夏柳点了点头，侧向苏美问：“准备办婚礼了？啥时候？要不要我帮忙？”

苏美说：“快了，下个月。帮忙算了，哪个用得起你啊，你有这份心，我就很开心了。不过，你要参加的。”

虽说夏柳知道苏美是奔着结婚，才跟台胞胡先生拍拖的，可真到了筹办婚礼的时候，她还是觉得突然。她内心里倒是希望苏美尽快找到归宿，这对于她父亲苏留根来说，也算是了却了一桩心事，也让他拆迁之后的生活过得甜甜的。可她担心的是，他们之间是真爱吗？苏美的心高气傲，能把两个人的日子过好吗？

有关胡宗翰的情况，苏美给她介绍过，没承想，在这儿巧遇上。夏柳的第一印象，并不吃惊。胡先生转身的一瞬，夏柳的眼神立即落在了他的脸上。肥墩的腮帮，沉甸甸地下坠，让面部显得特别开阔，眼睛和嘴巴占用的地方几乎可以忽略不计，脑袋和肩膀的联系几乎无缝对接，看不出脖子起多大作用。也许真正可以吸引苏美的地方，面容白净、温文尔雅、憨态可掬，一点看不出是知天命的年龄，这些优点完全遮盖了短小身材和谢顶的不足。

苏美把胡先生拉到夏柳身边，不知所措地想说些什么。夏柳看到苏美皱着眉、努着嘴露出讨厌的表情，觉得她有些小可爱，便主动向胡先生伸出手：“你好，我叫夏柳，是苏美同学。从小一起长大。”

胡先生握着手说：“你好，我是胡宗翰，听苏美提起过你。”

苏美发现，两人握手的时候，老胡的眼睛只能平视着夏柳的嘴巴。老胡有点不自然，眼睛不知是看着夏柳的红唇说话，还是看着皎洁的牙齿说话。而夏柳几乎是一览众山小的架势，率先目视脑袋顶部光秃秃的平原，进而俯视着往下，光亮的额头、细长的睫毛、金丝镜框。鼻梁、嘴巴只有轮廓清晰可见。

夏柳说：“听说祖籍是无锡的？这叫荣归故里了。”

胡先生说：“惭愧惭愧。虽在大陆创业生活二十多年，却没能回无锡认祖归宗，这也是遗憾。”

夏柳问：“知道老家还有什么亲属吗？”

胡先生说：“也没什么走得近的亲属了。只听说有个同父异母的兄弟。兄弟的情况已经搞清楚了，只是没有找到合适的见面机会。”

夏柳看看苏美问：“是胡宗义吗？”

苏美挑挑头说：“嗯，是胡三。”

夏柳“咦”了一声。千岁坊苏胡两家虽不是仇人，却是见面相戗的死对头，如今两姓联姻，不知胡三知道后，做何感想。什么是“冤家路窄”，难道不想遇到的人，非得拉着做伴？夏柳感叹道，有缘人不修自成正果，这两个人走到一起，是胡宗翰艳福不浅，也是苏美自得其所。至于怎样让幸福保鲜，得看两个人的真诚度了。夏柳觉得自己有点以小人之心度君子之腹，便自我安慰道，世上许多东西本来就残缺不全，许许多多的小缺点，最后也能汇成一个大优点，残缺的经过加工反而成了稀世珍宝。也许苏美和胡先生两个人的缺憾可以互补，胡先生的忘情水，永远浇灌着苏美的相思愁。

夏柳似乎找不到更好的方式，跟胡先生交流。人家选购结婚用品，自己成了半路杀出的程咬金，搅和人家的用心。单是苏美倒也罢了，两人在商场偶遇，嘻嘻哈哈一通，无有轻重。可面对苏美的未婚夫，刚刚认识则不能草率应付。一来人家是台胞朋友，两岸一家亲的，不应冷眼相待；二来看在苏美面子上，让他看到苏美同学的热情；三来自己表现出的教养，对于苏美一定是加分项。夏柳想谈及胡三，又怕场合不宜，可一时找不到话题，她便向苏美使了使眼色，悄悄地问：“他的同父异母兄弟没接上点，与你有关吗？”苏美摆摆手说："我不干涉。人家的家事。"夏柳笑了笑说："你不关心人家的家事，以后怎么面对呢？不关心他的兄弟也就罢了，不会不关心他有没有家室吧？"苏美翘起嘴来说："山高皇帝远，哪里顾得上呀，只要他对我好就行了。"夏柳拍拍她的手臂，说："这人第一印象不错，应该会对你好的。"苏美脸上总算露出满意的笑容。

胡先生看着她们聊得开心，便有意凑上来，竖着耳朵想听点什么。苏美说，小夏说你人不错，不像坏人。三个人一齐哈哈地笑起来。

夏柳对胡先生说："你能确信你兄弟是胡三胡大爷吗？听胡大爷说，他是台属，父亲是国军将领，独自去台湾的。当时他刚出生，跟着母亲留在无锡，七十年代之后有过书信来往，只因母亲收到信后一激动，就背过气去，这成了胡大爷一生的憾事。"

胡先生说："二十年前也来找过他，他不肯认，因为我俩年龄相差二十多岁。所以没见到面。不过，后来我知道他不愿见面的缘由。"

夏柳说："原来不愿见面是有原因的。本来没有交往，可能存有戒备之心吧？可以理解。"

胡先生说："老父在世时，书信往来提到了一些事，可能让兄弟感到意外，所以不肯跟那边来的人见面。"

苏美问："那是些什么事呢？从来没听你说过呀！"

胡先生说："不说也罢，都是老皇历了，新人不会理旧账的。"

夏柳想，看来兄弟之间虽远隔海峡，还有不可告人的事。难怪苏美跟着他这么长时间，也没听他透露过。

夏柳半开玩笑地说："不会有什么特殊的任务，让胡三来做，他不愿意吧？"不会是要收集内地情报吧？想到这儿，夏柳警惕起来。夏柳不久前看到一则贩卖情报的案件，让她心里多了一根弦。可转念一想，她和苏美身在民间，能有什么有价值的情报，一定是家族里的事，触了胡三的底线。

胡先生说："跟你们说了也无妨，家父在世时，提到房契和地窖。房契被家父带在身上，地窖里埋着金条和首饰。房契肯定是一张废纸了，地窖没说清地点，估计早被拆迁开发挖掉了。兄弟大概怕是拿着房契没收他的房子呗，不然不会这么无情地拒绝认亲。"

夏柳和苏美长嘘了一声，觉得这种事跟社会上传说的"藏宝图"挺像，没有什么可信度，只能坑蒙那些无知的人。胡三一定是识破了其中的诡计，才不愿继续往来的。

胡先生说："上次来无锡的时候，自己曾到过千岁坊和布衣巷，看到了一座独栋小楼，东西屋檐各镶嵌着一块飞凤瓦，那正是家父描述的家。心里有些小激动。家父以为瓦檐飞凤，让他飞黄腾达的，没想到远走高飞，从此别去不再归。当时那已划归拆迁地块，现在连一点印记也找不到了。"

夏柳听着他动情地叙说，不时发出啧啧的惋惜声。胡先生越说越滔滔不绝，从家父去台的遭遇，到对故乡的牵挂，从兄弟的无情无义，到自己的良苦用心，无不触及伤感。他完全忘记了自己的使命，冷落一旁的苏美显然有些不高兴。

夏柳看到苏美不悦的表情，突然感到自己这一杠子插得不是时候，赶忙劝胡先生陪好苏美，等有空了，坐下来好好絮叨絮叨。

苏美礼貌性地拉着夏柳，说是要么帮她一起选东西，要么让她先办事，一会儿一起吃饭。夏柳说她约了同事一起办事的，说着便挥了挥手走开。她善意地又说了谎，算是找个借口离开。

苏美立马挂起脸来，任凭胡先生怎么安抚，就是杵立在那儿，噘着嘴、皱着眉，鼻孔朝天。"咋的啦？我的姑奶奶。这不是跟你同学说几句话么，咋还吃醋呢？"胡先生不知所云地问着。

"你以为你是宝呢？谁会稀罕你？值得吃醋的吗？太高估自己吧！"

"那是为什么？生气得有理由的哇。难道是房契和地窖八宝箱吗？我又没见过，只是说说，只是猜想兄弟不认的原因，仅此而已。"

"那我问你，今天的任务是什么？逛来逛去，到现在什么也没买成，还结什么婚哟？"

"哎哟喂，我的姑奶奶，看你见到同学蛮开心的，怎么屁股一扭，就来气呢？"

苏美一甩手，欲离开商场，胡先生怎么劝、怎么拉也不行，嘴里嘟哝着，短腿扒拉着跟着后面。苏美走多快，胡先生跟多快，苏美慢下来，胡先生也慢下来，苏美停下来，胡先生也站着不动。两个人像是受到别人欺负似的，喘着粗气，翘着嘴巴，下唇肥厚倒垂着能挂油瓶。苏美怕遇见熟人，不想让胡先生跟得这么紧，便嚷着别跟着我，别在这儿丢人现眼。旁边的商家服务员和顾客，全然顾不上自己的事，目光齐刷刷地扫视着他们俩，一时像万千只探照灯直射在脸上，苏美似乎用手遮挡着，眼睛眨巴得睁不开，脸被灼得通红发热。

女人心真是六月天，说变就变，比川剧变脸还快。胡先生心里嘀咕着，却不敢出大气。苏美出了商场，拦了出租车，丢下胡先生，自己打车离开。而胡先生像丢了魂似的不知所措，只得自讨没趣地在大街上溜达。

好几天里，胡先生使尽办法讨苏美欢心，可苏美就是冷漠对待。胡先生哪里猜得透苏美的心思？房契和八宝箱固然重要，但眼下不是生气的根本原因，真让苏美气恼的是，相处这么长时间，一直把这么重要的事情对她隐瞒着，一字没透露过，这分明是从心里没把她当自己人，潜意识中不是真爱。他对夏柳示好侃侃而谈，虽说出乎意料，可她也没什么醋意，即便是眉来眼去她也不计较。她了解夏柳的为人和素养，只是谈及胡家的事，他却特别有兴致，这在她面前可从来没有过。这在苏美看来，平日里沉默少言的胡宗翰，却在她的同学面前表现出判若两人的另一面。这不得不让她怀疑他的内心隐藏着许多事情。虽说苏美不计较他的过去，也不过问他的工作生活状况，可一旦跟他结婚，就相当于把自己捆绑在他的厢房里，做人家把玩的金丝鸟。可不取得结婚资格，不明媒正娶，相当于不清不白地厮混，那真成了别人指指点点的姘头了。苏美怎么想，怎么不甘心，只是不知怎么进、怎么退，可就这样荡来荡去，也不是办法。自己的青春耗枯了，还有什么资本让人爱？到头来，吃亏的还是自己。

此时的胡先生保持着极大的耐心，好话说尽，各种解释试探，也没能让苏美软下来。苏美既不解释，也不申辩，嘴上没表示，心底里倒是让了几分。这对胡先生来说，显得有点不公平。本来采购婚礼物品是件开心的事，他鞍前马后地跟随，小心翼翼地呵护，痛痛快快地付款，唯恐哪个环节出了偏差，闹得喜进悲出。可情况如同自己最坏的预设一样，为了几句闲聊，且只是礼节性的闲聊，却能翻脸不认人，关键是他连自己错在哪儿都不知道，实在是一件悲催的事。对苏美而言，莫名其妙地生气，情绪变化无常，自己虽觉得过分，可就是不肯认输。人家热脸贴着冷屁股，好言相劝，耐心解释，总得给个面子台阶吧，可却又不肯松口，不知是何等居心。其实，苏美这样的“作”虽是过分了点，可倒也达到了自己的目的。胡先生的耐心解释，相当于把他人生经历全盘交代清楚，且彻底摸清了对她的真实感情。这对苏美很重要。她需要知道这个

即将同床共枕的人，究竟心里装着什么。她这样做也是想让他屈就于她，从此能够俯首帖耳，让自己有当家做主的感觉。

39

一连几天，胡先生郁闷不已，苏美爱搭不理，两人进入冷战状态。可这样僵持着总不是办法，解铃还须系铃人。胡先生决定找夏柳劝和。

胡先生来到千岁坊社区，一眼看到了夏柳正在埋头做事，一时不好意思惊扰，便在接待区的座椅上静静地坐等着。直到夏柳发现有人一声不吭地坐在那儿，仔细瞧去，才认出是胡宗翰。

夏柳用手势向他示意着说：“胡先生，是找我吗？”

胡先生点了点头，向夏柳的接待窗口走来。

夏柳问：“婚礼准备得怎么样啦？要不要我帮忙？”

胡先生说：“还在准备着，不好意思麻烦你们的。”

夏柳说：“哪里话？不用客气的，说起来你还是区内台胞呢，应该的。”

胡先生说：“什么台胞台商？就是个生意人呗。”

夏柳说：“那你找我，一定是为……”夏柳以为胡宗翰找她，一定是那天约定要跟胡三见面认亲的。可胡先生马上打断她，说：“我现在求你帮忙一件事，帮我劝劝苏美小姐。”

夏柳问：“怎么啦？那天不是很开心么。咋又冒出哪一出呢？”

胡先生说：“你夏小姐跟她是同学，不知了解不了解她是什么样的人？脾气怪得很哪。翻脸比翻书还快。那天你一走，我们也不欢而散了，到现在还生着气呢。你说说，结婚本来是喜事，可总是这样耍脾气，那多让人闹心哪。”

夏柳疑惑地看着胡先生，说：“怎么会这样呢？小时候也没有看到她这样耍性子的。是不是你哪儿得罪了她？”

胡先生说：“哪敢啊！在她面前都小心谨慎得很的。说我有事隐瞒着她，处处防范着她，跟别人却不一样。可平时她又不问我的事的。”

夏柳大概听懂了里面的情况，便问：“看来平时你对她关心不够，或者说爱得不深吧？”

胡先生说："哪里啊？她说我是榴梿。你知道榴梿是什么意思？一般人闻起来觉得臭，可吃起来别有风味，外形长得跟碌碡似的，可内瓤却柔和甜美。这个比方应该是对我的肯定啊！我很珍视这份感情的。"

胡先生说这话的时候，有点动情，他的确是百般无奈，才求夏柳帮忙的。

胡先生的确渴望一份爱情。他如实向夏柳透露自己的婚史。他说他长期在内地为生计和事业奔波，那段没有子女的婚姻早已名存实亡。他的海外身份和斯文外表，曾让自己放纵过，可现在改邪归正了，自从认识苏美，他已远离那种声色犬马的生活，专心地去呵护这份爱。

正如胡先生所说，当初跟随朋友来内地发展的时候，他只知埋头挣钱，没有自己的社交圈、娱乐圈，直到短信里认识一个女孩开始，他就有些心猿意马、五迷三道了。他在一个偶然的情况下，收到一则女孩短信。相互发送信息问候之后，他有了约女孩见面的冲动。起初女孩半推半就，他以为认识了一个纯情姑娘，便把自己的身份告诉了对方，不承想女孩主动起来。她约请他唱歌，他按照女孩提供的地址开车四十公里，赶到郊外的一处歌厅。女孩个子不高，微胖，一副娃娃脸，虽不漂亮，倒显得可爱。女孩殷勤地给他倒茶、点歌、调麦。初次见面，他本来带着戒备心理，经女孩这么一热情，他的戒备防线开始崩塌。几个来回单唱、对唱、伴舞之后，女孩提出喝酒助兴。他本来是不喝酒的，对酒精过敏，可经不起苦劝，还是端起杯子交盅换盏，直到喝得酩酊大醉，趴在卡座上睡着。已近深夜时分，他被服务生唤醒。服务生催说打烊了，让他加紧买单。他一看账单，一下子惊醒过来。一万三千五百元，列出的清单一清二楚。可那些洋酒的牌子，连他自己都不认识，价格却是不菲。他问服务生女孩在哪儿？服务生告诉他，人早就走了。他打电话联系女孩，对方手机关机。他讨价还价，服务生客气地说，他的权限可以去了零头。他说身上没有这么多现金，问可不可以先付一部分，回去后再送过来。服务员说不行，只能让人带过来。服务员说信用卡可以刷。他说没带信用卡。其实他信用卡是带着的，只是他没有信用卡消费的习惯，况且他不想用信用卡在这酒绿灯红的地方显示出来。他点了点身上的现钞，说就只能这么多，多余的没有。服务员跟他理论，不给齐了，不能走人。他以为人是拦不住的，正要出门时，迎面几个大汉像门神一样，杵在跟前。他心里一惊退却回来。几个大汉三五下推搡，让他服服帖帖地取出信用卡，把钱刷了。这是他初涉风花雪月场走的一回麦城，从此让他在情场上多了报复心理。他学会了逢场作戏，他不相信男女之间有忠贞爱情。直到遇到苏美，他才觉得应该好好地珍惜一份感情，好好地跟相爱的人陪伴一生。他对苏美的钟情，倒不是因为苏美有多大魅力，他接触过无数风月场上的靓女，唯独苏美的忧愁美让他留下深刻印象，更为重要的是，苏美是无锡人，生在清名桥旁的千岁坊，这让他有着天然的亲切感，于是他有了对家庭的向往。他喜欢苏美，苏美喜欢他，两种喜欢虽不在一个层面上，一个是精神的，一个是物质的，但总算交合在一起，有了结婚的意愿。特别是对胡先生来说，年纪越来越大，已经有了归巢的心思，需要找个稳定安逸的港湾停泊下来。

夏柳对胡先生说："你真不容易，到这个岁数，应该找个归宿了。你放心，我来劝劝她。"

夏柳给苏美发微信，没回。夏柳打电话，苏美接了。

夏柳问，在忙什么？婚礼筹办到什么程度？

苏美说，不忙什么，无聊发呆看天空。结婚没啥好筹备的，就是一张纸的事。

夏柳觉得他们之间的事，也不是电话里一两句话说得清楚的，于是她约苏美出来，晚上一起坐坐。夏柳说，既然你闲得屁股胀痒，那晚上一起聚聚，请教你恋爱的秘籍呢。苏美爽快地答应，两人商量了碰头地点。双方都明示，不带其他人。

苏美并不像想象的那样喜怒无常、垂头丧气，一张怨妇脸，对着夏柳，她显得乐滋滋的，周身散发着幸福因子。

夏柳在苏美面前，一改同事客户那样的热情，她不把苏美当外人，跟她说话直来直去，夹枪带棒的。苏美也习惯了她的居高临下，互相撑嘴、互相埋怨也不生气。

夏柳看她喜乐的样子，一下子来气了，便劈头盖脸地骂她，弄得苏美猝不及防。夏柳说："跟你家胡先生生气，是不是咸盐当成醋了？都奔着结婚去了，还这么无病呻吟，小题大做，这不是自寻烦恼么。你看你，一笑眼纹上的粉底都快脱落了，还没事找事地跟人家过意不去。不知你是怎么想的？"

苏美说："你啥都知道了？这个胡宗翰，看上去像谦谦君子似的，原来肚子里也不能撑船啊。我生气是他对我从不说实话，也无话可说，见到外人倒很活泛。已经多少次了，闷在肚子里好久没爆发，这次没憋住，总算释放出来了。”

夏柳说：“你要学会了解男人，特别是有人生阅历的男人，大多表现得老成世故。他们遇到感兴趣的话题，会敞开心扉，口若悬河，遇到话不投机的人，自然无话可聊了。成熟男人或者说成功男人，之所以成熟或成功，都有一种异乎寻常的神秘感，不会让人一眼看破的。他们身上披着铠甲，把自己装甲化，一来保持神秘，二来自我保护，不会遭别人碾轧。”

苏美说：“你倒是挺了解男人的嘛。”

夏柳说：“我是学什么的？干什么的？不能学以致用，不能察言观色，那不是白读几年书了。当然，读书不是为了观人识人，现实社会需要这个能力。我之所以不谈恋爱，就是看到了太多的失败婚姻，让我对待婚姻较为慎重。婚姻如同处世一般，不能想着按自己的节奏来生活，若是强行追赶对方的步伐，或是特意放慢脚步迁就对方，这种婚姻状况是危险的。”

苏美说：“虽然他对我挺好，要吃有吃，要穿有穿，可心里总觉得欠点什么。特别是当别人带着异样的眼光看着我们时，总不是滋味。我对别人没有渴求，只要是真爱，就心甘情愿，才不管什么‘鲜花插在牛粪上’，那是狗屁！”

夏柳笑笑说：“没有鲜花永远保鲜。鲜花插在牛粪上，其实是对男人不公的，牛粪滋养了鲜花，保持着艳丽。让女人越来越美不也靠养分吗。牛粪是个好东西，它能长出芬芳的鲜花，能长出洁白的蘑菇，可人们却把它当作废物，看不到它的特别功效。事实说明，牛粪等污秽之物都是有价值的，你可以鄙视它、疏远它，却不能离开它。不分青红皂白地把女人当鲜花，把男人当牛粪，委屈了多少纯情男女。”

苏美被夏柳的一套歪理逗乐了，她指着桌上的点心，捂着嘴不敢出声。夏柳克制住自己的笑，装出一本正经的样子继续说道，牛粪不是垃圾，能称得上牛粪的都是品质男，那种好逸恶劳的人，即便有着俊朗的皮囊，那才是垃圾。真正的垃圾人，才会人嫌狗不待见的。再说什么鲜花？你可不能把自己当鲜花，至少不能算是梅花。梅花香自苦寒来，你可没经受过苦寒，你长在温室里，发不出香来，就不应计较牛粪了。

苏美说：“咱有自知之明，不配梅花级别，充其量就是野菊花，任人摘，任人踩，不然也不会屈就于他了。”

夏柳说：“也别得了便宜卖着乖，怎么着也符合你的择偶条件，嫁个阔佬，吃穿不愁。你不能总拿捏着人家什么短，弄得自己心里不爽。”

苏美说：“我也想开了，哪个耗子不偷油，之前犯的那些事，不跟他计较了。咱也没啥资本要求人家，谁让咱生在穷人家呢。傍上了一个可以随便花钱的，吃喝倒是不愁了，可自由感也失去了。”

接着，苏美把脸贴到夏柳耳边，悄悄地说：“别看他谦逊温和的样子，劲头可足了，年纪这么大了，跟虐待狂似的，恨不得把前世积蓄的精力全部发泄出来，弄得我又想又怕。”

苏美向夏柳透露个人隐私，令夏柳一点也不意外。苏美没有知心的朋友，只要夏柳循循善诱，基本上能摸出苏美的本真来。夏柳没有情感体验，却渴望着别人分享体验，苏美的人生经历，正是她认识男女情爱的教科书。

夏柳本想责怪她说得太露骨，可又觉得她把私房话掏出来告诉自己，是把自己当成知己，不该扫了她的兴，更不应嘲讽人家。她若有所思地说：“科学已经证明，毛发稀少的人性欲旺盛，人家秃顶了，难怪精力不减。更何况单身那么长时间了，你算是给他弥补失去的岁月了。”说着说着，自己把脸捂起来，咯咯地笑，面部一下子像红透的西红柿。

苏美也笑得向后仰去，脸上露出妩媚可爱的表情。这种妩媚虽说不上美丽，却不令人讨厌。只是给人有点做作、不太真实的感觉，仔细观察，里面透着淡淡的忧伤，又透着古怪的脾气。难怪，夏柳在她笑嘻嘻的表情里，看到了两道冷飕飕的光线从眼睛里投射出来，评说她笑得不真诚，皮笑肉不笑，肉笑心不笑。笑的细胞，因为长期的压抑遭到摧毁。那种与生俱来的欢快，恐怕再也修复不起来了。

两个人很快恢复到常态。

夏柳感叹说：“其实我们的许多烦恼都是自找的。本来自己不完美，为什么还要苛求别人完美呢？说到底，是我们身上有太多的自私和自负，缺少对不完美的包容和耐心。人永远不会满足自我，生活过于平淡时，一定会觉得缺少激情；生活遇到烦恼时，一定会觉得苦闷闹心；生活带来兴奋时，又觉得过于刺激。人，究竟活成什么样的状态，才是完美呢？”

苏美还没跳出刚才的话题思维，抢过话头说：“还是让它有兴奋好，兴奋之后再怎么苦闷都成。听你一席话，心情爽朗多了。日子是靠自己过的。”

夏柳说：“母亲经常提醒自己，妻贤夫祸少。咱们这一代女性，很难达到贤妻标准，不过做个不无事生非的太太，怕是老公都会当心肝捧在手上的。好好珍惜吧。”

经过一番开导，夏柳相信苏美不再会无端地没事找事“作”了，至少一段时间内会冷静地对待感情问题。不过，夏柳清醒地感觉到，他们的婚姻关系还有一段路要走，一旦中途闹出纠葛，都可能会导致脆弱的感情破裂。

夏柳问苏美：“你们怎么不领证就结婚呢?”苏美说：“听人说跟境外人结婚，要到省里的机构去办，程序很复杂，这就搁下了。”“那他拿什么来保障你们的婚姻?”“当然要让他拿出硬货来啊，海誓山盟的承诺算什么？嘴里冒唾沫口水，能养人吗，我才不傻呢。现在倒是每月交出上万的生活费，让我当零花钱，刚刚买了一处中套房产，算是给我的彩礼。反正都这样了，过一天算一天，还能咋的?”夏柳觉得有点草率，可苏美觉得这样挺好，知足了。

此时，尽管法理上没有完成必要的程序，苏美和胡先生已经认定是夫妻关系了。胡先生是台胞，苏美与他结婚，是涉外婚姻，而涉外婚姻流程和登记权限，只在省内专门的机构，或在台方机构。苏美并没有意识到其复杂性，口口声声说只是一张纸，忽视了它的权威价值。胡先生对办理结婚登记并不积极，他有自己的如意算盘，他没有能力处理那个名存实亡的婚姻关系，他曾努力解除掉，可那剪不断理还乱的纠缠，让他只有心灰意冷的决绝，而没有果断切割的勇气。苏美之所以感到他总是欠那么点男人味，其实就是他的优柔寡断、畏首畏尾的性格。这种在婚状况，夏柳并没去打听，苏美也不在乎。既然苏美不在乎，胡先生又何必节外生枝自找麻烦呢？一本结婚证未必能保全婚姻的完美，既然婚姻流程复杂，那不如省却这样的麻烦，这是胡先生内心求之不得的。不过，他承诺不会亏待苏美，他为她提供了一份保障，他把自己买下的房产，计划落在苏美的名下。这也是苏美心里坦然的主要因素。

夏柳是抱着“宁拆一座庙，不坏一桩婚”的心态劝和的，与苏美的几番交流之后，她发现苏美变得成熟了，懂得算计了，不再是缺脑无心、神经大条的女孩，只是担心这样的精明用在婚姻上，怕是容易生出事端来。夏柳虽说没有多少人生阅历，也没有苏美那种生活体验，可她对人性的洞察似乎更为深刻，这也是她读书所达到的境界。她在祝福苏美的同时，提醒苏美豁达地对待身边每一个人。

夏柳心里不踏实的是，苏美在对待胡三大爷关系问题上，要表现得宽容大度。她提醒苏美，胡宗翰是胡宗翰，胡宗义是胡宗义，虽说是兄弟，可不是一个妈，彼此出生在不同的地方，不同的年代，没有必然联系，没有利益关系，他们不会如失散多年的骨肉一样，抱头痛哭，相见恨晚。冤家宜解不宜结。更何况你家跟胡三家没有什么深仇大恨，只是个人成见而已，要说有问题，那也是你家的问题，人家的“公厕”你家占了，还得让人家闭嘴，哪有这样的事。这些陈年旧账，过去就过去了，不要再翻了。胡宗翰要见胡宗义，不要求你支持他，至少你不反对他就行。

苏美摇着夏柳的身子说：“知道了，不用再婆婆妈妈了。我一定支持他，如果找到八宝箱，拿着地契分到家产，我高兴还来不及呢！”

夏柳一把推开她说：“真是一肚子的歪歪肠子。”她用手指戳着苏美的脑袋说：“用脑子想想，什么年代了，拿着民国的地契来要房子，怎么没把死人唤醒来要房子呢？什么八宝箱？听说不少人有藏宝图，可以到深山老林里去寻宝呢？怎么没看到有人找到宝贝的？真在做梦。”

苏美听夏柳这么一分析，便长叹一口气。

“不要当真，就当笑话听吧！”夏柳对着苏美中肯地说着。苏美点了点头。

40

胡宗翰认识苏美，既是他挂念清名桥千岁坊的意外回报，也等于通过苏美，对千岁坊增进了双重的感情。

如今的千岁坊，已经融入包括清名桥在内的古运河文化街区，他再也找不到数十年前暗访中的模样了。如果说，那时怀揣着某个动机，潜入到千岁坊来寻亲，而今则是想在此处安放心灵了。自从被同父异母兄拒绝之后，他再也没有心情认亲了。可在眼下，不是他不想面对的问题，却是必须要面对的问题。他快成了千岁坊一员，成了兄弟胡三的街坊邻居，兄弟不仁，自己不能不义，毕竟父亲留下的孽债，他答应过父亲临终的心愿。父亲唯一放不下的是胡三，前面胡大、胡二离开得早，没能指望上，只有寄希望于他来完成。他带着使命，跟胡三认亲，苏美又给了机缘，现在是天赐良机、水到渠成，最后再不努力一下，将无法向九泉之下的老父交代。

可怎么跟胡三对接呢？胡先生曾冒失地打听到他家的门牌号码，他也曾悄悄地跟踪过他，胡三的模样已经印刻在他的脑子里。胡三虽长得不像父亲那样矮小粗壮，脸庞也不及父亲那样轮廓分明，可眼神和眉宇间透着的英气，能够看出父亲的影子，尤其走路挺拔有力的样子，倒像是从父亲身上剥下来的。他已经认定这个人一定是父亲留下的种。这么多年下来了，胡三已经七十出头了，不知健康状况如何，面对着突如其来的兄弟相见，他会是什么心情，激动？惊疑？平静？痛恨？胡宗翰觉得应该找一个更为平和的方式，跟他接触，防止受到刺激而引起身体的不适，导致不好的后果。

胡宗翰想到了通过熟人引荐跟胡三见面。千岁坊熟悉的人是夏柳，可联系夏柳必须征得苏美同意。那次偶遇夏柳，苏美疑神疑鬼、争风吃醋的冷暴力，让他至今想来头皮就发麻。可他听说苏家跟胡家关系不好，怕又引起苏美的歇斯底里。他想到了台商组织，继而想到了台胞机构。他当年经商做生意，兴办企业的时候，所在地的台办机构热情周到的服务，给他留下了深刻的印象。涉及个人事务，想必也会帮助的。

果然，当他找到台办，出示各类身份证明之后，工作人员马上联系了千岁坊，查寻到胡宗义的相关情况。

那天，夏柳打电话约了胡三，说是上级机关找他了解一些情况，让他按时到社区来一下。

台办工作人员是个女的，四十来岁，见到胡三后，开门见山地把胡三的简历说了一遍。胡三没有想到，有人对他的情况如此了如指掌，莫非自己有份特殊的档案被人掌握着？他眨巴着眼睛看来者，好奇地问："都快连自己叫什么都忘了，还有人知道我是谁，我从哪里来，真想不到。就是不知道，掌握我的情况，还有什么意义？"

工作人员自报家门，说自己是吃这碗饭的，台胞、台属、台眷的情况总得摸得八九不离十的，这也是便于有针对性地服务嘛。

胡三缩了缩脖子，眼球骨碌一转，露出不屑的神情说，什么台属台眷啊？从来没沾过光，只是戴着这个名头吃过苦头。他说，自己从来没看到过父亲，也不知道父亲啥模样。从小受人白眼，吃糠咽菜，读书识字靠母亲手把手教，是母亲含辛茹苦地拉扯大。现在一把年纪了，再提这个没意义。

工作人员说："今天找你来，是想告诉你一个好消息。你有台湾兄弟想看看你。”

胡三先是一怔，后又想起来什么，说：“听说有兄弟在内地发展，没有相认过。”

工作人员说：“我们只是先通知你一下，让你有个思想准备。担心猛一见面，激动起来不能自持，搞坏了身子。”

胡三说：“嘿，都老骨头了，有啥激动的。见了面又能咋样？还不知他们带着什么动机回千岁坊呢？”

静候在一旁的夏柳接过话茬儿，说：“胡家人回到大陆看看你，能有什么动机？难不成你有万贯家财？还是你独吞了胡氏家产，他们要来继承分割？”

提到胡氏家业，胡三一下子有点激动，嗓门调高了八度，高亢地说：“我倒是希望有座金山银山的，那是在做梦的时候看到过。即使眼前有金银细软什么的，我也不稀罕了。世上的宝物多的是，生不带来，死不带去，还是死了这条心吧！”

夏柳说：“你就不想到他会投靠你吗？现在我们的生活不比他们差。”

胡三骄傲地扬起他那瓢状的脑袋，说：“这说不好，英雄也有穷途末路的时候，秦琼要卖马、杨志要卖刀，多少好汉不都逼上梁山吗？当年他们溃败逃离，想必日子不会好到哪里去。这叫什么？贫贱富贵轮流转，三十年河东，三十年河西。”

夏柳用话激将他，你是见还是不见？给个痛快话。这位领导专门为你跑一趟，就等你的态度。

胡三说：“有句话这么说，相见不如怀念。有时怀念还真是幸福的事。只是见了面，遇到对眼的，能有好感，遇到不投机的，那多失落。既然找上门来了，能做什么？说什么？你得给个指示。”

工作人员说：“既然有着血缘关系，人又找上门来，总不能拒绝吧？更何况只是认亲而已，说不定对你有所帮助呢。”

胡三说：“听人劝，吃饱饭。我不是拒绝的意思，只是不知道说什么？做什么？给个明示。”

工作人员说：“你们之间不是公事公办，是家务事。你胡老肚子里千古文章，还怕没话可说吗，这个教不了你。”

胡三以为政府会交给他任务的，担心这个任务完成不好，内心里也抵触接受这样的任务，因此话中之意是能推则推，不找麻烦。听了台办工作人员的解释，他才明白了人家的良苦用心。便爽快地答应见面，表示有什么情况，再向他们汇报。

胡三走后，工作人员跟夏柳交代了他们见面的有关细节。考虑到胡三年老体衰，也兼顾到胡宗翰对千岁坊的情结，他们把两人的见面放在社区会议室。

那天，夏柳把会议室布置得非常温馨，四面飘挂着彩色气球，显示屏上打出“欢迎胡先生回乡省亲”红底字幅，桌面上摆放水蜜桃、杨梅、青团等本地水果点心。胡三进来的时候，看到这么喜庆的场景，眼睛有些潮润发红。夏柳问，这样还满意？胡三说：“你们太用心了。不就是见个面吗，没必要搞得这么隆重。”夏柳说：“这不仅代表你的心意，也代表咱们千岁坊街坊居民的心意。来了就是客，要让客人看到咱们的热情。”

胡宗翰似乎是经过了一番打扮来省亲的。天气仍处在高温状态，他却是穿着白短袖衬衫扎着领带，一副西装革履的打扮。显然，胡先生特别看重这次见面。这也契合了社区的布置安排。

胡先生走进社区，由夏柳引荐，先是介绍钟书记、章阿姨，还介绍了两三位与胡三年龄相仿的大爷大妈。这些大爷大妈算是胡三的老街坊，从小与胡三一起长大，算是祖祖辈辈在千岁坊生根落地的种子。请他们参加，是章阿姨的主意，意思是有老邻居在场，可以重叙旧情，热络气氛，也让他们见证胡氏兄弟相认的动情场景。胡先生遵着介绍，躬着身一一递上名片，嘴里不停地说着客套话，虽声音有些凄切，但情绪还算镇定，表达还算流畅，看不出百感交集的样子。当最后介绍胡三时，钟书记说：“他就是胡宗义，你要找的兄弟。”胡先生凝神注视着胡三，胡三木然地看着胡先生，胡先生双手上前抓住胡三的手，胡三自然而然地把手伸过去，两人眼睛对望着，嘴唇开始颤抖起来，接着双手紧握一起，胳膊也有些抖动起来，像是触电似的，同频共振地反应在肢体上。此时，似乎室内空气变得凝固了，大家看着胡氏二人，好像屏住呼吸，张开耳朵，生怕漏掉二人挤出的话。钟书记看到有些冷场，吩咐大家坐下来慢慢聊。

章阿姨快人快语，先是打破僵局。说：“这才像是失散几十年的兄弟，个子一样高，脸盘一样大，头发一样少。”两人对峙着，活脱脱地是自己的底照，胡宗翰是胡三的中年版，胡三是胡宗翰的老年版，两人是跨越时空的连体人，不仅外形相似，就是举止、神态、气质，皆差别无二。胡宗翰温文尔雅，胡宗义一改清高自傲的派头，也显出少有的斯文。同父不同母，能有如此的相似度，恐怕世上不多见，可见当年胡将军是多么雄健。在场的人一同发出这样的感叹，太像了，太像了，不用做基因检测，想赖都赖不掉。

大家的感叹和议论，让胡三舒了口气，也让胡先生放松了心情。其中的老街坊大爷说，胡三从小无亲无眷，活得是个谜，那时谁家没有三五个娃儿，只有他是一个人。别人欺负说他是石头缝里蹦出来的。他也不急不恼，回击人家说，石头里蹦出来的是精品，你们茅草堆里爬出来的是废品。搞些只有家长才听得懂的刻毒的荤话。从小猴精猴精的，人小鬼主意多，跟孙悟空似的，别人跟他斗，他从来不吃亏。现在好了，虽说老了斗不动了，可多了兄弟帮助了。上阵父子兵，打仗亲兄弟。没人敢得罪的。

胡三不自然地冲着胡宗翰笑笑，胡宗翰冲着说话的街坊大爷点着头。

老钟书记说："咱们言归正传。首先，我代表全体居民欢迎胡先生来千岁坊社区做客，欢迎胡先生回归故里省亲。"老钟简单介绍了千岁坊在清名桥古街区的地位和价值，介绍了千岁坊几十年来的历史风貌变化，介绍了胡宗义老人在千岁坊社区生活状况。老钟说是简单介绍，其实并不简单，洋洋洒洒、拖泥带水占了十多分钟，没有回到正题，弄得好像开交流研讨会似的。在场的人有些坐不住了，胡三和胡宗翰也开始交头接耳起来，夏柳在一旁连着几声咳嗽，也没能把他从累赘的介绍中召唤出来。还是章阿姨打开嗓门说："他们自己会介绍的，多给他们聊的时间吧。"这才让老钟刹车，连忙说："胡先生还是做个自我介绍吧！"

胡宗翰起身向大家鞠躬，谦卑地说："在下胡宗翰，台北出生，今年五十二，曾就读于加州大学洛杉矶分校，本来在美国有很好的工作和生活，受家父之托，一面回国发展，一面寻根问祖，现今在昆山合伙创业也有二十余年。这次在相关部门的关心帮助下，总算回乡认亲了。感谢各位乡贤不弃，胡某有生之年，能与家兄相认，实在是感激不尽了。谢谢了！谢谢了！"

章阿姨向老钟咬了咬耳朵，老钟这次算是心领神会了，便看看周围的一排人，扬了扬手说："现在给你们接上头了，多给他们兄弟时间好好聊聊，需要我们服务的尽管吩咐。"接着，转身看了看一旁的夏柳，说："小夏负责安排好，给他们空间，让他们好好叙叙。"

大家纷纷打着招呼退场，对着胡三说，好好款待兄弟。

社区里的工作人员几乎都知道胡三有海外关系。二十世纪八十年代，胡三曾接二连三收到书信，并被邀请去香港跟父亲会面，可胡三死活不承认有这档关系。胡三不是不知道自己父亲去了台湾，母亲在世时没少提及父亲的情况，只是在那个敏感的年代，唯恐避之不及。黄泥巴蹭在裤脚上，生怕被当成屎，谁还敢把屎盆往自己身上扣？当有人逼他承认自己是狗崽子的时候，他自我作践诡辩说，狗崽子不假，他是母亲遭野狗玷辱所生的野种，从而保住了母亲和他没被挨整。他宁可把自己埋汰得不是人养的，也不接受父亲是国军的现实。他知道一旦戴上反动派的帽子，以后想摘都摘不掉。宁肯自己失去荣华富贵的机会，也不能承认有这样的父亲。当有人劝说他接受香港会面认亲的事时，他嘴上拒绝，可心里却有动摇，他想的不是骨肉团聚的心愿，而是想着趁机逃离现实生活。艰辛贫苦倒是其次，屈辱压抑有失尊严的日子，才是他难以承受的痛苦。可在这节骨眼上，孱弱的母亲突然病重，她离不开他的照料，他也不愿在母亲最需要的时候离开，他只有遗憾地放弃相认的机会，也放弃了唯一可行的一去不复返的盘算。天长日久，他的脑子里已经没有了这层关系，自己习惯了鳏夫生活。

会议室里，只剩下胡宗翰和胡宗义二人，他们各自沉默着，不知道怎么开口表达。

胡宗翰有点哽咽，从牙缝里硬挤出几句话来："二十年前，我曾经来找过你，联络的人告诉说，你不想见面，不承认自己有海外关系。然后就放弃了联系。"

胡宗义说："虽说开放了这么多年，也听说有老兵回来探亲的，可心里还是担心惹上事。何况年纪大了，亲不亲的，没有感觉。"

"当年回来找你，是受父亲之托。那是父亲弥留之际，我对他的承诺。父亲一直挂念着你和伯母，他说那是他的真爱，却因为战争割舍了。父亲说，一定要把他对你们的爱带到。他漂泊在外，始终带着他的那张八宝图，那份情感只得以财富作为补偿。这么多年下来，城市日新月异地变化，怕是八宝图也成一张废纸了。"

胡宗翰不紧不慢地叙说着，胡三若无其事地倾听着，两人没有引起共鸣的反应。胡三似乎对什么也产生不了兴趣，就是眼前放着一堆金山银山，恐怕也撼动不了他的心。这大概因为年纪大了，反应有点迟钝，情绪有些麻木，也许有意表现出平淡，端着读书人的样子，宠辱不惊，视万物为无物。反正，在这个场合，胡宗翰动情地说起父亲留给他的遗产，没能让他有所反应，哪怕是眼睛突然睁大，或是眼皮抬起看看。没有！

胡宗义问胡宗翰，父亲哪里人？父亲生平干过什么？现在家里还有哪些人？

胡宗翰一一做了回答。胡宗义知道父亲是什么样的人，知道父亲的原配夫人生育了胡大和胡二，一个从军、一个经商。从军的胡大在南撤的时候被炸死，经商的胡二在前往南洋的海轮上失踪。这些都是母亲在他小的时候给他念叨的。他问胡宗翰，不仅仅是求证父亲的真实身份，其中也有核实这位兄弟身份的意图。这年头，各种保健品短信、投资理财电话、有奖销售培训等，变着花样地哄骗老年人，胡三见识这样的事情多了去了，没有哪种诈骗逃得出他的法眼。他成了社区授予的“老年人防欺诈义务宣传员”。胡宗翰在他眼前冒出，自然要验明正身。所以，胡宗翰的那套遗产的说辞，自然不会打动他，反而揭起了他的老伤，某种程度上提醒了他，让他多加了一层防范保险。那个时候，社会上不时冒出这样的骗子。胡三曾是受害者之一。一外地农村妇女，自称丈夫等一行人在施工时挖掘了一个瓦罐，里面全是袁大头，丈夫偷偷地拿了一些，私下塞给她，让她加紧变换成钱，妇女找到胡三门下，好说歹说，终于让他动了心，讨价还价自以为占了便宜买了下来。几天之后，胡三有些不放心，便拿出来左端详右细瞧，越看越感到有问题。那堆银圆，撞击声音过于清脆，手掂分量过于沉重，用牙咬咬不动，品相像是人为做旧，结果用铁锤一砸，才露出破绽，原来是什么合金材料做的。胡三为此痛心疾首，大病了一场。他没想到，本以同情心对待可怜的人，却换来了骗局一场。最令他觉得羞愤的是，竟然待在家里被农村妇女骗了，读书人被没文化的人骗了，他感到这是他有生以来的奇耻大辱。从此，他对那些主动找上门的事，都是抱着怀疑的眼光。倒不是因为自己过分看重财物，像守财奴似的，破财消灾也算是好的，只是因为影响心情。上当受骗是伤自尊的事，聪明的人被骗人的把戏戏弄，那是令人悲愤的。

当然，胡宗翰不会想到他的兄弟会有这么大的疑心，更不知道他这样狐疑的原因。他是经过相关机构介绍来的，一不图财、二不图名，更不会索命，只是看重亲情，兄弟相认，完成父亲的临终嘱托。他跟兄弟见面本来几经周折，已经坐到了一起，还得过五关斩六将似的，接受着一次次考验和盘问，直到真正把父亲的生平和盘托出，算是对上了联络暗号。此时，胡宗义才消除了顾虑，从心理上接受了胡宗翰这个同父异母兄弟。而胡宗翰感觉被眼前的哥哥折腾得没有了情绪。

胡三说，父亲离开他们的时候，母亲坐月子，自己还在襁褓中，父母以为只是短暂的离别，没想到一别再无音信。小时候虽有埋怨，幸好母亲为人和善，总算没有受什么苦罪。两岸恢复三通的时候，母亲默念着父亲健康地活着，曾一度期盼着父亲到来。后来听说父亲杀人太多，罪恶不赦，回归的可能性极小，便放弃了对父亲的挂念。以吃斋念佛方式，摆脱思亲的萦绕，求得心灵的宽慰。在别人加强海外联系的时候，他们却断然拒绝了有关父亲以及家人的所有信息，这样做，为的是求得心安。

胡宗翰说："我跟父亲做了解释，父亲得知你们生活得正常，没有遇到什么曲折，心也平静下来。"

胡宗义说："过去生活虽过得清贫，但还算温馨，没有受到特别的冲击。现在政策环境更宽松了，两岸交流广泛了。像你这样的不少台商，在内地发展得非常好，享受着特殊公民待遇。周围的那些朋友甚至怂恿我主动找你们，我是没兴趣。我已经习惯了无牵无挂地过自己的生活，一旦有人介入，还真不适应呢。"

胡三说的是实话，台办工作人员不止一次地跟他有过沟通，告知他可以与家人相互往来，争取晚年能够享受到人伦的乐趣，也希望他在增进民间友好交流上，做点有益的事。他只是口是心非地答应，没有实质性行动。他像撒落在野地里的种子，一直自由野蛮地发芽、开花、结果，从来没有感受到繁花争艳的美妙。他又像是被人遥控的无人机，随着一波一波的操纵，情绪跟着一浪一浪地泛起，可却就是回不到属于他的地方。他已形成了固有的思维模式，不亲不疏，不离不弃，好自为之。他不需要那份施舍来的亲情，也不需要巴结得来的家人。

胡三说："既然老弟寻亲而来，为兄得尽地主之谊。无锡算得上江南历史文化名城，有许多值得走走看看的地方。"

胡宗翰说："我知道，'无锡是个好地方'。二十世纪三十年代，曹禺的话剧《雷雨》就有这个台词。民国大学问家郭沫若曾作诗'无尽藏抛却，人间世所求；太湖佳绝处，毕竟在鼋头’来赞美无锡。父亲生在锡北黄巷胡家湾，他常以自己的家乡为傲，一提到家乡的历史，如数家珍，眉飞色舞。在他眼里，无锡的民族工业发展为全国翘楚，民国初期经济总量仅次于上海和武汉，那时候，无锡就被称为‘小上海’。其实比大上海多了些许灵秀，依湖枕江，有山有水，全国这样的山水城市也不多见。崇安寺、南禅寺、惠山寺、妙光塔、龙光塔等七寺八塔都能追溯近千年的历史。”胡三的台胞兄弟像是专门备了课似的，对无锡的溢美之词熟稔于心。胡三并不知道胡宗翰长年奔走于沪宁线间，他受父亲潜移默化的熏陶，已经把无锡的山山水水镌刻在心间，把无锡老城的街巷里弄摸得门儿清。现在因于苏美的关系，他更是把无锡当成自己的家乡看待了。

胡三听着听着，越发坚信了这个兄弟不是冒牌货，觉得自己的多疑有些可笑，也觉得这样的防范有些过分，实在是对不住这份良苦用心。在他消释了这份疑心之后，似乎有许多话说，可一时又不知从哪里说起。他想跟他谈家乡，可人家对家乡的了解不比他少。跟他谈过去，他也说不出道道来，他根本就没有第一手资料，更没有亲耳聆听过父亲和母亲言传，他确实比异母弟弟知道得少。他突然脑子里闪出战争画面，可现在谈及解放战争、抗美援朝的话题，有些敏感，谈中东战争、中美关系，似乎遥不可及，话不对题。这段时间电视里的战争片看多了，满脑子里都是打仗，胡三心里陷入了内乱的状态。还是夏柳提醒说，时间不早了，已到了午餐时间。这才让胡三感到自己的肚子开始闹腾起来，想到了家乡的美食。

胡三说：“家乡的传统美食不错。我请你尝尝。就近有个穆桂英店，玉兰饼、松子糕、小馄饨、三鲜面等小吃很有名气。”

夏柳说：“本来钟书记受台办委托请胡先生用餐的，要求胡大爷一起参加。”胡三说：“这个不合适，私人的事怎么能让公家办呢？这个饭我还是请得起的。”胡宗翰说：“都算了，我还有其他安排呢，饭就不吃了。不过，过段时间，我还得来一趟，私下跟兄长聊聊家里的事。”

胡三倒是有意请兄弟吃饭，没想到兄弟以有事为由不留下用餐，这在胡三看来，不是省却了破费，而是找到了退下的台阶。胡三觉得真没熟识得彼此不分你我、相互吃请的程度，显得过度热情恰恰暴露出自己的虚伪。反正已经接上了头，今后来日方长，也就不在乎一时半会儿的客套。胡三顺着这样的想法说道：“下次到家里来做客，兄弟之间好好唠唠嗑。”

胡氏兄弟二人道别时，双方脸上都露出了轻松的表情，两人不由得相视一笑，各自觉得有种失而复得的欣慰。

41

胡三自我认知特别清晰，即使父亲多么宠爱自己，那也是隔空吹气球——看不到实在的。他只是父亲家室之外偷养的遗腹子。从传统观点来看，他是父母二人生活不检点的产物。宁可让自己是个谜一样的存在，也不愿他人对自己的身世指指戳戳。如今年龄越来越大，虽说是对自己的名誉看得越来越淡，可他一直是对别人评头品足的人，哪知扒开自己的裤衩发现屁眼比别人还脏，那是何等地羞愧？这也正是他特别避讳的地方。现如今社会变得特别宽容，赚钱是第一要务，有奶便是娘，笑贫不笑娼，谁也不在乎你靠什么挣钱、挣多少钱、钱怎么花。你的能耐、你的手段，都为争取更好的生活。胡三从自己起起落落的人生中，领悟到这种变化，只是年纪大了，对金钱的渴望没有那么强烈而已。不过，在他的骨子里，却是渗入了斤斤计较、尔虞我诈的奸商气息。当台胞兄弟透露出父亲临终托付八宝箱之说的时候，尽管不露声色，似乎与己无关，可脑子里却烙下了深深的印记。此时，他一边品茶，一边揣摩着关于八宝图的事。

胡三想，既然有八宝图要转交，想必是个藏宝图，背后是个奇特的八宝箱。那八宝箱究竟多大？装了什么？假如类似于旅行皮箱那么大，里面装的是金条和珠宝，就会有上百斤的重量，按当下黄金交易价格计算，那足足可以兑换数千万元现金。假如是梳妆盒大小的盒子，装满数十几根金条也不在话下，那也值三五百万元。既然号称八宝箱，那一定比梳妆盒大，藏品一定比梳妆盒多。即使只是梳妆盒大小的八宝箱，那也是他一辈子没见过的钱啊。可这八宝箱会藏在哪里呢？那张八宝图究竟是个什么图？假如只是局限在家中，那过去的宅院早已夷为平地，改建成住宅小区，有图也无法辨识地点。况且小区建成这么多年，从来没听说有人发现宝贝。难道没有挖掘出来？没能挖掘出来，那会是多深的洞穴。难道挖掘之后被人偷偷独吞？既然是施工工地，那也不会无人知晓，若要人不知，除非己莫为。这种行为想瞒天过海是不现实的。那会是多大的八宝箱呢？如果太小，不经意间被推土机推走，不是不可能。可那么小的八宝箱，能叫八宝箱吗？那样的八宝箱，值得绘制一份八宝图吗？一名黄埔军校生，身经百战，位高权重，这样做事情，未免有些小儿科了吧。显然，关于八宝箱之说，一定有着玄机。假如不是在宅院里面，那找到的概率可能会高些，这样的情况，只待台胞兄弟对着八宝图做出解释，才能弄清真实情况。但胡三对这样的猜测自我否定了。他从自己得到这一消息的感知，可以判断别人的心理，在财富面前，人的瞳孔会放大，贪欲会膨胀。这个兄弟带着八宝图二十多年了，不信他没动过私吞的念头，这可是一夜暴富的捷径之路。这张图除了父亲和他，没有第三人知道，如今父亲不在了，现在可以说是天知、地知、他知，一旦找到位置，就能轻松获取。这个兄弟现在把情况透露给他，要么是遇到了困难，无法独立取得，要么是良心发现，心理上不敢独享。

胡三本来只是推测着八宝箱的藏身之处，可八宝箱就像扣在他头上的金箍似的，越想它越沉重，越沉重他还越想，似乎成为他生命的一部分。他越想越觉得有意思，越想越有点激动，越想越是忐忑不安，恨不得马上揭晓藏匿了七十多年的秘密。他期待着兄弟跟他见面，解开心中的这个疑团，可焦虑地等了几天的电话，也没有消息。

那天，没到上班时间，胡三早早地来到社区服务中心。他等着夏柳，希望夏柳能帮助他联系上兄弟。等夏柳停好车，他迫不及待地迎上去，又是开门，又是招呼，心情焦躁得说话都不利索了。

夏柳问："胡大爷，这么早，是不是遇到啥急事啦？"

胡三说："倒不是急事，只是想跟你打听点事儿。"

夏柳说："看你胸前汗津津的，没急事，会这么冒汗呀？"

胡三看看自己胸前，的确潮乎乎一片，忙解释说："早上锻炼的，用劲大了，出了热汗。"

"那你要回去换衣服的，早晚还是凉的，不要感冒了。"夏柳关心着说。

"不急不急。我只打听一下事，就走人。不会耽搁多长时间的。"

"那你说，看我能不能帮你。"

胡三问夏柳："那天那个叫胡宗翰的来这儿，认我这个哥，你觉得这个人怎样？会不会是个骗子？"

夏柳说："难道你自己没感觉吗？他说的情况，能不能验证，你自己清楚啊，怎么会突然怀疑起来呢？”

胡三说：“我这头无亲无眷，咋能证明呢？我又没见过我那爹。我那个娘也没告诉我是啥情况，更何况娘也不知道爹在那儿娶妻生子啦，爹也不知道我和娘是死是活呢。只是隐隐约约有点契合。可他也没掏心窝说自己啊。”

夏柳说：“这不是说你们约见了好好聊吗？据我所知，这个胡宗翰算得上有情有义的，他在苏南工作生活了这么多年头儿，因为你拒绝认亲，他都没再干扰你的生活。现在他快成无锡女婿了，也是表明认祖归宗，来拜见你这个做哥哥的，算是有礼在先了。”接着又问：“怎么后来没来找你吗？”

胡三立马肯定地说：“没有！”

夏柳说：“那你联系啊！有个兄弟亲人，多个念想，也不会孤独的。”

胡三有点作难地说：“既然是组织介绍认识的，那还是好事做到底吧。只见了一面，心还是隔着心的。”

夏柳听得出话里的意思，胡三这是不好意思直接联系他那兄弟，而是找她帮忙联系。她看了看胡三期待的眼神，拿起手机找到电话号码拨过去。

胡三一听对方是女的接听的，以为夏柳没把他的话往心里装，埋怨地“咦咦”了几声，觉得年轻人办事不牢靠，没把别人的事当事办。当听到她在问胡宗翰的消息时，才知电话还是为他打的。只是没有直接找他兄弟而已。他听得出来，接听的人不像是兄弟的家人，如果是家人，兄弟当天应该会带来一起见面的。那是兄弟胡宗翰身边女秘书？但凡老板做大了，总少不了女秘书、女助理、女经纪人之类的。而这个女秘书看来跟小夏熟识，不然小夏不会这么自然地跟她交流。小夏说兄弟要做无锡女婿，或许接电话的人是兄弟的女友或未婚妻，小夏认识似乎更为顺理成章些。兄弟已是天命之年，竟然会在此时此地建立家庭，又是何故？胡三的脑子里尽是些剪不断理还乱的细节，这些无关大局的针头线脑般的猜想，让他又一次陷入苦恼中不能自拔。他急切地等着夏柳电话里的消息。

夏柳说，联系上了，人已出差，过一段时间会来的。

胡三失望地看着夏柳，夏柳只能跟他说，再等等，他会找你的。胡三“嗯嗯”地应了几声，拖着有点瘫软的身子回到家中，好久没有缓过劲来。

第二天，胡三告诉夏柳，说他生病了。夏柳问他，是感冒还是拉肚子？他说，不是，只是头昏脑涨，心率过速。夏柳问他要不要送医院，他说再等两天看看。夏柳以为他是受风着凉了，不会是大毛病，劝他多喝些热水，好好躺着歇息。

胡三自己明白，身子不适的感觉，不是来自身体器官的毛病，而是来自精神方面的过度焦躁。自从脑子里装着八宝箱，特别是期待着兄弟见面以后，他的情绪变得烦躁起来，一种急不可耐、惶恐不安、紧张痛苦的心情一阵阵地袭来，让他越来越心力交瘁。他清楚，只有兄弟见面，解开八宝箱之谜，他的内心才会安顿。他急切地等待着开启秘密的钥匙，好让自己尽快结束纠结，回归到正常的生活状态中来。

连续一周时间，胡三在煎熬中等待着，这种等待如同催命似的，一点一点消耗着他的元气。等待催生了烦恼和焦虑，等待真能摧毁一个人的意志，摧残一个人的健康。胡三的意志虽没摧垮，却搞得真跟病人一样病恹恹的了。

夏柳上门看望胡三时，胡三气喘吁吁地歪斜在床边，床头柜上凌乱地撒着药瓶和药片，说话有气无力，眼睛迷茫无神，看样子已是好几天没喝水进食了。

夏柳紧张地问他究竟哪儿不舒服。他摇摇头说，可能不行了。

夏柳说："前几天不是好好的吗，怎么会说病就病了呢？"

夏柳说送他到医院去，他摇摇头、摆摆手说："不去了，去了也没用。"

夏柳说："那自己服药了，还有效果吗？"

胡三说："都是那兄弟害的，是他扰乱了我的生活，折我的阳寿啊！"说着，眼角都有些潮润了。

夏柳问："兄弟见面，本来是开心的事，怎么会这样呢？"夏柳想到当时的见面情景，看到两个人交流还算自然，弄清身份后，彼此显出高兴的样子，怎么会在一段时间之后，出现这种情况。她有些糊涂了。

胡三没有应答，只是"哎"了一声。

夏柳说："那要不要让他再来看你？"她心想，兄弟见面不容易，尽量不留下遗憾。

胡三应了一声。夏柳没有明白他的意思，便靠近他身边大声问，那就让他来看看你，好吗？胡三点点头说："让他来吧，见一次少一次。"胡三的潜台词是，解铃还须系铃人。

胡宗翰接到夏柳电话后，从外地赶到千岁坊。他本想带着苏美一起看望胡三的，被苏美委婉地拒绝了。苏美说时机不成熟，更何况两家不待见，本来生着病，看到自己讨厌的人，会更添堵，不如不见的好。胡宗翰觉得苏美说的有道理，当着夏柳的面，直夸媳妇懂事，想事周全。

胡宗翰在夏柳的引荐下，拎着大包小包的保健品、小食品和水果，来到胡三家，远远看到胡三靠在沙发上，迎上前去躬身握着他的手。看到胡三气若游丝，不禁心疼起来，连声喊着“三哥、三哥”。胡三被他这么一喊，心一软，提了提神端坐起来，亲切地凝视着他。不过，胡三还得装出病恹恹的样子来，但不会像夏柳上门探望时那样歪歪叽叽地痛苦呻吟着，总得拿出点精气神来，应付兄弟胡宗翰，他们之间要有重要的事情交流，万一只是交流时激动神气，那会被看出装病的企图，显然太露骨了。毕竟因为重要的事情，弄得浑身无力，气息浑浊，虽说不是病，也是病的前兆，不是碍事的大病，至少也是影响身心的小病。夏柳简单地帮胡三收拾一下客厅，帮他们烧了一壶水，便说自己先告退，让他们自己聊，有事再联系。胡宗翰客气地连声说“谢谢”，胡三则是挥了挥手，似乎把夏柳看成多余的人，迫不及待地招呼离开的样子。胡宗翰问，有病为啥不去医院？胡三说，以为身体没啥大毛病的，可总是不见好，现在感到有精神了。

胡三吩咐兄弟坐下，让他自己倒水。嘴上唠叨说，岁月不饶人了，也不知能享几天福了。胡宗翰问了他平时的健康状况，他说没有检查出什么毛病，平常只是有点高血压、冠心病，药瓶不离身。胡宗翰说：“父亲也有高血压和冠心病，可他活到九十岁呢。”这种病在于保养，按时服药。胡三听说父亲也是这个毛病，便埋怨地说：“那一定是遗传性的，怎么其他东西没传下来，偏偏身体里的毛病传过来了。”

胡三分毫不差地切入主题，胡宗翰听到这样说，有些心领神会，马上安慰说：“其实父亲一直挂念着你，只是鞭长莫及，爱莫能助。之前一家人的日子并不宽裕，父亲退役以后，得益于乡党的帮助，几个部下平日里得到不少眷顾，发达之后知恩图报，才让父亲在经济上有了起色。我才有条件出国求学，再到内地发展。父亲交代的事情，我一直放在心上，等你身体好了，我好好地把大概情况跟你叙述，把东西交给你，由你处置。”

胡三听兄弟说等到身体好了再交东西，心情不由得紧张起来。他立马拉下脸来，喘着粗气说：“看来我身体一天不好，我就一天看不到东西了，难道父亲交代的事情，需要等我身体好了，才能说才能做吗？万一身体好不了，这事永远就看不到，做不了啦？”

胡宗翰看他着急起来，马上安慰说：“不是这个意思，担心你的身体不好，怕你知情后，万一激动起来，刺激到身体，影响健康，那不是好事变成坏事嘛。”

胡三说：“不就是你说的什么八宝图吗？我能激动起来吗？金银珠宝只能花不能吃，像我孑然一身，能花多少？”

胡宗翰说：“不只是八宝图的事，还有地产契约。那可是当年父亲毕生的血汗。”

胡三说：“还什么地契？做梦去吧！现在是什么年代，还当是民国呢？早就是废纸了。擦屁股都嫌脏。兄弟，你脑子里面想什么呢？就这事，还怕我激动得一病不起，是吗？真怕你是受什么刺激啦？”

胡宗翰看胡三有些生气，马上解释说：“不是这个意思。我知道，现在以此凭证，难以争取到，但父亲的遗嘱，我可是不敢打折扣贪污的。这也算是父亲的一片苦心啊！父亲的意思是，凭着这份地契，他可以认祖归宗，你我也可以为胡门宗室做点事情，算是光宗耀祖吧。”

胡三被胡宗翰说糊涂了，他说他对光宗耀祖的事不感兴趣，他说他只是想知道父亲究竟想交给他什么。

胡宗翰说：“下次把东西全部带来，让你自己看，不懂的地方，我再解释。”

胡三说：“下次是什么时间？不会真让我病倒了，糊涂了，不能动了，再让我知道是什么吧？”

胡宗翰说：“你不要着急，我明天再来看你，把东西带过来。”

胡三觉得兄弟像挤牙膏似的，你不逼他不出，神龙见首不见尾，让他无法揣摩出什么意图。他有点要被逼疯的感觉，却又不得不按捺住这种痛苦，最大限度地保持着耐心，一来不想因此急出病来，二来装出不在乎的样子，拿出做哥哥的矜持来。他不再想入非非，他安慰自己好好保重身体，他相信兄弟不会食言，所有的真相明天就会揭晓。

胡宗翰倒不是刻意吊他胃口。他长年在外奔波，那个八宝图和地契又不能随身携带，两次见面又是那么匆忙，迫切见面的心情超出了递交东西的心情。没想到的是，哥哥生病了，心理上催生病变，反而在乎了父亲留下的东西。他想，弥留之际的人，会因放不下的心思而合不起眼来，一旦心思了结了，会出现回光返照的一刻，之后病人会安详地离世。而他的这位兄长，本来身体好好的，却因为有了心思，让自己生了病。看来，眼下的解药是看到东西。他觉得，因为自己不能及时递交东西，让哥哥病情越发加重，会让自己心里不安的。他要兑现这个承诺。

第二天一早，胡宗翰敲开胡三的大门，胡三衣冠整齐地在客厅里迎候着。胡宗翰问了胡三的病情，胡三说好了好多。胡宗翰说，看脸上的气色，应该没问题了。胡三说，只能慢慢地调养。

胡宗翰神神秘秘地左顾右盼了一遍，小心翼翼地从提包里掏出一个包裹。此时，卧室里传来清脆的踩踏声。胡宗翰紧张地收起包裹，像做贼似的，循声望去。胡三告诉说，家里没有人，只是一只猫，大概是猫在橱柜上蹦跶出的声音。胡宗翰这才放心地打开包裹，取出里面两个盒子。一个盒子酱红色，外壳油漆斑驳脱落。一个是褐色铁盒子，只是零星有点锈迹。打开酱红色盒子，里面是黄绸布包着的纸板封面，打开封面，露出了民国字样的契约文本。打开褐色盒子，里面同样是黄绸布包着的灰色卷筒纸。胡宗翰把这两样东西，连同盒子，一并推到胡三的眼前，任由胡三处置。

胡三看着这两样东西，既没激动，也没平静，只是眼珠来回转悠了几下。他的情绪都表现在眼神里。

胡宗翰把东西推到胡三眼前，就算是胡三接纳下来了。胡三像是老特务似的老练地瞄着东西，迟疑地想着什么，好像在核对接头暗号和货物，蛛丝马迹一点也不想放过。里面究竟写的什么？画的什么？胡三不明白。是当着兄弟的面，把东西摊出来看，还是过后细细地研究？胡三迟疑地问着自己。摊开来看，意味着广而告之，现场两个人知晓，并不能保证两个人能死守秘密。收下来自己看，万一有些弄不懂的地方，那也是白看。现在的问题是，兄弟胡宗翰看过没有，万一看过了，就谈不上秘密。

胡三问：“你看过吗?”

胡宗翰说：“父亲当面交给我时，看过的。只是上面的地名，我一个也不懂。”

胡三问：“那交给我，又能有啥用呢?”

胡宗翰说：“这也算是父亲让你继承的遗产吧。只有你在内地，你有条件和资格获得。”

胡三说：“我是行将就木之人，守着这两个盒子能让我长寿吗?”

胡宗翰说：“你打开看看，或许会带给你精神寄托。”

胡三说：“还是你弄吧，跟我说说就行。”

胡宗翰没有再三推托，他先是从铁盒子里把卷筒纸呈展开来，上面标注的建筑和街面清晰可见。胡宗翰边铺边说，胡三边看边听，大概弄清了所谓的八宝图是当年城防作战图的一部分，可上面标注的地名，没有一处是本地的。胡宗翰指着一处地堡状的蓝笔圈圈的位置说，这大概是埋藏八宝箱的地方。父亲说地堡肯定不会有了，可以顺着东南角老银行的位置往前推，下面是个砖石搭起的地窖……胡三看了看，心想，这与我有啥关系？就是在自家的房前屋后，那也早已物是人非了。

胡宗翰看胡三对八宝图没有兴趣，马上又打开黄绸布包里的封面夹，里面露出了地契和房契数张质地平滑的纸张。胡宗翰一一拿出，告诉胡三来龙去脉。胡三本以为地契房契，不外乎小时候居住的千岁坊的洋楼，没想到还有胡氏祠堂、崇宁路商铺和横山山林等地契。除了洋楼变成一片住宅小区，商铺在马路拓宽中荡然无存外，祠堂和横山还没从地图上抹去。惠山古镇的祠堂群，几乎涵盖了百家姓的族谱，只是不再供奉列祖列宗，而是人们流连观光的去处。横山有其名，无其实，早已被周边高楼环抱其间，成为城乡接合部居民生活圈中的绿肺。

胡三看着两份东西，心里先是一惊，接着一声感叹。真是人为财死，鸟为食亡啊！怪不得父亲统领的军队经不起打，原来一心惦记着怎么发财。指不定这些东西是搜刮的民脂民膏或是克扣的军饷呢？

胡宗翰看看胡三凝重的表情，心里知道些大概，便解释说：“当时父亲接到上峰的命令，抽调精干队伍押送从银行取出的数吨黄金，眼看城防将被突破，父亲私自做主将没有运出的八宝箱扣留下来，藏匿在地堡里，随后人员撤离。至于八宝箱装了什么，父亲说四个人抬得都吃力。如果再没人说出来，便将成为永久的秘密。”

胡三感慨道：“这都是些不义之财啊！当年得让多少人倾家荡产。”

胡宗翰说：“那时真正的小户人家连吃饭都成问题，哪有什么银行存款？那是有钱人家的不义之财。”接着争辩说，“父亲算是有良心的，毕竟他没有私吞，没把财物转移到境外去，那时哪个文官武将不卷着金银细软跑？到外面生活是要花销的。”

胡三望着两样东西沉默了一阵。或许眼前的东西让他茫然，脑子里一片空白，或许他想着怎么处置。只有他自己清楚。可从眼神里，看不出他是在发呆，还是在思考，或许他有些厌倦，他拿不定主意，也就没有什么话要跟兄弟交代的。

胡宗翰可是有话要说。既然把东西交给了兄长，兄长也需要尽其责任。拥有什么样的权利，要尽什么样的义务。他看胡三没话可说，便把父亲的诉求和盘托出。父亲知道这些东西对你可能有些帮助，毕竟内地也讲法制，争取自己的权利于法有据。父亲知道八宝箱据为己有不现实，至少捐献给国家也能给奖励，对生活的改善会有帮助。父亲说祠堂和山地本属于私人所有，既然已被收归国有，那讨得两三方地跟祖宗殡葬一起并非不合情理。树高千尺，叶落归根，父亲的遗愿就是能认祖归宗，让他在家乡芬芳的泥土里永垂。

胡宗翰总算把话说透了，神龙终于见首又见尾了。胡三这才明白真正的意图。原来交付这些东西的条件，是为父亲迁坟做铺垫的。听上去这个要求不算高，花上三五万在青龙山上买块墓地不难，只是谁来干这个事？让胡三自己出面，他这么大岁数，多少年不出远门了，哪还能跑得动？既然是父亲的遗嘱，不管他有没有尽到父亲的责任，毕竟死者为大，何况念念不忘他是胡家的香火，那还是要尽力去办的。

要说寻找胡家祠堂，倒不算难。如果说胡家自迁至江南，仍算大户人家，祠堂一定是气派的，保留至今的可能性是大的。惠山古镇祠堂群经过多年的整修，里面的建筑大多得以恢复，保留原有风貌，可祠堂的功能不再是供奉先人，不归私家所有，想进祠堂摆上牌位，那不太现实。祠堂群里有没有胡氏祠堂？即便是有，是不是父亲所说的祠堂？胡三一概不清楚。假使有胡氏祠堂，而此祠堂非胡三族系祠堂，那不等于是认了别人家的祖宗？胡三这么想着，自知是多余，他姓胡，不论迁徙到哪里，胡氏祠堂总归追溯到他的祖宗，还在乎什么支系旁系？假使祠堂群里保留有胡家祠堂建筑，他只要简单地打听或实地察看，便知分晓，不应该搞得这么纠结。

至于寻找胡家祖坟的事，几十年历史变迁，没有特别标志，是不可能找到的。何况胡三根本不知道祖坟这回事，也不关心什么祖坟的事，他甚至把自己当成没有祖先的人。

如果说父亲骨灰回归故里安葬，只要花钱，公墓可以选。令他心生怨气的是，父亲遗愿过于特别，人成一捧灰了，还在乎下葬在什么地方？青山处处埋忠骨，哪儿的黄土不埋人，要是划清立场，入祖坟够不够格，还是个严肃的问题。

胡三应承了台胞兄弟的要求，他就得当事儿来办，顺便也为自己的日后踩踩点。

胡三没有什么亲朋可以操办，就是几个要好的老哥们儿，也都古稀了。眼下能够呼之即来、来之能干的也就是社区的几个年轻人。他想到找夏柳。这姑娘说话办事灵巧。

胡三假借向夏柳汇报胡宗翰探亲情况，说出他的几个心愿。

夏柳跟他说："这种事可不能随便答应的，你我做不了这主，我只能帮你打听。或许找找台办负责人，他们掌握政策，便于沟通。"

胡三露出一脸的无奈，只得说："那还得请你帮忙联系，我这岁数，两眼一抹黑，办事的门从哪儿开都不晓得。"

夏柳说："这事急不得，你兄弟胡宗翰那头也可以协调的，我放在心上，有了结果再告诉你们。"

夏柳手头正有事，只得匆匆忙忙应付了胡三。胡三心事重重地离开社区，步子变得蹒跚起来，眼神恍惚不定，似乎进入遮天蔽日的环境里。他走走停停，一边捏着自己的手心，检查自己是否失去知觉，总算勉强挨到家中。短短一段时间，胡三的身心发生了重大变化，这种变化不是"装"出来的。过去一会儿欢快、一会儿绅士、一会儿尖刻，那是随着环境变化切换的角色，可现在的变化却是某种挫伤性变化。他出现了健康问题。

夏柳找钟书记，反映了胡三提出的诉求。钟书记从事社区工作二十年，头一次遇上台胞诉求，他不敢肯定这种事能办还是不能办，便请求台办工作人员拿主意。

台办工作人员怕是电话里说不清楚，约定了时间来到社区里，先是跟钟书记和夏柳私下作了沟通，待认识一致后，计划再找胡三和胡宗翰二人了解具体细节。

台办女同志很负责任，她手头上正处理一起台眷纠纷的事，所以从工作角度对胡三的诉求较为谨慎。她正接受一个台胞老人的投诉，这个老头投奔了内地姐姐生活，靠他带回来的养老钱买了一套两居室房子，本来指望这套房产馈赠外甥，让外甥为姐姐养老送终的，哪知外甥出了意外客死他乡，若干年后，外甥媳妇担心馈赠的事夜长梦多，就和老头暧昧起来，相当于舅舅上了外甥媳妇的床，生米煮成熟饭之后，外甥媳妇逼着舅舅做了房产更名手续。数年之后，两人生活产生矛盾离婚，结果，老头房子没了，生活来源没了。老人悲悲戚戚找到台办，希望有人出面讨回公道，可从法律上维权，老头又无胜算把握，只得找外甥媳妇做工作，结果又生出事端来。外甥媳妇有外甥媳妇的理儿。老头守着年轻外甥媳妇还不老实，成年在外刨野食，还把外面的女人往家带，自己的积蓄花光了，这儿供着他吃供着他穿，现在又想着卖房子养老，气得外甥媳妇跟他离了婚。本来调解给老头一间房子住着，不知咋的，外甥媳妇却决绝地把他赶了出来。现在连住最便宜的敬老院都付不起费用，只得争取临时救助，先过渡一下，还不知后面怎么处理呢。

老钟和夏柳听了一脸的惊讶。真是世界之大，无奇不有。联想到胡三和胡宗翰、胡宗翰和苏美、苏美和胡三、胡三和苏留根之间的关系，既鲜明又微妙，稍有点情况，都会燃爆千岁坊社区。夏柳感到，一旦出现矛盾纠葛，最后将会聚焦到胡三的头上。胡三孤老一人，膝下无子，房产一处，没有指定的合法继承人，眼下兄弟胡宗翰的出现，恰逢其时，既然兄弟身份被组织和胡三本人认定了，这种亲属关系顺理成章地享有合法继承权。胡宗翰和苏美的结合，某种程度上会促成这样的既成事实联系，即便苏美没有这个动机，事实已经明摆着。而胡三一旦知道兄弟胡宗翰娶苏美为妻，依胡三的性格，必然会添新烦恼，之后有大概率转嫁到苏留根身上。一旦与苏留根药捻与火星碰擦，不免会出现引火烧身状况，事情的结果会越来越难以预见，甚至会越来越糟糕，处理起来越来越棘手。

夏柳告诉台办女同志有关胡宗翰的实情。说："胡宗翰跟区内一女孩拍拖，现正准备操办婚宴。女孩是自己要好的同学，两个人自由恋爱，他给女孩买了房。依两个人的性格和年龄看，我是不看好他们的婚姻，女孩属于摸不着脾气的人，要么时冷时热、要么时亲时疏，胡先生则是没有脾气的人，不温不火、不咸不淡，像他们这样的结合，真担心是一场游戏。"

台办女同志说："现在这类涉台婚姻不是个案，你情我愿，谁也不得干涉。不过，这种婚姻的风险比普通婚姻要大。你们可以适当地提醒他们，两人的结合，要以感情为基础，物质维系的婚姻是靠不住的。婚姻家庭不是两个人的事情，亲朋好友以及复杂的社会关系都会影响到婚姻。”

工作人员的提醒，正是夏柳所担心的。夏柳并不是担心她的同学苏美吃亏，苏美年轻，未来的日子还长，可进可退。夏柳倒是担心胡先生被骗，胡先生对苏美是认真的，可苏美好像对结婚并没有提起兴趣。如果胡先生的锅不热，那么真会出现苏美的饼不粘了。夏柳希望自己能在他们中间做点什么，也算对得住胡先生的信任，也算成全她这个娇情的宝贝同学。

一段时间里，夏柳打了几个电话问苏美，婚礼准备得怎么样了？要不要帮忙？苏美说，差不多了，等着挑日子呢。夏柳开玩笑地说，还挑黄道吉日呢，都老夫老妻了。苏美说，就他们穷讲究，规矩多，人被他睡了，还整天礼义廉耻挂在嘴上。夏柳说，那还是抓抓紧啊，省得夜长梦多的。苏美说，谁怕谁啊，我是我，他是他，大不了散伙呗。夏柳嗔怪她，要求她对待婚姻要严肃点，不要由着性子来。两个人你来我往地聊了一会儿，除了听到了惊世骇俗的肉麻话外，似乎没有什么实质性的内容。

42

真正促成苏美结婚的，倒是无聊找趣中的例外。

那天，苏美拉着旅行箱，花枝招展地从外面走进了布衣巷。几个正在路边纳凉的妇女中有人认出了她是苏留根的女儿，夸赞苏美越长越漂亮，越长越有气质了。

苏美的确有了新变化，走路变得优雅了，神情显得高贵了，谈吐显得不俗了，人显得自信，不再是草窝里的丑小鸭了。苏美的回头率也能达到这样的标准：往路边一站，会让走路的人撞电线杆；走在路上，会让停下的人追着走路。倚在一旁的刘二郎老婆看到苏美明晃晃地从她面前走过，似乎也被惊艳到了，眼睛贼贼地盯着傻住了。

刘老婆匆匆地回到家中，把苏美回到布衣巷的情况及时向刘二郎通报。刘二郎已经厌烦了她的大惊小怪，可老婆却又神神秘秘地非得说明情况。

刘老婆说，她发现了一个重要秘密，苏美肚子大了，那是未婚先孕，天大的丑闻啊！

刘二郎说："别神经叨叨的，人家生孩子关你什么事？"

刘老婆说："你不是要找苏留根的毛病吗？姓苏的人癞怕丢份儿，这不是戳穿面子的好机会吗？"

刘二郎没想到苏留根私下签了约，这意味着他苦心经营的共同阵营彻底土崩瓦解了，直骂这个缺心眼懦夫，竟然卑鄙地背叛了他。可苏留根似乎不是过去的苏留根了，他过去可以帮他挡子弹，拿他当枪使，现在不再为他冲锋陷阵了。他刘二郎深知自己单打独斗势单力薄，手上缺了兵，也缺了弹药，一肚子的对策无法施展了，充其量是个光杆司令，觉得反被苏留根咬了一口，心里早就闷着口气，千方百计地要找苏留根的茬儿。苏留根像是找到了什么靠山，让他可以蔑视刘二郎的恶言和欺负，甚至可以理直气壮地与刘二郎对峙，这让刘二郎又气又恨。好几次，刘二郎甚至要卷起袖管动手，苏留根却毫不畏缩，提着棍，舞着刀应对，结果倒让刘二郎自己吓缩回去，自讨了没趣。刘二郎万般无奈的时候，老婆精神反而进入亢奋状态。她做不了丈夫的马前卒，却能做卧底的探子或是打听情况的谍报员。刘老婆隔三岔五走街串巷，收集情报，供丈夫分析判断。她的注意力不再是集中在苏留根头上，她要全方位地观察了解情况，顺便抓住苏留根的把柄，伺机报复解恨一下。没想到他女儿苏美身上可以做文章。

刘二郎觉得有道理，平日里找不到刺激他的毛病，就从他女儿身上开刀。

刘二郎悠闲地在苏留根家附近溜达着，时不时地向苏家瞄着，就是看不到苏家的动静。直到夏柳和苏美一起在社区广场亭子里一并坐着，他才知道目标早已逃出了自己的盯梢。刘二郎并没有看出苏美有什么变化，只得垂头丧气地回家教训了一通老婆。老婆争辩说凭女人的直觉，可以肯定苏美真的有孩子了，身形模样都有变化了。刘二郎不再反驳，由她而去。

刘老婆一看丈夫没有兴趣，而自己兴趣大增，便不想放过埋汰苏留根的绝佳机会。

苏美这次回到家中，父亲苏留根又惊又喜，一是苏美告诉父亲，她准备好了结婚的家当，二是苏美告诉父亲，她可能搬到外地去住。父亲给她争取的安置房，她等不及了。苏留根斗志昂扬地行走在布衣巷里，就差哼着小曲，载歌载舞了。他的高兴劲儿，怎能让刘二郎大妇容忍？

刘老婆站在路边，阴阳怪气地说："快天上掉下孙子了，嘚瑟得不成人样了，还不知谁的野种呢？”

苏留根气愤地责问，你骂谁是野种？

刘老婆拍拍自己的肚子说：“回去问问你家姑娘吧？肚子大了，瞒不住了。这下可以多领一份低保金，可惜不能多拿一套房了。”说着扬长而去。

苏留根又气又恨地回到家中，想想刘老婆骂的话，再看看苏美那个模样，便问苏美道：“你究竟啥时候结婚，早结早完事的。不要背后被人指指戳戳。”

苏美说：“着啥急啊！过去不是说不拿房子不能结婚走人吗？怎么又催呢？”

苏留根说：“你看你都这样了，万一孩子生出来没家没爹，我这老脸往哪儿搁呢。”

苏美说：“啥意思啊？你知道啥啦？”

苏留根说：“外面都传疯了，就我不知道。”

苏美一脸的疑惑，觉得这个世界完全超乎自己的想象，怀孕本是私密得不能私密的私人话题，怎么会像空气一样人人享用呢？难道自己的感觉能够传播吗？而当事人深陷到舆论旋涡中，却浑然不觉。她想反驳道听途说，可事实已经摆在肚子里。而她从来没有跟人透露过，也没有严重的生理反应，她还没顾得上当回事，她也没计划生下来。一切只在孕育阶段，却已经传播得沸沸扬扬。这倒让她有些骑虎难下了。

苏留根苦苦哀求说：“还是把婚事办了吧，你们远走高飞到哪儿，我都不管。别让我丢人现眼就成。”

苏美生气地说：“怎么就能说有孩子呢？我还没打算生下来。”

苏留根说：“别胡闹了，老大不小的，懂点事吧。给那个台商生下一儿半女，你也有地位啊。”

苏美耍起小性子说：“谁说一定就跟他结婚呢？我要我的自由。”

苏留根脱口责问道：“难道不是胡家的？”

苏美气愤地骂道：“放屁！这倒真成了野种了。”

苏留根虽挨了骂，但内心里倒也踏实了些。“那好好过日子啊，难不成还有什么比他好的人家吗？”

父女俩口无遮拦地争辩之后，哀叹一口气，便冷静下来，相互递着怜惜的眼神，算是各自安慰着。

苏美看看父亲一天天衰老的样子，再细细掂量自己的情况，觉得自己是该认真对待生活了。苏美并不惧怕社会非议，强大的舆论攻势，已不能击垮她铜墙铁壁包裹的内心，只是肚子一天天地隆起，自己承受的生理痛苦，是她无法预见的。她需要重新审视自己的未来。

苏留根看着苏美脸上泛起的红润，越发觉得女儿的身体恢复了健康，那些年月因为自己不善照顾，让女儿受尽了病痛折磨，影响了女儿的学习生活和工作，改变了女儿成长的轨迹。如今女儿容先焕发，精神气质变了，像换了一个人似的。苏留根坚信，这些日子，是台商胡先生改变了女儿，把女儿交给胡先生，应该会有一个幸福生活的。

苏留根问苏美："那还有什么顾虑呢？是他对你不够好？你们都这样了，还等什么？"

苏美不吭气，怔在一旁。

"那我找他谈谈，看他什么态度。他要是对你不好，我跨过海峡去。"苏留根说着，起身往外走。

"你往哪儿跑？你倒长本事了，还能找到人家？还能跑到台北去闹？你知道台北在南还是在北啊？"苏美有了应答，苏留根停住脚步。苏留根并不是真的去找胡先生，他也找不到胡先生，他连胡先生的联系方式都没有，他甚至连胡先生的长相都印象不深了，他只是偶然一闪的机会，在大街上看到女儿手挽着胡先生时，女儿尴尬地介绍了胡先生。之后，凡是女儿出门远行，他都会问一下，是不是去胡先生那儿，女儿便点一下头，算是打过招呼，也算是承认了跟胡先生的关系。再之后，隐隐约约知道他们在购置结婚物品，筹备婚礼婚宴。苏留根走到门口，是想透气，跟苏美说话实在有点窒息。

苏美此次回家是想多待些日子的。胡宗翰出差欧洲，要有一段时间才回来，自己一个人在昆山无聊，回来还有熟悉的朋友。想着这些，倒是动了恻隐之心。父亲的确是老了，连犟劲脾气也变得软和了，本不可爱的人变得有些可怜，想想自己将来一旦结了婚，跟父亲的日子不会多了，就想着趁此机会陪伴在身边，做个好女儿。可没想到的是，自己却给父亲弄出气来。真是人心阴险口如剑，舌头根下起冤魂。

苏美并没有把自己情况跟父亲说起，她自己的事情从来只是闷在心里。有时她对别人的看法说法总会逆反着办，所以苏留根催促她跟胡先生结婚，她偏不说结婚，且不说跟胡先生结婚，搞得父亲以为又换了新主。苏美的这种态度，不光是对父亲，对胡先生也是这样。她的善变，别人无法捕捉，只得由着她的性子来。

此时，苏留根提到了操办婚事，其实也是苏美眼下所进行的工作，她不给答复，其中有任性妄为的成分，也有由不得自己的因素。胡先生不在身边，还要看什么黄道吉日，自然是她苏美左右不了的。当然，胡先生还得看苏美的脸色，看她高兴不高兴，满意不满意。胡先生对这个婚事可谓有些心力交瘁。两个人之间隔着九重山似的，打着哑谜，猜着心思，只等着胡先生出的牌，正好赶上苏美和顺，这才算是彼此心照不宣，心心相印，琴瑟和鸣。

苏留根跟女儿无法交流，便找夏柳打听苏美的情况。苏美回来后，找夏柳聊得很开心，夏柳一定知道苏美不少秘密。

这个时候，夏柳成了苏家的“老娘舅”，是苏留根最为信任的和事佬。他见到夏柳，便气愤地说：“苏美不懂事，一回到家就是吵架。自己年纪大了，身体不好，经不起折腾，还望多多劝劝她。”夏柳一脸蒙，说苏美很高兴的，不相信会吵架的。苏留根说：“那是我当爹的对不起她了？养成了冤家似的。啥都不能问，一问跳三丈。你说说女孩子家，挺着肚子，外面都在嚼舌头，让我头都抬不起来。问问啥时候结婚？这婚到底结还是不结？没一句正经话。”夏柳吃惊地看着他说：“啥情况啊？现在人眼睛都带B超了，这么有穿透力？结婚不是在准备吗？人家胡先生出差欧洲了，回来就可以办的。”夏柳觉得，苏留根是个老实人，苏美不应该对憨倔的父亲遮遮掩掩。

苏留根听了夏柳的话，心总算放下了一半。可疑云又从心头袭来。“欧洲出差啥时候回来？”夏柳说：“说不准。”苏留根说：“要是以这个为借口，不回来了咋办？听说国外打仗闹得很凶的哇，万一出事了咋办？”夏柳生气了说：“咋这么想呢？不能往好处想吗？”苏留根说：“我是担心，一旦回不来了，那孩子要还是不要？要，苏美就必须在眼前消失，不能给嚼舌头的留话柄；不要，就得加紧处理了，可处理后怕是胡先生没有后了。”夏柳无奈地说：“你真是瞎操心的命啊！苏美的事，她自有主张。你最好让她心情好点，就成。”苏留根说：“你还是帮我联系一下胡先生，求求你啦！我知道你们都有联系的。”

苏留根纠缠着夏柳，急得夏柳直转圈。夏柳跟苏留根打过交道，知道他是特别执着拧巴的人，跟口香糖似的，黏上了，铲都铲不掉。你不帮他解决问题，他是不会主动退却的。她只得当着他的面，给胡先生发了微信。她以为这样就算有了交代，告诉苏留根说，给他发了信，有了回复再告诉你。她劝他回去，手头上压了不少事待办。没等苏留根走出几步，夏柳手机响了。她连忙叫住他，自己接听起电话。苏留根没有听到电话里面说什么，只是最后夏柳说，“不能久拖不决，你是男人，应该主动点。你抽空来无锡一趟，我做中间人，帮你们撮合一下。”说完，挂了电话。

夏柳告诉苏留根，说是你的准女婿胡先生打来的，他没能走得了，因为疫情，停航了，滞留在广州，正想着折返回来呢。

苏留根听着女婿没出国，差点蹦跳起来，直跺着脚说，这样好！赶紧把事办了，他愿意飞哪儿飞哪儿。到时候，麻烦你小夏穿穿线，让他过来见见面，总归我这个老丈人要认的。

苏留根回到家中，把胡先生没有出国的事，告诉了苏美。苏美惊疑地问，你咋知道的？苏留根说，我让夏柳联系的，他人在广州，过几天回来。接着补充说，说是航班停运了，欧洲疫情闹大了。苏美也是刚刚知道胡先生滞留在广州。苏美焦躁地提醒父亲，不要干预他们之间的事，强扭的瓜不甜，婚姻的事最好水到渠成。苏留根说，我是着急啊！这次必须听我的，我来跟他谈，不能再拖下去了。

苏留根的执拗，终于惹怒了苏美。苏美随手抓起茶杯往地上一摔，砰砰碎了一地。苏美虽说对父亲一直不满，但从来是以冷战方式抗争，这次却发起火来，且不是什么语言暴力引起的，这让苏留根大吃一惊。他一下子愣在一边，不敢冲着破碎的杯子叫屈。他太心疼置办的家当，一碗一盅来之不易，可在女儿眼里却是发泄工具，这是哪路来的邪火？苏留根脑子里闪现了有关女儿的非议，觉得女儿真的变了，变得有脾气了。想着想着，他理解了女儿。看来外人的议论不是空穴来风，因为有了身孕，才会显得焦躁。他安慰苏美说，父亲怕你吃亏受伤害，所以才着急的。

苏留根把苏美发脾气的事，告诉夏柳。夏柳告诉他，不要惹她生气了。心急吃不到热豆腐，事情总要一步一步地办。苏留根让夏柳再催催胡先生。夏柳应付他说，过几天就来了。

那天，胡先生按照苏美的吩咐，寄住到附近的古运河酒店，在商务套房里约见苏留根，算是正式拜见了未来老丈人。苏留根看着准女婿住在高档酒店高级客房里，对他又是那么谦和恭敬、彬彬有礼，心里乐开了花。胡先生确实是个谦谦君子，对苏留根是有问必答，对苏美是言听计从，一会儿倒茶，一会儿削苹果，唯恐照顾不周。苏美从卖火柴的小女孩变成了穿水晶鞋的公主，这事摊在布衣巷里的平民头上，那都是幸运。没想到他苏留根积了什么德，能让女儿享受这种生活，遇见这样的人，真是前世修来的福分。苏留根端起老丈人矜持的神态，可脑子里却是十足的虚荣心和优越感。

胡先生小心翼翼地征求苏美意见，说："要不要叫上你的朋友夏柳一起吃饭，她挺关心我们的事，可以听听她的建议。"苏美说："我跟她说过了，她下班赶过来。"两个人第一次有了心照不宣的感觉。

胡先生知道夏柳留过学，是苏美最要好的朋友，想以最好的方式款待她，也让未来的泰山大人感受自己的热情，就专门订了西餐。苏美让夏柳点菜，夏柳推了推说："你们吃啥我吃啥，没有那么多客套讲究。"胡先生问苏留根喜欢什么口味，苏留根皱着眉头没说话，苏美看着父亲的样子，半开玩笑地说，父亲只吃甜食不吃苦，地道的无锡口味，就让他随便坐着吧。胡先生嗔怪地说，在这儿就不吃苦吃甜了，大家都一样。随后，服务员先是打开红酒，接着陆续端上了牛排、鹅肝、鳕鱼等份装餐盘。

大家默不作声地往嘴里送着吃的，偶然听到叉刀和盘子接触的响声。倒像是参加某种斋戒礼仪，食不语、寝不言，丝毫没人敢乱了规矩。

夏柳本是多余的角色，既然受邀享受这么丰盛的西式大餐，不会是愉悦胃口那样简单。他们三人将是一家子人，坐在一起却跟美俄欧三方会谈似的，说话变成对话，闲聊变成沟通，表达注意外交辞令，谁先发言像是开第一枪似的，生怕引发世界大战。夏柳吃得不尴不尬，这才觉得原来自己的角色何等重要，转眼间领悟到自己的使命，她应该是联合国观察员和调停人。

夏柳举起高脚杯，首先敬大家一杯酒，祝贺胡先生平安凯旋，感谢苏美盛情邀请，祝愿苏爸身体健康。夏柳先干为敬，接着说，你们快成一家人了，怎么觉得很陌生啊！她指着胡先生说："你断文识字，见多识广，不要跟闷葫芦似的，给我们分享你有趣的见闻啊。"胡先生淡淡地笑了笑，在夏柳眼神的怂恿下，端起酒杯，说："我先敬苏爸一杯，苏美是个优秀的女孩，我会用一生呵护着她的。"胡先生说得有点紧张，生怕哪个语气不对付，得罪了准岳父，惹怒了苏小姐。话说完，自己仰起脖子一饮而尽。苏美听到胡先生当着父亲和夏柳的面，夸奖自己优秀，表明钟爱一生的态度，让她觉得甜滋滋的。苏留根本想接过话茬儿，表达自己的第一印象，可想到临出门时，苏美有交代，不允许他多言多语，管住自己的嘴，一言不发，只得把准备好的词又咽了进去，只冲着胡先生笑了笑。

苏美跟着夏柳热乎起来，不时地咬着耳朵交流着，气氛一下子变得热烈了。

夏柳说："既然你们请我吃这顿大餐，我就自封月老一回。现在万事俱备，只欠东风了，趁着两个都有闲，就把婚事办了。婚事虽说是个仪式，却是昭告天下的好形式。胡先生不要优柔寡断了，你就不怕煮熟的鸭子飞了吗？苏美不要左顾右盼了，都快生米煮成熟饭，还有啥想法？"苏美在一旁用手拍打她的胳膊，不好意思地要去捂她的嘴。夏柳连自己都没想到这么粗鲁直白的话，是从她嘴里吐出的，脸一阵红一阵白。不过，连苏留根在内，大家发自内心地笑了。胡先生和苏留根表态说，一定加紧，一定加紧。

夏柳参加工作以来，觉得自己的脸皮厚了，嘴巴快了，言语粗了，可又感到只有这样，才能找到自己的位置。

夏柳说："那就框一个时限吧，不要有事没事地耗着。下个月？胡先生没意见吧？苏美你看怎么样？"胡先生点点头，苏美没说话。"那不说话，就是同意了呗！我可是乐见其成啊！"夏柳看着苏美没有意见，接着说，"那你们挑个日子，就不要找巫婆掐什么黄道吉日了，找个地方，摆几桌酒席，把要好的亲戚朋友叫上吃个饭就行了。苏爸，你说这样还行？也算体体面面地嫁女儿啦！"

苏留根夸夏柳说得不错，频频点头，直跷大拇指。他对这种婚礼仪式有了自己的盘算，在他看来，双方没有多少亲眷，没必要搞得铺张，也铺张不出来。他觉得，有个迎娶形式，发发喜糖喜蛋，放放鞭炮礼花什么的，女儿披着婚纱从布衣巷体体面面地走出去，就算是苏家办喜事了。

胡先生觉得夏柳说得在理，看看苏美说，就按这样说的办吧。

夏柳说："现在年轻人婚事都喜欢放在国庆期间办，一来大家放假，亲朋好友有机会相聚；二来沾沾国庆的喜庆，给新人新家添添喜。"胡先生说："怕是来不及吧？"苏美瞪了他一眼，没有说话。胡先生说："那好，就在国庆节办，咱们现在加紧。"苏美瞪眼并非阻止胡先生拖延，而是想看看胡先生怎么安排，没想到胡先生改口答应了。这倒给了夏柳面子，也让苏留根彻底地放下心来。苏留根连说，放在国庆好，举国同庆，结婚纪念日也好记。

胡先生认为时间过于仓促，可能会带来两个方面的不足：一是准备不充分，不免会出现疏漏。他虽说是二婚，也有过许多极不严肃的婚外情，可婚礼是庄重神圣的。他担心不考虑周全，会成为今后家庭矛盾的话柄，这在过往的婚姻生活中，有过教训。一朝被蛇咬，十年怕井绳。想到跟前妻为鸡毛蒜皮吵吵嚷嚷的，动不动拿出钻戒大小说事，他就不寒而栗。二是他在短时间内通知亲友参加婚礼，怕是有问题。加之疫情防控因素，两岸通航受阻，进出境更是困难。没有家人祝福的婚姻是不美满的，他很在乎亲朋的祝福，他出生在传统家庭里，对亲情孝悌特别地看重，亲人的祝福，也是对苏美的尊重，至少是对自己婚姻的肯定。他曾给过苏美承诺，他设想着他的婚礼在十一举办，人不多，温馨和美；他带着她去日月潭、阿里山拍婚纱照，带着她到台中、台南孔庙祭拜祈福。他虽然承诺得不坚定，但只要苏美坚定，他会做到的。只是苏美没有应承，更没有强烈要求。胡先生现在身边的亲人只有胡三，这个刚刚认不长的哥哥，胡家排行老三的兄长。

夏柳临走的时候，把胡先生叫到一旁嘀咕了几句，当听着她说“奉子成婚”时，胡先生一脸的惊喜，身子像立马安上了马达似的，抖动起来，一个劲儿地说，马上办，马上办，谢谢，谢谢！

胡先生必须把婚礼办成胡氏家族的婚礼，眼下有必要通知胡三作为亲人代表参加。

自胡宗翰把家传交付给哥哥胡三之后，胡宗翰一直挂念着哥哥的健康。他并不知道胡三生病恰恰是惦记着八宝图所致，只觉得哥哥年老体衰经不起风雨而已。当再次登门看望时，他彻底颠覆了自己的印象。胡宗翰算是不打招呼地不请自来，眼前看到古稀的三兄，像是刚从健身房里出来的。胡三穿着短裤，光着膀子，脸上渗着汗渍，容光焕发，身形健硕，精神矍铄地从门口迎着胡宗翰进屋。胡宗翰跟他说，不能着凉了，会感冒的。胡三折起胳膊，看着隆起的肱二头肌，不无调侃地说，就这身板，不会有毛病的。

胡宗翰没有再关心两样东西的处置结果，他觉得东西交给了他，关心就多余，关心反而生出猜忌。过去东西没有转交的时候，他倒是有过觊觎的心理，甚至想独吞过来，自己处置。可现在东西按照遗嘱给了哥哥，哥哥连一句感谢的话都吝啬得不说，更别指望他会从中分出一杯羹来。不过，既然认了这个兄长，等于在内地多了来往的亲戚，对胡先生来说，已然满足。胡先生结婚大礼，至少有这个哥哥可以代表家人，何乐而不为。

胡宗翰告诉哥哥，他要结婚了，婚礼放在国庆节办，得请哥哥出场，为男方家撑撑场。胡三说，好啊！喜事啊！祝贺！

胡三问他怎么想着娶内地媳妇的？胡先生说，有过婚史的人，哪敢挑三拣四的，有人看上自己，就算好运气了。

胡三说，既然已有家室，为啥要分呢？胡宗翰道出自己的难言之隐，哀怨地说，自己漂泊在外，各自忙着自己的事业，两地长期分居，分分合合几十年，未能生育一儿一女，这就过不下去了呗。

胡三觉得兄弟二人同病相怜，命运相似，一根藤上的两苦瓜，一家子男丁加在一起，也抵不上父亲的半点能耐。父亲一生功成名就，风流倜傥，妻妾多个，皆有一儿半女。可惜传宗接代的本事没遗传到儿子们身上，个个搞得家不家，人不人似的，大有辱没胡氏门庭之过。想着想着，不禁潸然泪下。

胡弟问他咋的了？他说："没啥。孟子说，不孝有三，无后为大。到我这个岁数，你就知道儿女的重要。"

胡宗翰一直纳闷，哥哥怎么是一个人生活？只是不便问这样私密的问题。他抓着胡三的手，像是抓住正在老去的自己，觉得当务之急就是要结婚生子，让自己有个温暖的家。

胡三既像是自我安慰，又像是揣透出兄弟的心思似的，低言小语地说："一直没有结婚，不是不想结婚。大学时期，有过一段美好经历。那时，因为自己隐匿成分问题，经常被人拎出来批斗，在自己无助的时候，一位女同学站出来仗义执言，为我打抱不平。这个女同学高干出身，论长相、论能力，至今没有能比的。用今天的话，那是女神。她出面保护，再霸道的男生也让三分，不仅是她的身份特殊，更重要的是她成了'万人迷'，有大量倾慕者呵护。后来我们接触多了，彼此有好感了，成了我初恋女友。毕业的时候，我们约定一起去建设边疆，那时到最艰苦地方工作也是要特别优秀的，可我因政审不过关，只得回到原籍安置。后来她写过几次信，让我等着她。可再后来，失去了联系。有同学捎话告诉我，说是在水电站工地坠崖身亡，也有人私下说，她是为情而死。当时有个背景特别的人疯狂追求她，她誓死不从，结果跳崖结束了自己的生命。我相信后面的说法。听到这个噩耗后，几年里没能缓过劲来。之后有人给我说媒，就是提不起兴致，我成了别人喊叫的'书呆子'。也正是'书呆子'的称呼，反而保护了我。他们哪知，我的心里已经住进了自己心爱的人，哪里容得下别人。几十年来，我在这种困扰中生活着，似乎欠下了永远还不完的情债。现在回头看看，身边没有子女，没有亲属，活成了‘五保户’，真是枉读了那么多书啦。”

胡宗翰安慰胡三说：“没想到哥哥活得这么心苦。命运捉弄人呀。现在不是有我这个弟弟了吗？你不会孤单的。”

兄弟两人谈及自己的家庭，诉说着自己的不幸，虽是各自哀伤，倒也落得利索。

胡三说：“兄弟要珍惜婚姻，呵护好家。内地女子有内地女子的优点，也有琐事纷扰的缺点，最好经历相似、年龄相当。不知女子是何方人氏？芳龄几何？”胡三绅士般地打听起来。

胡宗翰说：“就咱本地千岁坊的，或许你会认识的。”

胡三说：“咱们社区的姑娘，这会是谁家的千金，能跟你结上这么个姻缘。”

胡宗翰说：“姓苏，叫苏美。”

胡三一时没转过弯来，问，千岁坊社区只知道布衣巷有个姓苏的，叫苏留根。胡宗翰接过话头说：“是的，她父亲是苏留根。”

胡三倏忽脸色大变，责问地说：“怎么找上这么个女子？父亲苏留根不事劳作，教养不佳，能培养出好孩子吗？经常听到他家的花边新闻，前一阵听说傍上了有钱的台商，被人当笑话传，原来台商是你啊！真是冤家路窄。”

胡宗翰看到胡三有些生气，马上安慰道：“我们接触有日子了，觉得人还算不错，人家也没明着图我钱财。原来你们有过节啊，过去的事让它过去吧。”

胡三冷笑着说：“你跟他女儿结了婚，我这叫大爷的改口叫大哥了。不知是谁占谁的便宜了。这辈子怎么苏家就跟我胡家较上劲呢？当年平白无故地占了我的‘厕所’，到头来，还得我补偿他，现在可好，苏家人进了胡家，胡家落了个好听的名分，得实惠的却是苏家了。”胡三转身看了看房子四周，像是他的房子快要被人占去似的。

胡宗翰也笑了，觉得哥哥胡三心里装着不少心思，表态说：“这个不会的。反正今后也不会在这儿生活，眼不见为净。”

夏柳把苏美结婚的事在社区里一公开，几个工作人员纷纷热议起来。当然，他们议论最为集中的关键词是，老牛吃嫩草、鲜花插在牛粪上、丑小鸭傍大款……唯有夏柳和章阿姨没有参与。夏柳将以同学、闺蜜的身份，参加婚礼，适当地客串伴娘。此时，章阿姨正在思考社区能不能为他们做点什么。

苏美从小没妈，野惯了，没有正形，苏留根是个憨包老糊涂，办不了正事，如今找上了讲究礼仪的夫婿，怕是婚礼办得毛糙，在场面上跌了份儿。办喜事丢了份儿，影响的是两家关系，损害的是夫妻感情，破坏的是家庭和睦，再往深处说，家庭是社会细胞，细胞出问题了，社会就不和谐了。咱社区干部干啥？所有的服务治理，不就是这“和谐”吗？如果社区帮助他们一下，不仅保证了和谐，也体现了咱社区人的素质和热情啊！章阿姨越想，越觉得有帮助必要。

章阿姨对大家说，咱不要背地里说三道四了，人家办喜事，咱们应该高兴，应该帮忙才是。苏留根找到一个好女婿，不光为苏美实现了脱单，也是苏家实现了脱贫，一下子直奔小康，这不是好事吗。咱们应该把苏美的婚事，当成社区的喜事来办，一来给苏家撑撑场面，二来给胡先生留个好印象。何乐而不为呢？

事不挑不明，话不讲不透。章阿姨的提议马上得到了大家的响应。夏柳和刘采文高高举起双手表示赞同，直夸“姜还是老的辣”，并建议把婚车过往通道上装点得喜庆些，鲜花、气球、彩旗，仓库里现成的，正好契合着国庆节，组织人员布置一下就会张灯结彩姹紫嫣红起来。

婚礼前一天，夏柳和章阿姨来到苏留根家，主动征求需要不需要帮忙，像长辈一样关心婚礼应注意的事项，让在场的苏留根感动得眼眶潮润。这对父女虽是物质上得到过救助，可人生大事上却没有人主动关心过。章阿姨告诉他们，得知小苏结婚，社区都做了布置，这可在千岁坊社区是空前的，但不能说是绝后的，眼下属于蝎子拉屎独一份。苏留根抬头看看天上的太阳，觉得这样的帮助有些突然，不同寻常，有点破涕为笑地说，我生在这里，长在这里，真没看到社区这样用心过，“不会太阳从西边出来了？”布衣巷和千岁坊能不给我添堵，我就会好好烧香拜佛，让菩萨“上天言好事，下界降吉祥”了。

章阿姨“啧啧”几下，夸赞苏留根会说好话了。

婚礼当天，苏美如婚礼设计的一般，穿着洁白的婚纱，从她的出生地布衣巷的红圈“拆”字屋里走出，穿行在一段五彩斑斓的风铃过道里，在礼花和鞭炮声中，迈进了胡先生的迎亲花车上，正待驶往婚礼酒店里。这样的场面虽不气派，但也风光，总算起了广而告之的效果。

婚宴席上，胡三和苏留根算是坐在了一起。尽管胡三有点惊愕，苏留根近乎猖狂，但在现场热烈的气氛之下，他们之间的不睦，几乎可以忽略不计。胡三愠怒的表情，随着婚礼大幕徐徐拉开，厚重地垂落在强烈的射灯下，转而以嘴角的微微上翘，表达对兄弟的祝福。苏留根则不同，他被灯光射刺了眼睛，仿佛身处梦幻世界里，他有点激动，可又心生犹疑。这对苏留根来说，像梦。他认为他被别人欺负了一辈子，也抗争了一辈子，却没有抗争出一点生活的起色，本以为跟患病女儿相依为命，一生终老的，未承想修来了前世的福。他可以不靠别人眼色生活，不用政府救助，就能享清福了。这种生活，别说他苏留根盼，那刘二郎也盼。腹有诗书、囊有钱粮的人，不就追求这样的生活吗？此时，苏留根比女儿苏美，比女婿胡宗翰还幸福。

胡先生想得周到，既然摆了宴席，人多人少都一样。他要求，能叫的都叫来当嘉宾，包括老钟和章阿姨他们社区里的人。胡先生毕竟是在生意场上走的人，人情世故讲究，礼多人不怪。本来邀请台办那个女负责人的，希望她做证婚人，人家以规定约束不便参加为由，婉拒了他。一拨同事组团从昆山乘大巴而来，算是给老板捧场。街坊邻居也有了代表，田致远和柳玉清是胡三邀请的。田致远代表他妈妈薛玉蓉出席，胡三是冲着田致远的外公薛老先生的滴水之恩，视田致远母亲薛玉蓉家为世交，也就把田致远作为晚辈对待，胡三难得家里办事，这样的喜事，自然想着他们。胡三之所以邀请柳玉清，因为柳阿姨是千岁坊最大的官，现在又主导着夕阳红大妈广场舞蹈队，胡三跟着后面做服务，算是走得最近的人，胡三请她，自己也有面儿。

43

田致远变了，不再是畏畏缩缩、悲悲戚戚的样子了。在苏美的婚宴上，他主动和老钟书记、章阿姨、刘采文打着招呼。

他被安排在钟书记他们这一桌上。只要心无愧，不怕闲话撑。田致远的过去翻篇了，他以自信和大方表明，使自己的人生有了起色。他完全可以靠自食其力，养家糊口了。老钟书记看到田致远，欣慰地打着手势，让他坐在自己身边，问长问短。田致远一一作答，并说了许多感谢的话。

章阿姨和刘采文看到田致远的时候，先是愣了一下。他们并没想到会请他出席，后来觉得胡家和苏家没把他当贼防，心里释然了许多 。当田致远被老钟叫到身边坐下时，他们只是会意地点了点头，算是礼貌性地打了招呼，可内心里还是觉得尴尬不适。

在旁的邻居，冲着他倒有相互咬耳议论的。刘采文听着另一桌的人窃窃私语，别看人弄得干净利落的，牛粪变不了金坨，污水变不了清油。沾上那毛病跟抽大烟似的，会上瘾的。刘采文听到议论，心里虽不爽，可脸上的神情依然淡定，大概受惯了穷苦滋味的人，习惯了遭人轻视的滋味，一切都在她的预料和想象之中。

刘采文没有让气氛冷场，在别人叽叽喳喳声中，她关心起田致远的母亲和姐姐来，便问小田说："你妈和雪妮还好吧？"

田致远转眼看到刘采文在跟自己说话，马上点头示意，说："好着呢！她们常念叨你们的好。"

刘采文看着小田，内心里多了几分自责。她为刚才表现的戒备心理感到羞愧。此时的田致远，衣着整洁、精神饱满、充满自信，面色比皎月犹白，眼睛如秋水还清，这怎么能跟"坏人"相提并论呢？一个饱尝愁苦劳顿的年轻人，周身透着温暖热情的朝气，这样的人，心灵哪是受到过污染呢？人总是以貌取人，找出相由心生的借口，妄加评判一个人的好坏，这实在是有失公允。当时的田致远作为她的管理对象，她的确有过责备和遗憾的心理。他们是同龄人，恨铁不成钢，担心他人的歧视会影响他的未来。现在看来，他有了稳定的工作，已经走出灰暗的世界，她应该感到欣慰，为他高兴才是。

婚宴席上，田致远不再是拘谨地接受着别人的客套，而是落落大方地帮着年长的邻居夹菜倒水了，令席间气氛与整个婚礼现场融洽一致。大家开始友好地接纳他，这让他心情特别愉悦。他不由得从内心里感谢起胡三大爷的好来，是胡三给他创造了这样的条件，让他跟邻里大爷大妈同围在一张桌子上，坐在舒适的椅子上，享受着相互尊重的权利，彼此之间拉近了心与心的距离。

夏柳完成了她的伴娘任务，走到了她所熟悉的同事席间，陪坐在刘采文一边。田致远睨视她一眼，她礼貌地递过一眼神。刘采文看着她和小田彼此既陌生又熟悉的表情，禁不住乐了。夏柳低着头，拿起筷子，只是含笑地往盘子里夹菜，顾不上揣摩别人的心思。只有章阿姨说，小夏辛苦了，咱们应该敬你一杯。于是，几个人拿杯子敲着桌子，不管是水还是酒便举起来，算是敬了夏柳一下。刘采文说，小夏姐往新娘旁边一站，就是一道彩虹，真让人妒忌。老钟附和道，小夏要加紧啊！就等着喝你的喜酒嘞。夏柳一边咂着嘴一边点头说，不着急，慢慢来，到时还请咱们这拨人。

田致远看着小夏局促的样子，脸上露出诡异的笑容。他觉得，夏柳也变了，变得跟他这类人可以平视了，当初的娇柔温润、清逸隽秀、令人心动的仪态不见了，继而显得无拘无束，同流合污了。环境真是一把利刃，什么样的人都经不起它的雕琢和改变。想想自己，同样是环境世事在造就，被改造。他不由自主地长吁了一口气。

婚宴结束的时候，客人纷纷散席，而田致远有意放缓动作，大概是婚礼亲热的氛围感染了他，他要借此机会亲近夏柳。夏柳正为苏美收拾最后的装扮。

苏美幸福地任人摆弄着，像是被牵着绳子的玩偶。不过她心甘情愿，咧着嘴笑着，笑得很妩媚，一改往日的忧郁神色。

田致远远远看去，觉得苏美的笑是替着别人笑，是皮笑肉不笑，眉飞色舞的笑，还不如绷着脸看上去自然些。不过，不管是真幸福还是假幸福，田致远内心里还是祝福多于疑虑。他们属于同病相怜的人，他们有追求幸福的权利，苏美能跟胡先生缔结良缘，自己也有与夏柳相处的权利。所不同的是，自己看重的是人品和仰慕。

夏柳看到台下只剩下田致远一个人站在那儿，老远地招呼问："怎么还没走呢？有事吗?"

田致远走过去说："不忙，等着你的。"

夏柳说："我快好了，咱们一起走。"

不一会儿，夏柳下来，走到田致远身边。田致远从裤袋里掏出一个盒子，送到夏柳手上。夏柳带着愠怒问道："什么啊?"小田说："经常上网看电脑，要注意眼睛，是护眼液。"

夏柳来回摆弄了几下，柔和地说："嗯，谢谢啊!"接着问："阿姨和雪妮还好吧？不能光顾着挣钱了，家里也好好捯饬捯饬。你看你现在自己不也收拾得挺光鲜的嘛。"田致远连声"嗯嗯"，像是接受领导指示似的，丝毫觉察不出是局外人的叮嘱。田致远说："现在工作还可以，自己兼职做网购代理，收入不是问题了。"

夏柳对他的兼职总是有些狐疑。现在的确流行网红带货，这种销售模式，确实烘托出大量人气，吸引上百万计的粉丝，可负面影响不容小觑，社会上有不少微词。与药品销售相比，网红带货其他消费品不至于带来健康之虞，可药品就不一样了，关乎人的生命安全，要是假冒伪劣药物用于治疗疾病，那后果不堪设想。夏柳提醒说："咱们可不要挣昧心钱，既不能挨别人骗，也不能去骗别人。药物是人命关天的东西，千万不能卖假货啊。"

田致远嗫嚅道："我也不懂好坏，买家只认牌子，用的效果也不错的。我会注意的。"

夏柳跟田致远没有往下聊，临别时，只是告诉小田，抽空了再去他们家看看。

夜深人静的时候，田致远躺在床上，脑子里闪现着跟夏柳说话的情景，心中洋溢出压抑不住的喜气。小田觉得，小夏跟自己越走越近了，似乎跟家人、情侣一样自然，没有丝毫的生分和窘态。她对自己的关心是认真的、真诚的、细腻的，既像姐姐，又像爱人。田致远承认，他文化低、见识浅，做事鲁莽；小夏学历高、视野宽，思维缜密，这虽说是差距，也是互补。为什么苏美可以嫁入豪门，我就不可以迎娶富家女呢？何况我不图人家有钱有势，只相信人品缘分，我只想着靠自己奋斗，换取美好的未来。事业和生活，有了小夏的相助，说不定如虎添翼。田致远辗转反侧，不能入眠，他想着夏柳的示好，想到两个人可以面对的生活，再想到把自己的事业做大做强，似乎一切都在不远的将来。可这现实吗？他进入反向论证阶段，从夏柳的眼神到她的言语表达，又觉得彼此不像是平等的爱恋关系，尤其劝他卖良心药，不挣昧心钱的神色，让他一下子心有余悸。或许夏柳是无意识的表达，可小田心里却明镜似的清晰。他没有告诉她实情，她也没问明实情，可她却切中要害，他自己担心的正是她所要求的，他曾信誓旦旦地问自己，只卖"真货"不卖假货，走私的水货不一定是假货，可偏偏自己的真诚不能代替自己东西是"货真价实"的。这是他的死穴。他似乎觉得小夏作为"家人"，冥冥之中在提醒着自己。蒙蒙胧胧的睡意中，他突然觉得"山雨欲来风满楼"了。

一周后的一天，刘采文悄悄地告诉夏柳，说田致远又有情况了。夏柳漫不经心地说："啥意思？有没有情况跟我有啥关系？"刘采文说："就是因为跟你没关系，才告诉你的呗。"夏柳以为田致远有了女朋友了，希望刘采文不要话中带话，自己跟小田撇清关系。刘采文却说："你不要多心了，小田可能出事了。"夏柳这下子凤眼圆睁，赶忙制止住她说："请你不要一惊一乍的，还能不能一件事好好说明白？跟咏叹调大转弯似的，一个换气歇气，把心快提到嗓子眼了，让人受不了。"夏柳靠到小刘身边，想从中得到有关田致远的详细信息。刘采文说："听说田致远在店里被警察叫走，了解什么情况去了。周边的商家在议论，我是路过听来的，谁让你高高在上，不接地气呢？"

夏柳觉得警察找公民了解情况，这也不算什么事，她埋怨小刘大惊小怪、小题大做。可刘采文辩驳说自己并没说有什么严重的事，是你夏柳神经过敏了。两人耍了一通嘴皮子，便各自忙着手中的事。

临到下班的时候，夏柳想到田致远的事情来，心想田致远上班挺安稳的，能有什么事情？关于过去矫正的情况，警察不必直接找他，找他也须跟社区干部打招呼的，更何况那件事一笔勾销了，不会重翻旧账的。莫不是又有新的情况？夏柳心里打着鼓，越想越成了心思。与其牵挂着，不如直接弄清真相。没等同事们下班，她就先离开办公桌，径直奔向沿街的药店。药店正常营业，只是小田和胖姐不在柜台里。她想，也许他们换班了。她拿起手机，准备拨通田致远，可一想电话里问不清，还是见了本人当面询问得当，便在微信里留下语音，约定见面一下。

直到第二天，田致远才回复说中午有空来找她，正好有重要的事情，请她拿主意。

夏柳见到田致远的时候，田致远满头大汗，好像刚刚经历过猛烈的装卸活计似的，只是笑得有点不自然，表情生硬得让人怜惜。夏柳问："没事吧？"田致远说："没啥大事。"夏柳问："听说警察找你啦？"田致远沮丧地说："了解点情况。"夏柳问："是了解单位情况，还是个人情况？怎么跟挤牙膏似的。"田致远这才告诉夏柳，他进的货物被警察暂扣了，主要是了解进发货渠道，如果没问题，货物会很快还回来的。

夏柳舒缓地松了一口气，可看着田致远虚慌的神情，又觉得事情并非想象中那样微不足道。究竟问题有多严重，连当事人田致远都吃不准，正因为吃不准，心里才着急。这批货品价值足足二十多万元，查扣下来，即便后面可以讨回来，那对他也是不小的损失。可一旦真查出问题来，意味着这二十万元打了水漂，他的所有努力和付出，以及母亲的养老存款、父亲留下的血汗钱，将即刻归零。这是一个可怕的猜测，也是一个不可能不面对的现实。田致远已经想到这一步了，所以流淌的汗水，只是从毛孔里渗出的虚汗而已。此时，他竭力掩饰自己的惊慌，为的是不能让夏柳看到事情最糟糕的结局。

三天前，田致远收到了快递发送的一批货品，正当他兴致勃勃地拉入临时租借的房子里时，迎面进来了三名警察。他以为警察只是一般履行公务，检查防盗防火防诈骗的，没想到警察一口准确地叫出了他的名字，翻来覆去倒腾了几个箱子。三名年轻警察比较友善，说话比较客气，没能激起田致远的反感，田致远也就自然而然地予以配合。一名出示警证的警长告诉他，接到举报，对你这批货物进行检查，请予配合调查。接着两个辅警将货品贴上封条。在进行了相关程序之后，警察决定把货品拖走，要求田致远近期不要离开，随时接受问询。

田致远望着拉走的东西，不祥之兆从心头袭来。他不能肯定，面对这样的情况，会是怎样的结果。他的脑子一下子被激活了，围绕着这批货品的命运，联想到自己的命运。曾记得，在他网购做得风生水起的时候，有网友曾提醒过他，这种护眼液，不是一般的走私商品或海淘带货，往大处说，它算是药品走私。只要国外药品在国内没有批号的，不管是走私的还是正常渠道进来的，都视为假药。一旦他的货品以假药论处，那麻烦可就大了。如果护眼液以保健品论，或许问题没那么严重。之前，他听说过一部《我不是药神》的电影，故事的发生地就在无锡，主人公原型是身患癌症的企业老板，因代购印度产的救命药格列卫而被指控倒卖假药，受到司法追究。电影的结局比较悲情，主人公被囚车拉进监狱，而现实中的原型比较幸运，在强大的舆论压力和患病同胞的求情下，免于起诉。药品是用来治病的，一旦冠以假药或者非法药物，性质就变了，那不仅是药物本身受到不公正对待，从事销售和购买的人也会招来厄运。

田致远想，护眼液显然不能与格列卫这样的稀缺药物同日而语，格列卫这种特定的药物价值三五百元，且每月服用就要花费上万元，而护眼液价格也只有一二十元，只是普通人眼睛保健使用而已，要是以此给他定上走私和贩卖假药的罪行，那真会让他冤枉透顶了。他不相信犯法这样的倒霉事会重演。他坚信，警察会人性化处理，检察部门不会上诉，法院不会接受庭审。

夏柳找他问明情况的时候，他仍对此抱有幻想，一来安慰关心他的人，二来自己给自己打气。

可事件远非田致远揣测的那样简单。

没等田致远到派出所问明后续货品是否退回，警察开着警车，直接从上班的点上把他带走，接受拘留调查。面对冷冰冰的法条，田致远这次真的又遇上大麻烦了。

在拘留所漆黑的小屋里，田致远再次感受到司法利剑高悬在他的头顶。这是距离上次以盗窃集体财产嫌疑被拘后的五百二十五天。他清晰地记得，为了讨回自己的工钱，顺手牵羊取走了公司老板的笔记本电脑，却吃了官司，他承认吃了法盲的亏，接受了一年多社区矫正的刑罚。他一直抱着悔过自新的心态待人待己，做一个守法遵纪的好公民，用自己勤劳的双手，改善自己和家人的生活，没想到刚刚起步开始的网购，却再一次把他送进了黑屋。究竟是哪里出了毛病？就算是假药，他也没有害人的动机，不至于又接受这样的处罚。怎么倒霉的事情总在自己的身上发生？前世究竟造了什么孽？非得让自己接受刑罚。他越想越气，越想越恨，突然间感到鼻酸喉堵，眼泪热辣辣地涌了出来，绝望的号啕声回响在黑屋里。那哭声没能渗出高墙外，没能撼动老天的怜悯，没能惊动跟他一样的人，只有眼泪簌簌地滴落着，洒在黑屋的墙根下、角落里，给小黑屋增添阴湿盐霜，让自己的身心浸泡在盐卤里。

田致远被带到提审室。他像所有嫌疑犯那样，面对警察进行一问一答式的笔录调查。只是警察没有让他戴手铐，态度也算温和。可对他来说，却是接受着严苛的审讯。他心有不甘，他不能像上次那样，完完全全像个被人提拎着绳子的杂耍猴子，让翻跟头，就打个滚儿，给个暗示，就不顾一切地埋汰自己，最后还得被人吆三喝四，打入笼子里。人不能踏进同一条河流。他的同事胖姐说是哲学家说的。她还说吃一堑长一智，就是鼓励他大胆地闯、大胆地干，不干一点出路都没有，不干永远受穷没有出头之日。他确信自己充其量涉嫌不正当竞争，一定是触犯了同行的利益，才做出举报这样的下三烂事儿来。即使是涉嫌违法，他也要做出抗争，尽最大努力保护自己，不能再做易捏的软柿子了，更不能随意地踩进设定的坑里。这几年的社会阅历，让他知道了微妙的生存法则，高墙里写着的“坦白从宽、抗拒从严”，可真的坦白得一无是处，那还是量刑定罪。所谓事实清楚、证据确凿，也都是通过自己的嘴巴里冒出来的，之前的经历让他相信，坦白从宽、牢底坐穿，抗拒从严、回家过年。

警察询问大致包括以下内容：叫什么名字？性别？年龄？从事职业？工作单位？家庭住址？货品来源？品牌类别？价值？何时开始销售？销售渠道？赚取利润？有无其他合伙人或参与者？

田致远按照口供笔录一问一答，严谨有序。他如实交代自己刚刚做网购，货源是从网上找来的。他说，既然网上可以销售，难道网上是非法交易吗？他说，他没能赚取到钱，这批货的货款是他押着全家的血汗钱，还有一部分找朋友借的。快递兄弟梁平，虽是过去的工友，但真正交往，还是他第一次吃官司之后，他为人仗义，只要他有求，梁平会必应，当他支支吾吾开口借钱进货时，梁平没二话，就从卡上透支了五万元，他爽快地答应二十天内还上。他说，在药店工作，工资不高，只能维持自己的开销，网购是业余兼职做的。货源上家不知道什么地方的，发货地也是快递公司地址，电话号码只能接收，打不进去，联系方式主要靠网址。货只是零售，一笔就挣几毛钱，多则一两块。这批货至少要销售一两年，还保不准回本。自己单干，没有合伙人，也没人愿意干这种小本生意。田致远招供的都是实情，起初准备的闪烁其词没有利用的价值，事实比警察要掌握的还简单，也没必要添枝加叶。

两个警察耳语了一番，大概算是口供笔录做好了，便递给他过目确认，他说就这些情况了，没出入。警察说如情况属实，就在上面签上字。

警察离开的时候，交代他，让他通知家人，给他送洗漱用品和换洗衣物。他以为笔录做完了，就可以放人，没想到要带生活用品，看来已不是打发两三天时光的事了，这要让他长期蹲守了。他再一次蒙了，感到自己又被丢弃到人设坑里了。

田致远照实说了家里的情况，病重的老母亲不能受刺激，瘫痪的姐姐不能自理，一家人靠吃低保和残疾金生活，她们不但不能给他送东西或看望他，就是自己的生活都无法料理。警察有些作难，问他离开了他一家人怎么生活？他说，没法生活，离开了他，锅不动，瓢不响，连水都喝不上。他挣的钱勉强维持看病吃药。

两个警察可以算是身经百战的人了，在他们处理的嫌疑人中，可从来没有人像他这样，找出令人既同情又不可理喻的困难的，他们不相信现在还有这样的人家，竟然生活得这么难堪。令他们看不懂的是，既然过得这个样子，为啥还做非法的事？他们不会想到，不是所有的犯罪是因为无知和贪婪，处于极贫状态下的人们，或许为了一口饭、一件衣，不得不铤而走险地干违法的事儿。光脚不怕穿鞋的。兔子急眼要咬人。人真的逼到了这份儿上，什么事都会干得出来。田致远虽没有逼到穷凶极恶的地步，可一副健全的身子，还是让他有着改变贫穷命运的冲动。不过，年轻气盛的他，自从挑起家庭的重担之后，他就发誓不能再这样痛苦挣扎地活着，他要改变一贫如洗的生活状态，他不止一次地起意谋取意外之财，可在关键当口，还是克制住自己，没有胡作非为地乱来。

当然，田致远叙说的这种情况，已经有所改观，自己有了工作，收入虽微薄，能贴补家用，母亲薛玉蓉经过治疗康复，病情得到控制，能够承担起基本的家务，只是家里的确离不开他。让母亲和姐姐给他帮助，几乎不可能。

警察问得无可奈何，最后甩下一句话，你涉嫌违法，法律面前人人平等，总不会因为家庭困难，就不接受法律处罚的。既然家里没人，那只得通知所在社区和单位啦。

警察提到工作单位，突然又冒出一个问题来。这批货是你个人行为，还是公司行为？这在判决中量刑是不一样的。田致远问，有什么不一样？警察没有做出解释，只是说，后面可能还会提审，要根据起诉机关的要求，作补充材料的。如果进入庭审程序，你可以请律师辩护。

田致远听懂了警察的意思。是善意的提醒？还是忘记的口供笔录？这已经不重要了。至少他如实汇报了家庭的悲情，作为一个有人情味的警察应该是有触动的。他想，不要因为自己的犯罪，而把家庭包袱推向社会，这并非法制需要的结果。改造一个人的同时，应该是拯救一个家庭，教育一个群体，这才是法制精神。当然，田致远不会这么高瞻远瞩地思考问题，他只是想，不能因为自己的错，让一家人遭殃。他是想让一家人过上好日子的，是让一家人不再成为社会负担的。不承想，事与愿违。

警察的提示，是在变相挽救自己。田致远曾经受到矫正处罚，在那段时间里，他接受了系统的法制教育，对有关律条印象深刻。既然他拿老板的电脑算盗窃公家财物，那说明公家和个人在量刑处罚上是有区别的。这起事情如果发生在单位，可能处理的结果就不一样，充其量罚款了事，对人的处罚无法认定。除非职务犯罪，公司法人吃官司。假如把这批货品算作单位的，是自己私自做主采购的，这样的说辞不是不成立。只要跟胖姐串通好，在没给单位造成损失的前提下，变通处理是完全有可能的。想到这儿，田致远感到抓住了救命稻草，这是他唯一可以开脱罪责的机会。

老钟书记接到派出所电话，得知田致远正在接受拘留审查时，急得上蹦下跳、来回转圈。他责问对方，究竟是什么情况，竟然让他拘留？对方简单地介绍涉嫌走私药品。他说，怎么可能呢？他刚刚上班没几天。他哀求警察不要毁了这孩子，毁了他就彻底毁了那个家了。对方说，抓人讲证据的，不会随便抓。老钟书记坚信，小田是善良、单纯的，本质是好的，没有作恶的基因，也没有犯罪的条件。年轻人偶尔犯点小错，也是情有可原的，但总不至于他一犯错，就往犯罪那头靠啊。老钟更着急的是，千岁坊社区是和谐社区，正向省级文明社区冲刺呢，他也被上报先进个人，在这节骨眼上，不要说有人犯事，就是社区环境卫生上了“黑榜”，那也不行的。怎么一到关键时候，就有人给上眼药水呢？老钟嘴里嘟囔着，心里却没了主意。他一个社区书记，哪有能耐左右得了抓不抓人的事？

老钟叫来章阿姨和夏柳，通报田致远被抓的事。看着夏柳不动声色，章阿姨问：“是不是你早就知道了。为啥不早说呢？”

夏柳眼圈一下子红了，带着哭腔说：“三天前听说的，还问过他，他说没事，只是警察了解情况。”老钟说：“怎么会没事呢？他那是怕你担心吧。警察找上门，还能有好事吗？”

章阿姨惋惜地说：“这田家出了哪门子邪劲，田德贵莫名其妙被轧死，薛玉蓉鬼使神差中邪，好不容易健全的儿子长大，却又屡屡犯法，真是人倒霉喝凉水也塞牙。这个田致远，看上去人挺老实，怎么做事净踩坑呢。大家都在帮他，可他却是扶墙墙倒，捉鸡鸡跑，避狗狗咬。看来就是个讨饭的命。”

老钟书记说：“现在就不要再埋怨了，咱们也没有能力捞他出来。当务之急，是怎么把这事跟他母亲说？怎么把生活用品给他带过去？”说着，便看着夏柳，希望夏柳出面跑一趟。

夏柳有车，跑路方便，更何况跟田家结对，夏柳往田家走得勤，跟薛玉蓉和田雪妮亲近，再说夏柳跟小田相处得跟男女朋友似的，在小田有难的时候，她不会撒手不管。

夏柳抬起头来，看了看老钟，看了看章阿姨，像是受领任务似的说：“那我去吧！反正你们当领导的要全力支持。田家不能没有田致远，万一吃官司坐牢，那他母亲和姐姐可彻底没人管了。你们要么找家政人员上门服务，要么送她们去福利院。可这还得看她们是否愿意。万一他妈再受打击，彻底疯了，那咱社区这帮人可有的忙啦。”

夏柳提醒的，也是钟书记担心的。可情况明摆着，能咋办呢？老钟说：“先不要告诉薛玉蓉，只说她儿子突然出差了，没来得及告诉她们，拿点行李给他寄过去。小夏去办这事，说不定他母亲会高兴的。”

田致远听说社区来人看他了，他不肯见面，只是托警察收下了自己的个人物品。警察告诉他，是个姓夏的社工女孩来的，有没有什么需要交代的。此时，他已无法面对小夏了。他意识到，他是一时半会儿出不去了，只得传话委托社区的叔叔阿姨姐姐妹妹帮忙，照顾家里的母亲和姐姐。

此时的田致远像是彻底息了气的皮球，完完全全松软下来，他连为自己抗辩的勇气都没了。他觉得，他的不当行为，远离了自己的初衷，拖累了许多人，哪有什么理由再让单位背锅。所在的药店对他不薄，同事对他友善，做人得讲良心，自己的事情应该自己扛。既然是自己所为，与单位无关，就不应该嫁祸到单位上，甚至胖姐都不能连累，胖姐对他的帮助，让他心存感激。他不会干卸磨杀驴的事儿。

联想到胖姐的帮助，他历历在目，从萌生网购念头，到起步开拓渠道，到实际操作运行，胖姐给予了亲力亲为的指点，让他顺利地发现掘金的空间。当他的欲望渐渐膨胀时，胖姐给过警示，告诉自己不能一口吃个胖子，饼摊大了易噎着。她鼓励他小步快进，不要冒进，一旦目标大了，就会暴露。她暗示过自己，这种买卖是见不得光的，有钻法律空子的意味。可当一天中能接几十单的买家后，他把持不住自己了，把胖姐的提醒当成了耳旁风，脑子里只是微信里的刷单，忽略了眼前将要面对的暗洞。这一切，没有谁可怨的，恨只恨自己的无知，恨自己是个倒霉蛋。

他越发想不明白，自己的事情是怎么被警察发觉的？自己怎么会被人盯上的？现实中，网络里，制假贩假的人和事多了去了，怎么就他被查呢？他抱怨命运不公，觉得命运处处跟他作对，不让他安生过好日子。觉得这世道，欺人太甚，对他太苛刻。他付出百分之百的努力，却得不到千分之一的回报，百分之九十九点九九都是酸苦辣咸，一丁点甜都舍不得施舍。他在拼命奋斗的路上，尽是挨欺负，吃着软亏不够，还得限制着人身自由，让自己带着污点活着，就差脸上刻上“罪人”二字了。

殊不知，若要人不知，除非己莫为。

夏柳发愁着怎么安抚薛玉蓉和田雪妮。她登门进去的时候，雪妮仍是那样欢快。也许雪妮活得最无忧无虑，而夏柳只是僵硬地笑笑。薛玉蓉虽说看到了夏柳心中生喜，可脸上还是藏不住诧异。田致远几天不着家了，她焦虑地等待得寝不安席、食不甘味。一个大活人，无声无息，失踪了吗？遇事了吗？咋会一点说法都没有呢？她陪着田雪妮，希望从田雪妮身上求得答案。田雪妮手里常常攥着硬币，有兴致的时候，便拿着它抛着玩，薛玉蓉想儿心切，看着田雪妮，嘟囔着田致远，自言自语地问其下落，雪妮开心地举起手中的硬币，像是猜出母亲的心思，攥着硬币，手舞足蹈起来。薛玉蓉突发奇想，让雪妮拿着硬币占卦，说是弟弟致远生死未卜，还能算出他的死活来？雪妮指着国徽一面，吃力地说“活”，指着数字一面，吃力地说“死”，然后，两只手合拢上下抖了几下，往桌面上一掷，国徽面朝上。雪妮激动地又蹦又叫，母亲看到她笑着喊着，看着她指着桌上硬币国徽亮在明面，跟着露出了笑。这本是排解苦闷的游戏，却成了母女俩的精神寄托。她们只是以死和活的各半概率，相信了这个游戏。其实，死是没有那么简单的，而活也是不易的。可在活不见人死不见尸的情况下，只能从极端的方向去思考，所以她们要从占卜里找到答案，寻求心灵安慰。先把人往性命无虞的方向想，至于怎样状态下活着，活得好不好，薛玉蓉没有多想。她哪怕过着猪狗不如的生活，也得盼着儿子好好活着。当夏柳出现在她面前，露出僵硬的笑时，她更加坚信儿子应该是委托她来看她们。不然，儿子今晚再不回来，她准备出门去找了。

夏柳走进屋里，感到房子里冒出一阵凉气，缺少生机。眼前窄小的客厅里杯盘狼藉，家什凌乱得不能立脚，俩人像是刚从被窝里爬出来似的，蓬头垢面，衣着不整。夏柳发现，田致远不在的时候，眼前的景况是这个家的常态。她想嗔怪几句，可看到可怜的母女俩，鼻子一酸，眼泪控制不住地流出来。

薛玉蓉惊愕地叫着问：“致远呢？我的儿呢？”

夏柳强打起精神安慰说：“田致远没事，托我来看你们的。”

薛玉蓉这才轻松下来。她相信小夏说的是真话，人不会拿死活开玩笑的。

夏柳说："薛阿姨，你不至于想儿子，想得忘了把自己打理利落啊？家里收拾得干干净净，自己心情也会好的哇。万一致远忙得回不了家，家就这么邋遢下去吗？他要是看到，会伤透心的。"夏柳一边说着，一边帮着归拢地上、桌上的闲置东西，把碗筷匙铲收拾进厨房。

薛玉蓉这才觉得不好意思起来，责备自己说："所有的心思都用在想儿子了，也就没想到把家整一整。"

夏柳问："家里吃的用的都有吗？"说着，便打开橱柜，看到里面只剩下皱巴巴的方便袋和两块干馒头；打开冰箱，里面黑洞洞的，连电源都没插上，里面只是几听空饮料瓶。她不由得又心酸起来，想着这个家离开了田致远，真的是举目无靠，吃了上一顿没了下一顿。她拿起手机想向钟书记汇报，可电话打给了刘采文。她让刘采文从慈善超市里申请米面油酱，顺便让她再从外面带点鸡蛋和蔬菜之类的，她要先解燃眉之急。她都不好意思问她们早饭和午饭是怎么解决的，只想着在下班之前，帮她们做好晚饭。夏柳出国留学练就了独立生活能力，回国后几乎没进过厨房，家里母亲把一日三餐安排得妥妥帖帖，连操心都不需要，更不需要动手。眼前的境况，只能指望着她了。她急切地让刘采文帮忙，不管饭菜做得是否可口，只管让她们能吃到热饭热菜，内心里才觉得对得住田致远这样一个心仪她的人。

夏柳带着糟糕的情绪回到家中，母亲柳玉惠看在眼里，疼在心里。她以为，女儿在外受委屈了，便开导说，这工作咱们可以不做啊，非得拿自己赌气干吗？柳玉惠知道，社区工作尽是跟老弱病残打交道，婆婆妈妈的，没有爱心真干不来，看着都会影响心情。夏柳知道母亲曲解了她的心思，便告诉母亲别打岔，脑子里装着其他的事。柳玉惠看到女儿开口了，又多了好奇，便调侃地问，是谁欺负了咱格格了，要不要母后为你做主？夏柳这才告诉她，田家这回又摊上事儿，领导让她出面帮助解决眼前的困难，可这个残破的家庭怎么帮啊？自己正为这苦恼着呢。

柳玉惠从座位上站起来，不屑地说："还以为多大事呢，像是发生在自己身上，搞得这么愁眉苦脸的。这个田家咋尽是邪乎事呢？隔三岔五弄点情况，根子肯定出在儿子身上。邪乎到家必有鬼，有鬼必有人捣鬼。"

夏柳感叹道："这田家其实是薛家的血脉。薛家兴旺鼎盛时期，开枝散叶，成就了半个城，可到了薛玉蓉手上，却败落得不堪一击。三十年河东、三十年河西，时势弄人啊!”

夏柳嘴上虽这么说，可心里总觉得田家的败落与她有关，与她有关不是说她害了田家，她隐隐约约地觉得，父亲夏秋生在薛家衰败进程中，充当了一个不光彩的角色。外面的传言和心灵的感应，总会聚焦在父亲身上。夏柳对这种雾里看花的情形总有种说不出的苦恼，甚至让自己产生特别欲罢不能的烦闷。心情烦躁的时候，身体里就像爬进了跳蚤，上蹿下蹦地胡刺一通，惹得每一个毛孔要胀裂开来，那种瘙痒连挠带摁都不过瘾，不如以疼痛换取止痒来得痛快。她宁可相信这是事实，事实真相总比越描越黑的诬陷诽谤来得明快，也只有这样，她才会心安，似乎才有了帮助田家的理由。

田致远从看守所里带出话来，说是托人代请律师，一是庭审要求，二是自己要拿起法律武器最后一搏。鉴于他的实际困难，老钟书记说可以申请法律援助，义务帮他辩护。夏柳感到，到了对簿公堂的份儿上，田致远的事不是小事，是真的触犯刑律了，是要吃官司，律师再有三头六臂，也难保定不上罪，更不可能把有罪辩护成无罪。田致远自己酿出的苦果，自然由自己吞，可扔下的这个残破的家，谁来负责呢？刑期最少也得一年半载的，其间谁来承担这个家庭的重负呢？她真不敢往下想，越想越觉得自己都有罪。

老钟带着夏柳找到司法援助中心，详细介绍了本社区居民田致远因涉嫌走私贩卖假药，将面临刑罚的情况，介绍了这个家庭的贫困状态，介绍了这个人对这个家庭的重要性。老钟把别人的事说得跟发生在自己身上似的，悲悲戚戚，火急火燎，几乎是苦苦哀求，连夏柳都沉浸在痛苦状态中。律师对这样的恳求见怪不怪，这样的哀求和哭诉他见多了，每一宗被起诉的当事人要么有着感天动地的委屈，要么有着痛心疾首的忏悔，可他需要听到的是真相，评判的标准是法条，职业养成了律师的理性，这种理性几乎到了不近人情的冷酷。而对于求助者来说，只要答应帮助申辩，那在他面前所遭受的冷漠或鄙视，一概忽略不计，哪怕塞红包、认祖宗，也是值得的。

律师答应辩护，不过，律师撂下话来，说这类案情跟刑事犯罪和经济犯罪都不同，社会舆论关注度高，司法裁量空间小，做无罪辩护的支撑因素少。加之这类案件犯案率低，律师参与辩护的经验不多，辩护过程中所起的作用可能没有想象的那么好。老钟书记点点头，算是理解为——这种官司是在风口上，比较难打，即使打了，效果不一定好。便再次恳求说，帮帮忙，只要尽力而为就好。似乎人都濒临绝境了，水中漂浮的不管是稻草还是木板，只要能救命，就尽力争取。

回来的路上，夏柳提醒老钟书记，说是最好以单位名义打听派出所办案情况。她不相信这事需要经过检法的起诉判决，公安取证进程也没到这个地步，如果争取到行政处罚，就不必请律师到场辩护，毕竟律师调查答辩需要一段时间，拖延一天就意味田家人失控一天。

夏柳通过刘采文找到她的警察男友，打听到了一些情况，说是目前正在取证阶段，不便对外公开，说是如事实确凿，不仅要判刑，而且要处以三倍罚款。夏柳听了倒吸一口凉气，她无法相信代购卖药，会带来这么大的后果。

之后的日子里，老钟一边安排夏柳、刘采文和章阿姨轮流看望薛玉蓉和田雪妮，切实保证母女俩能正常地吃上三餐，一边托人活动，为田致远说情。老钟为他说情，既是同情，也有为自己减轻负担的考虑。社区工作人员不可能长年累月地照护这个特殊家庭，他也没有精力成天为他们操心。

老钟决定卖出自己的老脸，问问田致远的案情，求求执法人员手下留情。他起先通过刘采文的警察男友找办案人，可这个警察男友太嫩，系统内的人头没多少能搭上的，何况找领导他不够面子。接着，他想到了自己的三表姑家二姐的大儿子在看守所里当警察，电话找到三表姑，三表姑找到二姐的电话号码提供给他，让他自己联系，他联系了半天，先是没人接听，后是电话关机。后来终于接通，二姐半天没有反应过来。很久没有联系，二姐大脑里已经没有钟志国这个亲戚的讯息了。老钟只好说，找大外甥有点小事，不是麻烦事，告诉电话号码就成。二姐说，大儿子可忙啦，我们都尽量不给他添乱的，如今当上领导了，我们更要支持他工作。老钟兴奋地问：大外甥哪儿高就了？升到哪个岗位了？二姐说，听说警长、片长什么的。老钟“噢”了一声，知道二姐年纪大了，外面的世界弄不太懂。说“那就不麻烦了”，便挂了电话。

老钟觉得自己的私人关系力量太小，便试着卖卖自己的老资格面子，能不能打通说情的通道。他代表基层民意，以社区负责人的身份，向街道领导汇报田致远的情况，街道综治办负责人了解田致远的事，知道田家的实际困难，便答应带他找区政法委反映情况，区政法委领导听到情况后，甚为惋惜，表示会重视这起案件，让他写个书面材料，通过书面材料再跟公安接洽。老钟回到社区照实做了，让夏柳和刘采文两个高知笔杆子，仔细推敲，认真润色，她们担心陈述内容过于繁冗，便从三千字改到了两页纸，言简意赅，意图清晰，让呈阅领导一目了然。

公安得到政法的呈请，没有马上回复，先是详细了解案情，当得知此案只是按照诉讼要求取证时，公安像是抓获一红通嫌疑人那样兴奋，陈情政法领导，说是此案虽说是普通刑事案件，但破获此案意义重大，他们无权定性，侦查结束后，转交检察机关。政法领导如法炮制，把公安的说法转述给了老钟书记。老钟书记只得进一步哀求，希望检察机关做出不起诉的决定。政法领导觉得老钟书记说得有道理。一个社区干部能够这样低头作揖地给居民求情，不能不感动政法领导。权为民所用，利为民所谋，执政为民，为民服务。老钟把口号挂在嘴上不停地嘀咕，既是鼓励自己，也是提醒他找的领导。政法领导觉得他把口号用在为违法者求情上，失之偏颇，当时提出批评，可看在他如此不顾个人荣辱地为民奔波，又不好随意地推拒，便答应帮他问明情况，争取最小的处罚。

后来，老钟得知，检察机关经过对案情的权衡，甚至请示上一级司法机关，没有做出不起诉的决定。他们的意见是，此案定性为本地查处的首例假药案，跟《我不是药神》有异曲同工之处，现行法律和相关补充解释明确列为打击对象，公诉机关起诉有典型性意义。不过，检察机关也表明会处理好情理法的关系，在起诉中会酌情考虑案情生成背景、家庭因素和本人现实表现，以争取法庭在量刑批捕上的从宽。这也算是通过政法领导给老钟求情之下的回应。

44

老钟正设法让田致远的事情大事化小、小事化了，调动着他所能调动的资源，为其开脱或是减轻罪责，可到了法律来管的事情，便由不得他的意志了。他老钟倒不是想为田致远喊冤叫屈，只是实在看不过去这家的可怜样儿。田致远进去了，他解脱了，可这个残破的家怎么办？他们不能不管，可又能怎么管？社区不是慈善机构、福利院，社区工作者不是家庭保姆、护理员。他看到了田致远事件背后的逻辑关系：处罚田致远，就是处罚田家母女，也是处罚他们这帮社区工作者，他们兜不住，那就是社会的负担，政府的负担。

老钟绞尽脑汁应付田致远“假药”事件的时候，千岁坊又冒出一档事儿来。

章阿姨向老钟报告，接到一个通知，说是王雷仁被安徽九华山警方扣留，要求派人接回，区民政局已经做了安排，社区里要派人一起同行。

王雷仁自跟柳玉清因渗水问题，闹得不可开交之后，两家消停了一些时日。王雷仁像人间蒸发似的失联。幸好他是天马行空、独往独来之人，千岁坊的家只是旅店，住上一段就空闲着。王雷仁脾气性格虽说跟柳玉清不对付，可从没给社区蹬鼻子上脸过。不过，他那不怒而威的模样，倒也让人敬而远之。他属于独居无固定收入者，社区把他列入救助范围，他果断地拒绝了。即便有时生活窘迫，他也从没向社区寻求过帮助，算是有骨气的硬汉子。

老钟丈二和尚摸不着头脑，便问：“王雷仁跑到安徽去了，关咱什么事？咋要我们接呢？到底啥情况？好好问问清楚。”

章阿姨打电话问民政局。民政负责人说，王雷仁在九华山那儿流浪街头，被当地收容啦。章阿姨说，王雷仁不呆不傻，怎么也不至于流浪不认识家吧？民政负责人说，后来问清楚，大概生病昏倒在街头，神志不清，警方当乞丐送到救助站的。章阿姨把情况继续向老钟汇报，让他尽早安排人跟着民政局干部把王雷仁遣返回来。

老钟找章阿姨商量派谁去？王雷仁是章阿姨结对帮扶对象，按分工还得章阿姨负责，可章阿姨毕竟上了岁数，出差在外，万一有个好歹不好交代，为难之下，还是想到了两个人——夏柳和刘采文。社区里的人要么是年纪偏大的、有家庭负担的，要么是挂靠的，人不归社区管，老钟不便使用人家。唯有年轻人，用得顺手。可接收一个邋遢的老头，两个女孩有诸多不便。老钟满脸惆怅找她俩的时候，实在开不了口，两个女孩实在逼急了，才支吾地谈起王雷仁的情况，委婉地说，其实跑这一趟，相当于旅游放松一下。夏柳和刘采文表态说，出这趟差可以，但两人结伴一起有个照应，一个人不敢。老钟答应了。说是跟着民政局的人去，咱们只是配合，没有啥难的。

夏柳和刘采文跟着民政局的小赵，带着救助车一路前往九华山。经过警方的引导，在救助站见到了王雷仁。此时，王雷仁躺在临时病床上，一副病恹恹的样子。医护人员正在对他进行检查，为他注射着药液，为安全返回做着准备。

救助站简要地介绍了王雷仁的情况。

一周之前，警方得到群众报告，说是有人披着灰色袈裟困蜷在山间的岩壁处，看样子奄奄一息了，警察及时赶去，把他拉到附近的诊所进行抢救。待从昏迷中苏醒过来后，问他情况，才从他口中得知，他是误听人说九华山有个高僧很有神力，还能治百病。他近来身体出了毛病，久治不愈，想着自己早有出家修行的打算，就跑到佛门圣地来了，想着念佛和看病一起做呢。据他说，那个高僧没有见到，倒是跟慧智和尚结缘，留在他不大的寺庙里养病，他跟其他居士一样，每天吃斋念佛做功课。为表现自己的虔诚，他把身上所带的钱和物全部捐献给寺庙。时间不长，慧智和尚发现他的病情加重，劝他下山救治，这才自己忍痛下山找医院。没想到半路上正逢刮风下雨，这才躲在路边的岩壁缝里，连自己都不知道出来几天了。

王雷仁见到社区来人了，伸出双手，手心合拢地向她表示着感谢。

刘采文问医生是什么毛病，医生拉着她从外边走，轻声地说，初步诊断是肝肿瘤，到中晚期了。夏柳没想到，起初认识的王雷仁还活蹦乱跳的，为管道改造奔波过，为房子渗水跟姨娘吵闹过，怎么现在这样了？半年不见，王雷仁几乎不再是那个聊天都能聊得慷慨激昂、走路都能走出气宇轩昂的王雷仁了。躺在病床上的王雷仁，已蓬头垢面、肤色焦黄、瘦骨嶙峋得不成人形，他们几个看了都心头一酸。

刘采文说："你的事情，我们知道了，接你回家，好好治疗。"

王雷仁轻轻地摇摇头，嘴角露出一丝微笑，说："添麻烦了，我是自作自受。"

民政干部小赵尖刻地说："你呢，是一条好汉，让人敬佩。现在是好日子过得过头啦！福也享了，罪也得受着。"

王雷仁满意地笑笑，说："我跟佛无缘。本来想出家修行，在寺庙终了一生的，可佛不要我，只能从俗回家了。"

小赵调侃说道："你从哪儿来，就得往哪儿去。江湖一生了，总得收心归家的。你看，我们来接你，旁边这些人送你，搞得跟战场下来的伤病员似的，就差给你披红戴花荣归故里了。"一番带着戏谑成分的话，让救助站气氛轻松了许多。

王雷仁笑傲于江湖，在熟悉的人当中，可谓有口皆碑。如果说清名桥地区跳槽下海第一人是谁？那大家必竖大拇指说是王雷仁。王雷仁早先离开工厂时，自告奋勇去市外集体小煤窑应聘。那个时候，他还停留在计划经济思维里，以为集体经济可以保饭碗，结果拼命干了一年多，工钱还顶不上食宿费。他原以为煤工往外出，是因为工作条件太艰苦，而他不怕苦，就往里面进，可进去之后，才知这个饭碗也朝不保夕。他光棍一条，干什么没有后顾之忧，他相信凭自己一身力气，没有过不去的穷日子。东方不亮西方亮。他毫无羁绊地背着行囊西行，在山西一处煤矿落了脚。

王雷仁尽管在集体小煤窑没挣到钱，可内心还是感激这段体验。没有这段挖煤经历，就没有山西煤老板的赏识。煤老板的尊重和讨好，让他颇有面子，他成了老板手下得力的帮手。说是帮手，有褒有贬，虽同在暗无天日的地下十八层作业，他却对老板的地上遥控指挥心领神会，颐指气使发号施令，对那些没有文化甚至是被拐骗而来的人吆三喝四，纯粹的周扒皮形象，比黄世仁还心狠手辣，十足的打手一个。可褒的方面，值得佩服，他能判定瓦斯浓度，能观测出塌方险情，鼻子比猎犬还灵，比仪器还准。地下漆黑的世界里，挖煤工就像一头驴，只知简单地挖掘装卸背运，哪管什么操作流程和安全防范，常常冒着生命危险进进出出。好几次，采煤区出现塌方险情，他凭着熟练的操作防范，准确地避免灾祸，把挖煤兄弟从死神手中拉出来，为老板挽回巨大损失。就这样，他成了那帮苦命兄弟的恩人，成了老板心目中的英雄。挖煤兄弟虽说当成牛马，被他吆来喝去，却也心悦诚服、心甘情愿，他这个老板的走狗，倒也变成了知己。直到有一天，上级来了通知，说是整顿小煤窑。老板测算了一下，根本无力花巨资改造，于是打起了王雷仁的主意，几番连哄带骗，让王雷仁动了心，暂时顶替当老板。做一天和尚撞一天钟，更何况这钟不白撞，收入分成得一半，王雷仁和工友们是白天隐藏在深山里，夜间深入到地下采煤区，偷偷摸摸干了两个月。王雷仁数着老板给他分成的一沓钞票，喜笑颜开。他可没见过这么多的伟人头像的，他做梦都想拥有这么多钱，现在真的梦想成真了。他想把这笔钱寄回去显摆，可没有让他特别挂念的亲人，很小的时候他就被送了人，后来逃荒被太湖渔民收养，之后进了城有了工作，却一直没有联系到家人，只有安徽远房亲戚偶尔通通信。他心中倒是装着一个人，可这人跟他处处作对，更何况人家结婚生子，前途一片光明。他想这个人一定没有见过这么多钱，他要告诉她自己在外干出了名堂，让她至少对他也敬佩一把。可又想，凭啥把钱寄给这个负心的女人，她与我有何相干？心里便发着狠骂着，柳玉清，你这个水性杨花的货色，你再有本事，有老子这么多钱吗？手上捏着钱的那些日子里，王雷仁精神抖擞，黑黝黝的脸盘发着金光，身上像是镀了钨金似的，连自己都觉得身家不菲了。可好景不长，偷开小煤窑的事情再一次败露了。王雷仁连同身上的钱物全被警方带走。

王雷仁被警察扣押的事情，没人关注过，一则山高皇帝远，消息闭塞，二则他过去是警方的常客，不会让人大惊小怪。但王雷仁在山西成了煤老板，钞票挣得堆成山的消息，倒是不胫而走。人家是好事不出门，坏事传千里，可王雷仁这回倒是相反。只是他开煤矿，挣大钱的消息有些失真。熟悉王雷仁的人普遍认为他是有能力的人，只是脾气刚了点，相信他想干的事，没有干不成的，他想发财是谁也拦不住的。只是人们对煤老板印象不好，认为煤老板的心跟煤一样黑，王雷仁挖煤挣黑心钱自然顺理成章。可真实情况是，王雷仁不是煤老板，充其量是煤工头，基本上跟挖煤工一样的工作环境、一样的生活待遇，只是帮着老板管着人，老板私下会给点好处，后来老板倒霉被查封，他授意代行老板盘剥了一段时间，的确捧到了大把钞票，可这钱在兜里没焐热，便连同铺盖卷一并被充公没收。钱包剩下为数不多的，还是之前出苦力赚的，没被搜查发现的血汗钱。连他自己都自嘲，他赚不得昧心钱，但凡有点昧心味，会被老天发现充公。不过，既然刮出王雷仁开矿挣钱的风，他也只得顺着杆子爬了，不能小气得让人瞧不起，必须充起门面。王雷仁当年夹着尾巴灰溜溜地离开，千岁坊是有目共睹的，而回来时，衣锦还乡的模样，也引起不小的轰动，就差张灯结彩开欢迎会了。从外表看，王雷仁仍然气宇轩昂，说话依旧慷慨激昂，可人比过去亲和多了。王雷仁同时代的人，有羡慕的，有巴结的，有忌妒的。总之，王雷仁成为千岁坊富豪成了大家的骄傲，是改革开放阳光雨露洒到千岁坊的一个真实写照。

王雷仁从山西荣归故里后，过上了一段最为风光的日子。他在朋友面前花钱阔绰，朋友对他也不见外，请客吃饭以带上王雷仁有面儿，王雷仁客气地买单，大家也不谦让。甚至有王雷仁在场，那是菜往贵里点，酒照着茅台、五粮液取。眼看对朋友不能这样慷慨了，摸摸钱包里的钱，他开始退缩了。可退缩总得找个合适的台阶，他的退缩必须循序渐进，让朋友或是熟人看不到囊中羞涩的破绽。他从大酒店改到了路边店，说还是小饭店的家乡菜吃得爽口，酒是自带，说是朋友送的陈酿老酒。他不再喧宾夺主了，大家商议着买单的时候，他装聋作哑，或是借机上厕所。之后，朋友约他聚餐，他说他有应酬，脱不开身。他倒是找了一份必须应酬的工作，往来于餐厅酒吧代销酒水，白天在家歇着，晚上出入酒绿灯红处推销洋酒和红酒。可推销是要有资本的，没有颜值的人，都难扒开消费者的钱夹，何况满脸沧桑的半拉子老头。他只得靠自己的酒量，拼出酒场新天地来。推销白酒的几年里，人们没有发现王雷仁的钱包鼓起来。大家最直接的观感是，王雷仁气宇轩昂的样子，变得愁眉不展、灰头土脸了，脚步不再那么厚重有力，而是窸窸窣窣碎步声了。他基本不跟千岁坊的人客气了，起初有人喊他王总、王老板，倒有点当仁不让地应承着，可时间长了，他有意躲开人们的视线，看到人绕开弯子，生怕有人一打招呼，会让他王总的帽子被风刮走。说话的口气也变了，脾气比原来还要刚，连他自己都感到，人在酒精的浸淫下，性子比酒精的浓度还冲，时常冒出火燎燎的蛮劲。为体现诚信和酒的品质，他当着消费者的面，打开瓶盖，咕嘟咕嘟地一饮而尽，那股豪爽和酒量，的确折服了消费者，却以自己的生命健康为代价。多少次，他是看好病再上阵，下了阵再看病。

王雷仁推销酒，的确也赚了钱。从他屋子里堆积如山的酒箱、酒盒足以看出，他推销或消费掉的酒，能装一大卡车。可挣来的钱，又去了哪儿？

于是，有关王雷仁养了不少女人的话题，像和风吹拂下的蜜蜂似的，不时嗡嗡地在他耳边响着。王雷仁没事的时候，喜欢立在他家的窗口，望着窗沿顶上的马蜂窝发呆，马蜂有时不小心闯进屋里来，四处飞舞，嗡嗡作响。此时他会温情地端详，目不转睛地欣赏。马蜂就像美丽的新娘，闯进了他的心房，让他神情荡漾，秋水波澜，他任其恣意嬉戏，绝不去拍打捻捏，生怕一不小心摧残了他的所爱。他不止一次地目视着马蜂，扪心自问，我爱过女人吗？我有过爱我的女人吗？

在外人看来，王雷仁开矿挖煤鼓了腰包，享受不完的荣华富贵，外面养几个女人再正常不过。王雷仁自己也承认，任何一个生理心理正常的男人，没钱的时候，脑子里装着女人，有钱的时候，怀里抱着女人。至于王雷仁养了多少女人，那些或关心他或好事的朋友，至今也没能套出他的真话来。大家知道，王雷仁年轻时感情受到挫伤，尽管柳玉清如今人已黄昏，可当年曾为她埋下的痴情种子，一直压抑着不能正常生长出来，更何况柳玉清至今还像影子一样在他楼上晃动，看得见却抓不着，爱不能却恨不得。王雷仁得不到柳玉清之后，的确放纵过自己，他把睡过的女人当成柳玉清，疯狂地报复，肆意地虐待，这样的心态，并没有给他带来快感，而是一卷卷叠加的痛苦和绝望。幸好岁月给了他抹平心痛的良药，让他渐渐地懂得取悦和欣赏。

在山西挖煤的时候，有个四川农妇找到矿上来，向矿主讨要她的丈夫。矿主说，没有这个人。她拿出信封地址，说矿主黑心抵赖。矿主找工友做证，工友都说没这个人。妇人赖着不走，说活要见人，死要见尸。妇人在矿上哭闹纠缠着，不肯走人。王雷仁得知后，实在看不下去，劝老板拿点钱打点一下，把她支走。老板倒也给了钱，可妇人还是不肯，非得活要见人、死要见尸。矿主说，这么多年就没看到过她丈夫的名字，连他的名字都没听过，到哪儿给人，可妇人就是不吃那一套，死缠烂打搅得矿上鸡犬不宁。矿主想息事宁人，怕把事情搞大，就派王雷仁二十四小时陪护，王雷仁以他的人格担保，说是她丈夫肯定不是这个矿的，一定是弄错地方了。可妇人就是不管，最后闹得堵井拦车，寻死觅活。连王雷仁的威猛形象都镇不住。挖煤的人讲究风水，图个吉利，担心这样的闹法生出霉气，纷纷向矿主表达不满。矿主只得使出阴招，在妇人的饭菜里下了药，趁着妇人熟睡的时候，找来几个打手把她捆绑起来，拉到山外的深沟里扔了。不多日的傍晚，妇人再次摸到了矿上。这次，她不哭不闹，不要钱、不要丈夫，只是说要见陪护她的那个人。她打听那个人叫王雷仁。

王雷仁从井下上来的时候，听说妇人要找他。他想找他能做什么呢？自己又不是矿主，又不能帮他找丈夫，想必会找他申冤再要点补偿。妇人守在洞口的不远处，眼睛不眨地盯着进出的工友。王雷仁连作业帽、工作服都没换，带着满脸的黑炭和疲惫，径直走过去，问她，找我有事吗？我帮不了你忙的。你好好回家过日子吧。这个地方就是个虎狼之地，就不怕吃了你？一连串的问话，妇人没应一声，只是呆呆地望着他，看着王雷仁自己都不好意思起来。

王雷仁是个有情义的人，人家既然是冲着他回来了，那就好好地把人家安顿好。妇人继续来到她之前蜗居的废弃工棚里，王雷仁依照之前的样子，给她带来饭菜，说些安慰的话。王雷仁惊奇地发现，妇人的神色不同以往，不再狂躁撒泼、哭哭闹闹了，而是变得娇柔怯生、温顺平和了。他甚至怀疑碰到的是人还是妖？或是什么人间仙丹改造了她？王雷仁劝她吃饭的时候，妇人的眼泪簌簌地掉到碗里，再不是声嘶力竭的号啕，而是泣不成声的悲叹。突然，妇人猛地冲向王雷仁，双手锁住他的脖子，用嘴堵住他的嘴，胡乱地啃个不停。正当王雷仁措手不及的时候，妇人已经扣开了衬衫所有的纽扣，胸贴胸地黏在了一起。王雷仁早已是风化的干柴一捆，碰到火星一下子燃起熊熊烈火，魂魄霍然之间化成了烟雾。两个人在杂草铺就的地方，翻云覆雨天崩地裂开来。

事情过后，妇人把饭吃得干干净净，王雷仁也感到神清气爽。两人认真对视着，彼此一汪的深情，像是久别重逢的恋人。王雷仁有些害怕起来，这是个什么魔鬼？来找丈夫的，怎么跟他这样的人苟合起来了。再仔细端详，妇人长得谈不上漂亮，算是瘦不露骨、眉清目秀的那种娇态容貌。可能经历的生活磨难太多，脸庞比身体显得苍老，癞皮香瓜，皮糙瓤嫩，不过三四十岁的模样，倒是招人怜惜的。难怪王雷仁经不住挑逗，又一下子冲动得无法自拔。

妇人说："不管你有没有老婆，现在就要做你的老婆，你啥时候要，我啥时候给。"

王雷仁问："你不找丈夫啦?"

妇人负气地说："锤子是个负心汉，他死了。"

王雷仁问："那你今后怎么办呢？总不能这样啊?"

妇人说："我也想通了，只要有人给口饭吃，我就是他的人了。"

王雷仁说："凡事当自宽解，身体是自己的，不要做无益的悲伤。我也是打工的，只要有饭吃，就想得开。"

妇人说："你不能嫌弃我，自从你抱住我，让我不哭不闹的那一刻起，我就感受了你的胸膛的温暖，白送给你也愿意，实在不行倒贴给你。我有双手，身上有积蓄，不愁日子过不好。"

王雷仁问："既然你都这样想了，为什么还为丈夫闹得死去活来的?"

妇人说："不过，我有个条件，还得帮我找到我的丈夫，至少知道他是死还是活?"

王雷仁跟她实话实说，他来这个矿上一年了，就没见过这个人，也没听说有这个人。妇人说，信封地址不会错的，单位没有错的。难道骗了我？王雷仁答应帮他问问，劝她不要过度陷到悲伤里。

施人慎勿念，受施慎勿忘。王雷仁感到离不开这个女人了。心想，既然睡了人家，就要对人家负责，劝人家走是不太可能了。于是，就找老板商量，把妇人收留下来，干些洗衣做饭的活儿。

王雷仁已经是矿井里的得力干将了，老板特别倚重和信任，先是放着色眯眯的光，接着爽快地答应下来。还奉承地露出坏笑，说是早该给王领班来个大补乌鸡白凤丸了，正好有人送货上门，愿意成人之美。王雷仁也笑着插科打诨道，饱汉不知饿汉饥，当老板的花天酒地泡在肉缸里，难不成还不让别人喝汤？天上掉馅饼，不能不接了。

这样，王雷仁下井，妇人烧菜做饭，洗洗涮涮，矿上的生活总算有点人味，王雷仁的生活总算像那么回事。

王雷仁没有体会过有女人的家庭生活，在这旷野深山处，一个破落的工棚里，竟然有了家的温存。他觉得上苍眷顾他这个光棍顽劣，在他最为孤苦的时候，他享有了晓行夜住、渴饮饥餐的生活，得到了倚翠偎红、眠花卧柳的补偿。女人的微微一笑，能让他身心发酥。他的粗野直率，能使她神魂颠倒。妇人的絮絮叨叨、婆婆妈妈，让王雷仁觉得生活变得有意思。妇人问王雷仁想不想他的婆娘，王雷仁说他没有婆娘，他是单身。妇人说，骗人，不可能，这么高大帅气的人，怎能不结婚不成家？王雷仁听到妇人夸赞他高大帅气，极不自然地挺拔起身姿，虚荣心得到了满足，激情也得到了焕发。妇人善解人意地配合着，让王雷仁尽情地享受着。王雷仁就在满天繁星下，一次又一次在情丝缠绵中酣畅而眠。王雷仁没有问过妇人的情况，他既不想过问，也没打算过问。井下累了一天，他对世事没有了关心的兴趣，他甚至对这种露水夫妻生活，也是抱着过一天算一天的态度。萍水相逢，只有怜惜和生理需求，无法达到情投意合的境界。更何况，妇人交代寻找丈夫下落的事情，还毫无头绪，不想着顺藤牵出瓜来，把自己推到尴尬之地去。

王雷仁心里这样想，可脑子里还是惦记着妇人交代的事。这也许是妇人最想解开的结。他从妇人婆婆妈妈的唠叨中理解她的苦衷。跟他耳鬓厮磨的女人很可怜，她跟丈夫是异地网恋，认识不久就草草结婚的，丈夫老家没去过，公婆长什么样不知道，丈夫跳槽来山西淘金，也只是后来几封书信中得知的。近一年里，丈夫没有了信息，妇人才跑到丈夫老家找人，公婆收留了她，却怎么也融不成一家人似的，这才下狠心跑到山西来找人，可人是死是活？她要彻底弄明白，心才放得下。王雷仁请包括矿主等老工友帮着回忆，甚至打听到附近的小煤窑，都说没听说过。他想让妇人彻底放弃寻找，重新开始生活，有个工友的说法倒又提醒了他。工友认为，会不会有这种可能，冒用他人的名字或是改名改姓？反正这种小煤窑从来不问“你从哪里来、叫什么”，只要是活人，体力好，老板都接收，干一天拿一天工钱。王雷仁问妇人她丈夫长什么样？有什么特征？他这才想起，他刚来的时候，矿井出了事故，有个这样的人跟她描述的差不多，只是补偿抚恤金被他家里人领走了，这个人跟矿上没有关系了。王雷仁把这情况跟妇人一说，妇人猛然惊醒似的。原来，全家人隐瞒了她。这一年里，公婆不但对她另眼相看，还不时地拉着脸地指桑骂槐。人死不能复生，结了的账不能再讨，欠下的情也无法再还。听到王雷仁的分析，她先是恼羞成怒，后又自我安慰，诅咒死去的负心郎是死有应得。

在山西的那段日子里，妇人对王雷仁一片痴情倾心，先前王雷仁觉得，遇到这个女人，这辈子算是自己没白活，可回想起妇人愁眉苦脸、撒泼耍横，让他越发觉得可怕。女人心狠如蝎子。他担心某一天得罪她了，会死缠烂打，痛下狠手，让他颜面尽失，声名俱损；他担心某一天出事了，会伤心欲绝，肝肠寸断，闹得矿上鸡飞狗跳，工友鄙视。矿井工作风险大，脑袋别在裤腰带上，即便死了人，也是闷声不响地处理掉，生怕招来不好的兆头，更何况不祥的哭哭闹闹、装神弄鬼，总会让人触霉头。每当想到这些，王雷仁觉得这个女人有些捉摸不定。妇人越是对他好，他越是害怕。越是害怕，越是想逃避。直到小煤窑被查封之前的那段日子里，妇人还要跟着王雷仁回老家无锡，王雷仁权衡了几天，最后还是放弃了带她走的念头，几乎把身上的钱拿出一半分给了她，让她回家重新找个人家，好好地过日子。

回到老家的王雷仁，内心没有丢掉这段刻骨铭心的夫妻经历。他从过去只是想得多、干得少，到现在处处抓住机会捕捉猎物，心路发生了重大转变。朋友说，王雷仁看上去不善人际交往，那是有意伪装自己。推销酒水的时候，他接触的是美妇靓女，只要人家两眼顾盼神飞，都会令他神魂震悚，烦乱欲狂。他孤家寡人一个，找女人是他的自由，他要抓住青春的尾巴，弥补人生的缺憾。果然，不长的时间，经朋友的怂恿，加上自身的主动，一个绰约风流的少妇跟他拼酒，拼着拼着倒在他的怀中，被他抱进了宾馆。醒酒后的少妇，不但没有责怪他的非礼，反而主动地骑在他身上，尽情地饧涩淫浪。就这样，他们一起卖酒，一起厮混，过了半年多的夫妻生活。直到王雷仁喝得肝功能出了问题，双方才作鸟兽散。

从九华山转运回来的王雷仁，被直接拉到了慈善医院，继续进行治疗。半月之后，王雷仁觉得身体有了好转，便要求出院回家。医院告诉他的身体出了大毛病，他全然不顾劝阻，从恳求到责难，话是越说越难听，好像医院是靠他养着的，其实他享受的是免费医疗。接受免费看病，在他看来像是沿街乞讨的乞丐，医护人员走到床头，就像是朝他的碗里丢下一枚硬币，他受不得别人的鄙视，哪怕是不屑的眼神。王雷仁是什么人啊，一条响当当的硬汉，哪里受过这样的歧视？更为严重的是，医院里来来往往的急促奔波和纷乱紧张的环境，让他的情绪和意志不得安宁，周身像是住满了小鬼，不停地召唤着他，似乎在催他加紧去十八层地狱报到。

医生拗不过他，只得开了些药，吩咐他回家好好养病。

45

一个月后，田致远假药案在媒体的关注下，公开审理。

田致远没有请律师辩护。他是在律师一次简短接触后做出的决定，一是因为律师态度暧昧，没有信心；二是征求取证人员意见，觉得就事论事，事实清楚，没有必要辩护；三是自己心理防线彻底崩溃，只有认罪，才能自我解脱。法庭上，他对呈堂证据供认不讳，请求法庭以自己为警示，教育公民遵纪守法。

律师起初提示，争取以经济处罚换取牢狱苦役，如果三倍处罚，他需捧出五六十万的资金。他一听这个数，便哑然失笑了一下。这笔钱，对他来说，不只是冰冷天文数字，而是遥不可及的梦想，这是他几辈当牛做马也未必看到的财富。他拼死拼活地奋斗，只是想拥有满足全家人生活的收入，当梦寐以求的财富连影子都没见到的时候，自己却被推入到深不见底的黑洞。不怕钱烫手，就怕钱咬人。此时他觉得，自己连遮羞布都被撕光了，还愁坐穿牢底吗？他没能力接受三倍处罚，只得接受刑罚。

田致远假药案，在上一级合议庭的审理下，得到明确结论。他被判处有期徒刑三年，缓刑三年，监外执行，接受社区矫正。这样的判决，还是鉴于他没有主观恶意，有真诚悔过之意，没有带来严重后果的情况下，以惩前毖后、治病救人、宽严相济、教育为主的方针做出的。

田致远案判决的时候，国际社会正围绕全球共同抗击新冠疫情，进行着广泛合作交流，国家层面相继推出进口药物零关税等便捷、降费举措。这才发现，早在两三年前，正是《我不是药神》电影引起社会关注的时候，国家对抗癌药等相关药品，就提出进口关税降至零等要求，强化短缺药品的供应保障，解决看病难、看病贵问题。

立志奋斗的斜杠青年田致远，终因自己的盲从奋斗，戛然而止进入三年的停摆阶段。他再也不敢享受弹幕带来的人气喜悦，也许弹幕之下是一个一个的弹坑，也不敢在抖音里挥舞着抖动的身姿，想到抖音就颤抖得不寒而栗。现实的不慎，彻底撕碎了他的梦，他想让自己这个蓬间雀变成天堂鸟，不经意间却沦为了丧家犬。他需要恢复到平静状态，让自己清静一下。

田致远对自己的判决感到惊讶，他惊讶的不是三年刑期过长，倒是缓刑监外执行的宽严相济。他本来准备好的“认罪服法，接受改造”的最后陈述，一下子变成了“感谢宽恕”。他有过社区矫正的体验，对这种有限限制自由的处罚，算是最好的人性化操作。他本以为列入屡教不改、罪加一等重罚之犯，没想到法律给了他一条活路，给了他全家正常生活的希望。

老钟和夏柳代表单位、也代表家属列席了旁听。老钟听到判决，不禁大惊。三年啊？一千一百天，年轻人有几个美好的一千多天？三年能够完成高等学历教育，三年足以完成保家卫国的兵役期，三年可以劳务输出赚撑腰包。三年啊？一个贪污同样数额的贪官也许不至于此，而代购药品却受如此处罚。夏柳先是吓了一跳，她没想到这样的过错会量刑三年，觉得判罚有些重，法律太过严苛。当听清由社区执行矫正时，又长长地舒了一口气。社区矫正，顾及他对社会没有带来危害，顾及这个家庭的特殊情况。她由衷地点点头表示默认，像是代表田致远向法官致谢。心里却想，田致远真是跟矫正摽上了，要么不出事，出事就矫正，似乎体现着法律对他特别眷顾。

田致远在法庭上履行完手续的当天，天空飘起了细雨，气温明显地降下来。他走出法庭的时候，第一滴雨落在脊背上的那一凉，让他打了一个寒战，那感觉像是冷不防被人塞进了一团冰碴子，用手一抹，发现雨水正急速地迎面而来，顽皮地抽打在脸颊上。一段黑屋里的拘留生活，对田致远来说并不短暂，从节气上看，他着短裤和汗衫进去的，转眼穿上外套都不觉得热了，似乎跨过了盛夏直达深秋。从心理感受上看，他面壁思过，度日如年，走出高墙，有恍如隔世之感。走进街市，周围的一切似乎跟他的心情特别应景。湿润的空气，是那么糯甜，他感到自由的珍贵；雨水迎面地扑打，那是暗喻他洗心革面；气温转而清凉，那是让他保持清醒……他觉得整个世界是在关心着他，又在嘲弄着他。

暮秋天气，日短夜长，在雨雾的助推下，天很快阴转为昏，昏凝结为黑。田致远踩着雨水跨上清名桥，溅出的水花和趁势坠落的雨珠默契地上下打滚。他不时地像淋水的皮皮犬那样抖搂着身子，力求把身上的雨水抖落下来。在布衣巷头的亭棚处，他停了下来，既是躲雨，也是整理心情。跟家失联这么长时间，怎么向母亲解释？撒谎是肯定的。母亲精神出了问题，并不代表她智商低下，她有时甚至特别敏感。他不能如实交代自己犯了事吃了官司，不能诉说在黑屋里的煎熬，他要用经得起推敲的谎言搪塞过去。他甚至从表情上都不能流露出一丝溃败懊丧之感，否则一千个谎言也难圆其说。他想，有些事情是不容解释的，天上的雨珠落下来，不再是雨而是水；树上的叶子掉下来，不可能再回到树上去；开车闯红灯的，扣完了十二分，只得从头再来。过去的事，总会过去，经历了变故，应学会成长。千愁万怨，还得为这个家，或许不是家的拖累，他也不会忘乎所以地干出格的事。许多抱怨只能咽进肚子里，不能当着母亲吐出来，只有以最佳的状态展示在母亲面前，才会让母亲高兴，也才不会让母亲惹麻烦。母亲不添乱，是对自己最好的爱护。

回到家的时候，母亲没有表现出吃惊，更没有责怪。这让田致远有些意外。难道母亲知道了他的情况，以博大的母爱包容他？还是母亲近乎麻木地不在乎他？更让他意外的是，家里收拾得有条不紊，清清爽爽，干干净净。他不在的日子里，母亲能够自食其力，难道母亲恢复到从前的健康状态了？田致远脑子里起了许多问号，顾不上问候家里的情况，而母亲薛玉蓉已经心急火燎地欲帮助儿子。她看着儿子头发被雨水淋透，左边打着结，右边乱成团，呈现鸟窝形状，下身的裤管被浸湿得肥壮饱满，像是经过染熨的造型雕柱，空心卓立在肉腿上，便赶紧拿着毛巾，帮儿子擦脸、掸身上的水，心疼地说："像落汤鸡似的，也不想着打伞，万一伤风感冒了，那怎么好呢。"

田致远身心的痛苦完全被雨淋的疲惫所掩饰。母亲没有看出他的处境，也没有顾得上问他的情况，田致远这才放下心来，转移注意力，环顾四周，问：“是不是家里来过人啦?”

薛玉蓉说：“是啊！小夏和社区里的干部每天来家里。你不在家，他们不放心我母女俩。”

田致远说：“难怪呢！家里收拾得这么干净，以为老妈可以完全料理家务了呢?”

薛玉蓉说：“小夏对咱们可好了，送吃的，拿穿的，你可要对人家好呀!”

田致远听母亲说这样的话，知道母亲的精神状况并没有什么好转，也就不再多话。心思从应对母亲的提问转而想起了夏柳的帮助来。

田致远出事之后，夏柳以单位名义，为他出头了三次。一次是为他捎来生活用品。那是他刚拘押的时候，第一次听到熟悉的人在帮助他，他虽没见上面，可他听到她的声音，知道是她帮忙从家里取来的。一次是带着律师见面。她在一侧，他跟她只是眼神交流了一下，他愧见她，她抚慰他，正是她的鼓励，让他放弃了法庭辩护，坦白认罪。最后一次是法庭庭审阶段。他扫视了一下旁听席，一眼认出了她，她似乎向他点了点头，他从心里感激她。现场没有亲人，夏柳成了带给他温暖的人。

田致远拿起手机，一边充电，一边想着电话怎么打。手机没收停用了有些时日，他差不多忘记怎么使用了。好不容易找到号码，想着打电话有点冒失，便编着微信：“小夏主任，您好！我愧对您对我的帮教，愧对您对我全家的帮助。母亲告知我，这么长时间来，是你们每天上门照护她们，让一家生活无恙。非常感谢！今后还望您对我严格要求，我会积极配合管教，从哪儿跌倒就从哪儿爬起来，安分守己做人。”他费了好大心力，逐字逐句地推敲。他想，称夏柳为主任比较合适，社区主任无大小，老钟介绍她的时候，也称她为主任，她是分管政法的主任，他这样称呼显得礼貌。他们之间毕竟是工作关系，私下里充其量只是给予帮助的朋友关系，微信内容带有公事公办的意思，只是字里行间要表示感谢、感恩。

夏柳看到微信，马上回复，说是先在家休息一段日子，把家里的事情处理好，空闲下来，再到社区报到，交代有关矫正事项。

田致远待在家里，老老实实的。他还沉浸在拘押状态下，虽是没有手铐，可锁链像是锁在心里似的，时刻提醒着自己是个罪人。第一次他被判处盗窃公物罪的时候，他是满心的冤枉，他没觉得他是真正的有罪，只是采取了不当的报复手段而已，相当于别人打他一拳，他致别人一伤，过失伤人。经过这次判罚，他的心智似乎成熟了，对罪行的认知更清晰了，甚至对这样的判决充满感恩戴德。社区矫正的处罚，是对他的宽恕，对他家庭的照顾，也是给他再次点燃生活希望的出路。可前面的路怎么走呢？工作丢了，没脸再回到药店上班，他给药店带来的负面影响，不知何时何日能消除。他现在血本无归，倒背一身债。母亲存下的父亲的抚恤金，姑且不提，反正是留着应急的，可梁平的五万元钱，那是刷卡透支的，时限到期，不但本没到账，花呗利息也是赖不了的，他愧对朋友的信任，他不知怎么面对朋友的讨债。面对家里的境况，靠得救济维持着生活，连针尖上削铁、牙缝里抠食都难，何谈还债？每每想到这些，田致远的胸口像是刺进锋利的刀片，一片一片凌迟着他的心，连痛苦绝望的感觉都麻木了。可退后一百步想，毕竟肉体是健全的，身心是自由的，总比关在大狱里要好受些。只要自己能动，翻本的机会是有的。

田致远的无所事事、萎靡不振，没有逃过母亲的眼睛。母亲想，出差这么长时间，即使补休，也该到上班的时间了，怎么就不提上班的事儿呢？儿子的沉默和沮丧，让他感到儿子变了，一定是有什么事情瞒着她。她想追问儿子，打开儿子的沉默之门，可又担心自己的语言冲撞了儿子。她只得问：“儿子，啥时候去上班？”田致远心不在焉地应付说：“再等等。”母亲不停地用同样的问话问，像是锅里的菜来回地翻炒，他仍是这三个字“再等等”。母亲优雅地站在客厅中央，哼着她李铁梅的唱段：听奶奶讲革命英勇悲壮，却原来我是风里生来雨里长。奶奶呀，十七年教养的恩深如海洋，今日起志高眼发亮，讨血债要血偿，前人的事业后人要承担，我这里举红灯光芒四放，红灯高举闪闪亮……田致远揣着小心、憋着大气看着，想着连家庭责任都难担当，何谈前人的事业后人要承担，不禁黯然神伤起来。母亲实在着急了，他只得说：“单位效益不好，准备跳槽。”田致远沉默不说话了，母亲便以沉默对付沉默。

这一天，田致远终于出门了，像是经过了十四天防疫隔离似的，如释重负地走进秋日和煦的阳光下，带着重振的精气神儿，重新按下快进键。他先是去社区报到。他要跟夏柳和老钟书记见面谈话，把自己接受改造管教的心路向他们汇报。他还要主动找梁平去，说明自己“失踪”的情况，说明借钱未还的事由。梁平未必知道自己出事，他不想对他撒谎，打工仔梁平能跟他成为称兄道弟的朋友，完全是出于真诚信任。他甚至想让梁平继续帮他谋一份快递员工作，他以替他打工来顶债，算作以工代赈吧。

令田致远没有想到的是，社区里那些友善的叔叔阿姨兄弟姐妹，对他态度大变。他跨进社区服务大厅的一瞬，整个屋子里就叽叽喳喳叫成一团。喏！丧门星来了。哎！没良心的。呸！倒霉蛋的……难听的骂声像一盆盆泼出的污水向他倾泻过来。他第一次犯事，被别人当成贼，大家都没这样对待过他，眼下因为代售眼药水服法，却招来这么大的痛恨，这让他有点措手不及。

田致远愣在那儿，不知说什么好，只得装着没听见。

章阿姨干脆走到他跟前，用手指着他鼻子叫道：“田致远，你说你中哪门子邪了，成天没事找事。刚刚把你从黑名单里除名，现在又摊上事了。你说你对得起谁？咱们几个人围着你擦屁股都嫌慢，你就不能安分点？明明麻将牌里少了风头，非得当自己一条龙能杠开，有这发财命吗？大家拼着命争先进，这下可好，你又帮着咱们‘添彩’了。”

刘采文觉得章阿姨说得有点难听，便拉开章阿姨，说：“章主任，小田已经够窝囊的了，不相信他愿意吃官司，咱们还是多同情些吧。人还是要看本质，不能因为犯错了，就一棍子打死。杀人不过头点地嘛。”

章阿姨也觉得有点过火，便调整语气，对着他说：“小田，刚才阿姨有点激动，话说重了，那也是恨铁不成钢，你知道你不在的时候，大家一拨一拨往你家跑，就怕你妈和你姐再出事。谁都有家庭，可还是腾出时间来，先照看着你家，你说，大家播种的是善良，收获的却总是带毒的虎刺梅，对你能没怨气吗？看着你挺温和老实的，怎么做起事来却不计后果，又辣又毒，尽往枪口上撞。第一次以为你被人算计吃闷瘪子亏，可那次跌这么大跟头，咋就不能长记性，吸取教训呢？人不能踏进同一条河流的。咱们既然没有金命，就老老实实过日子，有‘两不愁三保障’，不会让咱忍饥挨饿的。”说着，用手拍拍田致远的臂膀。田致远的眼眶有些湿润了，不知道是感动还是委屈，章阿姨这一骂一揉，让他心如潮涌。

田致远本来是想以戴罪之人的状态，来向大家谢罪、求情、感谢的。他知道，平时社区干部没少帮他家忙，拘押期间，更是无微不至地帮助，向母亲隐瞒自己的真相。可大家不留情面地指责和非议，倒是让他难堪，心情变得特别沉重。他或许这样理解，只有这些熟悉他的人，是在真正关心他、爱护他，哪怕是打是骂，那也是家人般的关心和爱护。

章阿姨的声音越来越小、越来越少，大厅里慢慢地恢复到寂静，田致远像是嗅了几口鼻烟，痛打了几个喷嚏，通了关窍似的，对着大家低下了头，身子弯到了可以捡到地上的东西，连续三下，深深地鞠躬表达自己的歉意。嘴里嘀咕着说："我愧对叔叔、阿姨、哥哥、姐姐们一片苦心，我愿意接受改造教育，任打任骂，决不还手还嘴，绝不会再给社区添麻烦。"

章阿姨说："让你回社区矫正，不仅仅要接受管教，更重要的还要把家照顾好。这个家不能没有你。"

田致远说："是的，是的。我知道大家是舍不得我，可怜我这个家。"

田致远没有看到夏柳，他问章阿姨要不要找谁登记签一下字。章阿姨说，大家都知道了，可以做证，夏柳区里办事去了，等她回来再联系你。

田致远离开社区，径直找到梁平所在的快递转运点。梁平很忙，看到他的时候，头都没回，只说让他等等，一会儿一起吃个饭。田致远就在一旁等着，他本想上去帮忙，可觉得他用的电子扫码工具搬货，他玩不来。

梁平请田致远吃的是盒饭，只是蹲在店前不远的树荫下两个人肩并肩地靠着，边扒着饭边说着话。田致远简单地告诉梁平，进的货品被没收了，钱一时还不了了，给他宽限几个月。他没说自己被判刑，社区矫正只要不离开监管视线，是看不出服刑的，他就没必要说得太具体。梁平先是一愣，想着自己天天快递走货，没听说有没收的货，只怕货品来路不正，或是田致远找借口把钱用到了急需的地方，便不再追问，只说，没关系，手头也不急着花钱。便囫囵吞枣地把饭菜吞咽下去，急着忙店里的事。田致远追上来说，我先在你这儿干干吧！梁平说，可以啊，只是装卸活计苦，时间不固定。田致远说，我没问题的，其他干不了，只能干这粗活累活了。梁平摇头笑笑，心里想着，这哪是城里人干的活儿，田致远之前跑外卖，就显得吃力，现在装卸货搬上搬下的，也只是勉强，谁让咱们之间投缘呢。他不是摊上这个残缺家庭，恐怕不会问他讨生活啊。没钱的日子，真能难倒英雄汉。

田致远在经老钟书记和夏柳同意后，在梁平手下重新工作起来。梁平也懂规矩，专门来社区打招呼，说是他能为田致远作保，双方达到默契，算是象征性地交代梁平为田致远的监护人和担保人了。梁平觉得跑单相对轻松点，还可以多劳多得，于是就让田致远跑起快递来。把自己的电动助力车让他用，哪知这车风里来雨里去三四年，有点苟延残喘了，时而不经意地往前冲，时而拧足马力也不滚动，更多的时候，随着田致远的心情好坏，慢悠悠地在路上摇摆。情绪好的时候，欲速则不达，情绪坏的时候，像野马一样地奔，反其道而行之。像是染了狂犬病的家犬，刺啦刺啦地喘气打喷嚏，粗暴地乱窜乱扑。有时，实在不听话了，只得耐着性子推着走。

跑快递相当于送外卖，但比送外卖少了一些心计。他跑过快餐外卖，领教了人情世故，至今为那份拒收的迟到外卖心有余悸。快递相对没有时限要求，也不存在客户的挑肥拣瘦，纯粹地跑腿，不再为一个满意的点评，讨客户的欢心或笑脸。不过，他对跑快递同样不敢马虎。他知道，这些客户是衣食父母，是花钱买自己跑腿的，得罪了他们，就得罪了自己，就是自己跟钱过不去，他田致远恨不得认钱做干爹，哪敢有惹钱不开心的。

跟着朋友梁平干，田致远再苦再累，也不觉得累了。跟着梁平，他的心态变了，梁平像是贵人似的罩着他，让他有了安全感。虽说梁平成了小老板，却没有老板的架子，每天同样不折不扣地在靠卖苦力挣钱。就这样，梁平说比在农村里轻松多了。田致远跟他相比，自己的苦不及他的苦一半，开始他感到苦得像三座大山压在身上，想到梁平拼命并快乐地干着，他觉得苦倒不往心里钻了。

梁平比自己小两三岁，世事阅历却丰富得多，他的精明干练和吃苦耐劳，让他看到了努力的方向。没有苦中苦，哪有甜中甜。田致远在苦中找到甜了，在苦里找到踏实感了。每天回到家中，尽管累得身子瘫软，他也要给母亲说他见到的最有趣的事情，逗母亲和姐姐发笑，也让自己心里乐一下。有一次，他跟母亲说他一个朋友夫妻俩参加同学聚会，朋友让他老婆把短裙换了，穿稍微得体的衣服，老婆便不换，朋友气得没办法，结果他怎么做的？他跑到房间换上老婆的粉红睡衣穿上出来，挽着老婆的腰就出门，老婆看着他怪怪的样子，不干了，可朋友偏偏要这样刺激老婆，结果老婆屈服了。母亲薛玉蓉听到说男人穿女人睡衣的地方，扑哧笑喷出饭来，连田雪妮都笑得前俯后仰。母亲说，这叫“以其人之道，还治其人之身”。母亲的智慧被再次激发出来，这让田致远眼睛一亮。他田致远没有悟出这一层，他只认为夫妻家庭有点烦。跟着笑过之后，他似乎得到一种解脱，光棍自有光棍的好，没那么多夫妻间的琐事。有时候，实在找不到有趣的故事，就打开微信视频，找点逗乐的画面，一家人分享快乐。沉闷的田家，多了欢笑，似乎生活恢复到正常状态。

田致远的工作虽无规律，可家里的事务安排得有条理。他看到母亲能够自食其力，便罗列了每日的作息时间表，设置了闹钟，备好了家务工具。早上出门之前，把一日三餐的食材按量分配好，晚上回来后，再检查总结一遍。几天下来，薛玉蓉已经可以按照固定的模式打理生活了。简单的劳动，相当于康复训练。这大概得益于情绪的积极变化，薛玉蓉不再让儿子多操心了。慢慢地，田致远开始像梁平那样起早贪黑地干活，不跑腿送货的时候，帮助梁平打理仓储货柜，收发清点货物。梁平不亏待他，一个月下来，总会额外往卡上多打一些钱。有时候，员工轮流聚餐吃请，从没让他坐庄买单过。

田致远生日的那天晚上，梁平召集伙伴们为他搞了个庆生宴。虽说只是他们喜欢的烤串和啤酒，可一只碗口大的蛋糕，齐声吼叫的"生日歌"，还是让他感动得不能自持，泪水如断了线的珍珠，扑簌簌地掉落在烤串上。他已经没有过生日的印象了，屈指可数的生日蛋糕，还是父亲在世时吃过。

梁平是个有心人，他从他的身份证上看到了出生日期，便一口答应要帮他过生日，说过生日沾沾喜气，能转好运，他是勉励他振作起来，重整旗鼓再出发。那晚，伙伴们开怀畅饮，个个酩酊大醉。田致远不能喝酒，但也自告奋勇地拿啤酒敬了为他庆生的梁平和几个快递兄弟。

午夜时分，喧嚣的城市寂静下来，街面上几乎看不到行人，路灯和门店招牌眨巴着亮光，像打着瞌睡，催人入眠。田致远昏昏沉沉地跨上清名桥，深一脚浅一脚地蹬着台阶，趺撞着上行。不知是酒劲的发作，还是空气中升腾的雾气，田致远总觉得模糊的眼前，晃动着人影，这个人影随着他的步子，趺趺撞撞地晃动着，突然停在了最高端，接着又蜷缩着身子，团在拱沿上。

清名桥历时三五百年，石头垒就呈拱形，两侧没有栏杆，桥面的石板踩磨得像打过蜡，既滑又陡，时常有游客不小心挤掉桥下河心里，曾有人要求用围栏保护起来，相关部门考虑到整体观感，一直保持这样的风貌。

那个人影在稠密的空气里变成了黑团，黑团蜷伏在桥沿上，黑团突然发出撕心的哀号，田致远一下子从醉态中惊醒过来。他想，只怕是遇上鬼了。这地方冤魂太多，有殉情跳河的，有绝望自尽的，也有梦游、走夜路不小心坠落

口，不顾一切地跳进河中……

46

王雷仁没有救活。

法医说，要对他的死因做进一步的鉴定。

老钟书记是凌晨接到警方电话的。他赶到现场确认死者是王雷仁，却怎么也不相信王雷仁会落水。王雷仁已经病入膏肓，几度从死神手中抢夺过来。他怎么还能跑到清名桥上去呢？又怎么会溺水身亡呢？老钟觉得事情有些蹊跷。可人已亡，无法对证。

事故现场，有人议论田致远，老钟伸长起耳朵听清田致远的名字，他怎么也没想到，王雷仁的死能扯上田致远？现场的人没有看到落水和救人过程，只是前面听来的，传给了后面，后面的议论再传给来者，越传越把真相传模糊了。但核心却绕不开两个有名有姓的人——死者王雷仁，伤者田致远。

难道王雷仁的死与田致远有关？老钟问现场的警察，没有人能告诉他。那田致远又是怎么受伤的？两个平日里不来往的人，怎么会出现在同一个框里，难道他们前世有怨吗？他没把田致远往舍身救人的好处上想，心里那个恨，又被撩拨出来。田致远看来是没救了，自己非得往屎盆里扣，拉都拉不回，真该是死有余辜了。

王雷仁的死没有引起多大反响，只是让熟悉他的人唏嘘了一下，倒是田致远跟王雷仁的死发生了关联，引起千岁坊社区强烈的轰动。王雷仁“自作孽、不可活”，一生折腾着，无家无业，成了三无孤老，不是社会的关爱，早已客死他乡。前不久刚刚从外地带病遣返回来，没过两天安生日子，又折腾起来，弄得社区鸡犬不宁。没想到深更半夜出现在清名桥上，掉到了河中间，死在了堤岸旁。这种匪夷所思的结局，比电视剧情还扑朔迷离，恰恰他的死又跟田致远发生了关联。一个活人不明不白死了，在场的田致远自然有重大嫌疑。

田致远醒来的时候，发现自己躺在急诊病床上。他问医生自己怎么了，医生说你受伤了。他感觉到脑袋被包着纱布，右腿用纱布吊着，没有特别的疼痛感。

他记得当时把王雷仁托举上岸时，自己是清醒的，只是右脚踝剧烈地疼痛。他还跟赶过来营救的梁平几个朋友吩咐做人工呼吸，后来自己就没了知觉。

他是因为脸部全是血，以为受了大伤，加之昏迷过去，被梁平几个人背进医院的。

梁平几个兄弟是听到“救人”喊叫声赶过来的。大家刚刚散场，没走多远，听到的声音熟悉，是田致远呼叫的，于是毫不犹豫地奔着桥头的方向赶来。

田致远跳进河里的那一刻，被河岸豁口的石块绊倒下去，头部撞在桥墩上，擦破了头皮，血止不住地往外渗。他不知道自己受伤流血，注意力集中在搜寻王雷仁上。此时，王雷仁浮出了水面，僵硬地，一动不动，田致远正好在水面不深的地方捞住了他。

梁平他们及时赶到，几个人手忙脚乱地拽住王雷仁，把王雷仁拖到了岸边，平躺在地上。梁平按照田致远的吩咐，对着王雷仁的嘴，做了几下人工呼吸，感到没有多大作用，便打电话叫110和120，等候医疗救护。当梁平发现田致远倒在地上不动时，看到满脸的血，吓了一跳，几个人马上架起他，赶紧往医院跑。

田致远因为紧张过度，加上失血过多，引发间歇性昏迷。本来短暂休息就可以恢复到正常状态，可右腿脚踝粉碎性骨折，却被留在医院里，需做手术治疗。

田致远知道王雷仁死了，是警察找他做笔录时说的。

他从急诊室转到普通病房时，已经被警察管控住了。本来他心里美滋滋的，长这么大没赶上做一次好人好事，过生日这夜却赶上了，自己觉得自己挺勇敢，可警察找他的口吻，倒不是调查他的英雄壮举，哪怕采访他的凡人善举也成，完全是另一番模样，好像他有杀人重大嫌疑似的，这让他一下子心里憋屈起来。躺在床上两天里，他没说上几句话。此时，他觉得解释、争辩毫无意义，只有内心提醒他，自己没做亏心事，就不怕鬼敲门。这受伤也是值得的。

夏柳不相信田致远会跟王雷仁的死有关，更不相信会杀了他。凭她对田致远的了解，凭他对王雷仁的印象，他们之间没有任何的瓜葛，不可能存在什么过节，即使他们之间突然发生了什么冲突，也不至于生起杀念。

可街坊邻居不这么看。天下万物，皆因缘起。世上没有无缘无故的爱，也没有无缘无故的恨。王家和田家看似今世无怨，必是前世有仇。王雷仁和田致远的母亲薛玉蓉是同时代的人，薛玉蓉丧夫之后，王雷仁给田家不小的帮助。邻里之间适当的来往算是正常，可王雷仁不遗余力地帮助料理田德贵的后事，已然超出一般的邻里关系，连胡三这样的人眼神里都带着醋意，认为这种见不得光的事有点龌龊。孤男和寡女，邻居之间低头不见抬头见，日久生情，人之常情，问题在于，田德贵尸骨未寒，王雷仁操之过急，打薛玉蓉主意时机不对，这才埋下了祸根。

夏柳并不了解这段过程，只听田致远母亲薛玉蓉提到过胡三的帮助。薛玉蓉教育儿子要懂得感恩，遇到困难多求教于胡三，可没说过有事向王雷仁求助。王雷仁比胡三在年龄上更有优势，办事能力远甚于胡三，难道薛阿姨有意回避王雷仁？薛阿姨私下里对王雷仁有过暧昧？王雷仁跟柳玉清曾是恋人，依柳玉清的眼光，足见王雷仁当年还是有风度的，只是柳玉清有更高的追求，才甩了王雷仁。人到中年的王雷仁，在邻居朋友看来，仍能甩柳玉清几条街，何况中年丧偶的薛玉蓉，家里拖着累赘，即使你情我愿，王雷仁也只是招进去的长工。可最后并没有按照好事者鼓唇摇舌的思路发展下去，薛玉蓉带着悲伤，拖着不谙世事的儿子田致远，和卧床不起的残疾女儿田雪妮艰难度日，王雷仁则是远走他乡，为生计奔波，两人成了各自绕着太阳系运行的行星，再没交会的机会。

夏柳对这种长舌妇的飞短流长虽是不屑，却也揪心。常言说，一张嘴是葬身坑，三寸舌是诛命剑。这种人命关天的事，哪是可以信口开河的。她想为田致远申辩，却没有勇气，也没有掌握第一手证据。她不想在此时让他人觉得自己跟田致远有关联，本来只是工作关系的事，扯到私人感情上，只会让自己难堪。可有损他人名节的事，却被一些人绘声绘色地当成谈资，这让她感到锥心刺骨之痛。

她要当面询问田致远。

躺在病床上的田致远，优哉游哉地晃动着他那打着石膏吊起的伤腿，嘴里哼着时下最为流行的《可可托海的牧羊人》，深情地望着注射管滴滴地流水。

夏柳是经过警察特批下进到田致远的病房的。田致远并不知道门外有警察为他把守，要是知道了，他也不会往被监视的方面想，他或许以为警察在保护他呢。他从跳河救人的那一刻起，恐惧一直在他的脑海里萦绕着。他为能救人感到兴奋，可又为冒失地跳河感到后怕。他不会游泳，万一跳进去上不来怎么办？他是一了百了了，可母亲和姐姐的生活谁来照料？他躺在病床上做噩梦，看到王雷仁抓住他往水里摁，自己挣扎着，直到被刺痛的腿伤惊醒。可王雷仁没有救活，他认为可以救活的，因为他托起他的时候，他嘴里喷射的水浇了他一脸，朋友梁平非常有经验地做了急救处置，及时打了120和110。他自己莫名其妙地住进了医院，王雷仁应该得到及时的抢救。没能抢救过来，那不是他在救人环节出的问题。他问心无愧。

夏柳站在田致远床前的时候，田致远还在遐想着救人的过程，直到脑袋转换了位置，才惊喜地看到夏柳。田致远似乎像小孩做错事那样羞涩。夏柳心头一酸，她不知怎样跟他开展一场事关善恶抉择的对话。夏柳的耳朵里回响起那些议论田致远的话——知人知面不知心，上头一脸笑、脚下使绊子，人不可观其表、识人必识内心……刚刚获罪的他，真的不思悔改，以极端手段施以报复吗？难道他把自己隐藏得如此之深吗？难道他会不计后果地这么痛下杀手吗？俗话说，事出反常必有妖，人若反常必有刀。经过了这种事的田致远，看不出有什么反常啊。

夏柳没有问田致远伤情怎么样，而是直截了当地责问他："你是救人受伤了？还是害人受的伤？"

田致远被她问蒙了，看到她气愤的样子，便没好气地说："自己受的伤，怎么啦？"

夏柳问："那你知道外面的警察找你，是为什么？"

田致远轻佻地说："是了解见义勇为、好人好事呗。"

夏柳说："你能理直气壮地说自己见义勇为吗？见死不救都比假借见义勇为害人光彩。"

田致远拉下脸来说："这话从何说起，我有朋友做证的。"

夏柳不屑地说："但愿不是狼狈为奸的朋友。"接着说，"你实话告诉我，你是真救人还是假救人？千岁坊闹得沸沸扬扬了，恨不得立马送你上断头台。你倒若无其事的！"

田致远这才感到，外面的议论超乎他的想象，且是超级负面的，怎么会这样呢？难道人没救活，也会治罪？难怪警察接二连三地守着他问这问那，做着笔录。真的天不晴，路不平，做善事，都不行？现在，人死不能复生，死无对证了，他怎么解释，怎么申辩呢？连夏柳都这样问他，搞得自己都怀疑自己是救人的？还是杀人的？

夏柳的话让田致远重新梳理着跳水片段。他突然想到最为关键的过程，他听到落水声、他发出救人呼叫、他跳进河中、别人把他和王雷仁救上岸……他下水救人后，得到了朋友的配合。夏柳听着，做了反射思考，假如他有歹念，那会在推人下水的瞬间逍遥地躲开。假如有一点事不关己的心态，他人落水的瞬间，完全可以置若罔闻地离开，为什么还要下水再把人捞起呢？有恶意的人，这不明摆着“此地无银三百两”吗？

夏柳长叹一口气，说：“良心没湮灭。警察还在侦查中，你好好把前后过程说明清楚，不要让别人误认为天生只会干坏事。”

田致远担心地说：“当时有朋友在场帮忙的，警方不会把朋友的举证联想成串供吧？那我真是跳进黄河也洗不清了。”

田致远想到这些，又一次深深地陷入倒霉的状态里。

夏柳改换成安慰的口吻说：“但愿清者自清吧！眼下安心养病，家里不用担心。”

几天之后，警察再次找上门来，向他致歉。警方经过多方取证，确认王雷仁是落水死亡。从附近的监控系统里调阅的视频资料看，田致远早前与死者有接触，离开时，黑团状的王雷仁仍在桥上，数分钟之后，另一侧的混乱场面，有貌似田致远的形象，但可以排除与死者落水有关联。从梁平口供笔录情况看，他们是听到“有人落水，快来救人”声之后，赶到桥下，他们从河里拖回两个人，一个是田致远，一个是田致远救出的人，拽上那个人时，感觉没有气息了，给做了人工呼吸，后来打110和120。田致远受伤是他们送进医院的。至于为什么不同时送医院抢救，梁平是这样解释的：田致远是在上岸后昏倒的，出于朋友感情，在120未到之前，潜意识地就把他背走。而对死者，当时并不了解情况，简单做了人工呼吸没有反应，有朋友当场提醒，不能瞎管事，万一沾到自己身上，跳到黄河洗不清，就打了110和120，没敢再动他。不过，他说也懊悔当时不该多想，直接背到医院去，或许能够救活。

经鉴定，王雷仁为落水后呼吸阻塞导致窒息性死亡，并解释说，外部无挫伤痕迹，肝脏严重病变，呼吸道呛水导致心肺缺氧，为溺水而亡。综合判断认为，王雷仁患肝癌晚期，不忍病痛折磨，对生命救治无望，属于自杀行为。经多方调查取证，排除田致远与王雷仁落水有关。落水之前的接触，表明他们之间无导致落水的诱因。落水之后，呼救和跳水，清晰地记录他的行为属于救人善举。

田致远先是听出王雷仁自杀，再听出自己跟王雷仁的关系，后听出这个关系并没有加害的成分，结论为救人善举，心里总算踏实下来。

田致远的行为得到正名之后，老钟和章阿姨特别兴奋，像是自己舍己救人似的，脸上放着光。他们认为，田致远背着污名做好事，说明本质没问题，他的舍己救人，是千岁坊的光荣，荣誉是田致远的，也是千岁坊全体居民的，没有千岁坊的厚德土壤，就不会有像田致远这样的好人好事出现。他们商量说，咱们社区好久没有正能量的事情出现过，这次无论如何大张旗鼓地宣传一下，把邻里守望、舍己为人的精神大力弘扬起来。他们要制作锦旗送到病房去，锦旗上的标语都想好了，“奋不顾身谱写人间真善，见义勇为方显英雄本色”；要请来媒体进行报道，标题暂定为“快递小哥施救落水大爷感动老城厢”；要申报本季度“梁溪好人”，争取市级好人，既可以是个人，也可以是群体……老钟把任务分解给夏柳和刘采文，两个年轻人听了书记的授意，激动不已。一来报道宣传工作总算有了出彩的素材，找几个媒体妙笔生花，年内的信息报道指标就能轻松完成；二来多年文明创建工作成果得到体现，涌现了这样的救人典型，总算精神文明结出了果实，这是一举多得的工作成绩。俩人埋头于电脑前搜肠刮肚、苦思冥想，可越想越觉得犯难起来。

田致远刚刚吃了官司，栽了跟头，正在接受矫正管教，一下子救人救成了英雄，身份的突变，是不是太快了。行车掉头拐弯也得有弧度呀，怎么人就能一下子由坏变好呢？情理上说不过去啊！再者，就是社区矫正也算是服刑啊，谁给他有这么自由的机会，可以进进出出地活动？假如把田致远作为救人英雄宣传报道出来，一旦追溯到“犯人”身份，那将如何解释？即使个人的罪责不在考虑之列，那社区失管失控的责任谁能承担？这样的“犯人”英雄，倒是媒体感兴趣的“新闻眼”，恰恰又是社区捅出的“马蜂窝”。撇开田致远的眼前身份不提，被救者并没救活，这个“救”的意义在哪里？把被救者从死神手里抢夺回来，比打捞一船的尸体都值得歌功颂德，被救者的鲜活的采访、感恩戴德的赞美，比自己的描述和外人的夸赞要值千金。人没救活，在记者眼里恐怕连舍己救人的字眼都不敢使用，充其量是见义勇为“行为”。田致远和王雷仁是同一小区的邻居，邻里相助，本属于人之常理，定性为快递小哥抢救落水大爷，升华到英雄壮举层面，未免有点让眼球充血……

夏柳和刘采文两个笔杆子，抓耳挠腮地琢磨着自圆其说，担心这个信息要是抛出去引来质疑，不知怎么应对？俩人越想越狐疑，便找老钟书记拿主意，老钟一听她们说得有道理，可又觉得这事不能这样默无声息地过去，毕竟社区做了大量工作，毕竟田致远的行为是值得宣扬的行为，不当回事，对社区、对自己说不过去，对田致远也不公道。老钟吃不准，便向街道领导汇报，让街道领导拍板拿主意，街道领导说，不管居民过去做了什么，功是功，过是过，现在就事论事，只要警方确认救了人，那就是见义勇为，可以申报见义勇为奖励。老钟追问，田致远那就算是板上钉钉的凡人英雄了？街道领导说，说得对，凡人英雄。英雄来自平凡，这样的人不是多了，而是少了，怎么宣传都不为过。

街道领导定了调子，老钟的底气足了，他向夏柳和刘采文如实转达，并再次强调了宣传的重要性——通过媒体正确的舆论引导，堵住那些喜欢以讹传讹的嘴。

47

王雷仁以利落的方式，结束了病痛的折磨，结束了恩恩怨怨，留下的是人们对他的哀叹，对生命的反思。

世俗社会总是这样，人走账不烂，生前的杂务带不走，死后的遗憾赖不掉。王雷仁生前无亲无故，并不代表他孤家寡人、独门绝户，只是亲戚之间没有往来而已。他的突然离世，没有留下遗书，没有交代后事，并不能说明他的后事可以随意处置。现实社会中，哪怕出现无名尸，警方除了侦破死因外，还要求有认领的亲属，亲属实在无法确认的，要由所在地寻求监护人，实在没有监护人的，只能由最基层的组织出面处理。这样做的目的，一方面是对生命的尊重，对生命权的保护，另一方面，对死者有交代，也对亲属有交代，避免善后冒出不必要的事端来。

摆在千岁坊社区干部面前的棘手问题，是怎么处理王雷仁的善后事宜。王雷仁虽是社区居民，某种程度上算是孤寡老人，可一直是天马行空、特立独行于江湖，在邻居眼里是活得很自由、很滋润、很潇洒的中龄老人，根本不需要社会的关怀。现在人死了，面临着无人收尸的情况。倒不是社区不管，而是担心管了节外生枝。王雷仁不是石头缝里蹦出来的孙猴子，沾亲带故的亲戚总归有的，人死了，亲友之间无论是恩是怨，只要表明处置态度，善后的事情，交给社区都可以办好。警方要求，无论如何都要联系到亲属，不管是直系、旁系甚至是走得亲近的朋友，只要有人站出来认可签字，承认王雷仁是溺水死亡，承认与王雷仁某种亲近关系就行，善后的殡葬手续，就可以走程序，遗产处置不会留后遗症。

夏柳和刘采文算是王雷仁临终前，接触时间最长的人，警方让她俩回忆王雷仁有没有透露过自己的情况。俩人把王雷仁从九华山遣返回来的路上，几个人聊天的情况进行了回忆，向警方做了介绍。说是他刚刚记事的那年，安徽老家那儿闹饥荒，加上瘟疫肆虐，父母多病供养不了几个子女，有个王各庄村子的好心人，便带着他出来，最后送到了一个在太湖里捕鱼的渔船上，那家渔民无儿无女，把他当儿子养，倒是没吃什么苦。可船上的日子太孤寂了，除了水，就是鱼，想玩都没地方。一次，养父带他进城卖鱼，一下子看到了外面的精彩世界，便偷偷跑出了养父的视线。没想到，自己把自己跑丢了。至于养父有没有找他，他不知道，反正他没找到养父，自己成了街头的流浪儿。大概自己喜欢在外闯荡，也是小时候留下的根。有一次，自己实在饿得不能动了，一头栽在了鸿运楼的店门口，被店掌柜救起，从此就在后厨做了小工，打打杂，跟着师傅学手艺。鸿运楼公私合营后，饭店负责人看他机灵，便让他上学读书，书没认真地读进去，心倒是读野了，没等初中毕业，就申请应召到大型国企上班去了。

至于警方关注的社会关系问题，夏柳和刘采文只是问过王雷仁，说是病成这样，怎么不跟亲朋好友说说情况？王雷仁说过，他们那些人是势利眼，发财时，像苍蝇似的围着转，穷困时，像见狗屎似的绕开走，没有真心的。叫干爹、表叔的不少，真正管事的不多。她们问他，那平时没有联系了？王雷仁说，偶尔有事的时候，打个电话叫叫困难，我这能力，也只是打发叫花子似的寄点钱意思意思。警察问她们，知道他那个联系人是谁吗？她俩摇摇头。因为跟王雷仁没聊什么家长里短的事。夏柳突然想到，应该能从他的手机里查找到。警察说，手机早就停机了，提取的电话号码无法甄别有用的。夏柳想起，王雷仁随身携带的包裹里有个小本子，应该会记录电话号码和其他信息的。警察再次去寻找这个记事本。

王雷仁的笔记本，信息量不小。有亲朋好友的联系方式，有进账的明细，也有别人赊账的数额，还有随意写下的名言格言，五花八门。警方粗略地查看了记事本的内容，便把它交给了社区，意思侦查工作结束了，后续事宜交由社区处理。

老钟书记按照警方的要求，安排夏柳和刘采文找到王雷仁平时联系的几个电话，七拐八弯总算有个远房表嫂愿意来协助处理王雷仁的后事。远房表哥多年前去世，表嫂觉得这个流失在外的表弟无依无靠，总得有家里人出面帮衬帮衬，她提出要看到遗体后再说。

按照警方的考虑，表嫂的要求，遗体暂时不能处理。

遗体停放在家中，就得有人看护。老钟说，死者为大，虽说不是亲人，可在没有亲人的情况下，社区干部就是监护人。从等待亲属做最后告别的那一刻起，老钟等几个男同志安排做了守夜人。

老钟平时对王雷仁那个颐指气使的腔调看不惯，王雷仁对老钟这个爱管闲事的芝麻官也颇不以为然，现在两个人却近距离地靠着，一个躺着，一个坐着，一个死了，一个活着，人生的感慨不知有无呼应。老钟想着，人啊！再有本事，也拼不过命，再窝囊，也会这样死。不是有句话吗：人间是非通不通，想想殡葬大烟筒，进去十分钟，出来三斤重，管你有用没有用。既然知道最后的结果是奔着死亡而去，为何还是那样争来争去、斗来斗去？人啊！可以有多种活法，有的人活得看似风光，背后却有人指指点点，有的活得平庸，却得到他人的善待，不是命运造化弄人，而是修行改变命运。

老钟进入花甲年龄，自己不时地给自己的人生做回顾总结。他与他的同龄人比，既是幸运的，又有遗憾的。幸运的是，没有插队下乡，直接进了工厂。遗憾的是，他考大学、当兵的理想没能实现，当干部时不是一个敢于负责的干部。在工厂时，他是技术骨干，当了车间主任，可厂子却在自己这代人手上衰败。回顾自己的这辈子，没干过惊天动地的事，也没干过伤天害理的事，只做了一个老好人。如果有那么一点点锐气，自己和工友们能勇敢地站出来，挑起改革转型、技术革新的担子，或许企业不会走向破产，这是他最大的遗憾。在社区工作这么多年，婆婆妈妈、细细碎碎，大事小情，有求必应，虽是不厌其烦，倒是日头过得充实，从中感悟了不少的人生道理。家家有本难念的经，社区是一个小社会，人间冷暖，家长里短，邻里纠纷，急难愁盼的烦恼事、闹心事、疑难事，哪一样都会牵动得人心绪烦乱，心理失衡，情绪失控。小的会致使家庭离散、婚姻破裂，大的会造成社会风险，害人害己。王雷仁这样自我了断的结局，虽没带来公共危害，却也动用了警力和社会力量等资源为其买单，是否带来遗留问题，还待亲属表态，才会画上句号。区区王雷仁的死，会带来这么多的麻烦，何况现实社会生活中那么多的人和事，许多简单的事情，能够引发成复杂的问题，小的事件，能够引发成大的事故，自己经手的，都能写本大书了。眼看自己快熬出头了，下一步换届正式退出，让年轻人干。他要回家陪老伴了，协助老伴带孙子孙女。

老钟看着王雷仁的遗体，似乎有好多话说给他听。有家有伴真好，没有家哪有天伦之乐？尽管夫妻之间常有磕磕绊绊，生儿育女有操心牵挂，可这才是幸福的另一种要义啊。你王雷仁倒是少了这些烦恼，可死得也太清静了，连个烧香磕头、披麻戴孝的都没有，假如我们不守夜，你可真的是乌漆麻黑地去见阎王了，那还不知你下辈子能不能投胎呢。老钟嘴里念叨着，觉得王雷仁太可怜了，顺手给他点了点纸钱，烧了一把纸扎的金元宝。这些是生前王雷仁烧香拜佛留下的，也可能是专为自己准备的。

老钟按照传统古法，在屋里搭了一个简单的灵堂，点上蜡烛，摆上供品，算是了却了他的一份心思。

老钟像是王雷仁的老弟似的，守护在王雷仁的身边。这倒让社区几个年轻人有点不好意思起来。他们一方面焦急地等待着王雷仁的亲属到场，一方面加紧跟殡仪馆联系，只有把遗体殡葬火化了，事情才算了结。

章阿姨跟夏柳和刘采文两人商量，说是你们没有家庭负担的年轻人，可以帮帮手，夜晚或许守着死人不合适，白天换换老钟书记他们几个男的总是方便吧？章阿姨既有埋怨她俩不主动的意思，也有商量的口气。刘采文听说要让她去守夜，当场就吓哭了。夏柳没有剧烈的反应，只是心里一颤。她们哪里看见过死人啊？连走过王雷仁家旁边都害怕。章阿姨不高兴了。她严厉地批评道，还是大学生，白读这么多年书了，没有一点唯物主义思想。人生来就是奔着死去的，生老病死，人之常情，人能成精吗？谁家不死人呢？要是让你们上前线，肯定是叛徒逃兵……

夏柳站出来表态说，章主任，我和刘采文两个白天替一下他们。夏柳想，这可是真正考验自己胆量的机会，自己喜欢观看惊悚大片，还没看到过真正死人模样。光天化日的世界里，有什么害怕的！好奇战胜了恐惧。她安慰刘采文说，有我呢，不用怕。死者生前是咱们熟悉的居民，应该敬重才是。

刘采文极不情愿地跟在夏柳后面，哆哆嗦嗦跨进王雷仁家，看到老钟嘻嘻哈哈地正和柳玉清开着玩笑，心情有了稍许的平静。柳玉清得知王雷仁投水而亡，感到惋惜，尽管两人几十年来不对付，可年轻时的情分摆着呢，人到老的时候，还是想着别人的好。他们住的还是当年单位分配的房子，楼上楼下几十年了，不看人面看情面，也得向遗体告别一下，否则自己内心不安。她走到楼下王雷仁家，对着灵堂，双手作揖，转身便跟一旁的老钟聊起来。老钟说，你这个老冤家死得倒挺干脆，估计病痛折磨得受不了了，才这样了断自己的。柳阿姨说，跟他同事一场，邻居做了这么多年，恩恩怨怨的，一笔勾销了。老钟说，人倒不坏，就是犟驴硬头。柳阿姨说，好日子过砸了，安分一点，凭自己本事，不会这个样子的。当然我也没能帮上他，这算是最后向他赔不是了。

夏柳看到姨娘在场，便叫了一声，算是打了一下招呼。柳玉清看到她们，简单示意了一下，离开了。

老钟看到夏柳和刘采文进来了，便问来干啥？小刘说，章阿姨叫我们换书记回去休息，我们顶一下子。老钟听着，默默地点了点头，说，难为你们女孩子了。社区工作没啥轰轰烈烈的大事，就是跟人打交道，生老病死，都要面对着。王雷仁无亲无故，他的后事，只能咱们做了。老钟书记指着遗体说，人强不过命啦！多彪悍的人，也逃不过死。夏柳顺着他手指的方向，伸着头朝里面看了看，死者身上披着干净的白布单，只有脸部一角微露在外，能够清楚地看到面颊浮肿，面色铁青，鼻孔萎缩，容貌倒显得慈祥，没有一丝痛苦恐怖的表情。这与她平时接触的王雷仁大相径庭。她想，这或许是王雷仁的真实面目，平日里表现出的威风气势也许是刻意掩盖心理的自卑，人在弱势的时候，总会努力表现出强势，为的是活得有面子，受人尊重。夏柳对死者多了一分敬重，甚至对王雷仁最后绝命一跳，深感钦佩。心里多了这样的想法，面对遗体，反而没有了恐惧和害怕。倒是刘采文垂着脑袋，眼皮耷拉着，不敢正视。

夏柳劝老钟书记回去休息，说，那个远房亲戚一时半会儿赶不过来，你可不能这样耗着，毕竟年岁不小了，得注意保重身体。老钟书记没再客气，说你们俩来了，倒是有活干，房子里乱哄哄的，帮收拾一下，不能让他的亲戚挑理找毛病。

王雷仁不大的一室一厅里，除了清理出一块停放遗体的地方外，基本上连坐的地方都被杂物和垃圾堆满了。生前摆放的佛像神龛，纸扎的小人玩偶，全都堵在房门前，纸箱纸盒和酒瓶垃圾码到屋顶。夏柳想，这些生不带来死不带去的东西，难道还有用场吗？她用手划拉了几下，感到分量不轻，有点没了主意。问刘采文，怎么整？小刘说，只能扔到外面去呗。夏柳说，扔外面怎么处理？不还是一堆垃圾吗？小刘说，在原来位置码整齐，不也挺好吗，省得放在外面碍眼。夏柳说，这些东西留下有好处，至少让他的亲戚看着，心疼他过的苦日子，再说这些东西指不定当成传家宝，让他们继承。刘采文听着、说着，紧绷的神情放松了许多。

王雷仁的家不知何时打扫过，或许就没打扫过。犄角旮旯处像是冰川世纪沉积的尘埃，一层一层地叠加着，坚硬得连鞋印都留不住。夏柳和刘采文试图清扫干净，可越是往深处干，越显得龌龊，甚至冒出了刺鼻的霉馊味。俩人像是捅到了马蜂窝，纷纷地向屋外逃去，生怕污秽之物和不祥之气落到自己身上。

夏柳突然想到，会不会是死人身上冒出的味道？难道死人的腐臭肝脏会突然爆裂？夏柳壮着胆子往遗体停放的下面观察，并没有看到什么异样。但恐惧和紧张袭上心来。她不怕活人变成死人，害怕死人突然活过来。怕传说中的鬼神之力兴风作浪。

刘采文看着夏柳苍白的面色，再一次吓得大哭起来。两个人拥抱在一起，跑出了楼外。刘采文说，咱们找书记去吧？夏柳咬咬牙，说，再坚持吧！书记刚刚走，就让他回来，不怕人家笑话咱们啊？刘采文绝望地失控起来，拿起手机，哭诉地向章阿姨求救。

章阿姨赶到现场，看到夏柳和刘采文哆哆嗦嗦的模样，又是笑又是气。章阿姨疑惑地问，你们怕？有啥怕的？这可是很直接的生死观教育啊，看到昨天生龙活虎的人，今天变成僵硬冰凉的样子，那功名利禄什么的，都是狗屁。她拉着刘采文就往屋子里走，指指遗体说，你们平时不都喜欢讨论国学禅宗之类的？王雷仁临终的这些年，人家跑到九华山修行，已经成了修道人，是个超然独立的佛门弟子，你们就当他是圆寂了，那是让人内心洗礼的事，怎么可以害怕呢？夏柳听着章阿姨说的有些道理，平复了一下心情，双手合十，跟在后面，嘴里哼起“自隐浮屠真极乐，已归彼岸更逍遥”的禅宗词来，算是安慰着自己的不敬。刘采文说，刚才打扫时，扫出一股恶臭味来，小夏说是死者身上冒出来的，就害怕到极点了。章阿姨没有闻到什么恶臭味道，只是觉得味道有些怪，便加紧帮着屋里屋外收拾了一遍。

48

王雷仁的远房表嫂不虚此行。她租着面包车浩浩荡荡开拔而来，进入千岁坊的时候，男女老幼成群结队，分明包含了同族长老、徒子徒孙。

老钟很是感慨，王雷仁算是有福之人，生前孤苦伶仃，还是积了德的，死后那么多前来送葬的，也算不枉一死。只怕是死得不安生，借着死人找碴儿……

夏柳看出了老钟书记的担忧，心里越发佩服老同志在处置遗体问题上的周到考虑。活要见人，死要见尸。闹出人命官司的事件，通常都会以证据说话。

远房表嫂带着男女老幼挤进王雷仁家，在灵堂前依次排队，先是打开录放机播放哀乐，接着一个接一个地跪拜磕头，点上带着的纸钱，再走到表嫂面前，由表嫂给他们一个接着一个地在左胸前戴上白花。表嫂看来是带着诚意和敬重来为表弟王雷仁送行的，白花、纸钱、录放机都是自带的，连白长衫大袍都准备了几套。一一完成磕头、戴孝之后，表嫂披上白布长袍，扑通一下跪倒在地，一声哀叹，便失声痛哭起来。在场的夏柳吓了一跳，下意识挤开人群，欲上前去搀扶一下，被来人拦了回去。夏柳看到人都倒在地上，怎么会见死不救？正发作冒火，表嫂的哭泣转而悲伤起来。夏柳这才知道，表嫂是在哭丧。

表嫂的哀哭，催人泪下，可除了两三个抱在怀里的娃娃伴随着哭之外，其他男人、老人只是木然地看着。表嫂的哭声中带着说唱，从王雷仁的可怜身世哭到不幸离世，字字句句显得实在。大体意思是：王各庄出了王雷仁，六岁被人拐出门，历经磨难闯天涯，受尽人间冷酷情，只为争做人上人，可怜努力全白费，被窝里面没女人，活了一生没人疼，年龄大了病缠身，临了孤苦只一人。如今人已失了魂，多望列祖列宗开大恩，收下那飘荡的阴魂进祖坟……表嫂虽对王雷仁了解不多，但唱词里总体上概括了王雷仁的一生，没有任何准备，没有打草稿，便出哭成章，张口就来，悲悲戚戚，哭哭啼啼，倒不尽的无限哀伤。看得老钟傻了眼，听得夏柳好了奇。

夏柳没有了之前的恐惧，没有了早前的不安，也没有了眼前的悲哀，竟是生出了莫名的好奇。既然表嫂从来没有跟这个表弟谋面，从感情上来说，不会有那么挚深，怎么会那么伤心欲绝呢？何况，表嫂与表弟再怎么亲近，也隔了几层关系，根本谈不上血缘宗族，哪来的那么多伤心往事需要倾诉。想必夫妻情人之间也哭不出这样令人愁肠寸断的情绪来。

夏柳身边的亲戚像是看出了她的疑惑，悄悄地告诉她说，表嫂是替人家干“哭丧”的，人家死了人，专门请她哭丧。夏柳稍稍有些明白，向表嫂的亲戚点了点头。

表嫂是当地“专业”的“哭丧婆”。据说她不是天生就会哭，她的哭丧专业是继承婆婆的。四十岁那年，婆婆发现自己的喊丧事业后继乏人，又不打算在外挖掘人才，想着肥水不流外人田，看着儿媳哭闹方面有些潜质，便刻意培养训练她。当地流行“哭丧”“喊丧”，家中有人离世，亲人无法体现出哭诉的悲痛之情，便找会哭会喊的人来替代。请来的代哭之人，必须要有哭的功夫，既要哭得声情并茂，也要哭得几天不哑，还要哭中带唱、哭中带说，把亡人的生平事迹表达出来，把亲人们恋恋不舍的悲伤感表现出来。没想到表嫂一出山，便一哭惊鸿，很快，表嫂的哭丧喊丧，在王各庄及其方圆数十里声名鹊起。表嫂由此一发不可收，只要有死人，就有表嫂，表嫂的影响力越来越大，出场费也与日俱增。表嫂出场的人气很旺，类似于当红明星，只要她一开哭，灵堂周围就会围得水泄不通。表嫂不光哭的功力了得，长得也颇有几分姿色。四十来岁的时候，细皮嫩肉，白白胖胖，一笑出酒窝，一哭也有酒窝，特别入眼好看。多半的人不是冲着吊丧来的，而是冲着表嫂来的。女人和小孩像听戏一样听哭，随着表嫂抑扬顿挫地哭，时而惊涛骇浪地号啕，时而悲悲戚戚地啜泣，带动着大家一起抹眼泪、擤鼻涕。男人们除了听哭，还喜欢一睹哭者的芳容。有的铁杆男儿，不远百里追随她的哭声，不管是否沾亲带故，挤进去照着遗像跪下一拜，几个响头一磕，急吼吼地爬起来，靠到表嫂一旁，有意地挨近贴一下身子，瞄一眼反应，算是过了一回瘾头。这也许是主家办丧事高价也要请表嫂出场的原因。表嫂可以带来人气，带来那些无亲无故的人上香磕头，这是主家最有面子的时刻。当地甚至诅咒他人，都能提到表嫂，要想烧高香，去找王各庄。王各庄因表嫂而有了知名度。

如今表嫂不再芳华，可哭丧在当地仍坐头把交椅。当然，农村推行丧事简办，她也不用再排档期了，加上年岁不饶人，她没有了那份执着和精气神儿。倒是王雷仁表弟的死，她无论如何要哭丧的。不哭不显得亲情，不哭难以表达她有着需要表达的诉求。

哭完之后，她请求见一下相关领导。夏柳把老钟书记介绍跟她认识。老钟说，有事可以到社区服务中心谈。

老钟书记在会议室热情接待了表嫂一行。老钟书记先是介绍了王雷仁。他说，王雷仁是一个人独居，单位转制下岗后，一直在外打工，后来做点小生意，维持着自己的基本生活。之前，从九华山方面得知他在那儿生了重病，考虑到他没有亲人，我们才派人接回来给他治病。住院了一段时间，身体得到恢复，回到家中养病，说是得到民间偏方，自己服用，哪知病情渐渐恶化，没想到会投河自尽。深更半夜，好心人跳河抢救过，110、120积极帮助过，没能救得过来。警方侦查推断，他选择自尽，是因为病痛折磨的原因。医生的结论是，肝癌晚期，存活时间不超过三个月。等于他提前一个多月结束了自己的生命。本来遗体是要直接送到殡仪馆的，考虑到你们这些亲眷的感受，就停放在家中。这几天社区干部为他忙得精疲力竭。

表嫂是见过世面的人，走进社区，一脸似曾相识、一见如故的亲切感。听了老钟书记的介绍，频频点头表示满意。表嫂说，感谢各级领导对王雷仁的关心帮助，感谢对王雷仁后事的妥善处理。接着，一一介绍起她带来的人，及与王雷仁的关系。年长的老汉是王雷仁的堂叔，说是从小跟着他一起玩过抛铜钱，那时还赖着五分钱不还呢。跟她年龄相仿的男人，是王雷仁的堂侄，说虽然没见过堂叔，但知道堂叔是城里人，有房有车有退休金，说是父亲当年救过堂叔，堂叔很小的时候特别调皮，玩水掉进了冰窟窿里，是父亲把他救出的，父亲从此落下了关节炎。身边那位前后围着两个娃娃的五十多岁妇女，是王雷仁的表妹，也是表嫂的小姑子，她没有做自我介绍，只是表嫂介绍她时，她眼泪哗啦啦掉了下来。表嫂代表小姑子说，当时她很小，王雷仁失踪后，她见证了她母亲，也就是王雷仁的亲姑姑，踏着破草鞋跑遍淮北的大街小巷，寻找自己的亲侄子，后来因为没找到亲侄子，跟她娘家人闹掰了，自己一病不起，悲愤离世。临终前还跟子女们念叨着要找到失散的这个表哥。我那当家的，前几年好不容易联系上他，通过书信寄过照片，算是了却了认亲的心愿，可好命不长，抱病而去。表嫂说到动情处，表妹泣不成声，伤心欲绝，夏柳不停地抽纸巾、拍打着后背，劝她保重身体，身边的两个娃娃看到抽泣，哭喊着“奶奶、奶奶”。

老钟听得眉头像是打了结，折叠的皱纹拧成一个个问号。他来回环顾了王雷仁的家眷，疑惑地问：“你们能够代表王雷仁的亲属吗？他老家有没有兄弟姐妹？”

表嫂说：“婆婆生前说过，她的兄弟生有两儿三女，老大是女儿，出生不久夭折，王雷仁排行老四。自王雷仁失踪之后，王家连遭灾祸，先是母亲不堪家庭重负，投井自绝了，姐姐被卖货郎所骗远嫁外省，父亲带着残疾哥哥一路往西乞讨走散了，无从知道下落。那个年代，人的命贱，跟草籽似的，有雨露就能活，没有水分就得死。王雷仁虽说被人拐了，倒是拐到米缸里来了，好歹像个人样儿活着，只是现在日子好过了，却没这份活命了。”

老钟一听，觉得跟他掌握的情况有些出入，本想细问，可又觉得人死了问及过去的事没有意义，便由着他们信口开河，自己的注意力集中在下一步的处理上。他说：“按理说，关于死者善后处理，我们只认直系亲属。既然没有了兄弟姐妹，那你们愿意代表，我们也不好反对，目的是尽快处理好丧葬，让死者入土为安。有关手续，需要你们签字。”

表嫂说：“现在我们这些人有几个疑问，不知当讲不当讲？”

老钟听到这个问话，知道来者不是善茬儿，便说：“有什么问题？先说出来听听。”

表嫂说：“刚才你们也听到了，王雷仁虽不是直系亲属，可这些沾亲带故的人没有亏待他，滴水之恩，涌泉相报，人死不能复生，大家只想带点可以念想的东西，时常祭奠他一下。”

老钟说：“你的意思我明白了，就是看看王雷仁有没有可以继承的遗产呗。”老钟知道，但凡死了人，看似哭哭啼啼、伤心难过，其实心里没有不掂量遗产继承的。许多上访闹事的，多与利益得失有关。所以，即使王雷仁独居生活，他也注意要弄清社会关系，避免事后冒出不必要的遗产继承纠纷来。他接着说，“王雷仁家的情况，你们都看到了，家徒四壁，穷困潦倒到自己都不想看病了。丧葬费都由政府出了。真有什么存款、股票之类的，应该早就有交代了，他知道挨不了多少日子，至于房产这块，是过去的公房，有没有办理产权过户，需要查实才清楚的。”

表嫂说：“既然这样了，那我们可以在他家里查查看看吗？人死之前总会有交代的，说不定会有遗书、遗言什么的。”

老钟说：“有效证件之类的，已经由警察统一保管了。如果需要，可以找派出所。”

表嫂说：“都说是溺水自尽，不知有没有什么说法？按照乡下人的规矩，河里淹死一头猪，那管河的人都有责任，那人掉进河里，也有防范不力责任的，总该有个赔偿的。”

老钟说：“这样吧，涉及有关法律方面的疑问，可以找公安机关，他们会给你们说明的。我们现在关心的是尽快办理殡葬手续。”

老钟话刚说完，表嫂抽泣起来，渐渐地声音越来越大，直到撕心裂肺地号哭，边哭边诉表弟命苦、生活无情、人生悲凉、死得可怜、做了屈死的鬼、申冤的地方无处寻等一大堆话。老钟请同行的亲眷劝导劝导，堂叔、堂侄、表妹和另几个随从一脸的忌恨，不予理会。老钟越是劝，哭声越是激昂，老钟不劝了，哭声反而低缓了。

夏柳把老钟拉到外面，劝老钟不要劝，越劝事越多。老钟担心他们上访，说还是要耐心细致地做工作。夏柳说，越是怕他们上访，他们越想着闹，可咱们能满足他们的条件吗？人不是咱们害的，事倒是咱们替他们办了，他们有啥闹的道理。现在他们人也看到了，完全可以送到殡仪馆去。还跟他们商量什么呢？

果然，表嫂看到老钟离开了现场，觉得在社区里号哭有点自讨没趣，便抹了抹眼睛，领着老的、小的朝王雷仁家走去。

夏柳望着王雷仁的一帮亲戚离去，对着老钟说：“还是书记高瞻远瞩，这么多人如果见不到遗体，还真会有麻烦。你听听他们说的，王雷仁欠着他们的人情，要用遗产补偿呢。人死都不得安生。要是真有点遗产什么的，这个表嫂也够为难的，不知道怎么分割才能填满人心呢。”老钟得意地对夏柳说：“你也看懂啦！现在人太现实了。有的事看似平常，其实有隐忧，稍不周全，就会落下把柄。还不知这个表嫂后面的戏怎么演呢，到时还得让警方出面。”

过了一会儿，表嫂托人传话说，请求社区安排他们的食宿。老钟本来有过这个考虑，可听了夏柳一劝，倒觉得不能关心得太深了，免得像是自己做了亏心事，用以补偿似的。再说，一大家子近十口人，吃住开销是一笔不小的数字，万一住下赖着不走，那赶都不好赶。既然是王雷仁的亲戚，生前没和王雷仁生活过，最后的机会当是留给他们守夜。老钟以社区没有先例也没这笔开销为由，提出让他们自理。

没想到表嫂主动提出把死者遗体送到殡仪馆，看个时辰再火化。这回表嫂倒是说得在理儿。她说，死者放在人口稠密的生活小区里，不吉利，也易传播病菌。老钟也觉得，老老小小一大帮，在死者家进进出出的，看得闹心。于是，马上通知殡仪馆派来灵车，把遗体运走。

次日，表嫂单独找到老钟，说是自己言辞不当，伤了好人的心，可那些亲戚在场，不这样示强，他们会责怪的。她说，俺虽说是农村妇女，场面上的事多少是懂的，没吃过猪肉，不等于没见过猪跑，有些事适宜场面上说，有些事只能是私下沟通。古人说，利可共不可独，谋可寡不可众。这就想着个别商量，你也把王雷仁的底掏给俺看看，俺心里有数，也好有个交代。

老钟叫来章阿姨和夏柳，一来他们了解情况，王雷仁的前后过程清楚，二来可以相互做证。章阿姨委屈地叫了半天苦，说“富在深山有远亲，穷在闹市无人问”，王雷仁身处繁华城区里，并没过上好日子，病倒在深山里，捡回一条命，躺在病床上，连个端茶倒水的人都没有，活得确实遭罪。自己明知道活不多久，问他有什么遗愿，他自己都说，赤条条地来，赤条条地走，无亲无眷无牵挂，不给政府添麻烦。可总得有人收尸，不能自己爬进火炉里啊。夏柳听着章阿姨说得直捏鼻子。

夏柳补充说，从常识上说，王雷仁是有遗产的，目前没有证据表明有存款，可锅碗瓢勺等家当还是有的。法理上，直系亲属有继承权，当然，如果有遗嘱，旁系亲属也是可以继承的。

老钟最后说，作为王雷仁的表嫂，能够最后为王雷仁送行，如果在天有灵，王雷仁会安息的。王雷仁从落水抢救，到殡葬结束，产生了一定的费用，这些支出本该由亲属承担，考虑到他的特殊情况，社区在争取政府的救济，相信咱们会把后事办圆满。至于涉及遗产问题，你们征询律师的意见，可以到派出所了解一下，我帮你联系要找的警察。

表嫂一言不发，她知道谈什么问题，都会被他们拦回去。一人对付三张嘴，再能辩也会输在气势上。不过，老钟指了一条出路，总算让她看到了能够争取的希望。

老钟联系了办理王雷仁善后事宜的警察小李，小李说他来找他们，加紧把事情做个了结。

李警官把一个小包裹交给老钟，说是王雷仁的有效证件之类的，移交给社区。李警官把清单内容向表嫂做了解读，其中包括：身份证、户口簿、医疗本、工作证、临时通行证、房产登记表、电视开户证、抄水记录表、电费登记表、三张银行存折、五张银行卡，一沓购物发票和车票。另外有手机、手表、收音机、自行车等。李警官让老钟书记一一点清。老钟把包裹推给夏柳，让她看看。

夏柳打开包裹，当着表嫂的面，一一进行查点。夏柳打开存折，看到日期是九十年代的，银行卡也已过了有效期，便说，里面有无存款，存了多少钱，要跟银行联系，才能知道的。表嫂看到存折和银行卡，似乎悬着的心放了下来，便问李警官，“这些遗产什么人有权继承取得呢？”李警官不假思索地说，“当然是亲属，直系亲属，没有亲属的，可以根据遗嘱，一般会转赠监护人、赡养人，如果没有指定的，那只有充公了。”表嫂说：“他没有直系的，像我们这类表亲、堂亲的有没有继承权？几个亲戚就是来讨说法的。”李警官看着老钟，想听听老钟的解释。老钟说，这要问律师了。表嫂听得垂头丧气，心想，如果没有继承权，那讨论遗产有什么意义呢？兴师动众地把咱们叫来，究竟什么目的？表嫂说，既然我们连遗产处置的权利都没有，那叫我们来干什么呢？此问一出口，一下子把大家问住了。

表嫂愤然离开座位，走了出去。她没有想到，摆上眼前的那碗肉菜，却不是自己能吃的，快要夹在筷子上的肉菜，也要掉下来。丢下一句话说，“啥时候给说法，啥时候走人。”

老钟书记处理过五保户的后事，没有遇到过像王雷仁这样虽是鳏夫并非三无的老人，死后会有遗产处置问题。他想，既然有亲戚提出遗产继承问题，那就得给人家明确说法，省得把后事办出民事纠纷来。更何况，王雷仁未必就有什么值钱的东西，即使充公，处置起来未必就简单，如果法律框架内可行，让这些亲戚分点纪念的物件，不失为做了一件和睦的事，也算把潜在的不满情绪消除在萌芽状态。老钟权衡利弊，想息事宁人，心里做了妥协。他让夏柳找律师咨询一下。

夏柳通过关系找到资深律师，律师就即将施行的《民法典》相关条款做了解释。夏柳理解了其中的意思，法律上规定了第一、第二继承人的排序，在没有第一、第二继承人后，并没有规定旁系亲属没有继承权。这些条款只是在发生财产继承纠纷时适用。现在王雷仁的遗产没有纠纷，只是有人提出或是说诉求，虽说没有规定这样的人有继承权，却也没有规定社区就有这样的继承权，社区作为基层组织，充其量是中间调解人，既然是调解人，处置偏向哪一方，它有话语权。

关于王雷仁火化和遗产处置的问题，不能这样僵持下去了。

几天里，老钟吃不香、睡不好，工作无精打采，像是手里抱着火药桶，小心翼翼地担心不慎爆炸。夏柳则是跑前忙后，一边安抚一边开导，身上自带着灭火器，随时做着灭火准备。表嫂一帮人倒是不焦不躁，心安理得地在王雷仁家用纸箱搭起了地铺，支起炉子，过起日子来。不过人数比刚来时少了些，那几个帮腔的随从，要么是顺便旅游去了，要么觉得没什么可图打道回府了。关键是，表嫂没事的时候，披麻戴孝领着老的小的，社区里外乱窜，知道的人知道是王雷仁家的人，不知道的以为是申冤的或是乞讨的，影响了社区日常管理，也影响了社区居民的心情。

老钟请求街道领导拿主意，街道领导吃不准，只提醒处理问题以和谐为本，以不留后遗症为前提，集体研究、程序合法、手续齐全，一旦带出新的纠纷，可以诉诸法律。

老钟组织召开居民委员会扩大会议，就王雷仁善后事宜专门研究，最后形成这样的结论：一是加紧火化丧葬，如继续拖延，费用由亲属承担；二是查明王雷明的存款和房产价值；三是如涉及亲戚继承，须由继承者承担王雷仁医疗和丧葬费，至少表明有赡养关系；四是按程序完成转交手续，承诺王雷仁后事处理结束，不得提出其他额外要求；五是限期离开本社区，之后发生的问题，与本地区无关。最后一条是基于遗产继承可能产生分配矛盾，这一内部矛盾不得在本社区、本区、本市发生。

表嫂和堂叔听到老钟宣布这个结果后，双双鞠躬，表达千恩万谢。

然而，表嫂在查明存款数额时，在银行却遇到了麻烦，银行要求王雷仁本人到场，既要本人签字，又要人脸识别，搞得表嫂哭笑不得，最后还得社区开出王雷仁死亡证明，才算过了第一关。第二关是存折过期，需翻出历年的备案资料，涉及银行卡过期，要重新办卡，人死了，办卡的意义在哪儿？表嫂精疲力竭地跑遍涉及的三家不同银行，总算摸清了存款数：五千一百三十二元八角三分。

王雷仁真正值钱的就是房产了。表嫂一帮人要求卖了房子，房子不好分，变现就能分了。表嫂找到中介，中介说房子虽老旧，但地段好，三四十万是值的。表嫂动心了，虽不说这房子现在不如乡下的猪圈，但价值摆在这儿，就让中介帮着卖。中介让她拿房本，她说，没房本。中介说，没房本不能成交的。她说，有个证明。她从包里掏出来一张盖着红印章的表格。中介说，这个不行，仅有这个都不可变更房产。过去房子有两个本子，现在两证合一了，但手续还是原来的手续。要补成房本，需交一笔不小的费用的。表嫂问，要交多少钱？中介说，补交房产税、地皮费和交易费，至少有个十万八万的。表嫂倒吸一口凉气，说要这么多呀？中介说，补交费用，未必能办成，本来是单位分的公房，处置到个人名下，本来就不合常理。表嫂想，怕是有这笔补交的钱，恐怕还得把王雷仁弄来签字按印、人脸识别。这城里办事就是麻烦。推着磨、转着圈，离不开打钱包的主意。几天下来，她东奔西走，觍着脸，受着冷漠，求爷爷告奶奶，都快搭上了半条老命，只为自己图得这份遗产吗？呸！拼死拼活地争取来了，自己能得到几分，还不知多少人背后指戳贪了多少呢？表嫂越想越气，渐渐地对遗产继承的事失去了兴趣。

王雷仁没有带着遗憾离开，倒是一帮向他告别的远亲带着遗憾走了。

49

每年金秋时节，区、街两级都要举办社区睦邻文化节，通过节庆活动，倡导文明风尚，和谐邻里关系，丰富文化生活，凝聚正能量。

今年情况比往年特殊，新冠疫情仍在全球蔓延，虽说内地情况比境外好，可基层防范从未放松过。按照上级的要求，“一手抓防控，一手抓发展”，防控从居家隔离转而外防输入，内防扩散，社区工作者战斗在看不见的战线上。

十月已过，大家都快淡忘了筹备节庆活动，不想，街道负责人放出口风，说睦邻文化节还是要搞的，一来年初有计划，群众有期待，不搞等于文化建设的任务没完成；二来通过文化活动，凝聚一下人心，提振一下信心，缓解一下压力；三来展示一下社会繁荣、经济复苏成果，刺激拉动文化消费。

不几天，街道专门开会做出部署，正式推出了睦邻文化节的总体方案。老钟书记把任务受领回来，找到夏柳和刘采文，说是这事还是要交给年轻人，年轻人有想象力，有才艺，鼓励年轻人把节目创作的任务担下来，他老同志主动做好后勤保障。

老钟说，按往常，节目表演的事，在千岁坊不是难事儿，随便拉几个人就能上台，根本不用咱们去组织、去排练。可这次不同了，说是老节目、老面孔不要报，报来也拍死。上面一边说宁缺毋滥，一边又下了任务，每个社区不少于两个节目。说实在的，夕阳红的广场舞和合唱，确实听得有点腻了，什么《小苹果》听着听着反胃了，也的确不能再搬上台面了，你们年轻，琢磨琢磨有没有什么好的创意，搞两个有意思的节目，一方面给千岁坊添点色，一方面你们好好展露点艺术细胞。

夏柳第一次听说社区睦邻文化节，觉得这是一个有意思的活动，尤其睦邻文化意蕴深厚，又接地气，符合社会文明进步要求。她翻看活动方案，虽不能一下子理解其中的具体工作，可看到一个个有意思的名称，一下子被精彩的内容惊艳了，不由得佩服策划的品位和格局来。真是人才济济、藏龙卧虎，高手在民间啊！整个节庆活动，既有古运河灯光秀、清名桥风情游，也有“今夜良宵”为主题的购物促销季，还有系列文艺节目和居民互动的公益集市。这可是要专业的团队运作才能做得像样的。

夏柳和刘采文倒也有点文艺细胞，大学期间，她们参加过文艺社团，排练过小话剧、小合唱、诗朗诵之类的。参加工作之后，几乎一门心思沉浸在琐碎的事务中，想展示才华都没用武之地。小刘参加过选送节目的任务，发现城区里的确不缺少有才情的人，只是限于环境和经费保障，大多只是自娱自乐的消遣，至于夕阳红的水准，因为缺少专业的指导，只是草台班子水平，真的难登大雅之堂。如果让她负责这项工作，她一定会劝阻老钟不要再用夕阳红代表千岁坊。千岁坊虽有年代，但仍有活力，可以通过竞争选拔的方式，推选新面孔出来，展示新时代下千岁坊人的面貌。没想到的是，老钟把任务直接交给了她和夏柳，看似有点心照不宣，其实她还是感到突然。

夏柳对老钟交给的任务，从来没有说个不字。看了整个活动方案后，她心生起跃跃欲试的念头。她会的才艺不少，从小被父亲驮来驮去拜师学二胡，幼儿园时被送到少年宫学舞蹈，在母亲的循循善诱下，钢琴练到了十级，本来以为可以在艺术道路上发展自己的兴趣，可后来又被留学潮卷进去，出国读了几年书。不过，有了童子功，捡起来随便回下炉，想必在社区这样的平台上，还是能对付过去的。可想归想，真正把节目压到自己头上，还是有些胆怯。她笑话自己是黄毛鸭子下水，不知深浅。自己的那点小聪明，哪里入得了这么大的文化节庆的法眼。

老钟特批两人放下手头事务，专心研究活动方案，他想尽早地看到节目创作的思路。老钟把节目交给她们，其实自己心里也没有什么底气，他并不了解她们这方面的特长，即使有这特长，也不是展示个人才艺，而是代表社区集体。他甚至有了邀请专业演员撑场的打算，他交给年轻人这个任务，本来有点考验的意味，没有想到她们没有拒绝。他对两个女孩子的工作态度很满意，无论交给什么任务，从来没有说不行，没有叫困难，不像社区里个别老油条，遇事往后躲，有时甚至当面顶撞，让当领导的难堪。夏柳和刘采文之所以态度好，不是害怕老钟，而是受不了老钟鄙视的眼神和轻蔑的语言。说起来大学生，高学历，花拳绣腿，眼高手低，拿点真本事看看。刘采文就是在他的鞭挞下，慢慢地改变着娇弱性格，养成令行禁止习惯的。夏柳接受的西方教育，骨子里不懂得退缩和拒绝，她觉得自己需要更多的历练，宁肯在战斗中牺牲，也不会在战斗打响前畏缩。更何况人家当领导的，也不是任务一交代，就撒手不管，任其胡来，每一步的工作，离不开老钟悉心的传帮带。

夏柳受领任务后，以为节目就是让她俩出，搜肠刮肚地想着自己出什么节目，弹琴？那么喜庆的场合不适合独奏。舞蹈？就自己那点三脚猫的功夫，往舞台上一站，那是猴子上树，露着红屁股丢人现眼。她先是打听刘采文的想法，刘采文工作时间长，接触的事情多，一定有应对的办法。刘采文说，我们的身份是组织者或是策划者，当然自己有拿手的绝技，给居民露一手，把大家惊骇一下更好，留个好印象，混个脸熟，以后做起工作来，就会支持你。不过像这样综合性的节庆系列活动，比较注重整体效果，就是独奏、独唱、独舞，也要有伴奏、伴唱、伴舞，体现宏大的舞台场面。夏柳说，那我算了，省得登台献丑。刘采文说，你都应承了书记，骑马上独木桥，回不了头了。东方不亮西方亮。多动动脑子，办法总比困难多。就是自己创作，也不是不成。千岁坊有着深厚的文脉资源，到处都有鲜活的故事，随便编导一个节目，都拿得出手。

夏柳受到刘采文启发，似乎找到了创作的源泉。两人约定说是先体验一下生活。

在高楼林立的城市中间，千岁坊和布衣巷已无法再现当年的繁华盛景，然而，古朴的钟楼、幽深的街巷、亲水的亭台、粉墙黛瓦的民居，仍能唤起人们美好的记忆。夏柳和刘采文徜徉在古朴和现代之中，每一处人文景观都带给她们充足的能量。伫立在阿炳塑像旁，可以聆听到《二泉映月》，如一缕冷光穿透心底；忽而又传来《赛马》旋律，让人驰骋于茫茫草原。步入东林书院，耳边朗朗齐诵着“风声雨声读书声声声入耳，家事国事天下事事事关心”，古往今来，沧海桑田，时空轮回，人生本性是如此似曾相识。走进绳武堂，会跟大师诵读“城里的人想出去，城外的人想进来”，钱钟书、顾毓秀、王选等走出去的大家，无时无刻不在此神游。千岁坊因古运河浸润，清名桥因古运河观照，那种崇文尚德、家国情怀，无不触动心底里那处最柔软的神经。

刘采文说就这些文化名人客串一下，都能发出艺术光芒来。

夏柳说，不错的主意，现在电视剧都玩古今穿越，咱们身边的文化大家，为何不可以聚拢起来为千岁坊代言？这叫文化自信，这是咱们身边的文化资源，打造一部三五十集的连续剧都不成问题。谁投资？我当编剧。

刘采文笑笑说，这玩笑开得有点忒大，你以为个子长得高，就是打球的料？人家姚明可是从小训练出来的。你再有艺术细胞，也得让细胞长起来啊！别扯没用的，先拿出构思来，让老钟书记把关一下吧。

两个人按照时间进度，把创作构思向老钟书记做了汇报。老钟不懂青春偶像，更不懂艺术穿越，他叮嘱她们多歌颂千岁坊社区的好人好事，弘扬正能量。他所理解的创新是搞个老歌新唱或填词老歌之类的，让大家觉得不雷同，有点新意，能逗得观众乐一乐就算完成任务。年轻人的大胆设想，倒是让他觉得有意思，可一时半会儿做个判断，确实让他为难。他不能说不好，那会挫伤年轻人的热情，他说好，又觉得违心，毕竟没有理解出所以然来。他干脆两手一摊，说这么重大的题材，找筹委会沟通一下，如果他们同意，你们就试试，如果他们不满意，再让他们点拨点拨，只要答应有个节目能上，就算完成任务。

夏柳笑着批评老钟书记降低标准，开始雷声大，现在雨点小，急得自己三天三夜没睡好，头发掉了一大把。老钟笑笑说，就是要给你们年轻人压力才行，人无压力轻飘飘，钢无压力不成刀。很希望你们拿出叫绝的东西来晒晒。不过，你们虽不叫困难，可我心里有数，谁也不是万能的。

小刘有点泄气，她觉得这么伤心劳神地准备节目，是不是有点小题大做，就为了几分钟的表演，耗费这么多的精力，既看不到成绩，又得不到实惠，指不定背后有人说是吃饱了撑的。

夏柳说，你这种想法就是没有精神文化，咱们正缺的就是以文化人，寓教于乐。文化艺术不能吃不能喝，为啥世界各国还要养那么多专业的艺术团体？一段《霸王别姬》《铡美案》演了上百年，至今仍经久不衰，正是基于人渴望真善美。艺术的东西是需要修炼的，所谓台上一分钟、台下十年功，不仅指的是艺人，也是指的创作者。没有坐冷板凳的精神，是出不了好东西的。

小刘悻悻道，记得你是社会学硕士吧？怎么像成了艺术专科生呢？夏柳被问得臊红了脸，马上回击说，文化是潜移默化的，社会建设要靠文化滋养的。小刘以为夏柳生气了，便给她一个大熊抱，说是自己觉悟低了点。不过，这活还是要认真地干。接着说，老钟书记不是建议歌颂好人好事吗，依我看，咱们这些社区工作者，就值得歌颂。卑微得像株小草，勤勉得像头老牛，默默无闻，无怨无悔……小刘正视着夏柳，边看边念叨着。

夏柳觉得是个好主意，说，社区里的故事多，真值得赞美，这也遂了老钟的心愿。要不把老钟的故事搬上舞台？老同志，经历的事儿多，随便截取点素材，也比电视剧里的生动。刘采文说，好是好，可这种彻头彻尾的露骨宣扬，不会让人看到有奉迎之嫌？更何况老钟不是那种爱标榜自己的人，表扬与自我表扬这一套做法，他会认为恶心自己的。还不如写群体的好。搞个朗诵诗或快板词，找几个人上台吟诵吟诵，也不差。夏柳说，不错不错。写诗这方面是你的特长，编个三五分钟的诗词，找几个人朗诵，拿得出手。

两人定下了调子，便向街道分管文化的主任做了汇报。分管文化的主任也姓刘，是刘采文的同学兼学姐。说是同学，其实只是区青干班培训时的同学，一日同窗，终身同学，同学之间不分贵贱，叫起来亲切，刘采文把她当同学的时候，叫她“姐”，把她当领导的时候，叫她同学主任。刘主任是个顶级的文青，棋琴书画样样来得，尤以诗歌、音乐、演讲擅长，是清名桥地区公认的才女。刘主任把刘采文和夏柳视为同道中人，她们年龄相仿，性格相似，彼此似曾相识的样子，相互见面都是一脸的热情，戏谑她们俩是失散在外的姐妹，就差三人抱头痛哭了。

刘采文把创作诗朗诵的想法做了汇报，没承想，刘主任踌躇道：“这个题材有几家上报了，正在考虑让他们修改。你们也知道，文艺晚会不是诗歌朗诵会，偶有一两个点缀一下还成，如果多了，那就拉低了整台节目的水准。你们还有没有备选的？”

刘采文挤眼撇嘴地看看夏柳，一脸的无奈。她没想到这么一个有创意的节目，还没提到内容，就遭到否决。看来，美女刘主任是喜欢个性风格的人，醋瓶装白酒当是醋，剃光头的当是和尚，重形式，不在乎内容，会被人鄙视的。既然让她们拿出备选的，小刘再往下谈构思，已没有意义，她只好让夏柳补充自己的想法。

夏柳想能补充什么呢？吟诵的节目刚刚才有构思，就胎死腹中，多亏没急着生出来，否则被活生生地遗弃，那脸面更难看。她想着自己折磨了几天几夜睡不好的构思，要不要一并汇报？眼前的刘主任看似热情，可那标准高着呢，权且作为备选的，尽管有些可笑，但不失为一种创意。几番踌躇，她还是鼓起勇气说出了自己的构思。“我们也考虑过这样的题材，就是把历代无锡名人串起来，搞一个小品或是小话剧，用经典的语言和歌曲连续起来，在历史长河中穿越，歌颂新时代。可又觉得过于牵强，难以体现艺术效果，不知道能不能做？”

刘主任起初心不在焉，听着听着像是入了神，右手把玩着的油笔戛然停下，让夏柳说得具体点。夏柳把王羲之、顾宪成、阿炳、钱钟书等在无锡生活或是工作过的文化名人搬了出来，说出了创作的初步构想。

刘主任似乎被夏柳的设想点燃了激情，兴奋地对刘采文说，这个构思有点意思，是个金点子，不仅与本次“今夜良宵”主题契合，还与全市筹办的旅游文化艺术节的宗旨相契合。这个节目做好了，可以报送参加市里的演出。

本来已是抛到脑后的构思，没想到捡起来随便一说，便让刘主任当成宝贝似的抓住不放了，这让夏柳有点不知所措。有些垂头丧气的刘采文，听到这样的评价，像是绝处逢生，频频点头说，小夏琢磨了好长时间，说咱这古街区人杰地灵，名士辈出，如能通过小品表现出来，那就是非常有意义的事。

刘主任说，一个书圣如何赋诗挥毫、心怀天下，一个革官的读书人如何针砭时弊、锐意图新，一个卖艺的瞎子如何弹奏出悲欢的人生，一代学贯中西的文豪如何捧出文学瑰宝，四个人，四种不同的历史时代，四种不同的人生命运，在特定的时空中相遇，各自展示着才华和绝唱，那是多么有意思的故事啊！这个创意太精彩了，咱们一起做。用一条主线串起来，名称可以叫“在时空中相遇”，你们看行不行？既有普及历史知识的成分，也有展示历代名人家国情怀的境界，创作所要表达的精髓和灵魂是家国情怀，对今天来说，太有现实意义了。

夏柳说，这么大的题材，这么短的时间，怕是一个人弄不来的，小媳妇坐轿要靠大家抬举。

刘主任说，这你放心，你负责编剧初稿，其他的再分工。

刘主任交代刘采文，说那个赞美社区和谐和歌颂社区工作者的诗歌朗诵，可以改写成歌词，谱出曲子来，搞个领唱加伴唱，这可以说是原创了，也是有味道的。

三个人聊了聊分工，便安排着分头准备，尽快搞出初稿来。刘采文有些疑惑，担心搞成纯知识的、纯说教的没人喜欢，建议节目既有思想性，又有趣味性，让人在笑声中得到启迪。夏柳认同这个观点，她认为，当下是娱乐至上的社会，不然那青春偶像剧不会那么热门，那些吐槽类的节目不至于大火。人们不求解惑，但求解烦，可没有娱乐的知识，让人变呆，没有知识的娱乐，让人变傻，要在文化普及中找到笑点，这才是最好的节目。现在有的节目看似幽默，其实并不好笑，只是可笑。她要努力在打通脑垂体忘忧神经上多下功夫。

得到刘主任的重视，夏柳的工作简单多了，她只负责编剧，其他的剧务杂事和演员安排都交由她一手布置。夏柳是在这些传统人物的故事里长大的，编写他们的故事，虽不说信手拈来，倒也胸有成竹。她在没有干扰的情况下，很快完成了初审稿，得到了刘主任的肯定。刘主任在物色演员上也下了一番功夫，考虑到睦邻文化节是群众性自娱自乐，只得在辖区内的文艺骨干中遴选了具有表演天赋的几个候选人，她针对人物和剧情，给他们分别安上了A、B角，搞得候选人之间暗地里竞争起来。

此事惊动到区文旅局局长，倒不是题材的特色让他一探究竟，而是那些文艺骨干争角儿的事，求情到他这儿来。这位团系出身的文旅局长找到刘主任，问明情况，说是什么样的事情能搅动起那些文艺骨干的心潮，刘主任如实做了汇报。文旅局长听了很感兴趣，一方面建议她处理好演员之间的关系，多保护积极性，另一方面觉得节目的名称值得商榷，“在时空中相遇”，过于抽象，时空可长可短，这些历史人物跨越历史长河千年之上，很难表现人物的时代价值。可不可以用“我想成为你”“流光里的火烛”这样既通俗又一语双关的语言和语气表现出来。我想成为你，把一个人对名人大家的追求一语道破了。流光里的火烛，流光是当下的繁华盛景，火烛是古代的照明工具，寓意着历史的一束光，让现代文明里闪耀历史的一束光，诸如此类吧。你们再好好琢磨琢磨，题材内容有现实意义。刘主任当即夸奖局长的才华，局长谦虚地说，随口一说，不完全贴切，给你们提供思考问题的方向而已，还可以琢磨出更恰当的名称来，到时候给你们捧场去。

彩排的那天，夏柳早早地进入排练厅。她没想到，刘主任和文化干事也早早地到场。他们提前调试好视频背景墙上的显示画面。如今电子系统发达了，舞台道具和背景都不要美工设计了，直接拍上照片和视频，随着剧情投影或播放，就是生动形象的节目。夏柳感慨两人之间的默契，人家刘主任完全理解了剧情内容，整理了不错的画面，让整个舞台绚丽多彩。

现场的刘主任，还真有点导演的模样，一手持喇叭，一手拿纸稿，干脆利落，潇洒自如，丝毫没有怯场的样子。演员按她的指挥悉数上场找着自己的位置，每个人精神抖擞。夏柳没有想到，演员都是带妆入戏。这么短的时间里，刘主任就给演员定制了戏服，真有点立言立行的气魄。夏柳像探班似的走进演员中间去，越发觉得戏服打扮增色不少，着实让人眼前一亮。

王羲之的扮演者，身着襦裙套装，头戴小冠帽，两耳处垂着长飘带，脚上穿着拳头高的木屐，一副绅士模样。只是上衣过于短小，而下裙过于宽大，加上纱帽上的小冠子，活脱脱一个俄罗斯套娃。

而顾宪成的打扮，倒是有了仕人的特征，身着青色宽衣大袖，头戴瓦式布巾，下截打密褶，腰间束有红布织带，一副明代清新的官吏造型。

民国时期的阿炳，灰黑色长衫大褂，最为深入人心的标志性形象是——戴着碗口大的墨镜，留着八字胡，戴着油光发乌的礼帽，手持一把特制的大号二胡。

只有“钱钟书”没有刻意打扮，中山装，黑框眼镜，左下颌按一痣，手臂夹着书，当代大学教授的模样。

四个时代的文化名人，虽说能串起一个故事来，可没有生动的代入感，于是，安排了一个愤世嫉俗的年轻人穿越时空的相遇。这个年轻人的打扮并不重要，只是语言和表演的画面要突出。刘主任正反复向他交代着台词和站位。

画面和背景音乐一出现，夏柳马上被带入到剧情当中去了。

一个自恃学富五车，才高八斗，却怀才不遇的年轻人，终日郁郁寡欢，感叹生不逢时，在他自甘堕落的那一刻，突然做了一个古怪的梦。他梦见走在清名桥上，一处拱石缝间，冒出一个头戴礼帽的小人，小人随着他游离的视线，慢慢地变大，大到像真人一样，这人鸠形鹄面，瘦骨嶙峋，布衣长衫，勾着身腰手拉着二胡，一曲婉约让人愁肠百断。年轻人认出了阿炳。二胡之乡的少年，从小都有拉一手《二泉映月》和《赛马》的梦，心中的阿炳是人生的偶像。他知道，二十世纪七十年代，日本著名指挥家小泽征尔专门来中国寻听《二泉映月》，是跪着欣赏的。他知道，很小的时候阿炳聪明多才，笛子、琵琶、二胡等乐器随手就来，人称小天师，年轻时就执掌雷尊殿。他更知道，真正改变阿炳命运的是自己交友不慎，染上眼疾，以致成为瞎子，人生一下子跌落到悲惨境地，而他那不屈的性格，又使他乐观地面对生活……《二泉映月》的旋律，时而哀婉凄凄，时而缠缠绵绵，不禁使他黯然神伤、掩面自泣起来。想想自己的人生遭遇，处处不如意，在别人的眼里，麻子的脸，尽是缺点，读了一肚子的知识却无人识得，心中的委屈能向谁人诉说？阿炳看出了他的心思，念念有词道，《论语》说，不患人之不己知，患其不能也。这么好的一个时代，处处有机遇，何愁生活无所依。像我一个瞎子，身处兵荒马乱年代，食不果腹，衣不蔽体，周身疾病，也没去怨天尤人，你辈四肢健全，聪明智慧，哪有不能生活之理。珍惜这个美好时代吧。受尽天下百般气，养就胸中一般春。接着，一曲《良宵》的悠扬节奏，把阿炳隐身到了天国之外。年轻人梦魇中沉思着，自己与阿炳怎能同日而语，如今衣食无忧，生活富足，可这不是人生的全部，他哪里理解得了我们这代年轻人的烦恼和闲愁。

年轻人继续着前行的梦，一不留意撞到了一座门楼，抬头望去，“城里的人想出来，城外的人想进去”一排大字映入眼帘。年轻人常常游走于绳武堂宅第，浑然不觉大师的才华，可梦中的“城里”“城外”，倒让自己似乎悟到了什么人生体味？他躬身请教钱先生，自己读书无数，名校毕业，求职却处处受阻，父母怨，朋友怪，说我心比天高、命如纸薄，可我眼里愣是看不惯世间万象，比起那些有头脑而无思想的人，心里憋屈。钱先生露出他那特有的狡黠笑脸，温和地对年轻人说，一张通用文凭，仿佛有亚当和夏娃下身那片树叶的功用，可以遮羞包丑；小小一方纸片，能把一个人的空疏、寡陋、愚笨都掩盖起来。忠厚老实人的恶毒，像饭里的沙砾或是鱼片里的刺，会给人一种不期待的伤痛的。年轻人问，我并不是沙砾和鱼刺，我只想变得清流，难道我另类吗？钱先生说，历史长河中，多少先人觉得自己是一个孤高傲世的贤人，一生固守着自己的愿望，最后达成的又有几人？人生的失败，多是自以为是，是因为太看重自己。年轻人听着又问，先生能否明示一下，哪里是我的用武之地？钟先生用手扶了扶他的黑边镜框，端详着年轻人道，放下你该放下的，留恋着你不该留恋的。年轻人不解，先生解释说，要想装着口袋里所要的，就要脑袋里装着自己所想的，人生的悲惨是因为你坚持着正确的错误想法。转眼离开了年轻人的视线。

年轻人浑浑噩噩地继续圆梦。前面便是幽深东林。东林书院，满目苍翠，石牌坊、依庸堂、燕居庙、心鉴斋、寻乐处、报功祠等建筑，格局别致，纵横交错，烟雨之间，风帘翠幕，恍如仙境一般，一群学人志士齐聚一堂，诵念经典，谈笑风生，这让年轻人颇为羡慕。年轻人陶醉于琅琅书声里，他向往的人间天堂是跟智者论道雄辩，跟强者攀高比强。一位长者走上前来，询问年轻人何以踏进此处，年轻人鞠躬致礼，言说是误入东林，顺便游览一番。长者看出了年轻人的心思，自报家门说自己是东林党人顾宪成，指着年轻人说你的愁惨写在脸上，瞒不了别人的。年轻人如实说起自己的人生困顿，望老先生度化迷津。老先生指着牌坊楹联说，“风声雨声读书声声声入耳，家事国事天下事事事关心”，这是东林党人倡导“读书不忘报国，以天下事为己任”的基本要义，你等既然心怀抱负，何以拘泥于个人思想，大格局才有大作为，吟其酸腐

圖書館

诗文是当不得饭吃的。年轻人问，怀才不遇，实现抱负为啥这么难？老先生对年轻人说，许多人总觉得不得志，社会亏欠于他，那是内省修养得不够。年轻人说，明明是我长得壮，别人说我长得胖，明明是我长得帅，别人说我丑八怪，社会总是这样格格不入。老者说，读书明理，穷理致知，居敬存养。当你浮躁时，可到书院来潜修程朱理学，我等可以为你释疑解惑，精进研修，把你塑造成锐意图新、躬行实践，受社会欢迎的人。年轻人不关心理学，但对存天理、“天人合一”“从心所欲而不逾矩”是熟悉的，这既是民族气节和操守，也是社会责任和使命里的文化特质，对比自己的心胸，意识到自己的狭隘。年轻人继续问，作为渺小的白丁阶层，哪有机会实现人生宏愿？老者说，当下年轻人不都在激励自己，生如蝼蚁，当立鸿鹄之志，命如纸薄，应有不屈之心吗？只要有定力、有韧劲，就会实现理想。年轻人在梦中不禁叹气，定力从何而来？坚持哪有那么容易？

转眼东林景物消失，进而出现一池塘，池塘旁边端坐着一位长须老人，正欲跟自己说话。年轻人先是瞧着什么地方，发现池塘旁有一“右军涤砚池”石刻，这才知道长者是东晋文豪王羲之。长者对着年轻人说，永和十二年，我称病弃官来到梁溪，用今天的话说算是“新市民”。我虽在京都为官，也在绍兴留下墨宝《兰亭序》，少长咸集，群贤毕至，交了不少朋友，人们只知道我书法方面的成就，纷纷临摹效仿，却不了解我起伏跌宕的作弄，更不了解书法背后所付出的艰辛。所谓艰难困苦、玉汝于成，就是这个道理。一个字，草草地写了，并没有价值，而写出艺术性来，便有了价值。一根稻草，扔在路边是垃圾，用来扎白菜就是白菜价，用来扎螃蟹就是螃蟹价。世间万物，皆是此理。年轻人求问，先生书法是历代瑰宝，如肯收下做徒弟，既是徒弟的荣幸，也是徒弟的谋生之法。长者连说不可不可，说艺术是有良心的。年轻人抱着长者不放，苦苦哀求跟着习字书法。长者只得以老朽年事已高为由，好言相劝年轻人踏踏实实做事，许诺给他一个红包，这才作罢。年轻人得到厚厚的红包，正面字有“四千万”，背面书有“文章移造化，忠孝作良图”，便兴奋不已，连忙作揖叩首。待到年轻人抬起头来，长者王羲之和涤砚池已然消失。年轻人急切地打开红包，既不是现金，也不是支票，只是四行字：创业奋斗当踏遍千山万水，吃尽千辛万苦，说尽千言万语，历经千难万险。年轻人被千万红包惊醒的刹那，四位长者已立在他的周围，每人发出了一句警语。

夏柳陶醉于自己的创作，并没有留意舞台上的表演，当刘主任不断地提出这儿不行，那儿修改，甚至有点灰心丧气的时候，夏柳似乎才觉得自己的构思有些幼稚，不能完全表达艺术效果，便尽情地听从刘主任的安排和修改。刘主任说得对，剧中年轻人遇到了什么困惑？人物之间发生怎样的冲突？生活艰难到什么程度？这些观众敏感的情节没能得到展现。他自己也觉得，作品想要的机锋诙谐、妙言妙语并没有得到真实体现。当然，受演出时间的限制，剧情不可能面面俱到，浓缩在某个片段里，似乎更难。刘主任就是在否定之否定中纠结着。显然这样的题材，已远远超出他们的能力。

夏柳这才发现，文艺创作既非专业，又非职业，自己那点底子哪是搞创作的材料，完全是赶鸭子上架，可作为基层工作人员，没有见招拆招的本领，哪能有自己的立足之地啊！她越发感到，自己要学习掌握的东西太多了，不能因为学历高、读书多而清高自负，自以为是，像剧目中的年轻人一样，坚持着正确的错误思路，把自己深陷到无尽的痛苦中去。不过，她内心里还是要感谢这样的机会，让自己在创作中多了对社会、对文化、对当今年轻人命运的思考。

刘采文潜心于自己的创作。她向夏柳透露，说是自己写了一首歌词，自己感到满意。本来她想用老歌新唱的方式填词的，节奏符合《爱的奉献》曲调。她男友说他的同学是大学音乐老师，可以找他谱曲，结果音乐老师看到词后觉得有韵律，痛快地作了曲，并合成为一首深情悠长的伴唱录音。刘采文说，社会上玩文化的人多了去了，别说人家的专业精神，单说人家的协作意识，比我们都强，更别提人家的器材配置多先进高级了。干什么都有圈子，讲究团队精神，一个小节目讲究配合，一台精彩节目需要组合。打掼蛋牌，指望一手好牌，就得有红桃八搭，不然怎能凑出同花炸。音乐老师答应她请他的老师来演唱，他的老师可是青歌赛的冠军得主，人家只要台上一站，那气场就不一样了，绝对地给整个舞台增色。刘采文眉飞色舞地介绍着，夏柳咋舌地听着。夏柳想一睹为快，问她写的什么？演唱者叫什么？小刘说，暂时保密，一两句话说不清楚。夏柳说，至少有个小名吧？小刘说，暂时取了个名字，叫《小巷大爱》，写咱们基层社工默默奉献的。夏柳充满期待的眼神对小刘说，还是你接地气，跟着你这样优秀的人在一起，我也成长了。小刘说，你比我厉害，你的大作有创意，更有分量，我期待着看到你的作品在舞台上展示呢。夏柳灰心地说，可能要难产？小刘怔了怔，没有再问下去。她们俩其实心里都清楚，上级布置的这个任务，并不在于你完成得怎样，而在于你完成的态度，至于能不能成为节目登上舞台，那是要根据主题场景审查筛选的。

睦邻文化节开幕式的当天，古运河文化街区异常热闹。夕阳西下、夜幕垂落之时，沿街商铺已被色彩斑斓的灯光所笼罩，运河两岸枕河人家红灯高挂，水面倒映出粼粼波光，显得绚丽耀眼。与之相呼应的是，光影变幻的激光灯光秀，五光十色，连天接地，柔美而梦幻，完全甚于白居易当年“灯火万家城四畔，星河一道水中央”的场景。开幕式的舞台，音乐已经响起，热场节目已经开启，台下广场已是黑压压的观众，整个街区沉浸在欢快喜庆的氛围里。

之前，筹备组已通知夏柳，节目没有采用。理由是舞台表演节奏较快，小品和话剧类的耗时过长，不宜放在开幕式表演。夏柳倒不在乎能不能上，只是担心那些演员有意见。其实刘主任早已打过预防针，演员做了两手准备。这些演员比专业的还油滑，心里早给自己设置了台阶，央视春晚临到最后一刻，还有节目被踢呢，咱这算啥?

夏柳自己的创作落选，人并没闲着，她被选调到《小巷大爱》的伴唱队里去了。《小巷大爱》是千岁坊社区选送的节目，也是为数不多的原创歌曲，上上下下期待着有好的舞台表现，她和刘采文几个必须认真地对待。

虽说是基层组织的文化活动，可舞台设置的档次一点也不低，舞美、灯光、音响全由专业文化公司保障，主持人和台词都经过反复演练打磨过。夏柳是第一次走上这样炫目的舞台，心里既紧张又兴奋，直到报幕员深情赞美《小巷大爱》的时候，他们才有序地站上舞台两侧，伴随着音乐前奏，心情才开始平复下来，沉浸到优美旋律中。

我是一把小伞
风雨里为你送来遮挡
失意的人生少不了温馨陪伴
撑起的是一片蓝天
妙光塔下祈福平安

我是一叶小枝
烈日下为你带来清凉
烦恼的人生少不了温馨陪伴
装点的是美丽向善
惠泉山上送来吉祥

我是一滴露珠
渴望时为你滋润心田
无助的人生少不了温馨陪伴
汇聚的是涓涓力量
古运河畔爱在身旁

酸甜苦辣总有人品尝
艰辛苦难总有人承担
老人的笑脸是最好的奖赏
孩子的欢跃是美好的心愿
百姓的致谢是满意的答卷
人间自有真情在
助人自助我的爱

主唱的深情投入，让伴唱的社工们备受感染。他们何尝不是一叶小枝、一把小伞？他们有烦恼、有委屈、有困惑，可在社区工作中，面对各色服务对象，他们只能面露微笑，端着宰相肚子，处理一条条鸡毛蒜皮烦恼事，化解一个个棘手难缠的纠纷和矛盾，完成上级部署的一件件民生实事。刘采文唱着唱着，眼睛噙着泪花，自己动情地哽咽起来。她不是对自己的创作过于陶醉，而是对这种表达百感交集。她比夏柳的感受更深刻，作为外乡人，三年的社区工作经历，让她品尝到真正的人间冷暖、酸甜苦辣。有多少次，她为不能帮助那些无助的人而不安，又为纠缠不清的凡人琐事而苦恼揪心。一个人长期处在寝食难安的状态，是一件多么紧张痛苦的事。再过一些时间，她就要离开社区岗位了，既有不舍，又不敢留恋，她向往平静安逸的生活，可心里总觉得有愧疚，放不下。

直到主唱谢幕，台下掌声四起，刘采文和夏柳才从伴奏中走了出来。退到后台，年轻的姑娘们相拥一起，她们祝贺演出成功，更祝贺自己歌颂自己的成功。主唱走到她们身边，高兴地夸赞大家配合得好，伴唱得有味道，说歌词写得好，接地气，经历这样生活的人才能写出这样的词。她们围住老师，连连道着谢谢，说是只有理解《小巷大爱》的人，才能理解社区的工作。夏柳转向刘采文央告说，老师都夸奖你的歌曲好，大家又这么抬举你，唱得很卖力，配合很默契，那总得回馈表示一下吧。刘采文见夏柳又冒出花花肠子，问怎么表示？夏柳跟大家说，请老师和我们一起去吃消夜呗！大家乐和起来，一致要求小刘请客。小刘爽快地答应，那我请客，夏柳买单。主唱老师因故返回，一帮人没等演出结束，簇拥着刘采文和夏柳来到了古街一处夜烤店广场，围坐着有说有笑。

50

一阵又一阵的忙碌之后，千岁坊赢得了暂时的平静，工作节奏恢复到了常态。

此时，老钟书记的心思不再是工作，转而想着自己的退路。下一年要换届了，他正式向上级组织提出辞职。按说他的年龄，要是正式干部身份，早办了退休手续，可他不是，只要大家推选他，他仍是芝麻粒大的干部。如今年龄大了，身心吃不消琐碎的烦，只有卸了担子才算解放了自己。

刘采文进了编制，名正言顺地成了体制内的人，尽管来得不易，来得迟缓，可自己的努力总算没有白费，全家人寄予的期望没有辜负。更令人高兴的是，谈了情投意合的男朋友，正奔着结婚成家的方向去。

章阿姨等几个社区老人正常地上下班，焦虑的愁容消退了，急促的脚步放缓了。他们似乎发现，原来的忙碌因于老钟而起，老钟的秒针慢了，他们的分针可以不跳，可老钟的秒针也是逼着走的。

夏柳总算喘上一口气，拉紧的弓箭放开了，终于轻轻松松地补回了几个觉，脑子里不再思考琐碎的事。她总算从忙乱的事务中得到了喘息的机会，总算感受到忙里偷闲的愉悦。而愉悦之后是无聊的。她反而不适应无事可做的状态了。当思考重启时，眼前的一摊子事务都朝她奔来——田致远像无头的苍蝇在眼前乱飞，田雪妮那无助的眼神正盯着自己，苏美跟丈夫闹情绪要找自己求解，男友远在海外等待着音信……

夏柳脑子里装的事情挺多，倒不需急办。眼下父亲夏秋生精神萎靡，工作懒散，常以身体不适为由，不理生意上的事，放弃公司的经营业务。过去工作忙碌不顾身体、不顾家的时候，母亲心疼他，现在工作消极，不思进取，母亲又埋怨他。两人成天唠唠叨叨，搞得家庭气氛特别压抑，也让夏柳心烦意乱。父亲认为，年轻时精力旺盛，有雄心大志，顺势淘到了第一桶金，过上了要啥有啥的日子，知足吧！自己苦了一辈子了，现在是该享福了，别天真地以为奋斗就能成为世界五百强。夏柳支持父亲的观点，知足常乐，夸赞父亲虽没进五百强，也是市内的知名企业家，能在工程建设领域小有成就，证明了父亲的人生价值。

不过，夏柳觉得父亲的萎靡不振，不是心态造成的，倒像是身体健康上的问题。他发现父亲日渐消瘦，又心疼又生气，便问父亲有无不适的感觉。

夏秋生这才实话实说，关节酸痛，浑身乏力，总觉得有点感冒发热症状，可体温又不高。柳玉惠听说身体有病，又慌起神来，让他到医院看看。夏秋生嗔怪她大惊小怪，说只是头痛脑热，服点常备药，让自己安心休息休息就行了。而柳玉惠不这样想，她热衷电视里的养生节目，经常被各种传言说得疑神疑鬼，告诫丈夫让他戒烟戒酒，注意饮食，许多病症都是由不良习惯诱发产生的。絮叨到动情处便挤出眼泪来，担心得上什么绝症之类的，扔下妻女怎么活，无意间发着诅咒，气得夏秋生暴跳如雷，也让夏柳听得刺耳。

夏柳劝父亲说，既然吃着药不见效，就到医院检查一下呗。夏秋生说，现在医院发热门诊管得严的，要么不进去，要么进去了就出不来。夏柳说，如果真是持续发热，倒是要好好看看了，做核酸检测，万一传染上新冠病毒，不是我们居家隔离了事，恐怕整个小区，整个地区都要封闭隔离的。夏秋生说，这个我懂的，我只是牙龈发炎、关节疼痛引起的低烧发热，持续时间不短了，我也回忆了接触的人群，没有听说过这样的病毒携带者。应该是前一段忙得头有点大，着急上火吧，休息调整一下，估计快好了。

夏柳这才好好地端详着父亲。父亲一下子消瘦得不少，本来瘦弱的身躯，显得特别面黄肌瘦，两腮已被彻底地熨平了，眼窝完全呈现出两个深坑。夏柳说，有些疾病是不能硬扛的，明天陪你去医院体检，检查一下总归放心的。

夏秋生可以严词拒绝柳玉惠的善良用意，却对女儿的一切要求言听计从。夏柳预约了医院挂上号，决定陪父亲去医院检查一下。

医生问了问诊，把了把脉，量了量体温，简单的流程之后，给他开出验血、验尿等常规检查清单。两个小时后，血常规检查出来了，发现几个指标超值，医生做出简单判断，建议住院做深度检查。

夏秋生一辈子没生过大病，没住过院，他觉得医生劝他住院的动机不纯，有点小题大做。他让医生开点药，自己回家养着。医生倒也依了他，只是跟他交代说，不能把小病不当回事，仅这简单的检查，无法诊断出病因，不过要是真的免疫系统出了问题，那就不是简单的伤风感冒了。夏柳听在心里，却没有当着医生的面跟父亲执拗。

几天之后，夏柳并没有觉得父亲有什么好转，反而增加了咳嗽，咳嗽声撕心裂肺，令人心疼。她劝父亲说，你不是有医生朋友吗，再找他们看看，省得这样作践身体，小病也会熬成大病的。

夏秋生浸淫于商海，结识了不少三教九流的朋友，医院、学校这些看似跟商界不沾边的领域，却因朋友圈衍生出不少的局外朋友。广交朋友对他来说，虽无一利但也无百害，充其量只是满足受尊重的虚荣心，倒没有想到从朋友那儿得到实实在在的好处。他忌讳跟医院打交道，谁也不会以交医生朋友作为生病住院的人脉资源，谁也不会出了医院门跟医生说“再见”，就跟从监狱放出来一样，没人会说“我还会回来的”。可现实情况是，有个医生朋友，可以咨询许多健康问题。

夏秋生跟一所大医院的院长有点沾亲带故的关系。他打电话找他，手机一直停机，后来找了其他医生朋友问情况，才知这位院长正在重症监护室抢救呢。夏秋生听岔了话，以为院长正在抢救病人。再一听不对劲，说是三四天前，院长给病人做手术，突然感到不适，没等走出手术室，就栽倒在地，同事马上进行抢救，至今还没完全苏醒过来，诊断是心脏骤停现象。说命可以保住，但恢复不到以前的健康了，多亏抢救及时，不然救不过来的。夏秋生听了怔在那里，接着吩咐一旁的妻子说，马上去医院。

夏秋生并不是去医院探视院长，他知道人在重症病室，是见不到的。他是受到了这一惊吓，想到了自己的健康，心急火燎地去住院看病。

夏秋生重新回到夏柳预约的医生那儿，办理了住院手续，安安心心地做了全面的检查。检查结果出来后，医生不敢妄下诊断结论，只是让他先挂几天水，观察观察。滴液挂了一个疗程，低烧并没有退下来，皮肤反而出现了瘀斑，恶心厌食的症状明显起来。起初自己以为是药物反应，然而医生觉得不应该是药物问题。医生出于职业的敏感，劝他转到大医院检查，甚至劝他去上海、南京等大医院看看。此时，夏秋生心里有了不祥之兆，怀疑起自己身体出了大毛病，只是医生暂不能确定而已。可不能等到像院长那样，人家身在医院还闹到了抢救，自己哪有这样的条件，只能靠自己感觉了。这次，他联系了朋友的朋友，联系上了上海肿瘤医院方面的专家，他要赴上海好好地做检查诊断。

夏柳请了假，一家人开着车，陪着他去看病。

一路上，夏秋生沉默寡言，连说话的力气都舍不得用。夏柳表面上看似轻松，时不时地跟母亲聊着社区里细细碎碎的事，以此分散注意力，可心里却是装着父亲的病。她不时从后视镜看看父亲的模样，父亲除了松垮乏力的样子外，并没有看出病痛感来，也许真是那个院长的突发心梗警醒了他，让他觉得身体不适是疾病的预兆，应防患于未然。她以为父亲想开了，开始把健康当回事了，说明父亲的品位又提高了一个层次。当时夏秋生关注公益事业时，她说父亲上了一个层次，现在关注自己的健康，不再拿生命换取财富，又上了一个层次，内心里觉得父亲的人生感悟到一个新境界。

夏柳宽慰父亲夏秋生，人到中年，生理和心理往往会发生一些变化，机器用久了也是要保养的，等到磨损了再修，那成本就太高了。夏秋生听懂了女儿的提醒，却不知怎么回应这个问题。他感觉到，他对自己病情的理解没有如症状表现的那样客观，他所发出的信息和判断，没有让医生得到准确的诊断结论，无形中把病症推到了疑难杂症里面去了。既然是疑难杂症，很难说是不是疑难重症，眼下找专家确诊既必要也紧迫，诊断不是特别的疾病，悬着的心可以放下了，诊断是大毛病，可以及时医治，可以把病痛消灭在萌芽状态。

因是提前预约，专家医生很快给夏秋生做了检查，初步诊断免疫系统出现异常。

专家医生避开夏秋生，向夏柳和柳玉惠介绍这种疾病的多种形态，嘱咐留院再进一步检查，特别是骨髓穿刺方面的检查，以获取骨髓图像来判断病症。

夏秋生得知要住院，虽有心理准备，可还是有点犯嘀咕。自己排斥住院，是因为医院的环境有点压抑，让他觉得像是等死的病人，没病也会住出病来。专家医生告诉他说，要做穿刺检查，骨髓染色体检查和细菌培养活检是有过程的，只有确诊了，才能对症下药。

夏柳不等父亲同意与否，按照医生的吩咐，马上办理了入院手续。

夏柳第一次听说骨髓穿刺活检，便用手机百度了这个关键词。网页跳出的词汇解释让夏柳吓了一跳。骨髓穿刺可以检查骨髓造血功能，可以做骨髓染色体分析，可以检测各种血液病的融合基因……主要是用来诊断血液系统疾病。血液疾病有多种症状，有贫血，有血液肿瘤等。贫血也有几种，什么缺铁性贫血、巨幼细胞性贫血、再生障碍性贫血等。

夏柳看着介绍，觉得父亲的症状倒是有点像贫血，心里默默地祷告，但愿是最为简单而低级的血液疾病。.

夏柳惴惴不安地和母亲一起，在上海陪床。数天之后，检查结果出来了，专家医生委婉地告诉说，情况不怎么好，可以保守治疗，也可以手术治疗。先是劝夏秋生安心住院养病，又专门找夏柳和柳玉惠说明病情，征求就诊方案建议。

专家医生问，病人这段时间是不是特别焦虑？是不是生活极不规律？

柳玉惠说，没有发现特别的不正常，只是说关节酸痛、牙龈出血，有点感冒上火的迹象，原来抽烟喝酒，近期也少了。

专家医生摇摇头说，穿刺活检的几项指标表明，病人具备淋巴细胞血液病的所有特征。

夏柳一下子愣住了，紧张地问，是不是人们常说的白血病、骨髓瘤之类的？

专家医生中肯地说，是的，好在是急性的，发现得早，这种白血病按说成年人比较少。

夏柳接着问，是什么引起的呢？

专家医生说，所以我为什么要问近期病人有什么异常反应。生活习惯不好容易诱发这类疾病，基因突变、家族遗传都会导致这种疾病。当然，接触特殊化工原料，也会刺激淋巴血液变异。

柳玉惠不相信丈夫会患上这样的病。她一口咬定，往上几辈没听说有这种怪病，也没接触过不好的东西，更没有特别不好的嗜好。可现在也不是追究什么责任的问题了，找到原因也毫无实质性意义，眼下是听从医生建议，找到最佳治疗方案，配合医生治疗。

专家医生中肯地说，化疗、放疗和中医中药的方法，见效慢，存活时间不好说。分子靶向治疗在国内目前不太成熟，不建议使用。最为有效的办法是造血干细胞移植，在亲属中找到配对干细胞，做移植手术。

柳玉惠望望女儿夏柳，女儿夏柳挽着母亲柳玉惠的臂膀，无言以对。

专家医生说，眼下要做化疗，把病情控制住，配型急不得，有的寻找配型的时间长达一两年。

柳玉惠抽抽搭搭地呜咽起来，她深深地自责着。此前她埋怨丈夫不思进取，在家吃老本，原来是丈夫已经患病硬撑着。工作回到家，不吃不喝，还以为山珍海味吃腻了；没精打采、有气无力了，以为只是偷懒。自己给予的不是关心安慰，而是冷言冷语的挖苦和指责。此时，她觉得灭顶之灾正向她袭来，她知道白血病之类的疾病大多属于不治之症，过去把钱看成命根子，拼着命摄取钱财，现在有再多的钱财也不一定能保住命，人没了，再多的钱又有什么用呢？说到配对移植干细胞，这种成功的概率又有多大？何况亲血的只有宝贝女儿夏柳，夏柳的身体能不能扛得住，她本人有无这样的意愿？即使情愿献出骨髓，可成功配型有几成把握？前面的治疗路途都是未知的。想到这些，柳玉惠全身抽搐，失声痛哭起来。夏柳一边安抚着母亲，一边呜咽地抽泣。哭不能解决问题，总得积极配合医生加紧治疗，只要有一线希望，都要不惜代价救治。夏柳劝母亲拿主意，不能让爸爸在医院这样耗着。两个人遵照医嘱，暂时不把诊断告诉夏秋生，让他以积极的心态配合治疗。

专家轻描淡写地告诉夏秋生安心治病，可看到夏柳和柳玉惠红肿的眼圈，心里有了不祥的预兆。他已没有打听病情的必要了，身体那种昏昏然的疼痛告诉他，免疫系统问题不是简单的感冒炎症，是骨髓血液机理等方面的大问题。医生说到化疗，他已经明白自己成了癌症病人，本来很想控制住自己的情绪，可还是露出神魂震悚的样子，整个身心一下子颓然落下，像似坠入陡峭悬崖之下的感觉，无助而又无力。人到了这份儿上，基本上属于束手就擒，任人宰割了。

夏秋生不想让夏柳和妻子担心，爽快地答应配合治疗，自嘲“死马当作活马医”。专家医生劝慰说，不要消极悲观，现代医学发达了，这种病治愈率是高的，只要相信医学，没有过不去的火焰山。

夏秋生对化疗的反应比较迟钝，甚至觉得跟挂盐水没有什么区别。躺在病床上，他感到精神疲惫，厌食呕吐，四肢无力，跟其他病人没有两样。不过，他还没有想到会走到生命尽头那一步，他仍可以拿起电话，处理公司里的事；可以跟夏柳交流公司管理事务，跟柳玉惠交代有关资金财务问题。他做好了最坏的打算，但却保持着顽强活着的信念，一手遥控指挥，一手托付管理事宜。

夏柳劝他不要操心，学会放手管理。说真正的优秀企业，是老板不管具体业务，老板只管参加各类沙龙，只管去登珠穆朗玛峰。

夏秋生听着笑了笑，说太高看父亲了，包工头起家的，能积累到今天的财富，已是拼出全部的力量了，哪有五百强企业家的胸襟啊？本来指望着交给你的，你嫌土气，其实公司做了一些成功的投资，发展前景和回报都不错，接力棒交给你，我也放心了。

说着说着，不由黯然神伤起来。

夏柳劝他好好休息，不要胡思乱想，帮助简单地整理了病床，便离开了病房。

夏秋生躺在病床上，虽说昏昏沉沉、隐痛难忍，可脑子仍没停止思想。几十年过往的人生，有过风光无限、花天酒地，也有过啃骨头，涉险滩，吃过别人没吃过的苦，遇过别人没遇到的难，而今连别人不会轻易患上的重症都得沾上，可算是阅尽沧桑了。他脑海里像电影镜头似的不停闪现。

多少次，为赢得某个项目，到处磕头作揖，低三下四地求人，求爷爷告奶奶，有奶便是娘，别人啃过的骨头也去捡，别人泼掉的剩汤也要舔，只为一息生存。酒场上甘愿当孙子表忠诚，酒喝得胆汁外泄、肠胃穿孔，也要装硬，只为了面子。要想成为人上人，就得先当哈巴狗，要有舍我精神，赚得的收益要舍得往外掏，红包回扣要舍得送，宁可自己啃干粮，也得让帮助的人吃上肉。如今想来，套上拉拢腐蚀的罪，坐穿牢底也不冤枉。

多少次，为摆平生意场上的事，嘴上甜言蜜语，暗中不择手段，肚子里早憋着坏。遭人暗算或暗算他人都是玩的心机。遭人暗算，是因为对手眼红，暗算他人是需要发展自己。所谓的竞争其实就是弱肉强食，你不吃了我，我就吃了你，别人干出鸡鸣狗盗之事，我自有对付鸡狗之法，对付强盗只有用强盗的逻辑对付，只要战不死就往死里战。实在挡不过对手使下的绊，就退一步海阔天空，卑躬屈膝求饶妥协，花钱消灾，避其锋芒。细细想来，自己虽腰缠万贯，却是个卑鄙无耻的小人。也许是使坏多，让自己现在补偿点痛苦。

多少次，自己在警醒中顿悟，发誓洗心革面，弃恶从善，重新做人，以福报子女，回报社会。自己力求怜贫惜贱、慈老爱幼，以善举来消业，就是想让灵魂得到洗礼，心得以安放。然而，自己抱着赎罪的初衷，却换来了重病的惩罚。作恶没让自己心惊胆战，向善反而让自己如临深渊，难道上苍真的对自己痛下杀手？不是说放下屠刀，立地成佛吗？自己虽说从恶过，可也谈不上罪恶累累啊，怎么会以病加罪呢？

夏柳悄悄地站在父亲的床边，看着父亲睁着黯然无光的眼睛，嘴里发着悲凄的声音，心情特别哀伤。好好的一个人，外在看不出破皮伤肉，怎么说病就能病呢？在她的印象里，父亲一生风风光光，轰轰烈烈，从没寂寞过，一直是别人羡慕的成功人士，而现在却孤独地躺在病床上，忍受着病痛的折磨。父亲的突然变故再次验证，人只有明天，没有未来，人不能预知未来发生的事，甚至明天的自己都不能预测。

化疗的情况并不理想，专家医生建议做好第二套方案的准备。第二套方案是在亲属中寻找干细胞配对源。

夏柳已经有了心理准备，说她可以试试，真正具有血亲关系的只有他们父女。柳玉惠早就希望女儿有这个态度。老公没有嫡亲兄妹，旁系亲属没了来往，且年龄大了，完全不能指望，只有亲生闺女才是唯一可以争取的希望。

夏秋生听到后，坚决反对。他宁可自己不治等死，也不愿让女儿因为捐献骨髓而伤害身体。他觉得，抽取骨髓干细胞对身体伤害太大，不应该让女儿冒这样的风险，何况用上干细胞也难保自己生命的存活。夏柳还没结婚成家，未来的路很长，不能自私地让她冒生命危险。

夏柳为父亲的拒绝而感动，越发激起了采集她干细胞的决心。医生向他们解释，抽取干细胞对身体伤害不大，不会影响健康。柳玉惠也在一旁劝他听听医生的建议，不要情绪过于激动而影响治疗。

夏柳虽然惧怕打针抽血，特别是要从骨骼里大量地抽取骨髓，可面对能为父亲救命，她需要勇敢地面对。她专攻过心理学，自己为自己做心理抚慰。她请教医生，让医生从科学的角度开解痛苦，她几乎做好了可能遇到各种情况的思想准备。她准备在检测完成后，加紧多食增肥，增加营养，以提供随叫随到的干细胞量。当她忍受痛苦做试剂检测时，她紧绷的身体一下子又松垮下来。原来，她的血型和干细胞并不能与父亲配对。她献出骨髓救助父亲的愿望，被一纸检测报告彻底击碎。她甚至怀疑医生会不会弄错。医院里连出生的婴儿都会抱错，一大堆的检验瓶罐，难保不会出错。她请求医生重新抽取化验。

医生告诉她，不是说一家人基因干细胞都完全一致的，一家人的骨髓细胞也会有小的差异。这既与遗传进化有关，也与后天环境有关，这种情形比较常见。夏柳甚至怀疑自己不是亲生的，这当然是自己的臆想，医生说了是微小差异，说明有差异就不能配对供给。

夏柳失望得惊魂不定，她可是父亲唯一能够救命的人，如今却被否定了，父亲生的希望去哪里寻找呢？连续几天里，一家人呆呆地望着天，没了主意，也没了信心。医生只得继续采用化疗手法，以此延缓夏秋生的生命。

此时，柳玉惠决定寻找新的出路，别人病急了乱投医，她急了是不惜代价找干细胞源。她不信十几亿人中就找不到同一个基因细胞。她想先从身边的人问起。可当她向亲戚哭诉着救救夏秋生时，夏家人感到莫名地无言以对，同辈晚生个个或是一脸的迷茫，或是一脸的同情，也有背后说怪话了。言外之意，当年发达的时候，躲开这些亲戚远远的，现在有难了，想到夏家人了。

柳玉惠重金代夫求购干细胞的事儿不胫而走，许多熟悉的或听说过夏秋生名字的人纷纷打听情况。得知夏秋生患上了白血病，大多投以不解、困惑、担心、同情的目光，更为柳玉惠倾其家财为夫治疗的决心所感动。

公司所在同事得知夏总生重病，纷纷表示了极大关怀，自发地组织捐款活动，组团分头前往上海探望慰问。夏秋生为有这样的团队感动欣慰，平时对他们高标准、严要求，遇到不顺眼的人或是不顺心的事儿，不是破口大骂，就是拳脚相加，大家就是不记恨，处处维护着他老总的形象面子。他鼓励大家不管他在或者不在，公司仍是一个集体，有财大家发，有难大家担。

所在区里的领导，得知夏秋生患上重病，显得有些惋惜，私下重新评价起他的好来，认为他虽是有点琢磨不透，可为人做事算豪爽。毕竟这么多年里，他参与老城改造、古街修复、市政工程等项目，多是难啃的骨头。他赚了该赚的钱，换来了城市面貌的新变化。更让领导们点赞的是，他配合公家扶持中小企业发展，协助公家解决了落地科技企业投融资问题，虽说从中得到了丰厚回报，但也帮助企业得到了壮大发展，为公家增加了财税收入。在领导心目中，夏秋生是商人，有着商人的奸猾、狡黠和精明，许多时候露着浅薄的尾巴，可却有着深邃的观察力，看似无心而为，却又是用心做事，偶尔使出小伎俩，其实含着大智慧。这也是他能在激烈竞争中，保持稳健发展的优势所在。

可是别人的评说，不能减轻夏秋生一家的苦与痛，只会增添更多的无奈和遗憾。

柳玉惠重金求购干细胞信息是通过微信转出的，起初人们只是关心一下病人的状态，并没有谁在意捐献干细胞。网上这类求助多了，人们似乎麻木了，大概因于许多时候善良遭到欺骗，而让人不屑于伸出援手。柳玉惠的求助其实是对等买卖关系，可响应者仍是寥寥。她高估了社会反响，以为涮锅里的肉，随便捞捞就是自己的。别人眼里是“有钱能使鬼推磨”，而自己遇到的是“鬼不推磨又奈何”。朋友告诉她，干细胞的配对，只有血缘亲属才有可能，广而告之征购等于大海捞针，即使有人响应，那十有八九是骗子。懂得常识的人，甚至怀疑骗人动机。

人逼到走投无路的时候，总会做糊涂事。果然，有人在网上呼应，谈了骨髓采样，谈了价钱，对方出具了采样证明，结果与配对八竿子打不着，但还是按协议支付了检测费和营养费。她心里知道受了骗，骗得心甘情愿，目的只为蹚出一条求购之路来。后来，又有人联系她，价格开得更高，这次她犹豫了，她发现只要人不见面，所有的环节都可以造假。事情办不成，破财不消灾，又得惹来一肚子气，不能自欺欺人了。她终于明白，爱心拿钱买不来，生命用钱换不来，虽说世上到处有人为钱而烦恼，可对于活得卑微的人而言，烦恼的不是生死大事，而是日常琐事，谁还在乎别人的痛苦。

走投无路的柳玉惠，此时萌生了一个想法，这个想法既是朋友建议的，也是网上群友推荐的，就是为夏秋生再生一个孩子。现代医学或许能够实现这个愿望，可又谈何容易？看着夏秋生气弱游丝的样子，眼下别说让她怀孩子，就连基本的夫妻生活都丧失了。她突然想到自己的第一个女儿……

51

柳玉清得知夏秋生患了重病，起初并不惊怪，可当想到血癌属于不治之症后，感到不安起来。夏秋生在她心里虽不是东西，可毕竟是妹婿。俗话说，打断骨头连着筋。看在妹妹柳玉惠的面子上，可也不能往死里诅咒着。这么多年，姐妹不来往，不是妹妹的坏，是自己的倔，才让妹妹敬而远之。他夏秋生虽不仁，但自己不能不义，做姐姐的得有高风亮节，如今妹妹家遇上难了，心里还是舍不得这个妹妹，自己虽无能力帮助，但最基本的安慰总还是要的。谁让自己是姐姐呢？

柳玉清在社区里找到夏柳，拉下脸来说："听说你爸病了，怎么不吭一声，还当我是姨娘吗？不懂事的孩子。"

夏柳看着姨娘柳玉清，止不住地流下了眼泪。

柳玉清说："结果出来了吗？听说这种病也分好几种的，不是不好治。"

夏柳点点头。

柳玉清说："你妈那么柔弱，让她撑着，都垮下了，日子还怎么过？"

夏柳"嗯嗯"几声。

"周末陪我去看看你爸。"柳玉清边说，边劝夏柳不要伤心。

夏柳掏出纸巾擦泪，六神无主地点着头，不知说什么好。

社区同事得知她父亲生病，且是不治之症之后，给了她不少安慰和关心。社区里的气氛一下子也变得凝重起来。之前大家彼此有说有笑，热情欢快的氛围没有了。

夏柳的伤感似乎成了大家的伤感，夏秋生似乎成了大家的亲人，这让夏柳内心里特别感恩。夏柳跟大家相处时间不长，可大家对她有好感，也特别怜爱她，这在于她为人处世的格局，善解人意的情商。大家虽帮不上什么忙，但至少能附和着应景，体现出有难同当、有福同享。

田致远专门发了微信慰问夏柳，之后在夏柳下班的时节，以偶遇的方式见面打了招呼，简单地作了问候。夏柳问他怎么会知道的？他说外面都传遍了，你爸是个知名企业家，少不了人关心呗。不是正在寻找配对骨髓吗？如果咱的能用上，咱愿意捐献。

夏柳听说他愿捐献骨髓，心脏扑扑跳了起来，说不出是激动还是感动。这可是意外的惊喜。可转而一想，田致远这样的意图，是出于感恩？还是出于交易？要说感恩，也谈不上。她帮助他，是职责所系。不是工作关系，他们不可能这么熟悉。要说交易，倒有可能，他缺钱，缺很多钱，这是一个生快钱的好机会，可以一下子从贫穷达到富裕有存款的地步。网上不是传过有人没钱花的时候卖血、割肾吗？田致远会不会是这样的心理？他现在处于监外执行，没了工作，没了收入，本来靠吃救济的一家人，又一次陷入窘迫的境地。显然，他太需要钱了。

不管出于什么目的，一个外人能够主动提出捐献干细胞，夏柳还是蛮感动的。尤其是田致远，他们之间总有着一种特别的情愫，那种不是情侣、不是亲人的亲近关系。只是他的配对几乎是不可能的，即使他能够提取可配对的干细胞，她也难以接受。他寄托着田家母女生活的希望，一旦移植发生意外，他的病又由谁来治？田家人的生活将会彻底陷入极贫状态。她不希望他做出无谓的牺牲。

夏柳有点埋怨母亲乱发的求购干细胞信息。可怎么拒绝田致远呢？她没有想好，只得说了声“谢谢”，顺便问了问田雪妮的状况，问了问他母亲薛玉蓉的身体情况。

夏柳带着姨娘柳玉清来到上海医院，先是见到柳玉惠，柳玉惠有些诧异，神情极不自然。毕竟十多年互不来往了，不来往的原因很简单，夏秋生发达了，对姐姐不再那么谦卑，做事决绝，根正苗红的姐姐哪里容得下这种忘恩负义的人。这么多年，姐妹俩是你走你的阳关道，我走我的独木桥，互有忌恨。眼前姐姐看到妹妹伤心欲绝的模样，再也控制不住自己的情绪，紧紧地把柳玉惠拥在怀里，抱头痛哭起来。

姐妹俩是一哭泯恩仇。这一哭，消弭了姐妹之间的隔阂，增进了姐妹之间的亲情。

柳玉惠先是把姐姐引进病房，一家人蹑手蹑脚地走到夏秋生的病床前。

此时，夏秋生眼睛是闭着的，处于睡眠状态，也可能是闭目养神。她们在床边观察着，没有说话，只是默默地看着他木然的表情。

不一会儿，夏秋生睁开了眼，也许听到了一丝动静，也许察觉到光线下闪动的人影，也许与家人有着心灵感应。他吃力地卷起眼皮的时候，正好与柳玉清的眼神对视到一起。柳玉清心里咯噔一下，他痛苦的表情里露着凶光，甚是可怕。

这么多年，柳玉清每每想到他不择手段地攫取财富，总会冒出作恶定有报应的念头。在她眼里，只有心狠手辣的人，才会向上翻眼看人。

此时的夏秋生真的有些倦意，虽说躺在床上，足够睡得香，偏偏全身的隐痛让他浑浑噩噩，无法找到睡眠的感觉。可不睡的时候，眼皮打架，想睡的时候，灵魂打架，似乎生病的目的，就是让病人不得安生。

夏秋生微微睁开眼睛的时候，蒙蒙眬眬地看见一个似熟非熟的女人。第一个念头以为是夫人，姐妹俩长得太像了，可又想夫人不会转眼变得这么老态龙钟啊？心想，自己生病让夫人愁老了，太对不起她。眼神再转的时候，发现夫人站在旁边，脑子里一下子想起是姐姐来。他吃力地用双肘撑起身子，力求把自己调整得舒服一些，同时用身体语言示意她坐下歇息。

柳玉清说："怎么会病成这样啦？身体不是挺结实的吗。"

夏秋生努努嘴，从气管里冒出声音，说："不知道啊！可能是劳累的。"

柳玉惠解释说："医生诊断说是急性的，人不是机器，哪能没日没夜地干呢？"

柳玉清说："现代医学发达了，这种病也能治，只是自己要吃点苦。"

夏秋生说："谢谢大姐，这么大岁数，要照顾好自己。"

柳玉清说："人太脆弱了，说倒下就倒下，前段有个老头跳舞跳得好好的，第二天在家就起不来了。"夏柳知道姨娘说的是夕阳红舞蹈队的一个男队员，平时身体硬朗得很，没想到早上起床心梗，没等送进医院就咽气了，社区派代表参加了追悼会。

夏秋生说："做了几次化疗，效果还是有的，只是那种煎熬有点受不了。"

柳玉清说："再找找知名的专家看看，总归有好的治疗办法的。"接着话题一转，"这个时候，不要再想着挣钱，该花的钱要花。钱留着有什么用？宁可拿钱换命，不能拿命换钱。"话里仍是少不了那份成见。

柳玉惠说："化疗不是长久之计，医生建议最好的办法是干细胞移植，现在也在想办法，寻找配对的干细胞。"

夏柳站在一旁，没有参与他们的对话，可心里却在琢磨着另一件事。夏柳说，国外有靶向治疗新法，实在不行，可以出国治疗。她说，她打算跟国外的同学联系一下，让他们帮助查找这样的医院。他们觉得，这个主意可以考虑，至少多个选择。只是新冠疫情形势下，国际通航都成问题，办理出境难度太大。夏柳说，这儿治疗归治疗，她先试试，多想些办法，一旦有机会，就办理出国治疗手续。夏秋生虽说是犯难，可又由不了他，只得默默地认了。

几个人围在病床前，就这样聊着病情，想着主意，一晃时间就过去了。临别的时候，柳玉清问了喜欢吃的东西，说是下次再来，带点拿手的炖猪蹄、蒸鹅肝等菜来，补充补充营养。夏秋生点头说谢了，不缺吃的，示意夫人把柜里的营养品给姐姐捎回去。柳玉惠打开柜子，取出其中的虫草、山参和海参，用手袋装起来，让姐姐带走。柳玉清一看，说这是给秋生吃的，怎么让她拿走？柳玉惠说，他吃不了，也吃不下，放在这儿也是摆设。柳玉清用手挡着，说是东西太珍贵，留着病人补身子，拒绝接受。两个人扯来扯去，最后交给夏柳拎着。柳玉惠心里明白，姐姐跑来一趟说明心里有他们，给她回馈点东西，那是他们的姿态，这也算是把多年的怨气疏通了。

果然，柳玉清的态度大变，说话的语气、走路的姿势、流露的表情，明显发生了变化。她伤感地看着妹妹和外甥女，似乎有道不尽的歉疚，最后三人竟相拥哭得稀里哗啦。

时间已是过午，三个人在医院附近的路边饭店点了几个菜，没有味道地咂了几口，话题仍是怎样找到治疗的办法。夏柳提起自己的骨髓基因，满脸的遗憾，抱怨自己不中用，不能移植救父亲。柳玉惠此时更是觉得独生子女的缺憾，连说要是多生几个小孩，那就等于多了几个备份，那配对的胜算就大了。柳玉清听到这样的抱怨，也是感慨万分，可现实摆在面前，临时突击也得有个十月怀胎的过程，于是帮着一起细数夏系家族能够捐献的可能，同辈人上了岁数，从晚辈中挖掘挖掘，表亲兄弟姐妹后人，只要有人站出来，愿意捐献干细胞，既落了人情，又得了实惠，应该有点把握。可在夏柳看来，这种概率也很小。柳玉惠倒是希望有亲属站出来成全，可觉得这么多年互不来往，虽是亲戚却没交情，很难开这个口。

柳玉清突然想到了什么，一阵一阵地唉声叹气，“要是老大在世就好了。”

柳玉惠和夏柳齐声问她：“什么老大？”

柳玉清改口说：“不提了，不提了。这么多年过去，当没这事啦。”

柳玉惠和夏柳被这句莫名其妙的话弄得像丢了魂似的，嗓子眼处提着气，上不来下不去，就等着结果呢，便一个劲儿地追问着，到底咋回事？

柳玉清不想提，是怕戳到妹妹的伤心处，可现在说漏了嘴，看着她们着急，又不得不说，“我说出来，你不能伤心，就当姐姐不明事理，胡说八道了。”

柳玉惠不知道姐姐什么意思，一个劲儿地点头表态说，“都到这份儿上了，还有什么比人命值得计较的？”

柳玉清神秘地说：“还记得第一个孩子吗？如果还活着，那说不定基因配对就有希望了？”

柳玉惠叹气地说：“以为什么老大的事呢？原来又是重提头胎婴啦。不是说缺氧窒息夭折了吗？你们都这样跟我说。”

柳玉清说：“那不是担心你悲伤过度吗？当时是有这个情况，连医生都说救不活了，即使活下来也是瘫痪儿。趁你熟睡的时候，秋生把她抱走了。”

夏柳心里一惊，便问：“抱到哪里去了？”

柳玉清不便道出实情，想了想，敷衍地说：“大概是让医生检查治疗吧？”

此时，柳玉清内心里已冒出了怒火，脑子闪现着夏秋生结怨的前前后后，起始就是第一个婴儿，只是当着夏柳的面不敢实话实说。夏柳适应了姨娘的说话方式，姨娘是火锅里的烤串，不带辣不入味。

柳玉惠跟夏秋生谈恋爱时，作为姐姐的柳玉清是反对的。不是嫌弃夏家穷，而是觉得夏秋生不太靠谱，有点油头滑脑。那个年代，没有正经工作，没有稳定收入，是遭人低看的。她怕妹妹柔弱受欺负，也担心日后生活没保障，竭力阻挠两人交往，可柳玉惠却执意不肯离开，生米煮成熟饭，带着身孕草率结婚。

妹妹临产那天，夏秋生竟然连医院接生费都舍不得掏，不知用上什么甜言蜜语，让妹妹回家生产。后来知道，夏不是舍不得，而是出不起，他连工作都是临时的，收入不固定，只能勉强地维持一日三餐。这事传到姐姐柳玉清耳朵里，便招来几个来回的破口大骂。姐姐心疼妹妹，自掏腰包，把妹妹送进了医院产房。

生孩子的那几天，夏秋生倒是殷勤，贴心地照顾柳玉惠，满脸洋溢着将为人父的自豪，柳玉清也就没有责怪什么。可当生下的女婴发现有问题时，夏秋生的狐狸尾巴露了出来。先是责怪医院不负责任，没给婴儿良好的照护，事情捅到了院领导那儿，经过检查发现，婴儿是在母腹中压迫引起的毛病，便不再追究。接着又嗔怪柳玉惠，说是做母亲的怎么不懂常识。后来自己埋怨起自己，背着柳玉惠偷偷地抽着耳光，号啕大哭，骂自己前世作孽，今世受罚，苍天不公，待人不平。

柳玉清维护着妹妹的声誉，指责夏秋生大言不惭。说一个大姑娘家，被你惹了，还责问不懂生孩子，怎么不问你妈去呢？

夏秋生自知理亏，总算堵上了满口埋怨的嘴。姐姐出了钱，他全身心地陪护着，也算尽了丈夫和父亲的责任。

可一想到抚养一个带病的婴儿，他又踌躇了。对他而言，即便是一个健康的婴儿，靠他当时的能力，抚养都很吃力。婴儿的出世过于突然，他虽心生喜欢，但毕竟还没能提供好的条件供养。

医生告诉他，说是婴儿在母腹中窒息缺氧，大脑受到严重损伤，即使苏醒过来，可能也会留下残疾，不过从现在起干预治疗，是有机会恢复到正常的。你们要有心理准备，当然也要做好治疗的准备。

夏秋生知道医生的意思，要是留下来治疗，那将准备一笔天文级的钞票，可要是不治疗，那就是孩子一辈子的痛苦，全家人一辈子的包袱。

柳玉惠知道婴儿的情况，也是愁容满面，内心里愧对夏秋生。她不顾身体虚弱，想抱着孩子出院，以减少住院开销，终被姐姐几个人劝阻住。

那个昏黑的深夜，夏秋生做出最为狠毒的决定，把婴儿偷偷抱出去，或送人或丢弃。送人可能性不大，尽管社会上有不少收养婴儿的好人，可无法直接联系送人。他想送人的目的，是无条件地接受婴儿，脱离与自己的关系，可一时到哪儿找这样的好人呢？显然太不现实。丢弃？现在偶有弃婴情况发生，那要做到神不知鬼不觉，万一被人发现，那会留下千古骂名，可眼下走投无路，还要什么面目和名分？真有机会发达了，再补救回来也不迟。夏秋生内心里煎熬着、斗争着，他被自己逼到了绝境，连自己都快崩溃得不想活下去了。可看着自己穷追猛打争取来的妻子，静卧在床上，他又狠起心来，自作主张为刚刚开启的二人世界做出决断。他想换种活法，彻底卸掉包袱，让自己和妻子过上好日子。

凌晨时分，整个城市安静下来，医院处在熟睡之中。夏秋生身边守护的柳玉惠也在深睡中。病区长廊里没有一丝动静，他把婴儿卷进襁褓里，悄悄地绕开柳玉惠身子，蹑手蹑脚地走出病区，走到医院门外。他走到早已勘探几次的丢弃点，犹豫着停下来。这个丢弃点，距离医院不远不近，送得太远，他不方便，离得太近，万一追溯到医院，总会追查到源头。他不知道有遗弃罪，也不怕内心谴责，只怕自己被人认出落得名誉扫地，他确信自己的面子会值钱。权衡再三，觉得拐角处的路口垃圾房旁，最为合适，既隐蔽又显露，能遮风挡雨也能防止踩踏，易于被路人发现。他处心积虑准备着，却好几次放下，又好几次抱起。毕竟是自己的亲骨肉啊！突然，听到汽车的发动机声。情急之下，他扔下襁褓，躲到僻静处，随后装着旁若无人的样子，回到医院。

柳玉清一早准备了早餐带到了病房，让妹妹趁热吃着。此时，她想看看妹妹怀里的婴儿，一摸空空的，她问，是不是送到婴儿房抢救了？柳玉惠用手扫了扫，发现婴儿不在身边，有气无力地说，秋生抱着吧？她以为夏秋生抱着哄孩子呢，并没有往心里多想。直到夏秋生回来，看着他两手空空的，才急着问孩子呢？夏秋生早已打好了腹稿，说是小孩夜里突然摸不出脉了，就抱过去给医生看，医生让放在婴儿房里治疗，好好的，放心吧！姐妹俩看他真诚的样子，便不再追问，只想着大人健康就行。

第三天，柳玉清想去看婴儿，被夏秋生阻拦下来。

第四天，柳玉清再次提出看看婴儿情况时，又被夏秋生劝阻住。阻拦的理由很简单，孩子需要在静音状态下复苏。医院里人来人往，再安静的地方也能听到机器嗡嗡声，难道脚步声都会影响到婴儿复苏吗？柳玉清有点狐疑起来，她觉得夏秋生说的婴儿病情，似乎跟医生说的对不上。医护人员交班时，并没有查到姓夏的婴儿。

她盯着夏秋生问，夏秋生劝姐姐到外面去说话，不想惊扰到柳玉惠。

夏秋生告诉柳玉清，孩子夭折了，让他送走了。柳玉清倒吸一口凉气，她知道这婴儿命不会长，一生下来，又是氧气罩着，又是盐水吊着，小小生命就这样忍受着折磨，可也不能说夭折就夭折，连点动静都没有。死个阿猫阿狗的，人还流露出伤心的表情，还为它找个地方安葬，咋人咽了气，悄无声息就没了呢？夏秋生在搞什么鬼？连婴儿母亲都蒙在鼓里。

柳玉清厉声责问夏秋生："孩子究竟哪儿去了？"夏秋生听着姐姐一声咋呼，脸色一下子绿了，慌忙交代说："孩子没救了，送人了……"说着，蹲下身子，抱头痛哭起来。柳玉清一听没救了送人了，火气噌地直朝头顶蹿，不顾自己的形象，破口大骂道："你这个心狠手辣的东西，人家虎毒不食子，你是连自己的骨肉随便乱丢，你还是人吗？"一边骂一边揪着他找人。夏秋生哭着骂自己不是人，告诉她丢在外面被人捡走了。

柳玉清狠狠地抽打着他的耳光，直到自己瘫软下来，被夏秋生架到医院走廊里的长凳上。夏秋生劝姐姐不要生气，说是长痛不如短痛，这孩子养不活，咱没能力为她治疗，或许有个好人家收养，给她幸福的。自己还年轻，等着奋斗出息了，再找回来给她看病也不迟。

柳玉清想，你夏秋生心这么狠毒，连自己的亲生女儿都这样不顾，将来妹妹不会有好日子过。她责问夏秋生，怎么向柳玉惠交代？夏秋生说，不敢说实话，只得瞒一天是一天。等着日子长了，慢慢地淡忘了，也就好了。柳玉清说，孩子这么大的事，能瞒得住吗？夏秋生说，要么实话实说，医生都不抱希望判了刑，说是不夭即残，还能有啥回天之术？

柳玉清想想自己这么反对着，图个啥？人家自己不心疼，瞎操心又有何用。从此觉得，夏秋生不是善茬，妹妹的苦是自找的，人家的家事，少干预。

夏秋生也觉得，姐姐太把自己当根葱，管事管得宽，颐指气使地不留情面，好像自己成了她的长工似的，处处由她做主，不开心时吊着脸，想骂就骂，想打就打，粗暴干涉别人的家事，根本不配做姐姐。本不对付的两个人，从此结下怨来。

柳玉惠听说孩子夭折了，倒是没有过度伤心悲痛，心里只怨自己为母太失败，没能保住孩子的生命。先前夏秋生开导说，母婴之间只能保住一头，保住大人是第一位的，留得青山在，不怕没柴烧。她自己体会到，生育是过鬼门关，做母亲承担的风险太大，自己过来了已经不易，失女的悲伤于事无补，只得把哀痛埋在心里。柳玉惠产后出现的抑郁综合征，加上失女的悲伤，一度让夏秋生追悔莫及。夏秋生为她到处寻医问药，终日陪护在身边，又是哄又是劝，喂水喂饭，洗身端尿，无微不至。直到半年后，身体日渐好转，他才安心地上班，生活一步步地走上正轨。

正所谓否极泰来，物极必反，黑心人自有黑幸福。之后的夏秋生倒没辜负无情的决绝，似乎经历艰难险阻之后，前方一片坦途，好运开始降临到他头上，他的事业迎来了上升期。

52

眼下，夏秋生患上重疾，如果老大在世，说不定能救他一命，可老大至今不知是死是活。柳玉清心里默默地念着几十年前的往事，真诚地为夏秋生骨髓移植操起心来。

柳玉清问妹妹，“记得当年老大有什么特别的印记吗？”

柳玉惠说：“提这个干吗？印象深的是，左手腕上有个芝麻粒大的胎痣，黄褐色的，不太明显，其他倒没发现异常。”

柳玉清说：“你不是要配对骨髓吗？找找左手腕有胎痣的女孩，相对不难，比大海捞针求购简单多了。”

夏柳听着有点糊涂，此前隐隐约约听说有个姐姐，可至于在不在人世，没有追问过，家人也没再提起过，像是没有这事似的。她一直以为自己是独生女，突然冒出老大来，她心里倒是咯噔一下。她甚至有些埋怨父母对她隐藏着什么秘密。不过，眼下的全部心思用在为父寻找配对上，也就没有情绪想歪歪事了。

此时，姨娘的推断，倒是为寻求配对骨髓打通了一条捷径，既精准又靠谱。心里佩服起姨娘来。现在就是聚焦手腕有胎痣的三十岁的女孩。

夏柳想，可以动用寻人启事，找到这个人。除非真的当年夭折了。

柳玉清想起往事的时候，有个记挂在心里的疑团，一直萦绕在她的脑子里——妹妹的婴儿被遗弃的那几天，薛玉蓉家却传来了婴儿的啼哭声，成了邻里之间议论的焦点。柳玉清和薛玉蓉两人，虽不是同事，也不是同学，没有交集，但在一个小区，前后两幢楼。薛玉蓉是半家户，是最后一批返城知青，她是薛老先生的独女，薛老先生是薛家花园的主人，无人不知无人不晓，她长得仙女似的，却嫁了一个乡下农民，是街谈巷议的话题，社会关注度高，自然名气响。薛玉蓉家的一举一动，都值得人们揣摩几分，跟今天的明星似的，不经意间就能上“热搜”。薛玉蓉不能生孩子，已经成了人所共知的事实，可家里却冒出婴儿的啼哭声，却让那些好事者惊奇。柳玉清本不关心别人的家长里短，可刚刚从妹妹柳玉惠生育失败的阴影中走出来的她，对婴儿二字特别敏感。她曾想过，不会是夏秋生把婴儿送给了薛玉蓉吧？转念一想，世上巧合的事情太多了，有生必有死，生命轮回转。这个念头虽没得到证实，却在脑子里扎下了根。

柳玉清接着讲起自己心中的疑惑，说："秋生把老大抱出去后，薛玉蓉家有了一个婴儿，当时一直怀疑是不是老大被她家抱养，脑子里留有这样的阴影。这么多年下来，薛玉蓉与女儿田雪妮，虽非亲生，却视若己出，守着脑瘫女儿，生活过得清苦，确实了不起。日子长了，虽不往这上面想，可心结还在。夏柳不是跟田致远走得近吗？私下打听一下田雪妮的出生情况，也算帮我打开一下心结，了却一桩心思。"

夏柳听姨娘提起田雪妮，脑子里突然想到了田雪妮跟她撒欢的样子。她跟姨娘说，这个容易，他家是她结对的。她说，田雪妮虽是残疾，似乎什么都懂，只是表达不出来，跟自己特别亲近。

柳玉清心想，如是亲姐妹，那会有心灵感应的。这不是迷信，科学已经证明过的。便让夏柳加紧去一趟田家，顺便看一看田雪妮左手腕，看看会不会有什么奇遇出现。

夏柳带着悬念，深入到田家摸情况。当走到田家楼下的那一刻，她犹豫了，心里忐忑不安起来。往常来田家，是自己的分内工作，双方之间虽说人格平等，但是支助和受助的关系，自带优越感，没有胆怯和心虚。倒是此时，有种上门求人的感觉，甚至是探秘隐私的感觉，觉得自己像个小偷，想潜入人家行窃，心慌得直打鼓。夏柳可从来没有为一己私利求过人，可眼下的目的太明确太赤裸，就是为了救父。这样的方式救父可耻吗？不！这是女儿应尽的孝道。更何况自己都愿以生命挽回父亲的健康，这种即使被认为卑鄙的行径，又有什么不可以做的？她鼓起勇气，做了几个深呼吸，敲开了田家大门。

田致远一看是夏柳来了，有点吃惊，忙让进屋内，请她坐着。田致远说，我好好的，不会乱跑的。田致远以为夏柳是为他矫正监管而来的，连忙表态。夏柳没有说话，只是眼睛扫了扫屋子里。田致远接着说，你爸好点了吗？你家里家外那么多事，别为我家操心了，你尽管放心就是。夏柳没有接他的话茬儿，听到房间里传出声音，便问："阿姨和雪妮在里屋呢？"说着便起身进去。

进入初冬，天有些阴冷，田雪妮裹在棉被里御寒，薛玉蓉在灰暗的角落里枯坐着，见到有人进来了，都抬起头来。田雪妮歪着脑袋冲夏柳笑着。薛玉蓉轻声地问了一声："小夏姑娘来了？"便吩咐田致远倒茶让座。

夏柳叫了一声"薛姨"，薛玉蓉露出深情的微笑。那笑发自内心，愉悦而欢快，亲近而温暖，似乎把尘封已久的甜美画卷舒展开来，又像寒冬之后的冰雪被春风化雨般的暖流融化，连站在一旁的田致远心里都酥酥的。

夏柳走近田雪妮，用手抚摸着她垂在脸颊的几缕秀发，怜惜地看着她。田雪妮似乎有点害羞，低下头来，抚弄着手上的线球。"妮姐越来越漂亮了！"夏柳试图找到话题，接着说："有妈的孩子像块宝，有薛姨照顾，妮姐越来越干净，越来越有气质了。"

夏柳说的倒是实话。薛玉蓉康复之后，料理家务的能力越来越强了，对女儿田雪妮的照顾越来越周到。田家看上去也不像以前那样龌龊邋遢，总算有点家的样子，尽管生活清贫，条件简陋，没有什么像样的家什，但看上去温暖舒服。

薛玉蓉应声说："只要没病没灾，日子还是过得下去的。"

田致远看着夏柳心事重重的，说话和表情不在一个台面上，时而欲言又止，时而默不作声，气氛有些尴尬。想插话调节一下，可又怕话不知深浅伤害着她，只得傻傻地站在门边。

此时，夏柳是好话会说口难开，脑子里既想切入主题，又怕过于唐突，只得绕开雪妮，走到床边简易书柜旁，翻看着几本历史小说。心思则是想着如何看到田雪妮手腕。

此时，田雪妮正在背后指着书柜，正好被回头的夏柳看到，夏柳问她要看书吗？雪妮嘴里吭着，点头示意。夏柳拿着书，跟雪妮一起翻开，嘴里念着字，手上比画着，眼睛落在两个手腕上，心脏乱蹦得快到胸口。扫视了两下，并没看到手腕有什么胎痣之类的。夏柳虽是失望，但毕竟排除了某种可能，心情反而镇定下来，恢复如常。她边跟雪妮认字，边与薛玉蓉闲聊，像是履行公事似的。

夏柳想从薛玉蓉那儿多了解田雪妮的情况，便问："雪妮有三十了吧？"

"虚岁三十一了。"薛玉蓉掐指算着，"再过几天正好满三十了，致远到时候买个蛋糕，给你姐过个生日。"

"雪妮出生的时候，阿姨受了不少苦吧？"

夏柳记得田致远告诉过她，田雪妮是他父亲从外面捡回来的，既然想搞清楚来龙去脉，就装着啥也不知道。

薛玉蓉说：“是他爸从外面抱回来的。”

田致远一边插话说：“哪个人家缺德，知道有毛病，遗弃在外的。”

薛玉蓉斥责儿子说：“不要瞎说，雪妮是咱家的天使，没有她哪会有后来的你。抚养两三年后，才发现有毛病的。”接着哀叹起来，“那是一条生命啊！就是没落到好人家，不然也能治好病的。他爸带回来时，都快咽气了，竟然一口米汤，活过来了。这不是天意吗？”

夏柳问：“还记得当时被捡的地方吗？”接着又问，“是什么时间发现的？”

薛玉蓉说：“过去这么多年了，哪里还记得啊？当时只顾着高兴。不过，老田是说从垃圾桶旁捡到的。”她不紧不慢地把丢弃地点和襁褓面料颜色，一一回忆出来，说给夏柳听。

夏柳夸赞她记性好，她说只记得以前的事，眼前的记不住。她哪里懂得，那种大喜大悲的事，最能让人刻骨铭心。

田雪妮没有流露出任何表情，或许她根本听不懂他们在说自己，或许她就不关心自己的身世。她只是一个会呼吸的工具，或是有生命的机器。她连自己的冷暖悲喜都无法掌控，也就无法在乎他人的评说。不过，母亲所表达的一切情感，并非全是茫然无知的，母亲开心时，她的表情也有兴奋，母亲伤心时，她会垂头静默，母女天生是拴在一起的命。她不会说话，有时从喉管里发出叽里咕噜的声音，像是天外物种的语言，像是地球接收到的外星脉冲信号，无法破译。薛玉蓉生病时，多半时候是被这样的声音电到的，像是心脏骤停突然安上了起搏器，马上抑制住病情的恶化。相依为命的母女俩，从没有向命运低头，她们对生活没有要求，甚至对饥饿和寒冷都没有感觉。她们似乎来到这个世上，是为了修行做清教徒似的，清贫乐道，乐天安命，以求佛果。一晃三十年过去了，吃过的苦，受过的难，遭遇的不幸，似乎只是北风寒流淡淡地一掠。苦难和哀痛让她们体会到人生的另一种味道。

看着母女俩淡然的表情，夏柳自己急切的内心像受到传导似的，安然了许多。两个没有血缘关系的人，能够彼此相依，连爱都无法表达，却爱得那么纯粹、那么无私。相较于自己，太过于浮泛浅陋、凡夫俗子了，她为自私自利的动机感到羞愧。她尴尬地站在那儿，不知道往下怎样进行。倒是田雪妮噘起嘴来，指示着书页里的一幅插画，冲她笑着。夏柳意识到，是向自己请教画的意思，马上热情地向她解释着。

薛玉蓉慈祥地凝视着同框里的两个人，觉得某种神态特别相近，下坠的厚唇，短收的下巴，燕尾状的睫毛，会说话的眼睛，似乎一个模子刻出来的。难道女孩都长成一个样儿？她笑了笑，忍不住“咦”一声，自言自语地说“真像，真像”。谁也没有在意她表达的意思。直到夏柳走后，薛玉蓉才跟儿子田致远说，小夏姑娘真像咱家的人。田致远担心母亲又会出现臆想，忙阻断她说：“人家白富美，哪里看得上咱这样的家庭啊？”田致远以为母亲又在撮合自己跟夏柳谈朋友，便劝母亲不要多想，这事绝对不靠谱。其实薛玉蓉表达的真正意图是，雪妮和夏柳许多地方长得太像，像是姐妹俩。

夏柳从田致远家出来之后，直接去了姨娘家，她要尽快消除姨娘的疑团，不能让姨娘干着急。姨娘柳玉清见到夏柳果然问起，去过田家没有？夏柳如实汇报了田雪妮的情况。柳玉清很失望，一面自己安慰自己想得太多了，一面又觉得事情蹊跷，世上哪有那么多巧合的事，巧合之中定有因果。夏柳提供的情况中，有一个重要细节，雪妮再过几天三十岁了。柳玉清想起妹妹生产时也是近期的时间。那天她记得清清楚楚，隔壁床上的产妇家人说，女婴生在初一命硬，让产妇要么剖腹产要么再忍一忍错开这个日子。这一算，老大就是这两天里出生的。她怪夏柳看得不仔细，手腕上的胎痣应该能够辨识的。夏柳说，已经跟做贼似的翻了个遍，的确没有明显痕迹。会不会长着长着消失了呢？会不会妈妈记错位置呢？也许就不是田雪妮呢？一连几个反问，把柳玉清问蒙在一旁。柳玉清想了想，说，到时再找你爸核实核实吧，这或许是唯一可以争取的线索。

那一天，夏柳来医院看望父亲，夏秋生似乎精神好了点，能够靠着病床倚坐起来。看到夏柳来了，问了问她工作的事，他已好长时间没有跟人说话了，心里像有许多要说的话，也只有向女儿说说，他心里才舒坦。

这一天，是自夏柳出生以来，父女俩聊得最多的一天。有关心夏柳个人感情生活的，有谈论自己奋斗经历的，有对社会生活体验感悟的，更多是交代夏柳担起承接家业责任的嘱托。夏柳跟着父亲交谈的节奏，忽喜忽悲，忽乐忽愁，内心里五味杂陈，只得劝父亲安心养病，不要想得太多。夏柳趁着父亲开心时，让他回忆美好的东西，比如跟母亲是怎么恋爱的？给母亲最好的礼物是什么？两个人做过什么浪漫的事？问起有个姐姐的下落时，夏秋生沉默了。夏柳说，只是随便聊聊，别往心里去，假如在世，咱们不是多了一个骨髓配对的选项吗？夏秋生一听，眼睛里生出万千伤感来，口中哀叹一声，说，我对不起她！谁让咱们当年穷呢，有病看不起。就这样的举动，我自责到今天。夏柳安慰说，这不是你的错，当时谁家摊上了，都是会塌天的事儿。夏秋生说，假如有些事可以从头再来，我会选择另一种生活的。背着负罪感生存，是痛苦的。也许这个病，就是对我的惩罚。夏柳说，我们正在努力找线索，也许姐姐还活着。你能回忆起细节吗？夏秋生神色仓皇地注视着夏柳，心想不太可能的，当时已经奄奄一息了。但他还是告诉了夏柳当年扔掉婴儿的细节。这是他埋藏胸间三十年的秘密，这个秘密像堵在胸口的木塞似的，长进了肉里，从来没有对人倾诉过。在这个当口说出来，他觉得胸口像吐出的瘀痂那么畅快，比嘱咐承继亿万家业来得宽心。

夏柳告诉父亲，说有个女孩出生的日期特别相近，更重要的是女孩是捡拾回来的，捡拾的地方跟你说得差不多，不过是脑瘫残疾。姨娘和我怀疑是姐姐。

夏秋生听着，眼睛明亮起来。心想，世上哪有那么多巧合的事，老城厢里巴掌大的地儿，真会有人抱养回去，养活了她？怕是人活着也不知经历多少痛苦啊？他开始动摇自己的判断，确信夏柳的推断符合常理。假如是真的，他倒也心安了，他甚至考虑遗产的一半拿出来作为补偿，为自己的来世作个救赎。假如不是真的，至少亲人帮自己开解了心结，也算心境得到几许宽慰。他没有往移植骨髓这样的事上想。

夏柳说，如果核实是真的，我要认作姐姐，就要尽救治和抚养的责任了。我们几个商量，让她做干细胞检测，看看有没有匹配的可能。

夏秋生摇摇头说，算了吧！本来人的身体就不行，加上人家抚养了几十年，怎么舍得这样做呢？这个时候的夏秋生已经会为别人考虑了。

夏柳说，当然是自觉自愿的，我们希望是个两全其美的事。

夏秋生不再拒绝这样的好意，只得依着她，毕竟是为自己的病着想。

夏柳把田雪妮的情况告诉了母亲，确信姨娘的猜疑是真的。这让柳玉惠又惊又喜。至于手腕上的胎痣，她们是这样解释的，时间长了印象不深，只是隐约有这个东西，即使有，长大了也会有淡去的可能。

可怎么去认田雪妮呢？这倒成了难题。电视上有个《宝贝回家》节目，那都是走失或被拐的对象，咱这是从小遗弃，通过媒体显然不利于社会舆论。夏秋生是个要面子的人，夏柳和柳玉惠也是把尊严看得很重的人，在权衡面子和里子的关系上，他们更在乎面子，丰厚的里子饱尝过了，也就不觉得里子的重要，甚至觉得面子比里子更有价值。夏秋生是知名企业家，他有了负面新闻，对个人声誉和企业形象就是损害，面子丢了，里子也受损，千金挽不回好口碑。

既然情况明摆着，搁在心里也难受，何况事不宜迟，早一天揭开真相，早一天得以相认，早一天做干细胞检测，早一天做移植，早一天对父亲的身体有帮助。每一个流程都需要时间，可时间不等人，人命关天的事，宜早不宜晚。柳玉惠有些着急了，逼得夏柳也焦虑起来。

既然夏柳知根知底，母亲柳玉惠毫不客气地把联系认女的任务交给夏柳，而且要求从速从快。柳玉惠一天都等不下去，期盼的心情把她逼得有些崩溃了。夏柳成了解决问题的第一责任人。夏柳有些犹豫，她觉得这样做太功利，应该慢慢地培养感情，后面会水到渠成。她考虑的是能为父亲换骨髓，而柳玉惠的想法简单些。她是母亲，急切地想弄清真相，早日母女团圆。毕竟是自己身上掉下的肉。

夏柳被母亲逼得没法儿，只得硬着头皮，按照自己思谋的计划，不断地与田雪妮接触。

第一步，她跟田雪妮留了合影，先让母亲通过照片有个直观印象。母亲从她手机里翻看着照片，并没有表现出多激动，甚至有点惊愕。柳玉惠没有想到田雪妮病得这么厉害，她真不敢相信这个孩子是从她肚子里出来的，她身边及其家族没有类似的残疾。惊愕之后显得有点失望，失望之余产生了同情，同情之后倒对夏柳深怀钦佩。她没想到长年病卧的残疾人能这样顽强地生活着，没想到饭来张口、衣来伸手的夏柳能够有爱心，这么亲昵地接触残疾人，并给予帮助。

第二步，带着母亲登门拜访。在让母亲上门之前，夏柳已经做好了铺垫。她找借口把田致远支走。她想她的意图不能让田致远摸透。田家也只有田致远是个明白人，她要在田致远心目中维持纯真的印象。她告诉薛玉蓉，母亲从小崇拜你，这么多年没见，想一睹风采，帮你分担些困难，顺便看看雪妮能不能有办法医治。薛玉蓉听后特别高兴，说是不要说为雪妮治病想办法，就是来家坐坐，也让田家蓬荜生辉。这可是田家的荣耀。她有些把夏柳当成自己的孩子，把柳玉惠当成亲家了。

柳玉惠登门那天，一改往日入时的鲜艳套裙衣着，穿着普通的黑色上衣，她这样做是让自己更平民化些，不能给人雍容华贵、妩媚娇丽的印象。果然，薛玉蓉看到柳玉惠的样子，没有一点生分感，觉得就是邻家姐妹串门似的，跟她拉起家常，谈起当年薛家的辉煌历史和自己下乡经历的有趣事情来。

本来田雪妮生性见到陌生人有恐惧感的，看到柳玉惠注视着她，她腼腆地露出了笑。田雪妮虽坐卧在床上，床铺上有点凌乱，但不算邋遢。柳玉惠心想，这是我的女儿吗？可怎么没有那种感觉啊。他们只是想安慰我。可仔细端详着，眉毛和下巴倒与夏柳有几份相像。她带着六七分的激动，伸手去握田雪妮的手，田雪妮本能地把手缩回去。在缩回的一刹那，柳玉惠看见她右手拇指和食指之间的凹处有个豆子大的黄斑点。这是她模糊记忆里的胎痣。她差点大惊失色起来，转念又克制住自己。心里默念着，应该没错，应该没错。一下子油然生起亲近感，又是拉手，又是抚摸头发，嘴唇不时地颤抖着。

夏柳看到母亲有点失态的样子，用手推了推，提醒她不能过于激动，慢慢地相处。

薛玉蓉看到柳玉惠对雪妮颇有好感，便介绍起雪妮的经历来。

柳玉惠生产时，对女儿的情况并不清楚。当时她处于昏迷状态，又有产后抑郁，脑子里没有概念，甚至一度对自己生过孩子都产生过怀疑，没有任何心理准备。直到夏柳出生，她才想起自己有过生育，内心的负罪感曾让她压抑了多年。

看着眼前的田雪妮，她有些不敢相信，但还是内心有着难以抑制的激动。她控制住情绪，想再找到有力的证据。临走前，她把一只装得鼓鼓的信封交给薛玉蓉，说是让她贴补家用。薛玉蓉推托了几下，收下了。柳玉惠说，找个机会给孩子送医院检查一下，看看有没有康复的可能。薛玉蓉看她满脸的真诚，连声说着“谢谢”。

第三步，有了柳玉惠说的到医院看病检查，算是为进一步检查田雪妮血型埋下伏笔。

田雪妮第一次坐着豪华轿车走出家门、走到户外，尽管身子不能随意转动，可眼睛却随着窗外的风景不停地眨巴着，嘴角流露的表情，让人生怜。薛玉蓉也是第一次陪女儿坐车出行，她内心里特别感激小夏和她母亲两个好心人，多少次过意不去加以劝阻，让她们不要为自己这么操心。而夏柳和柳玉惠忙并快乐着，从上车下车，到医院挂号、找医生问诊，再到做各项检查，两个人一个推着车，一个拎着一叠材料，东奔西跑。这种努力不仅是为找出有力证据，更是受到薛玉蓉的感染。薛玉蓉虽然手脚笨拙，说话却是特别得体，让人觉得帮忙生怕欠妥不周，千方百计拿出十足的真诚，让她感激涕零，才算内心得到满足。她们在给田雪妮办理体检时，顺便给薛玉蓉挂了号，两人一并进行着系统检查。

虽说检验结果两三天能够出来，可对夏柳和柳玉惠母女俩来说，等待的时间是漫长的。夏柳心里已经认定了这个姐姐，此时担心母亲在结果面前失态。她为母亲可能出现的状况而焦虑不安。柳玉惠则是紧张地等待着，白天六神无主、坐立不安，深夜辗转反侧、夜不能寐，心脏快提到了嗓子眼。这样一个难熬的日子，几乎超出了她的心理承受极限。

结果当然是如期待的那样，柳玉惠的情绪也如夏柳想象的那样。柳玉惠又喜又悲，内心波涛般起伏翻腾，一时难以抑制激动和悲伤的情绪。夏柳倒是心思沉定，她用尽全部精力安抚着母亲，为她消释着这种起伏不定的不安。

本来是母女相认的好事情，可她们还是犯难了。此时，夏柳觉得，还是先把这一秘密埋藏在心底里，如何让田雪妮走进夏家，如何让薛玉蓉和田致远接受这个事实，还有许多事情要做。她要想出一个趋利避害的万全之策来。

53

夏柳先是把检验结果告诉了姨娘。姨娘为田雪妮的来历，疑神疑鬼了一辈子，跟母亲反目成仇，恨父亲心狠手辣，连自己都成了她奚落的对象。向她报告一下，也算帮她解了心结。

柳玉清听到确认的信息后，果然开心地拉开嗓门，“你说说，你说说，真的假不了嘛。你们不往心里装事，你姨可记着呢。不是你爸生病，你们哪会想到这事？满世界骑着瞎驴找配对，那能成？算你爸有福报，终于找到能够救治的人了。”

夏柳兴奋地夸赞姨娘，“打断骨头连着筋，姨娘对我爸的好，都装在心里呢。这个人情我爸还不起，我来还，我为你养老。”

夏柳和柳玉惠匆匆赶到医院，她们要把这一令人振奋的喜讯告诉夏秋生，让他尽快释怀，让他看到救治的希望。两人像是完成了情报侦探似的高兴，绘声绘色地介绍着。夏秋生将信将疑，信的是遗弃的女儿活着，疑的是移植配对的可能性太小。看着夫人柳玉惠激动，他倒有些愧疚。亲生骨肉失而复得，身为母亲柳玉惠的心情是可以理解的。可对夏秋生而言，他希望失而复得，让他得以解脱，可又怕失而复得，因为他无法面对，不敢面对。他的心理越发变得纠结。不过，女儿夏柳和夫人柳玉惠这样为他而做的努力，让他不胜感激。看到她们风尘仆仆的样子，看到她们滔滔不绝地念叨，他两手合掌，作揖打拱，像对待神主一样表达着恭敬，足以体现他内心对家人的深情。

这天，夏秋生的状态不太好，刚刚做了第四次化疗，让他精疲力竭。病恹恹的他，锁着愁眉，眼皮打架，脑子是清楚的，可是说话吃力，舌根像被千钧巨石镇住似的，拨拉着，颇为费劲。

夏秋生说，女儿成了人家的拖累，咱们没有帮助过，现在却让人家出来帮咱们，是不是有些过分？咱们不应该打可怜人家的主意。夏秋生心里充满着矛盾。

柳玉惠说，真是老天报应。现在也不是说她就能救你，配对是有概率的，不然夏柳也不会不行啊。这个女儿你想不想认？反正你不认，我也要认，只要她还有一口气，我也养着她。说着，眼泪扑簌簌流了下来。

夏柳看着母亲突然发飙，生气地说，这是啥地方？有什么话好好说。老爸病成这样了，还气他，能养好病吗？

柳玉惠赶忙抹着眼泪，说自己失态了。

夏秋生伤感地掩面自泣，用手招呼说，你妈是着急，不要怪她。接着说，你们这么费尽心思地做，我怎么会抱怨呢？这场大病，让我明白了许多理儿，人有固定的命数，想争争不来，要么怎么叫“听天由命”呢？你们的好意我领了，我也只是想能挨一天算一天的。

夏柳说，老爸这样宽慰自己没有错，可命运是可以改变的。既然能找到丢弃的姐姐，那也是上天的安排，说明给你好好活下去的机会。相信医学，相信自己，不要悲观厌世。

柳玉惠说，既然你听天由命，为啥平时相信烧香拜佛呢？那是求个心安，求个保佑嘛。你不要考虑得太多了，剩下的事情，夏柳和我来办。接着说，薛玉蓉家虽贫寒，可教养品德不差，人家对女儿一点也没怠慢，多亏这样的人家收养，才让她能好生生地活着。

夏秋生点头认可。他说他知道薛玉蓉，薛老先生的独女，他说出身高贵的人永远高贵，哪怕他是囚犯也是高贵的囚犯，哪怕他是乞丐也是高贵的乞丐。吃牛奶面包跟吃大葱糁粥的不一样。

柳玉惠不懂他要表达什么意思，只是觉得田雪妮生活在这个家庭里是幸运的，同时这样的生活是低端的，只是蝼蚁式的。母亲的本能，催促着想要女儿尽快回到自己的身边来。

夏秋生不是不想治好病，也不是不想认这个女儿。他不可能带着万贯家财到另一个世界生活，也不可能通过万贯家财延续自己的生命。他和薛家、田家有着无法用钱财交换的恩怨。他深知，在认女和移植的过程中，有许多难以逾越的坎儿。

夏秋生怎么也不会想到女儿落在了薛玉蓉家。想到薛玉蓉，便想到了田德贵，想到了薛家老宅的那点事儿。真是不是冤家不聚头。可仔细想想，确有其合理逻辑，也只有田德贵具备捡拾弃婴的诸多条件。田德贵是清洁工，凌晨清扫大街，人少车稀，第一时间发现襁褓的机会多，况且在垃圾桶旁。田德贵夫妇无儿无女，正为领养抱养孩子发愁，捡到了弃婴，如获至宝，算是了却心愿。田德贵捡了也就捡了，偏偏在若干年后，跟他相遇在薛家老宅里，在跟薛老先生相处的当口上，扯上了他田德贵，田德贵像半路上杀出的程咬金，跟他较上了劲……自此，田德贵一直像个影子住在他心里，久而久之，影子便真的融进了血液里，长成了毒瘤。他清楚，这不能怪罪田德贵，而是因为自己作恶。

想起田德贵，夏秋生有两个场景永远抹不去：一次是当时薛家花园改造，他对薛老先生可是鞍前马后地哄着开心，恰恰在此时，多年不往来的女婿田德贵悄无声息地出现在薛家老宅里，他跟他素昧平生，却对他充满敌意，像防盗似的防范着他。他来无踪去无影，像是揣透他的心思似的，守在阴暗处，注视着他的一举一动。多少次，他萌发了顺手牵羊的歹念，可总觉得有双犀利的眼睛盯牢着他，让他不得不收敛。一次是托人宴请田德贵，通过中间人说和，以求双方做出妥协，结果是酒干尽了，嘴没松开，仍是我行我素地拧着。假如他松口了，薛老先生去世后，他出面帮腔，自然遗产有他一份，之后的生活也不会那么窘迫，或许也不会出现“意外”。

那个时候，夏秋生虽说勤劳朴实，聪明肯干，可收入水平仍难以为继。他不甘心于低端的生活状态，参与古街改造之后，他发现了另一个世界，薛家老宅为他打开了心魔，薛老先生的那些宝贝唾手可得，不能不让人动贪心。人无外财不富，马无夜草不肥。既然有了发家致富的捷径，哪舍得轻易放手。

他承认自己伪装得很成功。那个时候，在单位里，他精明干练、为人谦卑，表现出事事求得恩典和眷顾的样子，可私底下，却打着自己的如意算盘，时而蛮横无理，时而巧嘴滑舌，更多的时候混账到气焰嚣张的地步。那时候，他想做的事，几乎都能做成，唯独薛家老宅里的那点事，干得不顺手，全在于田德贵从中作梗。对田德贵这样的人，他本以为略施小计，就能让他诚服或屈服的，没想到他软硬不吃。他先是低下头来，好话说尽，结果此招失效，只得用上小恩小惠，可他又不吃这一套。事已至此，算是做到仁至义尽了。自己替公家做事，顺带动点私心，不甚为过，他得理不饶人，连余地都不留，那也别怪自己不客气了。正所谓，敬酒不吃吃罚酒。没想到的是，接下来的事连他自己都没法把控，本来找人使点阴招教训一下的，却意外地把人搞没了。仅为这，他惊惶得好几年失眠。他认定自己是杀人逃犯。之后的日子里，只得自我调整。直到自己发展壮大，有了自己的公司，赢得外人的尊重之后，才觉得获取财富的重要。这个社会如此现实，为登上名利场，几乎耗尽心机，要尽手腕，丢尽颜面。他现在正成了被人嘲笑的对象。过去敛财近乎到疯狂程度，人折磨得呕心沥血，现在懂得了自省，却又遭受着重病折磨。这大概就是报应吧。

夏秋生一直把因果报应放在嘴里，女儿夏柳劝他别琢磨诅咒自己，说是能够自省的人，会有好报的。

夏柳跟母亲柳玉惠商量，两个人主动找田致远交谈一下。田致远之前主动向夏柳提到过捐献骨髓的事，夏柳猜测田致远并不只是为钱而捐，或许是看在夏柳的面子上。夏柳知道田致远喜欢她，只是说不出口，说不出口的人喜欢用行动来证明自己的喜欢。

现实社会中，一个人爱得愿为另一个人赴汤蹈火，为另一个人殉情，并不鲜见。可田致远是家里的顶梁柱，听说捐献骨髓对身体有伤害，自然不能让他去冒这种风险。他要在外打拼，需要强壮的身体。如果以此推断，跟他不妨打听姐姐田雪妮有无捐献可能，不失是个办法。田雪妮除了身残脑瘫，其他没有毛病，造血干细胞之类的功能一定是健全的。只是从残疾人身上提取干细胞，听起来有点残忍。对于柳玉惠来说，田雪妮是自己的女儿，捐献骨髓给父亲，道义上没问题，可现在还没有认这个女儿，不免会带来舆论压力。可这个秘密暂时还不能揭开，包括田致远和薛玉蓉。过于突兀，只能适得其反。可怎么循循善诱？一时拿不出好的办法来。只得先从田致远处打开口子，一步一步地诱导到田雪妮身上来。

夏柳联系上了田致远，说是有空来附近小饭店一起吃个饭，田致远爽快地答应了。

夏柳说，刚跟母亲从上海医院回来，在路边店吃点饭，忽然想到你在附近。

夏柳把母亲介绍给他认识。他点头叫了声“阿姨”。

柳玉惠没有见过田致远，看到田致远清秀的模样，内心里多了愉悦的感觉，吩咐他坐下，小田长小田短地叫着，问他喜欢吃什么样的菜。眼睛直视着他，直夸他长得像妈妈。说，年轻时见过你妈妈，可标致了，一副美人坯子。问，你妈妈现在身体好些了吗？田致远羞涩地一一作答。大家边吃边聊，气氛自然温馨。

田致远关心地问起夏叔叔的病情，主动关心起骨髓配对的事，才把大家带入到主题要义中来。

夏柳说，捐献的事，你就算了，你的家全靠着你，在外打工身体不强壮不行的。前一段带雪妮到医院体检，身体里的指标正常得很。夏柳有点支支吾吾，不敢再往下说。

柳玉惠接过话茬儿，哽咽地说，小田啊，柳儿她爸不是求医无门，我也不会发求购配对这种信息的。柳儿说你有这想法，我们也不忍心，后来到你家看了看，你是家里唯一的壮劳力，你要是休养几天几十天，家里怕是转不开。如果雪妮能够配对成功，她反正是歇着的，康复一年半载也没啥关系。就看你小田的态度了。

夏柳带雪妮到医院检查身体的事，小田已经听母亲说过，平时想不到带她们进医院，小痛小病基本靠挨，万不得已才往医院去。夏柳替他做了他自己做不到的事，他感念着夏柳的好，并没有想到夏柳别有他图。现在总算弄清楚了，是她担心自己捐献，一时不能出门挣钱，才想到姐姐的。他根本不会想到姐姐田雪妮跟她是亲姐妹。

田致远想，既然姐姐身体残疾，如果能有什么用处，也只是献血之类的，算是回报社会，回报关爱她的人了。他迟疑地问，她本身是个病人，骨髓之类的有用吗？柳玉惠听到有了态度，慌忙解释，那还得听医生的，要看医生怎么说。我有个主意，田雪妮交给我们抚养，不管骨髓配对不配对，我们都负责到底。我会像你妈一样好好地待她。田致远说，那倒不必。这还得跟母亲商量，我没意见的。夏柳和柳玉惠看到田致远一脸的真诚，心中算是放下心来，就待薛玉蓉那儿招呼一下。

田致远把夏柳和柳玉惠的想法告诉了母亲。他说，夏柳的父亲得了白血病，需要寻找配对骨髓，出了很高的价钱，本来自己报名了，可夏柳对他关心不让他去，想到雪妮姐，她除有残疾，其他也没毛病，抽取血液不会有问题，就想让雪妮姐去。这事听你的，如果你同意，就答应人家，人家甚至说了，帮着抚养一辈子。

薛玉蓉听了儿子说的情况，心中有了数，难怪她们热情地帮着体检，问长问短的，原来你们私下里达成了默契。她说，我也是个废人，没有用场，只要为了儿子好，我没有什么不情愿的。接着又说，我家一直是受人恩惠的，没有回报的资本，如果真有这样的机缘，也算了却了愧疚之心。母子俩看着田雪妮，像是发现了宝藏似的，心想，原来以为只是养的废物，其实也能派上用场。

田致远把母亲的态度发微信告诉了夏柳。夏柳连发了几个拥抱和鲜花表情。田致远陶醉在夏柳的表情里，感觉就像她依偎在他胸前。他客套地连发了几个不客气，接着也发送了几个拥抱和飞吻表情。

这一刻，是田致远少有的幸福时光，原来幸福是这么简单，来得是那么容易。许多机缘巧合有着注定的安排，他喜欢这样的女孩，这样的女孩就出现在身边。他未婚，她也未婚，他想追求又不敢，她便主动地迎上来，她帮助了他，他也想回报，正在找不到理由的时候，她有求助，而求助又是那样恰逢其时，他在成全别人的同时，成全了全家，可以获得芳心。这是一份多么美妙的心路历程啊。

田家小屋里，田致远掩饰不住眉飞色舞的表情，就差腰间绑着扁担横着走路了，旁若无人地哼唱起街面流行的《可可托海的牧羊人》来。薛玉蓉看着儿子高兴的样子，也为他高兴起来，并告诫他，不经一番寒彻骨，哪有寒梅扑鼻香。饭要一口一口地吃，前面的路还得慢慢地走。母子俩自然而然地闲聊到夏柳，闲聊到夏家。

薛玉蓉似乎从病态中走了出来，表达变得条理清晰了，语气充满着真诚和渴望。她夸赞夏柳是个好姑娘，说是娶到夏柳这样的女孩，是田家的福气，那是祖坟上冒青烟了，让儿子主动追求，过这个村再没这个店了。田致远说，就咱这家境，哪有姑娘看得上啊？他心中虽有爱慕之情，可仍不敢确定能成为恋人朋友。他说，现在的女孩很现实，不仅要男孩子优秀，还要家庭条件优裕，支撑得起买房买车，你看咱有啥？我这样子，再怎么努力也有差距，门不当户不对，戏份不够的。母亲说，聪明的女孩应该是注重人品的，不会都是那样的。门当户对是旧思想。我看夏柳对你有意思，没有嫌弃咱们，这就有戏。如果她家条件好，一般不在乎男方家境的。儿子说，人家这次是遇到困难了，咱们可以帮助人家，这才有了亲近接触的机会。母亲问，捐献骨髓有那么麻烦吗？能跟献血区别到哪儿？她家能出高价，能供养雪妮，那条件不错的。田致远说，那是的，她父亲是知名企业家，在梁溪城里是响当当的人物，也是在千岁坊街巷长大走出去的。薛玉蓉问，千岁坊还会有这样的人？叫啥名字呢？儿子说，叫夏秋生，什么工程开发公司老总。薛玉蓉喃喃自语说，早时期倒是有个姓夏的人家，夏秋生的名字好像有点印象。

突然，薛玉蓉的脸颊僵硬地拧在一块，似乎从聊天里嗅到了什么，嘴里反复念叨着夏秋生的名字，像是从记忆库里唤醒了一份代码，马上映射出来。她语气颇为冷峻地提醒儿子，怎么会是这个人？你再打听清楚，是不是那个曾经侵占薛家花园的夏秋生？田致远说，咋的啦？薛玉蓉说，不好，是他害死了你爸，害死了你外公。说着说着，激动起来，口中吐出了几十年来的满腔积郁。

田致远迷茫地看着母亲，感到自己哪句话说得不对，刺激了她，让她思绪紊乱起来。他安慰着母亲，让她平静下来。薛玉蓉迟疑地问，千岁坊不会有两个夏秋生吧？夏柳是他的亲生女儿吗？两个人竟然品行那么相悖？田致远问究竟咋回事，让她慢慢地说。薛玉蓉说起了当年他爸和夏秋生之间的纠葛，说起他爸和外公之死与夏秋生有关的事情来。

薛玉蓉是这样描述的：当年薛家花园规划为古街改造重点项目，其中把你外公住的老宅也列入进去。听你爸说，有个叫夏秋生的，打起外公家拆迁的主意，跟你外公套近乎，取得你外公的信任。你爸暗里防着这个人，可能涉及财产继承的问题。你外公是个书生，一辈子喜欢把玩文玩字画，家里摆放的青花瓷器、墙上挂的山水画卷，加之祖传的古董宝贝，当年“破四旧”，被我毁了一些，但还私藏了不少珍品。听你爸说，遗下的东西也足能换半个街巷，他也心动，可外公不表态，大概是外公还记恨着我当年的愚蠢行为。那时，你外公已卧床不起，也许交代了遗产继承的事，姓夏的找到中间人，跟你爸谈判，其中付了一笔丰厚的封口费，遭拒绝后，又有人威逼你爸不要不识抬举，再之后，你爸就出了事。你爸出事之后，你外公就过世了。外公去世后，薛家老宅以公家征用为由，改造成了现在的薛家花园里的一部分。当时就有传言，说你爸是姓夏的害死的，你外公是气死的。两人走后，我生了病，也就没再理会过这事儿。许多细节，胡三大爷和王雷仁知道一些，不知是说不清，还是怕我伤心，他们都支支吾吾的，不说实情。这么长时间了，这事早该过去了，也不想提起，怎么又撞到一起的呢？真是不是冤家不聚头哇！

田致远想到母亲曾经让他找胡三了解父亲的死因，他听到胡三说话像绕钢丝圈似的，阴阳怪气，不明就里，就觉得这老家伙有些奸猾，待人不真诚，把他当猴子耍，便不再愿意接近他。王雷仁倒是刚直的人，确实在他家最为艰难的时候帮过忙，但倒没听他说过父亲死于阴谋，而是见他开导过母亲，一口否定了被人谋财害命的揣测。胡三老糊涂了，不能信，王雷仁死了，死无对证。不过，田致远觉得母亲说的有一定的道理，只是年代长了，许多事无法验证，况且只是夫妻之间的对话，或是家庭内部的议论，拿不到台面上说。至少在他看来，外公的晚年，母亲没有尽到女儿的赡养义务，这就是母亲的错。母亲跟薛家决裂，客观上有文化运动的原因，主观上是母亲的偏执和决绝，外公早已冰释前嫌，多亏父亲憨厚老实，想到帮助老人，那还是偷偷地帮，不然外公真是孤独终老了。外公把财产捐献给公家，姓夏的从中盘剥好处，也没谁取得实据，只是妄猜而已。至于父亲的死，警方都出具结论，现在算到姓夏的头上，人家能认账吗？外公的去世会不会与父亲的死有关，更是无法确认。田致远很少跟母亲提及过去的事，原因是生怕她想到伤心事，精神会错乱，受到什么刺激，就会说胡话，没想到提起夏柳父亲的名字，她都联想到了父亲和外公的死。他虽是这样安慰着母亲，可自己也起了狐疑，毕竟没人再会记起过去的事儿来，母亲能这样说夏家，自然有她的道理。人命关天的事不是随意杜撰的。难道真的跟夏家有着难以割断的恩怨吗？自己将怎样面对夏柳呢？

薛玉蓉说得有些激动，但条理是清晰的。她正告儿子，跟夏家断绝来往，田家和薛家后人，决不与这样恶贯满盈的卑鄙小人为伍，言辞间带有切齿之恨。

田致远被母亲令人咂舌的痛骂惊呆了。他从没听到母亲会这样决绝，一时摸不着头脑，只得委婉地答应听她的。

薛玉蓉看到儿子表了态，情绪平缓了下来。大概人有了决绝之心之后，心里会舒坦些，像是心灵得到了解脱。可田致远却被心思缠绕着。他已爽快地答应夏柳，现在反悔，得要有个合适的理由。总不能把母亲说她父亲是杀人凶手作为拒绝理由吧？杀人和害人那是天大的事，要有证据的，凭空舌头打弯吐出来，那要负法律责任的。母亲虽有这种恨，可自己恨不起来。更何况，他和夏柳之间互有好感，怎么也不会联想到有什么家仇呀！可母命难违啊！他要想出两全之策来，至少在真相不明朗之前，给出一个拒绝的台阶。

那天，夏柳找到田致远，问雪妮姐什么时候可以去医院复检。眼下，夏家的全部希望都寄托在田雪妮身上，可田雪妮的干细胞能不能成功配对，则成了关心的焦点。雪妮跟夏柳的血型等几个指标相同，并不代表她的骨髓干细胞就能完全匹配，需要做更深层次的检测。夏柳急于联系他们，也是希望尽快有个结果，让大家心里踏实下来。

田致远看到夏柳焦灼不安的样子，内心起伏不定，只得吞吞吐吐地说：“再等等吧。我妈有些舍不得。”

夏柳一下子如漏了气的皮球塌了下来。她没想到他们转眼变卦。看来这种求人的事情，是自己左右不得的。她想问为什么，可又怕田致远彻底拒绝。

她沮丧地说：“那好吧。本来以为这样可以成全两家的，既然如此，只好作罢了。”

田致远没有想到她连争取的口气都没有，马上说：“不是没有可能，关键我妈对你爸有成见。”

夏柳立刻反应过来，问：“会有什么成见？难道有什么不可告人的秘密吗？”

夏柳脑子里迅速跳出一连串问号，难道薛阿姨知道田雪妮的身世？难道父亲正如坊间所传的那样心狠手辣吗？难道父亲真的做过对不起薛家和田家的事吗？这么多年来，他们能隐忍这样的悲剧秘而不宣，难道就知道会有这一天的索取吗？夏柳蒙在一旁，不知说什么好。

小田反应过来，虽说自己言不由衷，可并没有觉得说错了什么，“成见”二字已算是不痛不痒的表达了，这是他深思熟虑找到的表达方式。依他耿直的性格，直截了当地说，咱两家有仇，或是你爸是害死我爸的凶手，也不为过。可他心里装着夏柳，他念着夏柳的好，他喜欢夏柳，所以跟她说话时，特别注意措辞，不至于显得自己无知和粗鲁。

他委婉地告诉夏柳，说：“母亲一直把我姐当菩萨供着的，担心她出意外。一想到过去抱养回来，病恹恹的样子，就伤心痛苦，精神就受刺激。”

夏柳着急地说：“可不能再让她旧病复发呀。要不，我去看看她？”

田致远没有拒绝，但也不希望她跟母亲在这个节骨眼上见面，万一情绪处在焦灼状态，话不投机，那将会彻底决裂。他对夏柳多的是不舍，无论是为工作，还是眼下为父亲，夏柳三番五次地登门造访，至少说明她不嫌弃这个寒酸的家庭，她没把他和姐姐、母亲当外人，这是男女之间共处的最好状态。

在夏柳看来，薛玉蓉患病状态会让人恐怖的。她几乎是踮着脚尖迈进田家的，生怕自己的不妥激怒了她，自己也做好了防范和退出的准备。令她没想到的是，薛玉蓉平和地向她打了声招呼，这才让她放下心来，心里甚至责怪起田致远有些小题大做。

夏柳问她：“听致远说，你身体不舒服，要不要找医生？”

“没有啊。谢谢小夏关心。”

“吃饭睡觉也正常吧？”夏柳说着，便像医生似的抓住她的左手，用手指摁住腕部号起脉来，静默一会儿说，“没有大问题的，只要吃得好、睡得香，说明身体机能正常。”

夏柳说：“阿姨，大家都说你年轻时聪慧貌美，我考考你。”

薛玉蓉说：“夏姑娘见笑了，哪有你这么如花似玉啊？”

两人笑笑。

“有首诗，看你是否还记得是谁的？”接着说，“栽植恩深雨露同，一丛浅淡一丛浓。平生不借春光力，几度开来斗晚风？”

“呵呵！应该是秋瑾的《秋海棠》。她既是说海棠，也是说自己。其实，秋瑾的《对酒》有豪气，‘不惜千金买宝刀，貂裘换酒也堪豪。一腔热血勤珍重，洒去犹能化碧涛。’这可是革命女侠的英雄气概。”

夏柳没想到她把秋瑾诗句熟稔于心，惊奇地频频点头，说：“秋瑾是我最喜欢的女诗人和爱国者，许多诗句酣畅淋漓，铿锵有力，掷地有声，令人热血沸腾。您能信手拈来，真的佩服。”夏柳留学主修的社会学专业，特别关注个体对象的心理活动，她给薛玉蓉出题，既有检验才学的成分，更多的是心理测试。一系列对话之后，夏柳有了基本判断，薛玉蓉思维正常，虽有心理波动，但也在可控状态内，比当初认识她时健康得多。她认为，回忆过往经历，可能会有伤感，但也会有兴奋和激动，她经历的大起大落，有波浪状情绪反应也是正常的，并不会出现像田致远所担心的那样。她继续深入地问，“在您的经历里，印象最深的事有哪几件？还能回忆起来吗？”薛玉蓉想了想，说：“哪有什么刻骨铭心的事啊。人生一世，草木一秋，活的就是过往。”“那你还记得致远什么时候出生的？”“那咋能忘记？但凡做母亲的，不会忘记十月怀胎的喜悦和阵痛。”“那你记得雪妮啥时候出生的？”薛玉蓉犹豫了一下，说：“把她抱回来的第二天，天空突降小雪，往年这个时节，很少会这么冷，更没有见到过雪，早晨醒来时，地面和树上披上了银花，孩子不哭不闹，像似呆呆地望着窗外，我说，取个叫雪妮的名字吧，她爸说，好听，就这样叫着叫着顺口了。至于出生时间，我推算了一下，大概是抱回来那四五天前生下来的。可能是人家以为救不活了，把她遗弃。不过，自从雪妮进到家门，似乎家事也顺了，她爸顺利地落了户，致远也出生了。我一直跟致远讲，要善待雪妮，不管有多难，都不能丢弃她，她是田家的福星。”薛玉蓉说得感慨，夏柳听得感动，差一点眼泪溢出眶外。她想，这么善良的人，那些所承受的苦难却是轻描淡写地一笔勾过，更多的是感恩那个额外负担，生怕辜负了苍天的寄托。她想一头扑到薛玉蓉怀里，哭诉着揭开雪妮身世的秘密，为自己父母讨下这个孽债，可最终还是克制住了。她觉得一旦揭开这个伤疤，无疑会带来极大的伤害，甚至会让田家人瞬间崩溃。唯一的办法是，滴水缓灌，水到渠成。

夏柳冷静地缓和了一下情绪，接着问：“听说你也认识我爸？”

薛玉蓉看看她，说：“不认识，只是听说。”语气一下了生硬起来。

夏柳觉得这或许是她心里的疙瘩，也许是顾及她的面子，不好再说什么，但自己心里已经猜出了几分。“街坊里有传言，说我爸做了对不起你家的事，我第一时间听说后，专门找胡三等人核实过，也质问过我爸。我爸不承认。胡三大爷说不清楚，只说有人忌妒瞎传谣，是想诋毁我爸。我想，这种人命关天的事，怎么会轻易放走坏人呢。要说我爸对不起你家，可能就是……”夏柳看着田雪妮，马上把话咽进去。薛玉蓉不知道夏柳话中有话，她的注意力可能想着丈夫田德贵死于车祸，幕后黑手是传言中的夏秋生。即使这种传言失实，可利用薛家花园改造的机会，实现一夜暴富的事实，可是板上钉钉的。她想归想，可看在夏柳姑娘真诚的分儿上，没有流露出来。她是知书识礼的人，懂得投桃报李，值得尊重被尊重的人。

夏柳接着说：“如果我爸真做了对不起你家的事，我会让他偿还的。千年的债不赖。”她想，雪妮的身世之谜像葱白似的一层一层剥开，马上就要重见天日了，夏家的责任想躲也躲不掉，母亲柳玉惠已经有了接受的心理准备，不管骨髓配对是否成功，这个女儿认定了。认定了雪妮，就意味着为田家解套，田家再也不用为雪妮承担抚养责任了。

薛玉蓉没有接过话茬儿。夏柳转移话题，悄悄地问了问田致远执行矫正监管的情况，提示他有关的注意事项。一段客套之后，便回到了单位。

夏秋生听说田家人改了主意，并没感到奇怪。他想，本来是求人的事，人家答应不答应，全凭着人家的意愿，非亲非故的，爽快地应承，一般靠不住。

柳玉惠告诉他，你夏秋生的名头太响，人家想到过去的事，记恨着呢。其实夏秋生早有了这份顾虑，只是不便说出口。薛玉蓉听说或猜测的事，心里都记挂着呢。只有人走，才能账烂。遗弃行为虽是一念之差，可他已经追悔大半辈子了，眼下人已找到，自己倒也得到了宽慰。他想，田家人绝不会因为这件事而记恨他，更不会知道是他夏秋生遗弃的，他田家不抱养也会有别人家抱养走。他想，薛玉蓉一定是知道了自己跟田德贵、跟薛老先生之间的纠葛。他没有接触过薛玉蓉，并不代表她薛玉蓉不知道里面的情况。想到这些，他内心恐慌起来，一股气冲天灵盖，灵魂出窍的感觉。

他夏秋生算是思维缜密的人，当年为了工程的顺利推进，也为了打自己的如意算盘，他做过精巧周密无漏洞的安排，朋友的两肋插刀，只是吓唬教训几下，没想到田会丧命。想到这些，自己追悔莫及，时常在痛苦中挣扎，可自己哪有力挽狂澜的能耐。有的事情是左右不了结果的。他承认自己外君子内小人，为了生意巧舌如簧，欺世盗名，连自己都觉得可恶，可生意场的生存境地，又让自己越发感到弱肉强食是王道，无商不奸是祖训，不得不谎话连篇，变本加厉，近乎打劫。现在想来，只得自己安慰自己——财富如浮云，生不带来，死不带走，想找一个救赎的正途，都难寻觅，权当人生是一场噩梦。听天由命吧！

柳玉惠倒是着急起来。她知道，早一天配对到造血干细胞，病人就早一天恢复健康，对机体的伤害就小。既然田家起了反悔之意，那只得另谋出路，不能在一棵树上吊着。她吩咐夏柳再想办法，找姐姐柳玉清商量对策。

夏柳被母亲逼得快要哭了，她哪里还会有什么办法。她主张出国治疗，可父亲又不同意。

姨娘柳玉清态度很坚决。她认为，既然肯定了田雪妮是亲子关系，那就不能放弃，这是唯一能走且有成功把握的途径。这事急不得，眼下得找个和缓的法子。解铃还须系铃人。既然夏柳说了不管用，那只能你或秋生亲自出面，主动上门赔礼道歉。

夏柳说，我爸这个身体状况，不可以动的，再说，去了未必管用，我妈她说服不了薛姨的，别看人家足不出户，有时思维紊乱，可谈吐流利得很。

柳玉清一看没了主意，生气地说，真是造化弄人啊！想当初，夏秋生做的那些事，人家能不记恨吗，换了别人家，早就吃上官司了。

柳玉惠记得，当初姐姐跟自己断绝来往，缘于夏秋生做事太绝，单说自作主张遗弃骨肉就不能忍，后来要的令人作呕的手段，更叫人恨。钱是有了，日子好过了，可人格也丢尽了，沦落成下三烂，没人看得起，别怪姐姐气愤到绝情。当时以为姐姐是小肚鸡肠，看不得自己生活好了，后来隐隐知道些情况，提醒过丈夫，才没能在泥潭里越陷越深。如今还得感谢姐姐，是姐姐记挂着田雪妮的身世，才让自己撩云拨雾，找到了女儿，看到了救夫的希望。

柳玉惠跟姐姐说，那还是让夏柳出面吧，慢慢等，不惜代价地争取，我想拿出一套房子来，赠予田家，让他们有个舒适的生活条件。夏秋生是搞工程的，不愁房子，什么抵押工程款的，低价优惠购进的，不用走售楼处，房票摁在手上一大把，单就手头拎包入住的房产，价值就有三五千万。

柳玉清说，这也算是一种姿态，要让人家从心里感化，事情才好办。

54

薛玉蓉经夏柳一通问话测试，没有发现什么毛病，反倒被唤醒了许多沉睡的记忆，连儿子田致远都出乎意料。

田致远内心里对夏柳充满感激，夏柳以其专业技巧，让母亲恢复了正常思维，让母亲能够理性忆事，这是他多年来梦寐以求想做而不会做的。对他而言，只要母亲不是他的拖累，他就不用担惊受怕地过日子，外出闯荡也就不会有后顾之忧。这些年，面对这样的现状，他的心理也跟着拧了，干啥都诸事不遂，有许多想干的事，都因家庭羁绊，落了空。有时连自己都揪心，恨不能逃避这样的现实，可当看到躺着的身躯和痛楚的表情，他哪有勇气逃避？许多时候，自己只得安慰自己——人可以决定自己的生活，但不可以选择自己的家庭。眼下，母亲恢复到记忆和表达清晰的状态，自然喜不自禁，一连几天哄着母亲开心说笑。

夏柳内心也希望薛阿姨属于正常状态，不管是争取田雪妮姐姐的抚养权，还是求得干细胞配对，她希望得到小田全家人的理解和配合。她起码不会跟没有民事行为能力的人谈“交易”，她夏柳做不出乘人之危的事情来。她相信精诚所至，金石为开。

薛玉蓉的记忆超乎寻常好，不但对陈芝麻烂谷子的事如数家珍，而且来龙去脉推断得入木三分。薛家的辉煌与衰败，田家的荣辱和得失，自己的苦闷和喜悦，经她娓娓道来，不禁让儿子怆然欲涕。她对夏秋生的分析，不是一般笼统的成见，而是有实有据的分析，田致远再一次被惊呆了。他没想到外公这么殷实的家庭，就这样被人掏空，尤其是夏秋生之流，假借公家之名，图谋搜刮之心，实在是无耻至极，要是在古代，那是强取豪夺，两家势不两立，会株连世代。他女儿夏柳对他家再怎么好，那也抵不住愤慨的份儿。别怪他和母亲翻脸不认人了。

田家人真的反悔了。本来田致远身负罪责，为人做事注意谦卑谨慎，可母亲的一番家史诉说，让他又一次心中生愤恨。这个“恨”，先从父母开始，恨母亲年轻时的冲动固执，恨父亲遇事不善周旋，恨外公对子女的疏于爱护，恨父母二人没有同时勇敢地争取自己的权益。恨了一圈之后，才恨起外人的觊觎之心。最为痛恨的是夏秋生这样的无耻之徒。夏秋生的凶狠掠夺，是导致家庭败落的直接原因，他是潜伏在薛家的寄生虫、吸血鬼，是薛家不共戴天的仇人。夏柳是夏秋生的女儿，父作孽，子不可活，最后忌恨到夏柳。这种恨像得了传染病似的，一环套着一环，一恨比一恨劲猛。对父母，还谈不上是真恨，这恨只是“恨铁不成钢”的恨，恨的是眼界、恨的是寡情，恨的是不谙世事，恨的是卑微，恨的是无助。他责怪母亲时，连母亲自己都承认，恨自己没能为儿子和女儿未来着想。当年的字画和瓷器，都能换得半条街，薛家花园的一隅亭台也够一家人宽敞居住，随便从抽屉里抓把细软，也够一辈子享用的，哪会过得连吃粗食菜羹也要算计。对夏秋生那是真恨，虽不及杀父之仇、夺人所爱之恨，但也达到了咬牙切齿的程度。连他母亲这样淡泊旷达的人，都能列数出夏的丑恶来，可见恨到何等深度。

田致远对母亲的认知，是她屡屡遭受困厄时的那股呆人状态。母亲很久没有忧伤和怨恨了，能让母亲一下子心生仇恨的人，那一定是十恶不赦的祸害。且不说对薛家财富的攫取，就其险恶用心就令人不齿。田家一个完整的家，一个可以过上丰裕生活的家，就这样没能有出头之日，田致远没恨都不容易。

他想找夏秋生算账，可几十年过去了，这笔账从何算起，倒是让他迷茫了。他问母亲，还能讨回来吗？母亲说，咋讨呢？人家说充公了，又能咋的。空口无凭啊！现在薛家花园，只剩下一块匾代表着姓薛的了。田致远说，既然老账翻出来不能补救，那现在他有求于我们，决不答应。让他一点一点熬死，也算解气。

夏柳给田致远发了几条微信，他都没有回复。他看到夏柳的信息，虽没有伤害性语言，却觉得句句都像诱饵，引他上钩。他已把对夏秋生的恨转到了对夏柳的怨上来了，他想骂她一通，可又骂不出口，不谈对夏柳有点爱慕，就论他是夏柳的管教对象，他也不能得罪。这个时候，人在气头上，不回信，已算是最得体的处理方式了。夏柳要求跟他见面，连发几个催促信息，他担心再不回复夏柳找上门来，就显得难堪了。于是，他约了会面时间。

夏柳看着田致远耷拉着脸，一副欠债还钱的表情，气得蛾眉倒竖、凤眼圆睁，连声责问：“咋的啦？脑子被驴踢啦？不理不睬的，吊着脸给谁看呢？跟我说话能吃了你？好像你我之间有啥仇恨啦？既然见面了，有啥邪火别压着，冲着我来吧，权当是个出气的通道。”

田致远苦着脸蒙在那儿，一副冷笑、奸笑、皮笑肉不笑的嘴脸，憋了半天，冒出一句话，“我家不欢迎你，我们两家有世仇。”

夏柳正言厉色地问：“啥意思？是不是又听了啥传言？跟你这么说吧，自从我到千岁坊上班之日起，就听到我爸夏秋生跟你家的瓜葛事，我暗地里询问了不少人，这倒不是想给你田家讨说法，只是想了解我爸的真实为人，可许多事口说无凭。法治社会是讲求凭据的，不能因道听途说，而败坏他人名誉。更何况我是我，我爸是我爸。他夏秋生之前或许很混账，做过对不起你田家的事，那也是有历史原因的，可现在他是个病人，还是有份怜悯好。非得要有个父债子还，那只得我来还了。你说咋还就咋还。总得说句人话听听吧。”

田致远像被逼到了墙角，快要举手投降似的，气包鼓胀地呆愣在那儿，“说得倒是轻巧，我们家落得这个田地，都是你爸害的。以为一两句好话就把事抹平啦？以后你吃你的黄金饭，我吃我的咽糠菜，咱们井水不犯河水。”

田致远在夏柳面前没有说过重话狠话，这次终于一反常态，丝毫不给夏柳面子，也彻底放弃了对夏柳的幻想，撂下一堆绝情的硬话，连夏柳都惊得张口结舌，不知道如何应对。

夏柳想，田致远瞬间情绪发生逆转，一定是受人唆使，本来沉寂多年的传闻，像是打开的潘多拉盒子，又一次兴风作浪起来。她想自己有责任有义务，澄清或了结这段怨仇。夏柳便改用温和的口吻安抚说：“这样吧，只要你有证据证明我父亲有罪，我帮你一起起诉，把他交给法律处理。如果他确实做了对不起你田家和薛家的事，那你也可以追究。可总不能闷在心里发狠诅咒，让全家人活在阴影里。你妈之所以出现心理精神方面的问题，就是脑子里充斥着许多道听途说的猜测，使得她心神不宁抑郁成病。另外，我正告你，田雪妮的生身父母有了线索，他们一直在寻找……”

田致远打断夏柳的话，问：“这是真的吗？”

夏柳瞅着他，“我也不对你隐瞒实情了，田雪妮可能是我的姐姐。”接着说，“因为父亲生病需要寻找配对的干细胞，本来我是可以提供的，可我的干细胞特殊，不匹配，父母再次想起遗弃的女儿，依我对雪妮姐的了解，才联想到是自己亲姐姐的可能，这也许就是上天安排的缘分吧。”

田致远屏声息气地直视着夏柳，心里巴望着听到更多的秘密。“那个时候，他们年轻不懂事，经济条件差无力抚养，以为雪妮姐没救了，就把她遗弃了。他们做得确实不人道，谁承想被你家抱养回来。他们后来也努力寻找过，他们一生都在为此负罪，我爸的疾病也是这样折磨出来的。这算是老天爷的惩罚吧。”说着说着，眼泪使她气塞，呜咽不能成声，直到战栗地痛哭起来。

田致远不知所措，连连央告着“不要这样，不要这样”，唧唧咕咕不知说什么好，好不容易从口袋里掏出纸巾，递给夏柳，算是请求原谅。

夏柳一边抹着眼泪，一边动情地说：“你是我姐的弟，我应是你的妹，你是我的哥。自从认识你，认识雪妮，我就有种特别亲近的感觉。这世界说大真大，说小太小。本来留学在国外，怎么鬼使神差地跑到千岁坊来了，冥冥之中真有东西牵绊着呢。”接着平缓地说，“当初为父亲寻找干细胞时，我心中发誓，谁救了我父亲，我就嫁给谁。”说着，噗地笑了起来，眼睛深情地盯着田致远。

夏柳的一番话，似风云变幻、潮起潮落，搅得田致远心潮澎湃，如梦如幻。原来两家的过往仇怨，岂是那么简单的谋财，还有着更深的牵扯。可怜作为亲历者的母亲薛玉蓉至今蒙在鼓里，外明不知里暗的事。田致远想，这事怎么跟母亲说清呢？那也只能请夏柳出面解释了。

夏柳有点泄气的样子，说：“跟你母亲倒是不能冒失了。现在也急不得，还待进一步确认，待结果坐实了，才能告诉她，还得慢慢地让她有个接受的过程。”

田致远说：“我带我姐去医院检测一下。”

田致远回到家里，仔细地看着姐姐田雪妮，并没有看出她有什么跟夏柳特别相像的地方。在他看来，夏柳眉清目秀、身腰窈窕、漂亮可人，而姐姐面黄肌瘦、头歪脖斜、弓身紧缩。就是两个人的笑，都相去甚远，一个笑如含苞待放，妩媚得让人心醉，一个笑比哭还骇目，让人鄙厌得难咽口水。怎么看，也不像一个娘肚子里面爬出来的。她夏柳是不是神经错乱了，姐姐田雪妮活得跟人彘似的，她都要认，图的什么啊？要是真如他们所说，可以救父亲，万一配对不成功呢，他们真能负责抚养下半辈子吗？这可是一份不轻的家庭负担。别看母亲无事可做，其实照顾她就已耗尽她一生的心血了。他不由自主地摇摇头，感叹着，这世界有抢着拣宝的，还真鲜有主动认呆儿傻女的。这像自己爹妈的人，可惜出现得太晚了。不然，自己这个家早该翻身了。现在，答应夏柳的事，立马照办。

田致远跟母亲说，遇到一个神医，说是能治姐姐的脑瘫，自己想带姐姐去试一下。他撒了一个理由充分的谎，这样可以排除母亲的所有臆想，心无芥蒂地默许他。哪知母亲薛玉蓉一眼看穿他的意图，“别以为我呆得什么都不懂，你一定是帮着夏家了。”

田致远没想到母亲会这么清晰地识破他的伎俩，便直言说，“有人要把姐姐认了，不是好事吗？你为姐姐操劳一辈子了，也该歇息了，咱们家这么贫苦，负担不起。”

薛玉蓉说：“都给抚养这么大了，我老了，也算有个伴陪着。就是有人认领，也不能是夏家啊。你得疏离这个危险人物。”

小田劝着母亲说：“过去你总是教育我为人宽厚大度，吃亏是福，现在你反倒计较起过去的恩恩怨怨来啦？他夏秋生再怎么死有余辜，咱们也不该做得太绝，把恨转嫁到牺牲我和姐姐未来好日子上啊！”

薛玉蓉伤感地忠告道：“咱们和夏家不是一路人，谦让夏家，是对薛家、田家的一种耻辱。”

小田看到母亲较起真来了，知道再这样掰扯下去，指不定会出什么状况，只得温和地问，要么咱俩一起带姐姐找医生看看？顺便给你开些药。

薛玉蓉不好再说什么，毕竟儿子田致远也是出于关心。田致远趁着母亲心情好的时候，把田雪妮带了出来，让夏柳开车送到医院，做了详细的干细胞类的穿刺检查。

夏柳欲认田雪妮为姐姐的事，在千岁坊社区引起轰动。先是惊动了老钟书记，后又惊动了街道领导，再后来惊动了区领导，尤其分管古街改造的荣区长。这条认亲消息，在千岁坊无疑山呼海啸般地具有冲击力。无疑是把夏柳的个人行为、田致远的家事，炒作成了社会公共事件。

起因其实只是简单的闲聊。薛玉蓉广场散步，遇到了胡三，胡三殷勤地讨好薛玉蓉，直夸薛老师精神好、气色好，定是遇到什么好事。薛玉蓉谈到了女儿的健康，提到了有人主动提出抚养，提到了夏家可能是生身父母，云云。胡三找柳玉清证实，柳玉清直言不讳地表达自己的看法，说失散几十年，一直在寻找，真是天无绝人之路，没想到远在天边，近在眼前，夏家有望如愿，田家也可以解放了。

没想到，几个来回扩散后，友善的猜测说法变成了负面的鄙视性新闻。有的说，当年私生子不敢公开抚养，遗弃到外面，现在良心发现要认养了。有的说，遇到田家冤大头，抚养了几十年残疾儿，掐不得，弃不得，现在养出感情来了，又要回到生父母身边，白养了。有的说，夏秋生背着情债，活得不易死得难，临终遗憾算是实现了，可以了却心愿了。更有人说，夏柳心机精明，早有预谋，像是打入敌后的地下工作者，深潜到田家，以美色俘虏了小田，以小恩小惠赢得了母女的好感，最后成功侦探。那些传言者，把故事编得比电视连续剧还跌宕起伏。

这些稀奇古怪的议论，传到了钟志国耳朵里，便不再是家长里短的闹心事。他先是从社会风气角度，批评这种捕风捉影，说是不利于安定团结、社会和谐、邻里和睦。后来，发现跟夏柳和夏秋生有关，觉得是恶意诽谤、闲生怨恨，不应该伤害无辜善良的人。再后来，竖着耳朵打听其中缘由，发现是件好事，一方寻女三十年，一方无怨无悔抚养三十年，这可是人间大爱，更可贵的是，一个富甲一方，一个穷困知名，一方如愿得女，一方负担解脱，这是两全其美的转折。他把这个情况向上级做了反映，负责古街区改造的荣区长，得知夏秋生寻得亲生女儿，情不自禁地替他高兴着，反复吩咐老钟要像处理古街区改造事务那样，处理好田家和夏家之间的关系，像支持自己工作那样，支持夏秋生与女儿早日团聚相见。

古街区整治改造进入收尾阶段，夏秋生竟一病不起了，这让荣区长焦虑万分。没有了夏秋生，的确影响了工程进度，他曾亲自赴沪看望慰问夏秋生，也是督促夏秋生遥控手下人，希望他的手下人做到“领导在和不在一个样”，确保工期如期完成。荣区长知道夏秋生认女的意图，鸟之将死，其鸣也哀，人到了这份儿上，同样会有许多放不下的牵挂，女儿的失而复得，或许让他从病痛里寻找一分心安。当得知夏秋生是因寻找配对干细胞，才想起寻找遗弃残疾女儿的传闻。他哀叹说这符合夏秋生的德行，心里倒是希望夏能配对成功，身体早日康复起来。

作为当事人的夏柳和田致远，得知人们议论着他们，心里五味杂陈，不知如何应对。他们想，要是坦然地承认，可八字没一撇，进展方向不明；要是模棱两可，又怕冒出更多的枝节来，不好收场。他们只得对那些好心的人，表达谢谢关心的意思，对个别不怕事大的人，只得默默忍受着。

田致远已经摸到了信息来源。他不便指责母亲，母亲只是点墨一提，初始借题发挥的是胡三。胡三不改“好事者”的秉性，一口痰能闹得水漫金山似的。田致远也不好怎么着人家，毕竟人家是关心，只是关心的出发点不对，而胡三再有恶意，可谁敢拿他动刀子，毕竟上了岁数，说话不得分寸，权当他是老年痴呆，说话糊涂。田致远这么想，可心里却不舒服，尤其经胡三的兴风作浪，已经影响到田家的声誉，让他母亲内心躁动不安起来。田致远指桑骂槐地对着胡三说：“胡大爷，乌鸦为啥遭人讨厌，鹦鹉为啥遭人喜欢，全在一张嘴上。这人的嘴要不是仗着上下唇的连接，还咋说话呢，下巴不托住，就会口是心非地咂嘴了。”胡三知道他是说自己的嘴犯贱，自知发挥得有些出圈，让田家受了伤害，带着抱歉心理向他赔不是：“小田侄儿，大家都是关心，你妈年龄大了，不大能照顾别人了，幸好有人认领，庆幸熬出头才是啊，也没什么恶意的。”田致远赌气地说：“就不喜欢别人掺和家里的事，别以为烟囱不冒烟，就会挨饿肚子，闲操心有用吗？啥时候看到你们真心帮过忙的？咱家不还是这样子吗？”胡三看他很生气，羞愧地躲开他，不敢再多争论。

薛玉蓉觉得儿子做得有些过分，责怪自己说漏了嘴也就罢了，还一个劲儿地向着仇家说话，口口声声帮着夏柳和夏秋生开脱。

夏柳的情绪直接影响到了工作，也让老钟觉得这事还得自己亲自关心才是。夏柳一到岗位，就魂不守舍，交代什么任务只是恍恍惚惚地应承，却无心去办，结果大会小会吃批评。临到年关，各类统计报表、系统总结材料要上报，各条线扶贫帮困对象要摸排，走访慰问和检查考核要应对，社区里的几个人倒手连班都排不开，这个时候夏柳掉链子，着实让老钟书记着急。可夏柳除了面上应付着工作，还得抽空去沪探望父亲，出行要付出时间，惹出的非议又分散了精力，哪还有什么心思把手头工作做得章法得体。这回真得靠老钟书记为其排忧解难了。

老钟问：“既然这事炒得沸沸扬扬的，那就顺水推舟，各得其所，不是很好吗？”

夏柳说：“哪有那么简单啊？有点内外交困，事情越拖越麻烦，犯愁得很。”

老钟问：“究竟是哪个环节出岔子啦？你说来听听，看我能不能办？”

夏柳一五一十地把前后过程叙说一遍，老钟这才弄清了真正的原委，气愤地骂着，真是人欢没好事，狗欢抢屎吃；庙小妖风大，池浅王八多。夏柳告诉老钟，眼下是要做好薛玉蓉的工作，让她放弃前嫌，丢掉成见，这样才会如人们期望的那样，两全其美。

老钟听后说，这不是问题，他答应帮助开导薛玉蓉，促成田雪妮回到亲生父母身边。老钟这样做，一是帮着夏柳放下思想包袱，二是承诺荣区长的殷殷嘱托。荣区长说要像支持他的工作一样支持夏家，无论是夏柳还是夏秋生，对千岁坊都是有贡献的，夏柳是自己的工作人员自不必说，夏秋生在推动古街区环境改造方面，为社区环境改善是出了大力的，这种滴水之恩，虽不能涌泉相报，至少在人家有难的时候，尽点微薄之力，也算是支持和回报。

老钟对薛玉蓉的情况是了解的。他觉得，薛玉蓉与其说精神有病，不如说她心安境宽、与世无争。她是大户人家小姐之身，带着天然的隐世洒脱，况且一个人足不出户，闲居在家，目不视物，耳不闻声，终日心思纯粹，意念简净，怎么会有那种婆婆妈妈般的计较？想必人在无助或绝望的时候，思想易被麻痹，精神不受控制。而今遇上了夏家的困扰，必定是与他们之间的沟通出了问题有关。

老钟见到薛玉蓉，先是一番嘘寒问暖，尔后便是道贺，为田雪妮有人认领高兴。

薛玉蓉若有所思地看着他，又突然扑哧笑着，弄得老钟云山雾罩的。接着说，书记说什么我都听的，只要是对我田家好，只要是对田雪妮好。我活了一辈子，没做过体面的事，抚养田雪妮算为自己修行，她可是我用眼泪浇灌长成的。别老以为有人认亲，是帮我解套，这份情我不受领。

老钟说，老嫂子知书识礼，一辈子仁义，付出的多，得到的少，如今这般岁数该好好颐养天年。老嫂子觉得夏柳姑娘好，可以帮你小田成全姻缘，你看意下如何？老钟咬文嚼字一般开导着，果然哄得薛玉蓉开心地笑了。老钟还不放心，接着又说，这算你是答应了？那这几天我来做东，把你们两家叫到一起吃个饭，当面锣对面鼓地敲起来，算作两家并一家了，你呢，也算卸了累赘，苦尽甘来了。

薛玉蓉果断地说，坐一起是可以的，可这是两不欠，别当是拯救我们的。

田家人啥都没有，有的是骨气。

老钟接过话茬儿，要欠也是他们欠你的，这个不仅是人情那么简单。田雪妮能有两个妈疼着，算是修来的造化。

老钟把沟通情况转达给夏柳，夏柳高兴得差点蹦起来，连夸“书记出马，一个顶俩。有困难，找组织，有组织，事好办”。老钟说：“到时候，我坐东，你们不要嫌弃不够档次。”夏柳说：“哪还真让你请客啊？你做东，我买单。这老娘舅你得一当到底呀！”

经三请两约，薛玉蓉总算答应带着田雪妮出来，两家人一起坐坐聊聊。夏柳反复掂量用餐的去处，最后选在古运河食府，订了间包厢。

食府的外部并不起眼，粉墙黛瓦、曲径回廊，普通江南民居庭院，而包厢里则是一色的红木家具，古朴典雅，富贵庄重。夏柳选在食府，一方面是就近方便，不用费力劳神，走出千岁坊社区，沿街步行五分钟就能到，另一方面觉得家宴就要有家的感觉，这种民居式的饭店，温馨亲切，不像楼宇酒店大堂幽深、布局排场，既刺眼又空灵，担心过于招摇。既然打着老钟书记的牌子，过于奢华也不符合他为人做事的风格，找这么一个简约的地方，叙旧聊天也显得自然。可在薛玉蓉看来，这样的家宴是儿时的记忆。薛家老宅也是这样的陈设，厚重的四方桌、长条的香儿，弧环的太师椅，一家人围坐着四方桌吃饭喝茶，好不惬意。

这天，大家如约而至，夏柳搀扶着薛阿姨跨进门槛，母亲柳玉惠推着田雪妮轮椅跟在后面，田致远和钟志国紧随其后，显现出一幅温暖的画卷。

饭桌上，老钟书记作了开场白，两家人说了些感谢钟书记的话，便开席夹菜。田雪妮坐在柳玉惠和薛玉蓉之间，呆呆地望着陌生场景和陌生人，眼睛一眨不眨、若有所惑。柳玉惠夹着菜送到她嘴里，她张开嘴，冷漠地看着她。柳玉惠放下筷子，转身离座，躲到墙角处一面抽泣，一面战栗，在场的人呆坐在那儿，不知所措。薛玉蓉起身走过去，拍拍她的肩，安慰说：“妹子，不要难过了，雪妮不是挺好的吗？”柳玉惠一把抱住薛玉蓉，失声痛哭起来，“姐姐，真不知你们这么多年是怎么熬过来的啊？我们全家对不起你啊！”说着，扑通一下跪倒在地，向薛玉蓉作揖，算是请求宽恕。

薛玉蓉被突如其来的一跪吓得不轻。她先是一怔，接着本能地去拉柳玉惠。她从柳玉惠的悲伤里看到了真诚，她甚至觉得不管是伤心还是感动，她都

皇亭

应该痛痛快快地大哭一场。柳玉惠是真的伤痛到灵魂。她没想到自己生下的女儿竟是“人彘”，可怜女儿竟鲜活地出现在面前。从小到大，可怜人家抚养着女儿，自己却全然不知，更没能尽到为母的责任，她内心充满自责，诅咒自己前世作孽。这些年自己的生活蒸蒸日上，享不尽的荣华富贵，哪里想到别人替自己艰辛负重？自己的良心一下子被刺刀捅了进来，伤心自责远远超出了相见的激动。

夏柳看到母亲泪如泉涌，坐在那里泣不成声。第一次带母亲去田家探望雪妮时，母亲只是半信半疑，没有往心里想自己的女儿会是这个样子，相依在一起时，母亲真的有了恻隐之心了，那是母性的真情表露。

薛玉蓉俯下身来搀扶起柳玉惠，让她缓缓情绪不要激动。她安慰起柳玉惠，说是孩子从领回来就是这样，随着一天天长大，她也变得懂事了。别看她不说话，可脑子里还是清楚的，知道冷暖好歹，知道人好人差。至于什么苦啊累的，这不都过去了吗？服侍她起居饮食是家里的日常，没觉得是负担。

老钟赶快劝慰说，两家人坐在一起应该高兴，只要一起携手来照顾田雪妮，未来的日子会越过越好的。

柳玉惠的心情终于平缓下来，回到自己的座位上，夏柳帮她擦了擦眼泪，让她先喝口水，说有话慢慢说。柳玉惠说，她想办法找专科医院来做康复训练，趁着现在年轻，还有恢复的可能，加紧治疗，说不定会自理的。她看着薛玉蓉，薛玉蓉没有流露出特殊的表情，只是在听她说话。一旁的田致远往嘴里夹着菜，眼睛却盯着夏柳和她母亲。只有老钟看着她们的样子，生出许多思考来。老钟看着两个女人，一个时尚年轻，一个简朴苍老，一个悲痛伤心，一个平淡超脱，仔细打量，贵贱雅俗都写在表情和气质里，苍老掩饰不住高贵，时尚遮盖不住俗气。老钟这才发现，高贵的人显露的是贵脸，再为简朴的打扮，也不失高贵的气质；平庸的人显露的是俗脸，再披金戴银也显不出贵气。显贵的人不是包装出来的，没有内心气质上的修养，永远脱不了那个俗。他从心里钦佩薛玉蓉。一个饱经风霜、命运多舛的老妪，骨子里竟透着孤傲气节，丝毫没有被苦难所压倒，恰恰是在粗茶淡饭、素布简衣的生活中求得一份安稳，原来这种平淡得让人揪心的生活状态，竟能滋养出良善的美和博大的爱来，让人赏心悦目，高不可攀。

夏柳从手包里掏出一张纸头，在桌面上舒展开，用手指着说：“雪妮姐的检验报告出来了，基本没有什么疑义。”尽管柳玉惠和田致远第一时间知道了这个结果，夏柳还是郑重地摆在桌面上，让大家见证一下。

老钟说：“事情都明摆着了，田雪妮找到亲生父母，是她的福气，也是老嫂子的福气，现在可以商量抚养的问题了。依我看，这三十年，老嫂子和小田为抚养雪妮吃了不少苦，现在可以放放手，但这三十年也不能白养的……”

柳玉惠说：“那是当然的。老嫂子有什么条件都可以提，我们尽力满足。”

薛玉蓉没有说话。她想这不是一场交易，不应该以什么补偿就能满足的。

大家把目光扫向田致远。田致远自坐下来，就没说过话，大概是因为老钟和柳玉惠太有气场，心里多少有点畏惧，不敢轻易发表自己的意见。老钟是领导，眼下受他管着。柳玉惠是夏柳的母亲，他想留个好印象，至少在跟夏柳相处时，不会有把柄留着挑毛病。

老钟说：“小田，你是田家的顶梁柱，你说说，让夏柳和你柳阿姨心里有个数。”

田致远看着母亲，看着柳玉惠。他看着母亲，倒不是怕母亲不让他说，其实家里的事基本是他在做主，只是场面上的事，要尊重母亲，至少在众人面前是个孝顺的儿子。特别是母亲刚恢复到正常状态，更要兼顾到母亲的感受。他看柳玉惠，是想怎样把话说得得体些，让她毫不吝惜地接受条件。他说：“现在事实都明摆着了，我们也不好阻拦什么，雪妮姐长在我们这个家里，的确让她受了苦，也没能得到及时救治，如果真有条件给她治疗康复，我认为是好事。至于补偿不补偿的，提了又有什么意思呢？”接着，他又看了看母亲，说，“我妈可能心里有怨气，想到雪妮姐的将来，就想到我父亲，想到我外公。”田致远没有直接地揭开母亲心中的疮疤，只是委婉地从父亲和外公的去世提醒他们，母亲对夏秋生有恨。可这种恨，哪是可以用金钱来弥补的。失去亲人的痛苦，精神心理的折磨，以及相依为命的煎熬时光，哪是什么补偿就可以追回的。薛玉蓉微微地挪动下颌，显得有点激动，夏柳看到情况不对，马上为她拍打后背，嘴里招呼大家吃菜，先把肚子填饱。

柳玉惠说：“我听说你们对夏秋生有恨，我理解。也许夏秋生做过对不起你们的事，对你们有过伤害，可那么多年过去了，如今他也受到病痛的折磨和惩罚，也算是罪有应得了。单看在照护雪妮的分儿上，这人情是永远还不完的。现在你们居住的房子太局促，可以给你们搬个新居所，另外给点钱，除正常生活费用外，多余的供小田创业用。”接着，从香包里掏出一张银行卡，从桌面上支到小田跟前，“里面有两百万，你们先拿着花。”田致远听到数字，吓了一跳。别说两百万，就是二十万他都觉得是脑子里的数字，他赚两万，都得用上半年，使出全身解数，网上代售进口眼药水那阵，成绩最好的一笔，也就挣了三千二百元，突然冒出两百万，这数字听了，都要炸开脑门了。他马上用手把卡推回去，支支吾吾地说：“不行，不行。”

老钟看到这一幕，同样显出惊讶之态。他没想到柳玉惠出手这么阔绰，再有钱的人家，钱也不是随便挥洒的。心想，柳玉惠是真的不惜代价争取田雪妮的抚养权了。便说：“小田你就收下吧！这足以表现出做母亲的诚意。至于过去夏秋生做了什么，都已经过去了，即使曾是仇人，那你们养着仇人家的孩子，也该化干戈为玉帛了。冤家宜解不宜结。老嫂子，你大仁大量，高风亮节，苦尽甘来，晚年终得到福报。”田致远还在推托，老钟抢先把卡拿过来，说放在他这儿先保管着。

薛玉蓉看着老钟反复劝说，又看到柳玉惠的真诚，不禁思潮起伏，心里惆怅起来。她想，按老钟说法，过去的恩恩怨怨那是要一笔勾销了。可夏秋生的名字却刻在脑子里，想磨平都难。且不说夏致丈夫丧命是传言不可信，单就薛家老宅宝贝丢失这一条，他姓夏的作为主管也是罪不可赦。现在牵扯出养着仇人的女儿来，这哪是金钱能够补偿的？思来想去，总感到这辈子咋就没能绕开夏家，躲什么来什么。难道前世真是薛家和田家亏欠夏家的，以此方式来折磨她？这怨恨究竟生得对还是不对？现在夏家掏出橄榄枝，还是含金量极高的金枝过来，咱不能不识抬举，房子和钱，对她或许并不重要，可儿子田致远则是特别渴望。为了儿子，也为了雪妮，自己不能做得绝情。她冲着儿子说：“致远，咱们还是听老钟书记的。”

田致远见母亲表了态，便对柳玉惠说：“阿姨，你也不要客气，后面雪妮姐怎么抚养，我再跟夏柳慢慢商量。一下子让雪妮离开我妈，雪妮也不适应，我妈也不习惯。”

柳玉惠说：“怎么抚养听你妈的。眼下我们也顾不上照顾她，她爸还在医院里。我们可以办理法定手续，做田雪妮的监护人。顺便住院检查一下身体，看看骨髓干细胞是否匹配，能不能移植救治她父亲。”

田致远一一应承下来，表示积极配合。看看能不能让雪妮先救人，而后再办理抚养手续。大家明白，认亲需要办理相关法定登记。

老钟看双方都表明了态度，心情总算放松下来，抿嘴笑笑说：“两全其美，十分完美。跟你们这样通情达理的人家做老娘舅，有成就感、幸福感。后续的事情还有我呢，帮人帮到底，送佛送到西。我以书记的名义做证。”

55

夏秋生生病住院之后，夏柳一直向灰猫求助，希望得到他的帮助。

尽管疫情封闭出行困难，灰猫仍是不遗余力地到处打听最新的医治技术和药物，力求让境外专家给出建议，再第一时间传递到国内。当他得知刚刚临床上市的某种药品，对她父亲的病症有一定的疗效时，灰猫兴奋得像个小孩似的，不停地向夏柳发微信报喜。

灰猫决定以最快的速度邮递到国内，可快递发出的第三天，收到回执告知，特殊物品，查没处理。灰猫问遍各个环节，给出的邮递退回理由各不相同，有说疫情通航受阻，有说两国贸易战禁止流通，有说境外药品列为禁运物品，还有离奇的解释是药物流通中的化学污染扩散问题，没有一种说法靠谱。

夏柳有些灰心，既然国际快递难以走通，便想找准备归国的同学或者朋友随身携带。

灰猫不死心。他觉得药品又不是走私贩卖品，是拯救病人所需的紧急物品，按理有个绿色通道可走。于是，他不停地向海关、检疫、领使馆等机构打电话发邮件，寻求通融，结果非但没有同意，连起码的同情都没有。有的调侃说，除非你动用空军一号，事情自然会有人帮你办成。灰猫从来不跟人生气，再有什么恼人的事，他也做得如谦谦君子。可为邮寄一包东西，竟然让他火冒三丈，可见他真把夏柳交代的任务当自己的事在办。在别人解释诸多理由时，他总要据理力争一番。他挖苦接听回复他的人，满口仁义道德，真需要救死扶伤的时候，却端起法条制度见死不救。他认为，规矩建立在道德之上，规矩应体现人道精神。然而，那些习惯于板着面孔布道的人，恫吓他有破坏公共安全嫌疑，他只得泄气地放弃徒劳的争辩，自嘲地告诉对方，有一天他要从月球上发快递，不需要任何人审查，让他们这些人下岗。

天无绝人之路。灰猫决定不再浪费自己的口舌，跟这些振振有词的人喷口水，实在有辱自己的智慧。他决定，亲自护送药品回国。

夏柳听说他要回国，赶忙劝阻。没想到，在失联一周后，灰猫从韩国发来邮件，说自己在釜山机场隔离着，还得十数日。他觉得，早一天让病人用上新药，可以早一天减缓病人的疼痛，早一天延续病人的生命，心情虽是急迫却很快乐。

夏柳感动了。她没想到蔫了吧唧的同门师兄，竟会为她做出这么冒险的举动。事实上，这的确是灰猫一生中最为冲动而不计后果的行动。灰猫是一个严谨的人，做事条理分明，且有预案规划。当夏柳跟他提及父亲得了奇怪的血液病后，起初并没有什么反应，毕竟这不是他所能接触的领域，体会不到性命攸关，直到后来夏柳悲伤地哭诉自己要失去父亲时，他才意识到她的求助对她来说是人命关天的事。于是，他不停地找相关医院，联系治疗专家，办理病人入境转运的准备工作，直到告知通航受阻时，还执意请求网上诊疗。

灰猫后来从网上查阅发现，一种研制的新药对治疗血液病有奇效，便主动推荐给夏柳，夏柳找到主治医生，介绍了这种药，医生抱着试试看的态度，同意引荐进来，这便有了灰猫后来快递不成，转为亲自护送的情况。

可人虽从第三国转机，却同样颇费周折。隔离期间，尽管提供了必备的生活条件，可心理的焦躁和落寞，让他度日如年。他随身携带的物品，几乎经过了翻箱倒柜的严格检查，而夹带的药物，竟然逃过了检查的视线，不是检查者眼拙，而是灰猫化整为零地分装，分散了注意力。灰猫为能逃过不必要的纠缠而庆幸，也为尽快摆脱这种胆战心惊的检查而焦虑，直到收到夏柳信息，才得到一丝安慰。

夏柳把灰猫冒险带药的事告诉父亲，夏秋生像是服上药立马见效似的，精神明显地好起来。这不仅因为女儿做了雪中送炭的事，而且看到了女儿美好未来的预期。

女儿夏柳的个人问题，也是他病情的一部分，这些心病叠加在一起，让他的病症有说不出的痛。他死不足惜，唯一放不下的是女儿的终身大事，没能看到女儿成家立业，倒是遗憾。他没有做好死的准备。那个未曾谋面的毛脚小伙，那个被夏柳讥为憨砣，简直就是一服上佳的良药。平时，夏柳跟父母聊起这个师兄时，总少不了给他起坏名，父母是过来人，自然会意识到这是非常亲昵的称呼，只是若即若离、不疏不亲，看不见、摸不着，靠隔空喊话的感情，担心扎不牢，时不时觉得没有准头。现在灰猫专程送药回国，足见这小子的几分诚意。此时，夏秋生想见灰猫的意愿，比灰猫想见夏柳、夏柳想见灰猫还强烈。

灰猫总算熬过了隔离期，顺利地到达浦东机场。不过，他仍需要接受内地隔离检测。这次隔离，他倒是心安了不少，比起韩国那头，这儿总算落地了，没有那么些顾虑，完全可以高吭——脚踩着祖国大地，背负着民族的希望，我们有不可战胜的力量……只是，灰猫的身份，也让工作人员施行隔离费了一番周折，灰猫在国内既无居住地，也无工作单位，对接续做好防疫没有手段，可他偏偏说是为朋友求助而来的，不能不让人产生多虑。当下复杂的疫情环境下，鲜有这种情况出现。他又似白求恩式的国际主义战士，带着救死扶伤的任务而来，让人似信非信。眼下的有朋自远方来，不是不亦乐乎，而是如临大敌。幸好，灰猫的诚恳态度，也打动了那些人，加之夏柳的积极呼应，工作人员没有为难他。

夏柳跟灰猫见面的时候，本来想给一个拥抱，最后只是隔着口罩给了飞吻。从他们两人细碎的小步和飞扬的眉毛看，彼此都很激动。

夏柳没有在第一时间让他到医院去，而是收下药物，托人转交到父亲手上，自己带着灰猫和他的行李开车上了沪宁高速。她得先安排他住下来。

一路上，灰猫惊叹上海城市的变化，感慨国内的飞速发展，绘声绘色地聊起空中趣闻和在途中隔离的苦闷。夏柳喜滋滋地介绍着沿途经过的城市，介绍着江南风土人情和人文景观，希望他端着华人的脸，毫无顾忌地在周边转转玩玩。说话间，车子已经到了无锡。夏柳专门把父母为她准备的婚房找人清扫出来，把灰猫安顿在新房里住下，也算是按本地规定，暂时居家隔离。

夏秋生收到药品后，反复叮嘱夏柳，要把灰猫安排好，说是待他休息一段时间后，请他尝最好的美食，以尽地主之谊。夏柳劝父亲不要操心，安慰父亲说，现在得按医生吩咐，一边吃药观察，一边做移植干细胞准备，双管齐下。

夏秋生心情有了好转，他开始关心起田雪妮来。之前，他对认女做骨髓移植的事不以为然，倒不是他不想这样做，只觉得不现实，身体健康的夏柳骨髓都不能配对，残疾人的骨髓怎会成功呢？本来就有负罪之心，不敢面对父女间的亲情关系。他想，这里面一定有田家人的深明大义，也有夏柳和她妈的耐心说服。夏柳告诉他，雪妮姐的事是姨娘藏在心里的秘密，不是姨娘这个有心人，这一辈子虽说生活在饼大的地方，真不会发现有这样的天机。她把发现雪妮姐的身世，到假借检查身体确认血样，再到做好田家人的工作，前后碰到的曲折，详尽地向父亲做了汇报。夏秋生感慨于他们的用心，也自责当年的无知无耻。夏柳看到父亲反省自己，也直言他做得不人道。幸好现在总算能够补救回来，不然，自己知道有个姐姐流失在外，那会是怎样的心苦。

姐姐的不幸的确是她的心病，她几乎逢人便倾诉自己和姐姐天差地别的命运，可又怕人家笑话她，更怕人家谴责父母的不义。只有灰猫，能够揣摩和理解她的心思。

在约请灰猫出来吃第一顿饭的时候，她就把姐姐遭遗弃复得的故事编成寓言，说给他听，让他评判。她说，有只年轻花鸡，发现自己孵化出一只病态的小黑雉，于是，便赶出圈外让它自生自灭，结果被路过的另一只老母鸡领走。经过母鸡的精心呵护，小黑雉顽强地活了下来。若干年后，年轻的花鸡得了怪病，听说只有吃了黑雉产下的蛋，身体才能好起来，于是它四处寻觅，结果找到了被它赶出去的黑雉。此时的黑雉变成了能够生蛋的雉鸡。雉鸡看在花鸡苦苦哀求的分儿上，有意把蛋让给花鸡，结果被老母鸡拒绝。雉鸡不解，老母鸡便把花鸡的种种罪恶一一列数给雉鸡听。此时雉鸡才知道，当年丢弃自己的花鸡，不仅对自己无情无义，还伙同其他鸡抢夺它们世代居住的窝巢，把它们赶尽杀绝。雉鸡听后一时气愤不已，可花鸡却死死纠缠着它，让它欲罢不能。最后花鸡带着赎罪的心态，献上全部家当，以求得它的谅解，这才得到了雉鸡下的蛋。你帮我开解开解，那个雉鸡该不该帮助曾经不顾死活抛弃它的花鸡？雉鸡和母鸡后来愿意帮助花鸡，是不是因为花鸡做出了补偿起的效果？假如是有灵魂的雉鸡和花鸡，应该怎样处理它们之间的恩怨情仇？

灰猫若有所思，若有所感。他觉得夏柳不是说寓言，而是说现实生活中的人际关系，可心里又吃不准她要什么样的答案，没有急于给她解释，只是举了一个古人的例子。他说，晋代有个叫顾荣的贵族，在朋友家做客，酒席间，细心的顾荣察觉到旁边那个送烤肉的仆人，对香喷喷的烤肉，暗咽着口水，于是就把自己的一份烤肉让给仆人吃。尽管在座的笑话他的举止，但顾荣说：“对于那些为你服务的仆人，不应该只想着为你服务，对于给你送烤肉的人，哪能只顾让他送烤肉，而不给品尝肉味的机会呢？”朋友告诉他主仆有别，人有贵贱高低之分，而他全然不理会，强调人与人之间尊重。据说，后来顾荣“遭乱渡江，每经危急，常有一人左右己，问其所以，是受炙人也”。原来顾荣多次遇到生命危险，能够化险为夷，绝处逢生，都是那个吃过他烤肉的仆人暗中追随保护了他。你看，仅是赐了一口肉，有人就甘愿赴汤蹈火报答。人是感情动物，懂得投桃报李，你对人有几分真诚，就能换回几分关爱，如果对人只有恶意，那么换来的只会是报怨。正所谓“蓬生麻中，不扶而直；白沙在涅，与之俱黑”。我们处在一个文明良善的社会里，善是主流，不应该让恶有市场。

夏柳说，有时人的痛苦，在于他对世事的迷茫和怨恨，假如身边总有一些跟自己价值观相悖的事，就会觉得这种痛苦靠自己无力挣脱。人或许在绝望的时候，会做绝情的事，但在顺境的时候，不应该忘掉逆境的遭遇，不应该原谅绝情，而应该加倍报答才是。

灰猫说，我所说的善与恶，与人的格局大小有关，有的恶，站在自身利益的角度是善，站在别人利益的角度就是恶，并非绝对的好与坏。一个小偷，为了家人不饿死，去干了偷盗之事，就难说他很坏；一个富豪，把剥削来的财富，分给穷人，就难说他是救世主。人的善与恶在于内心的掌控，有善念的人会从灰蒙蒙的角落里站起，掸掉身上的尘埃，让自己清净地示于世人；缺少善念的人，或许脏了身子不以为然，但不能说他缺少仁慈。这大概是人的自我意识不同罢了。

夏柳说，身边的确有这样的人，穷困时为了生计，干过类似于鸡鸣狗盗之事；发达后深知灵魂不净，通过做好事善事，来抵冲或救赎自己。对于这样的人，是包容赞赏，还是继续追究呢？

灰猫说，人是不断经历挫折才能成长的，阅历越丰富，人生越成功，格局就会越大，格局大，包容缺点、稀释污点的能力就强，就会自省纠偏，弥补心灵深处的黑洞。这个社会太需要这样的人，现在许多人不太关注社会心理建设，只关心自己的世界，甚至活在虚拟世界里，那就有些可怕了。

夏柳接过话题，认同灰猫的看法。她说，如今有人讽刺这个社会，说是

“猫不捉老鼠，女不爱哺乳；人成手机的俘虏，宠物代替了父母”。这算是科技改变了生活，还是人变得自我？把养宠物当成是大爱，人间亲情却不知哪儿摆？

灰猫说，的确，科技在社会生活领域的广泛运用，激发了人的主观能动。当这种主观价值充分挖掘之后，人走出物理社会，追求精神文化需求，这是好事。但这种斑驳陆离的怪现象，只是转型阶段的衍生品，不能改变人固有的情感。有个科学家做过这样的实验，几对小老鼠养在固定的围栏里，先是靠自己觅食，艰难挣扎地生活下来，并繁衍了第一代、第二代。当人们开始给它们不停地添食时，它们不再为觅食争斗，而是安于现状，直到繁衍到空间难以容纳它们时，它们懈怠厌倦了这种张口即食的生活，连交配繁衍的兴趣都下降了，小鼠的出生率呈负增长，它们各自只做着取悦于人的事，却不顾自己族群的生存发展，直到上几代老去，渐渐恢复到能够容纳定量的族群为止，围栏里的老鼠才算有了生机。现在，我们正经历着围栏里老鼠一样的生存环境，只是人不同于老鼠，人能靠科技改变生活，人被科技暂时“俘虏”也是情理之中的事。

夏柳跟灰猫有谈不完的话题，只要她有所惑，他就有所解，似乎他脑子里全装着夏柳的答案，尽管有的解释牵强，有的解释深奥，对夏柳来说，都是有用的。在这样一个让夏柳忐忑不安的时间节点上，这位导师级的师兄诲人不倦的教导，让夏柳觉得特别充实畅快。

灰猫时常挂念着夏父的健康状况，多次提出去上海医院探望。夏柳告诉他，目前两条腿走路，一是服用他带回的药物，二是准备做干细胞移植。她说，她有个姐姐，干细胞配对成功，准备从她身上提取骨髓做移植手术。她没有展开介绍姐姐的身世，她不想让别人戳指自己最柔软的地方。

夏柳是在一个周末的早上带他赶往上海的。夏秋生听说为他送药的男孩来医院看他，早早就让医生做完了检查，挂好了水，倚坐在床头，装出一副悠闲的样子，脑子里倒是想着，女儿夏柳是个比较挑剔的人，男孩达不到俊俏帅气，难入她眼。这个交往得马拉松式的华裔小伙子，一定皮肤白皙，五官清秀，玉树临风。他心里祝福着两人趁这次相见机会，好好相处，争取早日修成正果。

灰猫是见过世面的人，可走进医院病区时，还是显得忐忑。他尾随着夏柳，手里拎了三四份礼盒，像是被人改造过的狗尾巴，来回摇摆着，七拐八拐地进了病房，逢人轻佻地笑笑，扰得那些满脸愁苦的病人和家属以为谁家办喜事办到了医院里。

夏柳指着倚床而坐的父亲，说：“这是我爸。”

灰猫哈着身，说：“伯父好！”

夏柳纠正道：“应该是叔叔，我爸肯定比你爸小。”

灰猫点头说：“是，是，原谅我的不懂规矩。”

夏秋生看到夏柳领着男孩子进了病房，没敢相信是那个不远万里给自己送药的小伙子。显然，灰猫与他心目中的形象差距太大了。灰猫五官倒是清秀，身体和面庞也算周正，只是长得过于敦实厚重，身材短小不说，生就的一副娃娃脸，光圈扩大，额顶渐脱，盖骨朝天，稀疏的发际线处像水土肥沃却不长草似的。夏秋生有些失望，但还是礼貌地应了几声，说了感谢的话，请他坐下歇息。

灰猫客气地问起病情，沟通进入了正题，心情才平缓下来。他介绍新药的药效，介绍美国血液病的防治，介绍世界在攻克癌症方面的最新成果，在介绍专业名词时，不时夹杂着英语发音，连临床病友都转过头来听。夏柳打趣地让他不要说鸟语，他又疑又慌地用手比画着，安慰叔叔的病是完全可以战胜的。

夏秋生被他的博学多才吸引了，问了许多两国贸易摩擦、后疫情时代世界格局走向等问题，愣没有提及自己的病情和治疗。夏柳知道她爸的心理，他虽说生病，却没把自己当病人看待，他不希望自己的病痛纠缠着内心痛苦，也是通过转移关注点，减少疼痛。更何况他有了活下去的自信，不仅因为这种新药可以减缓疼痛，新药至少从心理上有了支撑，而且因为骨髓移植完全可以让他恢复健康。

灰猫和夏秋生谈得正欢的时候，杵在一旁的柳玉惠劝丈夫少说话，好好休息，后面有的是机会聊。灰猫虽是意犹未尽，但还是收住话题，顺着夏柳的眼神，依依不舍地离开。

路上，两人肩并肩地走着。灰猫问夏柳是不是有哪儿做得不恰当的地方，他说他不懂国内的人情世故，做得或是说得不好的，请包涵一下。夏柳狞笑着说，好，很好，只是热情得过分了。灰猫说，觉得跟叔叔神交久矣，所以兴奋得口若悬河了，连我自己都佩服得五体投地。

56

田致远偶然得知夏柳前男友专程回国找她，一时间经历过山车的情绪波动。

起初，他倒显得平淡，毕竟夏柳与他只是工作关系。之后觉得有些不对，近一年的接触中，她对他有好感，他对她心生爱慕，特别是确认她是姐姐的亲妹之后，彼此心走得更近了，他为她着想，她为他着想，她甚至说出谁帮助了她，她就嫁给谁，这难道不是一种暗示吗？身边的男性，也只有我在帮助她，外国男友的帮助远不及他。可又想，自己是不是一厢情愿，夏柳要貌有貌、要钱有钱、要学历有学历，而他只是个穷光蛋，目前还戴罪在身，自己有点癞蛤蟆想吃天鹅肉。不过，夏柳也不应该欺骗自己的感情，她信誓旦旦地许诺过，他可是积极配合姐姐替她父亲捐献骨髓的，没有他的同意，姐姐决不会拖着病残的身子做移植准备，虽说从来没有向她倾诉过感情，但她心知肚明自己是喜欢她的。

他四处打听突然冒出的“情敌”，甚至发信息向夏柳质疑，夏柳只是回复些令人无限遐想的表情图标。

一个叫灰猫的男士，夏柳的同学、师兄、男友、前男友，这是些什么头衔？我田致远夹在中间算什么角色？是陪衬，还是空窗期的填充物？躺在床上的田致远，翻烧饼地思考着这个问题。他有些误入迷宫找不到出口的感觉，捏着拳头用力击打着自己的脑壳，希望自己摆脱这种缠绵的痛苦。

果然，他想出一条出路，他决定会会这个灰猫，领教一下是哪路货色。他想，自己跟灰猫较量还是有优势的，灰猫从国外回来，人生地不熟，无亲无故，自己在家门口，身后有一帮梁平这样的快递小哥们儿。要是武斗，来个情敌决斗，自己除了一身的力气，别无长处，而他一介书生，是否手无缚鸡之力不好说，至少自己是练过手的，小战一回合，胜负就能知分晓。要是文斗，虽说是读书人的强项，可自己身后站着一帮弟兄，一人一口唾沫足能打掉他的嚣张气焰。何况，秀才遇到兵，有理说不清。田致远有了足够的底气，非得杀灰猫一个下马威。当然，他也顾及夏柳的感受，尽量不让灰猫灰头土脸地离开夏柳。

田致远告诉夏柳，他想去看望夏叔叔。这个主意在眼下最易实现，夏家最乐见其成。而他却是想通过看望夏秋生，联系上夏柳，通过夏柳，就可以找托词跟灰猫接触上。

夏柳向父母转达小田要来医院探视的消息后，一家人很是激动，这至少说明田家不计前嫌，有主动修好的诚意。这对加快移植干细胞，无疑是最好的姿态。夏秋生说，没见过田家后人，心里还真有些忐忑呢。夏柳说，在别人眼里他是个劣货，捅了两次娄子，可对咱们还是彬彬有礼、唯唯诺诺的。柳玉惠说，小田这孩子脸庞像母亲，长得清秀，还是惹人喜欢的。

令田致远没想到的是，夏柳专门开车带着他去医院，一同搭车随行的不是别人，正是灰猫。别以为二马同槽，相互尥蹶。两人相见，并没有互视情敌。田致远见到灰猫时，他并不以为他是灰猫，因为与他心目中想象的灰猫差之甚远，直到夏柳向他介绍，正式确认是她的师兄灰猫时，才恍然大悟过来，心里甚至有了失落。这个失落变成了对夏柳的失望，她夏柳再怎么不堪，也不能找大叔辈的当男友啊！他甚至有点小庆幸。

一路上，三人没有说什么话，只是一时没找到共同的话题。夏柳一会儿向田致远问雪妮姐的情况，一会儿向灰猫问国外的大选，不知不觉时间过去了。

田致远要来看望夏秋生，这倒让夏的心情变得复杂起来。夏秋生内心里隐藏着一个无法昭告天下的秘密。他始终摆脱不了与田家的宿怨，每每提及田家，他都会心生抵触，恨不得跟鸵鸟似的把头埋入泥沙里。如今，田家后人来看望自己，他担心相视时的尴尬，更害怕揭穿老底，搞秋后算账，或是幸灾乐祸。尽管人家是出于好心，可怎么也觉得别扭，既有相见的迫切愿望，又有羞于见面的不安。

当田致远跟着夏柳进入病房的时候，柳玉惠热情地招呼着，夏秋生瞟了他一眼，看到小田谦卑和善地跟他打着招呼，便渐渐踏实下来。倒是小田不大自然，甚至有点敬畏地瞅着他。田致远心里的确有些虚慌，一是他力求端着谨小慎微的样子来，在夏家人面前留个好印象。赢得夏柳的好感，首先要讨好后援团。二是夏秋生的名气太响，夏总的名字如雷贯耳，连许多有身份的人都敬重他三分，能巴结上他，那是要勇气的。有这样的机缘，自然让他有受宠若惊之感。三是面庞清癯、颓废苍老的夏总，虽失去了往日的威风，可瘦小的骆驼比马壮，他依然自带着严肃冷峻的神态。所以，小田表现出的第一反应是点头欠身，夏总长夏总短地叫着。

夏秋生习惯于这样的奉承，自然心中欢喜起来。本有的黄鼠狼给鸡拜年的感觉一下子身份错位了。他调整好躺姿，默默地端详着。

小田清秀俊朗的外形，的确让人养眼。夏秋生也不例外，他观察着他，不时地问问他母亲的健康，问问雪妮的饮食起居，问他自己的工作情况，比与灰猫见面聊得更为私密，显得更为亲切。这让田致远渐渐少了陌生感。特别是谈到雪妮的遭遇时，夏的声音变得有些哽咽，尤其让他感动和温暖。夏秋生第一次当着众人的面，承认自己干了不仁不义的事，让小田觉得之前母亲和他错怪了他。这才感到，人处在困境时，无情无义的冲动是可以原谅的。就像自己吃了官司，许多人没有对他另眼相看，更没有人置他于孤立无援之地一样。

在夏秋生看来，灰猫和田致远是女儿夏柳走得最为亲近的两个男孩，二者必得其一，应该谁最合适呢？或许说谁是最让女儿心仪的呢？他脑子里把灰猫和田致远做了比较。论长相，灰猫娃娃脸，厚重敦实，像是活扮的阿福泥人，有些可爱，但跟田致远比，少了几分帅气。而灰猫的率性与豁达倒是难得，像是没有被世情迷离过，心境明朗通透，有点一尘不染的纯粹。田致远英俊高大，眉清目秀，有点时下流行网红明星的面庞，清新自然，百看不厌，只是学历、家境上有些差距。不过，在这个看脸的时代，只要人不懒，德行不坏，家庭背景分值几乎可以忽略不计。只是听夏柳说过他的故事，觉得皮囊之下，头脑简单，心气浮躁，行事风格与他的相貌不在一个水平线上。这何尝又不是自己年轻时的心性呢？夏秋生反倒觉得，人在经历挫折中会得到成长。当年他就是那样懵懵懂懂、横冲直撞做事的，这不也一步一步走过来了吗？从两人的情趣和志向看，灰猫优裕的生活环境，造就了理想主义人格，他追求的是超现实主义的东西，虽说跟夏柳在事业目标上有些匹配，可毕竟家庭是过日子的，再有远大的抱负，停留在嘴上纸上，米是进不了锅，饭是到不了口的。田致远倒是实诚，可实诚得只有腿力脚力了，满身的人间烟火气，这似乎与夏柳的理想有不小差距，尤其他背着沉重的家庭负担，生活的重负可能是夏柳无法担当的。

夏秋生觉得，两个人都有优点，也都有不足，如果两个人的优点装在一个人身上，那就完美了。难怪，女儿的恋爱男友一直是个传说，她不承认跟这两个人的关系，显然觉得他们都不太符合自己的择偶标准。当然，她也没有感受到跟他们的接触有谈恋爱的感觉。想归想，在婚恋问题上，他也做不了女儿的主。尽管他有着把女儿托付给人家的强烈愿望，在乎婚礼现场手挽着夏柳，把她交给男方的仪式感，可这一切主动权不在自己手上，花再多的钱也买不来。

此时，夏秋生望着田致远，流露出了遗憾和哀怨来。没有人知道为什么，看着像病痛，其实是心情。

病房护士以探视时间长，影响病人休息为由，催促着大家离开，田致远这才如释重负地解脱出来。

面对夏柳，灰猫和田致远的感受是共同的，与对方都有醋意。

对灰猫来说，过去跟夏柳走得近，一股脑儿都是学生时代的美好回忆，只是没有正式表白过，直到两人天各一方，才有了离开的思念。从外表看，他不是小田的竞争对手。

对田致远来说，此时灰猫的出现，具有挑战性，本来远隔重洋，他喝他的洋墨水，吃他的洋面包，畅想他的改变人类历史的愿景，现在却突破重重阻力，到女同学父母面前献媚，实在有点不自量力、厚颜无耻、狂妄至极。

可夏柳面对他们二人，给予的情感又难分伯仲。她可以跟灰猫谈笑风生，嘻嘻哈哈，与情侣关系并无差别。她同样与小田并肩摩挲，深情相望，虽无千妩百媚的姿态，却与热恋中的情人差不离。这算什么事啊？难道两人成了她脚下的一双鞋吗？她连硌脚的感觉都没有？

夏柳本来没有顾及两人的感受，毕竟她没往情侣关系上乱踅摸，因为她没有对谁发出恋爱的信号，可一段时间下来，她看出了两个人的心思。为避免落下脚踩两只船的嫌疑，她刻意单线联系灰猫，以防田致远的过度解读，同时与田致远保持着正常交往，眼下姐姐雪妮过户手续、移植手术的事，还需要他积极配合。

田致远真的在乎夏柳的变化，尽管看不出对自己有冷落感，换在平时他对夏柳的态度是顺其自然，可天上突然掉下了个大灰猫，虽不像腹内草莽人轻浮的样子，但难说他不是骨骼清奇非俗流。关键是，他的出现，扰乱了田致远的心绪。田致远开始关注起夏柳的举动，他甚至开始跟踪夏柳上下班的轨迹，对夏柳说话的表情和态度的细微变化，都反复咀嚼，丝毫不放过细节。多少次他提出送夏柳回家，夏柳看出他的小算计没有戳穿，只是耐心地跟他交谈了一次。

“怎么也学会关心人啦？我可不是格格公主，需要护花使者。”

“我妈说，你家遇到难了，应该帮一把。看你一个人在家，有些不放心的。”

“对啊！雪妮是你姐，也是我姐，我们共同有一个姐姐，我也算是你的妹妹，权当是一家人呗。”

“在我眼里，你不仅是我妹妹，还是我的贵人，帮教我悔过自新。换了别人来做工作，指不定我真破罐破摔了。”

“致远，别这么说。你误入歧途也是被穷逼岔了的。现在勇于承认犯错，知耻而后勇，不是挺好的吗？我倒是要感谢你的包容和理解。也许真是一种特别的缘，工作关系认识了你，走进了你家，认识了雪妮姐，最终让我们全家团圆。这么多年，你们全家不是把雪妮姐当累赘，而是当成最亲的人，精心医治抚养。日子过得那么清苦，都没言弃。想来我们一家真的羞愧，无以回报这种恩德。至于我爸，除了在遗弃上给你家增加负担外，其他方面也是有亏欠的。不能否认，他通过薛家老宅改造，获取了人生第一桶金，换个角度，也算是掠取你外公财产暴富的，而你家作为继承人未能得到补偿，他也是有责任的。我妈给你的房子和存款，算是弥补当年的过错，你完全没必要拒收。”

“你能这样说，我挺感动的。过去的就让它过去吧，现在日子不是越来越好吗？将来等你爸身体恢复了，我倒是想好好拜他为师呢，他能白手起家发展到现在这个规模，值得学习的地方太多了。”

“我爸从小也不受人待见。大概是穷怕了，没读多少书，先是跟师傅后面拉线装灯、铺砖砌墙，再是承接修修补补的活儿，一路踏踏实实走过来的。后来商场竞争激烈，他是心机重的人，这个病十有八九是郁积成的。你去看他，他还是挺高兴的，多次当我面夸你是可塑之才。”

“夏总夸我，会让灰猫不开心吧？”

“灰猫是灰猫，你是你。真想问问，你觉得我这人怎么样？看得出你有点忌妒灰猫，灰猫是我的大学师哥，在学术上给我不少帮助，彼此有好感，但从来都没相互表白过。看得出，你也在乎我，可也从来没听你说过‘我喜欢你’

四个字啊!”

夏柳这么一说，还真把田致远的话堵了回去。田致远怔在一边，不知说什么好。说喜欢她，又太直白了，说不喜欢，太违心。可自己拿什么去喜欢人家，仅是用嘴巴咂一下？那也太虚伪了。田致远不是这样的人，更何况在感情问题上，他很被动。面对夏柳各方面的条件，他不敢高攀，也怕攀高了，露出的尾巴太长，摔倒了伤身又伤心。这种自取其辱的事，他才不会干呢！他心里想归想，但不会刻意地追求。夏柳看他愣神着，便接着说：“其实，我还没做好谈一场恋爱的准备，自己对未来生活有些恐慌，是继续读书深造，还是承接家业？抑或在社区这么干着？自己都无法取舍。学业半途而废，心里有不甘；父母年纪大了，加上得了重病，又需要我在身边；社区工作尽管喜欢也充实，可又难体现自我价值。未来的不确定性，让我无所适从，让我烦心苦恼。一个人都不能对自己负责，哪能走进婚姻对一个家庭负起责任来?”

田致远听到这话，有些怜惜起夏柳来。人的眼界宽了，看的东西多了，取舍的烦恼顾虑就多。相比之下，他田致远简单得很，只要有活干、吃饱饭，工作生活就是幸福的。他劝慰道：“其实再有伟大成就的人，也需要有婚姻家庭的。恕我直言，论才学，灰猫和你是般配的，可论长相，不敢恭维。当然，现代人不讲究门当户对了，但在乎外貌形象，当年我妈跟我爸，那么大的差距，不也过得很幸福吗？关键是各自看着对方的优点。依你的文化背景和家庭背景，找一份更体面的工作是不成问题的。假如你要继续学业，你可以放心地去读书，我可以在幕后帮助你，假如你要承接家业，也可以相伴在你身边。至于社区工作，的确让你屈才了。社会进步还是要有一些人去引领，你可以用你的知识改造人们的思想，比做婆婆妈妈具体事，更能体现价值。”

夏柳听他说着，不时地发出“啧啧”声：“不错啊！挺有高度的，听得令人欣慰。看来注意学习了。”

“现在学习的途经太多了，纸质的、网络的，不学习也不行的，咱不能只配做新时代的文盲。”

夏柳跟田致远聊得很愉快，愉快到几乎忘掉了所有的烦恼。几天里，连父亲的病情，都想不到关心一下，连居住在另一处家里的灰猫，都像是从脑子里消失了似的，顾不上问候一下。直到灰猫说中午请她吃饭，还在想，人在美国，怎么请我吃饭？猛然想起他在家里吃饭遇到了问题，便立马答应他，并叫上刘采文，陪同一下。

刘采文本不想在外面吃饭，听说有灰猫，便主动提出请客，顺便考察一下夏柳的白马王子。夏柳警告她，不靠谱的事不要瞎说，只是同学而已。

三个人在聚丰园大厅里，点了四五个本帮菜，专门要了一瓶干红。夏柳把灰猫介绍给小刘，再把小刘介绍给灰猫，一个是同学，一个是同事，就算认识起来。

灰猫显得有点拘谨，处处表现得彬彬有礼，相形之下，两个女生倒是活泼洒脱。刘采文对灰猫有兴趣，简短的问候之后，似乎变得冷场起来。还是夏柳主动抛出话题打起圆场，说起灰猫的许多趣事来。其中说道，灰猫曾踩到一脚狗屎，别人说他交上狗屎运，他把鞋子直拎起来反复环视，说这么好的鞋交上狗屎运，不值当，怎么着也是狗屎交上臭脚运。说灰猫做事很专注，一次从鼻孔里抠出鼻屎来，用手反复搓揉，研究它是排泄物还是吸附物……说到刘采文差点喷出菜来。而灰猫没有笑，倒不是他不当笑话笑，而是一本正经地沉浸在这份幽默里。刘采文问他怎么取灰猫这个名字，是不是跟养猫有关。刘夏二人都说喜欢猫。

灰猫的情绪受到了调动，便接过话题，说："我知道你们喜欢猫，不是说喜欢灰猫，而是喜欢宠物猫。我也喜欢猫。你们有没有发现猫会依赖在人的身上，喜欢舔人的手，舔人的毛发，这是什么原因？"

刘和夏摇头说："不知道，除了动物亲近本能，还会有其他什么说法吗？"

灰猫说："其实动物也是有情感的，猫亦如此。我从网上查阅，说是猫科动物都有舔舐习惯，既有表达爱意的意思，也有向尊贵者俯首称臣的意思。"

刘采文笑着说："舔舐就是接吻呗。猫喜欢人的毛发，是爱屋及乌呗。"灰猫附和说："大概跟人类的特性差不多吧。"

刘采文说："有人说，每个人的一生都会遇见一个可以为之生、为之死的人，不知你有没有？"

夏柳踢了刘采文一脚，怕她给灰猫出难题。

灰猫却不紧不慢地说："每个人的一生都会遇到不止一个可以为之生、为之死的人。你我都不例外。"一句话，巧妙地绕开了小刘的一番探究。

夏柳为灰猫辩解说："别看学长朴实无华，他可是有理想追求的，他的专业和学术成就，体现出他是有大爱情怀的人。”

灰猫插话说：“其实人应该多想着为社会留下点什么，而不是想着自己拥有什么。我对自己的生活很满足，现在就是干点让自己兴奋快乐的事。”

刘采文笑笑说道：“看来我们之间的境界差距还蛮大的。我们也想得开，咋都行。有时兴奋很廉价，泡一杯浓茶或咖啡，就足以摧毁自己的睡眠，让自己遐想得天昏地暗。现在的自媒体，经常不停地给受众灌鸡汤、打鸡血，往垃圾堆上喷香水，把现实遇到的无奈包装成合理存在，目的是开解烦恼。其实，老天要下雨，与人的心情无关。快乐是自我的。”

灰猫说：“人的生活应该有目标，既不能活得如行尸走肉，也不能盲从跟风、好高骛远。现在有种现象特别纠结，明知自己达不到科学家水平，也想着尽快有个重大发现；明明看到的是个驴粪蛋，却硬说是发现了恐龙蛋；明明发表了几篇小文，却自夸为大作，被人奉为作家；明明是几幅丑字歪书，却能认定为书法家，书法里出了错别字，都被人捧得错得无比正确。书画家的作品再拙劣，那也是拙劣到点子上，拙劣到有艺术性。小说家的作品再粗糙，也比文学素人见稿率高。因为人家进了名人圈，身份和身价摆着呢。名利社会的土壤，只会孕育肆意炒作的人。出名就是生产力，一夜爆红，身价过亿。不难看出，一个人一生的努力，就是要跳进名人圈，一个人最大的成功，是跳进了名人圈，只有进入了名人圈，你的前方才是一片坦途。所以许多人不是专注于某个领域的事业，而是想入非非，力争成为‘网红’，或是成为别人关注的人。像我们这样的，应该尊崇自己的内心，不枉所学的专业，保持定力，做些有益的事情才是。”

灰猫像是辩论，又像是评点，语气倒是中肯，娓娓道来，没有攻击的意味。这让刘采文有点羞愧。不过，刘采文还是对他的高论鼓起掌来：“不愧是常青藤名校博士，领教啦！”夏柳让他歇息，先吃点菜。他点点头，边吃边用筷子指着菜，请教叫什么名。

刘采文问灰猫会不会考虑在国内发展，算是帮助夏柳再次核实他的人生规划。灰猫说，他已经找好一份国际咨询机构的研究员岗位，本来去非洲的，后来批准可以先到国内做课题。

夏柳开玩笑说：“不会把中国问题作为研究方向吧？你可不能卖国求荣的。”

刘采文也举着筷子说：“三思而后行，不然我们不把你当朋友啦。”

夏柳推推小刘，说是开玩笑的，还当真呢！

灰猫却是冷静地回答道：“应该遵守自己的职业操守。如同各个岗位的从业者一样，老师应该教书育人，商人应该专注生意。如果一个老师，自认为懂治理，整天对时政评头品足；一个商人，自认为懂政治，整天大放厥词，能是受人尊敬的老师或是商人吗？当然，你们放心，即使研究中国问题，那也是客观公正的。说不定将来，跟你们接触交往的机会越来越多呢。”

刘采文问：“可以经常往返国内吗？那夏柳就安心啦。”

灰猫说：“是啊！我是想以中国为研究样本，自然会把生活的重心放在国内的。不是说，‘没有调查，就没有发言权’嘛。”

刘采文轻轻地踢了踢夏柳。意思是，你们俩之间可以有戏。夏柳没有理会，接触的腿脚只是往一侧移了移。

饭毕，刘采文抢着买单。灰猫说，还是AA制好，省得抢，也省得躲。刘采文说，她是以餐赈知识，这顿饭物有所值。夏柳反问，是花钱吃这顿饭有所值，还是花钱请客吃饭有所值。刘采文说，都值！认识灰猫更值。

三个人相视大笑起来。

57

转眼就到跨年了，钟志国彻底下决心，不再干了。

之前，钟志国经不住街道领导的再三挽留，答应干到年底居委会换届为止，让年轻人接替。这一年真是快，快到忘记了自己的年纪。

掐指算来，钟志国在千岁坊社区干了整整二十个年头。当年招聘到社区工作，因为谋生，可干着干着，喜欢上受尊重的书记称呼，再干着干着，厌倦起繁复的家长里短，又干着干着，变得有些热爱了。一次次意气风发、舍我其谁地想干一番事业，一次次地无可奈何地被困厄锁住而心灰意冷，再一次次地在平淡的工作中找到宽慰，起起落落、波澜不惊，时间就这样在不经意间度过。

岁月不饶人，一岁一枯荣，转眼已白发谢顶、形容枯槁。他觉得真的太老了，老得跟不上发展变化的形势，老得跟不上百姓期待的节奏，老得连自己都嫌弃自己老了。人家正式编制的干部不到六十岁或退休或进二线，他都干到厅局级的最高年限了，还有人希望他继续干下去。他多次找到街道领导，诚恳地表达退意。社区岗位上，像他这样年纪的人，为数不多，倒不是他恋栈权位，也不是就差挣取这几斗米，更不是能力有多强，而是一时找不出接替他的人。街道领导诚恳地挽留他，一方面希望他在推进古街区升级改造中发挥作用，另一方面希望他选好培养接班人。

在他决意离开的这一年里，他像是上紧的发条，使劲地转着，没敢松懈半分。这既因于他的觉悟，更在于他内心的珍惜。同时，他立过军令状，承诺自己会站好最后一班岗，不留遗憾给自己。他一直鼓励自己，“老骥伏枥千里，暮年壮心不已”，再苦再难也要苦撑到底。现在也算苦撑苦熬过来了，干得好还是干得差，留给他人评说。

其实像他这样的岗位，谈不上好差，只是有无遗憾。干得再好，也谈不上政绩，干得再差，也谈不上失职。成天面对的是百姓的日常，处理的是鸡毛蒜皮，充其量只是彰显能力强弱。社区就是小社会，社会机体遇到的问题映照在社区，有的矛盾问题本身具有周期性、顽固性，许多问题看似解决了，其实仍会冷不丁地冒出来，周而复始，循环往复，今天看到的是成效，明天或许又会反弹成了问题。所以，社区工作好评或差评，只会影响到心情，并不能带来彻底改变。对老钟而言，只要自己问心无愧，就不在乎别人的评论，他对自己的任人评说，有了宽慰的心理准备。谁给予盖棺论定，他都会泰然接受。眼下，他在意的是，他要把接力棒交下去，要推荐上级认可、居民接受的书记主任人选。

社区居委会换届工作进入紧张的筹备阶段，老钟向上级推荐刘采文接任。领导不同意。不同意不是小刘年轻，能力难胜任，而是小刘已是编内干部，上级拟把她调到机关工作，只因眼下工作繁忙，一时耽误着没有下达任命。现在老钟提出把她留在社区工作，其实是给上级出难题。街道领导让他再找几个候选的，他掐着指头，一个人头一个人头地掰着排，不是年龄大了，就是时间短的，不是学历低，就是无党龄的，只有刘采文各方面的条件具备，她是不二人选。领导告诉他，人家考进了机关编制，已经不是我们的人了，硬赖着不给，怎么行？还有，万一人家不愿意留下来，怎么办？

领导以为老钟原来提出的卸任不一定是真实想法，推荐一位即将调出的人接任，是否有为自己续任做铺垫的嫌疑，便试探性地问，找不到合适人选，你还得继续干。老钟着急地阻止说，不是这个意思，自己确实干不动了，体力精力跟不上，遇到事情丢三落四，分不清状况，碰到问题头昏脑涨、恍恍惚惚，整日整晚提心吊胆，休息不好，已是典型的神经衰弱。家里也不希望他再干，老伴成天埋怨他不顾家，儿子儿媳埋怨他不管孙女，趁着现在还能跑跑颠颠，为家里做点事情，弥补过去的亏欠。小刘很优秀，绝对比我强。现在不是鼓励机关为基层服务吗？基层缺人，人也应该往基层倾斜哇。你们向机关反映，这个人留在社区，比在机关更能发挥作用。社区这么好的平台，帮他们锻炼培养人才，应该感谢才是呢。街道领导说，话是可以这样说，你征求过本人意见吗？如果本人自愿留在社区，跟机关解释解释，说不定有留下的把握。如果本人不愿意，那不是强人所难，影响人家的前程吗？老钟说，小刘的工作，我来做。领导说，不能勉强，强扭的瓜不甜，万一强按住牛头不喝水咋弄？此时，老钟自己倒成了犟牛，扭不回头了。领导只得依着他，先让他跟小刘谈话确认一下。

其实，老钟对小刘的态度心里也没底。刘采文作为村官挂职三年多，自己看着她一步一步成长的，虽说有些事儿干得不那么完美，但工作的悟性是值得肯定的，让她独当一面挑大梁，是没有问题的。经过几番思忖，他决定找刘采文好好谈谈。

这天，老钟一上班，便把小刘叫到办公室，问起社居委换届工作的进展情况，小刘说，流程都是法定的，主要是前期组织选民登记工作量大，既要张贴公示，广而告之，更要挨家挨户上门动员宣传，需要大家加班加点，赶在居民家里有人登门才行。眼下要成立一个选举委员会，不管是海选还是差额，都要物色候选人，盲选是不会有结果的。老钟经历了四五届选举，对选举的流程和方法，心里清楚。过去曾尝试搞过无候选人的海选，也有居民跃跃欲试参选，结果选上了，干了数月，就干跑了。那人之所以跑路不干，是发现社区工作不是所想象的那样，撇开待遇低不提，单就琐碎的事务就让他头大，根本不像他眼里的干部那样风光。不过，体会了居委会的工作，他倒是对社区干部多了理解，干这份侍候人的苦差事，心理必须强大，不然谁都吆五喝六地要这干那，人会崩溃掉的。在千岁坊，多少届的主任，老钟都是唯一候选人，不管是支持他的或是曾经批评他的，一律会在他的名字后面画个圈，画完圈后，那些选民还得交代几句。言辞中肯的，表达的是信任；措辞强烈的，表达的是给你机会，大有干得不好不放过你的意味。老钟如坐针毡地坚持着，有时连自己都觉得屁股底下长了厚厚的老茧，习惯了得罪人，也就什么也不怕了，实在遇到难缠的，只好一笑而过。他这样的处事方式，倒也收获了不少尊重和理解。不然，把事情搞僵了，把居民搞到对立面去，他的工作就真的难开展了。他之所以看重刘采文能胜任这个位置，也是基于小刘做人做事有张有弛、能伸能屈。这跟他的风格别无二致。

一番换届工作的沟通之后，老钟直奔主题："这次换届，你要有个思想准备。你知道，我年龄大了，要交班了，咱们社区里，总要培养自己的人，你也看得出来，满打满算这几个人，论条件资历，没有谁合适，也只有你能接这个挑子，上级正在考察你呢。"

老钟话一出口，就令小刘怔愣不已，立马摆手说："钟书记，我可不行，只有你能压得住阵的。"

老钟说："怎么不行？既不是让你当河工，又不是让你赶大车，有啥不行的。现在有人想干，还干不上呢。我不是年纪大了，还轮不上你呢。"

"我真不行！他们几个谁都比我强。"小刘有点着急了，泪水快急出眼眶来。理论上讲，她自从考进编制，就已经不是社区的人了，大家也只把她当成临时工，她随时随地准备着调走，就没有留下干的打算。这跟思想觉悟没有关系，人往高处走，水往低处流，基层社区辛苦不说，发展平台和机会也小。像小刘这样有着雄心大志的年轻人，长期沉淀在社区，其结局是玻璃瓶里的苍蝇，只有光明没有前途。现在又被钟书记拖住，冒出接任主任这档子事来，的确让她措手不及。她一时不知怎么拒绝才好，只是一个劲地摇头摆手。

"你自从到社区工作以来，各方面的表现是得到大家认可，得到上级肯定的，接任主任非你莫属，你就不要谦让了。"老钟武断地让小刘表态，刻意隐瞒了小刘是机关身份这个事实，有了点头表态，他再对上争取把她留下的工作就好做了。

"钟书记，为什么非得是我呢？你这是坑我啊！这么多年的努力，你让我付之东流啊？"刘采文急得哽咽起来。

"怎么可以这样说呢？我知道你的顾虑，在社区岗位上干，不会影响到你的身份的。现在机关干部下派社区工作，社区和机关可以双向交流，你有社区书记经历，对你今后发展会有帮助的。怎么这么傻呢？这是为你好！”

“我觉得夏柳比我更合适，论学历能力，都是上等，更重要的是，她生在这儿，长在这儿，有天然的人缘地缘。我一个外乡人，语言都有障碍，哪里挑得起这副担子。”刘采文说着，猛地梗着脖子转身出门。

老钟赶紧改了口气，跟着叫她：“这孩子，话没说完呢，这不是跟你商量吗？”

小刘停下脚步，止住抽泣，被老钟拉进屋子里。

不知老钟用了什么法子，小刘出来的时候，表情明显舒缓了许多。

章阿姨早就知道老钟去意已决。早在两个月前，章阿姨发现老钟说话词不达意，做事虎头蛇尾，提醒他注意身体，老钟告诉她说是神经衰弱，说是越干越心理脆弱，大事小事装在心里排解不出去，精神高度紧张。章阿姨让他到医院检查，他说不是病，只是觉得工作负担重，他已向街道领导请辞了，领导安慰他再坚持一下。他要让章阿姨代理他的职务，被章阿姨拒绝。章阿姨说，她女儿马上要生孩子，要回家照顾女儿的。章阿姨也是返聘到社区工作的，丈夫有自己的公司，女儿女婿是国企高管，不愁吃不愁穿不愁钱花，到社区来只是图着热闹，可居委会专职主任一干也好几年，是跟老钟配合默契的好搭档，为社区做了不少事。不过，她一直把自己当临时工，所以从来不计较待遇报酬，她这也是为进退自如考虑的，女儿需要她时，她可以随时全身隐退。当老钟让她推荐人选时，她一口咬定刘采文合适，并像考察干部似的，列举了诸多优点和政绩。那时候，她不知道小刘考进了编制。刘采文考试几乎不敢光明正大，也是怕这些喇叭渲染得太早，万一落榜难堪。

老钟找过刘采文之后，章阿姨也单独找刘采文谈了一次长话。老钟请章阿姨出面再做做思想工作。

章阿姨找小刘，先是道贺她成了正式干部，说她鬼得很，连考进了机关这等好事都瞒着。接着说，其实大家应该为她高兴。千岁坊上下五百年，之前出过一门两进士后，就没出过什么人物，千岁娘娘入驻之后，反倒是好风水吸走了，拥进来的都是行船、打铁、修网、捕鱼，甚至卖唱、卖笑的。而今，你是千岁坊走出的女状元，可比千岁娘娘的身价。听说老钟要留下你，让你接下他的担子，起初一听有点觉得对不住你，可经老钟一说，感到你留下再干一段，不仅于你，于社区都有好处。对个人而言，有这样的经历，就是资本，现在使用干部，都注意从基层培养，一是基层真能锻炼人，二是基层出来的干部懂民心，对自己成长会有帮助的。对社区来说，眼下青黄不接，好多年轻人进进出出走马灯似的，如果没有熟悉的人接替，恐怕工作会受影响的。这些年，老钟书记凭着个人魅力，为社区赢得了不少荣誉，现在接替他当上书记，正好赶上古街区全面升级改造，可以借此为社区争取更多的资源，有了这样的基础，一定比老钟书记干得更出彩。至于个人的前途，成了当家人后，话语权多了，何愁不被重视。至于工作，你放心，大家了解你的为人，一定会全力支持你的。一通谈话，刘采文心里暖暖的。

小刘是识抬举的人，听人劝，吃饱饭，不会把棋子往死穴里走。之后，她没有再表现出强烈的拒绝。

不过，小刘一副沮丧的样子，还是被夏柳识破。夏柳以为她调动的事泡汤了，她说不是泡汤，这汤是温吞水，不紧不慢的，把她耗得快没温度了。夏柳劝着，该你的总归是你的，只是个时间问题，没必要这么犯愁啊。

小刘如实告诉她老钟的意思，夏柳说是好事，责任虽大了，但施展才华的机会多了，也算是媳妇熬成婆了，假如调进机关，那还是新媳妇，处处听人使唤，那干得多憋屈？小刘骂她说话阴阳怪气，幸灾乐祸，没有人情味。此时，她觉得夏柳的眼光投射着不善，刺在她的脊背上。

而夏柳却正告说，这是天上掉下的馅饼，不能不接的。天鹅肉在眼前，青蛙不吃，癞蛤蟆想吃。她说，她都忌妒得流口水，就差到流鼻血的份儿上，只叹自己没资格。好歹当的是书记，宁做鸡头，不做凤尾，再小的领导也统领着九巷八弄三千户人家、六百户商铺呢，这在过去也是千户长小诸侯的。

小刘说，自己吃几两干饭自己有数，这赶鸭子上架，那是等着火烤呢。

夏柳说，还没干，怎么就知道自己不行。老钟书记天生就是领导吗？经历风雨才能见彩虹的。只要想干，没有干不好的事。又不是让你平白无故去研制火箭？再说，老钟书记既然急于交班，你也可以向他提条件的，让他当个顾问什么的，至少要给你交个明白账。

其实，老钟心里清楚，让小刘接班，只是他的一厢情愿，他知道街道领导的顾虑，毕竟小刘太年轻，经历比较简单，加上外乡人，跟居民沟通语言都有不小的障碍，并非最佳人选。眼下，千岁坊社区因古街区改造，各类利益主体矛盾叠加，需要经验丰富、资历较深的，至少能镇得住场的能人来领导，老钟虽不完美但很称职，在最为困难的时候，是他带领全体社区工作者维护住了古街改造建设的基本盘，至少把矛盾纠纷消减在社区层面，没有捅出社区。现在征收拆迁进入收尾阶段，面临着最后的冲刺，可经年累积的物业管理难、停车难、帮扶难，一直困扰着老钟。

刚刚，有居民还向老钟反映，农贸菜场里有商家往排污道里倾倒臭鱼烂虾，被居民制止，双方打了起来。附近居民强烈反映，要把菜场赶出小区，另一部分居民强烈要求保留菜场，两股不可调和的力量，最后把矛头都直指社居委不作为，疏于管理。老钟自感委屈，菜场有自己的产权单位，有专门的管理机构，租金有人收，管理有人派，老钟想去管，别人不理他。可遇到投诉，第一责任人便是老钟，他跟冤大头似的跑前忙后，两头说好话，先息事宁人，再想从根子上治理，却没有哪个接盘。

还有，居民反映小区里车辆爆棚，为争抢一个车位，明着的是自安卡桩，暗里的是使阴招，往车上泼脏物、划刀痕，搞得邻里争吵、亲友不和。尽管小区经过多轮改造，增设了许多车位，可仍是僧多粥少。

现在，这些矛盾无法回避，章阿姨提醒老钟，说这个时候走人，无疑是甩锅。可老钟说他再在这纷纷扰扰的环境里工作，健康真的要出大毛病，他急于图个清静，缓和焦躁心理情绪。章阿姨理解了他。矛盾问题无处不在，不然他们就没有基层工作的必要。那种涉及公共安全、信访稳定等灰犀牛问题，都是箭在弦上的事，更是要无时无刻关注重视。老钟这样安慰着自己，也提醒着同仁。他现在要尽力说服街道领导，把刘采文推到书记主任岗位上来。

街道领导答应了他的推荐，只是说，仅街道层面答应了不算数，还得招录小刘的机关部门同意了才行。这下老钟犯了难，他跟机关领导够不着啊，再说要人家留人，有点开不了口。他恳求街道领导帮着打打招呼，街道领导看着他，有点拿他没办法，心里倒是对他起了敬意。

其实，老钟拍拍屁股走人，撂下挑子不干，至于谁来接手，完全可以不管，谁也不会追究出他什么说法来。老同志的确还是有觉悟的，首先想到的是找人把工作转接下去。就冲这，也得把他的事当自己的事办，更何况是公事。街道领导拿起电话打起来，那头说他是需要人手的，不然也不会招录的，可人什么时候报到，他说了也不算，得找组织和人社部门。老钟一听，又有些为难了，街道领导想了想，说，这也不难，打个书面报告，一级一级递交，白纸黑字，履行相关手续，这样既能保住小刘的身份待遇，又能确保她在社区安心工作。

老钟为走这样的程序，又是忙乎了两天。

几天之后，上级按照组织程序，对刘采文进行了民主测评。老钟卸任的事，由此正式公开化。

胡三是在第一时间得到老钟走人消息的。他是从几个人的闲言碎语里提炼并加以证实到的。他认为，千岁坊社区领导人的离任，是一件大事，应予关注。经他一传播，本来正常人事调整的事，却变成了公众关心的事。

胡三平时对老钟有微词，在他眼里老钟说话做事婆婆妈妈，遇事就是和稀泥、捣糨糊。他不喜欢他那副城府深奥的老干部形象。他觉得年轻人反而好相处，养眼有活力，看着就觉得活得有意思。他看到老钟那七拧八歪的枯焦面孔，眼睑生出的垂肉口袋，熏得焦黄带着罅隙的牙齿，就想到自己那副秃鹫一般的垂暮老朽形象，觉得人老了就是一堆槁木死灰，应当远离尘嚣，遁迹人海之外，不要再在人前人后吆五喝六，多给年轻人展示机会。

柳玉清倒是理解老钟的，这么大岁数，也该休息养老了。在她眼里，老钟为千岁坊办了不少实事好事，让胡三不要背后乘人之危，诋毁人家的名誉。她以为老钟此时一定很失落，便带着舞蹈队的几个人专门到社区安慰，当面说了许多令人动情的好话。尤其在提到修缮文化广场时，从经费筹措到组织施工，一个个竖起大拇指，说是没有老钟就不会有他们活动的舞台。说到铺设排污管道、拓宽小区道路等看得见的变化，更是大赞老钟的为民情怀。得知老钟是主动请辞职务的，又夸他是主动让贤，风格高尚，高风亮节。老钟笑笑，说自己没那么高尚，不过对大家的关心，他还是有点小激动的。这个时候，老钟真怕有些落寞。常言道，人走茶凉。这么多年，好事也做了，得罪的人也不少，平时就有人对他发难，此时不定有什么样的人在诋毁着呢。背后说些不好听的倒也能够接受，怕就怕他承诺解决的问题没能解决，有人逼上门来讨说法。不过，他也准备了说辞，新人仍会理旧账的。

老钟一下子处于失眠状态。他想起在社区遇到的那些林林总总的人和事，有些怅然若失。人都准备离开了，可脑子里随便抖搂一下，都是那些烦心事儿。他觉得自己本应该能干好，也应该干好，可偏偏有些事就跟电线杆上乱贴的小广告，撕不掉，铲不尽，胡乱地纠缠在一块儿，这让他苦恼不已。菜场改善环境、提档升级的事，刚刚立项，需待建立共同治理长效机制；引进智能物业的工作，才进入论证，需要主动争取经费；规范小区车位管理，刚进入协商流程，几个重点户的工作还得做下去；拆迁改造这一块，上级催着加紧收尾，还得保持韧性耐心做工作。这些事，哪一件不耗时耗力，有的做了未必就能达到居民满意的效果。至于困难救助、孤老御寒、就业帮扶以及矫正对象管理等事关民生的事务，倒还好说。尤其眼下上级部署的社区网格化服务、城市精细化管理、文明创建提升工程等工作要求，要不折不扣地推进落实，这让他觉得压力特别大。真的撒手走人，不管谁接手，都是身上生的痱子，无从抓痒。他想，他要一点一点地放手，一点一点让小刘进入状态。

那一天，老钟从抽屉里掏出一沓笔记本，逐一翻看这些年的记录。看着东倒西歪的字迹，老钟自己都笑了。难道干了二十年，就只留下这堆本子、这沓烂字吗？可一想，觉得大大小小、歪歪斜斜的字都会说话。每一段记录，代表着每一种心情；每一段文字，都有一段复杂的或美好的画面。发明文字的人真伟大，如果像古人那样“结绳记事”，那哪会唤起那么多美好的记忆来。他翻看到几次上级组织的书记培训班上的交流提纲，觉得自己的人生还算有可圈可点之处，虽未能留下里程碑式的东西，至少在上级领导眼里，干了许多值得总结和推广的事情。他要把这些东西传给刘采文，算是扶上马，送一程。

老钟把刘采文叫到办公室来，说是工作这么多年了，有一些心得，都记在本子里，说不定就是可以借鉴的经验。刘采文一看码得整齐的笔记本，一头雾水，再翻看其中的几本，看到杂乱的笔迹，更是发蒙起来。小刘说，老书记，你这是鸿篇巨制、长篇连续剧啊，猛得无厘头，一下子消化不了的。要不这样，你把你最得意的给我说说，或是我到时请教你现学现卖，这样如何？老钟想了想，也觉得这样是有些毛糙，自己的笔记本，里面不光是工作记录和思考，还有个人杂记夹杂在里面，不应该一甩了之。

老钟想起街道让他成立书记工作室一事。意思是利用闲暇，为年轻社区工作者做个咨询、出个主意，搞个传帮带之类的，他随便应承下来了，但没装到心里。当时只是想着，只要让他退，啥事都好商量。正好利用整理笔记的机会，可以好好总结一下过去的经验，也算是给书记工作室一份见面礼。他吩咐刘采文和夏柳，说自己口述提纲，请她俩帮着梳理梳理，权当以老带新了。

小刘和夏柳知道有人夸赞过老钟书记是民间思想家，冷不丁地会从嘴里冒点思想火花，肚子里有不少来自实践的知识点，值得学习。俩人便兴冲冲地带着本子，汇聚到他办公室。

老钟想了想，讲点啥呢，一时不知从何处下手。

夏柳想到钟书记经常讲他所讨厌的“三种人”。当时她还正经地问哪“三种人”，被同事们乱哄哄地取笑一番。后来，她讨教刘采文，才知“三种人”是一二三类人的意思。一种是一根筋，认死理的人，做事只知闷着头往前冲，不懂变通，一条路走到黑，不撞南墙不回头，撞了南墙也不知错的。一种是二杆子，盲从蛮干的人，只凭一腔热情，不分青红皂白，两板斧子下去不计后果的。一种是三脚踢不出瘟屁来的人，做事缩手缩脚、黏黏糊糊、优柔寡断，事到临头也不着急。三种人行事风格虽不一，但处理问题的结果都不会让人满意。夏柳觉得，老钟文化程度不高，却对人的面貌刻画得活灵活现，脑子里一定装着不少的锦囊妙计，便直言说想听听如何跟特殊群体打交道的技巧来。

老钟书记打开笔记，翻了翻，停留在某一页面上。若有所思地说，其实这三种人，也只是自己队伍里的人，说白了，就是做事不动脑筋，遇事推诿扯皮，工作不负责任的人。你们年轻，可别跟这种人学。你所说的特殊群体，其实也是弱势群体，如果用二八定律来衡量，他们占比较小，需要付出的工作精力却很大，他们是社区服务的重点对象，也算是我们的衣食父母，如果他们不需要服务，我们也就没有存在的必要的。弱势群体因为工作、生活、家庭、身体和文化教育背景等各方面的因素，进而影响到他们的心理和精神健康，跟他们打交道，尤其要注意因人而异，区别对待，说直白了，就是见人说人话，见鬼说鬼话。首要的是要弄清他们是什么样的人？我简单地归纳了一下，你们听听，看我画得像不像。如果像，到时候帮我整理出来，拓展开来，培训授课时还能用上。

第一种是锱铢必较之人。总以为自己事事吃亏，这个世界对不起他，斤斤计较、讨价还价、事事较真。这种人在菜场可以捕捉到，看到一堆菜一报价就砍价，一块钱的菜砍价“八毛行不行”，人家不卖，一掏钱说是“八毛不够，六毛行不行”，结果不等人家称一下，拎着就走，顺手还得抓把葱，不占便宜好像不舒服，结果人家也就认了。他不知道人家比他还聪明，斤两根本不足份。

第二种是脾气暴躁之人。遇事不分青红皂白，靠汹汹气势压人，凭吵吵嚷嚷说事，得理不饶人，无理要争三分，甚至破口大骂，是典型的人格缺陷。路怒症的大体是这类人，社区内的此类也不少。

第三种是装疯卖傻之人。遇到别人的事情装着看不见、听不清，遇到自己的事情，装可怜博同情，耍无赖让人理解，不达目的就一哭二闹三上吊。之前有个精神病患者，闹到政府机关，几个年轻秘书接待他，他借着酒劲说自己有艾滋病，把几个小姑娘吓得直躲，典型的“我是流氓我怕谁”。

第四种是胡搅蛮缠之人。无理取闹，节外生枝，不达目的不罢休。对话不在一个频道，要么是对牛弹琴，要么是一群牛对他弹琴。咱社区那个姓张的，家里有房、有车、有存款，之前炒股炒到二百万，结果被人圈进了“套路贷”的网络诈骗，亏得血本无归，本来可以直接找法院打官司，可偏偏缠着社区讨说法，怎么解释也解释不通，只能安慰帮助他，为他寻求司法途径。身处底层的这类对象，找社区办事说理，说明社区在他们心目中是值得信任的，应该尽力帮助，但也要区别情况，不能大包大揽，有的是自己该负的责任，就应该让他自己去承担，不能养成事事依赖政府的毛病。市场经济环境里，政府不是万能的。

第五种是借故要挟之人。抓住别人的弱点，肆意打击抓辫子。有的不怀好意的人，在沟通协商争取个人利益时，喜欢录音录像取证，借此抓住某一把柄要挟，以达到自己的目的。之前有一个困难对象，借着女儿残疾到医院看病，诬陷医院开错药，将医疗器械塞入患者体内，和医院打了两场官司，最后逼着医院付出大额赔偿，吓得医院不敢给他一家人看病开药。尽管这只是个别现象，可给社会信用带来的破坏极大。

这几种人，大多是看人耍脾气，柿子挑软的捏，咱们年轻人如果不能正义凛然地面对，说不定就被他吓唬住。当然，不管是什么样的人，首先咱们不能贴标签、划格子，热情服务的同时，要担负起教化的作用。梁溪城老衙门里有副对联：“不生事不懈事自然无事，能教民能养民便是亲民。”古代官吏能这样做，咱们更应该做得更好。

老钟说到案例时，能够听到后槽牙咬得咯咯的响声。他自己心里清楚，这些年，他为几件难缠的事，没少受委屈，费的功夫能把山尖削平，把铁锭焐热，偏偏就暖不了个别人的心，有时恨不得把自己的心装在别人的心上，幸好时间可以销蚀一切，不然这些遗留问题只得惭愧地交给继任者了。

老钟的高明之处，在于因人施教，见机行事。此时的刘采文却是眉头一蹙，抽动着鼻孔，露出一脸的苦相。她没有想到，老钟书记曾经历过这么复杂的工作对象，尽管自己也经历过，可比这种情况还是要好得多，她担心自己推到前台面对这些矛盾可能会被压垮，不由得心里害怕起来。老钟看出了她的心思，急忙调整情绪，语气变得慷慨激昂起来，毫无保留地向两个年轻人传递着满满自信。老钟说，教育群众、改造群众是我们的好传统，随着社会不断发展进步，人的总体素质有了一定提高，相对而言，工作比以前好做了些，只要注意方法技艺，居民群众是能够理解和接受的。对年轻人而言，就是要改掉学生腔，不要单纯理论说教，多用通俗化、生活化的语言跟他们沟通交流。他感到，学会六句话，对工作有帮助。

一是通识的正话。社区有宣传路线方针政策的责任，有些规范的政治语言、法规律条、格式化的语系不仅要大张旗鼓地、理直气壮地讲，还要讲准确、讲到位，更不能颠倒顺序、随意篡改。

二是原则的俗话。说话要兼顾到不同年龄段、不同文化程度群众的认知水平。所要传递的信息或是道理，要善用通俗易懂的表达，或群众口语式的表达。诸如“幸福是奋斗出来的”“青春是用来奋斗的”“系好人生的第一粒扣子”等这一类简朴语言，群众愿意听且能接受，小道理包裹在大道理里，潜移默化地起到教育效果。

三是正确的废话。许多道理不会一时被群众接受的，许多时候必须反复讲、讲反复，必须苦口婆心、耐心说服，不厌其烦地解释。正确的东西，不能因为枯燥无味、空洞无物而省略，恰恰是有时听起来啰啰唆唆的提醒，反而影响着人的思想。

四是温柔的狠话。遇到不能正确理解的看法和想法，既有体谅的同理心，又要让对方丢掉不切实际的幻想。如果不能斩钉截铁、柔中带刚地表达决绝的意志，让人留有想象和变通的空间，那工作就难以服众。

老钟讲起一件事，说当年有个低保对象，经审核查到名下有五十万证券兑票，要求撤销其低保，可本人闹着不同意，卷着铺盖来到社区办公室，并执意强调五十万股票不是本人的，是朋友的，张狂地叫嚣说谁停他的低保，就把家搬到谁家去。眼看这事越来越棘手，老钟他们几个分析对策，抓住了几个操作中的关键点：一是协助查明五十万股票是不是本人的，如何证明不是？可他本人不愿出具证明，说明本人心里有鬼。二是这笔股票是怎么得来的？是否与本人之前从事的职业有关联？他又说不清来龙去脉。三是能否挖掘本人的兴趣点？他却对经济形势说得头头是道，说明他具备某种能力。最后在一阵阵赞美声中，他总算绽放起笑容来，这才打开心扉说出实情。原来，此对象性情孤僻，不事劳动，属于好吃懒做、啃老的那类，父母实在忍受不了，把他逐出家门，社区里帮他找过几份工作，都因怕苦怕累而辞职，眼看下顿接不上上顿，这才帮他办了低保，可日子长了，他更不愿意走向社会了，把自己封闭在小天地里，在上网的同时，学会了炒股，几年里竟用几千元的私房钱滚雪球似的转动，最高时赚到接近百万。后来，许多人听说他的故事后，纷纷向他请教炒股秘诀，他才欣然开朗起来，觉得他得到了别人的尊重，有成就感，这才缓和了激烈情绪。接着，大家给他讲政策，肯定他能赚这么多钱，说明是有劳动能力的，不再符合享受低保条件，这不仅是因监管查出的整改撤销要求，也是涉及个人信誉问题，强词夺理地闹，只会让自己在炒股系统里被人歧视。第二天他专程来到社区向大家道歉，主动提交了取消低保的书面报告。这整个处理过程中，老钟说，有的人为什么总是逆着要求来，其实是求得被关心，所以处理此类事情，要有“人情味”。

五是打诨的笑话。在基层，说话也不能一本正经，温言细语、咬文嚼字未必就吃得开，有时含蓄幽默、戏谑笑骂说不定能解决问题。

老钟讲道，胡三是个社区活宝，可能是长期孤独生活的缘由，跟他说话就不能一板一眼、一本正经，反而你说他满肚子男盗女娼，是个坏老头，他听得舒服。当初认识胡三时，他到处写信状告社区不作为、不公正，专挑社区干部的毛病，大家都躲着他，可越是躲着他越是往上贴，嘴里不干不净地骂人。后来专门找他聊了几次，以倾听为主，听他诉说自己的遭遇，不管是真是假，都认可他的说法，取得他的信任。慢慢地便和他开开玩笑，拉近了距离，说重说轻甚至撑骂一下，他也不计较了。夏柳插话说，胡三大爷的确是个有故事的人，平时出门都穿得西装革履的，搞得绅士一般，听说外面还养着人呢。老钟说，他也跟他开过这样的玩笑，自己收入不低，就别为别人发放的困难救济眼红了，说他这么大岁数有本事养小三，别人谁比得了，夸他有本事“天天当新郎，夜夜住新房”，生活这么滋润，还在乎这几个钱吗？这些荤话他很受用，反而当作朋友了，他就不再挑毛拣刺了。老钟强调，这就是说，有的时候，我们的服务对象讲道理是没有用的，可能他研究政策法规比你还透彻，这时就要抓住他特别的地方，和他拉近关系。

六是文艺的佳话。年轻人做基层工作，也要有“诗与远方”，让工作和生活一样浪漫，不然枉读了十几年书。生活的平常，不缺文艺，许多时候可以用才华和情趣展现。咱千岁坊社区是一个富有文化气息的地方，此地不缺浪漫，社区里有“小桥流水人家”，无论是物景还是众生都有“枯藤老树昏鸦”“古道西风瘦马”，老弱病残、残缺衰落不只是环境，还有人和民生。在基层社区工作，懂点棋琴书画、诗酒花茶，对工作会有帮助的，这样看似工作微不足道，但会充满情趣、富有意义的。

老钟的嗓子眼越说越热，情急处满口生津、声如洪钟，委婉处话语连珠、声情并茂、娓娓道来，简直就是一演说家，让人血脉偾张、醍醐灌顶。两个年轻人频频点头称是，内心里充满钦佩，夸赞絮聒不休的长篇大论，有所谓“彦国吐佳言如锯木屑，霏霏不绝”之感，让人不忍拒绝。老钟说，这只是自己多年来的一点心得，虽说粗糙，拿不上台面说，但的确是现实写照。世间所有的闲愁，皆是人心的观照。

夏柳说，老书记总说自己文化不高，有知识的年轻人可跟你没得比，你思想敏锐、出口成章，是被时代耽误的民间思想家啊！听你一席话，胜读十年书。

老钟摆摆手说，可别这么说，的确是读书少，只是自己爱瞎琢磨。我反思过自己，年轻时也有过发展的机会，只是性格耿直、说话尖刻，有人喜欢，有人反感。那个年代，人人都谨言慎行的，领导喜欢聪明人但害怕有想法的人，就是怕连带犯错误。这么多年在社区干，尽管平台不大，但接触的芸芸众生，倒逼着你去学习思考。学习必须思考，思考必须怀疑，怀疑必须创新。没有两把刷子，还真应对不了各种千奇百怪的人和事的。有个比喻很形象，从事基层工作的人，既要像辣椒那样热情，也要分得清麦苗韭菜，又要跟莲藕那样留心眼儿。遇到问题总不能置气吧，总得想办法解决啊，不然要咱们这些人干什么？

刘采文一直保持着侧耳静听、声息全合的状态，夏柳倒是显得目眩神迷、推崇备至，只顾默认点头，偶尔陪着一笑，多半紧锁眉头。

时间不知不觉地过得很快，一晃天已大黑，老钟似乎还有交代不完的事情，一看窗外，已是路灯闪烁，便不好意思地说，咋会搞得跟临终嘱托似的，今后时间有的是，可以慢慢聊，不敢占用你们时间了。小刘客气地说，您早点下班回家吧，我和夏柳晚上把笔记整理出来，怕是过了今天，脑子里装的全会丢掉了。夏柳看看刘采文，再看看老钟，心想还没选上书记呢，倒拿出领导的腔调使唤她了，看来跟着新领导，日子也不会轻松。转念一想，她说得没错，做事还是要趁热打铁，不然花再多精力效果未必就好。自己心甘情愿听从指派，她是自己唯一可以无话不聊的闺蜜同事，谁让自己喜欢她呢？既然喜欢了，就可以取悦。

两人点了外卖，简单地填了肚子，分头便对着电脑噼噼啪啪敲打起来。夏柳像是进入到另一世界似的，从老钟那儿挖掘到了稀有的宝藏，时而兴奋叫绝，时而静默沉思。这是她专业学习从没感受到的知识体系，却又是可以用理论原理回答解释的现实素材。她认为，底层社会生活的人群，在透过一丝亮光的时候，映照的是内心的卑微，可当得到光明普照时，却又特别自我。为表现出自己的所谓强大，不经意间却流露的是自卑或自恋的心态，潜意识中成了悦己主义者，暗示自己是世间独一无二“懂”的人。于是，当世事与他的认识不能交融时，或会恼羞成怒、出言不逊，或会埋怨社会的不公、抱怨个人命运不济。夏柳脑子里浮现出苏留根、刘二郎、胡三、王雷仁等接触的人，特别是想起田致远一家子，才觉得社会美好光鲜的外表下面，还有许多值得关注的底层群体心理建设的事情要做。把思想装进人的脑袋，比把财富装进人的口袋要艰难得多。

夏柳想起田致远一家人，思绪一下子延展到了父亲的病情。她怎么也不会想到，看似八竿子打不着，甚至深埋怨恨的两户人家，竟然会神奇地走到一起。此时，她已经没有心思在电脑前噼啪地敲打了，匆匆应付地输入了几段记录后，还是忍不住向刘采文请了假。她翻看手机，母亲的未接电话、田致远的微信、灰猫的短信，还有一堆莫名其妙的留言和陌生电话，似乎世界离不开她，她像一下子被扔进了乱麻堆里，需要慢慢地抖搂起来，才能不被缠绕。她猛地脱身，一堆烦恼正等待着去处理。

58

一个月后，钟志国如愿地退出他的历史舞台，告老还乡，回家含饴弄孙去了。

那天，社区举行了简朴热烈的欢送会，其实充其量就是个茶话会，街道主要领导到会欢送。

老钟专门换上了崭新的外套，头发认真地梳成了大背，下颌鬓角难得地刮得紫青，整个人精气神焕然一新。这一切让社区同仁觉得新奇，平时不修边幅的老钟，临了还这么讲究，一点没有了让人疏远的糟老头形象，倒像是微服私访的大官，往街道领导身边一坐，压过了所有人的气场。

街道领导问有没有准备红花之类的，几个人突然遗憾地表示忘了这茬儿。领导说，光荣退休也可以披红戴花的，这也是荣誉的象征。

老钟摇摇头，说没必要破费，都是自己人，移风易俗好。

街道领导主持并讲话，对老钟做了一番盖棺论定的评价，谈到老钟克服家庭困难，带病坚持工作，巧妙地处理急难矛盾纠纷时，语气深沉，饱含深情，令老钟的内心翻江倒海，直逼得眼眶湿润起来。在场的同仁也为之动容，心想，平时领导只会交代任务，出了问题拉着脸，有了成绩不吭声，把积蓄了一辈子的好，放在退休的时候说，这不是浪费吗？要是平时多说些宽慰的话，那工作的劲头也会不一样的啊。不过，大家也从中看到，每个人干得咋样，领导心里其实早有本账呢，就是留着最后算。像马拉松长跑一样，到了终点，才能报出成绩。

街道领导评价结束后，让老钟也说几句，算是告别辞。老钟起身深情地向大家鞠了一躬，接着从口袋里掏出一张纸头，他正经八百地做了发言的准备，连说了几个“尊敬的”，便从二十年前到千岁坊社区工作，如何接受组织的培养教育，如何克服困难，如何争取各方面的关心支持，如何团结同事凝聚人心，如何取得荣誉再接再厉，等等，洋洋洒洒展开谈了半个小时。其间坐在一旁的街道领导几次暗示他长话短说，他都视而不见，旁若无人地滔滔不绝。好在最后收场，说了几句煽情的话，感谢同事们的支持帮助，跟大家共事既有成绩，也有遗憾，自己能力有限，请予包容理解，祝福千岁坊的明天越来越美好！

在老钟告别留言之后，会议转入下一个议题。街道领导隆重介绍了刘采文，正式宣布了对刘采文的任命，对下一步社区工作提出新的要求。

街道领导说，刘采文是千岁坊社区自己的干部，经过多年的培养锻炼，能力素质得到很大提升，经群众推荐，组织考察，推举为社区书记，提名社居委主任人选，通过民主选举确认。相信刘采文同志不负众望，团结带领全体同仁在老钟书记开创的良好局面基础上，做出新的更大成绩，云云。

刘采文得到正式任命，也当着领导的面，做了表态发言。意思是服从组织安排，边干边学，虚心向老同志请教，以最大的勇气和决心，攻坚克难，锐意进取，团结带领大家完成好上级交给的各项任务，真心诚意地服务全体居民。夏柳听得出，她不像是说的真心话，有点官样文章，不过，从语气里听得出有干一番事业的雄心壮志了。

会后，夏柳号召大家改口叫“刘书记”，说是为展示社区新的气象，要给刘采文树威立信。章阿姨说，小刘是体制里的人，能给咱们当书记，也算是给咱们统一提拔了，大家都是有级别的社工啊。她说她是全力支持年轻人工作的。接着，又补充说，其实夏柳也不差，只是时间短了些，未来可期！就看咱这门前小雀窝，能不能容得下这个金凤凰啊！不过，能干多长时间，就要干好多长时间呀！陪着咱们早生华发。夏柳笑笑双手摇摆着，说别拿我开心，没有养得起我的地方，还真愿意跟大家一起啃馒头就白菜。

其实，夏柳的情况，已经引起相关部门的关注。一个海归学子，一个富家女孩，放弃优渥的条件，来基层社区工作，背后一定有故事。《江南晚报》驻区记者早就踩好点，预约作专题采访，只待在社区干点事情来，再连篇累牍地采写。夏柳起初没想这么多，第一次面对记者初访时，她就滔滔不绝地以专业视角谈起社区振兴的思路和构想，全然没提自己的初衷。记者追问来社区工作的动机，她才意识到采访方向，只说是来实习的。她不希望记者宣传炒作自己，父亲夏秋生反复交代要低调，尽量回避父辈的背景。

父亲对张扬行事带来的后果有着切肤之痛，常以自己现身说法，告诫“人怕出名猪怕壮”“出头的椽子先烂”，宁可活得低三下四，不可活得让人眼红。他不希望女儿过早地受人际关系的困扰，过早地搅进复杂的社会关系里。所以，在与外界打交道和与同事相处过程中，一直保持着谦卑亲和的态度。也正因于此，赢得了大家的好感。背后甚至有人说，夏柳不是夏秋生亲生的。言外之意，父女俩性格迥异。夏柳自己也觉得没有什么值得宣传的，要说这份工作，是找关系托门子得到的，万一深挖，怕是落上个开后门的“罪名”；说是自己留学归国，这也是万不得已，被迫无奈，不是疫情的影响，恐怕现在正坐在导师的学术室里；说是热爱这份工作，更是谈不上，只是一时兴趣使然，与其说喜欢社区工作，不如说喜欢跟这些人相处，跟有意思的事打交道。她的确觉得，只有在社会底层社区，可以找到自己专业匹配的思维体系，让自己感到看似冷僻的专业，其实是有需求的，只是没能引起人们足够的关注而已。

夏柳说归说，想归想，可心里对刘采文还是挺羡慕的。两人年龄相仿，情趣爱好相似，而今刘采文一步一步地走得扎实，越来越接近自己的梦想，而她却像是被威亚悬吊着，上不着天，下不着地，左右欲罢不能。更让她生妒的是，小刘那个警察男友，玉树临风，一表人才，英武豪气，一看就想把脑袋搭到肩膀上去享受，这样的白马王子，她只有仰慕的份儿了。想起灰猫，觉得灰猫也是独一无二的，有才华、有追求，是典型的理想主义者，可就是少了那分心动的感觉。想起田致远，外表的英俊倒是让人心动，可彼此接触时，往往是同情多于爱情。假如灰猫和田致远融成一人，似乎接近了小刘男友，也接近了她心目中的择偶标准。她不敢畅想自己的未来生活，也不再多想跟他们俩中间的某个人会发生什么样的事来。可眼下，却都有着与父亲生命攸关的联结。此时，灰猫联系她，他已被通知回单位报到，临行前希望有个深度交流。而她要找田致远，加紧对接移植手术的相关事宜。

灰猫不远万里，历尽艰险为夏柳父亲送药，足以让夏家人感天动地了。即便他没坦露追求她的心迹，可直接动机还是冲着她来的，只是大家心照不宣而已。其实夏柳也很是珍惜这份交往多年的友情，希望这种情谊能生根发芽，可似乎两人都缺少播洒阳光雨露的动力。眼下，灰猫接到报到通知，他即将起程回国上班，意味着今后见面的机会不多了。灰猫力劝她继续回校完成学业，暗示他会等她，他也会为她改变。可现实却是两个人的距离只在拉大，而没缩小，心与心的距离想靠近都难。

灰猫走的那一天，夏柳专程为他送行，在下榻的机场宾馆里，两人面对面地进行了一次彻夜长谈。在房间偌大的席梦思床上，他们相互依偎着，夏柳几乎拿出了献身的勇气，以表达自己对他的那份感恩。灰猫几乎全身心地孕育着那份激情，海誓山盟地畅想着二人世界的美好未来，两个人屏住呼吸，脸贴着脸，在各自心知肚明地知道将要发生什么的时候，焦灼滚烫的身体一下子钳制住了，同时定格在各自的位置上。他们突然想到了拿什么为对方未来负责的问题，或是想到了各自仍没有做好结合的准备。两个人不得不仰面躺在宽大的软床上，四肢大叉地摆着两个巨大的人字。事后，灰猫因没有索取而坦然，夏柳因没有奉献而轻松，然而，彼此之间的亲昵接触，倒让双方更加珍视这份纯洁的感情。

灰猫走后，夏柳在夜深人静无法入睡时，脑子里总会呈现与灰猫的那一幕。

59

夏柳联系田致远，主要是催促办理雪妮姐移植干细胞的前期准备工作。尽管田家已经表态同意田雪妮回到夏家人身边，暗中促成为生父移植干细胞，可夏柳心里总是犯嘀咕，生怕出现变数。

眼下，医生正对雪妮姐移植手术做进一步的评估。尽管医生说，干细胞移植比较成熟，可又表示没有绝对的成功。几乎所有的医生，都不会说包治百病，难怪手术之前，进行一系列的检查，要让家属在医嘱上签字。夏柳也担心这样的情况发生。眼看全家人都冀望于田雪妮，她不仅期待雪妮姐健康无碍，也期待着田致远和薛阿姨的支持。

她能感觉到，田致远之所以这么配合，是寄托着她会答应嫁给他。当初为给父亲治病，她的确有过“谁能救父就嫁谁”的冲动，甚至不管是瘸子、癞子、赌徒、流氓，只要有这样的人敢站出来，她就敢应，情势比“比武招亲”还狠，哪里想到只有田致远站出来了，而且隐含着某种天然的机缘。那个时候，她的确动了心，当面向他表达了，可灰猫的突然出现，特别是临行前的亲密接触，让她又一次犹豫了。面对手术的紧要关头，她不能把对田致远的犹豫放在脸上，可跟小田联系时，心里又在做鬼，越是做鬼心虚，越是害怕暴露真实想法，就越不敢跟小田面晤，只得电话和微信不停地提醒。

田致远一直在努力地帮着，一面要跑民政部门转换认养关系，一面要去公安部门办理户口过户手续，还要配合医院做好前期检查，保证以最佳状态做好移植手术。此时，小田还在不停地安抚母亲。这是夏柳一家对田致远的郑重嘱咐，他们不希望田雪妮的认亲回归，让薛玉蓉有痛失女儿的悲伤，一旦悲伤无法抑制，导致她的病情再度复发，那夏家的所有盘算皆是竹篮子打水一场空了。面对母亲的絮絮叨叨，田致远的确紧绷着神经，整个人处于高度戒备状态。也不知小田对母亲施了什么障眼法，薛玉蓉在这么刺激的讯息下，并没有出现反常的举动，但小田丝毫不敢放弃每天和颜悦色地哄，保持与母亲的沟通，跟母亲畅想着美好生活，从不提过去的事，淡化雪妮移植手术的事。

随着移植手术准备一步一步进行着，夏柳和母亲似乎看到了救治的曙光，兴奋地期待着这一天早点到来。夏秋生本该心情好起来，可他却总显得郁郁寡欢、闷闷不乐，难道是病痛折磨得难受？难道对救治没有信心？女儿反复地问，他重复地答，说都不是。这就怪了。自服用进口药物后，特别是医生精心治疗下，他的病情虽没明显好转，但至少得到了控制，这就该高兴才是，可他高兴不起来。只有夏秋生自己心里清楚，病灶的原因在哪里。

近来，夏秋生的病痛是缓和了些，可噩梦却越来越多。他不止一次梦见田德贵。人说冤有头债有主，可田德贵的死不明不白，人死了账没清，田德贵要找人算账，田德贵只认夏秋生，他夏秋生是致田德贵之死的幕后操纵者。在阴曹地府的大堂上，夏秋生受到了田德贵的指控。田德贵指认夏秋生，夏秋生痛苦地争辩，众小鬼挥舞带刺的大棒一阵乱打，浑身打得血肉横飞，夏秋生不断地狡辩，越是狡辩越加重处罚，最让他受不了的是腐臭烂肉往嘴里塞，夏秋生吐尽了胆汁，七窍往外冒血，生不如死。夏秋生不得不如实交代，甚至自圆其说地把当时怎么想的，怎么做的，一一供出，只为求得不遭阴罪。他梦见薛老先生的时候，却被老先生的慈眉善目吓昏过去，夏秋生从来没有加害老先生的意思，只是一时起意，贪图小财而已，老先生说是他夏秋生的出现，催命见了阎王。他所窃取的每一件宝贝，都冒着绿光，电得他全身发麻。梦中的薛老先生，循循善诱地把他带到枯井边，枯井里的人面马身、猪头人形、六足人身等奇神怪兽蠢蠢欲动地拉他下去，让夏秋生惊恐地号啕起来，惊动了同室病友。

奇异的现象，如小时候奶奶讲的神话故事一样，活灵活现地呈现在梦里。

夏秋生觉得自己身体出了问题，是善有善报、恶有恶报的因果报应，每当病痛折磨自己时，他的第一念头是天应惩罚。这种惩罚大多是在浑浑噩噩状态下的心灵拷问。这时，他甚至觉得，终结生命远比想象中难，宁可被凌迟处死，也不愿被妖魔鬼怪蚕食而亡。多少次，夏秋生游离在这样的噩梦里，不能自持。他的整个身心已不属于自己，他心中藏着肮脏的秘密，有的秘密就是恶毒的肿瘤，哪一件都足以让他遭天谴。这种痛不欲生的煎熬，时常折磨得他瘫软无力、奄奄一息，他要通过某种救赎的方式，寻求解脱的慰藉，可就是拿不定更好的办法。

夏秋生骇人欲绝的表情，没有瞒得过女儿夏柳的眼睛。夏柳感到，父亲并非病痛引发的痛苦，医生的综合性治疗，总体上对减轻疼痛是有帮助的，父亲流露的痛苦是发自内心的，也许心里的焦灼和隐忧比病痛更让他痛苦。她想，眼下让父亲排解痛苦，最好的方式是陪他读书，或跟他说话，以此分散疼痛的注意力。

夏柳专门买来一本白话插图版的《山海经》，一有空，就翻出几则故事，读给他听，和他一起陶醉在神仙神话的世界里。夏秋生听着，才发现他梦里的情景跟《山海经》里的场景是那么契合。他问女儿，怎么想到读书给我听？夏柳说，怕你老想着自己的病，老想不开心的事。那怎么就想到读《山海经》呢？那是觉得里面的故事有意思，小时候听你说太婆专给你讲《山海经》呀。夏秋生感到跟女儿有心心相印的感觉，他感到女儿一定装着他想说而不敢说的“那些事”。或许女儿就是救赎自己的人。被遗弃的大女儿雪妮将给他移植骨髓，挽救他的生命，二女儿夏柳一定是拯救他灵魂的人。想到这儿，他的心情舒缓不少。他觉得沉积在胸中的那些秘密，只有向女儿夏柳吐露出来，这或许也会让自己轻松下来。

那天，夏秋生输完液后，主动提出到外面透透气，让夏柳陪着。

父女俩坐在医院东侧的小亭台里，一边享受着和煦的暖阳，一边感慨着人生的不易。夏秋生突然问女儿，觉得父亲是什么样的人？夏柳不假思索地说，老爸很坚强。夏秋生叹息一声说，你了解你老爸吗？夏柳这才意识到，父亲问他的意思，并非自己理解的意思，父亲需要得到的答案是对自己一生的评价。

其实，夏柳对父亲的认识，经历了几个过程。小时候，觉得父亲了不起，美好童年是父亲创造的。读了高中之后，觉得父亲只会赚钱，被人耻笑为暴发户，遗憾父亲没啥文化，加之自己叛逆期，父女沟通出了问题。上大学后，觉得父亲奋斗不易，苦和累深埋心底，可又感到父亲深不可测，猜不透他那捉摸不定的心机。之后，听到外界议论父亲较多，褒贬不一、毁誉参半，对父亲的形象便有些虚幻。直到生病至今，她看到的是父亲的仁慈和坚忍，她有些可怜跟病魔作斗争的父亲。

夏柳默默端详着父亲，她好久没有和父亲这样一起坐着，哪怕是眼神相互交流着，更没有敞开心扉地说说心里话。看看父亲瘦弱的病体，想着怎样回答父亲的问话，她的眼泪唰地流了下来。

“爸，女儿曾经错怪了你，你是家里的大山，你是女儿心目中的英雄，你是这座城市建设发展中的先锋。是你让我和老妈过上了好日子。”

“囡囡，你没错怪老爸。我尽管给这座城市添过砖加过瓦，让你们过上好日子，可我自己知道有洗不白的原罪。”

“人不可能十全十美，你们这代人‘摸着石头过河’，难免会有错误的，企业本质上是逐利的，在法制缺位的情况下，追求财富难免会有原罪。”

“企业发展阶段，采用过潜规则打压对手，这还不能算是多大问题。现在压在我心底的石头不是这些。”

“爸，你还是安心治疗吧，不要总是沉浸在令人痛苦的往事里。”

“不，隐瞒的实情不吐不快，否则我不被病魔折磨死，也会被心痛折磨死。这段时间，老做噩梦，心不能安，无法忍受自己的欺骗，只有把心中的积郁倾倒干净，才会舒坦。”

“只要您觉得好受些，您想怎么样，我都会理解的。”

夏秋生告诉女儿，当年年轻冲动，遗弃雪妮时，自己经过激烈的心理挣扎，留下她虽救治得活，却是终身残疾，可当时的条件和处境逼迫自己，长痛不如短痛，留下她势必是家庭的终生负担。你妈和你姨发疯似的逼问过，他铁定决心没有说明。之后，他有过懊悔，生活条件好起来时，也想到找回，可残酷的现实又不得不让他狠下心来。田德贵的死，的确是他策划的，但他并没有用钱买命，而只是想通过制造小小的惩罚，由他用钱补救，以此感化田德贵，进而在薛宅改造中骗取好处。哪知收买人做事决绝，要了田德贵的命。因为现场无法取证，当时有人怀疑到他，警方也找过他，他掩耳盗铃，多方打点，总算搪塞过去。后来他找过收买的中间人，中间人说也不知道这样的结果，不长时间，中间人失踪，收买人也无从打听下落。这一神秘的疑案，便成了无头悬案，可他自己却把自己挂在了随时被追究的通缉名录里。至于坊间提到的侵占薛家财产事，虽言有过甚，但也是事实。自取得薛老先生信任后，他往返于薛家如入无人之境，也只有他可以享有这样的特权，连女婿田德贵都战战兢兢。薛家桌上摆的、墙上挂的、柜里藏的，看似普通的家什，可在他眼里每件都是珍宝，无不让他垂涎欲滴。他本想顺手牵羊得几样宝贝，也不枉自己良苦用心算计一番，直到老先生临死也不提祖传东西的处置，说是将来一一交公。如果老先生看在他和田德贵对他的照顾上，象征性地赠送点东西，也不会有他和女婿田德贵的交恶。假如田德贵不是那么带着仇视，他也不会做得那么绝情，当时内部资料里显示薛家的房产数不胜数，包括现在刘二郎家待拆迁的房子，都是薛家名下的，随便帮他说些好话，他家的日子也不会过得这么局促。可事情总是一桩一桩地往黑洞里赶，最后爷儿俩相继离世。他虽不是心安理得地得到了想要的东西，可毕竟还是毫无阻碍地满足了自己的愿望。他靠其中的几样东西变卖换成了钱，一夜间改善了生活条件，也通过这笔财富，建立了自己的商业王国，可内心却总是虚慌的。更多的宝贝，却被那些无知者给糟蹋光了，那是狗咬的金蛋当黄豆，不识货，现在却永远地看不到了。这是最为痛心和自责的事。假如保存在整修后的薛家花园的文物资料展区里，供人参观欣赏，那是多么有乐趣的事。他内心的不安，其中就有辱没历史文物产生的痛苦。

夏柳听着父亲的自白，心中充满惶惑，仿佛与另一个世界的父亲对话，先是漠然，继而惊愕，此后哀叹。

她拉着父亲的手臂，用另一只手抚摩着他的后背，试图让他平复情绪。她对父亲说，你能检点自己的错误，勇敢地反思自己，是难能可贵的。可涉及人命的事，不是随便说说的，怎么没想到主动投案自首呢?

夏秋生说，傻孩子，假如自首了，咱们还会有今天的日子吗？每个人心中都有不可告人的秘密，只是有的成了罪孽包袱，压迫着自己，有的化敌为友，一笑泯恩仇。我曾想过主动向司法机关说明情况，可我头上笼罩着光环，正名盖过了恶名，万一我被依法追究，影响和牵扯的不光是你们，还有全体员工，更有幕后帮助过我的那些人。我是解脱了，更多的人遭殃了，这个损害远比我的罪孽深重得多。我想告诉你，也是释怀自己，现在说出来，感到心中的石头搬了出来，一下子舒坦得多了。当然，如果有人追究起来，我一定会真诚坦白的。

夏柳说，若要人不知，除非己莫为。有良知的人，经不起赎罪的心思压抑的。你能吐露出来，说明老爸根底是善良仁爱的，并非本性不善。我们都会原谅你的，田致远那儿我也会委婉地表达你的悔意。

夏秋生之所以把过去的事情抖搂给女儿听，主要是基于夏柳跟田家走得近，令他心虚。现在面对田致远时，就觉得他的眼神投射出特别的光，直刺着他的心，何况今后经常遇见，他怎么能够承受这种灼烧般的眼神。他只有让女儿知道夏家与田家的恩怨，才能让女儿真正理解他的内心世界，他才可以坦然地面对田家人，面对身边所有的人。

夏柳清楚，既然要治好父亲的病，就必须有田家人的配合。现在田雪妮的身世已经清楚，想绕开田家人都不可能，只有面对现实，稳妥处理，才不会给无辜的人添加心理伤害。

夏柳不愿看到父亲沉浸在自责和懊悔里，便转移话题问父亲治愈后，是继续鏖战商海，还是就此退出江湖？夏秋生说，从企业发展的势头看，他舍不得丢下经营不管，有人鼓励他继续往上冲，进入什么二十强、十强，他也有这个雄心和能力。可从身体状况看，可能不允许自己拿生命下赌注，去谋取这个名利。夏柳毛猴着脸说道，哎呀喂，还真不死心，财富多少是个头啊？好好休养吧！健康地活一天，钱财才算是你的。病成这个样子，还没体会到生命的价值吗？有位哲人说，人生的快乐健康，是身体无痛苦和灵魂无纷扰。我倒是有个主意，你的下半辈子，应该换个活法，找一个没有喧嚣的净土，安心养身。夏秋生说，自己也想过，假如再给一次重生的机会，真想归隐山林，远离尘嚣，在太湖边租一处民宿，掘一片茶园，种几垄蔬菜……夏柳说，她来帮他实现这个愿望。

60

夏秋生似乎对女儿有说不完的话。

转眼太阳西下，阳光暗淡，大气慢慢冒出寒意。夏柳担心父亲着凉，多次劝着回病房，可父亲谈兴正浓，只得依着他。

父女俩推心置腹的长谈，让夏柳对父亲有了新的认识，一扫过去对父亲的神秘和迷茫。此时她才发现，坐在身旁的父亲才是可亲可敬的活生生的父亲。

对夏秋生而言，他能这样坦诚地交心，一下子如释重负，自己感到心灵得到了救赎，甚至忘记了病痛，他对未来增添了美好的期许。他愉快地接受女儿夏柳给他的建议，积极配合医生治疗，配合做好干细胞移植，尽快摆脱病痛的折磨。

正当移植手术紧锣密鼓地进行时，夏秋生的身体免疫系统出现了不适。这意味着，手术必须等着病人健康状况符合条件时才能进行。

夏柳和母亲柳玉惠告诉医生，说是精神状态不错的，能吃能喝能睡，怀疑会不会误诊？医生说，感冒、风寒都会影响免疫系统，何况病人体弱，本身免疫功能不好。

夏柳这才想起，那天在室外停留时间长了，会不会着凉引起感冒发热？问父亲，父亲说没有感觉。夏秋生是病人，对外体感不敏锐，受寒感冒的可能性很大。一家人只得保持耐心，先从感冒发热治疗入手。

然而，夏秋生的病情出现了逆转直下的恶化趋势。

那天，医生把夏秋生转入到重症监护室抢救，持续一周，人处在昏迷状态。医生告诉夏柳和她母亲，这种情况，移植手术意义不大，家人要做好最坏的打算。

夏柳无法接受父亲病危的事实，一个人悲怆地来到同父亲谈话的亭子里，失声痛哭起来，她自责是自己害了父亲。

图书在版编目（CIP）数据

闲愁 / 林子哥著. -- 北京：作家出版社，2022. 3
ISBN 978-7-5212-1788-9

Ⅰ. ①闲… Ⅱ. ①林… Ⅲ. ①长篇小说 - 中国 - 当代
Ⅳ. ①I247.5

中国版本图书馆CIP数据核字（2022）第011599号

闲　愁

作　　者： 林子哥
责任编辑： 张　平　张　婷
装帧设计： 意匠文化 · 丁奔亮
出版发行： 作家出版社有限公司
社　　址： 北京农展馆南里10号　　　　**邮　　编：** 100125
电话传真： 86-10-65067186（发行中心及邮购部）
86-10-65004079（总编室）
E-mail:zuojia@zuojia.net.cn
http://www.zuojiachubanshe.com
印　　刷： 三河市北燕印装有限公司
成品尺寸： 170×240
字　　数： 500千
印　　张： 31
版　　次： 2022年3月第1版
印　　次： 2022年3月第1次印刷
ISBN　978-7-5212-1788-9
定　　价： 68.00元
